Peter Dempf

Né en 1959 à Augsbourg, Peter Dempf est professeur d'histoire et de littérature allemande. Il a publié depuis 1983 une quinzaine de romans, des recueils de poèmes et des nouvelles. *Le Mystère Jérôme Bosch* (le cherche midi, 2017) est son premier roman publié en France, suivi du *Mystère Caravage* publié en 2021 chez le même éditeur.

LE MYSTÈRE CARAVAGE

ÉGALEMENT CHEZ POCKET

Le Mystère Jérôme Bosch

Le Mystère Caravage

PETER DEMPF

LE MYSTÈRE CARAVAGE

Traduit de l'allemand
par Joël Falcoz

le cherche midi

Titre original :
DAS VERMÄCHTNIS DES CARAVAGGIO
Éditeur original : Eichborn

ISBN 978-2-266-32347-5
Dépôt légal : septembre 2022

Tout ce que tu peux accomplir avec
tes seules forces, fais-le.

SALOMON

Il faut parler du monde de telle façon que
le cœur se serre et que les cheveux
se dressent sur la tête.

BORIS PASTERNAK

Livre I
1605-1606

« ... ainsi est faite la faveur du peuple,
qui ne voit pas avec les yeux,
mais juge avec les oreilles. »

GIOVANNI BAGLIONE, 1625

1

Sur le marché, la vie et la mort étaient omniprésentes. Autour de la petite église Sant'Angelo in Pescheria, située à quelques rues au nord de l'île Tibérine, des torches restaient allumées toute la nuit pour éclairer les poissons et les crabes qui, étalés sur de grandes nattes de raphia, donnaient l'impression de se débattre dans les soubresauts de l'agonie.

Nerina se figea près de l'une des colonnes du portique d'Octavie pour observer les chalands qui se pressaient sur la place à la recherche des meilleures prises en provenance du fleuve voisin. L'aube ne s'était pas encore levée, et il faisait étrangement chaud pour un mois de février. À senestre, un homme était appuyé contre un grand tonneau rempli d'eau dans lequel des animaux vivants s'agitaient encore. Lorsque son regard croisa celui de la jeune femme, il se détourna lentement et fit mine de s'intéresser aux marchandises exposées sur les tables autour de lui. Nerina ne l'aurait même pas remarqué si son instinct ne l'avait pas mise en garde. Elle avait le vague sentiment d'avoir déjà aperçu cet individu rôder devant l'atelier de Michele.

À la lueur des flambeaux, il lui était pourtant difficile de bien discerner le visage de l'inconnu, et elle pouvait se tromper. Malgré tout, elle croyait se souvenir de son crâne chauve orné d'une couronne de cheveux noirs ébouriffés.

Elle secoua la tête pour chasser ses pensées irrationnelles. Puis elle se remit en mouvement et se faufila entre les étals sous les cris des poissonnières qui vantaient bruyamment leur arrivage. Elle aimait l'odeur humide et pénétrante de la pêche issue des eaux du Tibre, l'effervescence qui régnait sur le marché au petit matin. On aurait dit que c'était ici que battait, d'un rythme puissant et continu, le cœur de la cité. On y achetait le poisson le plus frais de Rome qu'on dégusterait le jour même. En ce lieu animé échouaient tous ceux qui erraient dans les rues obscures de la ville, les prostituées et les mendiants, les michetons et les étrangers, les noctambules et les lève-tôt. Avant de fuir la lumière du soleil, le peuple de la nuit se réunissait autour des feux des vendeurs de grillades pour prendre une dernière collation ou un premier déjeuner accompagnés d'un pichet de vin.

Nerina promena son regard sur la foule. De l'autre côté de la place, une chaise à porteurs se dirigeait en oscillant vers la *via* Del Corso. Sans doute un aristocrate qui rentrait chez lui. Les rideaux de la cabine noire étaient fermés mais, en plissant les yeux, elle reconnut sur la portière vernie le blason de la famille des Gonzaga. Un valet efflanqué en livrée sombre trottinait aux côtés du véhicule pour ne pas se laisser distancer. Il parlait en gesticulant.

L'image fit sourire Nerina. Le laquais avait sans doute pour mission de divertir son maître dissimulé derrière les épaisses tentures.

Distraite, elle tressaillit lorsqu'une voix l'interpella. Virevoltant sur elle-même, elle se trouva nez à nez avec un homme à la carrure imposante. Comme celui-ci se tenait à contre-jour, on ne distinguait de son visage qu'une barbe broussailleuse.

« Prendrez-vous un poisson, *signorina* Nerina ? »

Elle poussa un soupir de soulagement en reconnaissant le colosse. C'était Bernardo, l'un des pêcheurs du Tibre.

« Oui, volontiers, s'empressa-t-elle de répondre. Mais un pas trop gros. Je ne voudrais pas envoyer sa tête à la prière ! »

Le marin s'esclaffa. Nerina avait fait allusion à la table de mesure sur laquelle tous les poissons vendus devaient être contrôlés. Si un animal dépassait de l'épaisse plaque de marbre, on devait lui couper la tête et la céder à l'administrateur du marché en guise de taxe. Tout le monde savait que ces contributions en nature atterrissaient dans les marmites du Vatican pour être ensuite servies au Saint-Père.

Du doigt, elle désigna une brème qui barbotait dans un tonneau. Son dos écaillé rougeoyait sous la lumière incertaine des torches alentour. À l'aide d'un crochet, Bernardo s'en saisit adroitement. Puis il la déposa sur son étal et l'assomma d'un coup précis.

« Et ne faites pas trop tourner en bourrique votre… chère moitié. »

Il sourit d'un air grivois en tendant le poisson par les branchies.

« Je ne suis pas sa femme, lança Nerina en réponse à la pointe du pêcheur. Seulement son élève. Et je sais me montrer docile quand il le faut. »

Elle souleva son panier en roseau vers Bernardo, qui déposa la brème à l'intérieur.

Tandis qu'elle s'éloignait, une silhouette jaillit de derrière une colonne pour lui barrer le chemin. Il s'agissait de l'homme au crâne chauve qui l'avait observée un peu plus tôt.

« Un poisson entier pour une damoiselle esseulée ? N'est-ce pas un peu beaucoup ? »

L'inconnu ricana avant de planter ses yeux clairs sur Nerina. Celle-ci n'avait jamais vu un regard aussi vide et froid. Effrayée, elle faillit lâcher son panier.

« En quoi cela vous concerne-t-il ? » répliqua-t-elle en détournant la tête.

Ses jambes flageolaient. Elle en était certaine à présent. Ce drôle la suivait depuis qu'elle avait quitté l'atelier de Michele. Quel vilain coup manigançait-il ?

« Votre brème suffirait à nourrir deux personnes, *bella donna*. Faites-moi l'honneur de…

— Je vous interdis de me parler ainsi, étranger. Allez tenter votre chance auprès de femmes qui sont habituées à ce genre de discours. »

Elle vit l'impertinent serrer le poing droit. Un anneau ouvragé brillait à son pouce.

« C'est en faisant des expériences que naissent de nouvelles habitudes », argua-t-il.

Nerina brandit son panier pour en faire une arme improvisée.

« Ne vous avisez pas d'approcher ! »

Elle détestait quand les hommes l'abordaient en la traitant comme une vulgaire prostituée. Reculant d'un pas, elle jeta un regard suppliant à Bernardo. Le pêcheur vint aussitôt s'interposer.

« Ce poisson n'a pas encore été mesuré ! » tonna-t-il en croisant les bras sur sa poitrine.

Le colosse dépassait l'inconnu de plus d'une tête. Profitant de la diversion, Nerina étreignit son panier et fila vers le comptoir de marbre sur lequel on contrôlait et vidait les poissons. Du coin de l'œil, elle vit Bernardo faire barrage pour empêcher le chauve de la suivre.

Chez Michele, de nombreux individus insolites allaient et venaient, mais elle n'avait jamais rencontré un personnage aussi inquiétant. Malgré tout, cet individu lui semblait vaguement familier. Durant les dernières semaines, elle avait le sentiment d'avoir aperçu à plusieurs reprises son étrange tonsure aux abords de l'atelier. À sa manière de parler, l'homme n'était pas de Rome, elle en était certaine. Personne n'accentuait les syllabes avec autant de dureté dans la Ville éternelle.

Pourquoi l'homme était-il pendu à ses basques ? Que lui voulait-il ?

Un frisson parcourut ses épaules. En pensée, elle remercia le ciel. C'était une chance que Bernardo soit présent ce matin-là. D'ordinaire, c'était son épouse qui tenait l'étal.

Une file d'attente s'était formée devant la table de mesure. Les clients se plaignaient à voix haute des valets de l'administrateur du marché qui étiraient les poissons pour les faire dépasser de la plaque de marbre. Impitoyables, les surveillants coupaient ensuite les têtes des animaux à partir de la première arête.

Nerina n'avait rien à craindre pour cette fois. On ne tenterait pas de l'escroquer, parce que sa brème était trop petite.

Devant elle, une femme lâcha une bordée de jurons lorsque l'un des valets décapita l'anguille qu'elle venait d'acheter. Ce fut ensuite au tour de Nerina. L'homme joua de son couteau aiguisé pour ouvrir la brème et ôter les entrailles en un tournemain. Puis il lui tendit l'animal en lui décochant un sourire concupiscent. Elle se hâta de reprendre son poisson et partit d'un pas vif. Son panier sous le bras, elle se fraya un chemin à travers la cohue. Elle avait la désagréable impression d'être observée, et le tumulte du marché commençait à lui donner des maux de tête.

Nerina s'arrêta après avoir traversé la place. Soudain épuisée, elle se massa les tempes. Elle ne put s'empêcher de se retourner pour scruter les grappes de gens qui s'agglutinaient autour du portique d'Octavie. Au moment où elle s'apprêtait à se remettre en mouvement, elle aperçut le mystérieux tonsuré flanqué de deux prostituées. L'une d'elles, prénommée Lena, posait souvent comme modèle pour Michele.

Brusquement, l'inconnu repoussa sans ménagement la seconde fille, qui mordit la poussière. Lena éclata de rire et entraîna son client vers la rive du Tibre.

À l'évidence, le chauve était seulement en quête d'une femme. Soulagée, Nerina regarda le couple s'éloigner dans l'obscurité. Après s'être relevée, l'autre catin s'épousseta et rajusta sa robe de lin. Puis, levant le poing, elle cracha un chapelet d'injures en direction du grossier personnage.

Nerina serra son panier contre sa hanche et repartit en direction de l'atelier.

2

« Cette puanteur insoutenable, cette pénombre permanente, cette exiguïté ! Même à l'article de la mort, Aldobrandini continue de nous torturer. Comme s'il n'avait pas suffisamment attiré de malheurs sur le Saint-Siège en cédant à l'influence de l'Espagne. Et ces lèche-bottes de cardinaux qui ne cessent de ramper autour de son lit. C'est absolument dégoûtant. En plus, il est devenu un légume. Pourquoi lui faire toutes ces courbettes ? Les yeux rivés au plafond, il ne fait que pousser des râles et dégager des miasmes pestilentiels. »

S'abstenant de répondre, Scipione Borghese observa son oncle. Celui-ci avait jeté sa barrette rouge sur un fauteuil et se mit à faire les cent pas dans son cabinet de travail. Le cardinal adipeux se dandinait comme une oie gavée. Des gouttes de sueur perlaient sur sa tonsure. D'un geste nerveux, il s'épongeait régulièrement la nuque avec un mouchoir. Tandis qu'il arpentait la pièce, son double menton oscillait à l'instar d'un pendule. Ses yeux, qui disparaissaient presque sous la graisse de son visage, semblaient cligner sans arrêt. Cet embonpoint le faisait ressembler à un homme débonnaire que l'on pouvait aisément manipuler, mais Scipione savait que les apparences étaient trompeuses.

« Personne ne peut dire s'il est vraiment en train de mourir, ou s'il nous joue encore une de ses comédies qui ne font rire que lui, poursuivit le cardinal. C'est un supplice pour tout le monde !

— Vous parlez du pape, mon oncle ! »

Camillo Borghese tourna la tête vers son neveu.

« Allons donc. Je parle de Clément VIII, l'homme de main du roi d'Espagne, le flagorneur des Habsbourg. Celui qui a osé s'allier avec le roi de France. Un faible ! Un bon à rien sans opinion propre qui mène la chrétienté à sa perte !

— Vous blasphémez ! »

Le cardinal se planta devant Scipione et le toisa d'un air sévère. Ses traits empâtés s'étaient empourprés de colère. Tout le spectacle autour de l'agonie du pape malade le mettait hors de lui.

« Je ne vous ai pas fait venir à Rome pour vous entendre dire des platitudes. Vous savez que j'ai raison à propos de Clément. Il est moribond, et je ne vais pas rester les bras ballants. Pas question de laisser un autre partisan de la monarchie espagnole ceindre la tiare ! J'en ai assez des Sfondrati, des Medici, des Aldobrandini et autres Chigi ! »

Camillo Borghese se dirigea vers l'unique fenêtre de son cabinet de travail et l'ouvrit à toute volée. Un courant d'air froid en provenance du Tibre s'engouffra dans la pièce. Fermant les yeux, il huma l'odeur légèrement putride du fleuve.

« Vous allez attraper la mort, mon oncle », remarqua Scipione à voix basse.

Il savait qu'il valait mieux ne pas critiquer la mauvaise hygiène de vie du cardinal sous peine de vertes réprimandes, mais c'était plus fort que lui.

« Qu'avez-vous dit ? »

Scipione se racla la gorge, regrettant aussitôt son avertissement.

« Vous allez attraper la mort, mon oncle, en vous exposant à ce courant d'air », répéta-t-il timidement.

Il s'attendait à l'un de ces orages dont le colérique prélat était coutumier, mais Camillo Borghese se retourna vers lui en souriant. Ses yeux brillaient d'une étrange lueur.

« Bien sûr ! Je savais que je pouvais compter sur votre imagination. L'air froid achèvera l'agonisant. Durant toute sa vie, ce félon n'a jamais aéré ses appartements. J'ouvrirai discrètement ses fenêtres, et le vent fera voler les basques de sa soutane ! » Le cardinal claqua des doigts avec enthousiasme, puis alla s'asseoir dans le fauteuil où il avait jeté quelques instants plus tôt sa calotte. « C'est la première partie du plan. Après cela, nous pourrons passer à la manœuvre suivante. » Visiblement satisfait de son idée, il s'étira voluptueusement.

« À quel plan faites-vous allusion, mon oncle ? s'enquit Scipione, intrigué.

— Mon cher neveu, vous savez que le parti espagnol tient les rênes du Sacré Collège[1] et conduit l'Église sur

1. Collège des cardinaux qui constitue le sénat de l'Église romaine et assure provisoirement l'administration du Saint-Siège en cas de décès du pape. (Toutes les notes sont du traducteur.)

un chemin d'enfer et de perdition. Avec l'Inquisition et la suprématie des jésuites, nous sombrons dans la violence et la terreur. Même la réconciliation avec la France n'a guère servi le Vatican. Nous devons donc agir pour redresser la barre. Et l'état critique du pape est une excellente occasion à saisir. Nous avons besoin d'un souverain pontife qui soutienne le parti italien. Il faut que le prochain conclave marque un tournant politique. »

Scipione sourit intérieurement. Il devinait où voulait en venir son protecteur. Au sein du clan italien, les rivalités battaient leur plein.

« Et à qui songez-vous, mon oncle ? Qui serait en mesure de briser l'influence des Espagnols et de, moyennant finance, faire pencher le conclave en sa faveur ? »

Camillo Borghese lui décocha un regard plein de superbe, comme s'il était déjà installé sur le Saint-Siège en soutane blanche.

« À votre avis, Scipione ?

— Je ne connais qu'une personne disposant des fonds nécessaires et capable de faire l'unanimité.

— Et quelle serait cette personne ? Parlez ! »

Le jeune homme s'efforça de dissimuler son amusement. Borghese s'agrippait aux accoudoirs de son fauteuil comme s'il était sur le point de tomber en défaillance. Toutefois, Scipione savait que son bienfaiteur était loin d'être aussi faible qu'il le paraissait. Le prélat avait fait une carrière rectiligne ; il passait pour quelqu'un d'incorruptible et de profondément religieux. Il avait également un sens aigu de la famille qui dérangeait les autres cardinaux.

« Vous, mon oncle. Si le cardinal Baronio vous soutient. »

Un brusque silence s'installa. En entendant le nom du plus puissant dignitaire de l'Église, Borghese parut accuser le coup. Il se leva lentement.

« Baronio me suivra. C'est un érudit, porter la tiare ne l'intéresse pas. Une fois qu'il m'aura assuré de son soutien, il faudra clouer au pilori ces hérétiques du parti espagnol.

— Ce ne sera pas évident. Comment comptez-vous vous y prendre pour les discréditer ?

— C'est pour cela que je vous ai fait venir. Si je suis élu, vous ne le regretterez pas. »

Scipione eut un petit rire. Son oncle était très habile quand il s'agissait de tramer des intrigues. Au fond de lui, il s'était douté que le cardinal avait une idée derrière la tête en l'invitant à venir le rejoindre au moment où le monde entier avait les yeux rivés sur le Vatican dans l'attente de la mort du pape.

« Souhaitez-vous dresser dans toute la ville des statues d'hérétiques à l'effigie des membres du parti espagnol ? Ou voulez-vous engager des comédiens pour simuler des autodafés et faire semblant de brûler vos adversaires ? »

Le cardinal se remit à marcher de long en large. Scipione en profita pour contempler l'une des fresques du plafond. Zeus, en proie à un impétueux courroux, y lançait des foudres sur les Titans.

Il tressaillit lorsque son oncle se figea soudain devant lui et le prit par les épaules.

« L'image est plaisante, mais irréalisable. Non, Scipione, il faut que le peuple se soulève. Que l'agitation naisse parmi les citoyens et les cardinaux. Que l'on s'insurge contre l'épouvantail espagnol. Et pour atteindre ce but, le plus simple…

— … Est de frapper à l'endroit où ils sont le plus vulnérables, devina Scipione. En coupant les cordons de leur bourse.

— Exactement. L'argent est le nerf de la guerre.

— Mais comment réussirez-vous ce tour de passe-passe ? Personne ne doit savoir que vous êtes l'instigateur de cette cabale, et pourtant il faut une action spectaculaire pour que tout le monde soit au courant. »

Camillo Borghese recula d'un pas.

« C'est justement le problème. Nous devons mener une intrigue théâtrale, sans que mon nom y soit associé. C'est là que vous entrez en jeu. Vous dirigerez la manœuvre à ma place, on ne vous suspectera pas. Que diriez-vous de jouer les collectionneurs d'art ?

— Voilà une mission bien délicate, mon oncle !

— Prenez le temps de la réflexion et faites-moi ensuite savoir si je peux compter sur vous. Je dois retourner dans les appartements d'Aldobrandini. Ce chien fait noter le temps que les cardinaux passent à son chevet. Quelle mauvaise farce ! »

Le prélat s'éclaircit la gorge. « Je dois m'assurer qu'il ne boive pas trop de café, ce breuvage diabolique dont il raffole. Sinon, il risque de vivre jusqu'à cent ans. »

Borghese coiffa sa barrette sur son crâne tonsuré, puis se dirigea vers l'imposante porte du cabinet de travail. Scipione le regarda disparaître dans le corridor avant de se lever de son fauteuil.

3

« Je comprends votre requête, père Leonardus, mais je ne peux rien faire pour vous en ce moment. »

Scipione sourit en songeant aux paroles de son oncle. Dissimulé derrière une tenture pourvue d'un judas, il avait pu suivre discrètement la conversation entre les deux ecclésiastiques.

Levant les yeux vers le plafond, comme si le ciel lui murmurait ce qu'il devait répondre, Camillo Borghese avait ajouté :

« Je suis désolé ! Vous comprenez, les circonstances ne s'y prêtent guère. Avec la maladie de Clément, le collège des cardinaux est très agité… Personne ne veut prendre de décisions hâtives. Mais quand la question de la succession sera réglée et que le conclave aura nommé un nouveau pape, je pourrai peut-être vous aider. »

Scipione entendit des pas lourds résonner dans le couloir. Il était sorti de sa cachette par une porte dérobée et attendait à présent le prêtre. Il connaissait bien les gens comme Leonardus. Un homme intelligent, dénué de scrupules et avide de pouvoir, qui officiait dans une modeste paroisse de campagne où il insufflait aux paysans une foi toute carnavalesque. Ce genre de personnage guettait l'instant favorable pour faire ses preuves et gagner la confiance de ses supérieurs. Mais Camillo Borghese, trop préoccupé, l'avait poliment éconduit.

Nerveux, Scipione s'essuya le front avec un mouchoir. La seule chose qui intéressait son oncle, c'était la mitre papale. En l'aidant à exaucer son vœu le plus cher, le jeune homme espérait en retour être nommé cardinal. Mais pour atteindre ce but, il fallait soigneusement préparer le terrain. Et, à ses yeux, le père Leonardus pouvait être très utile.

Il vit soudain apparaître le prêtre au détour du couloir. Celui-ci marchait en ahanant.

« Ah, voilà le fameux *prete rosso* ! » s'exclama Scipione gaiement.

Surpris, le père Leonardus releva la tête.

« Si vous faites allusion à ma chevelure rousse, ce n'est qu'un simple caprice de la nature créée par le Très-Haut.

— Ne le prenez pas mal, révérend père, on m'a dit que le prêtre rouge, c'était le surnom que vous avaient donné les domestiques du palais. Vous avez rendu visite à mon oncle, je suppose ? »

Le jeune Borghese constata avec amusement que l'indice avait fait mouche. Leonardus s'était figé pour le détailler. À l'évidence, il cherchait les traits communs entre son mystérieux interlocuteur et l'illustre cardinal qu'il venait de quitter.

Avant que le prêtre ait terminé son examen, Scipione s'approcha et le prit par le bras. Ils descendirent ensemble un escalier en colimaçon et débouchèrent dans la cour intérieure. Avec sa colonnade surplombée d'une galerie ouverte, le patio avait une architecture plutôt légère, quoique austère.

« Alors, mon père, avez-vous obtenu la prébende que vous briguiez ?

— Non, malheureusement. La maladie du Saint-Père rend les cardinaux timorés. Ils n'osent plus prendre la moindre décision. »

Scipione émit un rire sonore, qui se répercuta contre les colonnes bordant la cour. À l'étage, une tête apparut brièvement par-dessus la rambarde de la galerie.

« En ce moment, mon oncle se méfie de tout le monde, déclara-t-il d'un ton désinvolte. Même de ses amis et de ses proches. Il n'écoute plus que Notre-Seigneur Jésus-Christ. »

Le jeune homme redevint brusquement sérieux. S'arrêtant au milieu de la cour, il se tourna vers le prêtre sans lui lâcher le bras.

« Mon oncle est un peu trop sûr de lui.

— C'est pourtant le candidat idéal. »

Scipione grimaça intérieurement. Il détestait ce genre de flatterie, mais il ne pouvait en vouloir à Leonardus, qui essayait de se faire bien voir du neveu de Camillo Borghese. Il était de notoriété publique que ce dernier était très attaché à sa famille. S'il devenait le prochain pape, tous ses proches se verraient récompensés.

Scipione attira l'ecclésiastique dans un coin du patio. Puis, baissant la voix, il glissa :

« Vous êtes un flagorneur, mon père. Mais je tiens à vous avertir que je vois clair dans votre jeu. »

Ses traits se durcirent brusquement. D'un ton tranchant, il ajouta :

« Je sais ce que vous voulez, et je sais également pourquoi vous ne l'obtenez pas.

— Mais qu'attendez-vous de moi, au juste ? glapit Leonardus, intimidé.

— Nous allons conclure un arrangement, vous et moi. Cela nous sera profitable à tous les deux.

— Un arrangement ? De quelle sorte ?

— Aimez-vous la peinture, mon père ? Les œuvres contemporaines ? » Le prêtre haussa les épaules, déconcerté. « Moi, je les vénère, reprit Scipione avec enthousiasme. La peinture est un avant-goût du paradis. Un cadeau du ciel pour nous, pauvres pécheurs.

— J'aime aussi la peinture. »

Leonardus s'empressa de préciser : « Les tableaux dans les églises, bien sûr. Les représentations des saints et de la vie de Notre-Seigneur. »

Scipione sourit par-devers lui. Il jouait bien sûr la comédie, et le prêtre n'y voyait que du feu.

« Sacré jocrisse, murmura-t-il.

— Qu'avez-vous dit, messire ? Je n'ai pas compris.

— Vous allez bientôt comprendre, mon père. Suivez-moi. »

4

Enrico détestait le bruit de cette maudite sonnette depuis le jour où il l'avait entendue pour la première fois. Il détestait aussi le fait de travailler comme secrétaire pour le fils du duc de Mantoue, un damoiseau qui souffrait d'insomnie depuis sa plus tendre enfance. Et il détestait devoir être à la disposition de ce jeune aristocrate jour et nuit, comme un esclave. Mais il adorait Rome – c'était la raison pour laquelle il avait accompagné Ferdinando Gonzaga à la Ville éternelle, alors que le père du garçon aurait préféré le garder avec lui.

De nouveau, on tira le cordon de sonnette. Enrico bondit de son lit, dans lequel il s'était allongé tout habillé. Lorsqu'il écarta le rideau de sa fenêtre, il vit que les premières lueurs du jour blanchissaient l'horizon. Le soleil, quant à lui, se cachait encore derrière l'Esquilin. Ce genre de réveil à l'aube, il en avait vécu autrefois à la pelle, lorsque, élève à l'école du couvent bénédictin de Mantoue, il devait aller à matines en compagnie de ses camarades et des moines, grelottant de froid et de fatigue.

Soudain, on frappa à sa porte. Le panneau de bois s'ouvrit et Paolo, le valet de chambre de Gonzaga, passa la tête par l'entrebâillement.

« Le maître vient de rentrer et souhaite que vous l'accompagniez quelque part, annonça-t-il à voix basse.

— Je me dépêche ! » répondit Enrico en se demandant où le jeune noble voulait se rendre de si bon matin sans avoir dormi auparavant.

Il se pencha par la fenêtre pour aspirer une goulée d'air pur. Ces premières journées du mois de février étaient incroyablement douces, et même les nuits restaient tempérées. Il se passa la main dans les cheveux, puis se hâta de rassembler ses affaires.

Après avoir glissé un encrier, un couteau, des plumes et du papier dans sa sacoche, il sortit de sa chambre et dévala l'escalier jusqu'au premier étage.

Ferdinando Gonzaga l'attendait dans le salon. L'insomniaque avait des poches sous les yeux, mais son regard était vif.

« Le cardinal Borghese nous mande !

— À cette heure-ci, monseigneur ?

— À Rome, personne ne dort alors que le pape agonise. »

Enrico se contenta d'acquiescer. En ce moment, il était évident que tous les prélats ne songeaient qu'à leurs bénéfices ecclésiastiques et au successeur du Saint-Père qui serait élu par le conclave. Chacun préparait l'avenir en nouant des alliances, en versant des pots-de-vin et en faisant taire les mauvaises langues.

Pour les jeunes aristocrates qui ne pouvaient pas compter sur l'héritage familial en raison de leur ordre de naissance – les « gentilshommes à pourvoir », comme

Enrico les surnommait avec ironie –, une telle période d'effervescence était une chance à saisir. Si l'on voulait obtenir un titre éminent au sein de l'Église, il fallait frapper aux portes, offrir son soutien et faire des dons généreux. En ce qui concernait Ferdinando, la situation était différente. À dix-sept ans, le cadet des Gonzaga était trop jeune pour aspirer à la pourpre cardinalice et trop inexpérimenté pour jouer un rôle politique. Enrico ignorait la raison pour laquelle son maître était venu à Rome, mais il comptait bien l'apprendre rapidement. La seule chose qu'il savait, c'était que le duc de Mantoue, le patriarche de la famille, s'était déjà rapproché du cardinal Borghese.

Enrico suivit Ferdinando jusque dans la cour, où une chaise à porteurs les attendait. Il aida son protégé à monter dans l'habitacle, puis referma la portière.

« Parlez-moi du cardinal, Enrico, lui enjoignit le jeune noble derrière les rideaux de son siège. À quel genre d'homme a-t-on affaire ? Comment peut-on l'appâter ? »

Le point fort du secrétaire était son infaillible mémoire. Si le père Odilo, le curé de son village natal, l'avait remarqué quinze ans plus tôt, c'était grâce à elle. Un jour que le prêtre déjeunait chez ses parents, Enrico lui avait récité par cœur son dernier sermon. Fortement impressionné, Odilo avait pris le garçon sous son aile pour lui apprendre le latin et l'initier à l'interprétation de la Bible.

Un raclement de gorge en provenance de la chaise l'arracha à ses souvenirs.

« Vous en savez probablement plus sur lui que moi, monseigneur, se hâta-t-il de répondre. Si le pape

Clément venait à mourir prochainement – Dieu ait son âme –, Camillo Borghese aurait peu de chances d'être désigné comme son successeur. Il y a des candidats plus prometteurs, notamment les cardinaux Baronio et Bellarmino, deux représentants du parti italien. Baronio est un véritable érudit, très respecté au sein du Sacré Collège. N'oublions pas non plus le cardinal de Medici, qui soutient les Espagnols, et le cardinal de Joyeuse, le chef du parti français. Tous semblent mieux placés que Borghese pour ceindre la tiare. Ce dernier a un fort penchant pour la nourriture. Il promeut ceux qui lui ont rendu service, mais de manière modérée. En réalité, il favorise surtout les siens. On le dit plutôt tourné vers le passé, contrairement aux autres membres de la famille, comme par exemple son neveu Scipione. Les villes libres comptent beaucoup sur lui, cependant le parti espagnol est encore puissant. Trop puissant. »

Les porteurs s'ébranlèrent, et Enrico se mit à trotter pour rester près de la cabine. Il soupira. Décidément, il ne s'habituerait jamais à devoir courir après sa bonne fortune. En tant que fils d'un modeste relieur, il savait qu'il n'aurait jamais le privilège d'être conduit en litière d'un lieu à un autre comme un aristocrate. Mais il ne pouvait s'empêcher d'éprouver parfois une certaine amertume en voyant la vie facile que menait Ferdinando Gonzaga.

Il ignorait pourquoi Vincenzo Ier de Mantoue avait envoyé son fils à Rome, toutefois il ne pouvait pas s'agir que d'une mission politique. C'était certainement une manœuvre du duc afin de procurer une situation au cadet de la maison, même si la tâche s'avérait plutôt malaisée. Hormis sa vive inclination pour l'oisiveté et le fait qu'il n'avait besoin que de très peu de sommeil, Ferdinando ne possédait aucun don.

Lassé par la nullité de son protégé, Enrico avait décidé de quitter le service des Gonzaga. Il comptait bien profiter de son séjour à Rome pour partir en quête d'un nouvel employeur.

« Que dois-je savoir d'autre, Enrico ? s'impatienta le jeune noble. Je vous écoute ! »

L'interpellé était hors d'haleine. Il se sentait épuisé après son réveil brutal, mais il s'efforça de rassembler ses idées.

« Commençons par Clément VIII, monseigneur. Le pape est réputé pour être un habile tacticien et un roublard. On raconte qu'il n'aurait pas hésité à duper le Sacré Collège pour être élu. Les cardinaux ont cru choisir un homme malade à qui il ne restait plus longtemps à vivre. Et dès qu'il a coiffé la tiare, Ippolito Aldobrandini s'est rétabli comme par miracle. D'aucuns prétendent qu'il a conclu un pacte avec le diable, parce qu'il boit chaque jour cette étrange boisson stimulante qu'on nomme café. En tout cas, jusqu'à sa rechute, on peut dire qu'il s'est acquitté consciencieusement de ses fonctions. C'est un homme fragile et agité, mais son dévouement et sa piété édifiante méritent le respect. De plus, beaucoup le considèrent comme un politicien remarquable qui agit avec tact et circonspection. »

Les feux de l'aurore tombèrent en cascade dans la ruelle qu'ils venaient d'emprunter, nimbant les maisons d'une lueur mordorée.

« Que me chantez-vous là, Enrico ? Tout le monde sait que Clément VIII pratique sans le moindre scrupule un népotisme révoltant.

— Mais il a réussi à agrandir les États pontificaux et à mettre un terme au conflit avec la France.

— Au détriment de la noblesse italienne et au profit du parti espagnol mené par le cardinal Madruzzo ! »

Enrico se demanda comment le jeune aristocrate pouvait être aussi bien informé. Après ses courtes siestes matinales, Ferdinando passait ses journées à s'amuser et ses nuits à se distraire avec les danseurs et danseuses du théâtre.

« Beaucoup de cardinaux touchent une pension allouée par l'Espagne. Mais Clément est parvenu à réduire l'influence espagnole en gagnant le soutien des Français.

— Seulement parce que Henri IV s'est laissé convertir à nouveau au catholicisme.

— La réconciliation de Henri de Navarre avec l'Église est un événement d'une importance capitale, monseigneur. »

Ils quittèrent la rive du Tibre pour s'engager dans une venelle sordide. Quelques instants plus tard, ils débouchèrent sur le marché qui s'étendait autour du portique d'Octavie. Enrico en eut presque le souffle coupé. L'air était saturé d'une puissante odeur de poisson et de varech. Ici, malgré les températures hivernales, la vie battait son plein. L'effervescence qui régnait en ce lieu lui rappelait l'atmosphère animée de son village natal durant les chaudes journées d'été.

« Clément ne voulait pas être le larbin de la maison royale espagnole. Tout porte à croire qu'il a réussi son pari. Le pape est redevenu maître chez lui, à Rome. » Enrico marqua une pause avant d'ajouter : « Et maintenant, il est gravement malade. Même le café ne parvient plus à le revigorer.

— Cela fait belle lurette qu'il est gravement malade.

— On murmure qu'il agonise !

— Ce n'est pas la première fois, ni la dernière.

— Pourquoi êtes-vous ici, alors ? »

Aucune réponse ne franchit le rideau de la portière. Enrico en profita pour contempler le parvis de Sant'Angelo in Pescheria. La foule rassemblée sur le marché était haute en couleur. Ce tableau vivant lui fit chaud au cœur. Les passants agglutinés autour des grils fumants, les grandes nattes de raphia sur lesquelles on avait étalé des crabes larges comme le plat de la main, les tonneaux remplis d'eau où s'agitaient des poissons. Il se promit de revenir sans ce jeune fat de Ferdinando qui ne pensait qu'à nouer des contacts avec de hauts personnages.

Avant de bifurquer dans la *via* Del Corso, son regard croisa celui d'une jeune femme appuyée contre l'une des colonnes antiques. Il émanait de l'inconnue une sérénité fière qui lui plut aussitôt. Durant un court instant, ils se dévisagèrent avec curiosité, puis Enrico dut accélérer l'allure pour ne pas se faire distancer par la chaise de son maître.

5

Un bruit tira brusquement Nerina du sommeil. Elle tendit l'oreille. Des voix ! En provenance de l'escalier. D'après ce qu'elle pouvait percevoir, des hommes discutaient avec agitation en bas dans le vestibule. Cela ne présageait rien de bon.

Dehors, l'aube pointait, jetant une lueur brumeuse dans la pièce. Nerina regarda autour d'elle pour retrouver ses repères. La chaise, les chevalets, les tableaux posés sur le sol et contre les murs. Elle était bien dans l'atelier de Michele. Sentant le froid sur ses épaules, elle remonta sa couverture. Un frisson parcourut son échine. Elle avait de nouveau dormi sur le vieux divan défoncé et se sentait toute percluse.

Aux aguets, elle se redressa lentement. Après un vif échange de paroles, les inconnus commencèrent à gravir les marches. Leurs voix se firent plus fortes. Avec un vacarme pareil, *signora* Bruna, leur logeuse, ne tarderait pas à se réveiller.

Nerina se leva d'un bond. Avisant sa robe posée sur l'un des chevalets, elle s'habilla en hâte. Le contact râpeux du lin sur sa peau la revigora. De l'autre côté de la pièce, Michele cuvait son vin en ronflant. La joue posée sur sa palette, il s'était endormi à table. Devant lui se dressait le cadavre d'une dame-jeanne clissée.

Les intrus, qui s'étaient mis à chuchoter, s'arrêtèrent devant la porte de leur appartement. Le cœur de Nerina battait la chamade. Que venait-on leur réclamer à cette heure-ci ?

« Michele, debout ! souffla-t-elle. Je crois que nous allons avoir des ennuis. »

Le dormeur marmonna quelques paroles inintelligibles, puis tourna la tête dans la direction opposée. Nerina s'approcha et lui allongea une bourrade dans les côtes. Elle en avait assez de devoir toujours réveiller cet ivrogne.

« Des créanciers ! Ils viennent saisir l'un de tes tableaux. »

La ruse fonctionnait toujours. Même à travers les vapeurs de l'ivresse, la peur que l'une de ses toiles ne tombe entre de mauvaises mains tirait aussitôt le peintre du sommeil.

Mais cette fois-ci, il était trop tard. Michele leva les yeux vers Nerina, et elle sut qu'il avait l'esprit encore trop embrumé pour faire quoi que ce soit. L'instant d'après, la porte s'ouvrit à toute volée. Une horde de gaillards déferla dans le logement en braillant.

Ils se ruèrent vers l'artiste, qui avait posé les mains sur ses oreilles pour se protéger du vacarme.

« *Ciao*, Caravaggio ! rugit le meneur de la troupe, un pêcheur crasseux qui empestait l'huile rance. Regarde ce que nous avons trouvé ! »

Michele laissa retomber son front sur la table. Nerina savait exactement ce qui se passait dans sa tête.

Le buveur impénitent se demandait dans quel pétrin il s'était encore fourré.

« Camillo, tu sais qu'il n'a pas d'argent ! intervint-elle pour défendre son mentor.

— Il n'a jamais de quoi payer. »

Le pêcheur leva la main pour intimer à ses camarades de faire silence. « Mais nous ne sommes pas là pour ça. Vois ce que nous avons apporté, Michelangelo. Tu le reconnais ? »

Il agita un mouchoir de soie détrempé devant le peintre.

L'œil hagard, celui-ci regarda les visiteurs sans comprendre. Nerina traversa la pièce pour aller chercher le pot à eau posé sur le meuble de toilette. Puis, d'un geste ample, elle le vida sur le crâne de Michele.

Le virtuose du pinceau s'ébroua comme un caniche mouillé.

« *Madonna !* Qu'est-ce qui te prend, Nerina ?

— Il est temps de se réveiller, décréta Camillo. Vas-tu enfin jeter un coup d'œil à ce que j'ai trouvé ? »

Nerina s'approcha de Michele par-derrière pour sécher ses cheveux avec une serviette. Elle n'hésita pas à frotter vigoureusement. Une odeur de peinture, de graisse et de vin lui monta aux narines.

Le peintre avait la respiration rauque. Il repoussa Nerina et, de l'index, écarta les boucles noires humides qui tombaient sur son front.

« Qu'est-ce que c'est ? grogna-t-il.

— Qu'est-ce que c'est ? le singea le marin. Un mouchoir, pardi ! »

Il déplia la pièce de soie toute chiffonnée. Dans un coin apparut un monogramme. MMC.

« Mais pas n'importe lequel. Ce mouchoir t'appartient, Michele ! C'est Bernardo qui l'a dit. »

Le dénommé Bernardo, qui se tenait en retrait, se détacha de ses compagnons.

« Les initiales MMC, ça ne peut signifier que Michelangelo Merisi da Caravaggio, non ? »

Nerina aimait bien le boulanger, qui tenait boutique au bout de la rue. Avec ses joues épaisses et sa voix de fausset, il était plutôt débonnaire et toujours de bonne humeur. Mais quelque chose clochait, ce matin-là. À l'instar des autres hommes – tous des artisans du quartier –, il avait la mine renfrognée.

La jeune femme sentit son estomac se nouer. Michele avait une ardoise chez la plupart d'entre eux. Que voulaient-ils s'ils ne venaient pas réclamer leurs créances ?

« Ce mouchoir est bien à moi, marmonna le peintre en se frottant les joues avec les paumes. Je l'ai offert à Lena pour la remercier.

— Nous l'avons retrouvé dans le Tibre, annonça Bernardo.

— Dans ce cas, mon cadeau ne lui a pas plu. Rendez-le-moi et disparaissez, à présent. Je dois me reposer. »

Michele voulut attraper son mouchoir, mais le pêcheur retira vivement la main. Furieux, il bondit sur ses pieds.

« Donne-moi ça ! »

Nerina le prit par le bras pour tenter de le calmer. Elle savait que l'artiste, fort irascible, n'aimait pas ce genre de petit jeu. D'un mouvement brusque, il se dégagea et arracha le mouchoir des mains de l'intrus. Tout son corps tremblait de colère.

Sans hésiter, Nerina s'interposa. Il ne fallait pas que la discussion dégénère en bagarre. Se tournant vers le groupe d'importuns, elle lança :

« Que voulez-vous de plus ? Vous savez maintenant à qui appartient ce mouchoir. Ça suffit. »

Elle était vexée que Michele ait de nouveau offert un mouchoir à cette garce de Lena pour la remercier d'avoir posé comme modèle. Pourtant, n'ayant aucune envie de servir de cible aux railleries du peintre, elle préférait ravaler son amour-propre. Lena était prête à tout afin d'apparaître sur les tableaux du maître. Et celui-ci se laissait enjôler comme un sot.

La rage de Caravaggio s'envola comme elle était venue, et il se rassit lourdement sur son banc.

« Désolé, *bella*, dit Camillo en croisant les bras sur sa poitrine. Ça ne suffit pas. Michelangelo doit venir avec nous. Dans le Tibre, nous n'avons pas seulement récupéré son mouchoir. »

Il jeta un regard compatissant à Nerina avant de s'approcher de Michele. Ce dernier, encore aviné, ne semblait pas comprendre ce qui se passait.

« Viens avec nous, Michelangelo. Il faut que tu voies ça. »

L'artiste se releva en chancelant. De crainte qu'il ne s'effondre, Nerina le soutint par le bras, mais il l'écarta comme un insecte gênant.

« Est-ce si urgent ? demanda-t-elle aux visiteurs. Ne peut-il pas vous rejoindre cet après-midi ? »

Le meneur de la bande secoua la tête.

« Non, Nerina. Ça ne peut pas attendre. Ce n'est qu'à quelques pas, au bord du Tibre. »

Il avait parlé tout doucement, d'une voix empreinte de tristesse.

« Est-il arrivé quelque chose de grave ? s'inquiéta-t-elle. Je vais chercher mes chaussures ! »

Elle courut derrière le paravent qui cachait son grabat et s'empressa d'enfiler ses sabots.

Camillo saisit Michele par l'avant-bras au moment où celui-ci essayait de boucler son ceinturon. Sa rapière tomba sur le sol avec fracas.

« Tu n'en as pas besoin », dit Nerina.

Contre toute attente, le peintre abandonna son fourreau sans piper mot. D'ordinaire, il veillait toujours à sortir armé, même s'il était interdit aux roturiers comme lui de porter l'épée en ville. Visiblement, il était trop épuisé pour protester.

Les hommes – Nerina en compta sept en tout – escortèrent l'artiste ivre jusque dans la rue. Dehors, d'autres curieux les attendaient. Alors que le groupe se dirigeait vers le Tibre, plusieurs habitants du quartier se joignirent spontanément à eux. L'air frais et l'humidité en provenance du fleuve ranimèrent Michele. À chaque nouvelle foulée, il paraissait plus sûr de lui. Il finit par s'écarter de Camillo pour marcher tout seul.

Nerina se sentait mal à l'aise en suivant l'étrange procession. D'ordinaire, quand Michele sortait, on le saluait chaleureusement, parce qu'il prenait toujours le temps de discuter avec les gens qu'il croisait. Mais cette fois, les pêcheurs, bateliers et artisans restaient muets, l'air grave.

Les ruelles étaient encore plongées dans la pénombre. Sur les cordes tendues au-dessus des gorges étroites que formaient les façades biscornues des maisons, on venait d'accrocher la première lessive de la journée.

Le linge gouttait abondamment, transformant le sol en une boue gluante. Chaque matin, à l'aube, ce plic-ploc sonore retentissait partout dans la cité.

Une odeur d'eau saumâtre s'engouffra dans la venelle qu'ils venaient d'emprunter. Quelques instants plus tard, ils débouchèrent sur la berge du Tibre. De là, Nerina pouvait apercevoir le pont Fabricio, qui permettait de gagner l'île Tibérine, et les bateaux des pêcheurs avec leurs voiles latines qui remontaient le fleuve.

Un peu plus bas, des hommes s'étaient rassemblés autour de trois canots alignés sur la rive. Immobiles, ils avaient l'air étrangement empruntés.

« Camillo, veux-tu enfin nous expliquer ce qui se passe ? s'emporta Nerina. Pourquoi avez-vous réveillé Michele ? Vous savez bien qu'il préfère travailler la nuit… »

D'un geste, le marin l'interrompit et montra du doigt les embarcations.

Elle plissa les yeux. Au bout d'un moment, elle découvrit entre les esquifs une forme sombre. On aurait dit un vieux filet de pêche échoué sur le sable rocailleux. À mesure qu'ils approchaient, le cœur de la jeune femme se mit à battre plus fort. La chose étendue sur le sol n'était autre qu'un corps humain.

Michele paraissait avoir retrouvé toute sa lucidité. Il se précipita soudain en avant et se laissa tomber à genoux près de la dépouille inerte. Puis, tournant la tête, il jeta à Nerina un regard rempli d'effroi.

Il ouvrit la bouche pour crier, mais seul un gémissement rauque s'échappa de sa gorge.

« Lena ! »

Cette plainte déchirante remua Nerina jusqu'aux entrailles.

6

« On devrait noyer ce peintraillon dans le Tibre et jeter ensuite à l'eau ses maudites toiles. Elles offensent l'œil et la religion ! »

Le cardinal Borghese croisa les bras et considéra avec mépris le tableau devant lequel se tenait son neveu.

« Pourquoi avez-vous commandé pareil barbouillage ? » tonna-t-il avant de décocher un regard à Ferdinando Gonzaga.

Scipione vit que le prélat cherchait l'assentiment du jeune noble. Prenant une voix mielleuse, il rétorqua :

« J'espère, mon oncle, que vous n'êtes pas en train de devenir un haïsseur des temps nouveaux, sur vos vieux jours ? »

Piqué au vif, Camillo Borghese lui tourna le dos. Dans la lueur des bougies, les cheveux qui entouraient sa tonsure miroitaient comme du vif-argent.

« Du reste, je n'ai pas commandé cette peinture, je n'ai fait que l'acheter. Elle me semblait… intéressante. »

Sans attendre la réponse du cardinal, Scipione s'approcha de leur invité.

« Alors, mon cher Ferdinando, partagez-vous l'avis de mon oncle ? D'après ce que je sais, votre père est un ardent collectionneur au goût infaillible, et qui apprécie de plus la modernité. »

Visiblement gêné, Gonzaga se balançait d'une jambe sur l'autre. Du regard, il chercha de l'aide auprès de son secrétaire, mais celui-ci faisait mine de contempler les fresques du plafond. Scipione eut soudain pitié du garçon qu'il avait mis dans une situation fort délicate.

« Ce peintre apporte une certaine fraîcheur dans le monde de l'art », balbutia le fils du duc de Mantoue.

Scipione arqua un sourcil. Le visiteur ne semblait pas sûr de lui, mais son jugement était exact. Avait-il hérité du sens artistique de son père, ou simplement débité une phrase apprise par cœur ? Même son secrétaire paraissait surpris de cette réponse.

« Un badigeonneur qui insulte les saints ! gronda le cardinal.

— En ce moment, c'est l'un des peintres les mieux payés de Rome, objecta Scipione.

— C'est aussi l'un des plus querelleurs. Un ivrogne, grand amateur de ribaudes ! Et la liste ne s'arrête pas là.

— Parlez-vous de Caravaggio, mon oncle, ou des cardinaux de Sa Sainteté ?

— Avec vous, on ne peut pas parler d'art, Scipione ! Tous raffolent de cet agitateur. Del Monte, Barberini, Chigi, et même Giustiniani, le banquier du pape. À vous écouter, votre barbouilleur réinvente le monde à chaque tableau. Moi, je dis qu'il faudrait lui interdire de peindre. »

Scipione s'esclaffa. Du coin de l'œil, il vit Gonzaga mettre la main devant la bouche pour dissimuler un sourire.

« Ce serait pécher contre la Création.

— Mais chaque coup de pinceau sur ce tableau est un péché ! Regardez ce soi-disant saint Jérôme. Un vieillard décrépit et fripé. Un héros de l'Église ressemble-t-il à cela ? Pourquoi le représenter comme un mendiant affamé ? »

Contrarié, Camillo Borghese resserra son manteau et quitta la salle sans un mot. Scipione le regarda s'éloigner. Puis, après avoir examiné quelques instants l'œuvre qu'il avait achetée, il s'approcha de Gonzaga.

« Mon oncle est un peu nerveux, ces derniers temps. Sa Sainteté est souffrante, et il compatit vivement. »

Le ton railleur de ses paroles fit naître un sourire timide sur les lèvres du jeune aristocrate.

« Il y a belle lurette que le pape est souffrant. »

Scipione étudia les traits de Gonzaga. D'apparence plutôt frêle, le garçon semblait avoir le vice dans la peau. Mais son impression était-elle erronée ? Se cachait-il une grande sagacité derrière cette façade de nobliau dépravé ? Ou Ferdinando ne possédait-il que l'intelligence d'un simple intrigant ?

« On raconte que Clément est à l'article de la mort. Et les… » Scipione s'interrompit avant de reprendre plus bas : « … les tractations concernant sa succession ont déjà commencé. C'est le moment de nouer des contacts et de conclure des amitiés, Gonzaga. Un simple hochement de tête approbateur peut vous rapporter gros. La famille d'Aldobrandini a suffisamment régné.

Ses neveux et petits-fils sont bien pourvus. Le Saint-Siège a besoin de sang neuf.

— Pardonnez-moi si je me montre trop indiscret, glissa Gonzaga en jetant un coup d'œil vers son secrétaire, c'est sans doute dû à mon jeune âge. Mais votre oncle se croit-il en mesure de mettre un terme à l'hégémonie espagnole au sein du Sacré Collège ?

— En effet.

— Il faut des amis très fidèles pour réussir une telle entreprise. »

Scipione fit comme s'il n'avait pas entendu la remarque. Ce Ferdinando lui plaisait, même si quelque chose lui soufflait de rester prudent.

« Dites-moi, très cher, comment trouvez-vous le tableau de Caravaggio ? Vous pouvez parler à présent en toute honnêteté. Mon oncle est allé faire sa sieste matinale. Les longues veillées au chevet de Clément l'épuisent. »

Gonzaga se leva de son siège et se mit à faire les cent pas devant la toile. À sa démarche raide, on pouvait deviner qu'il cherchait à se maîtriser ; il était sûrement irrité d'avoir dû patienter plusieurs heures dans une antichambre avant d'être reçu par le cardinal. Et, à présent, on lui demandait d'émettre un jugement sur un artiste polémique.

Scipione décida de l'aider un peu.

« N'avez-vous pas dit tout à l'heure que Caravaggio apportait de la fraîcheur dans le monde de l'art ? C'est ce que je pense aussi. Mais, dans ce domaine, mon oncle rejette toute forme de renouveau. Il préfère des artistes comme Lodovico Cardi ou Girolamo Muziano, qui ont représenté Jérôme sous les traits d'un homme grand et fort. Un saint transformé en Hercule, tout en muscles, comme s'il voulait faire entrer la religion dans la tête des gens à coups de poing. »

Le jeune Ferdinando fit un signe du menton en direction du tableau.

« Caravaggio est beaucoup plus subtil. Son saint Jérôme est un ascète, indéniablement. Celui-ci a renoncé à tout : les titres, les privilèges, les riches habits, la nourriture. Il ne tend plus que vers la spiritualité. À ses yeux, l'érudition vaut beaucoup plus que n'importe quel bien terrestre. »

Fasciné, Scipione contemplait l'œuvre en silence. Il partageait lui aussi cette interprétation.

« C'est justement parce que le saint renonce à tout qu'il est libre », murmura Gonzaga.

Ces paroles frappèrent Scipione. La remarque venait-elle du jeune aristocrate, ou lui avait-elle été soufflée par son secrétaire, qui se tenait à ses côtés ? Gonzaga n'était vraiment pas facile à cerner. Avec son visage blasé, il faisait penser aux chats du Colisée qui paressaient toute la journée au soleil mais qui, la nuit venue, traquaient impitoyablement leurs proies et défendaient leur territoire avec une impétuosité féroce.

« Et tous les cardinaux de l'Église craignent ce genre de message, enchaîna Scipione. Surtout dans un moment comme celui que nous sommes en train de vivre, où la vie du Saint-Père ne tient qu'à un fil.

— Même lorsque je ne regarde pas le tableau, sa lumière éclaire les ténèbres derrière mes paupières. Un peintre aussi talentueux que maître Merisi ne pourrait-il pas rassembler derrière lui les cardinaux du parti italien ? Ses œuvres sont comme des aimants. Elles attirent irrésistiblement ou rebutent avec violence. »

Gonzaga se racla la gorge, comme s'il était gêné d'avoir prononcé ces paroles. « Vous avez acquis une toile magnifique, *signor* Borghese. »

Scipione réprima un éclat de rire. De telles phrases pouvaient-elles réellement sortir de la bouche d'un garçon de dix-sept ans ? Cela faisait plus de deux heures qu'il présentait au fils du duc l'impressionnante collection d'œuvres d'art du palais Borghese, et il ne savait toujours pas quoi penser de lui.

Il décida de le sonder.

« Magnifique ? Vraiment ? C'est une provocation, vous voulez dire ! L'équilibre des proportions, l'incidence de la lumière mettant en relief la tête de mort et le crâne de Jérôme. C'est la philosophie du *memento mori*, souviens-toi que tu vas mourir. Caravaggio va même au-delà ; avec ces reflets et ce bras tendu, il nous montre que vie et mort ne font qu'un. »

Gonzaga hocha la tête, visiblement intéressé. Le garçon comprenait-il vraiment quelque chose à ces subtilités ? Avait-il hérité du sens artistique de son père ?

Devinait-il que ce saint Jérôme traduisant la Bible n'était pas représenté comme un savant ou un humaniste, mais comme un exalté touché par la grâce divine ?

« Observez cette lumière presque surnaturelle. C'est du jamais vu !

— Oui ! souffla Gonzaga. Cosmique ! »

Scipione se raidit. Son invité se moquait de lui.

« Caravaggio est un thaumaturge, presque un saint, poursuivit le jeune aristocrate. Il se sert de l'auréole de Jérôme pour produire un effet de perspective. Et les livres sur la table. On dirait qu'ils sont empilés négligemment, mais, en réalité, ce sont eux qui donnent de la profondeur à la pièce. Jérôme ne flotte pas dans les limbes, il est bel et bien ancré dans le présent. Il devient par là même un saint de notre temps ! »

Surpris, Scipione s'approcha pour effleurer la toile du plat de la main. Le freluquet avait raison. Finalement, Gonzaga pouvait peut-être lui être utile.

« Dans ce cas, maître Merisi est un serviteur de la contre-réforme. Quand on fait preuve d'une pareille irrévérence envers les saints, c'est qu'on veut soit se moquer de la religion, soit conquérir les imbéciles. Le peintre a pris pour modèle l'un de ces mendiants qui s'installent tous les jours sur le pont du Tibre et tendent la main avec le même naturel que Jérôme cherchant à appréhender le divin. »

Scipione prit son hôte par le bras et l'entraîna dans la pièce adjacente, où l'on avait dressé une table. Il avait ordonné d'allumer un feu dans l'imposante cheminée de marbre pour lutter contre le froid émanant du dallage de pierre.

Après avoir invité Gonzaga à s'asseoir, il prit place au bout de la table. Le fils du duc paraissait songeur. Le damoiseau avait-il compris le rôle que devait tenir Caravaggio ?

Scipione sourit. Si son plan fonctionnait, le peintre l'aiderait à réunir tous les cardinaux du parti italien sous une même bannière.

7

En entrant, Nerina sut immédiatement qu'ils n'étaient pas seuls. Dans l'atelier plongé dans la pénombre, une vague odeur d'encens la mit en garde. Elle laissa la porte ouverte, guida Michele jusqu'à son grabat et le fit asseoir. Le peintre, anéanti, ne lui serait d'aucune aide. Il pouvait à peine tenir debout, et elle avait dû le soutenir durant la majeure partie du chemin depuis la rive du Tibre. Malgré tout, elle essaya de le tirer de sa léthargie en le secouant.

« Michele, il y a quelqu'un ici ! »

Sentant que ses yeux s'habituaient à la demi-obscurité, elle tourna lentement sur elle-même afin de scruter la pièce. Elle enrageait de ne pas avoir ouvert les volets ce matin-là. Une peur issue de son enfance la saisit brièvement. Elle se revit la nuit dans la roulotte de ses parents adoptifs. La troupe de saltimbanques à laquelle ils appartenaient faisait parfois halte en rase campagne, et, peu avant l'aube, les animaux sauvages venaient souvent inspecter leur campement à la recherche de nourriture. Elle avait toujours frissonné en les entendant rôder autour des chariots.

Soudain, la porte se referma et claqua lourdement. Les ombres se firent plus denses dans les recoins de la pièce.

Nerina sentit son cœur s'affoler. Un instant plus tard, une voix rauque déchira le silence à peine revenu.

« Michelangelo Merisi da Caravaggio ? »

L'interpellé sortit de sa torpeur et releva la tête, mais il semblait incapable d'articuler un mot.

La jeune femme prit son courage à deux mains.

« Oui, *signore*. Vous êtes bien dans l'atelier de Michelangelo Merisi. Mais que faites-vous caché derrière la porte ?

— Vous auriez pu me prendre pour un intrus.

— Vous êtes un intrus !

— Et vous avez la langue bien pendue. » Le visage dissimulé sous le capuchon de son habit, un moine se détacha du mur. « D'ordinaire, les serviteurs du Seigneur ne sont pas considérés comme des criminels.

— Ce n'est pas l'avis du peuple, répliqua Nerina. Vous devriez prêter l'oreille quand vous marchez dans la rue, vous seriez surpris d'entendre ce que racontent les gens. Mais que voulez-vous ? Michele ne peut recevoir personne aujourd'hui. Vous voyez bien qu'il est en deuil !

— Je comprends. Toutefois, j'ai une commande pour le grand maître. »

Nerina se rapprocha de son mentor. L'inconnu, vêtu de la bure sombre des carmes, lui faisait peur. Michele posa la main sur son bras pour la rassurer. À présent, elle se maudissait d'avoir laissé l'épée du peintre sur la table. Elle sentit que celui-ci cherchait à tâtons son ceinturon.

Brusquement, le religieux sortit de sa manche une bourse de cuir et la soupesa. Les pièces qui se trouvaient à l'intérieur tintèrent.

« Quatre cents scudi, messire Caravaggio. La moitié maintenant. L'autre à la remise. S'il le faut, nous pourrons ajouter un supplément. »

Nerina prit les devants. Le doux cliquetis du métal était tentant, et ils avaient désespérément besoin d'argent.

« Maître Merisi accepte la commande, s'empressa-t-elle de répondre.

— Quelle commande ? » marmonna Michele.

Se redressant, il se frotta les yeux. Puis il regarda tour à tour Nerina, qui tendait la main vers la bourse, et le moine sans visage.

« Peignez un tableau tel que le monde n'en a jamais vu, messire Caravaggio ! »

Michele fut pris d'une quinte de toux. Nerina lui donna de petites tapes dans le dos.

« Pourquoi devrais-je peindre pour vous ? articula-t-il péniblement. J'ai refusé des commandes qui m'auraient rapporté des milliers de scudi.

— Je sais. Le prince Doria déplore que vous n'ayez pas consenti à peindre la loggia de son palais. Pour six mille scudi. Vous auriez pu vivre au moins dix ans d'une commande pareille. »

La voix de l'ecclésiastique ne trahissait aucune émotion. Manifestement, l'homme s'était préparé à d'âpres négociations.

« Certes, mais j'aurais dû besogner durant toute une année pour cette fresque. Non, merci ! Je préfère la toile et le chevalet, ils m'offrent plus de liberté.

— C'est justement ce que je vous propose, messire. Je viens vous commander une peinture à l'huile, votre spécialité, et non une fresque.

— Je ne suis pas intéressé. Veuillez sortir de mon atelier ! »

Agacé, Caravaggio tourna le dos au visiteur. Nerina hésita. Le regard rivé sur la bourse bien garnie du moine, elle murmura :

« Mais, Michele…

— Je ne veux pas de son argent ! vociféra l'artiste. Il n'a qu'à les bouffer, ses maudits scudi ! »

Immobile, le religieux respirait la sérénité. Tel un pêcheur éprouvé, il attendait patiemment que Caravaggio morde à l'hameçon.

« Je compatis à votre douleur, maître Merisi, glissa-t-il avec douceur. Vous êtes affligé ? Servez-vous de votre tristesse et peignez la mort de la Vierge pour notre communauté carmélitaine. »

Michele se redressa avec peine et s'avança vers le moine. Ce dernier recula prudemment en direction de la porte.

Tout à coup, le peintre se figea. Passant la main dans ses cheveux, il contempla le sol de l'atelier d'un air songeur. Nerina comprit que l'inconnu avait fait mouche. La colère de Michele s'était envolée pour faire place à la curiosité.

« Pourquoi me commander une toile représentant la mort de la Vierge ? »

L'ecclésiastique ricana. Nerina sentit ses cheveux se dresser sur sa tête en entendant ce rire moqueur. Où l'avait-elle déjà entendu ? Au même moment, elle prit conscience que son maître était sur le point de se laisser prendre au piège.

« Je me doutais que vous me poseriez la question, messire. Tout simplement parce que vous êtes le meilleur. Parce que vous ne connaissez pas seulement la douleur, vous êtes aussi capable de l'inoculer aux personnages de vos tableaux. Vous êtes le seul à pouvoir faire cela. Quand on admire vos peintures, on ne peut s'empêcher de frissonner. Et c'est ce frisson que doivent ressentir nos frères en regardant votre future œuvre.

— Je ne peins pas comme les autres. Et je méprise les barbouilleurs qui remplissent leurs toiles d'absurdités en pensant agir au service de la foi. Je suis…

— Le maître de la chapelle Contarelli, acheva le moine. Je sais. C'est la raison pour laquelle je me tourne vers vous. Ce tableau doit être original et dérangeant. »

Tout à coup, Michele se remit en mouvement. S'approchant du religieux, il tendit la main pour lui ôter son capuchon. Le visiteur, qui s'était apparemment préparé à ce genre d'attaque, parvint à esquiver et battit aussitôt en retraite.

L'ecclésiastique lâcha sa bourse avant d'ouvrir la porte. Les pièces de monnaie roulèrent sur le plancher.

« Pour l'église Santa Maria della Scala, dans le Trastevere ! lança-t-il par-dessus son épaule en quittant l'atelier d'un pas rapide. Et ne tardez pas trop ! »

Michele tapa du pied et laissa fuser un juron bien senti en direction de la cage d'escalier. Puis il se baissa pour ramasser les scudi qui s'étaient échappés de l'aumônière.

« Tu acceptes la commande ? » s'enquit Nerina sans oser regarder le peintre dans les yeux.

Elle était tiraillée entre les sentiments contradictoires qui bouillonnaient en son for intérieur. Ce matin-là, les événements se précipitaient. Après la découverte du cadavre de Lena, voilà qu'on leur proposait un nouveau travail. Le deuil se mêlait à la joie d'avoir reçu une belle somme d'argent. Michele devait être lui aussi bouleversé par ce qu'ils venaient de vivre.

« Qui était donc ce mystérieux personnage ? fit-elle à voix basse. Certainement pas un moine mendiant de Santa Maria della Scala. Pour un carme déchaux, il était bien trop bavard et prodigue. »

Son mentor grommela quelques paroles inintelligibles.

Nerina soupira.

« Décidément, ce n'est pas un bon jour, Michele.

— Je le qualifierais plutôt d'étrange. Ne trouves-tu pas étonnant que le jour où l'on me montre la dépouille de Lena, on me propose ensuite une commande pour laquelle j'ai justement besoin d'un cadavre féminin comme modèle ? Peu de gens savent que je ne peins que d'après nature.

— Tu te fais des idées. Ce n'est certainement qu'un hasard. »

Michele émit un grognement avant de se diriger vers la table pour saisir la dame-jeanne de vin rouge qu'il avait rapportée la veille au soir. Comme il la portait à sa bouche, il constata qu'elle était vide. D'un geste furieux, il la lança dans un coin de la pièce. La bonbonne clissée frappa le plancher avec un bruit sourd et roula sur les lattes sans exploser.

« Nerina ! Retourne sur la rive pour dire à Bernardo et aux pêcheurs d'amener Lena ici. »

La jeune femme lui jeta un regard interloqué.

« Tu veux… »

Michele l'interrompit d'un rire dur.

« Oui ! clama-t-il avec amertume. Je veux utiliser la catin comme modèle pour mon tableau ! Elle est exactement celle qu'il me faut. Et à l'évidence, c'est ce que souhaite le moine. Marie ne s'est-elle pas donnée au Saint-Esprit alors qu'elle était mariée avec Joseph ? N'a-t-elle pas ainsi commis un adultère ? »

Comme pétrifiée, Nerina observait le peintre. Celui-ci, le visage grimaçant, s'était penché au-dessus de la table en s'agrippant au rebord des deux mains.

« Je la doterai de parole, ma Sainte Vierge ! reprit-il. Dans ce havre de silence qu'est le couvent des carmes, elle criera sa douleur !

— Michele, tu blasphèmes !

— Moi ? Et ce moine mystérieux ? N'est-il pas un fieffé hypocrite ? »

Sentant l'artiste au bord de l'explosion, Nerina se dirigea vers la porte sans le contredire.

Il la suivit du regard. Les jointures de ses doigts avaient viré au blanc. Tandis qu'elle franchissait le seuil, il lança d'une voix frémissante de colère :

« Puisque tu vas au port, profites-en pour acheter du vin ! *Presto !* »

Au moment où elle sortait dans la rue, elle entendit des hurlements de fureur et de désespoir retentir dans l'atelier.

8

« La lumière doit éclairer vos crânes comme si vous portiez tous une auréole ! » cria Caravaggio.

Il escalada une échelle avec agilité et arracha plusieurs tuiles du toit. La couche de paille qui se trouvait en dessous se détacha, déclenchant une pluie de brindilles.

Nerina lui décocha un regard réprobateur.

« Michele, faisons une pause. Les modèles sont épuisés, ils tiennent à peine debout ! »

Le peintre jeta négligemment les tuiles par l'ouverture qu'il venait de pratiquer et examina le rayon de lumière qui tombait maintenant dans l'atelier.

« Parfait ! Juste ce qu'il me fallait ! »

Il redescendit les échelons en hâte et se replaça devant l'imposante toile. Attrapant une cruche posée sur une table d'appoint, il avala une rasade de vin et contempla ses modèles en plissant les yeux.

« Michele ! l'interpella une nouvelle fois Nerina. Une pause !

— Cesse de m'importuner ! siffla Caravaggio en donnant de rapides coups de fusain. Je me moque que les modèles tombent de fatigue ! Ceux qui n'en peuvent plus n'ont qu'à déguerpir. Dehors, ils se bousculent par dizaines pour figurer sur mes tableaux. »

Nerina émit un soupir. Quand elle avait rencontré Michele trois ans plus tôt, elle avait espéré commencer une carrière de peintre. La première fois qu'il l'avait vue, elle se tenait sur des tréteaux dressés au milieu de la *piazza* Del Popolo, vêtue d'habits masculins, et déplaçait les panneaux de décor qu'elle avait elle-même réalisés pour ses parents adoptifs. Elle suivait alors la troupe de baladins qui allaient de ville en ville à bord de leurs misérables roulottes. Après le spectacle, Michele avait examiné les toiles, puis demandé à son père qui les avait peintes. Les deux hommes s'étaient rapidement mis d'accord. En échange de quelques scudi, Caravaggio l'avait prise comme apprentie. Depuis, il la laissait peindre les fonds de ses œuvres.

Mais, ce jour-là, elle avait été rabaissée au simple rang de figurante.

« Le cadavre pue atrocement, Michele !

— Tu crois que je ne sens rien ? Que ça ne me dérange pas ? »

Depuis des heures, ils posaient autour de Lena, étendue sur une table, à moitié déshabillée. Neuf pauvres hères au front dégarni censés représenter les apôtres rassemblés autour de la Vierge défunte. Michele leur avait distribué des étoffes qu'ils avaient jetées sur leurs épaules comme des toges. Elle-même avait dû s'asseoir sur une chaise grossière pour jouer le rôle de Marie Madeleine pleurant la mère du Christ.

Pourtant, jusque-là, Caravaggio n'avait fait que déplacer ses modèles, tracer quelques lignes sur sa toile avant de tout recommencer. Finalement, il avait bondi sur l'échelle pour faire un trou dans le toit afin d'avoir plus de lumière. Leur logeuse serait certainement furieuse quand elle verrait cela. Plus la journée avançait, plus les effluves qu'exhalait Lena devenaient insupportables. Sous la table s'étaient formées des flaques d'eau et de fluides corporels. Nerina luttait contre la nausée et les mouches qui se multipliaient inexorablement, mais Michele semblait ne pas se soucier des odeurs et des insectes. Le visage rouge d'excitation, il était en sueur. Infatigable, il ne cessait de faire des allers et retours entre son groupe de modèles et la toile. Il redressait çà et là une main, une tête, faisait asseoir un figurant et lever un autre. Puis il reprenait son esquisse, travaillant comme un forcené, aboyant des ordres et poussant des geignements quand quelqu'un bougeait involontairement. Il paraissait à la fois sobre et ivre comme jamais.

Épuisée, Nerina n'en pouvait plus. Michele devait s'arrêter, ou au moins donner quelque chose à boire et à manger à ses figurants. Mais comment lui faire comprendre qu'ils avaient tous besoin d'une pause alors qu'il semblait posséder une énergie inépuisable ?

Elle laissa tomber sa tête sur ses genoux, fatiguée et désespérée, comme autrefois lorsqu'elle avait ôté ses habits d'homme en arrivant dans l'atelier de Michele et que celui-ci l'avait toisée d'un air stupéfait. Dans le regard du peintre, elle avait lu le doute, comme s'il regrettait d'avoir pris une femme pour élève.

Un cri soudain l'arracha à ses pensées.

« Oui, reste comme ça, Nerina ! J'aurais dû y songer moi-même. Décale-toi légèrement sur la gauche. La pâleur du visage de Lena se reflétera sur la peau de ton dos et de ta nuque. Voilà, ne bouge plus ! De la contrition, de l'humilité. »

Le pied de Nerina glissa dans l'une des flaques formées par les fluides qui s'écoulaient du cadavre. Elle eut aussitôt un haut-le-cœur. Elle s'efforça de respirer profondément, mais elle avait une boule dans la gorge. Des mouches se posèrent sur ses lèvres. Mettant la main devant la bouche, elle bondit de sa chaise et courut à la fenêtre. Elle eut juste le temps d'écarter le rideau avant de vomir par-dessus le rebord. En contrebas, dans la rue, plusieurs passants s'écartèrent vivement en poussant des jurons. Nerina crut alors apercevoir une silhouette noire disparaître sous le porche d'une maison.

« Tudieu ! vociféra Caravaggio. As-tu perdu l'esprit ? Pourquoi as-tu abandonné ta pose ? C'était comme ça que je voulais te voir et pas autrement ! À cause de toi, tout est raté ! »

Il lança son fusain contre la toile en continuant d'invectiver son élève. La jeune femme se retourna lentement vers lui. Elle avait encore le goût du vomi dans la bouche. D'un pas lent, elle s'avança vers son maître et se planta devant lui. Saisissant la bouteille de vin du peintre, elle but une grande gorgée pour se rincer la gorge. Puis elle recracha le jus de treille sur le sol.

« Que veux-tu, Michele ? Prouver aux carmes que la Sainte Vierge était une catin ? Nous torturer avec ce corps en décomposition ? Ou m'humilier en me faisant asseoir déguisée en Marie Madeleine devant la femme avec qui tu forniquais ? Tu ne peux pas m'échanger comme une vulgaire ribaude, Michele. Personne ne me forcera à poser sur un tableau où l'on ne voit même pas mon visage et pour lequel je dois contempler l'une de tes maîtresses ! » Haletante, elle couvrit son nez avec la manche de sa robe. « Je ne supporte plus ce cadavre puant. Soit tu le sors d'ici, soit je pars. »

Caravaggio la jaugea du regard. Brusquement, il se leva de son tabouret et marcha jusqu'à la table où se trouvait son matériel. Il prit une palette et une boîte en bois dans laquelle il avait préparé ses couleurs pendant que Nerina était retournée au fleuve pour demander aux pêcheurs de porter Lena discrètement jusqu'à l'atelier. Après avoir posé les précieux objets à côté de la toile, il disparut un instant dans la pièce attenante et revint avec des chandeliers. De nouveau, il balaya l'atelier du regard. Nerina le vit froncer le nez d'un air dégoûté. Elle était certaine que ce n'était pas l'odeur de putréfaction qui le dérangeait, mais plutôt la pose apathique des modèles autour de la dépouille. Sur leur visage, on ne lisait ni l'affliction ni le désespoir, seulement l'ennui des figurants rétribués.

« Dehors ! »

Caravaggio avait crié si soudainement que Nerina tressaillit.

« Déguerpissez tous ! Je ne veux plus vous voir. Revenez demain matin. »

Les modèles ne se le firent pas dire deux fois. Se bouchant le nez, ils s'empressèrent de jeter leurs toges et de se rhabiller. Ils quittèrent ensuite les lieux dans un brouhaha de voix.

Michele avait les yeux rivés sur Nerina. Une fois le silence revenu, il annonça :

« Je dois commencer avec l'huile avant que ça devienne intenable. Laisse-moi seul. »

Le peintre avait parlé calmement, comme si le coup de colère de son élève l'avait radouci. Pourtant, une lueur dans ses yeux trahissait son agitation.

« Pourquoi tiens-tu autant à peindre ainsi, Michele ? Tu sais que les dignitaires du Saint-Siège condamneront ce tableau. Les cardinaux du clan espagnol n'aiment pas tes toiles. Et ils sont suffisamment puissants pour faire de ta vie un enfer. Modère-toi, au moins jusqu'à ce que ton talent soit reconnu de tous. Après, tu pourras faire ce que tu veux. »

Caravaggio regarda la jeune femme d'un air absent. Il ouvrit les pots rangés dans sa boîte et commença à composer sa palette. Sur les petits tas de pigments, il ajouta de l'huile de lin et du blanc d'œuf, puis mélangea avec précaution.

Avant de mettre un premier coup de pinceau sur son ébauche, il se tourna vers son élève.

« Avec mes tableaux, je ne cherche pas à plaire aux prélats. Mon objectif est tout autre. »

9

Enrico avait une mission. Son maître, Ferdinando Gonzaga, l'avait chargé de découvrir ce que préparait Scipione Borghese. C'était la raison pour laquelle il avait suivi l'une des domestiques travaillant pour l'éminente famille. La servante, un peu plus jeune que lui, s'appelait Julia.

« Je n'ai pas le droit de parler aux inconnus, *signore* ! » répéta-t-elle.

Levant les paumes en signe d'apaisement, Enrico lui barra le chemin. Par chance, la donzelle se dirigeait vers le Campo Marzio, et non vers la rive du Tibre. Dans le quartier, les ruelles étaient étroites, et les passants souriaient en le voyant faire des pieds et des mains devant la belle. Le prenant pour un amoureux qui faisait un brin de cour, certains lui envoyaient même des paroles d'encouragement.

« Nous ne sommes pas des inconnus l'un pour l'autre. Je t'ai vue lors de ma dernière visite au palais Borghese. Tu apportais un plateau garni de pilons de poulet. Alors je me suis dit…

— Que j'allais vous livrer des informations sur le cardinal et sa famille ? Sachez que je ne me laisserai pas faire ! »

La jeune femme essaya encore une fois de s'esquiver, mais Enrico était vigilant. Adroitement, il fit de nouveau obstacle avec son corps pour lui bloquer le passage. Il devait reconnaître que la demoiselle avait un visage charmant et lumineux, qui aurait pu figurer sur un tableau du peintre vénitien Lorenzo Lotto.

« Je ne mérite pas un jugement aussi cruel, Julia. Reste encore un peu, ou as-tu déjà quelqu'un qui te fait la cour ? »

Enrico la vit rougir.

« Vous n'y pensez pas !

— Dans ce cas, daigne m'accorder un peu de temps pour que nous fassions plus ample connaissance. »

Julia releva la tête, et une lueur de joie passa dans son regard. À l'évidence, elle se réjouissait qu'il se montre aussi persévérant. Il ne s'était donc pas trompé. Elle l'avait bel et bien remarqué lorsqu'il était venu au palais avec son maître. Malgré tout, il ne pouvait s'empêcher d'éprouver un certain malaise, car la jeune fille ne l'intéressait pas réellement. Mais il n'y avait pas mieux qu'une servante pour apprendre ce qui se passait chez Scipione Borghese.

« Je vais être en retard ! » s'écria Julia en cessant toutefois de chercher à s'enfuir.

Enrico s'appuya avec désinvolture contre le mur d'une maison. Il ignora le sifflement d'un badaud qui embrasa un peu plus les joues de la domestique. Les prunelles sombres de Julia ressemblaient à des îles au beau milieu d'une mer d'écume. Doux et purs, les traits de son visage n'avaient pas encore été altérés par la vie, la violence et les soucis. Elle n'était qu'une enfant.

La sœur d'Enrico devait avoir le même âge, mais il ne l'avait plus revue depuis son entrée au pensionnat bénédictin. Parfois, il songeait à ces nuits d'orage durant lesquelles, enfants, ils avaient dormi ensemble, blottis l'un contre l'autre pour se rassurer. Rien à voir avec les bat-flanc glacés du couvent à Mantoue ; là-bas, vingt garçons partageaient le dortoir où, même par grand froid, il fallait garder ses mains sur la couverture.

Voyant qu'il la considérait attentivement, Julia baissa les yeux.

« Êtes-vous satisfait de ce que vous voyez, messire ? »

Enrico fut surpris par cette minauderie, qui tranchait avec la timidité que la jeune femme avait affichée jusque-là.

« Très, mais… je ne suis pas un seigneur. »

Julia hocha la tête pour lui montrer qu'elle avait compris.

« Vous souhaitiez me parler ?

— Laisse-moi d'abord t'admirer, répondit-il d'un ton enjôleur. Tu es si belle et si fraîche, comme l'eau qui jaillit des fontaines de Rome. »

Trouvant manifestement la comparaison à son goût, elle pouffa de rire.

« Ne me flattez pas. Ma mère ne cesse de répéter qu'une jeune fille doit passer son chemin quand un homme entonne sa louange. »

Enrico s'esclaffa à son tour. Au même moment, il perçut du coin de l'œil un mouvement sur le parvis du *palazzo* Borghese. Le neveu du cardinal, Scipione

Borghese, venait de quitter le palais familial. Vêtu d'un manteau sombre, il dissimula la partie inférieure de son visage sous une écharpe comme s'il avait froid. La tête allongée, les yeux perçants sous des paupières tombantes, sa physionomie laissait deviner une certaine prédisposition à l'obésité. Il avait l'allure d'un aristocrate blasé par l'excès, qui portait en lui depuis la naissance le dégoût du monde.

Enrico s'étonna de voir sortir Borghese seul en cette fin d'après-midi, sans chaise à porteurs, dans des habits qui lui permettaient de se déplacer incognito au milieu de la foule. Et, contre toute attente, le jeune noble se dirigeait vers un quartier réputé dangereux où pullulaient voleurs et coupe-jarrets. Un endroit tout à fait inapproprié pour quelqu'un de son état.

Comme on l'avait chargé d'enquêter sur les manigances de la famille Borghese, Enrico n'hésita pas. Il lui fallait suivre Scipione, qui, selon toute apparence, tramait quelque chose.

« Julia, je ne voudrais pas que ta mère s'inquiète pour toi. Puis-je revenir te voir bientôt ? »

La servante parut déconcertée par ce brusque retournement de situation. En agissant ainsi, Enrico savait qu'il enfreignait le code de la galanterie, mais il n'avait pas le choix. Borghese s'était engagé dans une ruelle en direction du Capitole. Il devait lui emboîter le pas.

Julia acquiesça après une légère hésitation. Avec hardiesse, il lui donna alors un baiser sur la joue et la planta là. Tandis qu'il s'éloignait, il s'efforça de réprimer sa mauvaise conscience. En séduisant la jolie domestique pour ensuite la rejeter, il allait contre ses principes. Avait-elle remarqué qu'il s'était lancé à la poursuite du neveu du cardinal ? Un coup d'œil par-dessus son épaule le rassura. La jeune fille n'avait rien vu, trop préoccupée par ce qui lui était arrivé. Songeuse, elle caressa sa joue avant de partir précipitamment.

À présent, Enrico pouvait se concentrer sur sa filature.

Lorsqu'il pénétra dans la ruelle où avait disparu Borghese, il fut ébloui par le soleil bas. Plissant les yeux, il essaya de repérer la silhouette noire de l'aristocrate parmi la cohue qui régnait devant lui. Accroupis contre les façades des habitations, des vieillards discutaient à haute voix du pape, du prix du poisson, de l'avancée des Turcs, des difficultés entre la Hongrie et Venise, de la conversion de Henri IV au catholicisme et de leurs déboires familiaux. Captant de-ci de-là des bribes de conversation, Enrico se remit en marche, aussitôt suivi par une horde de gamins hurlants. Il essaya en vain de les chasser d'un geste de la main. Des étages supérieurs, des femmes lâchèrent une pluie d'imprécations – il ne put savoir si les invectives lui étaient destinées ou si elles s'adressaient aux enfants.

Un peu plus loin, la venelle finit par s'élargir et les galopins tournèrent les talons. Enrico poursuivit son chemin en espérant apercevoir Borghese. Arrivé devant un carrefour, il regarda autour de lui. À dextre s'élevait une église qu'il ne connaissait pas. Sur le fronton triangulaire de la façade baroque, on pouvait voir le blason des rois de France orné de fleurs de lys.

N'apercevant nulle part Scipione Borghese, Enrico s'arrêta et poussa un juron. Il avait voulu se montrer poli envers Julia, mais ses adieux lui avaient fait perdre un temps précieux. Et maintenant, l'aristocrate avait disparu sans laisser de trace.

Enrico enrageait. Il devait découvrir ce que venait faire Borghese dans ce quartier. Celui-ci était rusé ; s'il quittait le palais incognito, c'était sans doute pour s'entretenir en secret avec certaines personnes sans que son oncle soit au courant. Et s'il était en contact avec des membres du clan espagnol ? Tout était possible. Pour Ferdinando Gonzaga, cette hypothèse était fort intéressante. Si tel était le cas, il serait aisé de monter Scipione contre son oncle. Mais, pour le moment, il ne s'agissait que de conjectures, et le jeune noble s'était volatilisé. En plus, il ne serait pas simple de regagner la confiance de Julia.

Enrico frappa du poing dans sa paume en maudissant sa maladresse.

Fuyant la chaleur, il alla se réfugier dans l'église toute proche. Il avait besoin d'un endroit calme pour ordonner ses pensées. Au moment où il se glissait à l'intérieur, il croisa un flot de fidèles qui gagnaient la rue. Aussitôt apaisé par l'agréable fraîcheur du lieu saint, il retint l'un des paroissiens.

« Auriez-vous l'amabilité de me dire dans quelle église nous nous trouvons ? »

L'inconnu lui jeta un regard étonné avant de sourire.

« *San Luigi dei Francesi !* s'exclama-t-il en italien avec un fort accent français. L'église nationale des Français à Rome, dédiée à saint Louis. »

Enrico acquiesça et se remit en marche. Les marbres roses et jaunes de la nef luisaient d'un magnifique poli. On venait de célébrer une messe, et les enfants de chœur étaient en train d'éteindre les cierges devant l'autel. Des nuages d'encens flottaient encore dans l'air.

Il parcourut lentement le vaisseau central. Bifurquant à gauche devant le chœur, il eut le souffle coupé en découvrant la dernière chapelle du bas-côté. Celle-ci était dédiée à saint Matthieu. Les trois tableaux qu'on y avait accrochés, uniques en leur genre, ne pouvaient être que l'œuvre du fameux Michelangelo Merisi, surnommé Caravaggio.

Enrico avait toujours été fasciné par les peintures et leurs messages. Elles avaient leur propre langage, avec des particularités régionales, que seuls les connaisseurs pouvaient décrypter. Un observateur profane était incapable d'en saisir le sens. Au pensionnat de Santa Croce, il avait eu l'opportunité d'assouvir sa passion pour l'art, et on l'avait même fortement encouragé à le faire. Il avait passé beaucoup de temps à contempler les trésors du couvent : les vitraux, les stalles ouvragées, les tableaux et le retable de l'église, les portraits des abbés et des évêques, les enluminures. Le prieur n'avait pas tardé à remarquer sa curiosité et l'avait pris sous son aile. Par la suite, il l'avait souvent autorisé à l'accompagner en voyage dès qu'il s'agissait d'acquérir des *codices* ou des peintures. Par chance, le religieux ne l'avait pas forcé à suivre la carrière ecclésiastique. Après être devenu frère convers, Enrico avait été envoyé à l'université de Bologne pour étudier le droit et servir un jour les intérêts de Santa Croce. *Vous mettrez votre savoir au service de l'Ordre*, lui avait dit autrefois le prieur, *et vous revaudrez au couvent ce qu'on vous a donné.* Par la suite, devenu expert en œuvres d'art, Enrico avait respecté son engagement en conseillant les bénédictins lors de l'achat de tableaux et de manuscrits. Sur recommandation du prieur, il avait finalement été appelé à Mantoue, à la cour des Gonzaga, où on l'avait engagé comme secrétaire.

Il pénétra dans la chapelle, s'installa sur un prie-Dieu près de l'entrée et porta d'abord son attention sur la toile latérale à gauche de l'autel. L'œuvre représentait la vocation de saint Matthieu. Le bras surdimensionné de Jésus-Christ désignait le futur apôtre qui, publicain de profession, était en train de compter des pièces. Le Messie venait donc le chercher sur son lieu de travail. On avait l'impression que le rai de soleil, qui semblait provenir de la fenêtre située au-dessus de l'autel, enveloppait le collecteur des impôts pour le guider vers la lumière de la connaissance.

Au-dessus de l'autel était suspendu un autre tableau montrant l'apôtre avec un ange. Pieds nus, en équilibre instable sur un tabouret, Matthieu, vieilli, avait un air tourmenté. Il paraissait craindre de ne pas pouvoir achever son évangile.

En contemplant le retable, Enrico sentit monter en lui le sentiment de bonheur familier qu'il éprouvait toujours en examinant une œuvre d'art. Un sourire se dessina sur ses lèvres. Alors qu'il voulait admirer la troisième toile, il entendit un chuchotement.

Un peu plus loin derrière lui, deux hommes parlaient bas. Enrico crut reconnaître la voix péremptoire de celui qui menait l'entretien.

Tendant l'oreille, il ne perçut cependant que des bribes de phrases.

« … Caravaggio… agir… scudi… sa mort… »

Lentement, il tourna la tête vers le collatéral. Du coin de l'œil, il repéra le manteau noir de Scipione Borghese. L'aristocrate discutait avec un individu dissimulé dans l'ombre d'une colonne. Et la conversation semblait plutôt vive.

Enrico mit sa main en entonnoir derrière son oreille pour mieux entendre.

« … Je dois procéder avec prudence !

— Voici ! »

Borghese tira d'une poche de son manteau une bourse en cuir. Celle-ci contenait sans doute les scudi qu'il venait d'évoquer. Son interlocuteur la prit et la soupesa gravement.

« Ça ira, pour le début. L'homme que j'emploie pour ce genre de tâche coûte cher, *signore*.

— Vous m'avez assuré qu'il…

— Oui, il sait comment intimider le peintre… Et si rien n'y fait, il lui infligera les pires souffrances. Croyez-moi, Caravaggio ne devrait pas… »

Un enfant de chœur entra dans la chapelle pour éteindre les cierges, et Enrico ne put entendre la fin de la phrase.

Peu de temps après, les deux comploteurs se séparèrent. Voyant Borghese se diriger droit sur lui, Enrico baissa la tête en priant pour ne pas être reconnu. Mais, trop occupé à remettre son écharpe sur son visage, l'aristocrate longea le bas-côté sans le remarquer.

Soulagé, il respira profondément. Pour se remettre de ses émotions, il admira la troisième toile de la chapelle. Le tableau, qui avait pour thème le martyre de Matthieu, était aussi l'œuvre de Caravaggio, il n'y avait aucun doute. Un effet de lumière saisissant éclairait le saint à terre et son bourreau qui se dressait devant lui. La scène dramatique se jouait sous les yeux du roi Hirtacus, le commanditaire du meurtre. Dissimulé à l'arrière-plan, le souverain éthiopien avait les traits du peintre lui-même.

Enrico frissonna. L'analogie avec ce qu'il venait d'entendre était frappante. Borghese, membre d'une puissante famille, venait de commanditer un meurtre. La victime n'était pas un saint, mais un peintre qui montrait un talent exceptionnel pour représenter des thèmes sacrés.

Accablé, il cacha son visage derrière ses mains. Peut-être avait-il rêvé ? Avec un peu de chance, la conversation qu'il venait de surprendre n'était que le fruit de son imagination. Mais lorsqu'il jeta un coup d'œil par-dessus son épaule, il vit Scipione Borghese sortir de l'église. Quelques instants plus tard, ce fut au tour de son complice de se glisser par le portail. Le visage du mystérieux personnage était dissimulé sous un capuchon d'où jaillissaient quelques mèches rousses.

10

« Où se cache-t-il, ce maraud ? »

Nerina sursauta. Un inconnu se tenait à contre-jour sur le seuil de l'auberge. Du plat de son épée, il frappait la couture de sa cuissarde. Le soleil projetait sur le sol devant lui une ombre surdimensionnée.

Elle était venue dans cette *osteria* avec Michele pour prendre un cruchon de vin et trinquer en souvenir de Lena. Durant les derniers jours, l'odeur de putréfaction était devenue insupportable dans l'atelier. La veille, ils avaient déposé le cadavre chez les carmes, qui avaient lu pour la prostituée les dernières prières avant de l'enterrer ce matin dans le cimetière des pauvres.

« Non, *signore* ! Il est interdit d'entrer ici avec une épée ! »

L'aubergiste s'était avancé pour barrer le passage à l'inconnu, mais se figea net lorsque ce dernier pointa sa rapière vers lui.

« Où est ce maudit barbouilleur ? »

Nerina posa la main sur le bras de Michele en espérant qu'il ne se laisse pas provoquer. L'homme qui venait de faire irruption n'était autre que Pasqualone, un notaire qui disputait à Caravaggio depuis des années les faveurs de Lena. Les deux rivaux s'étaient déjà battus à plusieurs reprises. Une fois, Michele avait même passé quelque temps à la prison de Tor di Nona après avoir blessé son adversaire.

« Ne dis rien, souffla Nerina. Il ne nous a pas vus. »

Michele semblait ne pas avoir reconnu le notaire. Il ne réagit que lorsque l'intrus eut fait quelques pas dans la salle plongée dans la pénombre.

« Pasqualone D'Accumulo ! grogna-t-il. Que vient faire ce fieffé coquin par ici ? » À voix haute, il lança : « Eh ! Pasqualone ! Qu'est-ce qui peut bien attirer ton gros cul de juriste jusqu'au Campo Marzio ? »

Nerina lui donna une bourrade dans les côtes. Après quelques gobelets de vin, Caravaggio était incroyablement querelleur et irritable. À cela s'ajoutait la perte de Lena. Le peintre n'avait jamais caché son attirance pour la jolie prostituée. Il l'avait même plusieurs fois choisie comme modèle pour ses madones.

« As-tu perdu la tête, Michele ? s'écria-t-elle, lasse des combats de coqs de son mentor. Tu sais bien qu'il te déteste. Et il est armé !

— Je n'ai jamais eu peur d'un homme armé ! »

Le notaire, dont les yeux ne parvenaient toujours pas à percer la pénombre qui régnait dans l'auberge, se tourna dans leur direction.

« C'est toi, Caravaggio, espèce de barbouilleur infatué ? Montre-toi, maudit fornicateur ! »

Michele se leva brusquement en repoussant la table devant lui. Nerina reçut un coin de l'épaisse planche de chêne en plein estomac. La douleur lui coupa le souffle, et elle ne put retenir le peintre. Celui-ci quitta le renfoncement où ils étaient installés pour s'avancer vers son adversaire.

« C'est bien moi, Michelangelo Merisi da Caravaggio. Ta mère t'a laissé sortir, pleutre ? Tu ferais bien de retirer ce que tu viens de dire ! »

Pasqualone fit un moulinet avec sa rapière avant de viser la poitrine du peintre. La lame tremblait légèrement.

« Où est Lena ? Elle a disparu depuis une semaine. L'as-tu encore… »

Il n'acheva pas sa phrase et fit un pas vers Michele. Ce dernier se figea, ignorant l'épée pointée vers lui.

« Elle est morte, Pasqualone. Lena est morte !

— Que dis-tu, maudite canaille ? »

Le notaire s'approcha encore. Son épée n'était plus qu'à deux pouces du cou de Caravaggio.

N'y tenant plus, Nerina bondit de sa chaise et l'apostropha :

« Êtes-vous sourd, Pasqualone ? Lena est morte. Noyée dans le Tibre ! »

Le nouveau venu baissa lentement son arme sans quitter Michele du regard.

« Comment ? Mais que racontez-vous là ?

— Des pêcheurs ont retrouvé son corps sur la rive en face de l'île Tibérine. »

Soudain, Nerina sentit la chaleur qui entrait par la porte ouverte de l'auberge. Une chaleur étouffante, inhabituelle pour la saison. Puis elle vit le notaire, devenu pâle comme un linge, s'effondrer sur un banc. Il lâcha sa rapière, et sa tête s'affaissa sur sa poitrine.

« Noyée ? »

Caravaggio posa les poings sur la table derrière laquelle son rival s'était assis.

« D'abord, elle a été étranglée avec un foulard. Puis on l'a jetée dans le fleuve. Je ne connais qu'une seule raclure capable de commettre un crime aussi odieux. C'est toi ! »

Tout à coup, il écarta d'un geste brutal la table qui les séparait et sauta sur Pasqualone. Le saisissant à la gorge, il serra de toutes ses forces. Visiblement surpris par cette attaque, le notaire resta sans réaction durant quelques instants avant de se défendre. Dans leur corps à corps acharné, les deux ennemis renversèrent plusieurs cruches, qui se fracassèrent sur le sol, et démolirent une chaise. Au moment où Nerina voulut s'interposer, un homme intervint. L'inconnu, malgré son physique de gratte-papier, parvint à séparer les combattants avec une force étonnante. Michele et Pasqualone roulèrent par terre.

Ramassant l'épée du notaire, le mystérieux personnage dirigea tour à tour la lame aiguisée vers les deux antagonistes.

« Disparaissez. D'abord vous, Pasqualone, ensuite Caravaggio. Si je vous revois vous battre ici, je serai moins clément. »

Intimidés, aucun des adversaires n'osa protester.

Nerina s'approcha pour les aider à se relever, mais l'inconnu la retint en posant une main ferme sur son épaule. Pasqualone se remit debout péniblement et sortit de l'auberge en vacillant.

L'homme marcha jusqu'à la porte. Après avoir regardé le notaire s'éloigner, il fit signe à Caravaggio.

« Vous pouvez y aller, maître Merisi. Rentrez chez vous, maintenant. »

Michele se releva avec effort. Étrangement docile, il quitta à son tour l'*osteria* sans un mot.

« Merci, murmura Nerina à l'inconnu. Pourquoi êtes-vous intervenu ? »

L'individu lui paraissait familier. Ses longs cheveux de jais, sa façon de se tenir un peu penché en avant, ses vêtements noirs ; elle avait vaguement l'impression de l'avoir déjà vu quelque part, mais elle ne parvenait pas à le remettre.

D'un geste affable, l'homme l'invita à s'asseoir à une table.

« Comment vous appelez-vous ? s'enquit-il après avoir pris place en face d'elle.

— Nerina. Peintre et modèle chez Caravaggio. »

Il pinça les lèvres avant d'esquisser un mince sourire.

« Buvez-vous du vin ? Pur ou coupé ? Aubergiste, une carafe et une cruche d'eau ! Apporte-nous également du pain avec un peu de jambon ! »

Nerina le regarda avec stupéfaction.

« Vous n'avez même pas attendu ma réponse, *signore.* »

Se redressant, il ébaucha une révérence.

« Pardonnez ma maladresse. Et j'ai oublié de me présenter. Je suis Enrico. Expert en objets d'art, et précepteur au service du duc de Mantoue. Je séjourne en ce moment à Rome avec mon protégé, Ferdinando Gonzaga. »

Nerina retrouva brusquement la mémoire. C'était sur le marché du portique d'Octavie qu'elle avait aperçu cet homme. Il trottait à côté de la chaise à porteurs des Gonzaga en gesticulant. Elle l'avait trouvé aussi grotesque qu'un personnage de la commedia dell'arte. Pourtant, il venait de démontrer que les apparences étaient trompeuses. En sauvant Michele d'une rixe honteuse, il avait fait preuve d'habileté et de courage. Un peu plus âgé qu'elle, il devait avoir entre vingt-cinq et trente ans. Son menton bleu indiquait une forte pilosité et, aux pattes-d'oie qui rayonnaient au coin de ses yeux, on devinait qu'il aimait à rire. Ses prunelles sombres brillaient d'une lueur peu commune, mais Nerina était surtout fascinée par ses mains graciles. Ses longs doigts effilés paraissaient très frêles, même si, en réalité, il avait une poigne de fer.

Un homme entièrement vêtu de noir entra dans l'auberge et se dirigea vers le fond de la salle. Nerina ne put voir son visage, toutefois l'étrange odeur qui émanait de ses habits ne lui était pas inconnue. Un frisson parcourut son échine. Au moment où elle s'apprêtait à se retourner pour observer le nouveau venu, elle sentit une main se poser sur la sienne. Elle regarda Enrico avant de retirer ses doigts. Cette familiarité lui semblait excessive.

« Je vous remercie d'avoir mis un terme à cette querelle. Vous savez, Michele a tendance à s'emporter facilement. Il a les nerfs à fleur de peau à cause de toutes ces pensées fébriles qui le poussent à peindre. »

Le jeune précepteur garda le silence. Gênée, elle remarqua qu'il examinait ses mains tachées de peinture. Il paraissait attendre quelque chose, mais elle ignorait quoi. Peut-être réfléchissait-il simplement à la manière d'entamer la conversation. Face à une femme, certains hommes perdaient tous leurs moyens.

Elle avait déjà vécu cela quelques années plus tôt. De passage à Florence avec ses parents adoptifs, elle avait fait la rencontre d'un garçon timide. Elle l'avait trouvé charmant, mais celui-ci n'avait jamais osé l'aborder. Il s'était contenté de l'observer et de la suivre à bonne distance. Lorsqu'elle avait finalement pris son courage à deux mains pour lui parler, le jouvenceau avait décampé comme s'il avait le diable à ses trousses. L'amour naissant qu'elle éprouvait alors s'était ensuite dissipé peu à peu.

« Vous n'avez pas besoin de parler », dit-elle pour rassurer son vis-à-vis.

Enrico plongea soudain ses yeux noirs dans les siens. Mal à l'aise, elle détourna la tête afin d'échapper à ce regard pénétrant.

« Nous devons parler, Nerina. Je crois que Caravaggio est en danger ! »

Elle sursauta. Avant qu'elle puisse répondre, le tintement lent et sinistre d'une cloche se fit entendre à l'extérieur. Au fur et à mesure, les bourdons d'autres églises se joignirent au glas jusqu'à recouvrir la ville d'un tapis sonore.

Puis des cris leur parvinrent.

« Le pape est mort ! Le pape est mort ! »

Tous les clients de l'*osteria* se ruèrent dehors. Nerina et Enrico les suivirent. Emportée par une foule de plus en plus dense, elle ne tarda pas à perdre de vue le jeune homme.

11

« Le peintre accomplit des merveilles quand on le brusque un peu ! »

Scipione Borghese ricana intérieurement.

Il n'avait aucune envie d'être dérangé maintenant par le père Leonardus. Le moment était inopportun, même si la visite du prêtre lui permettait d'échapper quelques instants à la farouche dispute qui faisait rage dans l'arrière-salle.

L'ecclésiastique avait arboré un air innocent en présentant son rapport, mais il était évident qu'il tendait l'oreille pour saisir les bribes de phrases qui parvenaient jusqu'à eux. Scipione se promit de rester prudent et de n'accorder aucune confiance à ce curé sans scrupule.

« Les apôtres sont vêtus pauvrement et, à l'instar des carmes de la congrégation de Santa Maria della Scala, ils sont représentés nu-pieds, poursuivit Leonardus. D'après Caravaggio, si un tableau est fait pour décorer la chapelle d'un ordre mendiant, cela doit se voir immédiatement. »

Cette fois, Scipione ne put retenir son rire.

« Ce peintre est complètement fou, mais un fou utile, qui révèle la vérité au monde qui l'entoure. Le clan espagnol va fulminer, et les Italiens vont l'adorer.

— C'est le jurisconsulte Laerzio Cherubini qui, officiellement, a confié la commande à Caravaggio. J'ai su me montrer convaincant. »

À cet instant, les mots « pape », « Philippe », « mort » et « Italie » fusèrent de la pièce attenante. Scipione observa Leonardus. Le prêtre avait certainement compris qu'il était ici question de la succession de Clément VIII, mais il n'en apprendrait pas plus. Il fallait lui donner l'impression d'être au cœur des événements, sans pour autant lui révéler l'essentiel.

Leonardus tressaillit lorsque Scipione vint se planter devant lui. Absorbé par les fragments de discussion qu'il saisissait au vol, l'ecclésiastique ne l'avait pas vu se rapprocher.

« Mon cher révérend père, vous faites un excellent travail. Mais dites-moi, près de Maria della Scala, n'y aurait-il pas la Casa Pia, ce foyer qui accueille les prostituées et les femmes battues par leur mari ?

— C'est exact, messire. Il se trouve juste derrière l'église.

— Parfait. Benedetto Giustiniani et Tolomeo Gallio, les deux cardinaux responsables de ce foyer, font partie de la fraction italienne. Cela va exaspérer encore plus les Espagnols. »

Croisant les mains dans le dos, Scipione se mit à arpenter la salle. Son plan était sur le point de réussir. Caravaggio se laissait manœuvrer comme un pion, sans se douter des réactions qu'allait provoquer son tableau. Cette œuvre subversive aurait une incidence sur le conclave, sans que les participants s'en aperçoivent.

Des rires éclatèrent dans la pièce adjacente jusqu'à ce qu'un chut autoritaire réclame le silence. Puis une voix familière s'éleva. Profonde et vibrante, elle se distinguait aisément des autres. C'était celle de Camillo Borghese, son oncle.

« Pour le moment, tout se déroule comme prévu, dit-il en s'arrêtant devant le prêtre. Êtes-vous bien sûr que Caravaggio a peint la Vierge pieds nus ? A-t-il vraiment utilisé comme modèle un cadavre repêché dans le Tibre ? »

Leonardus esquissa une révérence.

« Certain, messire. J'ai vu la toile ! La madone est presque terminée.

— J'ignore si cet homme est courageux, ou s'il fait tout pour finir sur le bûcher. Quelle hérésie ! Représenter la Vierge Marie, la sainte mère de l'Église, pieds nus comme une vulgaire fille de ferme. Mais, sans le vouloir, il sert parfaitement nos intérêts. À présent, mon père, il faut faire éclater un scandale. On doit parler de ce tableau dans toute la ville ! »

De nouveau, le prêtre s'inclina.

« Cela va coûter cher, messire.

— Vous avez déjà reçu une grosse somme pour financer votre mission…

— Cet argent a été employé pour payer Caravaggio et l'hospitalier. Le premier ne peint pas dans le but de devenir riche, mais il connaît sa valeur. Quant au second, il a exigé une forte rétribution. Ce qui est compréhensible. Arracher le peintre à sa léthargie et le pousser à se remettre au travail n'était pas chose facile.

— C'est d'accord, mon père. Vous aurez votre supplément. Mais assurez-vous que Caravaggio achève son travail au plus vite. Et faites circuler la rumeur qu'il est en train de peindre un tableau blasphématoire. »

D'un signe de tête, Scipione salua le prêtre et traversa la salle pour rejoindre la réunion qui se poursuivait à côté. Du coin de l'œil, il vit Leonardus s'incliner révérencieusement. De cette manière, l'ecclésiastique espérait saisir encore quelques mots avant de se retirer. Lorsque les battants de la porte s'ouvrirent, Scipione plongea dans une mer de pourpre. D'éminents cardinaux étaient présents dans le palais Borghese ce jour-là – notamment Del Monte, Baronio, Barberini et Sannesio. Il imagina le visage de Leonardus qui pouvait maintenant apercevoir l'illustre aréopage. Le prêtre devait certainement se demander ce que complotaient ici tous ces hauts dignitaires de l'Église.

Un sourire aux lèvres, Scipione pénétra dans la pièce et attendit que les laquais referment les vantaux derrière lui. Pour l'instant, tout se déroulait comme prévu. Une seule interrogation demeurait. Caravaggio continuerait-il longtemps à tenir le rôle qu'on lui avait attribué sans se douter de rien ?

12

Rome avait disparu sous un voile de deuil obscur. Toutes les lumières étaient éteintes, plus aucune bougie ne brûlait. Même la lune et les étoiles se cachaient derrière les épais nuages noirs qui couvraient le ciel. Une atmosphère étouffante, fort étrange pour un mois de mars, régnait à l'intérieur des murs de la cité et pesait sur ses habitants. Les places et les ruelles d'ordinaire bondées étaient désertes, comme si la ville s'était éteinte avec le pape. Pourtant, Nerina aurait cru qu'on danserait de joie en apprenant la mort de Clément VIII, qui, par son népotisme et sa prodigalité, avait entraîné la ruine de maintes petites gens. La vie aurait dû reprendre ses droits après des années de bigoterie paralysante, mais il n'en était rien. On ne sentait ni soulagement ni espoir. Au contraire, les Romains attendaient avec une tension palpable l'issue du conclave.

Nerina, accompagnée d'Enrico, arpentait les sombres venelles du Campo Marzio en s'étonnant du silence ambiant. Ils se tenaient légèrement par la main afin de ne pas se perdre dans l'obscurité. Malgré elle, la jeune femme devait reconnaître que ce contact n'était pas désagréable. Le précepteur de la famille Gonzaga lui plaisait, et elle aimait sa démarche souple et élastique qui rappelait celle d'un félin. En sa présence, elle se sentait pousser des ailes.

« Comment m'avez-vous retrouvée ?

— J'ai dû mener quelques recherches, mais ce ne fut pas trop difficile.

— Vous m'avez espionnée ?

— Je le formulerais autrement. Je m'intéresse à Caravaggio et, en suivant sa trace, je suis retombé sur vous. »

Tout à coup, la main d'Enrico étreignit plus fortement ses doigts. Il l'attira vers lui et posa son autre main sur sa bouche. La respiration de Nerina s'accéléra, et elle se figea de surprise. Avant qu'elle ait eu le temps de réagir, il lui souffla :

« Je ne vous veux aucun mal, mais surtout ne faites pas de bruit. Nous sommes suivis. »

Nerina acquiesça, et Enrico retira aussitôt sa main. Tous deux prêtèrent l'oreille. Des pas discrets se firent entendre derrière eux.

Elle se pencha pour ôter ses sabots de bois, puis reprit la main du jeune précepteur.

« Comment fait-il pour nous filer ? La ville est plongée dans les ténèbres.

— Notre poursuivant a du flair », murmura Enrico. Malgré l'obscurité, Nerina devina qu'il souriait. « La peinture à l'huile vous donne un parfum irrésistible et reconnaissable entre tous. »

Elle lui donna une bourrade dans les côtes pour le punir de son insolence.

« Venez ! »

Nerina, qui connaissait le quartier comme sa poche, se mouvait dans la nuit avec l'assurance d'un chat. Elle entraîna Enrico dans une ruelle latérale. Après une brève course, ils se dissimulèrent sous un porche. Derrière eux, les pas se rapprochèrent. Lorsque le mystérieux personnage passa près d'eux, ils retinrent leur souffle. Nerina eut beau plisser les yeux, elle ne put distinguer qu'une silhouette se faufilant dans la nuit. En revanche, elle reconnut sans peine l'odeur de l'individu. Elle l'avait déjà remarquée dans l'*osteria* le jour de la mort du pape. Même si elle n'avait pas pu voir son visage, elle avait compris entre-temps qu'il s'agissait de l'étrange tonsuré entièrement vêtu de noir qui l'avait abordée sur le marché aux poissons avant de disparaître avec Lena.

Ils sortirent de leur cachette et rebroussèrent chemin. Quelques instants plus tard, ils perçurent de nouveau le bruit de bottes dans leur dos.

« Nerina, ce gredin vous suit comme une ombre. Voilà des semaines qu'il rôde devant l'atelier.

— Ne faites-vous pas la même chose ? »

Enrico resta silencieux.

La question se voulait espiègle, mais Nerina frissonna en songeant à l'homme qui la filait. Pour le semer, elle guida Enrico à travers un dédale de venelles jusqu'au Tibre.

« Sentez-vous l'odeur vigoureuse du limon ? »

Même dans le noir, elle n'eut aucun mal à retrouver son coin préféré sur la rive. Elle venait souvent ici pour contempler les eaux tranquilles du fleuve.

Elle avait découvert ce lieu bien des années auparavant, durant son premier séjour à Rome avec ses parents adoptifs. Quand leur petite troupe de baladins était de passage dans la Ville éternelle, ils s'installaient sur l'une des placettes situées à proximité. C'était là que Michele l'avait repérée trois ans plus tôt.

Nerina grimpa avec prudence sur l'enrochement destiné à consolider la berge.

« L'autre jour, vous avez disparu tout à coup, lorsque les cloches ont sonné le glas. »

Le précepteur émit un petit rire.

« Non, c'est vous qui vous êtes volatilisée. Je vous ai cherchée partout.

— Vous m'avez trouvée, maintenant. Venez. »

Elle s'assit sur l'un des gros quartiers de roche, puis tapota ensuite la pierre sombre pour inviter son compagnon à prendre place près d'elle. Enrico s'approcha à tâtons.

L'un à côté de l'autre, ils écoutèrent longuement le doux murmure du fleuve. De temps à autre, un clapotis retentissait quand un poisson sautait dans l'eau. Trois ans plus tôt, c'était Michele qui était venu la rejoindre ici après avoir examiné ses tableaux. En ce temps-là, elle avait cru que son père l'avait vendue. Mais, contre toute attente, l'artiste l'avait complimentée sur son talent de peintre et lui avait ensuite proposé de la prendre en apprentissage. Elle l'avait écouté avec stupéfaction. Faire ce genre d'offre à une femme frisait la folie, et elle s'était entendue répondre qu'elle consentait à venir travailler dans son atelier. Elle n'avait posé qu'une seule condition : il ne devrait jamais la toucher. Car, contrairement à son talent, son corps n'était pas à vendre. Michele avait éclaté de rire avant d'opiner. Pour la rassurer, il avait accepté de prêter serment sur l'amulette que sa future élève portait toujours autour du cou. Jusqu'à présent, il avait tenu sa promesse.

Nerina s'arracha à ses souvenirs pour revenir à la réalité. C'était Enrico qui était assis près d'elle. Sa cuisse était collée contre la sienne.

« Que vouliez-vous me dire à l'*osteria* avant que nous soyons interrompus ?

— Je voulais vous prévenir.

— Me prévenir ?

— Vous, et surtout Caravaggio.

— Pourquoi ? Est-il en danger ?

— Commençons par le début. Vous savez que je suis au service de Ferdinando Gonzaga. »

Nerina opina.

« Nous connaissons son père, le duc de Mantoue. Il a acheté une toile à Michele.

— Le duc m'a engagé il y a quatre ans comme précepteur pour Ferdinando. Originaire de Pérouse, j'ai fréquenté les universités de Bologne, Milan et Mantoue. Le droit, la philosophie, la musique, les langues. Je me suis intéressé à différentes matières, et j'ai pourvu à mes propres besoins en travaillant comme commis greffier et copiste. Après mes études, mon mentor m'a recommandé auprès de Vincent Ier, qui cherchait un professeur pour son fils. Mais je ne veux pas vous ennuyer avec les détails de ma vie.

— Vous ne m'ennuyez pas, Enrico. »

Malgré elle, la voix de Nerina s'était faite plus rauque. Le jeune homme parut remarquer le changement et se racla la gorge avant de poursuivre.

« Ferdinando est ici, à Rome. Récemment, j'ai assisté à une conversation dans laquelle il était question de votre maître. On veut se servir de lui pour influer sur le conclave. »

Elle pouffa de rire.

« Vous rêvez trop, Enrico. Comment un peintre pourrait-il influer sur la politique ? Michele peint pour l'Église parce qu'elle paie bien. C'est tout. » Baissant la voix, elle ajouta : « Dites plutôt que vous vous faisiez du souci pour moi et que vous vouliez me revoir. »

N'obtenant aucune réponse, elle tourna la tête avec étonnement. Voilà qu'elle faisait un pas vers lui, et il ne réagissait pas ! Ne s'intéressait-il pas à elle ? Vexée, elle lâcha :

« Inutile de jouer la comédie avec moi. Si vous tenez tant à prévenir Michele, pourquoi n'allez-vous pas le trouver ? Je ne suis pas sa mère ! »

Elle avait parlé plus fort qu'elle n'aurait voulu parce que le silence d'Enrico la piquait au vif. Croyait-il vraiment le grand Michelangelo Merisi en danger ? Quelle idée ridicule ! Caravaggio faisait partie des peintres les plus célèbres de Rome, et il avait de puissants protecteurs. Quiconque oserait s'en prendre à lui serait aussitôt jeté en prison. Le seul véritable danger auquel il était exposé avait une robe rubis et séjournait dans des cruches de terre cuite. C'était le vin qui finirait par le tuer.

Tout à coup, Enrico la tira de ses réflexions en saisissant sa main. Puis, se pressant contre elle, il murmura :

« Chut ! Notre homme est tout près ! »

L'oreille aux aguets, Nerina perçut le sifflement des chauves-souris, le chuchotis du Tibre et le bruissement des sauterelles. Entre ces bruits, elle crut distinguer un souffle léger, comme si quelqu'un s'efforçait de respirer par la bouche pour se faire discret. Effectivement, ils n'étaient pas seuls.

« Mais qui est-ce ? » demanda-t-elle avec inquiétude.

D'un geste protecteur, Enrico posa le bras sur ses épaules. Au même moment, ils entendirent un frottement d'étoffe, et des pas s'éloignèrent.

Ils restèrent blottis l'un contre l'autre. Nerina sentit la douce chaleur qui émanait du corps d'Enrico et ferma les yeux pour savourer cet instant. Mais en songeant à l'individu qui les espionnait, elle ne put s'empêcher de frissonner.

Le précepteur desserra son étreinte.

« Il est parti.

— Oui, mais comment nous a-t-il trouvés ?

— Le scélérat semble connaître vos habitudes. À l'évidence, ce n'est pas la première fois que vous venez vous réfugier ici. »

Nerina caressa l'amulette porte-bonheur qu'elle portait autour du cou. Le contact du métal froid la rassura.

« Pourquoi nous épiait-il ?

— Je l'ignore, mais j'aimerais bien le découvrir. En tout cas, j'espère que vous prenez maintenant mon avertissement au sérieux. Vous êtes sans doute en danger, comme Caravaggio. Je vous en prie, vous devez me faire confiance – et m'aider. »

Nerina se releva brusquement. Elle rajusta ses jupes avant de songer que, dans l'obscurité, personne ne pouvait s'apercevoir que celles-ci étaient froissées. Son instinct lui soufflait qu'elle devait parler de son étrange rencontre sur le marché aux poissons quelques semaines plus tôt. Ce matin-là, le mystérieux individu qui l'avait accostée avait ensuite disparu avec Lena. Était-il responsable de la mort de la prostituée ? Mais, au moment d'ouvrir la bouche, elle fut prise d'une hésitation soudaine.

« Pourquoi faites-vous cela, Enrico ? »

13

« Tu vas finir par mettre le feu à la maison, Michele ! cria Nerina.

— J'ai besoin de calme. Et de lumière. Dépêche-toi de m'apporter d'autres flambeaux, compris ? »

Caravaggio la fixait de ses yeux injectés de sang qui semblaient étinceler au fond des orbites. Un filet de vin coulait à la commissure de ses lèvres, et ses habits étaient couverts de peinture.

Dans ces moments-là, elle le détestait parce que c'était son animalité qui prenait le dessus sur l'artiste sensible. Il semblait alors habité par un démon destructeur qui le poussait aux pires extrémités.

« Tu as perdu l'esprit, Michele. Si tu crois que nous allons rester encore comme ça pendant des heures, tu te mets le doigt dans l'œil ! Toutes les fenêtres sont barricadées afin que personne ne t'accuse de contrevenir à l'obscurcissement total de la ville décrété par le conclave en signe de deuil, et l'air est vicié par tes torches chargées de suie. Nous étouffons, là-dedans ! »

Caravaggio se leva de son siège et se mit à tourner autour de l'imposant tableau qui montrait la défunte

Vierge entourée des apôtres. Il se mouvait comme un loup jaugeant sa proie avant d'attaquer.

Nerina ne le lâcha pas des yeux. Les modèles, regroupés derrière une Lena imaginaire, n'osaient pas faire un geste. Ils connaissaient les accès de fureur du peintre et attendaient que l'orage passe. La fréquence de ces crises avait augmenté avec les années. Plus sa renommée s'étendait, plus Michele buvait. Et il arrivait de moins en moins à se maîtriser.

D'un mouvement brusque, il lança sa palette. La plaque de bois atteignit Nerina à l'épaule. Puis il saisit un flambeau et se mit à l'agiter frénétiquement.

« Qu'il brûle, ce fichu atelier ! Qu'il se transforme en un brasier infernal ! Vous n'avez aucune idée de ce que c'est de mettre ses pensées sur une toile, vous autres ! Vous n'êtes qu'une bande d'ignares aveugles ! Personne ne sait ce qu'il m'en coûte de donner un coup de pinceau, d'élaborer une couleur, de modeler une expression. »

Tel un feu follet, il sautilla à travers la pièce en brandissant sa torche. Des étincelles fusèrent, ce qui fit battre en retraite les figurants apeurés.

« Restez où vous êtes ! » feula Caravaggio.

Il se dirigea ensuite vers Nerina. Recroquevillée sur son tabouret, la jeune femme se tenait l'épaule. Elle ne pouvait détacher son regard du peintre en courroux, atterrée et fascinée à la fois.

Haletant, les yeux fiévreux, il vint se planter devant elle et éclaira son visage en approchant le flambeau. Nerina écarta vivement la tête, car les flammes commençaient à lécher ses cheveux.

« Tu m’as fait mal ! » se plaignit-elle en lui tendant la palette.

Michele recula d’un pas. La lueur folle que jetaient ses prunelles sombres s’éteignit pour faire place à un étonnement sincère.

« Comment ? Je t’ai fait mal ? »

Nerina acquiesça en le regardant droit dans les yeux. Elle esquissa un sourire qui parut déstabiliser son maître.

« Cela ne se peut pas », répéta-t-il de manière presque inintelligible, l’air hagard.

Après un court moment d’incertitude, il prit sa palette et retourna vers son siège. Mi-assis, mi-debout, il recommença à fignoler les détails de son tableau comme si de rien n’était.

« Plus de lumière ! murmura-t-il. Plus de lumière ! »

Sans vérifier si l’on suivait ses ordres, il reporta son attention sur la toile. Il mélangeait ses couleurs avec précaution pour peindre ensuite par petites touches. Complètement absorbé par son activité créatrice, il ne semblait plus de ce monde.

Nerina se leva et alla se placer derrière lui. Elle massa doucement la nuque de l’artiste. Michele travaillait en continu depuis près de dix heures. Il ne mangeait pas, mais buvait une bouteille de vin après l’autre. Tantôt il chassait ses modèles dans la rue pour être seul, tantôt il les suppliait de revenir.

« Il faut que tu dormes », lui souffla-t-elle à l’oreille tout en faisant signe aux figurants de quitter l’atelier.

Caravaggio semblait peindre en transe. Presque machinalement, il apposait des couleurs, corrigeait les contours d’une figure.

Nerina poursuivit son massage. La tête de Michele s'inclina lentement en arrière et vint se poser sur sa poitrine. Il avait les yeux fermés, mais elle savait qu'il ne dormait pas.

« Je pourrais peindre ce tableau sans ouvrir les paupières, dit-il au bout d'un moment. Parfois, il me paraît plus réel que la réalité.

— C'est ce que les gens aiment dans tes œuvres, Michele. La vie qui les habite. Chaque fruit, chaque feuille semble respirer, comme s'ils avaient quitté le monde réel pour s'inviter dans le tien.

— Mais si je veux parvenir à ce résultat, je dois voir le tableau par-devers moi.

— Quand tu es trop fatigué, les contours perdent de leur netteté, et ça te contrarie. »

Caravaggio secoua la tête. Nerina se pencha et déposa un baiser sur une tache bleue qui ornait son front. Le point de couleur avait le goût d'huile de lin et de lapis-lazuli.

« Non. Plus le monde réel est flou, plus la vision de mon imagination se fait précise. Tu comprends ? Je ne sais pas vraiment peindre, Nerina. Je sais seulement reproduire ce que je vois là-dedans. » De l'index, il tapota sa tempe. « C'est en cela que réside le secret. Je vois tout mentalement, il ne me reste ensuite qu'à adapter la réalité à mes pensées. Mais après un certain temps, je ne sais plus distinguer le réel de l'imaginaire. Où est-ce que je vis ? Ici ? » Il montra la toile. « Ou là ? »

D'un geste ample, il désigna l'atelier. Nerina remarqua que sa main tremblait.

« Tu vis dans les deux mondes, Michele ! »

Elle caressa les boucles sombres qui recouvraient la nuque du peintre. Les flambeaux jetaient une lumière vacillante sur le tableau, et on aurait dit que la Sainte Vierge était sur le point de se lever pour gagner le ciel. Nerina comprenait à présent pourquoi Michele l'avait représentée pieds nus, la robe froissée. Quand la toile était éclairée par la lueur dansante des flammes, le corps de Marie semblait se redresser au milieu des apôtres endeuillés.

« C'est magnifique, chuchota-t-elle.

— Les carmes vont refuser cette toile. Trop profane, diront-ils. Elle ne respire pas la doctrine nouvelle de l'Église. Ils considéreront qu'elle pue la superstition protestante. »

Nerina reprit son massage pour le calmer, mais elle sentit la nuque du peintre se crisper sous ses doigts. L'agitation montait en lui comme une marée déferlante.

Caravaggio se dégagea d'un mouvement brusque. Il s'ébroua et passa la main dans ses cheveux sales.

« Laisse-moi travailler, ordonna-t-il en saisissant une bouteille de vin. Les moines s'impatientent. La mort du pape les a rendus nerveux. Lorsque tu étais au marché, l'un d'eux est venu ici pour me demander quand le tableau serait achevé.

— Un carme ?

— Je n'en sais rien. Probablement. Il était pieds nus.

— A-t-il apporté de l'argent ? »

Michele s'esclaffa.

« Crois-tu que j'ai terminé ? Les frocards nous ont fait une avance pour payer la toile et les couleurs. Mais ils ne donneront pas un scudo de plus tant que le tableau ne leur sera pas livré.

— Nous avons besoin d'argent. Le vin, la nourriture, les modèles, il faut bien payer tout ça. Nous n'avons plus rien ! »

Il se retourna vers son élève.

« Laisse-moi seul. S'il te plaît. Je dois me concentrer.

— Le jour point, Michele. Repose-toi un peu.

— Veux-tu mourir de faim, pardi ? Pour que tu puisses acheter quelque chose à manger, je dois peindre. »

Nerina tapa du pied sur le sol.

« Si tu buvais moins, il nous resterait plus d'argent pour payer notre pitance. »

Michele se redressa d'un bond, renversant avec fracas son haut tabouret.

« Dehors ! J'en ai assez de tes jérémiades ! » hurla-t-il en lançant son pinceau contre le mur.

La jeune femme haussa les épaules. Que cette tête de mule meure de faim ou se noie dans son vin ! Elle ramassa ses affaires, drapa un châle sur ses épaules et quitta l'atelier sans un mot. Michele ne remarquerait même pas son départ. Ce n'était pas simple de vivre avec lui. Il lui arrivait souvent de travailler des jours entiers et de s'enivrer à mort. Pourtant, même complètement soûl, il parvenait à peindre un drapé avec une précision inouïe. Elle savait qu'il se donnait beaucoup de peine afin de respecter sa promesse de ne jamais la toucher, mais elle devinait qu'il l'aimait en secret. Ce qui ne l'empêchait pas de copuler comme un cerf en rut avec les prostituées qu'il engageait comme modèles.

Elle descendit lentement l'escalier et sortit de la maison. Contrairement aux jours derniers, l'air était désagréablement humide. De l'autre côté de la rue, elle crut apercevoir une silhouette sombre disparaître sous un porche. Était-ce encore l'individu qui la suivait partout ? Elle plissa les yeux pour scruter le renfoncement, mais ne vit personne. Peut-être s'était-elle trompée.

Soudain, la cloche du Castel Sant'Angelo se mit à sonner joyeusement, bientôt imitée par toutes les églises de Rome. Les habitants ouvrirent leurs volets en bâillant. D'autres apparurent sur le seuil de leur porte. Le quartier s'anima comme par enchantement, et un cri se répercuta de venelle en venelle.

« *Habemus papam !* Nous avons un pape ! »

Le conclave était terminé. *On dirait que l'Église a retrouvé un berger*, songea Nerina. Sans se laisser gagner par l'enthousiasme ambiant, elle s'avança vers le porche sous lequel elle avait cru voir une ombre se faufiler. *Je me demande quelles belles promesses fera notre nouveau pape.*

14

« Nous devons l'empoisonner ! » grogna Camillo Borghese.

Légèrement embarrassé, Scipione regarda autour de lui. Il espérait que les domestiques du palais n'avaient pas l'ouïe trop fine. Entre cardinaux, il était d'usage de s'espionner mutuellement. Il ne faisait donc aucun doute que même les laquais les plus fidèles étaient soudoyés par les Barberini, Aldobrandini et autres Medici.

« Pas si fort, mon oncle. Je comprends votre irritation, mais…

— Irritation ? Je ne suis pas irrité, Scipione. Je suis furieux comme jamais. Diable ! Un Medici sur le Saint-Siège. Et le clan espagnol de nouveau au pouvoir au sein du Sacré Collège. Son chef, ce maudit Madruzzo, avait même annoncé publiquement les noms des candidats qu'il soutiendrait. Pourtant, Baronio a obtenu deux tiers des voix mais, sans l'assentiment des Espagnols, il n'a pas pu être élu. Ensuite, les indécis du Collège ont retourné leur veste. Vous voyez le résultat. C'est une épave qui a coiffé la tiare. Un misérable compromis ! »

Scipione ne savait pas comment aider son oncle. Le nouveau pape, Alessandro Ottaviano de Medici, qui s'appelait maintenant Léon XI, n'était à l'évidence qu'une solution temporaire jusqu'à ce que le parti espagnol réussisse à placer l'un de ses hommes à la tête de l'Église. Une demi-victoire, pour ainsi dire. Medici avait soixante-dix ans passés, et sa santé était fragile. Il n'était qu'une marionnette manipulée par Madrid. Malheureusement, les clans italien et français n'avaient pas su s'unir derrière Camillo.

« Il ne fera pas de vieux os, mon oncle. »

Le cardinal se mit à arpenter son cabinet de travail en gesticulant.

« Les Italiens ont été trahis. Le Collège est retombé sous le joug espagnol ! Quant à vous, Scipione, vous avez failli sur toute la ligne ! »

Scipione baissa la tête. Il savait à quoi son oncle faisait allusion. Caravaggio n'avait toujours pas achevé sa toile pour Santa Maria della Scala. Naturellement, les premières rumeurs avaient parlé d'un affront contre l'Église catholique. Certains murmuraient que Rome était en train de se laisser séduire par le protestantisme. Les Espagnols tremblaient en songeant aux répercussions que *La Mort de la Vierge* pourrait avoir, mais le tableau restait invisible. La place qu'on lui avait réservée dans la chapelle consacrée à l'Assomption était désespérément vide. Le peintre n'avançait pas assez vite et passait trop de temps dans les auberges du Campo Marzio.

« Au lieu de choquer les esprits et de pousser les patriciens de la ville à se soulever contre les Espagnols, votre peintraillon ne fait que boire.

— Je vais m'en occuper.

— Trop tard, mon cher neveu. Le conclave est terminé, et nous avons perdu. »

S'approchant de Scipione, le prélat souffla : « Il ne nous reste qu'une seule solution. Hâter le trépas du vieux Medici sans attirer les soupçons. Son cœur fragile ne survivrait sans doute pas à un scandale public. »

Les fatigues du conclave avaient laissé des traces sur le visage d'ordinaire impeccablement rasé de Camillo. La tension, les repas frugaux, l'atmosphère confinée et la déception finale de ne pas avoir été élu : tout cela avait creusé sur ses joues de profonds sillons dans lesquels jaillissaient des poils rebelles. Même le blanc de ses yeux avait jauni.

« Caravaggio provoquera un scandale. Je vous le promets. Son tableau…

— Oubliez cet ivrogne et choisissez quelqu'un d'autre. Prenez Baglione, Tempesta, Caracciolo, Gentileschi ou n'importe qui d'autre. Mais ne me parlez plus de Caravaggio. Je ne veux plus de mauvaises surprises. M'avez-vous bien compris, Scipione ? »

Le jeune Borghese hocha la tête d'un air contrit, mais il n'en pensait pas moins. Il ne lâcherait pas Caravaggio maintenant. Depuis quand son oncle s'y connaissait-il en art ? Les peintres qu'il avait nommés étaient très talentueux, certes, mais aucun n'avait le génie de Michelangelo Merisi. Tous peignaient sagement les toiles qu'on leur commandait en respectant les canons de l'Église. Seul Caravaggio osait braver l'interdit pour créer quelque chose de véritablement nouveau. On n'abandonnait pas un tel artiste. Il fallait seulement l'inciter à travailler plus.

« L'argent que vous avez investi n'est pas perdu, mon oncle. Les Espagnols ont gagné une bataille, mais pas la guerre.

— Juste ciel ! Lors du prochain conclave, je serai peut-être trop vieux, ou j'aurai déjà rendu l'âme.

— Vous devriez vous reposer. La messe pontificale avec l'élévation à la papauté n'a lieu que demain. »

Au grand étonnement de Scipione, son oncle opina.

« Vous avez raison. Le combat a usé mes forces. Je vais prendre du repos. Pendant ce temps-là, réfléchissez à une nouvelle stratégie. »

Scipione embrassa l'anneau cardinalice que lui tendait Camillo Borghese. Puis ce dernier sortit de la pièce.

À peine s'était-il retrouvé seul que le jeune homme claqua des doigts avant de s'installer derrière l'imposant bureau avunculaire. Une porte dérobée s'ouvrit, et une silhouette sombre jaillit de derrière une tenture.

« Avez-vous entendu, père Leonardus ?

— Oui, *signore*. Le contraire eût été difficile.

— Pourquoi Caravaggio travaille-t-il aussi lentement ?

— Il mène la belle vie. Il dépense son salaire en boisson. En général, il travaille une nuit sur trois, entre deux beuveries.

— Je veux qu'il peigne plus vite, que ça lui plaise ou non.

— Comment accomplir pareil miracle ? Caravaggio est l'un des artistes les plus indépendants de Rome. Il ne se laisse soudoyer par personne. S'il n'a pas d'argent, il se débrouille pour se faire inviter. Il ne commence à peindre que quand il n'est pas trop ivre – et quand il est ivre, il peint d'autant plus.

— Il doit bien y avoir un moyen de faire pression sur lui. »

Scipione vit le prêtre se tortiller et comprit qu'il fallait l'allécher un peu pour le faire parler.

« Approchez, mon ami, dit-il d'une voix mielleuse. Vous désirez recevoir une prébende, pas vrai ? Je peux vous l'obtenir immédiatement, si Caravaggio fait ce qu'on attend de lui. Qu'il obéisse de bon gré ou non, cela m'est égal. Ce qui compte, c'est qu'il livre de nouvelles toiles de qualité. » Les lèvres de Leonardus frémirent. « Et pour vous faire patienter, reprit Scipione en tirant une bourse pleine de son manteau, voici un petit encouragement.

— Après réflexion, je crois savoir ce qui pourrait l'inciter à travailler plus vite. J'ai fait quelques recherches sur le passé de Michelangelo Merisi, et j'ai découvert quelque chose qui va vous intéresser. Avant d'arriver à Rome, il a déjà eu des démêlés avec la justice. Il a même séjourné en prison. »

Scipione porta la main à sa bouche et bâilla ostensiblement. Il ne tirerait rien d'une information aussi insignifiante. La plupart des artistes passaient un temps en prison au cours de leur vie. Avant de trouver mécènes et protecteurs, ils n'étaient pour la plupart que de pauvres diables qui vivaient dans le dénuement. Souvent criblés de dettes, ils étaient des habitués du pilori.

« En quoi cela peut-il m'intéresser ?

— Oh, ce n'est pas tout. Caravaggio a une sœur. Avant de partir pour Rome, il a dû partager avec elle l'héritage familial. C'est grâce à ce modeste legs qu'il a pu s'installer ici. »

Le jeune Borghese émit un autre bâillement agacé. Il détestait qu'on tourne autour du pot.

« Et alors ?

— Son séjour en prison, il l'a fait juste avant de toucher son héritage.

— Il était endetté, je suppose ? »

Mettant l'étiquette de côté, le père Leonardus s'appuya familièrement contre l'imposant bureau. Scipione jeta un regard réprobateur à son informateur. Quel toupet ! Puis l'ecclésiastique se pencha et articula quelques mots à voix basse.

« Vous en êtes sûr ? » s'écria Scipione, stupéfait.

Il frappa du poing sur sa paume. Ce qu'il venait d'apprendre valait de l'or. À présent, il tenait Caravaggio. Le peintre serait contraint de travailler pour lui jusqu'à complet épuisement.

« J'en suis tout à fait certain, monseigneur ! » certifia Leonardus.

15

Nerina s'éveilla avec les tempes serrées. Son estomac la tiraillait. Les rayons du soleil éclairaient le rideau qui séparait son alcôve de l'atelier. Il faisait déjà chaud, et des gouttes de sueur perlaient sur sa peau. Une odeur de renfermé planait dans l'air. Elle avait la nausée, et sa salive avait un goût amer. Lentement, elle se leva de sa couche pour aller s'asseoir sur son pot de chambre. Puis elle détacha les bandes de tissu qu'elle avait nouées par précaution entre ses jambes la veille au soir. Prévoyante, elle avait également rempli un broc avec l'eau du puits. Elle se lava soigneusement avant de mettre les bandages à tremper. Ces jours-là, elle enviait les hommes qui ne connaissaient pas de tels problèmes. Elle ceignit ensuite des linges propres et s'habilla. Enfin, elle boucla sa ceinture sous sa poitrine pour faire bouffer sa robe.

Lorsqu'elle écarta le rideau, elle se figea d'étonnement. Michele avait disparu. Elle s'efforça de réfléchir. À travers les brumes de la migraine, des souvenirs affleurèrent à sa conscience. Lorsqu'elle s'était couchée, l'aube pointait. Michele travaillait encore à sa toile ; il peignait une tenture drapée en arrière-plan. À présent, le tableau était caché sous un tissu et son mentor s'était envolé.

Elle s'approcha pour soulever l'étoffe. *La Mort de la Vierge*, qui sentait la peinture fraîche, était achevée. Du moins, elle ne voyait plus de parcelles vacantes. Michele avait terminé l'œuvre pendant son sommeil, donnant à la madone les traits sereins d'une dormeuse.

Nerina esquissa un sourire. Caravaggio était un magicien. Au sein de la guilde des peintres de Rome, personne n'était capable de peindre un tableau pareil, encore moins à cette vitesse-là. Elle fit tomber l'étoffe et s'assit sur le tabouret haut de Michele pour contempler la toile. Dans cette position, les douleurs menstruelles étaient un peu plus supportables. D'une main, clle se massa doucement le ventre d'un mouvement circulaire.

Il lui avait raconté qu'en arrivant à Rome, il avait vécu chez un certain Lorenzo, puis chez un homme nommé Antiveduto Grammatica. Les deux peintres vivaient de portraits exécutés prestement. C'était à cette époque que Michele avait appris à peindre avec rapidité. Depuis, il avait conservé et développé cette aptitude.

Elle promena son regard sur la toile. Caravaggio n'était pas un homme pieux. En tout, il contrevenait aux canons de la contre-réforme imposés par l'Église. Nerina pressentait que le tableau, malgré sa force expressive, ne serait pas accepté par les carmes. Ceux-ci demanderaient certainement à Michele de le modifier. Les apôtres qui entouraient ici la Vierge n'étaient pas des prêtres, comme le recommandait la ligne officielle du moment, mais des profanes. Ils n'étaient en aucun cas des représentants de l'Église, seulement des hommes qui s'adonnaient naturellement au deuil et à la contemplation, et qui n'avaient nul besoin d'intermédiaire dans leur relation à Dieu. Or celui-ci était absent. D'après les Évangiles, le Christ accourait pour accompagner l'âme de Marie jusqu'au ciel. Mais où était-il ici ? Pourquoi manquait-il à l'appel ?

« Le tableau est enfin terminé, à ce que je vois ! »

Nerina tressaillit. Faisant volte-face, elle découvrit au milieu de l'atelier le moine qui leur avait commandé l'œuvre. Elle ne l'avait pas entendu entrer.

« Pardonnez-moi, je ne voulais pas vous effrayer. Seulement me renseigner sur l'état d'avancement de la toile. »

Unissant le pouce et l'index, l'intrus posa la main sur sa poitrine et s'inclina légèrement.

Nerina déglutit avec peine. Elle avait soudain la gorge desséchée et ne savait que dire.

« Comment êtes-vous entré ? » réussit-elle finalement à articuler.

Malgré ses efforts pour se ressaisir, elle avait parlé d'une voix rauque et hésitante.

« La porte était ouverte. »

Elle frissonna. Son instinct lui soufflait que quelque chose clochait avec ce mystérieux moine qui dissimulait soigneusement son visage sous son capuchon. Elle remit le tissu sur le tableau et le lissa pour l'empêcher d'adhérer sur la surface peinte.

« Ce n'est pas encore sec, et il manque le vernis. Michele vous apportera la toile dans deux ou trois jours. Vous serez prévenu en temps et en heure. »

Le nouveau venu fit un pas en avant. Involontairement, Nerina observa les pieds nus de l'ecclésiastique. Elle sentit alors ses cheveux se dresser sur sa nuque. Ce qu'elle voyait n'était pas les pieds d'un carme qui marchait sans chaussures par tous les temps. La peau diaphane était tellement propre qu'elle paraissait presque transparente. Sans aucune égratignure, ni crevasse ni callosité. Le visiteur ne pouvait pas être un religieux de l'ordre de Notre-Dame du Mont-Carmel. Mais quelle que soit sa véritable identité, elle ne devait pas rester seule avec lui dans l'atelier. Il émanait de ce sinistre personnage un danger presque palpable.

Elle n'avait pas le choix. Si elle ne parvenait pas à le chasser, il lui faudrait s'enfuir. Mais où diable se trouvait Michele ?

Rassemblant son courage, elle tenta de donner le change.

« Si vous avez des questions à poser à maître Merisi, venez avec moi. Il est à l'*osteria* du coin de la rue pour fêter l'achèvement de son travail. C'est moi qui suis chargée de passer le vernis. »

Elle se leva et fit signe au moine de la suivre. Lorsqu'elle passa près de lui, il l'agrippa violemment par le poignet. Les avertissements d'Enrico lui revinrent en mémoire, et elle songea à l'étrange individu qui l'épiait depuis des semaines. Au même moment, elle perçut une odeur qu'elle reconnut aussitôt. Le faux carme et le malandrin qui la filait ne faisaient qu'un. Une pensée pétrifiante s'imposa dans son esprit. L'homme sans visage sentait la mort.

« C'est à vous que j'ai quelque chose à demander », annonça-t-il posément.

À son grand étonnement, elle s'entendit répondre d'une voix ferme :

« Posez votre question. Mais lâchez-moi, vous me faites mal ! »

Lui tordant le bras, le sombre personnage se plaça derrière elle.

« Vous supporterez la douleur, murmura-t-il. Dites-moi, pourquoi Caravaggio passe-t-il son temps à fréquenter les tavernes au lieu de travailler ? Il devrait prendre cette commande au sérieux, sinon la curie révélera la vérité sur son inconduite passée. Une telle annonce pourrait gravement nuire à sa réputation, maintenant qu'il est en passe de devenir l'un des plus grands peintres de Rome. »

Nerina se débattit fougueusement, sans réussir toutefois à se dégager.

« J'ignore de quoi vous parlez ! Si vous désirez vous plaindre, allez trouver Michele. Je ne fais que préparer les couleurs et appliquer les vernis. »

Son assaillant se pencha pour lui glisser à l'oreille :

« Vous partagez aussi sa couche.

— Vous n'êtes pas un moine, mais un bouc lubrique ! »

L'homme accentua sa pression, et Nerina tomba à genoux. Ne pouvant échapper à l'étau qui enserrait son poignet, elle se pencha en avant pour tenter d'atténuer la douleur.

« Qu'avez-vous donc contre Michele ? hurla-t-elle.

— L'information que nous détenons suffirait à le faire excommunier. »

À cet instant, une voix retentit depuis le rez-de-chaussée.

« Nerina ? Es-tu là-haut ? »

Signora Bruna ! Nerina n'avait jamais été aussi heureuse d'entendre sa logeuse.

« Je suis ici ! Pouvez-vous venir m'aider ? »

Le moine la lâcha brusquement. Elle bascula en avant et se reçut de justesse sur les paumes. Des pas lourds, accompagnés d'une respiration haletante, s'élevèrent dans la cage d'escalier. Peu après, Prudenzia Bruna apparut dans l'encadrement de la porte.

« Que fais-tu par terre, ma petite ? »

Nerina fut incapable de répondre. À quatre pattes sur le plancher, elle tremblait comme une feuille.

« Cette jeune fille voulait se confesser, expliqua le carme d'un ton innocent. Je lui ai donné l'absolution. Au revoir. »

Outrée, Nerina voulut protester, mais elle ne parvint à émettre qu'un sanglot convulsif. Elle entendit le religieux sortir de l'atelier, puis ses bras s'affaissèrent, et elle tomba de tout son long.

« Nerina ! »

Signora Bruna l'aida à se relever et la guida vers son lit. Tandis que Nerina s'allongeait dans l'alcôve, encore étourdie, la maîtresse de maison partit en quête d'un linge propre.

Elle était moulue, une violente migraine vrillait son crâne et elle avait toutes les peines du monde à ne pas éclater en sanglots. Même si elle n'appréciait guère sa logeuse, elle devait admettre que celle-ci l'avait sauvée. Le moine en avait-il après elle ? Avait-il attendu le départ de Michele pour venir la menacer ?

Son mentor s'était certainement rendu dans l'une des tavernes du quartier pour boire quelques pintes de vin. Il faisait toujours cela quand il finissait un tableau.

Mais qu'avait raconté le prétendu moine ? D'après ses dires, un événement passé pouvait valoir à Michele l'excommunication. Si on lui infligeait une telle peine, le peintre – déjà mal vu parmi ses confrères et dans certains cercles cardinalices à cause de ses mœurs dissolues – serait complètement détruit. Et pourtant, aux yeux de Nerina, il était un brillant artiste, le seul à Rome à mériter véritablement cette appellation.

Prudenzia Bruna revint avec un linge humide qu'elle appliqua avec délicatesse sur le front de la jeune femme.

« Est-ce que tout va bien ? demanda-t-elle d'une voix soucieuse. Qui était donc ce moine aux manières étranges ? »

16

L'atmosphère était étouffante à l'intérieur de Santa Maria della Scala, mais cardinaux, prêtres et moines continuaient d'affluer. Impitoyables, les hauts dignitaires de l'Église se frayaient un chemin dans la foule à coups de crosse pour gagner la dernière chapelle du collatéral droit. Dans celle-ci régnait un tapage peu orthodoxe. Une cohue grouillante s'était agglutinée devant le tableau qui trônait au-dessus de l'autel, dissimulé sous une pièce d'étoffe blanche.

Enrico avait conquis une petite place à l'angle du bas-côté. De son point de vue, il pouvait observer la chapelle bondée tout en gardant un œil sur la nef. Il tourna la tête et son regard se porta sur le maître-autel, surmonté d'une célèbre madone à laquelle on attribuait des pouvoirs miraculeux. Pourtant, l'image sacrée n'intéressait personne ce jour-là. L'assemblée tumultueuse n'attendait qu'une chose : le dévoilement du tableau de Caravaggio intitulé *La Mort de la Vierge*. Enrico parcourut des yeux l'église à la recherche de Nerina, mais le public n'était constitué que d'hommes.

À l'évidence, les carmes qui surveillaient le portail interdisaient l'accès aux femmes.

Soudain, un jeune aristocrate surgit près de lui. Mis avec une élégance toute prétentieuse, le nouveau venu avait une épaisse chevelure noire ondulée qui tombait en cascade sur ses épaules. Sans ménagement, le fat bouscula Enrico pour passer devant lui. Ce dernier rendit coup pour coup, mais le béjaune l'ignora et continua sa progression. Enrico jura intérieurement. Le chapeau emplumé du godelureau lui masquait à présent la vue sur l'autel.

Au même moment, l'assistance se tut. Un chant mélodieux s'éleva dans l'église. Une arabesque musicale à la gloire de la Vierge Marie. Puis une procession de carmes sortit de la sacristie. Le visage dissimulé sous leur capuchon, un cierge à la main, ils marchaient en rang par deux. Ils se dirigèrent d'un pas lent vers la chapelle, et la foule s'écarta tout naturellement pour les laisser passer.

Des nuages d'encens envahirent la nef. Les moines répétaient inlassablement leur choral, entrecoupé de prières en latin. Le spectacle éveilla de mauvais souvenirs chez Enrico, qui détourna le regard. Ce genre de défilé religieux lui donnait la nausée.

Au bout d'un temps qui lui parut une éternité, les carmes s'arrêtèrent devant le tableau voilé. Formant un demi-cercle devant l'autel, ils posèrent sur le sol leurs grands chandeliers. Le prieur fit une génuflexion avant d'asperger d'eau bénite l'étoffe blanche sous laquelle était dissimulée *La Mort de la Vierge*. Puis il balança l'encensoir à toute volée.

Enrico croyait que la cérémonie ne se terminerait jamais. Heureusement, le chant finit par s'éteindre et un calme lénifiant revint dans l'église. Sur un signe du prieur, l'un des moines s'avança et tira sur une corde. Le voile tomba en ondulant avec grâce. *Exactement comme le dernier jupon d'une femme devrait tomber*, se dit Enrico en souriant intérieurement.

Un murmure d'étonnement parcourut l'assistance. Après quelques instants de stupéfaction, les conversations reprirent tout doucement çà et là. Enrico contempla la toile tant attendue. Elle était à la fois magnifique et monstrueuse, un chef-d'œuvre digne d'un génie – mais hérétique. Cinquante ans plus tôt, Caravaggio aurait été brûlé en place publique pour un tableau pareil. À peine cette pensée lui avait-elle traversé l'esprit qu'un silence oppressant s'abattit de nouveau sur l'assemblée. Même la chaîne de l'encensoir cessa de cliqueter.

« Quelle honte ! fulmina un individu.

— C'est une hérésie ! » renchérit un autre.

Bientôt, un déchaînement d'injures éclata. Chacun voulait hurler son dégoût et son mécontentement. Enrico se sentit ballotté comme un bouchon de liège au milieu de cette tempête de cris. Qu'avaient donc tous ces gens ? Ne voyaient-ils pas que le tableau sonnait le début d'une nouvelle ère pour l'art pictural ? De par ses contrastes d'ombre et de lumière, son originalité et sa religiosité flamboyantes, il éclipsait toutes les autres peintures de l'église. *Même toi*, songea Enrico en tournant la tête vers la madone miraculeuse qui surplombait le maître-autel. *À côté, tu parais bien fade.*

Entre les clameurs de la foule, il perçut les voix de plusieurs personnes qui tentaient de défendre le tableau.

Il reconnut aisément celle de Scipione Borghese, chaude et puissante. *Ce gaillard aurait fait un bon prédicateur*, remarqua-t-il par-devers lui.

« C'est une approche nouvelle, soutenait Borghese. Ne devrions-nous pas tous revenir à la vertu de pauvreté si chère à Jésus ? Elle se lit sur le visage de Marie !

— Ce n'est pas la mère de Dieu qui est allongée là, mais une ribaude ! »

La réplique avait été vociférée par le prieur des carmes.

« Vous la connaissiez ? » lança une autre voix d'un ton moqueur.

Enrico suspecta le fat emplumé devant lui d'être l'auteur de la pique. Mais personne ne releva.

« Marie n'a-t-elle pas le droit d'être proche de nous ? Notre mère à tous ne peut donc pas être humaine ? »

C'était le cardinal Del Monte, le protecteur de Caravaggio, qui avait parlé.

« Si, mais on ne doit pas la rendre vulgaire. Elle est étendue là, sans vie. Où est Notre-Seigneur Jésus-Christ ? Où est l'âme de la Sainte Vierge qui monte au ciel ? Sur ce tableau, la mère de Dieu est représentée comme une femme ordinaire ! C'est intolérable ! »

Enrico ne connaissait pas le prélat qui venait de prononcer cette tirade. En revanche, une chose était sûre : l'homme faisait partie du clan espagnol.

« Pourquoi n'aurait-elle pas le droit d'être une femme ordinaire alors même que le pape est un homme ordinaire ? »

Il y eut un mouvement dans l'assistance. La question était choquante, et tous les gens présents cherchaient à identifier le mauvais plaisant.

De nouveau, Enrico soupçonna le jeune aristocrate arrogant d'avoir émis cette provocation. *Étonnant*, se dit-il. Vingt ans auparavant, de telles paroles lui auraient valu d'être jeté dans un cachot du Castel Sant'Angelo, où sa faconde lui aurait servi à éloigner les rats.

Enrico se pencha en avant pour observer le profil du béjaune. Avec des joues aussi rondes et imberbes, le garçon ne devait pas avoir plus de dix-huit ans.

« Vous êtes courageux », murmura-t-il à l'intention de celui qui l'avait bousculé un peu plus tôt.

Il se demandait pourquoi un freluquet de la sorte se montrait aussi imprudent dans le seul but de défendre Caravaggio.

Sans tourner la tête, le godelureau répondit :

« Bien plus que vous ne pouvez l'imaginer. Mais là n'est pas la question. Le sort d'un grand artiste est en train de se jouer ici, et tout indique que c'est un coup monté. »

Enrico le regarda avec surprise. Comment le blanc-bec pouvait-il être aussi certain de ce qu'il avançait ? D'où connaissait-il Caravaggio ?

Le précepteur n'eut pas le temps de réfléchir. Autour de lui, la foule commença à s'agiter telle une mer bouleversée par la tempête. Des attaques verbales jaillissaient de la masse houleuse comme des gerbes d'écume.

« Il faudrait jeter le peintre au cachot !

— La mère de Dieu est ramenée sur terre et peut enfin être femme.

— Au bûcher !

— À bas la tyrannie espagnole !

— Ce tableau insulte les âmes pieuses !

— Flanquez en l'air la toile de ce mécréant qui a violé sa sœur ! » cria quelqu'un depuis la nef.

Le silence revint brusquement. Enrico frissonna. Qui claironnait pareille accusation ? Après s'être brièvement intéressés au tableau, les visiteurs s'en prenaient maintenant au peintre. Peu à peu, l'odieuse calomnie se répandit dans toute l'église.

« Vous avez entendu ? Il a violé sa sœur ! »

D'autres voix s'élevèrent pour réfuter l'allégation. Partisans et adversaires de Caravaggio s'échauffaient. De part et d'autre, on brandissait le poing en vociférant des insultes. Durant quelques instants, Enrico crut que même les cardinaux se mettaient à distribuer des coups autour d'eux. En réalité, ils maniaient la crosse pour inciter les carmes à leur frayer un passage à travers l'assemblée tumultueuse. Les prélats cherchaient à s'échapper.

Soudain, deux cris de guerre retentirent dans le bâtiment sacré.

« Pour l'Espagne !

— Pour l'Italie ! »

Comme s'ils avaient attendu ce signal, défenseurs et détracteurs se jetèrent les uns sur les autres.

« N'avais-je pas dit que c'était un coup monté pour saboter la cérémonie ? siffla le jeune noble en saisissant Enrico par le poignet. Venez, vite ! Il faut partir avant qu'ils démolissent toute l'église. »

Enrico refusa de se laisser entraîner et essaya de se dégager. Malgré son apparence plutôt frêle, le béjaune avait une force étonnante.

« Lâchez-moi !

— Cessez donc de vous débattre ! intima le garçon en se retournant vers lui. Nous en avons assez vu. »

Le cœur d'Enrico fit un bond dans sa poitrine. Il avait soudain reconnu la voix de celui qui le tirait vers la nef. Abandonnant toute résistance, il suivit l'emplumé. Les deux fuyards progressèrent lentement à contre-courant, car tous les visiteurs se précipitaient vers la chapelle. Personne ne voulait rater une bagarre dans une église, à laquelle participaient même les plus hauts membres du clergé. En jouant des coudes, ils parvinrent finalement à atteindre le portail. Juste avant de sortir, le jeune aristocrate perdit son chapeau, mais Enrico put le rattraper.

Aveuglés par le soleil de midi, ils quittèrent aussitôt le parvis pour se réfugier dans une ruelle bordant l'édifice. L'ombre apaisante de Santa Maria della Scala les enveloppa.

Encore essoufflé, le freluquet lança :

« Je vous ai bien eu, avouez-le !

— J'admets ne pas vous avoir reconnue immédiatement, mais votre voix vous a trahie.

— Balivernes !

— Bon, je l'avoue, j'ai mis un certain temps. Tenez, votre chapeau, Nerina. Vous êtes vraiment très convaincante dans votre costume de damoiseau. » Ils échangèrent un sourire complice. « Je suppose que vous vous êtes déguisée ainsi afin de pouvoir assister au dévoilement du tableau ? devina Enrico.

— Oui, mais je voulais surtout voir si mes soupçons se confirmaient.

— Quels soupçons ? »

Nerina s'adossa contre le mur de l'église. Le précepteur plongea son regard dans les grands yeux bruns qui semblaient dépourvus d'iris. Les joues de la jeune femme étaient recouvertes d'un léger duvet noir qui faisait ressortir son teint hâlé et le rouge profond de ses lèvres. Son visage s'éclaira d'une lueur espiègle avant de retrouver son sérieux.

« Je craignais que les commanditaires du tableau ne cherchent à le détruire afin de ne pas avoir à payer la somme qu'ils doivent encore à Michele. Mais c'est bien pire que ça.

— Caravaggio devra modifier sa toile. Chose qui lui est déjà arrivée à plusieurs reprises. »

Nerina fixa le sol quelques instants avant de relever la tête.

« Non, cette fois-ci, c'est différent. On veut le perdre. Avez-vous entendu ce qu'on lui reproche ? On l'accuse d'avoir violé sa sœur. Ce n'est pas un saint, mais il est unique – et je suis certaine qu'il n'a jamais forcé une femme. Tout ça n'est qu'une mise en scène pour le discréditer. » Elle raconta brièvement la visite du moine mystérieux à l'atelier. « Michele est en danger, je le sens.

— Vous avez raison, acquiesça Enrico.

— Je dois découvrir qui tire les fils de cette intrigue. Acceptez-vous de m'aider ? »

Il détourna la tête pour ne pas s'abîmer de nouveau dans les yeux sombres.

« Vous l'aimez, votre Caravaggio, hein ? »

17

« Qui est donc ce *signor* Domenico avec lequel tu causais l'autre jour à l'*osteria* ? » demanda Nerina.

Se tenant devant son miroir, elle observait le reflet de Michele. Celui-ci se gratta le crâne sans la regarder. La question semblait le perturber. Pourtant, elle n'avait pas rêvé. Elle l'avait récemment surpris en train de deviser avec un inconnu qu'il avait nommé *signor* Domenico.

« Aucune idée.

— Il était assis près de la porte, légèrement caché. Et tu t'entretenais familièrement avec lui. »

Michele se leva et se mit à arpenter l'atelier.

« Laisse-moi tranquille. Y a-t-il encore du vin ?

— Pas de commande, pas de vin ! »

Nerina fronça les sourcils d'un air moqueur. « Tu as refusé l'offre que l'envoyé de Cesare d'Este t'a faite. Il était prêt à te payer grassement. Le duc de Modène n'est pas un homme pauvre. »

Le peintre frappa du poing sur la table avant de se rasseoir.

« Dois-je me laisser importuner par tous ces maudits aristocrates vaniteux ? »

Son agitation était palpable. Elle sentait qu'il cherchait à faire diversion.

« J'aurais dû réagir plus tôt ! » Elle peigna ses cheveux en arrière et fit une longue natte qu'elle dissimula ensuite sous son chapeau à plume. « Nous n'avons plus un scudo. Les carmes n'ont pas versé l'argent qu'ils te devaient. Et tu dois remanier *La Mort de la Vierge*. Ça va te prendre des semaines. »

Les coudes appuyés sur la table, le menton posé sur ses paumes jointes, Caravaggio la détaillait.

« Qu'est-ce que tu racontes, Nerina ?

— Tu n'as pas encore saisi ? Ce n'est pas un hasard si tu repars toujours de zéro. Étrangement, les prêtres de la basilique San Pietro ont refusé ta *Madone des palefreniers* sous prétexte que le parti espagnol au Vatican ne voulait pas voir l'Enfant Jésus entièrement nu. Et *La Conversion de saint Paul*, ainsi que *Le Crucifiement de saint Pierre*, les deux tableaux destinés à la chapelle Cerasi de l'église Santa Maria Del Popolo ? Le trésorier général du pape les a aussi rejetés. Pourquoi ? Les secondes versions qui ont finalement été acceptées ont-elles vraiment une plus grande puissance d'émotion ? *L'Assomption de la Vierge*, d'Annibale Carracci[1], est la seule toile de la chapelle qui n'est pas de ta main. Elle n'a jamais été

1. Célèbre en son temps pour avoir réalisé les décors à fresque du palais Farnèse, Annibal Carrache (1560-1609) est un artiste éclectique qui prônait le naturalisme sans toutefois renoncer au modèle antique.

contestée, et pourtant elle ne peut tenir la comparaison avec tes œuvres. »

Nerina marqua une pause. « Toutes tes commandes publiques sont des échecs. Ça ne t'étonne pas ? »

D'un geste coquet, elle rajusta les bandages qui serraient sa poitrine pour dissimuler ses formes féminines. Puis elle passa un pourpoint matelassé. Après avoir ajouté deux rembourrages à l'endroit des épaules, elle fit un signe de tête à son reflet, un jeune homme charmant au buste charpenté. Satisfaite, elle se retourna vers le peintre resté muet.

« Alors, qu'en dis-tu, Michele ?

— De quoi parles-tu ? De ton déguisement ou de *La Mort de la Vierge* ?

— Les deux. Il faut bien faire quelque chose. Sans argent, pas de vin. Et sans vin, pas de remaniement. C'est simple, non ? » Elle s'avança vers lui. « Je veux savoir qui est ce *signor* Domenico.

— Tu me rends malade, Nerina.

— Que voulait-il ? D'où le connais-tu ? » Caravaggio se retrancha dans le silence. « L'aubergiste ne te fera pas crédit longtemps, cher maître. Nous devrions donc chercher à découvrir qui est à l'origine de ces échecs et quel est le but de ces manœuvres perfides. Sinon, il ne te restera plus qu'à faire rôtir les semelles de tes bottes pour te nourrir.

— Ça finira par s'arranger !

— Pas si tu ignores qui sont tes ennemis.

— Mes ennemis sont tous ceux qui ne savent pas tenir un pinceau correctement ! gronda-t-il.

— Bah, tu n'es pas le seul à savoir peindre.

— Mais aucun de mes concurrents n'a mon talent ! La peste soit de tous ces dilettantes ! Des barbouilleurs, qui ne méritent pas d'être nommés peintres. De quoi sont-ils capables ? Ils ne réalisent que des scènes religieuses gonflées d'afféterie. Je sais que les cardinaux bigots du clan espagnol se délectent de ces tableaux maniéristes. Plus c'est mièvre, plus ça plaît aux gens. Rares sont les peintres que je considère comme de véritables artistes, même si ce sont des aigrefins comme D'Arpino[1]. Je méprise l'homme, mais je respecte son travail. »

Michele se releva lentement et s'approcha de Nerina. Son haleine sentait l'alcool. Il avait passé la nuit à noyer son amertume dans l'excellent vin des Abruzzes que le secrétaire du duc d'Este lui avait fait parvenir.

« Zuccari, Pomarancio, Carracci et Tempesta[2], passe encore. Les autres ne valent rien. » Il ponctua son commentaire d'un rot aviné. « Tu sais que la première version de *La Conversion de saint Paul* était un peu grossière. Je me suis peut-être trop dispersé. Je comprends les critiques qu'on m'a adressées. »

Nerina leva les yeux au plafond.

---

1. Giuseppe Cesari, dit le Cavalier d'Arpin (1568-1640). Peintre maniériste très en vogue à la fin du XVIe siècle, il devient en 1592 le protégé du pape Clément VIII, qui ne tarde pas à l'anoblir. Au moment de son arrivée à Rome, le Caravage travaillera quelques mois chez lui, mais une rivalité acharnée naît rapidement entre les deux artistes, qui ne cesseront de se haïr.

2. Federico Zuccari (1542-1609), Cristoforo Roncalli dit Il Pomarancio (1553-1626) et Antonio Tempesta (1555-1630) sont des peintres maniéristes très connus à leur époque dans toute l'Europe.

« Naturellement, répondit-elle d'un ton narquois. Le grand maître des couleurs, le magicien de la lumière, l'ivrogne au pinceau génial comprend tout ce que des religieux sans aucun sens artistique peuvent reprocher à ses tableaux.

— Pour gagner de l'argent, il me suffit de remanier *La Mort de la Vierge*. »

Nerina dissimula une dague sous son pourpoint.

« Dans ce cas, il faut te hâter, Michele. *Signora* Bruna n'a pas apprécié que tu fasses un trou dans le toit de sa maison. »

Caravaggio chassa la remarque d'un geste las. Il se mit à chercher quelque chose au milieu de cruches d'huile de lin et de pots remplis de pigments. En le voyant aussi léthargique, Nerina sentit la rage monter en elle et éprouva le besoin de le piquer au vif.

« Nous n'avons plus une goutte de vin, Michele. Tu devrais peut-être te remettre à peindre des portraits bon marché comme autrefois pour obtenir quelques pièces.

— Je peins quand il me chante, et je ne choisis que les commandes qui me plaisent ! » hurla-t-il brusquement.

Il essaya de la gifler, mais elle esquiva le coup parce qu'elle avait anticipé sa réaction. À présent, elle devait quitter les lieux au plus vite. Mieux valait ne pas rester à proximité lorsque le peintre était pris d'un accès de fureur.

« Fais ce que tu veux ! lança-t-elle en tournant les talons. Quant à moi, je vais mener mon enquête. »

Elle le planta là et se glissa hors de l'atelier. Arrivée au pied de l'escalier, elle décida de passer par l'arrière-cour afin que personne ne la voie sortir de chez elle dans son déguisement. Le mystérieux personnage qui ne la lâchait pas d'une semelle faisait certainement le guet dans la rue. La cour n'avait pas d'issue, mais on pouvait se faufiler dans le bâtiment de derrière en grimpant sur le toit du poulailler. Une fenêtre permettait d'accéder à la cage d'escalier. On s'éclipsait ensuite par la venelle située de l'autre côté du pâté de maisons.

Une fois dehors, elle mit les mains dans ses poches et adopta une démarche masculine pour se diriger vers le portique d'Octavie et le marché aux poissons. Dans la *via* di Sant'Angelo in Pescheria, elle ralentit le pas. C'était ici, en cette fin d'après-midi, que les prostituées racolaient les bateliers du Tibre et les passants. Sans se presser, Nerina descendit la rue en observant timidement les filles postées en retrait sous les porches. Dans la pénombre, celles-ci attendaient avec nonchalance l'arrivée de leurs michetons.

Mal à l'aise, Nerina ne savait pas comment procéder. Son idée était peut-être complètement absurde. Elle cherchait des indices sur le sinistre individu qui l'avait abordée avant de disparaître en compagnie de Lena. La catin avait été retrouvée morte le lendemain. Malheureusement, il était peu probable que les autres marchandes d'amour puissent la renseigner. Trop de temps s'était écoulé depuis ce matin-là, et les filles ne gardaient en mémoire que les clients les plus riches, ou ceux qui demandaient des choses inhabituelles.

Elle s'était déguisée en homme, car elle savait que les prostituées ne raconteraient rien à une femme. Même en leur proposant quelques pièces pour les embaucher comme modèles, elle n'obtiendrait rien. Quand certaines venaient à l'atelier, elles posaient sans lâcher un mot et partaient ensuite avec leur maigre salaire en articulant à peine un merci.

Arrivant en vue du marché, elle fit demi-tour et remonta la rue en sens inverse. Cette fois-ci, les filles sortirent de leur torpeur. Un garçon timoré qui osait faire un second passage dans la rue se transformait en un client potentiel. Nerina fut étonnée par leur manière franche de l'accoster pour vanter leurs spécialités. À la fois fascinée et déconcertée, elle n'eut pas la présence d'esprit de faire semblant d'accepter l'une des propositions. Malgré tout, ces raccrocheuses lui faisaient de la peine. On voyait sur leur visage qu'elles avaient touché le fond. Elles étaient des âmes perdues dans cette ville où l'on aurait préféré les cacher, mais où personne ne pouvait se passer de leurs services – et encore moins l'Église catholique et ses prélats. Pour la plupart faméliques, vêtues de guenilles, elles avaient la peau marquée par les coups et les maladies. Rares étaient celles qu'on pouvait considérer comme jolies, mais Nerina comprenait pourquoi Michele cherchait parmi elles ses modèles féminins. Les ambulantes avaient dans le regard cette expression qui s'était éteinte chez les Romains des quartiers aisés, et qui avait disparu depuis longtemps des yeux des ecclésiastiques. L'expression des parias, des mangeurs de poussière, des gens qui n'avaient plus que leur foi et qui commençaient même à douter de celle-ci.

Nerina frissonna en songeant que ce destin aurait pu être le sien. Que se serait-il passé si ses parents adoptifs l'avaient vendue au lieu de la confier aux soins de Michele ? Le peintre l'avait prise en apprentissage parce qu'il croyait en son talent, mais elle aurait pu tomber sur un maquereau sans aucune morale. Avec moins de chance, elle aurait pu se retrouver dans cette rue à donner son corps contre de l'argent ou finir dans le Tibre comme Lena.

Un peu plus loin, plusieurs michetons devisaient à voix haute de la politique de Léon XI. Agissant contre les intérêts de Venise, le nouveau pape avait accordé un subside conséquent à l'empereur Rodolphe II. En contrepartie, le souverain du Saint Empire lui avait promis protection et assistance. Manifestement, Léon en avait bien besoin, puisque la rumeur courait qu'il avait déjà survécu à deux tentatives d'assassinat. Choisir le Vatican comme allié pouvait paraître étrange de la part du petit-fils de Charles Quint, qui passait pour un grand amateur d'alchimie, de nécromancie et de magie noire. Malgré tout, Rodolphe s'était décidé à soutenir Rome et sa contre-réforme en rassemblant les États allemands catholiques contre les protestants, qui gagnaient considérablement en influence dans le nord de l'empire. Il marchait ainsi sur les traces du défunt Philippe II d'Espagne, vaincu cinq ans plus tôt par les calvinistes néerlandais, et le pape voyait en lui le futur champion de la cause catholique. Même si Nerina ne s'intéressait pas trop à la politique, elle prêta une oreille attentive aux explications.

Lorsqu'elle entama son troisième passage, elle se força à se concentrer sur sa mission. Si elle voulait apprendre quelque chose, elle devait faire semblant de choisir une prostituée. Hésitante, elle finit par remarquer une jeune femme en haillons, pelotonnée dans un renfoncement entre deux maisons. Malgré la crasse qui couvrait le visage de la catin, elle avait l'impression de l'avoir déjà vue quelque part. Oubliant son malaise, elle se pencha pour lui adresser la parole.

« Êtes-vous libre ? »

Surprise, la fille se recroquevilla un peu plus. Puis elle releva lentement la tête.

« C'est à moi que vous parlez ? »

Nerina sut aussitôt qu'elle ne s'était pas trompée. Elle avait retrouvé la prostituée que le sinistre personnage du marché avait violemment repoussée avant de disparaître avec Lena. Lavée et peignée, la jeune femme devait être jolie.

« Vous êtes belle. »

La malheureuse émit un rire rauque qui ressemblait à une quinte de toux. Elle recula encore avant de murmurer :

« Vous mentez.

— Aucunement. Alors, êtes-vous disponible ? »

Quand la fille se redressa, Nerina comprit pourquoi elle se tapissait dans un recoin. Elle avait une vilaine plaie sur sa cheville droite, toute rouge. Des croûtes de sang séché s'étaient formées sur la blessure, qui semblait pourtant en voie de guérison. La catin avait essayé de la dissimuler sous des guenilles, mais l'aspect de la chair lésée était repoussant.

« Toujours intéressé ? fit-elle en suivant le regard du faux jouvenceau.

— Que vous est-il arrivé ? »

Nerina s'efforça de dissimuler son excitation. Elle avait tapé dans le mille.

« C'est une longue histoire.

— Racontez-la-moi. Où pouvons-nous aller ? »

Une expression de peur passa sur le visage crasseux de la fille. Puis, d'un mouvement de tête, elle indiqua une petite maison d'un étage située de l'autre côté de la rue. Nerina l'aida à se lever et lui offrit son bras. La prostituée la conduisit en claudiquant dans le bâtiment.

Le rez-de-chaussée était constitué d'une unique salle. De part et d'autre d'une allée centrale, on avait tendu à travers la pièce des ficelles auxquelles étaient accrochées de grandes couvertures grisâtres pour former des compartiments cloisonnés. Sur quelques-unes de ces pièces de tissu, on avait jeté négligemment des écharpes de couleur. Il était difficile de ne pas entendre ce qui se passait à l'intérieur de ces minuscules chambrettes improvisées. Dans l'atmosphère saturée d'émanations corporelles s'élevaient des gémissements et des cris aigus.

La jeune femme guida Nerina jusqu'au fond de la pièce et écarta l'une des couvertures. La cellule n'avait pour tout mobilier qu'une chaise et un valet de nuit. Dans un coin, on avait empilé un tas de haillons qui servait de couche. La prostituée entra en tirant derrière elle son client présumé et laissa retomber le panneau de tissu.

Tandis que Nerina, gênée, restait bras ballants, la fille dégrafa en un tournemain sa robe, qui tomba à ses pieds dans un froissement d'étoffe. Entièrement nue, elle se hâta de lancer une écharpe colorée par-dessus la couverture faisant office de porte pour indiquer que la cabine était occupée.

« Comment vous appelez-vous ? demanda Nerina, qui ne s'était encore jamais sentie aussi embarrassée.

— Cecilia », répondit la fille en se retournant.

Elle était très maigre, mais, hormis sa blessure, elle paraissait en bonne santé. Faisant un pas en avant, elle commença à dénouer les lacets du pourpoint de Nerina.

« Cessez, je vous prie ! s'écria cette dernière d'un ton brusque. J'aimerais seulement m'entretenir avec vous. »

Cecilia recula. De nouveau, une lueur de peur passa dans son regard.

Nerina prit place sur le méchant grabat et tapota près d'elle les hardes entassées. La prostituée s'assit avec prudence.

Elle glissa alors la main sous son pourpoint et en retira l'ultime pièce d'argent qui restait de la somme reçue pour *La Mort de la Vierge*. D'ordinaire, les filles ne gagnaient pas autant pour une passe, mais elle devait appâter Cecilia si elle voulait obtenir des renseignements.

« Cette pièce est à vous si vous répondez sincèrement à mes questions. »

La catin se contenta de hocher la tête en signe d'assentiment.

« Avez-vous beaucoup de clients ?

— Non, pas depuis que j'ai ça ! grommela Cecilia en désignant sa blessure à la cheville.

— Comment est-ce arrivé ? »

La fille dévisagea Nerina d'un air méfiant. Visiblement, elle hésitait à dire la vérité.

Nerina baissa la voix.

« Cette plaie aurait-elle été causée par l'homme qui vous a jetée à terre il y a quelques semaines avant de s'éclipser avec Lena en direction du Tibre ? »

Cecilia écarquilla les yeux avec un air effaré. Elle ouvrit la bouche, comme si elle s'apprêtait à hurler.

« J'ai observé la scène de loin, s'empressa d'ajouter Nerina. Je suis un ami de Lena. »

La prostituée s'était mise à trembler. Nerina posa la main avec douceur sur son épaule pour la rassurer.

« Alors ? Est-ce le cas ? »

Cecilia prit une profonde inspiration.

« Vous avez raison. Nous avons quitté le marché aux poissons tous les trois. Et puis ce maraud a soudain préféré Lena et m'a repoussée.

— Malgré tout, vous n'avez pas abandonné. Vous avez cru qu'il pourrait revenir vers vous après s'être lassé de Lena ?

— Pourquoi pas ? Le gaillard était bien bâti, et il ne semblait pas manquer d'argent. Mais non. Quand je les ai suivis peu de temps après, j'avais autre chose en tête. Je voulais me venger en dérangeant Lena en plein travail. Ça n'a rien donné, parce que je suis arrivée trop tard. Lena ne travaillait plus. Elle était étendue sur la rive, comme si elle dormait. Lorsque je l'ai touchée, sa tête a basculé sur le côté. Elle était morte. »

Cecilia éclata en sanglots et couvrit son visage des deux mains. Un battement de cils plus tard, une voix féminine très profonde retentit derrière le rideau pour demander si tout allait bien. Sans doute la maquerelle. Avec un tel coffre, celle-ci devait être sacrément robuste.

« Ça va, répondit Cecilia. Il n'y a aucun problème. »

Après avoir essuyé ses larmes d'un revers de manche, elle se moucha dans une main qu'elle essuya ensuite sur le tas de guenilles.

« Au moment où j'allais crier, on m'a saisie par-derrière. Je me suis débattue comme un beau diable. Le gredin était fort, mais il a trébuché sur une des grosses pierres de la berge. Je me suis enfuie à toutes jambes le long du fleuve. L'aube se levait, et nous les putains connaissons bien l'endroit. J'étais sur le point de lui échapper quand il a lancé sa dague. Il m'a blessée ici, au pied. Par chance, je suis tombée dans l'eau. Il a certainement cru que j'allais me noyer, je l'ai vu qui me regardait sans bouger depuis la rive. J'ai fait semblant de ne pas savoir nager et je me suis laissé entraîner par le courant. »

Nerina, émue, avait écouté attentivement la confession de la jeune femme.

« Et maintenant, tu as peur qu'il revienne dans le coin et te reconnaisse. Voilà pourquoi tu te blottis dans ce passage obscur, dehors. »

Cecilia opina et fit un signe de tête en direction du rideau.

« La mère maquerelle veille sur les filles d'ici, mais je ne suis pas entièrement en sécurité. Je dois aller dans la rue pour travailler.

— As-tu observé quelque chose de particulier chez l'homme qui t'a poursuivie ? Une cicatrice, une bague, un collier ?

— Une bague ! Il portait une grosse bague au pouce. Si je voyais ce scélérat, je le reconnaîtrais aisément. »

Les pensées se bousculaient dans l'esprit de Nerina. Tout concordait. Le récit de la fille, la bague ouvragée de l'individu qu'elle avait elle-même remarquée. Restait à découvrir le mobile du tueur.

« Pourquoi s'en est-il pris à Lena ? s'enquit-elle doucement.

— Il l'a choisie avec soin. Il a tourné un bon moment autour de nous en posant des questions. »

Nerina tendit l'oreille.

« Quel genre de questions ? »

Elle glissa la pièce d'argent dans la main de Cecilia.

« Il voulait savoir qui parmi nous connaissait le peintre Caravaggio.

— Et toi ? Le connais-tu ?

— Seulement de nom. Mais Lena lui a servi plusieurs fois de modèle… entre autres choses. »

Dehors, toutes les cloches de la ville se mirent à sonner à l'unisson, dominées par le bourdon de la basilique San Pietro. Qu'est-ce que cela pouvait bien signifier ? Le pape Léon XI était-il décédé ? Impossible – et pourtant c'était bien le glas qui retentissait. De quand datait l'élection du nouveau pape ? Trois semaines ? Les deux femmes se regardèrent un instant en silence, puis Cecilia tomba à genoux, se signa et commença à marmotter des prières. Des espaces voisins s'élevèrent également des litanies. Cela ne faisait plus aucun doute. Le pontificat d'Alessandro de Medici n'avait duré que vingt-sept jours.

18

« Votre Sainteté ! »

Avec déférence, Scipione agita son chapeau, fléchit le genou et prit la main tendue pour embrasser l'anneau papal. Il resta ainsi prosterné jusqu'à ce que le nouveau souverain pontife lui fasse signe de se redresser. Les yeux baissés, il attendit ensuite que Paul V lui adresse la parole, ainsi que l'exigeait l'étiquette. Intérieurement, il maudissait tout ce décorum absurde.

Du doigt, le pape congédia ses laquais et ses conseillers. Lorsqu'ils se retrouvèrent seuls dans la salle de réception, Paul se leva de son trône.

« Je suis heureux de vous revoir, Scipione, maintenant que nous avons atteint notre objectif. Le vieux Medici est mort, et un Borghese monte sur le Saint-Siège. C'est la fin de la domination espagnole et le début d'une nouvelle ère. »

Scipione étudia le visage de Camillo Borghese. Celui-ci avait les joues creusées et des cernes bleuâtres, comme s'il n'avait plus mangé ni dormi depuis des jours.

« Vous êtes euphorique, mon oncle. »

Le nouveau pape embrassa la salle d'un geste ample des deux bras. Il s'efforçait de se montrer joyeux, mais Scipione savait que ce n'était qu'une façade. En réalité, Camillo ne s'était pas encore remis des fatigues du conclave. Et ses yeux qui ne cessaient de bouger de-ci de-là trahissaient une grande nervosité.

« Quand on peut contempler à loisir le génie de Raffaello partout où l'on va, on peut se montrer euphorique. Venez avec moi dans la Stanza della Segnatura[1], et vous serez vous aussi gagné par l'euphorie. De haut de ses fresques, les plus grands esprits de l'Antiquité vous observent. »

Camillo Borghese précéda son neveu et traversa la vaste salle de réception, dont les peintures murales racontaient l'histoire de l'empereur Constantin : la bataille du pont Milvius qu'il remporta contre Maxence, sa vision de la croix avant le début de l'affrontement, son baptême et enfin la donation de Rome au pape Sylvestre. Les fresques constituaient une représentation triomphale du pouvoir de l'Église. Fasciné, Scipione s'arrêta pour les admirer. Mais le pape lui fit signe d'avancer.

« Mon cher Scipione, je sais que votre sens artistique s'emballe devant ces fresques, mais seule la conception doit être attribuée à Raffaello. C'est son élève Giulio Romano[2] qui les a peintes après la mort du maître.

1. Stanza della Segnatura (« chambre de la Signature ») : cette salle, située dans les appartements papaux du palais apostolique, fait partie d'un ensemble de quatre pièces décorées par le peintre Raphaël et ses élèves.

2. L'élève favori de Raphaël est connu en France sous le nom francisé de Jules Romain.

En plus, tout cela n'est qu'une mystification. Constantin n'a pas été baptisé par le pape Sylvestre – qui était mort depuis longtemps à ce moment-là –, et l'Église n'a pas reçu les États pontificaux des mains de l'empereur romain. Nous sommes au courant de la supercherie, mais nos ouailles ne doivent pas l'apprendre. C'est mieux ainsi. »

Scipione se laissa entraîner dans une autre salle. Abasourdi par les révélations de son oncle, il ne jeta qu'un œil distrait aux fresques qui la décoraient. Il aperçut une représentation du miracle de la messe de Bolsena, durant laquelle le sang du Christ ruissela de l'hostie, au grand étonnement du célébrant, un prêtre de Bohême qui doutait de la réalité du mystère de la transsubstantiation[1]. Il reconnut également un épisode biblique montrant Héliodore qui, cherchant à s'emparer du trésor conservé dans le Temple de Jérusalem, fut chassé par des anges guerriers. La troisième œuvre avait pour thème la rencontre entre Léon Ier et Attila devant les portes de Rome ; on y voyait le pape qui, grâce à l'apparition miraculeuse de saint Pierre et de saint Paul armés chacun d'une épée, était parvenu à convaincre le roi des Huns de renoncer à son projet d'invasion.

Ils entrèrent ensuite dans une troisième pièce qui avait été aménagée en cabinet de travail. D'après ce qu'il avait pu entendre, cette salle était l'un des rares endroits dans le palais apostolique où l'on ne risquait pas d'être espionné.

---

1. Le changement de toute la substance du pain et du vin en celle du corps et du sang de Jésus-Christ dans l'Eucharistie.

« Prenez place et contemplez cette scène, dit son oncle en désignant la fresque orientée vers l'est. Pour un amateur d'art tel que vous, ce devrait être un immense bonheur. » Arborant un sourire taquin, il ajouta : « Et n'oubliez pas de fermer votre bouche béante d'admiration. »

Scipione s'assit machinalement, puis examina la peinture monumentale qui ornait le mur en face de lui. Dans un temple lumineux étaient rassemblés les philosophes les plus éminents de l'Antiquité. Parmi la soixantaine de personnages, il distingua aisément Aristote, Platon, Archimède, Pythagore, Euclide – le père de la géométrie – et une dizaine d'autres dont les noms lui échappaient en cet instant. Les penseurs, disposés en petits groupes, discutaient et échangeaient leurs idées. L'architecture majestueuse du lieu qui les accueillait concordait avec la grandeur de leur esprit.

« Le divin Raffaello a appelé ce chef-d'œuvre *L'École d'Athènes*. Il s'est représenté lui-même à droite de Ptolémée, et il a donné à Héraclite, Platon et Euclide les traits de Michelangelo, Leonardo da Vinci et Bramante. Impressionnant, n'est-ce pas ? »

Scipione, fasciné par la simplicité géniale de la fresque, ne répondit pas immédiatement. Une idée venait de germer dans son esprit.

« Cette pièce est soumise à la vérité, murmura-t-il. C'est peut-être la raison pour laquelle vous l'avez choisie pour en faire votre cabinet de travail. Mais le chemin pour y parvenir est semé de mensonges et de tromperies, comme ceux de la légende de Constantin.

— Vous êtes observateur et vif d'esprit, mon neveu. Voilà pourquoi je vous ai fait mander. »

Camillo Borghese se releva et se mit à arpenter nerveusement la pièce. Scipione se força à détacher son regard de *L'École d'Athènes* pour jeter un coup d'œil aux autres fresques. Il reconnut *Le Parnasse*, un hommage à la poésie et à la musique, ainsi que *La Dispute du Saint-Sacrement*. Plusieurs vérités étaient donc à l'honneur dans cette salle – théologique, artistique et scientifique. Un raclement de gorge le fit sursauter. Son oncle continuait de faire les cent pas, légèrement courbé, comme s'il portait un fardeau accablant sur les épaules.

« Écoutez-moi bien, entama le nouveau souverain pontife pour attirer l'attention de son protégé. Le parti italien a besoin de successeurs, si je devais – par hasard – mourir prématurément. »

Scipione sortit du ravissement dans lequel les peintures murales l'avaient jeté. Que signifiait cette remarque ? Léon XI, après un pontificat de vingt-sept jours, avait-il été envoyé *ad patres* ? Camillo avait laissé entendre à plusieurs reprises qu'on essayait de forcer le destin en minant sa santé fragile. Derrière ce « on » se cachait certainement le clan italien.

« Vous sentez-vous menacé, mon oncle ? Vous ne paraissez guère reposé.

— Je dors peu. Le Vatican est un cloaque d'intrigues et de cabales. On n'est jamais assez prudent, et il faut savoir réagir vite. Mon prédécesseur s'est montré trop négligent.

— Ce qui a servi vos intérêts.

— Et durant les trois semaines où il a été sur le siège de saint Pierre, j'ai eu le temps de me préparer à ce qui m'attend. Mais, pour être bref, il me faut prendre une décision qui vous concerne.

— Dans quelle mesure ?

— Vous devez vous soumettre aux impératifs de la famille, Scipione.

— Si vous vous expliquiez, peut-être serais-je plus enclin à accepter cette charge. »

Le pape repassa une nouvelle fois sous les fresques qui décoraient la salle depuis près de cent ans et s'arrêta devant *L'École d'Athènes*. Il renversa la tête, mais, au lieu de contempler le chef-d'œuvre de Raffaello, il ferma les yeux.

« Socrate a mis son destin personnel au service de la vérité. Même lorsqu'on l'a condamné à mort, il n'a pas laissé le doute dicter sa conduite. Il s'est soumis au verdict parce qu'il refusait de se placer au-dessus des lois. Il préférait souffrir de l'injustice plutôt que de commettre une iniquité. »

Scipione devinait où son oncle voulait en venir. Néanmoins, il ne voulait pas lui faciliter la tâche.

« Cette parabole s'adresse-t-elle à moi ?

— Qu'elle vous serve de modèle, Scipione ! »

Camillo Borghese se tourna vers lui avant de s'approcher doucement. Scipione se leva et laissa le souverain pontife poser les mains sur ses épaules. Son oncle semblait très tendu. Les rides qui s'étiraient des narines jusqu'aux commissures des lèvres s'étaient creusées un peu plus, et les poils de sa barbe avaient blanchi.

« Je veux agrandir le collège des cardinaux. Et vous êtes mon premier choix. Comme vous n'êtes pas encore membre du clergé, je dois vous demander auparavant votre accord. Accepteriez-vous de recevoir la barrette ? »

Même si la proposition ne l'étonnait pas vraiment, Scipione sentit soudain la sueur perler sur son front. La pièce qui, un instant plus tôt, paraissait immense avec ses fresques monumentales, était devenue exiguë et étouffante.

Le nouveau pape prit son silence pour un assentiment.

« Je n'en attendais pas moins de vous, même si cela vous laisse sans voix. Je dois néanmoins poser une condition. »

Scipione se força à respirer profondément. Imaginer sa nomination à la dignité cardinalice et se la voir offrir réellement étaient deux choses bien différentes.

« Une condition ? N'est-ce pas déjà assez de devoir entrer au service de l'Église ? »

Le visage de Camillo Borghese s'assombrit. Levant les bras, il tourna sur lui-même pour désigner les peintures murales.

« Tout ceci respire un temps qui touche à sa fin. Je le sais, vous le savez. Toutefois, je ne vois encore personne capable de marcher sur les traces de Raffaello ou de Michelangelo. Aucun Bramante à l'horizon ni de génie universel comme da Vinci. Il existe de bons peintres, habiles techniquement, mais pas de grands esprits créatifs. »

Scipione le considéra avec perplexité. Le conclave avait-il embrouillé le cerveau de son oncle ? Pourquoi Camillo évoquait-il les artistes éminents qui avaient travaillé pour les papes du temps passé ? Quel était le rapport avec sa propre élection ?

« Je ne suis pas sûr de vous suivre, mon oncle », glissa-t-il pour obtenir des éclaircissements.

Il se doutait que si le nouveau souverain pontife l'avait convoqué en ces lieux, ce n'était pas par hasard. Le vieux renard devait avoir un plan.

« Avec votre spectacle dans l'église Santa Maria della Scala, vous nous avez rendu un grand service, répondit Camillo en affichant un sourire radieux. Le pauvre Léon XI était furieux. Le scandale lui a remué la bile, et il ne s'en est pas remis. La plupart des membres du parti espagnol auraient aimé arracher la tête de Caravaggio. C'était magnifique ! »

Scipione fronça les sourcils, étonné. Qu'avait donc en tête son tuteur ? Celui-ci n'appréciait guère Michelangelo Merisi et n'achèterait jamais l'une de ses œuvres. Mais, dans la famille Borghese, on avait toujours accepté que les jeunes s'intéressent aux tendances modernes.

Camillo le prit par l'épaule pour le reconduire à pas lents dans la salle consacrée à l'empereur Constantin.

« Vous devez vous séparer de Caravaggio, déclara-t-il brusquement. Je ne peux tolérer pareil barbouilleur non conformiste dans ma belle cité. »

D'un geste autoritaire, il bannit toute objection. En l'espace d'un instant, il avait cessé d'être l'oncle pour redevenir le pape, le chef suprême de l'Église, le gardien inébranlable de la foi.

« Votre artiste nous a été utile, mais s'il devait produire d'autres tableaux de ce genre, il saperait inévitablement ma position. Vous savez que les idées qu'il transmet à travers ses peintures ne sont pas celles de l'Église. Représenter la mère de Dieu déchaussée et toute boursouflée. C'est inadmissible ! »

Pris de court, Scipione répliqua :

« Mais c'est justement le tapage autour de son tableau qui vous a apporté les voix du parti italien. Les membres du clan espagnol le haïssent parce qu'il sait écouter les besoins des petites gens. Il est adoré des pêcheurs, des ouvriers, des coureurs de tripots, bref, du peuple en général ! »

Paul V tendit son anneau. Scipione était congédié. À contrecœur, il embrassa le bijou et serra brièvement la main moite de son oncle.

« Et n'importe qui d'autre pourrait l'employer contre moi, gronda le pontife. Pas de discussion. Si vous ne renvoyez pas ce Caravaggio d'où il vient, vous ne serez pas cardinal. Pourtant, si je me souviens bien, c'était votre souhait, non ? » D'une légère pression sur l'épaule, il poussa son neveu vers la porte. « Ah, j'y pense. Après avoir emménagé ici, j'ai eu l'idée de vous laisser la propriété de la Vigna Vecchia Del Muro Torto. Mes deux frères garderont le palais Borghese. J'espère que cela vous conviendra. »

Sans attendre de réponse, il frappa dans ses mains. Aussitôt, un religieux apparut comme par enchantement aux côtés du visiteur pour le raccompagner vers la sortie.

Scipione s'inclina profondément et s'éloigna, le cœur gonflé d'amertume.

Une chose était sûre : il voulait devenir cardinal coûte que coûte, mais il n'abandonnerait pas pour autant Caravaggio.

19

Nerina tambourina nerveusement sur la table avec les doigts en observant Michele. Ces derniers temps, il s'adonnait encore plus à la boisson. Le rejet de *La Mort de la Vierge* l'avait beaucoup marqué, et un énième duel illicite avec le notaire Pasqualone D'Accumulo – durant lequel les deux hommes avaient été blessés – lui avait valu un nouveau séjour de trois semaines dans un cachot de Tor di Nona. Depuis sa sortie de prison, arrangée grâce à un pot-de-vin de cent scudi, sa consommation d'alcool avait redoublé. Malgré tout, Nerina ignorait ce qui se passait réellement au fond de lui. Depuis trois ans qu'elle était son élève, elle avait l'impression de ne pas le connaître plus que ses pots remplis de pigments de couleur. Elle aurait payé cher pour savoir quels démons le poussaient à se soûler jusqu'à en perdre connaissance.

Assise dans un coin de l'*osteria* favorite de Caravaggio, elle attendait en rongeant son frein que le peintre cesse de commander une cruche de vin après l'autre. Mais elle ne se faisait pas beaucoup d'illusions. Même si l'aubergiste finissait par se lasser de lui faire crédit, Michele ne restait jamais longtemps la gorge sèche. Très apprécié dans le quartier, il trouvait toujours quelqu'un pour lui offrir à boire. Une fois ivre, il racontait des histoires, chantait, dansait sur les tables et pinçait allègrement les fesses des servantes pour le plus grand plaisir des autres clients. Il aimait tenir le premier rôle au milieu d'une joyeuse compagnie d'ivrognes et de prostituées.

Quand Nerina contemplait les tableaux de son mentor, c'étaient justement ces individus qu'elle retrouvait. Ouvriers, mendiants et joueurs, catins et diseuses de bonne aventure. Quand il peignait saint Jérôme, saint Pierre, saint Paul ou la vocation de Matthieu, il peignait les habitants de Rome et non les riches, *monsignori* et aristocrates, qui pressuraient le peuple. Les visages de ses personnages reflétaient la peine et la douleur, parce que ses modèles les avaient vécues. Les saints qu'il représentait avaient les mains calleuses et crevassées, les pieds gonflés et couverts de durillons. C'était pour cela que les Romains aimaient Michele, et que Nerina l'admirait tant. Pourtant, elle ne pouvait se résoudre à le laisser passer tout son temps dans des bouges obscurs où l'on buvait, mentait, se bagarrait et courait les prostituées. Caravaggio était tout aussi dépenaillé que les portefaix, pêcheurs et autres petits artisans qui hantaient ces lieux de perdition. La veste élégante qu'il avait achetée un an plus tôt était en lambeaux. Tout élimée et tachée de peinture, elle pendait comme une loque autour de son corps amaigri. Refusant de se changer, le peintre puait ferme.

Lorsque Nerina le retrouvait dans l'une des nombreuses auberges de leur quartier, elle le débusquait comme un vieil époux. Le plus souvent, Michele se laissait reconduire à l'atelier sans résister. Dans ces moments-là, elle ne savait pas si elle devait éprouver de la répulsion ou de l'admiration pour lui, parce qu'il se moquait de son apparence et ressemblait en tout point aux pauvres hères qu'il peignait. La richesse de Caravaggio était dans son esprit et dans ses tableaux. C'était là que résidaient l'ombre et la lumière, les teintes et les formes, la beauté des choses simples.

Nerina songea à Enrico. Ce dernier avait promis de venir la rejoindre pour emmener Michele hors de Rome. D'après lui, l'artiste était en danger et mieux valait le conduire à Gênes ou chez son mécène Don Marzio Colonna dans le Latium. Fébrile, elle fit tourner son gobelet de vin sur la table crasseuse.

Le peintre Giovanni Baglione était installé à une table voisine en compagnie d'un homme qu'elle connaissait vaguement mais dont le nom lui échappait. Michele détestait Baglione, et l'aversion était réciproque. Jusqu'à présent, les deux rivaux s'étaient contentés d'échanger des regards méprisants, mais la situation risquait de dégénérer à tout instant.

Les craintes de Nerina se confirmèrent lorsque Baglione tourna la tête vers eux.

« Alors, Caravaggio ? clama Baglione en retroussant le bout de sa moustache en croc. On t'a encore refusé un tableau ? Il était de trop piètre qualité ? »

Un silence pesant enveloppa la salle.

« Aubergiste ! cria brusquement Michele. Une cruche de vin pour le pauvre peintre Caravaggio, c'est le très charitable *signor* Baglione qui régale. »

Baglione frappa du poing sur la table à laquelle il était assis. Les buveurs qui s'étaient amassés autour de

Michele reculèrent, au cas où son adversaire aurait la méchante idée de lancer une carafe.

« Pas question d'encourager ton ivrognerie ! Si tu veux noyer ton esprit et par là même ton talent, je ne t'en empêcherai pas, mais débrouille-toi tout seul pour payer ton vin !

— Es-tu passé dans le camp des forts en gueule ou dans celui des pingres, Giovanni ? Allez, rien qu'une cruche !

— Pour que tu t'accroches ensuite complètement ivre à ton chevalet et salisses une toile vierge ? Jamais !

— En tout cas, je ne peins pas des christs grossiers comme toi, Baglione. Ton tableau dans l'église du Gesù est l'un des pires que je connaisse. Jusqu'à présent, je n'ai jamais entendu personne te qualifier d'artiste.

— Parce que tu te considères comme tel, peut-être ? J'ignorais qu'un artiste devait repeindre trois ou quatre fois ses tableaux. Tu prétends représenter la réalité, hein ? Mais au lieu de fréquenter les catins et de caresser la bouteille, tu devrais consacrer un peu plus de temps à tes peintures. »

Caravaggio se leva en tanguant et lâcha une bordée d'injures. Ceux qui se disaient ses amis quand il leur offrait à boire s'esquivèrent. Certains d'entre eux, craignant la bagarre, préférèrent quitter l'auberge.

Nerina regarda autour d'elle. Tous les clients de l'*osteria* suivaient la querelle avec curiosité. À une table, on prenait même discrètement les paris. C'est alors qu'elle remarqua près de la porte une silhouette sombre, assise dans l'embrasure d'une fenêtre. L'individu, vêtu d'une bure, semblait être un moine. Il avait rabattu son capuchon pour dissimuler son visage.

En temps normal, elle n'aurait guère prêté attention au personnage, mais un détail l'interpella. Baglione jetait régulièrement des regards vers le religieux, comme s'il attendait des instructions de sa part.

« Tu as même eu l'outrecuidance d'engager un élève pour avoir au moins une personne qui complimente tes tableaux, assena Michele d'un ton railleur. Mais peut-être que je me trompe. Ne serais-tu pas plutôt chargé de distraire ton maître au lit durant les longues soirées d'hiver, Mao ? »

Caravaggio s'était adressé au compagnon de Baglione, qui parut interloqué d'être ainsi impliqué dans la dispute. Nerina recouvra soudain la mémoire. Le jeune homme timide s'appelait Tommaso Salini. Il était l'ombre de Baglione, celui qui acquiesçait à toutes ses paroles. Tout le monde l'appelait Mao, un diminutif qu'on lui avait donné pour se moquer de son intelligence très limitée.

Baglione blêmit sous l'outrage. Avec un mépris haineux, il éructa :

« Tu peux dire ce que tu veux, mais je ne fais pas le poids face à un violeur. Car tu abuses de ta sœur, non ? Ou as-tu également un frère ? »

Il ricana grassement.

Avec une vitesse étonnante pour quelqu'un en état d'ébriété, Caravaggio attrapa sur la table une assiette remplie d'artichauts à l'huile et la lança au visage de son rival. Baglione parvint à parer le projectile en levant les bras, mais le hors-d'œuvre souilla ses vêtements.

« Ça t'apprendra, dit Michele posément. Je n'ai ni frère ni sœur. » Il se rassit lentement avant d'ajouter d'une voix blanche : « En fait, je n'ai plus de famille. »

Baglione frotta son pourpoint. Puis, d'un revers de manche, il essuya les éclaboussures d'huile qui maculaient son visage.

« Enfant de putain ! » vociféra-t-il en saisissant une cruche de vin. D'un geste brusque, il jeta le récipient sur son adversaire. « Tu n'as plus de famille, hein ? Je ne serais pas surpris que tu les aies tous tués, gredin ! On raconte que tu as fait de la prison quand tu vivais encore à Caravaggio. Condamné pour meurtre. As-tu assassiné le micheton de ta sœur parce que tu ne voulais pas la partager ? Ou parce que tu lorgnais le type et qu'il a refusé de t'accorder ses faveurs ? »

Les peintres s'étaient levés et se toisaient d'un air mauvais. L'aubergiste s'interposa pour apaiser la situation, mais les deux antagonistes ne voulurent rien savoir.

« Dans ce cas, messieurs, battez-vous dans la rue, pas dans mon *osteria*. Sinon, vous devrez auparavant me passer sur le corps. »

Nerina ne put s'empêcher de sourire. L'homme, qui devait mesurer une toise, dépassait les belligérants de plus d'une tête. Michele et Baglione, aussi maigres l'un que l'autre, auraient pu se cacher tous les deux derrière lui.

« Dans la rue, alors ! » s'écria Caravaggio en écartant violemment un banc.

Mais dès qu'il lâcha la table sur laquelle il s'appuyait, il se mit à flageoler.

Baglione, légèrement moins ivre, se tenait un peu mieux sur ses jambes, même s'il ne semblait pas très sûr de lui.

Coude à coude, les duellistes se dirigèrent en titubant vers la porte. Nerina les suivit, mal à l'aise. Elle ne savait pas si elle devait intervenir ou non. Soûls comme ils étaient, les adversaires ne se battraient pas longtemps. Pourtant, le moment était malvenu pour un nouveau revers, car elle avait prévu de partir le lendemain. Michele, dépité, chercherait à oublier sa déconvenue en buvant de plus belle, et elle aurait toutes les peines du monde à lui faire quitter Rome.

En arrivant près de la porte, elle constata que le mystérieux moine avait disparu. Seule planait dans l'air l'étrange odeur qui la suivait depuis des semaines.

Tandis qu'elle se demandait si le comportement de Baglione avait un lien avec le religieux, des bruits de lutte lui parvinrent en provenance de la rue.

Elle se hâta de sortir de l'auberge. Dehors, Caravaggio était déjà étendu dans la boue, le nez en sang. Baglione, vacillant, s'apprêtait à sceller sa victoire d'un coup de pied rageur lorsqu'un chien jaillit de l'obscurité. L'animal, noir comme la nuit qui enveloppait Rome, courut droit vers Baglione et lui mordit la jambe. Déséquilibré, le peintre poussa un cri de douleur avant de s'effondrer.

Le chien alla ensuite se placer devant Michele. Retroussant les babines, il gronda en direction des clients de l'*osteria* qui étaient sortis pour regarder la bagarre.

Caravaggio semblait connaître son sauveur, qu'il appela Nero. Il le remercia en lui caressant les flancs.

À l'instar de beaucoup de chiens dans la Ville éternelle, Nero était un bâtard issu du croisement de nombreuses espèces, ce qui ne l'empêchait pas d'être solidement bâti. Contre toute attente, sa fourrure à poil ras était très soignée. Nerina en conclut qu'il devait appartenir à une personne aisée. Cependant, son maître resta invisible.

Comme le bref affrontement était clos, les curieux rentrèrent peu à peu dans l'auberge. Après s'être relevé, Baglione – soutenu par Mao – s'éloigna en boitillant. Furieux de se voir ainsi privé de son heure de gloire, il lâcha une salve de jurons et promit de porter plainte contre Michele.

Dans la rue ainsi désertée, Nerina se retrouva seule avec Caravaggio et le chien. Ce dernier pencha la tête pour l'observer. Lorsqu'elle fit un pas en avant, il s'allongea entre les jambes du peintre et posa le museau sur ses pattes.

Elle s'approcha avec précaution en murmurant des paroles gentilles et tendit la main pour qu'il puisse la renifler. L'animal dressa les oreilles, mais resta couché. Il ne protesta pas non plus quand elle étancha à l'aide d'un morceau de tissu le sang qui coulait du nez de Michele.

Entre-temps, l'artiste s'était endormi. À l'évidence, la rixe l'avait épuisé, et le vin rouge avait fait le reste.

Soudain, Nero se redressa et émit un grondement en scrutant l'obscurité devant lui.

Nerina, surprise, se retourna. Tous les sens aux aguets, elle perçut un froissement d'étoffe. Quelqu'un se mouvait discrètement dans les ténèbres. Elle s'accroupit près du chien et passa un bras autour de son cou. La force qui émanait de l'animal la rassura.

Derrière elle, des bottes crissèrent sur la terre battue. Sentant un frisson de terreur parcourir son échine, elle fit volte-face. Une silhouette enveloppée dans un long manteau noir apparut dans la lueur des flambeaux accrochés sur la façade de l'auberge.

Nerina se demanda pourquoi le chien n'accordait aucune attention à l'individu qui venait de surgir de la nuit. Il continuait de grogner en regardant droit devant lui.

« J'arrive trop tard, apparemment. »

Nerina se détendit un peu en reconnaissant la voix familière du nouveau venu.

« Presque, Enrico. »

Elle lança un regard inquiet par-dessus son épaule. Tout portait à croire qu'ils n'étaient pas seuls dans la rue.

« Vite, aide-moi à porter Michele. Il n'est pas en sécurité, ici. »

20

« Enrico ! »

Avec une hâte qui la surprit elle-même, Nerina jeta pinceau et palette de côté pour se ruer sur le jeune homme qui se tenait sur le seuil du nouvel atelier. Cela faisait près de huit semaines qu'elle ne l'avait pas vu. Une éternité.

« Je croyais que tu étais… que tu avais… »

Enrico l'attira à lui et caressa ses cheveux avec douceur.

« J'ignorais que tu te faisais autant de souci pour moi. »

Feignant l'indignation, Nerina frappa à coups répétés contre la poitrine du précepteur avant de se dégager de son étreinte. Elle sentit qu'il la libérait à contrecœur, mais elle ne voulait pas qu'il s'imagine des choses.

« Ton travail ? » s'enquit-il.

Sans attendre de réponse, il s'approcha du chevalet.

« Une étude pour m'entraîner.

— Ce n'est pas une commande ? »

Le compliment implicite la fit sourire. Enrico se pencha pour admirer les deux mains fuselées qu'elle avait peintes à l'huile. Les couleurs, encore fraîches, luisaient dans la lumière matinale.

« Je suis contente que Michele me laisse réaliser certains détails sur ses tableaux. Des mains, surtout. »

Il se retourna vers elle.

« C'est magnifique ! »

Du bout des doigts, elle effleura le visage du visiteur.

« C'est bon de te revoir, Enrico. » Il voulut parler, mais elle posa délicatement l'index sur sa bouche. « Ces deux derniers mois ont été riches en événements. Nous nous sommes réfugiés plusieurs semaines à Gênes avant de revenir à Rome. À peine étions-nous de retour que Michele s'est fait attaquer en pleine rue. Son agresseur l'a gravement blessé à la tête, et on a dû recoudre la plaie. Maintenant, il doit rester allongé parce que les yeux lui brûlent et il a mal dès qu'il fait le moindre mouvement. Pour ne rien arranger, notre vieille logeuse, *signora* Bruna, a fini par nous mettre dehors. Elle en avait assez de nous faire crédit pour le loyer. Bien sûr, Michele a voulu se venger. Une nuit, il est allé déclamer des vers satiriques sous sa fenêtre. Et, à présent, il a encore une plainte sur le dos pour diffamation. Quant au tableau *La Mort de la Vierge*, il doit être mis aux enchères. Pourtant, le duc de Mantoue, par l'intermédiaire du peintre Pierre Paul Rubens, avait exprimé le souhait de l'acheter. Voilà, je crois que c'est à peu près tout. »

Le récit de Nerina se voulait humoristique, mais il transparaissait de ses paroles une amertume qu'elle ne pouvait pas tout à fait celer. Les semaines qui venaient de s'écouler n'étaient qu'une succession de catastrophes.

Mal à l'aise, Enrico demanda :

« Qui a attaqué Michele ? Et pourquoi ? »

Nerina prit la main du précepteur et l'entraîna vers une alcôve que l'on pouvait fermer dans la journée à l'aide de rideaux. Étendu sur une paillasse, Caravaggio dormait à poings fermés. Nero s'était pelotonné devant la couche, le museau posé entre ses pattes. Le chien battit de la queue en voyant approcher Enrico, mais resta allongé.

Le logement n'était pas aussi sinistre que celui de la veuve Bruna. Les murs blanchis à la chaux lui donnaient une agréable clarté. En revanche, l'endroit paraissait étrangement vide. Quelques rares tableaux étaient posés çà et là, et un unique chevalet se dressait au milieu de la salle. Aucune trace des pots en terre cuite où le maître rangeait ses précieux pigments. Seule l'odeur d'huile de lin et d'albumine rappelait l'ancien atelier de Caravaggio.

Lisant l'étonnement sur les traits d'Enrico, Nerina expliqua :

« *Signora* Bruna a fait mettre aux enchères tout le matériel de Michele. Et nous sommes trop fauchés pour racheter de nouveaux ustensiles. »

Elle sourit d'un air gêné. En réalité, ils n'étaient pas tout à fait sur la paille. Récemment, un autre moine mystérieux leur avait donné une bourse remplie de scudi. C'était grâce à cet argent providentiel qu'elle avait pu louer l'appartement où ils se trouvaient. Toutefois, elle préférait ne pas entrer dans les détails.

« Michele affirme n'avoir aucun souvenir de son agresseur, dit-elle en revenant à la question d'Enrico. Notre nouveau logeur, le jurisconsulte Ruffetti, l'a déjà interrogé, et les sergents ont également entendu sa version des faits. On l'a attaqué sur la *piazza* Colonna. C'est moi qui l'ai retrouvé au pied de la colonne de Marc Aurèle. Il baignait dans son sang. »

De nouveau, Enrico lui caressa les cheveux. Elle ferma les yeux pour savourer l'effleurement.

« L'assaillant devait le guetter derrière le monument, reprit-elle. La bourse de Michele a disparu. Ce n'était peut-être qu'un simple malandrin, mais je n'y crois pas.

— Pourquoi ?

— Michele prétend ne rien se rappeler. C'est tout bonnement impossible. Je ne connais pas meilleur observateur, et il est doté d'une mémoire prodigieuse. Quand il voit un visage, il ne l'oublie pas de sitôt.

— Tu penses qu'il ne veut pas se souvenir ? »

Nerina pressa les lèvres. Ce fut Enrico qui formula l'hypothèse qui semblait la plus plausible. Se penchant, il glissa à l'oreille de la jeune peintre :

« La loi du silence. Pour une raison que nous ignorons, Caravaggio refuse de témoigner contre l'homme qui l'a agressé. »

Sans prévenir, il déposa un baiser léger sur son lobe. Nerina pouffa avant de retrouver son sérieux. Que s'imaginait ce mufle ? Après avoir disparu deux mois sans donner la moindre nouvelle, il revenait brusquement pour prendre du bon temps.

« Où étais-tu passé pendant ces huit semaines ? »

Enrico s'assit sur un divan.

« C'est une longue histoire.

— J'ai le temps, rétorqua-t-elle d'un ton cynique. Michele devra rester alité encore au moins deux semaines. »

Sentant qu'Enrico hésitait à parler, elle ajouta : « Me cacherais-tu quelque chose ? »

D'un geste, il l'invita à s'asseoir près de lui.

« Ce que je vais te raconter doit rester entre nous. Si quelqu'un l'apprend, l'avenir de Michele à Rome sera gravement menacé. Ces découvertes le mettront bien plus en danger que son mauvais caractère. »

Intriguée, Nerina promit de ne rien dire à personne.

« Ces dernières semaines, j'ai séjourné à Caravaggio et à Milan pour en savoir plus sur le passé de ton mentor. Lors de mes recherches, je suis tombé sur des histoires très intéressantes. Sais-tu que Michele a un frère et une sœur ? »

Elle jeta un regard étonné au précepteur.

« Non, il a toujours dit qu'il était enfant unique.

— En tout cas, sa sœur, Caterina Merisi, est toujours en vie. Quant à son frère cadet, rien n'est moins sûr. D'après Peterzano, l'ancien maître d'apprentissage de Michele, il est entré au service de l'Église. En 1592, après que la fratrie se fut déchirée pour une querelle de succession, il est parti comme missionnaire au Brésil. »

Nerina n'en croyait pas ses oreilles.

« Une querelle de succession ?

— Oui. En 1590, les trois enfants Merisi ont hérité de leur mère une forte somme d'argent et des propriétés. Dans les années qui ont suivi, ils ont dû vendre plusieurs d'entre elles, situées à Caravaggio et à Milan, pour éponger des dettes. Apparemment, ces dettes venaient de Michele. C'est la raison pour laquelle il s'est brouillé avec les deux autres. Les cadets en avaient assez de le voir dilapider l'héritage maternel, et Michele était jaloux que son frère conserve les terres restantes.

Il est ensuite parti à Rome. Après avoir dépensé toute sa part, il a habité chez divers peintres et religieux. Pour survivre, il est devenu portraitiste. Mais ça, nous le savons déjà. Trois commandes par jour – juste assez pour ne pas mourir de faim. »

Nerina se releva et se mit à faire les cent pas. Elle ne comprenait pas pourquoi Michele lui avait menti. Détestait-il autant son frère et sa sœur au point de les renier ? Était-ce uniquement à cause de cette histoire d'héritage ?

« Comment s'appelle son frère ?

— Giovan Battista. Ça évoque quelque chose pour toi ?

— Michele n'a jamais mentionné ce nom. »

Enrico prit le poignet de Nerina au moment où elle passait près de lui. Quand leurs regards se croisèrent, elle sentit un curieux picotement au creux de l'estomac, mais elle ne voulait pas succomber à cette agréable sensation. Pas maintenant. Elle le laissa déposer un baiser sur le dos de sa main avant de reculer d'un pas.

« Pourquoi ne m'as-tu pas prévenue de ton départ ? »

Le jeune homme se redressa avec un soupir. Nerina recommença à arpenter la pièce en prenant soin de rester à distance de lui.

« Si je t'avais avertie, tout Rome aurait eu vent de mon projet !

— Je te remercie ! répliqua-t-elle d'un ton faussement indigné. Tu me prends donc pour une commère ?

— Non, ce n'est pas ce que j'ai voulu dire. J'ai préféré ne pas t'en parler, sinon on m'aurait peut-être suivi. Tu sais bien qu'on vous épie jour et nuit. »

Nerina réfléchit un instant. Elle avait du mal à accepter l'explication d'Enrico, mais celle-ci semblait quand même contenir une part de vérité. Elle décida de tout lui raconter.

« L'autre jour, Michele a reçu de l'argent de la part d'un moine. Et c'est justement cet argent qu'on lui a volé au moment de son agression.

— Le moine, l'avais-tu déjà vu ?

— Non, ce n'était pas celui qui a commandé *La Mort de la Vierge*. »

Enrico la regarda d'un air absent. Il semblait soudain avoir perdu tout intérêt pour elle. Nerina se figea, agacée. S'il voulait qu'elle cède à ses avances, il devrait se montrer un peu plus attentionné.

« Crois-tu que les religieux soient derrière cette attaque ? demanda le précepteur, pensif. Ils ont peut-être eu recours à la violence pour récupérer leur mise. »

Embarrassée, elle se détourna.

« Non. À vrai dire, c'était une avance. L'argent m'a permis de payer le loyer de notre nouvel atelier et d'acheter le matériel nécessaire pour plusieurs commandes. »

Scrutant la pièce, Enrico découvrit dans un coin un tableau recouvert d'un tissu blanc. Lorsqu'il se dirigea vers le chevalet, Nerina lui barra le chemin. Il la prit par les bras et l'écarta avec douceur.

« Michele n'y travaille que quelques minutes par jour, murmura-t-elle. Dès qu'il parvient à se lever. »

Enrico dévoila la toile d'un geste brusque.

Une tête coupée, exposée sur un plateau à peine esquissé, apparut sur un fond sombre. Même si le visage du décapité n'était lui aussi qu'à l'état d'ébauche, on pouvait aisément reconnaître les traits de Caravaggio. Livide, les yeux révulsés, il ouvrait la bouche comme s'il s'apprêtait à pousser un cri.

L'image était si effrayante qu'Enrico remit immédiatement le tissu pour la cacher.

« La tête de saint Jean-Baptiste ! souffla Nerina. Il voulait absolument commencer par ce tableau. »

21

« Comment avez-vous pu ignorer mon ordre ? Ce Caravaggio est un fauteur de troubles. Aucun de ses tableaux ne reflète l'esprit religieux de notre temps. Tous sentent le soufre, pareils à ce courant réformateur qui déchire notre Église et engendre une guerre après l'autre. »

Gesticulant comme une oie effarouchée dans sa soutane blanche, Camillo Borghese marchait de long en large dans l'une des cours verdoyantes du palais pontifical.

Scipione, qui avait reçu la pourpre cardinalice quelques mois plus tôt, observait la scène en souriant intérieurement. Ce n'était plus le pape qui parlait, mais un vieil homme inquiet pour la réputation d'une institution vermoulue.

« Vous faites erreur, Votre Sainteté. Au contraire, les tableaux de Caravaggio incarnent parfaitement l'esprit de notre temps. Il suffit de contempler *La Madone des palefreniers* pour constater qu'il marche sur le chemin de la vraie foi. Sa représentation de la Vierge et de l'Enfant Jésus écrasant ensemble la tête du serpent, symbole du mal, est tout à fait conforme aux prescriptions formulées par le pape Paul III dans sa bulle *Licet ab initio*. Caravaggio prend donc clairement position contre l'hérésie de Luther.

— Vous continuez de défendre votre barbouilleur. Vous avez même acheté ce tableau pour vous délecter de cette madone obscène !

— La Mère de l'Église est représentée avec la fougue de la jeunesse pour incarner la victoire sur le protestantisme diabolique…

— Taisez-vous ! Il a transformé notre Sainte Vierge en une hétaïre, prenant comme modèle une ribaude connue de la ville entière. Et pour couronner le tout, il a donné à l'Enfant Jésus les traits d'un petit Apollon… ou, pire encore, d'un cupidon. Quelle honte ! Au lieu de mettre en évidence l'écrasement du serpent, il fait ressortir le décolleté plongeant de cette prétendue Marie par l'un de ses clairs-obscurs. C'est doublement honteux et hérétique.

— Je tiens à préciser que je n'ai pas acheté ce tableau, objecta Scipione en réprimant avec peine une brusque envie de rire. On me l'a offert. »

Il ne pouvait pas prendre au sérieux les paroles de son oncle, qui n'étaient que les divagations d'un homme vieillissant. Le printemps donnait-il des montées de sève au chef de l'Église catholique ?

« Je me moque de la manière dont vous avez acquis cette toile scandaleuse, maugréa le souverain pontife.

— Mais, mon oncle, même Rubens a loué Caravaggio et s'est battu pour sauvegarder *La Mort de la Vierge* après que les carmes eurent refusé le tableau. Il l'a même exposé au public afin que les jeunes peintres puissent s'en inspirer.

— Sottise, il a seulement fait cela pour éviter que la peinture ne soit détruite. Mais le pire dans cette affaire, c'est le comportement de mes cardinaux. Barberini, Del Monte, vous. Au lieu de condamner les toiles de Caravaggio, vous vous disputez comme des chiffonniers pour vous les approprier ! Je vous ai déjà expliqué mon objectif : faire de la basilique San Pietro le centre de notre foi. Pour cela, je dois la réaménager en me débarrassant de tout ce que je trouve hérétique. Je ne veux donc pas m'encombrer de votre peintraillon, Scipione. Débarrassez-vous de lui, ou c'est moi qui ferai le nécessaire ! »

Spontanément, les deux hommes s'étaient mis à marcher autour de la fontaine qui se dressait au milieu de la cour. Le bruissement des jets d'eau empêchait d'éventuelles oreilles indiscrètes d'épier leur conversation. Dans les massifs, les premières fleurs du printemps exhalaient un doux parfum qui attirait les abeilles. Une libellule volait avec légèreté au-dessus des arbustes décoratifs. De l'autre côté de l'enceinte, on pouvait entendre des aboiements.

« Vous exagérez, mon oncle.

— Nullement. »

Le ton menaçant de la réplique surprit Scipione. Manifestement, Caravaggio contrariait le pape plus qu'il ne l'avait imaginé.

« Ces six derniers mois, je me suis montré très patient envers vous et Del Monte, même si j'ai du mal à comprendre votre toquade pour les tableaux de ce barbouilleur. Mais ma clémence a des limites. Caravaggio commet un impair après l'autre. J'ai l'impression qu'il passe plus de temps dans les prisons et les tribunaux de Rome que devant son chevalet. Bagarres, esclandres, port d'armes illicite, perturbations de l'ordre public : la liste est longue. Je me demande parfois ce qu'il est vraiment. Un ivrogne, un bandit ou un peintre ? Certains racontent même en catimini que j'aurais fini par accéder au Saint-Siège en grimpant sur le ventre de ribaude de la Vierge morte de Caravaggio. »

Scipione se pencha vers la fontaine et, d'un geste désinvolte, s'aspergea le visage d'eau fraîche. Son oncle avait raison. Durant les derniers mois, Caravaggio avait multiplié les rixes et les calomnies. Pourtant, malgré tout, il continuait de travailler avec ardeur. Il créait à la demande de diverses institutions les plus grands chefs-d'œuvre – et lui, Scipione, essayait de se les approprier pour sa propre collection. Le cardinal n'hésitait pas à payer grassement les clients déçus du peintre afin de mettre la main sur de magnifiques toiles que seuls les imbéciles ne savaient pas apprécier. Il avait ainsi acquis un saint Jérôme, un David tenant la tête de Goliath et un saint Jean-Baptiste aux allures de pâtre.

Scipione se redressa. Oui, on ne pouvait le nier, ce Caravaggio menait une vie tumultueuse. Mais il possédait un talent incroyable pour son art.

« Maître Merisi est un peu tout à la fois. Ivrogne, bandit et artiste. À mon avis, seules les personnes qui sortent du rang et qui bannissent toute normalité sont capables de produire des choses hors du commun. Ce sont ces gens-là qui nous montrent la voie vers l'avenir.

— Dans ce cas, cet avenir-là s'annonce plutôt sombre, Scipione. Souhaitez-vous vivre dans un monde où l'homme est un loup pour l'homme ? Où règne un état de guerre permanent ? Où l'on hésite à traverser la rue parce qu'un assassin se dissimule peut-être dans l'ombre du prochain porche ? Je préfère mille fois la doctrine de l'Église, qui part du principe que seule la peur de la damnation éternelle permet de conserver ici-bas une paix relative. »

Le jeune cardinal n'écoutait que d'une oreille. Se retournant, il observa attentivement son oncle. Ce dernier s'était bien remis des fatigues du conclave. Grâce à l'abondante nourriture du palais pontifical, ses joues creusées par les soucis étaient désormais rebondies, et les rides qui marquaient son visage s'étaient fortement estompées. Quand on nageait dans l'opulence et le confort moral, il était facile de juger un réfractaire comme Caravaggio. Camillo Borghese n'avait aucune idée des efforts que lui, Scipione, avait déployés pour faire travailler le peintre et refréner ses excès. Ce genre d'individu ne se laissait ni manipuler ni intimider. Si on voulait l'amener à accepter une commande, il fallait toujours recourir à la ruse.

Mais une fois convaincu par un projet, il se donnait tout entier à son œuvre. Le père Leonardus avait raconté que Caravaggio pouvait rester des nuits entières devant son chevalet à jouer des pinceaux, jusqu'à ce qu'il s'écroule de fatigue et s'endorme sur sa palette.

« Mon oncle, il faut que nous abordions un autre problème. Cela ne concerne Caravaggio qu'indirectement. »

Le pape s'assit sur un banc de pierre et invita son neveu à prendre place près de lui. Ainsi installés, ils pouvaient admirer l’arc-en-ciel qui s’était formé au-dessus de la fontaine ornée de tritons. Aux yeux de Scipione, ces divinités de la mer qui crachaient des gerbes d’eau étaient la parfaite incarnation du silence. Aucun mot ne pouvait sortir de leur bouche.

« De quoi s’agit-il ? » Le pontife fronça les sourcils en voyant son protégé hésiter. « Ne faites pas tant de mystères. Parlez.

— Comme je vous le disais, j’ai contrevenu à votre ordre en continuant de soutenir Caravaggio. J’ai essayé notamment de lui procurer des commandes. *La Madone des palefreniers*, par exemple, ou une toile pour le duc de Modène. Toutefois, Caravaggio n’a pas consacré la même énergie à chacun de ces projets… »

D’un geste rageur, Camillo Borghese frappa du poing sur sa cuisse.

« Encore une raison de chasser cet énergumène de Rome ! Comment peut-il accepter de l’argent de mes plus fidèles partisans et avoir ensuite l’insolence de les faire patienter comme de simples manants ? Le duc de Modène veut sa toile. Massetti, l’oreille de la famille d’Este au palais, est déjà venu se plaindre plusieurs fois au nom de son maître. »

Scipione se releva. Il avait besoin de toute sa concentration et ne voulait pas se laisser éblouir par la beauté de la fontaine.

« Restez assis, mon oncle. Je peux mieux réfléchir debout. Vous savez à présent que j’ai aidé le peintre. Mais le jeune Ferdinando Gonzaga prétend que c’est moi qui aurais fait naître la rumeur selon laquelle Caravaggio aurait violé sa sœur. Une personne digne de foi lui aurait révélé cette information. Et d’après ce même individu, les gens de la rue pensent que c'est votre faute si les tableaux de maître Merisi sont sans arrêt rejetés. »

Ce fut au tour du pape de se redresser brusquement.

« C'est absurde ! Tout cela n'est qu'un tissu de mensonges.

— Et pourtant, Gonzaga semble avoir toute confiance en son espion.

— Ce vaurien invente des histoires !

— Néanmoins, il serait dangereux de laisser une éminente maison comme celle des Gonzaga répandre des bruits pareils. Cela ruinerait votre crédit. »

Camillo Borghese tendit le bras vers le nuage de bruine qui enveloppait la fontaine. Puis il passa sa main humide sur son visage. Un geste incongru pour un pape, mais qui montrait combien il était tendu.

« Le peuple aime ce sauvage lombard, n'est-ce pas ?

— Certainement à cause de ses frasques dans les tavernes et les bordels de la ville. Mais les Romains aiment aussi ses peintures. Elles sont originales, et proches de la vie des gens.

— Proches de la racaille, oui !

— Caravaggio sait comment intégrer le peuple dans ses toiles. Du moins en arrière-fond.

— Devons-nous nous plier aux exigences de la populace ?

— Non, mais il faut se méfier des cardinaux qui veulent saper la nouvelle majorité au sein du Sacré Collège avec l'argent espagnol. Imaginez un Caravaggio financé par Madrid et dont les ignominies seraient grossies par les rumeurs d'un Gonzaga. »

Le souverain pontife leva les bras au ciel en signe de désespoir.

« D'après vous, il vaudrait mieux laisser Caravaggio semer le chaos dans les rues de Rome ?

— Non, Votre Sainteté. Il existe une autre solution. Nommez Ferdinando Gonzaga cardinal. Il aura ainsi une dette envers vous et ne prendra pas le risque de vous calomnier. »

Camillo Borghese fut pris d'une quinte de toux, comme si cette idée lui restait en travers de la gorge.

« Élever ce béjaune à la dignité cardinalice ?

— Avez-vous une meilleure solution, mon oncle ? »

22

Nerina bondit de son lit. En bas, dans la rue, Nero poussait des gémissements plaintifs. Quelques instants plus tard, des pas précipités retentirent dans l'escalier. Elle entendit plusieurs individus parler à voix basse sur le palier. Puis la porte de l'atelier s'ouvrit à toute volée.

« Vite, Nerina ! Des bandages ! »

Le chien, l'oreille basse, fut le premier à se glisser dans l'appartement. En chemise de nuit, Nerina vit apparaître cinq hommes qui portaient un corps couvert de sang. Michele. Ils déposèrent le peintre sur la table où l'on découpait d'ordinaire les toiles avant de les tendre sur un châssis. Nero se réfugia sous le meuble.

Nerina mit une main devant la bouche pour étouffer un cri de terreur. De l'autre, elle étreignit son amulette et commença à prier. Ses yeux s'embuèrent de larmes.

« Il est vivant ! » murmura le plus jeune des porteurs.

Il s'agissait d'Onorio Longhi, un architecte avec lequel Caravaggio faisait souvent la tournée des tavernes.

Le blessé était méconnaissable à cause des flots de sang qui s'échappaient d'une vilaine plaie à la tempe.

Une seconde blessure au bras avait ensanglanté sa chemise.

Nerina était comme pétrifiée. Ses jambes refusaient de lui obéir.

« Nous avons besoin de bandages, répéta doucement Onorio. Sinon, il va se vider de son sang. »

Les paroles de l'architecte la délivrèrent de sa paralysie. Elle se précipita dans le coin cuisine, saisit un couteau et revint vers Michele.

Les hommes s'écartèrent. Seul Onorio lui barra le chemin.

« Que fais-tu ? »

Surprise, elle le fixa un instant avant de se dégager.

« Si je voulais le poignarder, j'aurais l'intelligence de le faire sans témoins ! »

Elle commença à découper les vêtements de Caravaggio. Sous la table, Nero poussait des couinements affolés qui lui serrèrent le cœur.

Après avoir débarrassé Michele de son pourpoint et de ses chausses, Nerina compta au total cinq blessures. Deux d'entre elles avaient été causées de manière incontestable par une épée. La lame s'était enfoncée profondément dans l'abdomen de l'artiste.

Tandis qu'elle attrapait une tunique en lin qui séchait sur un fil tendu à travers la pièce, elle ordonna à deux compagnons d'Onorio de mettre les habits de Michele en charpie. Elle aurait besoin de beaucoup de bandages. Avec autorité, elle chargea deux autres gaillards d'aller chercher de l'eau, qu'il faudrait ensuite faire bouillir. Elle s'en servirait pour nettoyer les plaies.

« Il s'est battu en duel ? » demanda-t-elle sèchement à Onorio.

Gênés, les comparses de l'architecte suivirent ses instructions en évitant son regard. Nero continuait de geindre sous la table comme s'il était responsable de l'état de son maître.

Onorio se racla la gorge.

« C'est encore pire que ça, Nerina.

— Qu'est-ce qui pourrait être pire qu'un homme baignant dans son sang et qui ne passera peut-être pas la nuit ? Qu'est-ce qui pourrait être pire que deux plaies béantes au ventre que je dois recoudre sans savoir s'il y a de graves lésions internes ? Et qu'est-ce qui pourrait être pire que de devoir soigner ces blessures sans l'aide d'un chirurgien parce qu'on n'a pas le sou ? »

Jetant un regard ironique à Onorio, elle alla ouvrir un petit coffre posé dans un coin de l'atelier. Elle en sortit du fil et une aiguille.

« Alors, dis-moi, je t'écoute. »

L'architecte, l'air embarrassé, se balança d'un pied sur l'autre.

« Nous avons joué à la longue paume, sur le Campo Marzio, non loin du palais Firenze. »

Nerina lubrifia le fil avec la graisse qu'elle utilisait habituellement pour polir les cadres.

« Continue ! Et allume-moi une bougie ! »

Onorio obéit sans rechigner. Après avoir chauffé l'aiguille, elle prit une longue inspiration et l'enfila. Ses mains tremblaient. Caravaggio était inconscient, mais il tressaillit légèrement lorsqu'elle le palpa avec précaution.

Une odeur douceâtre émanait du corps du peintre. Nerina serra les dents. Comme Michele était un habitué des rixes et des duels, elle avait acquis en trois ans d'apprentissage une certaine expérience dans l'art de soigner les blessures en tout genre. Elle savait comment juguler un épanchement de sang, recoudre et panser une plaie. C'était la raison pour laquelle les entailles à l'abdomen l'inquiétaient fortement. Si la lame avait sectionné certains vaisseaux du foie ou de l'intestin, Michele mourrait d'une hémorragie interne. Elle avait déjà vu cela chez son frère adoptif. Âgé d'à peine dix-sept ans, comédien talentueux, il avait malheureusement contrarié un gentilhomme qui l'avait blessé au ventre d'un coup de rapière. Malgré une plaie peu profonde, il s'était vidé de son sang. Le précieux liquide rouge avait coulé comme le jet d'une fontaine et rien n'avait pu l'étancher.

« Ce n'est pas au jeu de paume qu'on se fait ce genre de blessure, Onorio », lança-t-elle au bout d'un moment en s'efforçant de contenir son amertume.

L'architecte n'était probablement pas responsable de ce qui était arrivé. En général, Michele savait très bien s'attirer des ennuis tout seul.

Rassemblant son courage, elle donna un premier coup d'aiguille. Lorsque Caravaggio sursauta, elle cria à ses assistants improvisés :

« Tenez-le, pardi ! »

Mal à l'aise, Onorio et les autres prirent le peintre par les bras et les épaules.

« Nous avons joué contre un certain Ranuccio Tomassoni et son équipe, expliqua l'architecte à voix basse. Tout le monde avait parié beaucoup d'argent sur la victoire de Michele. »

À l'évidence, il hésitait à raconter toute l'histoire. Nerina se retint de le brusquer. Concentrée, elle continua de recoudre le blessé. Lorsqu'elle s'occupa de la plaie à la tête, elle s'aperçut qu'il s'agissait de la blessure la plus grave, car l'os temporal était à découvert. Soulevant avec précaution les paupières de Michele, elle constata que ses yeux étaient révulsés. À l'évidence, il avait sombré dans une profonde inconscience dont il ne sortirait pas de sitôt.

Onorio s'éclaircit la gorge. Il donna à Nerina une longue bande de tissu pour qu'elle puisse bander le crâne du peintre. Puis il murmura :

« La mise était de mille scudi. »

Elle lui jeta un regard étonné.

« Et Michele a parié lui aussi ? »

L'architecte opina. Mille scudi ? Nerina n'en revenait pas. C'était une grosse somme. Caravaggio n'avait jamais touché autant d'argent pour l'un de ses tableaux. De nouveau, ses mains se mirent à trembler.

« La partie était très serrée, expliqua Onorio. Tout s'est joué au dernier point. Et Tomassoni a raté son coup. Michele a affirmé qu'il avait laissé rebondir deux fois la balle au sol avant de la frapper. Bien sûr, notre adversaire a contesté cette version des faits…

— Laisse-moi deviner la suite, l'interrompit-elle avec agacement. Michele s'est énervé, ils se sont bagarrés et l'histoire s'est finie par un duel.

— Presque. Ils en sont venus aux mains. Et puis soudain, Ranuccio a sorti sa dague et menacé Michele. Le capitaine Antonio Bolognese, qui jouait dans notre équipe, a voulu s'interposer, mais… »

Onorio se tut et déglutit avec peine.

« Et après ? hurla Nerina. Vas-tu me conter la suite ou dois-je attendre jusqu'à demain ? »

Effrayés par ce coup de colère, les hommes reculèrent vers la porte. Seul Onorio était resté à sa place. Du bout de sa botte, il frottait le parquet d'un air emprunté.

« Antonio a été grièvement blessé… Le capitaine est mort dans les bras de Michele, qui est devenu fou furieux. Il s'est jeté sur Ranuccio et l'a roué de coups de poing.

— Il s'est battu à mains nues contre un homme armé d'une dague ?

— Tout s'est passé très vite… Les compagnons de Ranuccio sont tout de suite intervenus. Et puis soudain, le type s'est effondré, le cœur transpercé. »

Un silence pesant s'installa, seulement entrecoupé par la respiration irrégulière de Michele et les geignements de Nero.

Nero. Pourquoi n'avait-il pas protégé son maître ?

« Et le chien ? Où était-il ? »

De nouveau, Onorio baissa les yeux.

« On l'avait attaché pour qu'il ne nous dérange pas pendant la partie. »

Nerina se passa la main sur le front. Étaient-ils tous devenus fous ? Attacher Nero ? Le chien, qui s'était avéré un excellent garde du corps, aurait pu secourir Michele. Et pourquoi le peintre était-il sorti sans ses armes ?

Soudain, un doute la traversa. Se dirigeant vers le seuil, elle referma la porte. L'épée et la dague de Caravaggio étaient accrochées derrière à un clou.

« Ranuccio n'a pas eu le temps de dire ouf, reprit Onorio. Touché au cœur, il est mort sur le coup. »

Nerina sentit sa tête bourdonner. Un afflux de sang martelait ses tempes. Elle refusait de croire ce qu'elle venait d'entendre. Comment Michele pouvait-il avoir tué un homme si ses armes étaient pendues à la porte ? D'un geste rageur, elle les désigna du doigt.

« Ça ne peut pas être Michelangelo ! s'écria-t-elle tandis que les larmes lui montaient une nouvelle fois aux yeux. Sa rapière et sa dague sont là !

— Il a utilisé une autre lame. Personne n'a vu exactement ce qui s'est passé, mais Ranuccio s'est écroulé au moment où Michele le frappait comme un forcené. Il n'y a pas le moindre doute. »

Nerina secoua la tête. Michele, un meurtrier ? Cette fois, aucun tribunal ne ferait preuve de clémence à son égard, et personne ne croirait qu'il ne portait pas d'arme au moment des faits. Tout Rome connaissait le penchant de Caravaggio pour l'escrime.

« Michele ne ferait pas de mal à une mouche ! » objecta-t-elle, même si elle se doutait que les hommes ici présents ne prendraient pas ses paroles au sérieux.

Nul ne présumerait l'artiste innocent. Ces dernières années, il avait trop souvent été impliqué dans des duels, et ce malgré l'interdiction du port d'armes dans les États pontificaux. Ses frasques lui avaient valu de graves ennuis avec le capitaine de la garde du Vatican.

Nerina s'accroupit et passa la main sous la table. Elle caressa Nero, qui lécha ses doigts tachés de sang avant de reposer la tête sur le sol. Dans sa bêtise, Michele avait gâché sa vie et compromis sa carrière pour un vulgaire pari. Cette pensée lui remua le cœur. Poussé par l'appât du gain, l'un des meilleurs peintres de Rome était devenu un assassin.

Brusquement, elle se redressa et chassa à grands gestes les amis de Caravaggio. Nero se mit à glapir comme s'il craignait qu'on ne réveille son maître.

« Sortez d'ici, canailles ! C'est votre faute si Michele est dans cet état-là ! Du balai ! »

Elle voulait être seule. Seule pour regarder périr l'homme qui lui avait donné sa chance. Aucun autre auparavant n'avait voulu croire en son talent de peintre. Il l'avait remarquée, et, nonobstant le fait qu'elle soit une femme, il l'avait prise comme apprentie pour lui apprendre l'art des couleurs et lui transmettre ses secrets. Il avait corrigé et amélioré ses esquisses, avait fait d'elle une véritable artiste. Et, à présent, il était étendu devant elle, plus mort que vif.

Onorio quitta l'atelier en dernier. Avant de refermer la porte derrière lui, il lança :

« Nerina, dès que la nouvelle de son geste aura fait le tour de la ville – et ça ne prendra pas longtemps –, la garde viendra arrêter Michele. Tu devrais fuir, avec ou sans lui. »

Abasourdie, elle se laissa glisser sur le sol en s'adossant à l'un des pieds de la table. Les pensées se bousculaient dans son esprit. Nero s'approcha d'elle tout doucement, posa le museau sur ses genoux et ferma les yeux.

Elle n'arrivait pas à accepter ce qu'on venait de lui raconter. Il s'agissait peut-être d'une manœuvre perfide. Quelqu'un désirant nuire à Caravaggio s'était glissé dans l'équipe de Ranuccio ; il avait ensuite profité de la rixe pour tuer l'aristocrate et faire porter le chapeau à son adversaire. Mais plus elle réfléchissait, plus l'hypothèse lui paraissait extravagante.

Finalement, légèrement honteuse, elle dut admettre qu'elle ne croyait pas elle-même à l'éventualité d'une cabale. Au contraire, elle n'avait aucun mal à imaginer Michele cachant un poignard sous son pourpoint pour le plonger dans le cœur de son rival au moment opportun.

23

Désormais, Caravaggio était à sa merci. La cour de justice n'avait pas tergiversé lorsque la nouvelle du duel sanglant s'était répandue dans la cité. Scipione Borghese sourit en songeant à la condamnation sans appel du peintre. Le hasard ne pouvait pas mieux le servir. À présent, il devait parler au malheureux avant que les soldats de la garde l'arrêtent. Derrière les barreaux de Tor di Nona ou de la prison du Sénat, Michelangelo Merisi ne lui serait d'aucune utilité. Il nourrissait d'autres projets pour l'artiste. Mais s'il voulait les réaliser, il lui fallait convaincre Caravaggio d'accepter sa protection.

Joyeux, Scipione traversa d'un pas léger la *piazza* Colonna, où se dressait la colonne de Marc Aurèle. Sa victoire serait aussi éclatante que celle représentée sur le monument, où l'on pouvait admirer l'empereur romain triomphant sur les peuples barbares du Danube.

Il leva les yeux vers saint Paul, qui surmontait la colonne, et éprouva la profonde satisfaction de celui qui venait de remporter une bataille décisive.

Il n'avait pas été facile de trouver où se terrait Caravaggio. Mais en faisant le tour des tavernes du

Campo Marzio, le père Leonardus avait appris que le peintre logeait chez un jurisconsulte du nom d'Andrea Ruffetti.

La demeure de ce dernier se dressait non loin de la place. En voyant les volets de l'atelier fermés, Scipione eut un mauvais pressentiment. Et s'il arrivait trop tard ? Michelangelo Merisi s'était peut-être déjà fait appréhender. Soudain nerveux, il se mit à suer sous ses riches vêtements.

Il ouvrit avec violence l'huis du bâtiment et gravit quatre à quatre l'escalier menant aux étages. Lorsqu'il arriva au dernier palier, hors d'haleine, il constata que la porte de l'atelier était entrebâillée. Ôtant son chapeau, il poussa le panneau garni de ferrures et franchit le seuil. La vaste pièce était soigneusement rangée. Il n'y avait ni ustensiles de peinture, ni tableaux, ni chevalets. Seule une odeur d'huile de lin et d'albumine flottait dans l'air comme un fin rideau de brume. Aucun habit ne traînait sur le parquet. Le père Leonardus s'était-il trompé ? Caravaggio s'était envolé. Quand les sbires du tribunal procédaient à une arrestation quelque part, ils ne repartaient qu'après avoir retourné les lieux. Ici, quelqu'un de très ordonné avait planifié méticuleusement le départ du peintre.

Le sentiment de triomphe qui animait Scipione quelques instants plus tôt s'écroula comme un château de cartes.

Où diable se trouvait Caravaggio ? Qui l'avait aidé à filer ? La femme qui vivait avec lui et qui prétendait être son élève ? Impossible. Elle n'avait pas pu organiser seule la fuite de l'artiste. En plus, ce dernier n'avait plus d'argent. D'après ce que savait Scipione, il avait misé ses dernières pièces lors de cette fameuse partie de longue paume qui avait mal tourné. Il ne devait donc pas être loin.

Scipione se sentit gagné par la panique. Il perdrait certainement de son influence si son oncle apprenait que Caravaggio avait disparu sans laisser de trace.

Fébrile, il arpenta l'atelier à la recherche d'un éventuel indice. D'après ce qu'on lui avait raconté, le peintre était grièvement blessé. Pour fuir dans ces conditions, il fallait faire preuve d'un certain courage, et Scipione ne put s'empêcher de l'admirer. Au milieu de la pièce, il découvrit de larges taches sombres sur le plancher. Selon toute évidence, Caravaggio avait perdu une grande quantité de sang. Dans son état, l'artiste n'était certainement pas en mesure de marcher. Scipione passa l'endroit au peigne fin, sans rien trouver d'intéressant.

S'approchant de l'une des fenêtres, il jeta un coup d'œil en contrebas. Un soleil ardent baignait la rue. Sous les rayons éblouissants de l'astre au zénith, les façades des maisons voisines paraissaient presque blanches comme du lait. Les charrettes et les innombrables passants qui foulaient le sol de terre battue soulevaient de gros nuages de poussière. À travers ce rideau opaque, il devinait les silhouettes des tire-laine qui se faufilaient comme des chats à travers la foule. Dans une cohue pareille, il était impossible de repérer une litière ou une chaise transportant une femme et un blessé.

Scipione se mordit les lèvres en maudissant sa négligence. Il aurait dû agir plus promptement. Mais il retrouverait Caravaggio, dût-il ratisser lui-même toute la ville !

Livre II
1606-1607

« J'ai entendu un jaloux de notre corporation dire
que la naissance de cet homme annonçait le déclin
et la chute de l'art pictural,
et qu'il entraînerait tel l'antéchrist une foule d'individus
à la ruine avec ses faux miracles
et ses folles entreprises. »

VICENTE CARDUCHO, 1633

1

Nerina se réveilla en sursaut. Immédiatement, elle fut sur le qui-vive.

Une lumière vacillante en provenance de la pièce attenante projetait des ombres biscornues sur le mur de sa chambre, et une respiration rauque se fit entendre. Pas très rassurée, elle dressa l'oreille. Les pieds d'une chaise frottèrent le plancher, puis elle perçut le raclement nerveux d'un manche de pinceau sur une toile apprêtée. Son cœur se mit à battre plus vite en reconnaissant ces bruits familiers : Michele avait recommencé à travailler !

Cela faisait une quinzaine de jours qu'ils vivaient à Naples. Depuis une semaine, ils avaient de nouveau un atelier – et Michele une commande. Son ami et mécène Marzio Colonna, duc de Zagarolo, les avait d'abord hébergés dans son palais et leur avait ensuite consenti une avance grâce à laquelle ils avaient pu louer un logement dans le port.

Ils vivaient maintenant au quatrième étage d'une grande maison avec vue sur les toits de la ville et la mer Tyrrhénienne. Nerina s'était tout de suite sentie chez elle lorsqu'ils étaient entrés pour la première fois dans l'appartement clair et lumineux, doté de deux balcons étroits. Elle disposait d'une petite chambre à coucher, tandis que Michele dormait dans l'atelier sur un lit de camp.

En contrebas, la ruelle qu'ils surplombaient grouillait de monde durant la journée. Telle une coulée de lave jaillissant du Vésuve tout proche, un flot ininterrompu d'individus remplissait l'étroite gorge urbaine. Le bruit de cette foule animée montait jusqu'à eux. À Naples, tout paraissait surdimensionné : les gestes, les voix, la cité elle-même. Tandis que les Romains faisaient preuve d'une certaine retenue dans leur manière d'être, les Napolitains causaient avec exubérance en agitant violemment les bras, et ils s'esclaffaient toujours comme si leurs rires retentissants pouvaient chasser les mauvais esprits. Alors que Rome, centre de la chrétienté, se proclamait la porte vers l'éternité céleste, Naples incarnait la vie foisonnante d'ici-bas. La cité pétulante était le cœur battant de la péninsule italienne.

À côté, le silence était retombé sur l'atelier. Nerina fut brusquement submergée par les souvenirs des derniers mois. Elle frissonna en songeant à leur cavale dans le Latium pour échapper aux sbires du Vatican lancés à leurs trousses. Marzio Colonna les avait d'abord cachés dans l'un de ses domaines ruraux, où Michele était arrivé plus mort que vif après un trajet harassant en charrette. Le peintre n'était pas encore rétabli de ses blessures lorsqu'ils avaient dû reprendre la route. À pied, exténués, ils avaient gagné Zagarolo, Paliano, puis Palestrina, échappant de justesse à leurs poursuivants. C'était là que Michele s'était finalement rendu à l'évidence : l'unique moyen d'éviter une arrestation était de quitter les États pontificaux. Il avait alors décidé de se réfugier dans le royaume de Naples, territoire rattaché à la couronne d'Espagne.

Michele s'était terré dans la cité napolitaine comme un chien battu – et ce matin-là, il avait déballé ses pinceaux. Pour la première fois depuis leur arrivée.

Bien sûr, il avait dû peindre durant leur fuite afin d'assurer leur subsistance. En proie aux délires de la fièvre, les yeux irrités, il avait réalisé sur la demande de Colonna une *Marie-Madeleine en extase*, pour laquelle Nerina – faute de mieux – avait posé, et un *Souper à Emmaüs*. Michele s'était servi de cet épisode biblique pour thématiser son exil, et il avait donné ses traits au Christ soudain reconnu par deux pèlerins.

Tout à coup, Nero se mit à geindre. En l'entendant, Nerina remarqua que le chien était couché au pied de son lit. Il se releva et dressa les oreilles. L'avait-elle réveillé par ses mouvements brusques ? Elle crut entendre le parquet de l'atelier grincer légèrement. On aurait dit que Michele faisait les cent pas en marmonnant. Ou se laissait-elle abuser par ses sens ?

Depuis leur départ précipité de Rome, Caravaggio avait changé. Ses blessures, les semaines passées entre la vie et la mort, l'avaient profondément marqué. Il ne passait plus toutes ses nuits dans les tavernes. La peur d'être enlevé par des agents du Saint-Siège lui avait fait passer ce plaisir et, comme il consommait moins de vin, son caractère s'était radouci. Il semblait plutôt équilibré, même si ses mains trahissaient une certaine nervosité. Du bout des doigts, il ne cessait de pétrir ses paumes. Il refusait naturellement de se confier, mais Nerina sentait que quelque chose le préoccupait. Les peintures exécutées durant leur cavale ne le satisfaisaient pas. Des tableaux de complaisance, selon lui. Pourtant, elle les trouvait d'une extraordinaire beauté. Ces chefs-d'œuvre avaient confirmé qu'elle était l'élève d'un artiste hors pair. Malgré tout, Michele restait inapaisé. Depuis que la fièvre traumatique avait disparu, c'était l'inspiration qui le fuyait. Les ébauches qu'il gravait directement sur la toile à l'aide d'un manche de pinceau – une technique qu'il avait lui-même inventée – n'étaient jamais assez bonnes à ses yeux, et il finissait toujours par les effacer à grands coups de badigeon.

D'un bond, Nero sauta du lit et quitta la chambre la queue entre les jambes.

Nerina l'entendit glapir dans l'atelier. Repoussant sa couverture, elle se redressa. Une brise fraîche en provenance de la mer entrait par la fenêtre ouverte. Vêtue d'une fine chemise de nuit, la jeune femme frissonna. Elle se leva lentement et passa dans la pièce attenante. Michele avait disparu. Assis devant la porte, Nero grattait le panneau de bois avec sa patte.

Elle s'approcha à pas de loup et entrebâilla le battant. Le chien se glissa sur le palier.

À présent, elle était seule. Que devait-elle faire ? Chercher Michele ?

Elle frémit en songeant à une scène qui venait d'affleurer à sa mémoire. Adolescente, elle s'était réveillée une nuit dans la roulotte de ses parents adoptifs, seule. Percevant à l'extérieur des cris et des jurons poussés par une foule hostile, elle avait été prise de panique. Elle était alors sortie en catimini pour se cacher sous la roulotte. L'instant d'après, quelqu'un avait lancé une torche sur la bâche du véhicule qui s'était immédiatement enflammée. Effrayée, elle avait entendu les appels de son père. Rassemblant tout son courage, elle s'était élancée à travers l'assemblée tumultueuse qui avait envahi la place où ils avaient établi leur campement. Sous les crachats et les insultes, elle s'était frayé un chemin en jouant des coudes. À ce moment-là, elle s'était juré de ne plus jamais replonger dans une foule en proie à la colère. Heureusement, elle avait pu se réfugier dans les bras de son père, qui l'avait emmenée loin de cette cohue grouillante. Tandis qu'ils fuyaient dans un dédale de ruelles obscures, il avait murmuré :

« Dieu soit loué, tu es saine et sauve. Elle ne nous aurait jamais pardonné s'ils t'avaient fait du mal. »

Une latte du plancher grinça, l'arrachant à ses pensées. Comme elle se retournait, elle découvrit le visage livide de saint Jean-Baptiste. Ainsi, Michele s'était remis à travailler sur ce tableau qu'il avait commencé des mois plus tôt. La tête décapitée, posée sur un plateau, avait toujours les traits du peintre. Autour d'elle, on pouvait distinguer trois personnages esquissés à coups de manche de pinceau. Il y avait Salomé qui, selon les Évangiles, avait réclamé la décollation du saint après avoir dansé pour le roi Hérode. Le bourreau, qui venait de faire son œuvre, était également reconnaissable. En revanche, il était impossible d'identifier le troisième individu, dont l'ébauche était trop incomplète.

Nerina sentit un frisson parcourir son échine tandis qu'elle contemplait l'œuvre inachevée. Qu'est-ce qui poussait Michele à peindre une toile pareille ? Ne lui avait-on pas commandé un tableau sur les sept œuvres de miséricorde ?

Les esquisses des trois personnages étaient loin d'être abouties, ce qui indiquait que Michele n'était pas sûr de sa composition. Pour Nerina, c'était justement cette incertitude qui le rendait humain. Comme elle, il avait toutes les peines du monde à donner une forme définitive à ses tableaux. Il ne pouvait s'empêcher d'apporter des modifications même après avoir commencé à appliquer ses couleurs. Il changeait de-ci de-là un geste, un éclairage ou une expression sur un visage, et la scène qu'il représentait prenait un aspect très différent. Ses peintures étaient un mélange d'intuitions et d'idées soudaines qu'il soumettait sans cesse à l'épreuve du doute. Tout cela bouillonnait en lui comme des bulles de gaz dans un vin en pleine fermentation. Le résultat était incroyablement rafraîchissant, tonique et bouleversant.

Nerina avait également travaillé de cette manière autrefois. Lorsqu'elle voyageait de ville en ville avec ses parents adoptifs, elle s'était toujours laissé inspirer par ce qu'elle pouvait voir, sentir ou entendre. Comment placer ses personnages et transformer ses impressions en images ? Chaque fois, elle avait le sentiment d'assister à un miracle lorsqu'elle se retrouvait devant un tableau achevé.

Tout à coup, Nero aboya dans la ruelle. La jeune femme se précipita à la fenêtre, mais elle fut incapable de le repérer dans l'obscurité. L'animal semblait l'appeler. Avait-il retrouvé la piste de Michele ou flairé un danger ? Aussitôt, elle resongea à leur départ précipité de Rome.

Après avoir préparé leurs affaires en toute hâte, elle avait dû dénicher une charrette et prévenir les amis du peintre. Une fois Michele, fiévreux et inconscient, installé dans la caisse du tombereau, elle avait pris les rênes de l'attelage en priant pour qu'on ne remarque pas trop tôt leur fuite. Heureusement, ils avaient pu franchir les portes de la ville sans être inquiétés. Elle avait décidé de fuir en sachant que le blessé ne survivrait peut-être pas à pareil voyage dans l'état où il se trouvait. Mais dans la charrette, il avait au moins une chance de s'en sortir. Enfermé dans un cachot de Tor di Nona, il aurait rendu l'âme de manière certaine.

Elle se souvint de la rencontre insolite qu'elle avait faite devant la porte de leur maison. En sortant, elle avait failli heurter la diseuse de bonne aventure qui officiait habituellement au marché du portique d'Octavie. La vieille femme, le regard vide, tenait à la main un fuseau, telle une Parque filandière. Nerina s'était figée de stupeur en la découvrant sur le seuil, mais la voyante l'avait finalement aidée à charger Michele dans le tombereau et à dissimuler quelques toiles roulées sous des couvertures. Puis Nerina s'était mise en route sans se retourner. À mesure qu'elle s'était éloignée de l'atelier, elle avait eu l'impression que son âme se soulageait d'un immense fardeau.

En contrebas, Nero avait cessé d'aboyer. S'écartant de la fenêtre, Nerina se demanda si elle devait retourner se coucher ou s'habiller et suivre Michele.

À pas lents, elle marcha jusqu'à sa chambre. Après s'être assise sur son lit, elle passa les bras autour de ses genoux.

Pourquoi accompagnait-elle Michele ? Qu'est-ce qui la reliait à cet homme dont la seule passion – hormis le vin et les prostituées – était la peinture ? Un homme qui ne s'attachait à personne pour garder son indépendance et continuer inlassablement à pratiquer son art. Pourquoi le protégeait-elle alors qu'on le soupçonnait d'avoir tué quelqu'un ? Se sentait-elle redevable parce qu'il l'avait prise en apprentissage malgré le fait qu'elle était une femme ? Elle soupira. Ne voulait-elle pas enfin s'avouer les sentiments qu'elle avait pour lui ? Au fond d'elle, elle savait qu'elle l'aimait. Mais d'un amour profond, qui allait bien au-delà du désir physique.

Avec des gestes mesurés, elle mit ses bas de lin, enfila sa robe et chaussa ses sabots, décidée à retrouver le peintre, qui gisait sans doute ivre mort dans l'un des nombreux bouges du port, pour le ramener à la maison. Mais au moment de sortir du logement, quelque chose la retint. Non, cette fois, elle n'irait pas. Cette fois, elle vaincrait la peur d'être seule, et elle le laisserait cuver son vin là où il s'était réfugié. Après tout, c'était peut-être elle qu'il fuyait. À cette pensée, son ventre se noua. Elle revint sur ses pas et, tout habillée, se rallongea sur son lit. Le regard rivé au plafond, elle écouta les bruits de la nuit qui entraient par la fenêtre ouverte.

2

« Vous avez connu Caravaggio ? »

Les yeux de Julia brillaient. Enrico ignorait si la curiosité de la jeune servante était sincère, ou si elle jouait avec lui. À vrai dire, il manquait d'expérience avec les femmes. Au pensionnat de Santa Croce, on apprenait le latin et le grec, et non à nouer des relations avec des individus de l'autre sexe. Voilà pourquoi il se sentait aussi maladroit parfois.

« Oui, je l'ai vu peindre son dernier tableau avant sa disparition. *La Mort de la Vierge*. J'ai pu admirer la toile avant qu'elle soit exposée au public. »

Enrico était soulagé. Il avait enfin trouvé un sujet de conversation, et Julia ne semblait plus lui en vouloir. C'était la première fois depuis qu'il l'avait abandonnée comme un goujat pour suivre son maître qu'elle acceptait de lui adresser la parole. L'ayant interceptée devant l'entrée de service du palais Borghese, il lui avait fait de plates excuses et multiplié les témoignages d'attachement. Attendrie, la jolie domestique l'avait finalement autorisé à l'accompagner durant sa course.

À présent, il s'appliquait à rester dans son sillage, ce qui n'était pas une mince affaire dans les ruelles bondées du Campo Marzio.

« A-t-il vraiment mené une vie aussi… dissolue, comme on le murmure ? » demanda-t-elle.

Cette question naïve fit sourire intérieurement le précepteur de la famille Gonzaga. Prenant un air important, il répondit :

« Pire que cela. Mais je ne peux en parler. Surtout devant une dame. »

Julia pouffa d'un rire argentin. Jetant un regard par-dessus son épaule, elle parut amusée de le voir trottiner derrière elle.

« Moi, une dame ? C'est un compliment de prince que vous me faites là. On pourrait croire que vous êtes vous-même un gentilhomme. »

Allongeant le pas, Enrico parvint à revenir à la hauteur de Julia.

« Où vous rendez-vous si prestement ? »

Elle portait une robe étroitement serrée sous la poitrine. D'un geste vif, elle sortit de son corsage une petite enveloppe blanche qu'elle agita quelques instants avant de la remettre à sa place. De nouveau, elle eut un petit rire clair.

« Aujourd'hui, je suis messagère.

— Messagère ?

— Je vais chez le cardinal Del Monte. Le *signor* Scipione Borghese m'a chargée de lui remettre ce pli. »

Elle s'arrêta pour souffler à l'oreille du précepteur : « À l'intérieur, il y a le sceau papal ! Je l'ai aperçu quand mon maître a fermé la lettre. » S'apercevant qu'elle avait commis une bourde, elle posa la main sur sa bouche. « *Madonna !* Je crois que j'en ai trop dit ! »

Enrico réfléchit fébrilement. Une lettre du pape au cardinal Del Monte ? Que contenait-elle ? Un message anodin, ou une information susceptible d'intéresser Ferdinando Gonzaga ?

« Je serai muet comme une tombe ! » promit-il pour rassurer la servante.

Ce qu'il venait d'apprendre était plutôt étonnant. Del Monte n'était pas n'importe qui. Chargé de préserver les trésors de la basilique San Pietro et d'administrer en général toutes les œuvres d'art appartenant au Saint-Siège, il était un homme puissant au sein des États pontificaux. Et voilà que le pape, au lieu d'utiliser les canaux habituels, lui adressait une lettre par l'intermédiaire d'une simple bonne choisie par son neveu.

Pourquoi Scipione Borghese n'avait-il pas confié cette tâche à l'un des nombreux clercs qui peuplaient le palais familial ?

Enrico ne savait que penser. Julia s'était remise en marche, et il la suivit en silence.

Passant près des innombrables mendiants qui demandaient l'aumône dans le quartier, ils se dirigèrent vers la colline du Quirinal.

« Pourquoi Borghese t'a-t-il choisie pour cette mission, Julia ? C'est une grosse responsabilité. »

Le précepteur se mordit les lèvres, regrettant aussitôt d'avoir posé une question aussi directe.

« Croyez-vous que je sois incapable de porter cette lettre ridicule à son destinataire ? rétorqua la domestique en se rembrunissant. D'après vous, les femmes sont trop bavardes pour ce genre de commission ? C'est ce que vous pensez, n'est-ce pas ? Mais je vais vous dire une bonne chose... »

Julia se tut brusquement. Jetant un regard alentour, elle accéléra le pas. Enrico eut toutes les peines du monde à ne pas se faire distancer, car la servante se faufilait avec adresse dans la foule. On aurait dit que les passants s'écartaient devant elle, alors qu'il devait jouer des coudes pour avancer. Au fur et à mesure qu'ils approchaient de la *via* Papalis, la grande artère où se déroulaient habituellement les processions pontificales, l'affluence s'enflait encore. Dans une atmosphère de plus en plus bruyante, on percevait des relents de vin et de poisson, de pain et d'âne, d'eau saumâtre et d'excréments. Au milieu de la cohue, on pouvait aisément repérer les tire-laine en quête d'une proie facile. Enrico en vit plusieurs se pourlécher les babines en suivant Julia du regard. Mais la domestique fendait la presse tête haute, sans prêter attention aux sifflements et aux commentaires grivois des badauds. Son but était le *palazzo* Madama, la magnifique résidence du cardinal Del Monte.

Sachant que le temps lui était compté, Enrico lança :

« Que vouliez-vous me dire, Julia ? Je suis désolé si je vous ai manqué de respect. Je pensais seulement que c'était plutôt insolite qu'on vous charge d'une telle mission... »

La jeune femme ralentit l'allure, et il put revenir à sa hauteur. Il constata qu'elle était aussi essoufflée que lui. L'effort avait empourpré son cou et ses joues.

La voyant sourire, il comprit qu'elle ne lui avait pas tenu rigueur de ses propos.

« Depuis quand êtes-vous au service de Scipione Borghese ? demanda-t-il en choisissant un autre angle d'attaque.

— Quelques semaines seulement. Auparavant, je servais son oncle, Camillo Borghese. J'étais aux cuisines.

— Combien de temps avez-vous travaillé pour notre nouveau souverain pontife ?

— Vous êtes curieux ! Trois ans. »

Avec douceur, il essaya de prendre le bras de la domestique pour la freiner un peu plus. À cet instant, une charrette de prisonniers surgit à l'angle d'une rue. Poussant des cris rauques, le roulier faisait claquer son fouet pour que les passants s'écartent de la chaussée. Derrière lui s'entassaient sous une banne déchiquetée plusieurs individus hâves et déguenillés aux allures de spectres. Les yeux vides, les pauvres hères gémissaient comme des damnés.

Enrico et Julia furent refoulés contre la façade d'une maison. Il en profita pour saisir la main de la servante, qui n'opposa aucune résistance.

« Qui vous a recommandée, Julia ? »

Elle l'observa en silence. Il resserra légèrement l'étreinte de ses doigts, et elle ne put s'empêcher de sourire.

« Est-ce un interrogatoire ? Êtes-vous l'un de ces espions papaux qui se coulent dans les rues pour guetter les moindres faits et gestes du peuple ? »

Feignant l'indignation, il rejeta l'accusation avec véhémence.

Entre-temps, la charrette avait bifurqué dans la *via* Del Salvatore. Julia se remit en mouvement et accepta le bras que lui offrait Enrico.

« Puisque vous n'êtes pas un mouchard, je puis vous le dire. C'est le cardinal Del Monte qui m'a recommandée. J'ai été employée au service de Son Éminence pendant six ans. Ensuite, on m'a envoyée chez Camillo Borghese, qui recherchait une cuisinière. Le cardinal a pensé à moi parce qu'il adorait mes sauces. Au début, il était question que je revienne assez vite, mais cela fait maintenant plus de trois ans que je travaille au palais Borghese. Ce qui n'empêche pas Son Éminence de prendre régulièrement des nouvelles de moi. Il est tellement gentil. »

Le précepteur n'en crut pas ses oreilles.

« Del Monte en personne ? »

Julia lui jeta un sourire désarmant.

« Vous pensez que les *monsignori* n'adressent pas la parole aux servantes de cuisine comme moi, n'est-ce pas ? Eh bien, vous devriez revoir votre image des femmes ! »

Enrico vit passer dans les yeux de la domestique une lueur malicieuse qu'il n'avait jamais remarquée jusqu'à présent. Sous son masque d'innocence se cachait une femme très intelligente. Il eut alors une révélation. Julia faisait partie de ces serviteurs que l'on faisait entrer clandestinement dans la maison d'un rival pour jouer les espions. Camillo Borghese n'était certainement pas dupe et devait avoir lui aussi ses propres agents chez Del Monte et d'autres prélats. Cette tradition séculaire permettait de maintenir un certain équilibre parmi les cardinaux. Dans la course aux meilleures prébendes de Rome, on pouvait réagir plus vite si on connaissait les intentions de ses concurrents.

Soudain troublé, Enrico se demanda qui espionnait qui en ce moment même. Il décida de se montrer plus prudent à l'avenir.

Devant eux apparut la façade baroque du *palazzo* Madama. Sans hésiter, Julia emprunta un passage menant vers l'arrière de l'imposant bâtiment.

« Notre promenade s'arrête ici, dit-elle.

— Nous reverrons-nous ? s'enquit-il sans lâcher le bras de la servante.

— Afin que vous puissiez encore me soutirer des informations ? répliqua-t-elle avec un petit rire impertinent.

— Je vous promets d'être moins maladroit la prochaine fois. » Il prit la main de la jeune femme entre les siennes. « Votre joli minois me manque déjà.

— Vous n'êtes qu'un flagorneur. Croyez-vous pouvoir me séduire facilement parce que je suis de plus humble extraction ?

— Loin de moi cette pensée. Je ne pourrais être plus sincère, gente dame. »

Julia pouffa avant de se pencher pour lui donner un baiser furtif sur la joue. Les yeux d'Enrico manquèrent de chavirer en essayant d'entrapercevoir la lettre dans son décolleté.

« Comme vous êtes si aimable, cher Enrico, je vais vous révéler un secret. Je connais moi aussi messire Caravaggio ! »

De nouveau, il eut l'impression qu'elle se jouait de lui.

« Quand avez-vous fait sa connaissance ?

— Oh, c'est au moment où il venait d'être chassé de l'atelier du Cavaliere D'Arpino. Son protecteur, *monsignore* Fanti Petrignani, l'a alors présenté au cardinal Del Monte. »

D'Arpino, songea Enrico. *Naturellement.* Encore quelqu'un qui avait dû se réjouir de la fuite de Caravaggio. À Rome, tout le monde avait entendu parler de la relation conflictuelle entre les deux peintres.

« Étiez-vous proche de lui ? »

D'un geste plein de coquetterie, Julia rejeta ses cheveux en arrière.

« Je ne peux pas dire que je le connaissais vraiment, murmura-t-elle en minaudant. Mais j'ai assisté à une scène qui n'était pas à l'avantage du grand peintre d'art sacré… »

Il dut se retenir de ne pas la secouer comme un prunier pour lui arracher les mots de la bouche. Cette fois, il était évident qu'elle se jouait de lui. Visiblement, elle prenait grand plaisir à le faire lanterner. Ils s'étaient arrêtés devant une porte de service, et Julia frappa contre le panneau de bois.

« Cessez donc de me tourmenter, pardi ! Qu'avez-vous vu ?

— J'ai été témoin d'une rencontre entre Caravaggio et son frère.

— Son frère ?

— Un bel homme, le *prete rosso*. Nous, les servantes, nous en pincions toutes pour lui. Quel dommage que Dieu ait choisi un gaillard de la sorte pour en faire un prêtre ! »

Avant que le précepteur ait eu le temps de poser une autre question, la porte s'ouvrit, et une vieille femme passa la tête par l'entrebâillement.

« Ah, c'est toi ! »

Jetant un regard mauvais à Enrico, elle attira la visiteuse à l'intérieur.

« Quand puis-je vous revoir, Julia ? » lança-t-il désespérément.

L'interpellée ne donna aucune réponse. Elle embrassa furtivement la vieillarde, qui referma le battant sans se soucier d'Enrico.

Celui-ci resta un moment sur le seuil, perplexe. Dans son esprit, les pensées se bousculaient. Ainsi, Julia avait assisté à une rencontre entre Caravaggio et son frère. Mais quand ? Que s'était-il passé durant cette entrevue ? Pourquoi gardait-elle du peintre une si mauvaise impression ? Et qu'avait fait Giovan Battista Merisi pour mériter le surnom de « prêtre rouge » ?

S'il voulait découvrir toute la vérité sur Caravaggio, il lui fallait impérativement revoir la domestique. Cette dernière n'y était sans doute pas opposée. Sinon pourquoi l'aurait-elle appâté avec cette histoire ?

3

La porte s'ouvrit et Nerina vit un homme se glisser dans l'atelier. Ses sandales de cuir crissèrent lorsqu'il s'assit derrière les spectateurs déjà présents dans la pièce. Sans doute encore un de ces prétendus peintres qui assiégeaient Michele depuis quelques jours et le bombardaient de questions sur ses œuvres. Caravaggio, qui ne buvait plus jusqu'à tomber ivre mort, avait cédé à un autre vice, celui de l'orgueil. Flatté par l'intérêt de ses confrères qui venaient s'agglutiner chez lui, il se lançait dans de grandes tirades sur son art.

Certains de ces soi-disant artistes avaient des carnets de croquis et semblaient réellement intéressés par les explications théoriques du maître. Mais la plupart d'entre eux étaient surtout captivés par ses frasques, qui lui avaient valu de nombreux séjours en prison. Ici, à Naples, royaume rattaché à la couronne espagnole, Michele était peu connu, et l'écho de ses discours subversifs n'était pas encore parvenu jusqu'aux oreilles des dominicains et de l'Inquisition, sinon on l'aurait déjà arrêté.

Nerina sentit le regard du nouveau venu dans son dos. Lorsqu'elle se retourna vers lui, son ventre se noua douloureusement. Sans pouvoir l'identifier formellement, elle eut l'impression d'avoir déjà vu cet individu quelque part.

« Pourquoi aurions-nous besoin de personnages gracieux sur nos tableaux ? Pourquoi peindre des visages aux traits délicats et des corps musculeux ? Voyez-vous ce genre d'individus dans les rues ou dans les palais ? Bien sûr que non, car ils n'existent que dans les têtes des prédicateurs et des idéalistes. Prenez plutôt pour modèles des prostituées et des voleurs quand vous représentez des saints. Cherchez sur leurs visages des signes distinctifs ! Captez les sillons du temps, l'expression torturée d'un affamé, le regard suppliant d'un mendiant, la douleur d'une catin maltraitée – et ensuite peignez vos apôtres, vos saints, vos madones. Ces gens-là ont une mine chiffonnée et de la crasse sous les ongles. Leurs pieds sont sales et crevassés, leurs jambes couvertes de contusions. C'est seulement en représentant la réalité que vous vous rapprocherez du divin. Car le Seigneur n'a-t-il pas dit qu'il nous avait faits à son image ? »

Michele s'échauffait en parlant sous le regard admiratif des jeunes peintres assis autour de lui. Pendant ce temps, Nerina avait les mains moites. Elle était peu à peu gagnée par la nervosité. Que voulait donc cet inconnu qui venait de surgir dans l'atelier ? Avec ses vêtements sombres et son épaisse barbe noire, il détonnait dans l'assistance.

« Mais une fois au ciel auprès de Notre-Seigneur, les saints ne deviennent-ils pas des créatures parfaites pour l'éternité ? objecta un garçon qui serrait son carnet d'esquisses contre sa poitrine. Ne déformons-nous pas la nature en incorporant dans nos tableaux la laideur et les tares de certaines personnes ?

— Ma mie a une tache de naissance sur la croupe, et je ne trouve pas ça moche ! » répliqua un autre spectateur avant de soulever un cruchon pour avaler une rasade de vin.

Nerina observa le plaisantin. Attifé de guenilles, celui-ci ressemblait à un jeune chien fou qu'on aurait chassé des beaux quartiers. Puis son regard se posa de nouveau sur le mystérieux arrivant, qui écoutait attentivement Caravaggio, le front plissé. Contrairement au reste de l'auditoire, il ne paraissait pas approuver les raisonnements du maître en exil.

De plus en plus inquiète, Nerina se tourna vers Michele, cherchant un moyen de l'avertir. Il devait modérer ses paroles, car l'inconnu était peut-être un délateur.

« Votre regard ne doit pas être déformé par l'idéalisation, poursuivait Caravaggio. Si Dieu a créé ce monde tel qu'il est, alors il a créé le beau tout comme le laid. Car sans le laid, le beau n'existerait pas. Comment pourrions-nous sinon exercer notre œil ? Comment distinguer ce qui est beau, si on ne connaît pas le monstrueux, le disproportionné ? Ce n'est qu'en ajoutant un ver dans une corbeille de pommes qu'on peut ensuite admirer la beauté réelle d'un fruit sain, par comparaison avec la difformité d'un fruit gâté. »

Debout près de la porte de sa chambre, Nerina essaya de faire signe à l'orateur, mais Michele, en pleine verve, ne la remarqua pas. Depuis qu'il s'était rétabli de ses blessures, il réfléchissait beaucoup sur la théorie de la peinture et sur la manière d'élaborer une toile, et il tenait à transmettre ses idées en fondant une sorte d'école.

« Regardez ! » dit Caravaggio en ôtant le voile qui recouvrait une toile imposante disposée sur un chevalet près de lui.

Il s'agissait de l'esquisse des *Sept Œuvres de miséricorde*. Nerina la connaissait bien, car elle avait longuement débattu avec Michele les jours précédents sur la composition de ce tableau.

Elle était toujours autant impressionnée par son génie. Ainsi, il n'avait aucun mal à travailler en parallèle sur trois ou quatre commandes. Parfois, il était tellement concentré qu'elle se demandait s'il songeait à l'élaboration d'une œuvre alors qu'il en réalisait une autre. Et pourtant, tout ce qu'il faisait paraissait mûrement réfléchi.

« Imaginez que la Pio Monte della Misericordia, une toute jeune confrérie souhaitant venir en aide aux démunis, vous demande de figurer sur un seul tableau les sept œuvres corporelles de miséricorde[1]. »

Nerina n'écoutait le peintre que d'une oreille. Elle lui avait reproché d'avoir une fois de plus accepté une commande irréalisable. Personne auparavant n'avait réuni sur une seule et même toile ces sept actes de

1. D'après l'Évangile de saint Matthieu, les sept œuvres de miséricorde dites « corporelles » consistent à nourrir les affamés, donner à boire à ceux qui ont soif, vêtir ceux qui sont nus, accueillir les étrangers, assister les malades, visiter les prisonniers et ensevelir les morts.

charité, qu'on représentait toujours séparément. Pour ne rien arranger, la confrérie n'avait pas le sou, même si elle prétendait vouloir rétribuer grassement Caravaggio. À Naples, la municipalité cherchait à centraliser l'aide aux nécessiteux. Tandis que les jésuites s'occupaient du secours spirituel, la Pio Monte della Misericordia était chargée d'assurer l'assistance matérielle. Et elle avait commandé à Michele un retable pour figurer cette mission de bienfaisance. En revanche, personne ne savait à quoi la peinture devait ressembler. L'artiste avait donc carte blanche.

Pour sa scène de charité romaine, il avait exigé de Nerina qu'elle lui serve de modèle. De mauvais gré, elle avait finalement accepté d'incarner Pero – la jeune fille qui, selon la légende, avait sauvé son père Cimon, condamné à mourir de faim, en lui donnant secrètement le sein. Contre toute attente, c'était elle et personne d'autre que Michele voulait pour ce rôle à la portée hautement symbolique.

De nouveau, elle considéra l'inconnu assis de l'autre côté de l'atelier. Il se grattait la tête d'un air pensif quand, soudain, il leva les yeux. Pour la première fois, leurs regards se croisèrent, et elle ne put s'empêcher de frissonner. Elle avait déjà vu ces prunelles claires, étrangement dépourvues d'expression. Elle en était certaine, maintenant. C'était l'homme qui l'avait importunée sur le marché du portique d'Octavie avant de disparaître en compagnie de Lena. Si elle ne l'avait pas reconnu immédiatement, c'était à cause de la barbe touffue qu'il portait à présent et qui dissimulait une partie de ses traits.

« Ici », dit Michele en indiquant le personnage de Pero qui se tenait à droite du tableau.

Intriguée, Nerina ne put s'empêcher de suivre les explications du peintre.

« Dans une scène de *Caritas romana*, c'est à vous de rendre visibles les tiraillements de la jeune fille. Pero s'inquiète pour son vieux père, mais elle est naturellement honteuse de lui donner ainsi son lait. Sur son visage, il faut que se mêlent abnégation et dégoût. Votre modèle ne doit pas se réjouir de découvrir sa poitrine, au contraire, elle doit être confuse – et, malgré tout, vous faire confiance. »

Nerina regarda Caravaggio avec étonnement. Elle comprenait maintenant pourquoi il avait choisi de faire d'elle sa Pero. Malgré la répulsion qu'elle éprouvait à l'égard de cette scène de charité, elle avait fini par lui céder, et il s'était inspiré de son malaise pour donner de la profondeur au personnage.

Les spectateurs se levèrent et s'approchèrent avec précaution de l'esquisse. Michele leur expliqua son intention de réunir les sept œuvres de miséricorde corporelles dans un même mouvement.

En arrière-plan, on transportait un cadavre pour symboliser l'ensevelissement des morts. Tandis que saint Martin offrait son manteau à un mendiant, un aubergiste accueillant Jésus et ses apôtres sur le chemin d'Emmaüs illustrait le devoir d'hospitalité. Samson, qui buvait de l'eau jaillissant d'une mâchoire d'âne, représentait quant à lui les assoiffés à qui l'on devait donner à boire. Sur la gauche au premier plan, un malade attendait d'être secouru. Pero, quant à elle, rendait visite à son père incarcéré et lui donnait à manger ; elle incarnait ainsi deux œuvres corporelles à la fois – rendre visite aux prisonniers et nourrir ceux qui avaient faim.

« Et la madone de la Miséricorde ? L'avez-vous bannie du tableau parce qu'il ne restait plus de place dans cet enchevêtrement de corps ? Elle fait pourtant défaut ! »

Celui qui avait parlé était un jeune peintre prénommé Salvatore, qui n'avait pas la langue dans sa poche. D'un ton de défi, il ajouta :

« Ce que vous appelez composition, mon cher Caravaggio, n'est qu'un inextricable imbroglio sans aucune cohérence. »

Comme piqué par un scorpion, Michele fit volte-face pour toiser l'insolent. Ses yeux n'étaient plus que deux fentes obliques. Un silence pesant enveloppa l'atelier.

Puis, brusquement, Caravaggio éclata de rire.

« Salvatore, Salvatore. Décidément, rien n'échappe à tes yeux perçants. Mais je n'ai pas besoin de la Vierge, parce que les œuvres de la miséricorde ne sont pas accomplies au ciel, mais sur terre. Et représenter sur un même tableau différents groupes de personnages sans lien apparent n'est pas nouveau. C'était chose courante chez les anciens. »

Un murmure approbateur parcourut l'assemblée. Nerina vit plusieurs artistes en herbe noter sur leur calepin l'argument révolutionnaire du maître. Michele devait se dépêcher d'achever sa toile avant qu'on lui vole ses idées.

« Ne commettez pas l'impudence de bannir la Sainte Vierge du tableau ! »

L'injonction menaçante avait couvert le brouhaha de l'assistance. C'était le mystérieux personnage du portique d'Octavie qui avait parlé. Lorsqu'il se releva lentement, Nerina aperçut sa petite tonsure circulaire.

L'homme devait être moine, même s'il était vêtu comme un simple citadin. Les rayons du soleil qui pénétraient par la fenêtre faisaient briller ses cheveux de jais.

Michele resta de marbre.

« Cette toile est destinée à une confrérie de laïcs qui révère la mère de Dieu, poursuivit l'inconnu. Vous devriez donc l'ajouter, messire Caravaggio ! »

Nerina vit le peintre serrer les poings. S'efforçant visiblement de se maîtriser, il gronda :

« Qui êtes-vous pour oser me donner des ordres ? »

Au grand étonnement de la jeune femme, il ne se répandit pas en invectives et ne provoqua pas le perturbateur en duel. Elle crut même percevoir un léger tremblement dans sa voix. Michele éprouvait-il de la peur ?

« Disons que je représente votre commanditaire », déclara le tonsuré.

Caravaggio eut un rire convulsif et passa la langue sur ses lèvres. Puis il secoua lentement la tête.

Nerina savait que personne ne pourrait le faire changer d'avis. Michele était un obstiné qui n'acceptait aucune critique. Malgré tout, elle sentait chez lui un malaise certain. Il semblait connaître cet homme, sinon il l'aurait tout bonnement ignoré.

Se tournant vers elle, il fit un geste furtif de la main. Elle comprit alors qu'il lui demandait de surveiller discrètement l'intrus.

4

Profitant de la confusion qu'avait provoquée le mystérieux personnage, Nerina se glissa dans sa chambre. Après avoir ôté sa robe, elle enfila en hâte un pourpoint et une paire de chausses. Avec adresse, elle noua ses cheveux en un chignon et coiffa son chapeau de damoiseau. Frottant ensuite entre le pouce et l'index la mèche brûlée d'une bougie, elle se charbonna le menton et la lèvre supérieure.

Puis elle se contempla dans son miroir. Ainsi grimée, elle pouvait passer pour un jeune Napolitain à l'allure légèrement efféminée.

Dans l'atelier, une dispute s'était engagée entre le maître et l'importun sur l'imitation de la nature. La voix de Michele avait toutefois perdu de son assurance.

« Ne soyons pas aveugles ! Le spectateur a le droit de voir le monde tel qu'il est, même s'il s'agit de saints ou d'apôtres. Ceux-ci n'ont-ils pas vécu sur terre avant de monter au ciel ? À l'instar de nous tous, ils ont foulé le sol poussiéreux de leurs pieds et se sont abîmé les mains au travail. Pourquoi alors les représenter comme s'ils avaient toujours vécu au paradis ? Cette jeunesse éternelle que l'on voit sur les tableaux sacrés me donne la nausée. »

Le peintre ne démordait pas de ses théories esthétiques, mais son discours manquait de persuasion. Il n'était décidément pas dans son assiette.

« Vos commanditaires ne veulent pas une représentation de la nature, mais un tableau empreint de piété ! contra le tonsuré. Ne reculez donc pas devant un monde rempli d'éphèbes. Nous connaissons bien assez le crépuscule de la vie avec son lot de défaillances, inutile de nous le montrer dans toute sa triste réalité. L'horreur du quotidien est omniprésente, mais elle ne peut être captée dans un tableau. Vous êtes le mieux placé pour le savoir, messire Caravaggio ! »

Nerina entrebâilla la porte pour observer la scène. L'inconnu parlait en gesticulant, tandis que Michele le toisait avec une moue méprisante.

« Qu'entendez-vous par là ? maugréa le peintre.

— Réfléchissez, Caravaggio ! »

Sans donner plus d'explications, le tonsuré quitta l'atelier. Tous les regards se rivèrent sur Michele, et un tumulte de paroles éclata.

Nerina se faufila dans la pièce pour gagner à son tour la porte. Personne ne remarqua son départ. Parvenue sur le palier, elle dressa l'oreille. Elle entendit les pas précipités de l'inconnu dans l'escalier. Sans hésiter, elle s'élança à sa poursuite. Elle aperçut les pans de sa tunique sombre au moment où il sortait de la maison.

Tout en veillant à garder une certaine distance, elle suivit l'étrange personnage dans les ruelles tortueuses de Naples, où se pressait une foule bruyante. Ils longèrent d'innombrables échoppes dans lesquelles on pouvait voir des artisans travailler.

Chaque corporation avait son propre passage. Le tonsuré l'entraîna tout d'abord dans la venelle des polisseurs de coquillages avant de bifurquer dans celle des ferronniers. Un vacarme assourdissant enveloppa soudain Nerina. Autour d'elle, on ciselait, on affûtait, on martelait et on forait. La jeune femme eut l'impression de pénétrer dans l'antichambre de l'enfer.

Elle ne connaissait pas assez bien la cité pour deviner où l'homme se rendait. Au bout d'un certain temps, il s'arrêta brusquement et leva la tête afin d'admirer un clocher qui s'élevait au-dessus des toits biscornus de la ville. Puis il disparut dans une ruelle latérale. La jeune femme se remit en mouvement et le vit franchir quelques instants plus tard le porche d'une église.

Que venait-il faire dans ce lieu saint ? Pouvait-elle le suivre à l'intérieur, ou risquait-on de remarquer sa présence ? Après avoir fait le tour du bâtiment pour s'assurer qu'il n'y avait pas d'autre issue, elle décida d'attendre dehors. L'inconnu finirait bien par ressortir.

S'adossant contre le mur d'une bicoque, elle contempla le spectacle de la rue. Toutes sortes de charrettes remplies de meubles, de pots en terre cuite et d'ustensiles en métal défilèrent sous ses yeux. Puis son regard fut attiré par un tombereau qui creusait de profonds sillons dans la terre battue. Étrangement, il ne transportait pourtant que trois blocs de pierre de taille. Leur couleur brune tirant sur le rouge rappelait celle des façades alentour. Michele lui avait raconté que la pierre à bâtir était extraite de grandes cavités souterraines situées juste en dessous de Naples. Le tuf, qui provenait certainement du

Vésuve, était très plastique au moment où on l'abattait, mais durcissait ensuite au contact de l'air pour devenir un matériau de construction extrêmement solide. Les cavernes qui n'étaient plus exploitées avaient l'avantage de pouvoir servir plus tard de citernes pour alimenter en eau potable les fontaines et les puits de la ville. D'après Michele, certains individus, qu'on appelait les *pozzari*, s'étaient spécialisés dans le puisage et l'entretien de ces réservoirs naturels. On racontait que la nuit ils écumaient les rues de Naples pour améliorer leurs maigres revenus. Ils pouvaient opérer leurs razzias en toute impunité, puisque personne n'osait descendre leur demander des comptes dans les entrailles de la terre.

Lasse d'attendre, Nerina s'apprêtait à rebrousser chemin lorsque l'inconnu reparut sur le perron de l'église. Après avoir jeté un regard autour de lui, il repartit en direction du sud et de la *via* Carbonara. Il avançait tellement vite que la jeune apprentie faillit se faire distancer à plusieurs reprises. Parvenu devant le Castel Capuano, il ralentit l'allure et contourna le château pour gagner le quartier du port.

Comme tous deux approchaient de la baie, l'affluence se fit encore plus forte dans les ruelles. Nerina, qui suivait à présent l'inconnu de très près, avait presque l'impression de sentir son haleine. Il fendait la multitude grouillante en tendant le bras en avant comme une épée. Passants et badauds s'écartaient sur son passage avec des cris indignés.

Alors qu'elle marchait juste derrière le tonsuré, elle reconnut l'anneau ouvragé qui brillait à son pouce. Elle avait déjà remarqué ce bijou au moment de leur première rencontre sur le marché aux poissons. Plissant les paupières, elle vit qu'il s'agissait d'une chevalière ornée d'une croix à huit pointes. N'était-ce pas le symbole des hospitaliers ? Ce sinistre individu était-il un gentilhomme, membre de l'ordre de Saint-Jean de Jérusalem ? Quand avait-il fait la connaissance de Michele ? Lorsque le peintre vivait chez le cardinal Del Monte ? Ou bien avant son arrivée à Rome ? Ne sachant que très peu de choses sur le passé de Caravaggio, Nerina ne pouvait que hasarder des conjectures. Mais elle ne manquerait pas de poser la question à son mentor.

Soudain, le tonsuré se figea. Nerina, surprise, réussit *in extremis* à ne pas le heurter en faisant un crochet. Entraînée par le mouvement de la foule, elle se réfugia derrière une grande armoire qui se dressait au bord de la venelle. Le meuble appartenait visiblement à une mère bien en chair qui tentait de dompter une flopée de bambins agités.

L'inconnu tourna à dextre et se dirigea en jouant des coudes vers le portail sombre d'une maison à l'apparence discrète. Au-dessus de l'huis massif, Nerina distingua, sculptée dans le linteau, une croix de Malte à huit pointes.

Se figeant sur le seuil, il cogna contre le bois. La jeune femme perçut une certaine cadence, qui se grava dans sa mémoire comme une mélodie.

Quelques instants plus tard, une petite porte s'ouvrit dans le cadre de l'un des vantaux, et l'homme se glissa à l'intérieur, non sans avoir auparavant jeté un coup d'œil autour de lui.

Que venait faire le tonsuré chez les hospitaliers ?

5

« Décidément, il est aussi fugace qu'une antilope ! » s'écria Scipione Borghese avec agacement.

Le père Leonardus sourit.

« En effet, si sa piste n'était pas ponctuée de taches de peinture, il aurait disparu depuis longtemps.

— Heureusement que vous êtes doué d'un excellent flair, commenta Scipione en toisant son homme de main d'un air ironique.

— Oh, j'ai eu de la chance, Éminence. » Le prêtre se racla la gorge, soudain gêné. « Je suppose que vous savez ce qui est advenu de *La Mort de la Vierge* ?

— De quoi parlez-vous ?

— Rubens a exposé le tableau pendant une semaine…

— Pour qu'il ne soit pas détruit par les carmes, oui, je sais ! Le scandale est parvenu jusqu'à moi. Mais pourquoi avez-vous échoué ? Je vous avais demandé d'acquérir cette toile par le biais d'un intermédiaire, afin que personne ne puisse faire le rapprochement entre la vente et le nom des Borghese. »

De nouveau, Leonardus s'éclaircit la gorge.

« Les Gonzaga avaient déjà une option sur le tableau, Éminence. Sur l'ordre du jeune Ferdinando, Rubens a pressé les carmes de vendre. Et comme les déchaux en avaient assez de la polémique autour de leur retable, ils ont fini par céder. »

Scipione, furieux, frappa du poing sur sa table de travail. Le coup résonna dans la haute pièce du palais.

« Rubens a raison. *La Mort de la Vierge* est un vrai chef-d'œuvre. Quel dommage qu'elle tombe entre les mains des Gonzaga ! Vous n'avez pas assez insisté ! Il fallait proposer plus d'argent aux moines ! »

Il décocha un regard noir au prêtre, qui baissa les yeux. Parfois, il se demandait s'il avait eu raison d'accorder sa confiance à un homme comme Leonardus. L'ecclésiastique était une véritable anguille qui n'en faisait qu'à sa tête.

« Pardonnez-moi, Éminence. J'ai doublé la somme que vous aviez mise à ma disposition, mais le jeune Gonzaga a surenchéri et raflé la mise. »

Scipione s'accouda sur son bureau et dissimula son visage derrière ses mains. Immobile, il resta ainsi un long moment. Avait-il sous-estimé ce godelureau de Gonzaga ? Ou était-ce la faute du prêtre, qui avait manqué d'énergie ? Il avait même autorisé, en dernière extrémité, Leonardus à mentionner le nom de Borghese pour faire pencher la balance. Mais la famille Gonzaga avait sans doute versé une avance généreuse aux carmes avant même la fin des enchères, et l'astuce avait fonctionné.

Le cardinal se redressa brusquement.

« Que veut Ferdinando Gonzaga, au juste ? »

La question ne sembla pas prendre Leonardus au dépourvu.

« Je me suis souvent interrogé à ce sujet. La réponse qui me vient chaque fois à l'esprit risque cependant de vous déplaire.

— Je vous écoute, mon père. À défaut du tableau que je vous avais demandé, donnez-moi votre avis. Que veut Gonzaga, d'après vous ? »

Scipione porta son regard sur une figurine de verre posée sur le bord de son bureau. En équilibre sur une jambe, la danseuse antique était un presse-papiers en provenance d'une célèbre verrerie de Murano. Il se retint de la déplacer, même si Leonardus – qui avait la fâcheuse tendance à gesticuler en parlant – l'avait dangereusement effleurée à plusieurs reprises avec les manches évasées de sa soutane. De tempérament joueur, il préférait laisser l'objet précieux entre les mains du destin.

« Le jeune Ferdinando brigue la dignité cardinalice, Éminence ! »

Outré, Scipione bondit de son siège.

« Avez-vous perdu la tête ? » tonna-t-il.

Leonardus, surpris par la violence de la réaction, recula vivement. Levant le bras, il toucha la danseuse, qui vacilla un instant avant de tomber sur la table. Le choc sépara la frêle figurine de son socle.

Le prêtre ne parut pas remarquer sa maladresse. Rivant ses yeux dans ceux de Scipione, il lâcha :

« Gonzaga va essayer de vous faire chanter. Le titre de cardinal contre le tableau.

— Il n'osera pas !

— Je crains que si. Pour lui, la toile n'est qu'une monnaie d'échange. »

Borghese opina lentement. L'idée lui avait déjà traversé l'esprit.

« Procurez-moi un autre tableau !

— Mais Caravaggio se terre à Naples, Éminence ! »

6

De temps à autre, Nerina était assaillie par des maux de ventre et une forte migraine. Quand cela lui arrivait, elle pouvait passer la journée au lit, saisie par une sourde mélancolie.

Ce matin-là, pelotonnée sous sa couverture, elle essayait d'oublier la douleur en somnolant. Bercée par les bruits familiers de l'atelier, elle songeait aux événements des derniers jours.

Michele peignait. La veille, elle l'avait prié de ne recevoir aucun visiteur, et il avait accepté sans protester. Le calme lui permettait de travailler simultanément sur ses deux tableaux, *Les Sept Œuvres de miséricorde* et sa *Tête de saint Jean-Baptiste*. Les toiles prenaient forme à une vitesse prodigieuse. Mais Nerina ne voulait pas penser à son mentor. Elle ne souhaitait qu'une chose : rester roulée en boule, au chaud dans son lit, et ignorer le monde environnant. Les yeux fermés, elle essaya de se laisser aller, mais les élancements au creux de son bas-ventre la rappelèrent à la réalité. Pourquoi devait-elle supporter cela ? Pourquoi ne pouvait-on pas céder à d'autres une part de cette douleur ?

Elle aurait aimé qu'Enrico soit à ses côtés. Elle lui avait fait parvenir une lettre, mais il ne s'était pas manifesté depuis des semaines. Amère, elle se demanda si elle aurait pu tomber amoureuse du précepteur de Ferdinando Gonzaga avant de refouler cette question. Il était inutile de se mettre martel en tête puisque le jeune homme ne donnait plus aucun signe de vie.

Soudain, les élancements se dissipèrent. Elle s'étira avec précaution, puis se tourna sur le dos. Le soleil matinal dessinait sur le plafond des formes lumineuses, qui prenaient l'aspect d'animaux. Elle découvrit ainsi des oiseaux, un cheval et la tête d'un mouton. Le jeu la fit sourire.

De nouveau, elle ferma les paupières. Elle vit alors en esprit le visage du tonsuré, et cette image la fit frissonner. Instinctivement, elle porta la main à son amulette. Que venait faire cet individu à Naples ? Pourquoi surgissait-il dans leur atelier ? Sa présence en ville n'était pas un hasard, elle en était certaine. Restait à savoir ce qu'il projetait.

Son mentor connaissait le mystérieux personnage. Mais comment l'avait-il rencontré ? Et pourquoi semblait-il avoir peur de lui ? Elle n'avait pas encore eu le temps d'aborder la question, parce que l'atelier grouillait jour et nuit de jeunes peintres en admiration devant les œuvres de Caravaggio.

Elle perçut soudain le crissement d'une chaise sur le parquet.

« Michele ? »

Le peintre avait sans doute travaillé toute la nuit à la lueur des bougies, et il rectifiait à présent à la lumière du jour certains coloris.

« Oui ? répondit-il depuis la pièce attenante.

— J'ai reconnu l'homme qui est venu t'importuner l'autre jour. Je l'ai déjà vu à Rome ! »

Un court silence s'ensuivit, puis Nerina entendit Michele poser son pinceau et repousser son chevalet contre le mur.

« Qui était-ce ? »

Elle avala sa salive avec peine. Devait-elle lui dire la vérité ? Enveloppée dans sa couverture, elle se leva lentement et marcha jusqu'à la porte. Elle voulait voir sa réaction au moment où elle raconterait ce qu'elle avait découvert. Lorsqu'elle ouvrit le battant, un cri s'échappa de sa gorge.

« Michele ! »

La toile représentant la décollation de saint Jean-Baptiste lui faisait face. La tête du décapité, qui avait toujours les traits de son mentor, était presque achevée. Près d'elle était apparu un autre personnage : le bourreau qui tendait le chef sanglant à Salomé.

« C'est lui, Michele !

— Qui ? répondit négligemment le peintre avant de jeter un tissu sur le tableau.

— Le tonsuré, murmura Nerina, choquée. Comment se fait-il que tu le connaisses ?

— Je ne le connais pas ! »

Elle s'attendait à tout, sauf à cela. Sentant revenir les élancements, elle posa doucement la main sur son ventre.

« Pourquoi me racontes-tu des mensonges, Michele ? Tu as eu peur quand il t'a parlé, je l'ai vu. Et tu m'as demandé de le surveiller, je te rappelle ! »

Caravaggio continua de vaquer à ses occupations sans se troubler le moins du monde.

« Il m'a paru très louche. Il prétendait travailler pour mes commanditaires, mais ne portait pas l'insigne de la confrérie.

— Tu as remarqué ce détail ? Il m'a semblé au contraire que tu évitais de le regarder ! »

Nerina réprima un gémissement. Saisie par une nouvelle vague de douleur, elle se courba légèrement.

« Tu te trompes, sacrebleu ! » gronda Michele.

Il jeta un coup d'œil vers le clou où était suspendue sa veste. Manifestement, il voulait partir se réfugier dans une taverne pour fuir les questions dérangeantes de son apprentie et boire une cruche de vin qui lui ferait tout oublier.

« Je l'ai reconnu, Michele ! Ce drôle m'a déjà suivie plusieurs fois à Rome ! »

Caravaggio se figea.

« Toi ? s'étonna-t-il.

— C'est un hospitalier. En tout cas, il porte une chevalière ornée de la croix à huit pointes. Et il loge ici à Naples dans une maison de l'ordre. Je suis restée un bon moment là-bas. Je l'ai vu entrer dans le bâtiment, mais pas en ressortir.

— Que me chantes-tu là ?

— Je n'invente rien, Michele. Cet homme m'a abordée sur le marché aux poissons, à Rome. Et je l'ai vu ensuite s'éloigner au bras de Lena en direction du Tibre. Le lendemain, on la retrouvait morte. »

Devenu pâle comme un linge, le peintre s'avança vers elle et l'empoigna par le bras.

« Tu as rêvé !

— Tu me fais mal, Michele. Lâche-moi. Ce que je te raconte est la vérité.

— Excuse-moi », marmonna-t-il avant de la lâcher.

Il se mit à faire les cent pas dans l'atelier. Nerina, pantelante, s'appuya contre le chambranle de la porte. Elle avait rarement vu son mentor aussi nerveux.

« Que sais-tu d'autre sur lui ? » s'enquit-il d'une voix inquiète.

Dos tourné, il se figea devant la fenêtre. Nerina, qui ne l'avait pas quitté des yeux, se demanda s'il surveillait la rue en contrebas à travers les fentes des persiennes. Craignait-il d'être espionné par l'hospitalier ?

« Je t'ai dit tout ce que je savais. Une chose est sûre : à Rome, ce maraud nous épiait. Il me filait dès que je sortais de l'atelier. D'où le connais-tu, Michele ? »

Lentement, le peintre laissa tomber la tête sur sa poitrine.

« Je te le répète, j'ignore qui est cette canaille. »

Nerina respira profondément. Les crampes s'étaient calmées. À l'évidence, Michele refusait de se confier. C'était ainsi depuis qu'elle le connaissait. Même s'ils s'étaient rapprochés avec les années et qu'elle voyait en lui une sorte de figure paternelle, il ne partageait pas ses états d'âme.

Il ne lui avait jamais révélé pourquoi il buvait à en perdre la raison, pourquoi il travaillait comme un acharné et pourquoi il remplissait ses toiles avec des idées subversives qui faisaient enrager ses commanditaires rétrogrades.

Elle l'observait encore lorsqu'il pivota lentement sur ses talons.

« Je vais terminer le tableau, annonça-t-il d'un ton grave en rivant ses yeux dans les siens.

— Lequel ?

— La décollation du Baptiste. C'est notre sauvegarde !

— Qu'entends-tu par là ? »

Nerina vacilla. Une douleur lancinante affluait de nouveau en elle.

Caravaggio s'abstint de répondre. Après avoir ôté le tissu qui recouvrait le tableau, il entrebâilla les persiennes pour faire entrer un peu de jour et ramassa sa palette. Puis, retranché dans le mutisme, il recommença à travailler.

La jeune femme rentra dans sa chambre. Elle ne tirerait plus rien de Michele. Épuisée, elle s'alita et se recroquevilla sous sa couverture. Serrant son amulette, elle ferma les yeux afin de trouver refuge dans le sommeil. Tandis qu'elle s'assoupissait, les dernières paroles de son mentor résonnèrent dans son esprit. Comment un tableau pouvait-il représenter une quelconque sauvegarde ?

7

Enrico espérait ne pas avoir commis d'erreur. Se balançant d'un pied sur l'autre, il se sentait mal à l'aise dans le hall du palais où il attendait. Situé dans le quartier de la Torretta à Rome, le bâtiment avait perdu de sa splendeur et il s'en dégageait une atmosphère lugubre. Le crépi s'écaillait, des pierres s'étaient détachées de la façade, et on croyait entendre sans cesse des craquements inquiétants. Trouverait-il réellement ici quelque chose susceptible d'aider son maître à obtenir la barrette ? Ferdinando Gonzaga avait décidé de quitter Rome durant plusieurs semaines afin de ne pas avoir l'air d'un quémandeur aux yeux du pape. Depuis Mantoue, il observerait la suite des événements. Pendant ce temps-là, Enrico devait récolter des informations pouvant lui servir dans sa quête du cardinalat. S'il découvrait à cette occasion certains détails sur la vie de Caravaggio, cela n'en serait que mieux – son maître ne devait pas savoir tout ce qu'il faisait.

L'artiste Giuseppe Cesari D'Arpino lui avait accordé une audience. Le favori de Clément VIII détestait

Caravaggio, et Enrico se disait qu'il était sans doute intéressant de l'interroger sur son rival.

Un laquais en livrée miteuse apparut soudain dans le hall et lui fit signe de le suivre. Le précepteur se mit en mouvement. Peu de temps après, il se retrouva dans une pièce sombre, qui n'avait pour unique mobilier qu'un imposant bureau. Ne voyant qu'un siège derrière la lourde table de travail, Enrico préféra rester debout. Les murs, recouverts de boiseries, rapetissaient le cabinet et poussaient le visiteur à lever les yeux. Le plafond était décoré d'une fresque défraîchie qui s'ouvrait sur un ciel peuplé de personnages divins. Le peintre avait représenté Apollon sur son char solaire. Le dieu de la lumière, brandissant sa lyre, galopait dans le firmament azuré, entouré de ses neuf Muses.

« C'est par moi que l'on découvre toute chose. Ma bouche dévoile aux mortels l'avenir, le passé et le présent. C'est par moi que le monde est beau, et c'est moi qui ai trouvé l'art de marier la voix avec le luth. Je porte des flèches qui ne manquent jamais leur coup. Il ne s'en trouve qu'une au monde qui soit plus redoutable ; c'est celle-là même, belle Daphné, qui m'a transpercé le cœur. Je suis le père de la médecine. Le monde entier m'honore comme un dieu secourable, et je connais parfaitement toutes les plantes dont on tire des remèdes. Mais en existe-t-il une qui guérisse du mal d'amour ? »

Enrico se tourna en entendant derrière lui la voix puissante qui avait déclamé ces vers. Une porte dérobée s'était ouverte dans les boiseries et un homme avait fait son apparition sur le seuil. Si on cherchait à le mettre à l'épreuve, le précepteur était préparé. Au couvent de Mantoue, il avait été abreuvé de citations célèbres. Le prieur était d'avis qu'il existait pour toute situation une maxime à laquelle se référer.

« Ovide, déclara-t-il. *Les Métamorphoses*. »

Il avait essayé de parler avec assurance, sans y parvenir complètement. Mais son vis-à-vis ne parut pas le remarquer.

« Je constate que vous avez des lettres. »

Comme l'exigeait la mode, l'individu portait une barbiche et d'épaisses moustaches. Ses cheveux, qui s'éclaircissaient près des tempes, tombaient en mèches poisseuses sur ses épaules. Il était vêtu d'une chemise et d'une veste matelassée. Contrairement à son environnement suranné, son bouc et ses habits témoignaient d'une volonté évidente de rester dans le coup.

« Une technique qui se perd, lança-t-il en relevant la tête pour admirer le plafond. Il y a vingt ans, Rome grouillait de fresquistes désireux d'imiter le grand Michelangelo. Tous les patriciens ayant un certain sens de l'esthétique et une bourse bien garnie voulaient décorer leur intérieur comme la chapelle Sixtine. Mais les temps modernes ont fait naître de nouveaux commanditaires avec des goûts différents. Les souhaits des collectionneurs ont changé. Peut-on emporter une fresque lorsqu'on part vivre ailleurs ? Peut-on vendre une fresque en cas de difficultés financières ? Peut-on en offrir une ? Bien sûr que non. Voilà pourquoi la toile est de plus en plus appréciée. Facile à transporter, à vendre ou à offrir. Facile à fabriquer et à transmettre. Le chevalet revient en force à Rome. Et avec lui un nouveau type d'artiste, une autre forme d'art. »

Tandis que les fresquistes sombrent dans la misère, songea Enrico.

« Cavaliere D'Arpino, je présume ? »

Comme s'il venait d'un autre monde, Giuseppe Cesari détacha lentement son regard du plafond pour détailler le visiteur. Puis un sourire se dessina sur ses lèvres.

« Vous êtes le secrétaire du duc de Mantoue, mon bienfaiteur. »

Enrico acquiesça de la tête, en espérant que l'artiste anobli par le pape Clément VIII accepte de s'entretenir avec un simple gratte-papier comme lui. Mais sa réponse correcte à la devinette et les soucis financiers manifestes de Cesari semblaient avoir jeté un pont entre eux.

D'Arpino le prit par le bras et le conduisit dans une pièce attenante. À l'instar du cabinet de travail qu'ils venaient de quitter, l'endroit était très sommairement meublé puisqu'il ne comptait que deux fauteuils disposés près d'une cheminée de pierre. D'un geste, le gentilhomme pria son hôte de s'asseoir dans le siège le plus proche de la porte. Il s'installa dans l'autre.

Malgré le feu qui crépitait dans l'âtre, une odeur d'humidité et de moisissure flottait dans l'air. En prenant place, Enrico eut l'impression que le tissu du fauteuil était moite.

D'Arpino l'arracha brusquement à ses pensées.

« Vous souhaitiez parler avec moi de Caravaggio, n'est-ce pas ? Pour quelle raison ? »

Enrico se racla la gorge. Il ne pouvait pas lui révéler qu'il enquêtait sur le passé de son rival.

« Michelangelo Merisi a fui Rome, comme vous le savez certainement. »

Le peintre croisa les jambes et fit craquer les jointures de ses doigts.

« Une grande perte pour la communauté artistique, une bénédiction pour les habitants de Rome.

— Mon maître, Ferdinando Gonzaga, souhaiterait acquérir une œuvre de jeunesse de Caravaggio. Et nous avons entendu que vous étiez prêt à en céder quelques-unes. Je suppose que vous le connaissiez bien, puisqu'il a travaillé dans votre atelier… »

Enrico pria pour que son interlocuteur morde à l'hameçon. S'il voulait aider Nerina, il avait besoin d'en apprendre plus sur Caravaggio. Une simple négociation pour l'achat d'un tableau ne le mènerait nulle part. Il devait faire parler D'Arpino.

« En effet, on peut dire que je le connais bien. Après tout, c'est moi qui ai découvert son talent et qui l'ai encouragé. »

Simulant l'étonnement, Enrico se pencha en avant.

« Vraiment ?

— Il était à demi mort de faim quand j'ai accepté de le prendre dans mon atelier. En voyant un de ses tableaux, j'ai tout de suite compris qu'il était en passe de devenir l'un des plus grands artistes de notre temps. Mais il ne s'est jamais montré reconnaissant. »

Enrico s'abstint de tout commentaire. En gonflant l'importance de son rôle, Cesari flattait son propre orgueil. Il en avait bien besoin, car il n'avait plus la faveur des cardinaux. Les hauts dignitaires de l'Église s'étaient lassés de son maniérisme trop fade.

« Je l'ai chargé de peindre des bouquets et des natures mortes, poursuivit le gentilhomme. Sous ma direction, il a rapidement progressé, et les collectionneurs n'ont pas tardé à s'arracher ses toiles. Mais parallèlement, il ne cessait de s'éloigner de ma conception de l'art. Avez-vous déjà vu l'une de ses corbeilles de fruits ?

— C'est justement un tableau de ce genre que le *signor* Gonzaga aimerait acquérir. En avez-vous un à vendre ? »

D'Arpino grimaça imperceptiblement. Enrico avait touché un point sensible. Au regard de son palais délabré, l'artiste déchu ne pouvait nier qu'il manquait cruellement d'argent, mais il lui était douloureux de le reconnaître.

« Lorsque vous contemplez les natures mortes de Caravaggio, observez bien les pommes et les poires, esquiva Cesari en gardant son ton doctoral. Les fruits sont blets et véreux, leurs feuilles flétries et criblées de trous. Tout cela paraît si réel qu'on a envie de prendre un couteau pour ôter les tavelures. Ces tableaux possèdent leur propre dynamique. C'est l'éphémère qui y est représenté.

— On croirait presque entendre un compliment ! » s'étonna Enrico.

Même s'il savait que D'Arpino avait soigneusement conservé les études et les esquisses préparatoires de son ancien élève, il ne s'attendait pas à autant de considération de sa part. Le gentilhomme semblait connaître parfaitement les qualités de Caravaggio et enviait sa manière de représenter les choses.

« Oui, c'en est un. Dans ses œuvres, on peut saisir la nature. Personne n'a osé cela avant lui. Quel artiste, quel homme serais-je si je refusais de le reconnaître ? »

Près d'eux, le feu crépitait dans la cheminée, et la lueur changeante des flammes semblait nimber Cesari d'une auréole. Mais Enrico savait que le maître de maison n'était pas un saint. En louant la technique de Caravaggio, il essayait de gonfler la valeur de ses tableaux.

« Pourquoi Michelangelo Merisi n'est-il pas resté dans votre atelier ? »

D'Arpino se raidit dans son fauteuil.

« Êtes-vous intéressé par Caravaggio, ou par l'une de ses toiles ? »

Enrico se mordit la langue. Il ne devait pas éveiller la méfiance de son interlocuteur, sinon il n'apprendrait rien. Il fallait donc jouer serré.

« Les deux. Pour comprendre pleinement un tableau, n'est-il pas préférable de connaître son auteur et les pensées qui l'animaient au moment de sa conception ? » Voyant l'air sceptique que prenait Cesari, il s'empressa d'ajouter : « Votre influence sur Caravaggio est indéniable ! Ne s'est-il pas inspiré de vos fresques à San Lorenzo in Damaso ? »

D'Arpino eut un sourire mince. Après avoir fermé un instant les paupières comme pour réfléchir, il sonda du regard son invité.

« Naturellement. Et de bien d'autres encore. D'ailleurs, si je ne lui avais pas conseillé de peindre ces natures mortes, il n'aurait jamais rencontré le cardinal Del Monte. »

Enrico s'éclaircit la gorge.

« À vrai dire, je pensais que Caravaggio n'avait peint qu'une seule nature morte avec une corbeille de fruits. Et ce tableau est en possession de…

— En possession du cardinal Del Monte. Il l'a acquis lors d'une exposition qui a eu lieu dans ma demeure.

— Non, *signor* D'Arpino, la toile appartient désormais au cardinal Borromeo. Je l'ai vue lors d'une réception à laquelle mon maître était invité. »

Agacé par la remarque, le gentilhomme se rembrunit.

« Caravaggio a réalisé toute une série d'études de ce genre. La *Corbeille de fruits* est l'une des plus réussies. Et il ne faut pas oublier les natures mortes associées à un personnage, comme le *Garçon avec un panier de fruits*, ou le *Garçon mordu par un lézard*. Mais l'idée de fond vient de moi. À plusieurs reprises, il a littéralement copié certains détails de mes œuvres. »

Pour leur donner une force esthétique que vous n'atteindrez jamais, songea Enrico. Il s'abstint cependant de lancer la pique, car il n'avait aucun intérêt à blesser son hôte.

« Lequel de ces tableaux êtes-vous prêt à vendre, *signor* D'Arpino ?

— Votre maître aurait-il une préférence ? » s'enquit le gentilhomme d'une voix rogue.

Manifestement, il commençait à s'impatienter et voulait en venir aux faits.

Ignorant la question, Enrico retenta sa chance :

« Pourquoi Caravaggio a-t-il quitté votre atelier si renommé ? »

D'Arpino hésita. Mais la perspective de vendre un tableau à la famille Gonzaga l'emporta sur sa méfiance.

« Nous n'avons pas tenu huit mois sous le même toit.

— Que s'est-il passé ensuite ?

— Tout a basculé après l'accident. »

Enrico se sentit gagné par l'excitation. Il avait peut-être découvert un indice. Bien sûr, Caravaggio était un habitué des rixes et des duels, mais le précepteur n'avait jamais entendu parler d'un accident à cette période de sa vie.

« Pourriez-vous m'en dire un peu plus ? demanda-t-il en s'efforçant de refréner sa curiosité.

— Un cheval lui a donné un coup de sabot. Michele s'est cassé plusieurs côtes.

— En peignant ? »

D'Arpino fronça les sourcils.

« Non. Michele cherchait des modèles dans la rue, et je l'accompagnais. Il voulait peindre un autre tableau comme celui de *La Diseuse de bonne aventure*. Tandis que nous déambulions dans le Campo Marzio, un homme à cheval l'a interpellé. Leur discussion a rapidement dégénéré en querelle. Je n'avais jamais vu cet individu, mais Michele semblait le connaître. Ils se disputaient avec une telle haine. »

Enrico retint son souffle. S'agissait-il du même homme qui avait épié Caravaggio et Nerina durant des semaines ?

« Que se sont-ils dit ? »

Le gentilhomme se trémoussa sur son siège, mal à l'aise.

« Je n'ai pas compris grand-chose. Ils parlaient en dialecte milanais. À propos d'une sœur et d'un mariage, je crois. Mais pourquoi voulez-vous savoir cela ? Cette vieille histoire n'a rien à voir avec les tableaux que…

— Qu'est-il arrivé ensuite ? l'interrompit Enrico.

— Tout est allé très vite. Soudain, l'inconnu a dégainé son épée et vociféré des menaces. Puis il a fait cabrer son cheval. Avec l'un de ses sabots, l'animal a frappé l'épaule de Michele, qui est tombé à la renverse. Le cavalier a éclaté de rire. Avant de s'éloigner, il a dit que ce n'était qu'une première leçon. J'ai conduit Michele jusqu'à Santa Maria della Consolazione pour le faire soigner par les capucins.

— Combien de temps est-il resté à l'hôpital ? Lui avez-vous rendu visite ? »

D'Arpino haussa les épaules.

« Non. Mon frère et moi n'avions aucune envie de le voir. Après ça, il a repris sa vie de vagabond, mais en profitant bien de mes relations. Cet ingrat ne m'a jamais remercié. »

Si j'avais été grièvement blessé comme Caravaggio, j'aurais moi aussi été vexé que mon maître d'apprentissage ne vienne pas prendre de mes nouvelles, songea Enrico en observant son interlocuteur.

« Avez-vous appris depuis le nom de l'homme qui l'a agressé ? »

Cesari poussa un soupir.

« Vous paraissez être plus intéressé par le destin de Caravaggio que par ses tableaux. Je vous ai dit que je ne connaissais pas cet individu. Mais c'était un excellent cavalier qui maîtrisait parfaitement sa monture. Le coup de sabot était volontaire, croyez-moi. J'avais déjà vu ce genre de cabriole lors d'une parade organisée par un ordre de chevalerie.

— Vous pensez que l'inconnu pourrait être…

— Un soldat, ou du moins un combattant aguerri ? Oui, je le pense. »

D'Arpino se leva de son fauteuil en s'aidant des deux mains. Visiblement, il avait grande envie de mettre un terme à cet entretien, mais il ne pouvait s'y résoudre. Après avoir fait les cent pas, il s'approcha de l'âtre pour se réchauffer les mains.

« Pourquoi tenez-vous à savoir tout cela ? Je croyais que vous étiez venu uniquement pour m'acheter un tableau. Travaillez-vous pour le compte de l'Inquisition ? »

Enrico, surpris, remarqua que son hôte tremblait imperceptiblement malgré la chaleur qui régnait dans la pièce. Avait-il quelque chose à dissimuler ?

Le précepteur se redressa. Il était évident que D'Arpino avait peur, et cette information risquait d'intéresser Ferdinando Gonzaga. Il pourrait essayer d'en savoir plus lors d'une prochaine visite. Mais avant de partir, il avait encore deux questions à poser.

« Non, messire D'Arpino, je ne suis pas un agent du pape. Mais dites-moi : combien de temps Caravaggio est-il resté à l'hôpital, à l'époque ? »

Le peintre réfléchit un instant.

« Six mois. Après cela, il n'a plus jamais remis les pieds dans mon atelier. Je l'ai revu ensuite chez *monsignor* Petrignani, un membre de la Chambre apostolique et un amateur d'art sans le sou, comme on en trouve beaucoup à Rome. C'est certainement lui qui l'a présenté aux frères Orsi. »

Enrico acquiesça. Prospero Orsi, le célèbre peintre de grotesques que tout le monde surnommait Prosperino delle Grottesche, et le poète Aurelio Orsi avaient ouvert au jeune Caravaggio les portes de la bonne société romaine. Fréquentant de riches aristocrates, des cardinaux et des collectionneurs à la recherche d'œuvres d'art singulières, ils avaient permis à l'artiste encore inconnu de vendre ses premières toiles.

« Revenons à la querelle. Vous souvenez-vous d'un détail particulier chez l'agresseur de Michele ? Ses cheveux ? Ses vêtements ? Une bague, un médaillon ? »

D'Arpino se retourna vers lui. La peur se lisait maintenant sur son visage.

« Pas vraiment, balbutia-t-il. Enfin, si. L'homme portait une bague au pouce. Une chevalière dorée. » Le fresquiste fit un pas en avant. « Mais qui êtes-vous, au juste ? Un soldat de la milice papale ? Que signifie cet interrogatoire ? En vérité, je ne possède plus un seul tableau de Caravaggio. Un admirateur vous a devancé. » Après avoir marqué une courte pause, il souffla : « Le cardinal Del Monte les a tous achetés il y a quelques jours. Il a dit vouloir illuminer avec ces toiles certaines chapelles de la basilique San Pietro. Comme si les œuvres de Michele étaient des cierges. »

Rendu pensif par ce qu'il venait d'apprendre, Enrico prit congé de son hôte. Ainsi, Del Monte l'avait précédé. Une circonstance des plus étrange. Trop de personnes convoitaient brusquement les peintures de Caravaggio.

8

« Tu as modifié la composition ! Aurais-tu peur de la réaction de tes commanditaires, Michele ? »

Nerina, qui venait d'entrer dans l'atelier, contemplait avec étonnement le tableau destiné à la confrérie Pio Monte della Misericordia. Dans son panier d'osier accroché sur l'épaule, elle ramenait des légumes et un poisson. L'odeur de la brème se mêlait à celle de l'huile de lin et des pigments broyés.

Assis en demi-cercle derrière Caravaggio, quatre jeunes peintres étudiaient le maître à l'œuvre devant son chevalet.

Celui-ci pivota sur ses talons et sourit à Nerina.

« Absolument pas. J'ai seulement eu une idée incroyable. Regarde. Mes œuvres de la miséricorde sont désormais autonomes ; elles n'ont besoin ni de Dieu ni de la foi pour exister. »

La jeune femme le regarda, légèrement surprise. D'ordinaire, il était assez avare d'explications théoriques. Mais il profitait peut-être de cette conversation pour former ses nouveaux élèves à la réflexion.

Intriguée, elle riva de nouveau les yeux sur la toile. La veille, un chérubin solitaire flottait au-dessus des différentes scènes illustrant les œuvres de miséricorde. Mais cet angelot s'était transformé en Enfant Jésus. Michele avait ajouté une belle madone qui le serrait tendrement dans ses bras.

Nerina ne put retenir un sourire. Cette modification était typique de son mentor. À première vue, il s'agissait d'une représentation conforme aux canons de l'Église. Sainte Marie, *mater misericordiae*, trônait dans le ciel et régissait les affaires terrestres avec un amour infini. Toutefois, les apparences étaient trompeuses.

Caravaggio s'écarta et, du doigt, indiqua l'angle supérieur gauche du tableau.

« Vois ! J'ai ajouté ici deux anges. En battant des ailes, ils bouchent la vue à la Sainte Vierge. La mère de Dieu aimerait observer à travers ce rideau de plumes ce qui se passe sur terre, mais elle n'y parvient pas. Comme l'Église qui, trop occupée par ses intrigues politiques et financières, a perdu de vue ses ouailles. Marie n'a plus d'influence sur les choses d'ici-bas. Les protagonistes de la partie inférieure ne remarquent même pas ce qui se trame au-dessus d'eux. Ils s'aident mutuellement. Les différentes scènes montrent des actes de charité accomplis par des hommes pour des hommes. La congrégation comprendra le message.

— Oh, Michele, gémit Nerina. Encore un tableau qui prendra la poussière dans le grenier d'une église ou dans une collection privée. Personne ne voudra présenter au peuple une œuvre pareille. Même une confrérie de laïcs comme la Pio Monte devra le refuser, sous peine d'être suspectée par l'Inquisition ! »

Caravaggio leva les mains en signe d'apaisement.

« Il s'agit ici d'œuvres de charité. L'Église ne se sentira pas menacée. On n'a pas besoin du divin pour faire miséricorde. »

Nerina vit deux peintres ramasser leurs affaires en hâte. À l'évidence, les explications de Michele les mettaient mal à l'aise. Elle pouvait les comprendre. Toutes les personnes présentes n'avaient sûrement qu'un mot en tête. *Hérésie*. La peur de l'Inquisition était omniprésente à Naples. Le royaume était sous domination espagnole et, un peu partout, les bûchers se succédaient sans interruption. Dominicains et jésuites avaient une idée très précise de ce que devait être ce qu'ils appelaient la « vraie foi ».

Les deux élèves se levèrent et reculèrent lentement vers la porte du logement. Mais, fascinés par le tableau et son créateur, ils restèrent figés sur le seuil.

En pleine euphorie, Caravaggio ramassa par terre un cruchon de vin qu'il vida d'un trait. Puis il se tourna vers Nerina, et la jeune apprentie vit une lueur triomphante passer dans ses yeux.

« C'est avec cette feinte grossière que tu comptes tromper la confrérie et l'hospitalier qui t'a demandé d'ajouter une madone ? répliqua-t-elle. Ils vont te lapider, Michele. Nous sommes à Naples, et non à Rome. Ici, aucun bienfaiteur ne te protégera contre les assauts de l'Inquisition. »

Caravaggio ricana, ignorant totalement les deux peintres qui hésitaient à quitter les lieux.

« Maître, souffla l'un d'eux, votre nouveau style est une révélation ! »

Michele se rengorgea.

« Tu entends, Nerina ? Ils comprennent que je fais parler mes tableaux dans une autre langue. C'est insolite, sans être repoussant. Une nouvelle ère n'a-t-elle pas commencé ? Le protestantisme n'a-t-il pas renversé les valeurs chrétiennes et poussé l'Église catholique à s'intéresser de nouveau à ses fidèles après deux cents ans d'oubli ? »

Avec un soupir, Nerina posa son sac et commença à sortir ses courses.

« Depuis quand es-tu devenu théologien ? Laisse ces questions-là aux jésuites. Tu devrais peindre pour que nous puissions acheter de quoi vivre. »

Elle savait que la pique risquait de le faire sortir de ses gonds, mais, en présence de ses nouveaux élèves, il devait modérer ses paroles. Après la visite de l'hospitalier, mieux valait faire preuve de prudence. Il n'était pas impossible que l'un des jeunes peintres soit un espion à la solde de l'Inquisition.

« Et qu'es-tu en train de déballer pendant que je m'efforce de pratiquer mon art ? » décocha-t-il.

Nerina afficha un sourire railleur.

« Je m'occupe de ton bien-être. Quand on a l'estomac vide, la tête cesse de fonctionner. Une théologie très simple, mais juste. »

Michele se rembrunit. D'un geste brusque, il chassa les deux jeunes hommes qui se tenaient devant la porte. Les artistes en herbe déguerpirent sans demander leur reste.

« On ne peut prêcher la vérité qu'à ceux qui sont prêts à la recevoir », gronda-t-il. Puis, d'un ton jovial, il lança : « Nous devrions fêter notre succès ! »

Elle le considéra d'un air incrédule.

« Quel succès ? »

Amusé, il tira de la manche de sa chemise un parchemin qu'il tendit à son apprentie.

« De la part du vice-roi, le comte de Benavente ! »

Nerina lui arracha le rouleau des mains. Son cœur s'était mis à battre la chamade. Que voulait donc le vice-roi de Naples ? La nouvelle de la mort de Ranuccio Tomassoni était-elle parvenue jusqu'à lui ? Elle survola le document et poussa un soupir de soulagement.

« Comptes-tu accepter l'invitation, Michele ?

— Nous allons accepter, naturellement.

— Nous ? Non. Je reste ici.

— Le messager a parlé d'une commande spéciale. Le vice-roi se passionne depuis longtemps pour le martyre de saint André. Il me demande de peindre cette scène. Il attend quelque chose de nouveau, empreint d'une émotion encore jamais vue. »

Nerina s'assit sur l'unique tabouret de l'atelier. Elle relut le parchemin, dans lequel il était précisé qu'une litière passerait chercher Caravaggio en soirée pour l'emmener au palais royal.

« Comment as-tu l'intention de t'habiller ? »

Étonné, le peintre écarta les bras.

« Ne suis-je pas mis de la meilleure des manières ? »

Ce n'était pas entièrement faux. Au domaine des Colonna, Don Marzio lui avait fait confectionner de nouveaux habits. Mais plusieurs mois s'étaient écoulés depuis. Michele portait bottes, chausses et pourpoint presque continuellement, sans songer à les laver, et leur cavale avait laissé des traces. Çà et là, un bouton manquait ou une couture s'était déchirée ; à d'autres d'endroits, le tissu s'effilochait et laissait voir la doublure. Ainsi accoutré, Caravaggio faisait penser à un gentilhomme déguenillé épris d'aventure. Aux yeux de Nerina, c'était une tenue peu convenable pour une audience auprès du vice-roi espagnol.

« Dans ces oripeaux, tu ressembles au prince des mendiants ! s'exclama-t-elle. Et non au peintre le plus éminent d'Italie. »

Michele s'esclaffa.

« Mais un prince, malgré tout ! »

9

« Un navire en provenance de Rome ! »

Nerina tendit le bras vers l'extrémité de la jetée. À la fois familier et inquiétant, le pavillon des États pontificaux flottait à la proue du vaisseau.

Le bateau pénétra dans le port, où mouillaient de nombreux canots de pêche et deux galères vénitiennes. À l'ouest, sur l'îlot de Megaride, se dressait la silhouette massive du Castel dell'Ovo, qui protégeait la ville de ses puissantes batteries de canons.

Elle écarta plusieurs mèches de cheveux qui lui barraient le visage. Ce jour-là, un fort vent de terre soufflait sur la baie. Comme la vue était dégagée, on pouvait apercevoir au loin la péninsule de Sorrente et l'île de Capri qui surgissait des flots céruléens.

« Le château de l'Œuf doit son nom à Virgile, expliqua Michele, qui se tenait derrière la jeune apprentie. Apparemment, le poète n'avait guère confiance en la solidité de l'édifice, puisqu'il a comparé son enceinte à une coquille d'œuf.

— Jusqu'à présent, le fort a tenu, objecta-t-elle.

— Oui, il a miraculeusement survécu aux boulets français et espagnols. Savais-tu que Conradin, le dernier rejeton légitime des Hohenstaufen, a été retenu prisonnier dans ces murs avant d'être exécuté ? C'est un lieu marqué par le destin. »

Nerina écoutait distraitement. Sur le pont du navire romain venait d'apparaître un moine entièrement vêtu de noir.

« Michele, murmura-t-elle en tirant la manche de son mentor. Regarde là-bas, sur le bateau qui vient d'accoster au débarcadère. Reconnais-tu ce frocard ? »

Capuchon rabattu sur la tête, le religieux emprunta une passerelle pour rejoindre la terre ferme. Sitôt arrivé sur le quai, où se tenait un officier des douanes, il tendit un parchemin d'un geste désinvolte. Pendant l'examen de son document, il laissa promener son regard sur la ville de Naples qui s'élevait à flanc de colline.

L'officier fit signe au peloton de soldats qui l'accompagnait de s'écarter, et le moine se dirigea vers le dédale de ruelles de la cité.

Un étrange pressentiment gagna Nerina. La démarche assurée de l'ecclésiastique ne lui était pas inconnue.

« Michele, le moine ! »

Le peintre finit par se retourner avec un grognement. Après avoir observé un instant l'individu qui s'éloignait, il secoua la tête.

« Nous l'avons déjà vu ! souffla Nerina fébrilement. À Rome, juste avant notre fuite !

— Tu as des visions, sacrebleu ! »

Elle ne put s'empêcher de suivre du regard le mystérieux religieux. Semblant rechercher quelqu'un parmi les portefaix et les pêcheurs qui encombraient les docks, il s'approcha d'un homme adossé contre une muraille.

Nerina reconnut aussitôt le gaillard. Il s'agissait de l'hospitalier tonsuré qui avait fait intrusion dans l'atelier. Son instinct ne l'avait donc pas trompée. Et le sinistre moine n'était autre que le carme qui avait commandé *La Mort de la Vierge*.

Au moment où elle s'apprêtait à tirer de nouveau la manche de Michele, le peintre marmonna :

« J'ai vu. »

Elle crut sentir le sol se dérober sous ses pieds. Si les deux personnages se rencontraient ici, à Naples, ce n'était pas un hasard.

Michele parut lire dans ses pensées.

« Je me demande ce qu'ils mijotent », gronda le peintre avant de l'entraîner dans la direction opposée.

Un banc de nuages masqua le soleil, assombrissant le port. Au même moment, une brise fraîche déferla soudain sur les quais et fit gonfler les voiles des embarcations.

Nerina frissonna. Ses cheveux s'étaient mis à flotter comme un étendard.

« À nous de le découvrir tant que nous avons la faveur du vice-roi. »

Elle se doutait que le moine noir ne tarderait pas à solliciter une audience au comte de Benavente. Ils n'étaient donc plus en sécurité à Naples.

Juste avant qu'ils s'engagent dans une ruelle animée, un jeune homme à la mise élégante leur barra le passage.

« Messire, seriez-vous le célèbre peintre et artiste de Rome que l'on nomme Caravaggio ? » demanda le jouvenceau en inclinant la tête.

Michele examina avec méfiance le garçon imberbe qui ne devait pas avoir plus de dix-sept ans.

« Et si c'était le cas ? »

Lorsque Nerina jeta un regard derrière elle, le moine et l'hospitalier avaient disparu.

« Mon maître souhaiterait vous parler. Il vous invite dans son magasin qui se trouve juste là. »

Le damoiseau désigna les hangars alignés en bordure des quais.

« Que me veut votre maître ? grogna Michele.

— Il vous le révélera en personne si vous consentez à m'accompagner.

— Nous acceptons l'invitation, intervint brusquement Nerina. Montrez-nous le chemin. »

Voyant son mentor perplexe, elle le poussa en avant. Puis, à voix basse, elle ajouta :

« Sans doute une nouvelle commande. Et après ce que nous venons de voir sur l'embarcadère, nous risquons d'avoir besoin d'argent lors des prochains mois. »

Le garçon les guida à travers une cohue de pêcheurs et de marchands, zigzaguant entre les balles de marchandises et les rouleaux de cordages. Autour d'eux retentissait un formidable charivari où se mêlaient les cris des poissonniers, les jurons des dockers, le ressac de la mer et le tintement des mâts. Un feu d'artifice de sons, d'odeurs et de couleurs.

Ils arrivèrent finalement devant un imposant hangar situé au-delà de la jetée. Lorsque le jouvenceau les fit entrer dans le bâtiment, ils plongèrent dans la pénombre. Surprise, Nerina cligna des paupières.

« Soyez le bienvenu, messire Caravaggio ! J'ai beaucoup entendu parler de vous et de votre apprentie. »

La voix claire avait fusé dans l'obscurité. Peu à peu, les yeux de Nerina s'habituèrent au demi-jour, et elle distingua la silhouette élancée d'un homme.

« Luigi, fais apporter du vin. Nos invités ont certainement soif, et il est plus facile de négocier autour d'un verre. »

Leur guide esquissa une révérence et disparut derrière une tenture.

« Prenez place, je vous prie. »

Comme les visiteurs restaient immobiles, le marchand décida de changer de stratégie.

« Je vais peut-être d'abord me présenter. Je m'appelle Lorenzo De Franchis. Vous me voyez ravi de vous recevoir ici. »

Michele se contenta d'un signe de tête et s'assit avec précaution sur les riches coussins que lui indiquait le négociant. Nerina l'imita.

« Le vin va arriver », assura Lorenzo De Franchis en se pétrissant les mains. Après s'être éclairci la gorge, il reprit : « Je préfère ne pas tourner autour du pot. Ma famille, qui possède une chapelle dans l'église San Domenico Maggiore, souhaite vous commander un tableau. Nous avons entendu dire que le meilleur peintre de Rome séjournait dans notre ville, et nous avons décidé de faire appel à ses services. »

Nerina se demanda comment le marchand avait su qu'ils se trouvaient au port ce jour-là. Son regard parcourut l'intérieur du hangar, empli d'une multitude de fragrances exotiques. Autour d'eux s'amoncelaient les marchandises les plus diverses. Les marques de commerce apposées sur les amphores, les sacs et les pots d'argile, ressemblaient à des hiéroglyphes des temps anciens. Une langue étrangère que seules connaissaient les personnes qui se livraient au négoce.

Au milieu de ces signes indéchiffrables pour le profane, elle avisa sur une jarre une croix à huit pointes – l'emblème des hospitaliers.

À cet instant, la tenture s'écarta, et le jouvenceau qui les avait conduits jusqu'ici reparut. Il déposa sur une table basse des verres à pied vénitiens et une carafe avant de disparaître à nouveau.

Michele contempla d'un air moqueur les fragiles récipients de cristal à la maigre contenance.

« Si j'accepte, c'est à une condition. Je peins uniquement des scènes de martyre en ce moment. Elles coïncident avec mon état d'esprit présent. »

Nerina lui jeta un regard stupéfait. Des scènes de martyre uniquement ? Voulait-il décliner la commande ?

« Cela tombe bien, messire Caravaggio, répondit De Franchis. Ma famille désirerait une flagellation du Christ. »

Le peintre grimaça, comme si le sujet lui déplaisait. Aux yeux de Nerina, cet épisode de la Passion paraissait pourtant très approprié à l'humeur actuelle de son mentor. Elle voyait déjà le Christ à moitié nu, attaché à la colonne de flagellation, que violentaient ses tortionnaires au visage féroce. Personne ne pouvait réussir mieux que Michele à associer la dignité bafouée de l'être divin avec la douleur humaine. L'image la fit frissonner.

« Trois cents scudi », lâcha Caravaggio.

Il avait parlé d'un ton indifférent. Nerina vit le marchand tressaillir.

« Trois cents ?

— La moitié maintenant, l'autre à la remise du tableau. Cette somme n'est pas renégociable, même si la toile ne vous plaît pas. Je ne laisse personne me dicter la composition, à vous d'accepter mes choix artistiques. En retour, je travaille vite et proprement. C'est à prendre ou à laisser. »

Après une courte hésitation, Lorenzo De Franchis acquiesça de la tête.

« D'accord. Mais dans ce cas, vous commencez tout de suite ! »

10

La lune montait lentement dans le ciel étoilé, baignant les rues de Rome d'une lueur nacrée. Appuyé contre la façade d'une maison, Enrico rongeait son frein. Julia lui avait donné rendez-vous à la tombée de la nuit derrière le palais Borghese, mais elle se faisait attendre. Le cœur battant, il songea à Nerina, qui se trouvait quelque part à Naples. Mais il ne pouvait pas la rejoindre tant qu'il n'aurait pas découvert les intentions de Del Monte. Ferdinando Gonzaga, à qui il avait raconté sa visite chez le Cavaliere D'Arpino, l'avait prié dans sa dernière lettre d'en apprendre plus sur le cardinal.

Enrico ne quitterait pas Rome avant de savoir pourquoi Del Monte avait soudainement acheté plusieurs œuvres de jeunesse de Caravaggio. D'ici là, il préférait ne pas envoyer de message à Nerina. Ignorant s'il était espionné, il ne voulait pas révéler par mégarde l'adresse du peintre en fuite.

Nerveux, il surveillait l'entrée des domestiques lorsqu'une voix argentine retentit derrière lui.

« Vous attendez depuis longtemps ? »

Faisant volte-face, il découvrit Julia qui l'observait d'un air mutin.

« Hum, que dois-je répondre ? Que je bouillais d'impatience ? Naturellement. Que vous m'avez fait languir ? Non, car le temps passe vite lorsqu'on attend une beauté telle que vous. »

La jeune servante pouffa d'un rire espiègle. Un rayon de lune illuminait ses traits harmonieux.

« Toujours aussi flagorneur. Décidément, je devrais me méfier de vous.

— Je pensais que vous étiez au palais. D'où venez-vous ? »

Elle posa l'index sur les lèvres d'Enrico.

« De partout et de nulle part », murmura-t-elle avant de prendre son bras et de l'entraîner dans les ruelles du Campo Marzio.

De-ci de-là, des aubergistes accrochaient des lanternes aux portes de leurs établissements et posaient des chandelles de suif sur les petites tables qu'ils avaient disposées pour accueillir leurs clients à l'extérieur. Une odeur de vin et de poisson flottait dans l'air, et les bruits familiers de la nuit emplissaient l'obscurité. Julia se figea brusquement et fit signe au précepteur de tendre l'oreille. Il perçut le crissement de semelles sur la terre battue, les gémissements d'un couple s'adonnant aux jeux de l'amour, des murmures, des rires lointains, un toussotement, le claquement d'un fouet et le tintement prolongé de cloches qui sonnaient un office nocturne dans l'un des nombreux monastères du quartier.

« Une fois le soleil couché, la ville entonne une autre mélodie, souffla Julia. Le chant des noctambules, auquel on ne peut plus résister une fois qu'on l'a entendu. »

Sans attendre de réponse, elle se remit en mouvement. Quelques instants plus tard, ils bifurquèrent dans un passage très animé. La moitié de la ruelle était occupée par les tables et les chaises des nombreuses tavernes qui se succédaient l'une après l'autre.

« Désirez-vous vous asseoir pour boire un verre ? demanda Enrico, dont l'estomac commençait à crier famine.

— Me prendriez-vous pour une fille facile ? répliqua Julia avec agacement. Non, nous pouvons nous entretenir en marchant. »

S'efforçant d'oublier sa faim, il obtempéra au vœu de la jolie domestique. Ils déambulèrent ainsi dans l'enchevêtrement de venelles plus ou moins éclairées du Campo Marzio.

Enrico, fébrile, ne savait pas comment orienter la conversation sur Caravaggio. Tandis qu'il cherchait désespérément un moyen de reprendre là où ils s'étaient arrêtés lors de leur dernière rencontre, Julia prit les devants.

« L'autre jour, vous avez paru décontenancé quand je vous ai confié que Caravaggio avait un frère. Vous l'ignoriez ? »

Il toussota pour masquer sa gêne. Bien sûr, cette information ne lui était pas inconnue, il avait appris cela lors de son séjour à Milan. Mais pouvait-il révéler la vérité à Julia ? Il avait l'impression de marcher sur un fil, et il détestait jouer les équilibristes.

« Michele, enfin Caravaggio, n'a jamais parlé d'un frère. »

La servante partit d'un grand éclat de rire, comme s'il avait raconté une excellente plaisanterie. Manifestement, elle croyait à son mensonge.

« Ce n'est pas étonnant. Tous les deux n'avaient pas l'air de s'apprécier particulièrement. D'après ce que j'ai compris, ils se sont querellés pour une histoire d'héritage. Le cadet des Merisi, Giovan Battista, considérait avoir été lésé. »

Enrico avait déjà eu vent de cette dispute. Il devait amener la domestique à en dire plus.

« L'affaire remonte à loin, probablement avant l'arrivée de Caravaggio à Rome.

— En effet, confirma Julia. C'est une fois son héritage en poche que Michelangelo Merisi est venu s'installer ici.

— N'est-ce pas ensuite le cardinal Del Monte qui a fait de lui un des meilleurs peintres de Rome ? On peut remercier ce grand amateur d'art. »

De nouveau, Julia émit son rire clair.

« Le cardinal l'a tiré du ruisseau.

— Du ruisseau ? »

La formulation intrigua Enrico.

Jusqu'à présent, il pensait que c'étaient les frères Orsi, Prospero et Aurelio, qui avaient présenté Michele au célèbre marchand d'art Monsù Valentin. D'après ce qu'il savait, ce dernier avait permis au jeune artiste de se faire un nom et l'avait ensuite introduit auprès de Del Monte.

La domestique fit un geste évasif.

« À écouter le cardinal, on croirait qu'il collectionne les hommes de la trempe de Caravaggio comme des tableaux. »

Elle se pressa contre Enrico, qui perçut la chaleur de son corps. Le contact appuyé réveilla la virilité du précepteur.

S'efforçant de se concentrer, il demanda :

« Ne voulez-vous pas me parler du frère de Caravaggio ? »

À son grand étonnement, sa voix avait pris une intonation rauque. Julia sembla remarquer le changement, car elle se serra encore un peu plus contre lui, comme si elle l'aguichait consciemment.

« Vous êtes l'émissaire de Ferdinando Gonzaga, n'est-ce pas ? » susurra-t-elle.

Ses paroles vibraient comme les cordes d'un luth.

« Je travaille pour lui, assurément. Je suis son secrétaire et précepteur !

— Et votre maître vous laisse tout seul à Rome, pendant qu'il attend bien sagement à Mantoue de voir comment la situation évolue ? »

Enrico se crispa. Comment une simple servante pouvait-elle en savoir autant ? Lui jetant un regard méfiant, il essaya d'échapper à l'influence de sa voix de sirène. Cette femme avait un magnétisme inquiétant. Il n'avait même pas remarqué qu'ils s'étaient arrêtés. Soudain nerveux, il se remit en marche.

« Seriez-vous en train d'essayer de me soustraire des informations ?

— Ne dites pas de sottises », roucoula-t-elle en restant accrochée à lui.

Elle se tourna légèrement, et la main d'Enrico effleura la pointe de son sein. Une onde brûlante le traversa.

Sur le visage de la jeune domestique, à demi éclairé par un rai de lune, un mince sourire s'était dessiné.

« Je pensais que nous profiterions de ce moment d'intimité pour parler un peu, moi de mon passé, vous du vôtre. Afin de mieux nous connaître. N'est-ce pas ce que vous voulez ? »

D'ordinaire, il ne sous-estimait jamais les gens, mais, cette fois, il s'était fait piéger par le joli minois de Julia. Derrière un masque d'innocence se dissimulait un être rusé. Elle tentait évidemment de découvrir ce que Ferdinando Gonzaga était venu faire à Rome, et quel avenir son père – le duc de Mantoue – lui destinait. Ce genre de renseignements pouvaient être très utiles pour ses patrons. Mais qui servait-elle réellement ? Del Monte ou Borghese ?

Julia lui barra brusquement le chemin et le sonda du regard.

« Comment puis-je savoir que vous ne cherchez pas à me duper ? riposta-t-il. Qui me dit que vous ne vous enfuirez pas lorsque vous aurez entendu mon histoire ? »

Le rire cristallin de la servante résonna entre les murs de la ruelle dans laquelle ils se trouvaient.

« Et qui m'assure que vous ne me mentez pas depuis le début ? C'est donnant, donnant. Vous me faites confiance, et inversement. »

Enrico acquiesça avec un soupir. Après une brève hésitation, il décida de jouer franc jeu.

« Bon. Je suis à la recherche d'informations qui pourraient aider Ferdinando Gonzaga à obtenir la dignité cardinalice. Je crois notamment que Scipione Borghese, malgré l'interdiction de son oncle, le pape Paul V, continue de soutenir Caravaggio en lui procurant des commandes en secret. Si je peux le prouver, cela pourrait permettre à mon maître de négocier sa barrette. Je ne peux pas en dire plus. »

Il fit un effort pour ne pas sombrer dans les prunelles noires de la jeune femme. Celle-ci attendit un instant avant de raconter :

« Je travaillais encore chez Del Monte quand j'ai été témoin d'une scène étrange. Caravaggio avait été mandé par le cardinal, qui hébergeait depuis quelques jours un prêtre au charme irrésistible. Toutes les servantes de la maison étaient en pâmoison devant ce grand rouquin. Del Monte a réuni les deux hommes dans sa salle de réception. C'est moi qui leur ai apporté une collation. Mais au moment où j'allais ressortir de la pièce, le cardinal m'a fait signe de rester. L'entretien a rapidement dégénéré, et j'ai alors assisté à un terrible acte de reniement !

— Le prêtre a renié Michele, son aîné ?

— Non. »

Julia s'approcha d'Enrico. De nouveau, il sentit la chaleur qui émanait de son corps. Il rassembla toutes ses forces pour s'arracher au puissant ascendant qu'elle exerçait sur lui.

« Caravaggio a martelé à plusieurs reprises qu'il n'avait pas de frère, reprit-elle. Et qu'il ne connaissait pas l'homme en soutane. Pourtant, tous les deux se ressemblaient tellement qu'il n'y avait aucun doute possible. Quand le *prete rosso* a voulu le prendre dans ses bras dans une ultime tentative de réconciliation, il l'a rejeté brutalement. Caravaggio a ensuite craché sur la bénédiction de son cadet. À ce moment, le prêtre s'est lui aussi mis en colère et l'a menacé avant de quitter la salle. »

Enrico frissonna.

« Mais pourquoi Michele a-t-il refusé de recevoir l'accolade de son frère ?

— Le peintre est un intouchable. »

Il fronça les sourcils, troublé. La domestique avait prononcé ce terme insolite avec gravité. Comme elle ne semblait pas disposée à l'expliquer, il n'insista pas.

« Quelle menace Giovan Battista a-t-il proférée ? » La jeune femme resta muette. « S'il vous plaît. Répétez-moi ce que vous avez entendu !

— D'après lui, Caravaggio devait prendre garde au courroux du chevalier. »

Enrico devina qu'elle n'en dirait pas plus ce soir-là. Le souffle de la servante caressait son visage, et il éprouvait une folle envie de l'embrasser. Mais il ne pouvait s'empêcher de cogiter.

« Savez-vous ce que le prêtre entendait par ces mots ? »

Lui opposant un mutisme obstiné, Julia se contenta de hausser les épaules.

11

Nero se mit à aboyer lorsque Michele passa entre les chevalets et arracha les unes après les autres les esquisses de ses élèves pour les chiffonner. Certains artistes gémirent lorsqu'il les priva du fruit d'une demi-journée de travail.

Nerina observait la scène depuis sa chambre, installée derrière son propre chevalet. Elle sourit en voyant le chien qui secouait la tête pour déchiqueter les boules de papier qu'il attrapait au vol.

« Sortez des sentiers battus ! criait Caravaggio. Même si les fourrés des contrées artistiques inexplorées vous écorchent les jambes. Êtes-vous les moutons qui se laissent regrouper sans broncher, ou les chiens de berger qui doivent constamment improviser pour empêcher leur troupeau de prendre la poudre d'escampette ? Décidez-vous. Mais si vous voulez être des moutons, vous n'avez rien à faire ici ! »

Dépenaillé, les cheveux et la barbe hirsutes, Michele ressemblait plus à un mendiant qu'à un artiste renommé. Ces dernières semaines, son laisser-aller s'était amplifié. Même s'il était content d'avoir son petit groupe d'élèves, qui payaient pour assister à ses cours, son enthousiasme de professeur s'était émoussé. Nerina avait vite compris que le peintre se surmenait trop. Travaillant à trois tableaux en même temps, il passait d'une toile à l'autre pour ne pas avoir à attendre que les couleurs sèchent. Soucieux de tenir les délais qu'il avait négociés, il ne s'accordait aucun repos, et, la nuit venue, il se tuait à la tâche à la lueur des bougies.

Le résultat de ces efforts était visible. Seule une couche de vernis manquait aux *Sept Œuvres de miséricorde*, et il ne restait plus que quelques détails à peaufiner sur la *Tête de saint Jean-Baptiste*.

« Qui nous interdit de peindre une histoire sur un retable ? interrogea Michele. Battistello ! Qui préfères-tu écouter ? Le maître d'œuvre Angiello, qui ne parle que de cotes et de proportions, ou le vieux conteur du port ? »

L'interpellé rougit jusqu'aux oreilles et baissa la tête.

« Le conteur.

— Et pourquoi, Battistello ?

— Parce qu'il me captive. Je plonge dans son monde… »

Caravaggio s'arrêta et écarta les bras d'une manière théâtrale.

« Exactement ! Il te captive. C'est aussi ce que nos tableaux doivent pouvoir faire. Ceux qui sont rompus de travail, ou les endeuillés qui cherchent un réconfort, il ne faut pas les berner avec des compositions poussives qui ne présentent plus aucun intérêt parce que des centaines de peintres les reproduisent à l'identique depuis des centaines d'années. C'est assommant et archaïque ! Ils doivent pouvoir saisir du premier coup d'œil ce qui les attend : le Christ, un saint, la Vierge. Dès qu'ils posent leur regard sur une toile, les spectateurs – qu'ils soient aristocrates ou mendiants – doivent se figer net. Comme une légende pleine de rebondissements imprévus, l'histoire que vous peignez doit les ensorceler. Il faut les surprendre, les troubler, et forcer leurs yeux à se promener lentement sur les scènes qui se dévoilent à eux. »

Nerina sourit. Michele, qui avait progressivement baissé la voix, avait le don de magnétiser son auditoire. Dans l'atelier, on pouvait entendre voler une mouche. Tous les élèves étaient suspendus à ses lèvres. Même Nero s'était couché pour l'écouter.

Soudain, Caravaggio se remit en mouvement. Se redressant de toute sa hauteur, il détacha violemment d'un chevalet l'esquisse de l'un des jeunes peintres présents et clama :

« Voilà pourquoi ceci me semble indigne de cet atelier ! Un peu plus et ton barbouillage me donnait la nausée. Mais peut-être que des traces de vomissures auraient pu le rehausser. »

L'assistance s'esclaffa, mais Nerina sentit une certaine amertume derrière les rires. Aucun des artistes en herbe n'avait l'approbation de Michele. Il trouvait toujours quelque chose à redire. Ici, la scène était trop statique ; là, l'éclairage trop maladroit. L'un délayait trop ses couleurs, l'autre avait un coup de pinceau trop hésitant. Caravaggio se montrait impitoyable, pourtant tous étaient subjugués par ses paroles.

« Vous devez modeler la lumière comme de l'argile. Une main qui sort d'une manche et touchée par une clarté diffuse, ou un drapé accentué par un rai de soleil, c'est ce qui donne de la vie à votre tableau. Et cette vie, c'est à vous de l'insuffler. N'oubliez pas qu'il y a une différence entre notre existence ici-bas et la béatitude céleste. Mais pourquoi devrais-je transfigurer Jérôme, puisqu'il est homme avant d'être saint ? Pourquoi nimber le Christ d'une aura surnaturelle, puisque je sais qu'il a vécu pour moi sur terre ? »

Michele commençait à s'échauffer. Des gouttes de sueur perlaient sur son front. Le chien se mit à gémir et alla se réfugier entre les jambes de Nerina. Même lui n'aimait pas les coups de sang de l'artiste impétueux. Elle caressa la tête de l'animal pour le calmer.

Caravaggio semblait déjà avoir oublié les questions qu'il venait de poser. S'adossant contre les persiennes de la fenêtre, il ferma les paupières. La transpiration faisait briller ses tempes.

Deux peintres rassemblèrent en hâte leurs affaires et quittèrent l'atelier sans un mot. Michele n'eut aucune réaction.

Nerina, inquiète, prit Nero par le cou et lui souffla d'aller rejoindre son maître. La queue entre les jambes, le chien trotta docilement jusqu'à Caravaggio et lui lécha la main. La langue râpeuse du bâtard sembla le ranimer.

« Messire Caravaggio ! Une question ! »

C'était Battistello Caracciolo qui avait parlé. Le jouvenceau, qui était sans conteste l'un des disciples les plus doués du petit cercle, s'efforçait toujours d'attirer l'attention de son mentor.

« Ces derniers temps, vous ne peignez plus que des scènes de martyre. Pourquoi ? »

Michele rouvrit lentement les yeux. Nerina ne sut interpréter l'expression qui parut sur son visage fatigué. Flattant le museau de son chien, il répondit d'une voix presque inaudible :

« Parce que ces êtres de chair et de sang sont morts pour leurs convictions ! Je les peins pendant leur supplice, et c'est à ce moment-là, dans le profane, qu'apparaît le divin. Durant ces instants où leur foi est éprouvée, les martyrs deviennent transparents comme du cristal, c'est alors qu'on peut les peindre comme des hommes vrais. »

Nerina comprenait peu de chose aux idées byzantines que Michele servait ici à ses élèves, mais elle savait que le Saint-Siège, depuis le concile de Trente, proscrivait l'interprétation laïque des scènes religieuses et s'efforçait de museler l'imagination débordante des artistes. Il était notamment interdit de peindre des cènes où apparaissait au milieu des apôtres le visage de leurs commanditaires. On craignait qu'une appropriation du sacré ne rende inutile l'Église, déjà fragilisée par le courant de Luther. Ce que racontait donc Caravaggio étaient des paroles hérétiques. Et l'hérésie, sur une terre espagnole, conduisait au bûcher.

« Il est temps de clore cette séance », intervint Nerina.

Michele l'examina comme s'il la voyait pour la première fois. Il fit deux pas dans la pièce et trébucha sur le pied d'un chevalet.

« Je n'ai pas besoin d'intermédiaire entre Dieu et moi ! hurla-t-il. Je sais pourquoi je peins comme je peins, et non autrement. »

Effrayés, les élèves restants se levèrent et se préparèrent à partir. Ils connaissaient suffisamment leur nouveau maître pour savoir que celui-ci avait besoin de repos. Michele les regarda s'agiter en dodelinant de la tête, puis il traversa l'atelier pour aller se consacrer à ses tableaux. Sans répondre aux salutations des jeunes peintres, il s'assit sur son tabouret, prit sa palette et commença à préparer ses couleurs.

Lorsque les disciples eurent disparu, Nerina vint se camper derrière l'artiste. À l'aide d'une serviette, elle essuya le front et le cou de Caravaggio, qui se laissa faire. Elle ne put s'empêcher de sourire. Ce genre de geste lui donnait parfois l'impression qu'ils formaient un vieux couple.

« L'ombre et la lumière sont les éléments sur lesquels repose notre vie ! »

Surprise, Nerina cessa de frictionner son mentor. Celui-ci avait chuchoté, comme s'il parlait pour lui-même. Elle comprit aussitôt ce qu'il voulait dire.

« C'est ce qui permet bien sûr de donner aux corps leur plasticité, mais pas seulement ! poursuivit-il. Le clair et l'obscur ont une force prodigieuse. L'ombre attise la peur de l'inconnu tandis que la lumière illumine le cœur. As-tu déjà vu une *camera obscura*, Nerina ? Non ? J'ai découvert ça chez le cardinal Del Monte. Dans son palais, on avait construit une sorte de cabane cubique en planches. Elle était entièrement peinte en noir à l'intérieur, à l'exception d'une paroi peinte en blanc. Quand on entrait dedans, on se retrouvait dans les ténèbres les plus complètes. En face du mur blanc, un inventeur ingénieux avait pratiqué un petit trou à mi-hauteur. Si l'on faisait poser des modèles à l'extérieur de la chambre noire, devant l'ouverture, il suffisait d'éclairer le groupe avec des bougies ou un rayon de soleil pour qu'il apparaisse sur le mur blanc dans la grosse boîte. L'image projetée était alors inversée, mélange d'ombres et de lumières. Un vrai miracle. J'étais tellement fasciné que j'ai passé plusieurs semaines à étudier le phénomène. »

Il déglutit avec peine. Nerina le vit se mordre la lèvre, comme si un mauvais souvenir lui était revenu en mémoire.

« Qu'y a-t-il ? » s'enquit-elle prudemment en posant la main sur la nuque de Michele.

Celui-ci bondit de son siège et se frotta nerveusement le front. Essayait-il de chasser quelque atroce pensée ? D'un geste brutal, il jeta sa palette dans un coin de la pièce et se rua vers la porte. Après avoir empoigné sa cape et son chapeau accrochés à une patère près de l'entrée, il quitta l'atelier sans un regard pour son apprentie. Nero le suivit en jappant.

Nerina savait où il se rendait. À l'*osteria* la plus proche. Elle hésita à le suivre. Jetant sur son épaule la serviette qui exhalait l'odeur de Michele, elle entra dans sa chambre et s'assit devant son propre chevalet. Non, elle ne sortirait pas immédiatement. Elle décida de lui laisser le temps de boire un pichet de vin avant de le rejoindre. Manifestement, quelque chose l'avait bouleversé dans cette *camera obscura*, et elle tenait à savoir de quoi il s'agissait.

12

Serrant son panier rempli de provisions, Nerina reprit le chemin de l'atelier. Les ruelles de la vieille ville grouillaient de *lazzaroni*, individus du bas peuple qui vivaient de mendicité et de larcins. Allongés contre les façades des maisons, ces sans-logis déguenillés tuaient le temps en jouant aux dés ou en dormant. Par moments, ils s'élançaient par petits groupes en quête de butin. Ils ne s'en prenaient jamais aux Napolitains, qui les auraient livrés sans hésitation aux autorités espagnoles. Prudents, ils préféraient s'attaquer aux étrangers qui se promenaient le nez en l'air dans la ville.

Sur son chemin, Nerina vit une femme en haillons agiter les mains pour attirer son attention. Portant cinq doigts à sa bouche, la mendiante lui fit comprendre qu'elle avait faim.

Nerina rompit le pain qu'elle avait acheté un peu plus tôt et en donna un morceau à l'indigente. Elle savait que cette petite offrande lui éviterait d'être assaillie par d'autres nécessiteux. Pour vivre à Naples, il fallait connaître le code des *lazzaroni*. Si on lui demandait encore de la nourriture, elle stipulerait son refus en agitant l'index, et les vagabonds saisiraient le message.

Accélérant l'allure, elle traversa la vaste *piazza* del Mercato et passa près d'un conteur qui narrait d'une voix puissante la tragique histoire du prince Conradin. Le garçon de seize ans avait été décapité en 1268 sur cette place après s'être révolté contre le roi de Naples et de Sicile, Charles Ier d'Anjou. Cette exécution avait mis fin à la dynastie des Hohenstaufen.

Replongeant dans le dédale de venelles, Nerina prit la direction du port. Peu de temps après, elle entra dans la ruelle où était situé l'atelier. Un unique rai de soleil partageait en deux l'étroite gorge urbaine. La jeune femme choisit le côté lumineux et s'arrêta un instant pour savourer sur sa peau la caresse de l'astre montant.

Instinctivement, elle chercha ensuite du regard leur maison au milieu de l'alignement de façades. Autour d'elle s'élevaient les bruits habituels produits par les artisans qui travaillaient devant leur boutique. Elle ne remarqua rien de particulier, aucune silhouette dissimulée sous un porche, et les persiennes de l'atelier… Soudain, son sang ne fit qu'un tour. Avait-elle oublié de fermer les persiennes ? Non. Depuis leur arrivée dans la cité napolitaine, elle prenait toujours soin de les clore avant de sortir. Par mesure de précaution. Pour inspecter le logement, un éventuel intrus devait les rouvrir, révélant ainsi sa présence. Était-ce Michele ? Impossible, son mentor préférait peindre à la lueur des bougies.

Nerina fit quelques pas en avant. Plissant les yeux, elle crut apercevoir une ombre dans l'encadrement d'une fenêtre. Prise d'une sueur froide, elle vacilla.

« Que t'arrive-t-il, petite ? »

La voix grave la fit sursauter. C'était Cesare, le sculpteur sur bois. Il se tenait sur le seuil de sa minuscule échoppe, située juste en face de l'entrée de leur maison.

« Cesare, as-tu vu quelqu'un entrer pendant mon absence ? Michele, peut-être ?

— Michele ? Non, il est en train de boire une chopine à la taverne du Cerriglio. Sinon, je n'ai vu personne.

— Personne ? » grogna Francesco, le frère de l'artisan. Sculpteur également, il travaillait au ciseau un morceau de pin dans l'appentis, faisant jaillir une myriade de copeaux. « Tu peux dire la vérité, pendard ! Que tu as révélé à ce *signore* guindé où vivait Michele. Et qu'il t'a même donné une pièce d'or pour ce renseignement !

— Menteur ! Je n'ai pas empoché un scudo ! Que celui qui affirme le contraire ait la langue arrachée !

— Vu le nombre de mensonges que tu nous sers tous les jours, on aurait dû t'arracher la tienne depuis longtemps ! »

Si la situation n'avait pas été grave, Nerina aurait éclaté de rire. Les deux artisans passaient leur temps à se chamailler. Et pourtant, ils étaient inséparables. Ils allaient même ensemble à l'*osteria*, où l'un commandait un vin blanc frais tandis que l'autre buvait un rouge chambré – sans cesser naturellement d'ergoter.

« À quoi ressemblait le visiteur ? » demanda-t-elle à Cesare.

Gêné, celui-ci garda le silence.

« C'était un grand rouquin, Nerina ! intervint Francesco. Je te le jure, même si cet âne bâté qui me sert de frère n'ose pas ouvrir la bouche ! »

Plantant là les deux sculpteurs, elle ramassa son panier et entra dans le bâtiment. Après avoir refermé l'huis derrière elle, elle s'arrêta un instant pour laisser à ses yeux le temps de s'habituer à la pénombre qui régnait dans le vestibule.

Elle tressaillit en voyant soudain approcher un homme de haute stature à la chevelure de feu.

Un cri de frayeur lui échappa, mais l'intrus leva les paumes en signe d'apaisement.

« Pardonnez mon apparition, je ne pensais pas tomber sur vous ici. »

Nerina se ressaisit.

« Qui êtes-vous ? Que voulez-vous ? »

L'inconnu esquissa une révérence. Nerina remarqua alors qu'il portait une soutane noire de prêtre sous une ample cape brune. Une petite croix de bois était suspendue à son cou.

Frémissant imperceptiblement, elle reconnut à son allure le moine qui avait commandé à Michele *La Mort de la Vierge*. Elle comprenait maintenant pourquoi, à chacune de leurs rencontres, il avait rabattu sur sa tête le capuchon de son habit. Des cheveux d'une rousseur pareille ne passaient pas inaperçus. Malgré tout, elle n'avait pas le moindre doute ; c'était bel et bien cet homme qu'elle avait aperçu sur le port en compagnie de l'hospitalier.

Alors qu'elle observait ses traits, Nerina crut discerner une vague ressemblance avec Michele, mais elle rejeta aussitôt cette pensée. Cela n'avait aucun sens.

Cherchant à reculer, elle trébucha. Avec une rapidité étonnante, l'ecclésiastique bondit en avant et la retint par le bras. Lorsqu'il ouvrit la bouche pour parler, elle se détourna. Il avait une haleine fétide et des dents gâtées.

« Excusez-moi de ne pas m'être encore présenté. Je suis le père Leonardus, émissaire du cardinal Scipione Borghese. Je souhaite parler à Michelangelo Merisi da Caravaggio. Le sculpteur qui travaille de l'autre côté de la ruelle m'a certifié qu'il vivait ici. »

Sa main serrait le bras de Nerina comme un étau. Quand elle essaya de se dégager, le prêtre attendit un moment avant de la relâcher.

« Vous ne l'avez donc pas trouvé ? s'enquit-elle d'un ton de défi.

— Pas encore, malheureusement. Je m'apprêtais à monter l'escalier quand vous êtes entrée. »

Au fond d'elle, une voix lui souffla qu'elle devait s'enfuir au plus vite. Pourquoi le mystérieux émissaire de Borghese taisait-il le fait qu'il avait déjà visité l'atelier ? S'il mentait, c'était sans doute qu'il avait quelque chose à dissimuler et que ses intentions n'étaient pas honnêtes.

« Cela ne me dit toujours pas ce qui vous amène ici, mon père. »

13

Faisant voler les pans de sa soutane pourpre, Scipione Borghese arpentait les immenses corridors du palais du Vatican. À chaque enjambée s'accroissait sa colère. Même les gardes suisses en faction devant les appartements papaux n'osèrent pas se mettre en travers de son chemin.

Au moment où il s'apprêtait à entrer dans le cabinet de travail de son oncle, seul un vieux valet de chambre lui fit barrage. Il l'écarta d'un geste brusque.

« Laisse-moi passer, Francesco ! ordonna-t-il en ouvrant l'un des vantaux de l'imposante porte. Je dois parler à Sa Sainteté ! »

Paul V, installé derrière son bureau, se réveilla de sa sieste en sursaut.

« Du calme, mon fils ! »

Scipione se retint de hurler sa rage. Derrière lui, plusieurs soldats vêtus de leur traditionnel uniforme bigarré apparurent sur le seuil.

« Vous ne pouvez pas me duper ainsi, mon oncle ! gronda-t-il. Je sais que vous avez prévenu le cardinal Del Monte. »

Le souverain pontife se leva lentement. Croisant les mains sur son ventre, il s'avança au centre de la pièce.

« Puisque vous êtes ici sans que je vous fasse mander, parlons donc de cette histoire. Qu'est-ce qui vous prend d'ignorer mes ordres ? »

Camillo Borghese avait lancé cette question d'une voix tonnante.

« J'essaie de défendre notre foi, en ces temps agités où l'hérésie des protestants reste un danger permanent. La chrétienté a besoin d'un chef fort, et vous tournez la papauté en ridicule ! »

Du coin de l'œil, il vit les gardes pâlir. Paul V les congédia de la main. Il s'agissait ici d'une querelle familiale.

« Vous avez sapé ma politique ! rugit Camillo Borghese après que les Suisses se furent retirés.

— Je ne comprends pas, mon oncle. »

Scipione décida de changer de stratégie. Feignant la soumission, il baissa les yeux. S'il voulait obtenir quelque chose, il devait attendre que le pape se calme et maîtriser son propre courroux. Pourtant, au fond de lui, il bouillait. Lorsque Julia lui avait révélé que Del Monte avait acquis plusieurs tableaux de jeunesse de Caravaggio, il avait immédiatement deviné qui était derrière tout cela. C'était son oncle qui s'était arrangé pour que le cardinal achète ces toiles.

Relevant la tête, il observa la barbe clairsemée du pontife, qu'on eût dite postiche. Mois après mois, le visage de Paul V ne cessait de s'empâter.

Le pape prit une longue inspiration.

« Je m'évertue à convaincre la république de Venise de suivre le cours de la contre-réforme et de reconnaître le concile de Trente. Je m'ingénie également à donner une éducation à la plèbe afin qu'elle ne cède pas aux attraits du protestantisme. Et pendant ce temps-là, mon propre neveu s'acharne à protéger cet hypocrite de Caravaggio et ses toiles hérétiques ! »

Scipione serra les dents. Depuis qu'il portait la tiare, son oncle devenait de plus en plus dévot. Ce qui ne l'empêchait pas pour autant de recevoir chaque semaine la visite de sa maîtresse, Romina Tripepi.

« Vous m'aviez confié la mission d'encourager Caravaggio parce qu'il nous assurait le soutien du peuple et de la fraction italienne au Sacré Collège.

— Cela fait plus d'un an. Et je suis pape, maintenant. J'ai d'autres objectifs. C'est la dernière fois que je vous le dis : cessez de jouer les mécènes ! Je ne veux plus que vous achetiez de toiles à ce mécréant !

— Pourtant, vous semblez apprécier votre propre portrait », contra Scipione.

D'un air provocant, il jeta un coup d'œil vers le tableau qui surplombait le bureau avunculaire. L'œuvre, réalisée par Caravaggio, représentait Paul V grandeur nature.

« Ne m'irritez pas, mon neveu ! »

Un silence pesant enveloppa la pièce. Scipione enrageait. Devait-il s'incliner encore une fois ? Il se retenait depuis bien trop longtemps. Incapable de contenir sa colère, il lança :

« J'ai le droit d'être piqué au vif, Votre Sainteté. Grâce à vous, cette vieille ganache de Del Monte a pu acquérir trois tableaux de Caravaggio. Vous lui avez sûrement révélé que D'Arpino avait des difficultés financières, sans m'en parler auparavant ! Je suis peut-être un piètre cardinal, mais je possède un certain flair pour les œuvres d'art, vous en conviendrez. Et sauf votre respect, mon oncle, on parlera encore longtemps de Caravaggio. Contrairement au vôtre, son nom restera dans les annales du monde. »

Camillo Borghese pivota sur ses talons et retourna d'un pas lourd jusqu'à son bureau. Le souffle court, il s'affala dans son fauteuil.

« Vous ne pouvez pas vous permettre d'abandonner un artiste comme maître Merisi, enchaîna Scipione. Des collectionneurs comme Del Monte, les frères Giustiniani ou les Gonzaga s'arrachent peut-être ses tableaux, mais ceux-ci finissent toujours par trouver le chemin du peuple. Les Romains adorent leur peintre soûlard, parce qu'il ne leur sert pas des saints sans aucune tare, mais des hommes à leur image. »

Le pape, les mains posées sur son ventre rebondi, toisa son neveu avec froideur. Devant lui, le marbre blanc de son bureau miroitait à la lueur des chandeliers.

« Pourquoi devrais-je soutenir Caravaggio ? En Italie, les ateliers de peinture engendreront des dizaines d'artistes comme lui, comme ils ont déjà engendré des hommes tels que Leonardo, Michelangelo ou Raffaello. »

Scipione grimaça. La suffisance de son oncle l'écœurait.

« Pour vous, il n'a été qu'un instrument qui vous a permis d'accéder au pouvoir, et maintenant, il vous dérange. À mes yeux, il est le plus éminent artiste de notre époque. »

Camillo Borghese sortit un mouchoir pour essuyer la sueur qui perlait sur son front. Le visage caché sous l'étoffe de soie, il murmura :

« J'aurais préféré que ce gêneur meure sur le Campo Marzio. » Après avoir rangé son mouchoir, il planta son regard dans celui de son neveu. « Ne vous élevez pas contre moi, Scipione. Amassez toutes les œuvres d'art que vous voulez pour décorer la magnifique villa que vous vous faites construire sur le Pincio, mais oubliez Caravaggio. Il sape les fondements de notre Église. Ses tableaux n'ont pas encore été officiellement déclarés hérétiques, mais cela ne saurait tarder. Une procédure est sur le point d'être engagée. »

Scipione ricana. Tournant le dos au pape, il se dirigea vers la porte.

« C'est ridicule, mon oncle. On s'arrache littéralement ses toiles, et vous, vous songez à intenter une procédure inquisitoriale ? » Décochant un dernier regard au pontife, il lâcha : « Les plus grands chefs-d'œuvre de Caravaggio vont disparaître dans les galeries de vos adversaires. J'essaierai de sauver ce qui peut encore l'être. »

14

Précédant le père Leonardus, Nerina gravissait l'escalier menant à l'atelier. Elle pouvait presque sentir les regards concupiscents du prêtre sur son corps. Il n'était pas difficile de deviner les questions qui se bousculaient certainement dans son esprit. Caravaggio couchait-il avec son apprentie ? Était-elle l'une des catins du maître ou plus que cela ? Elle regrettait à présent d'avoir invité le visiteur importun à la suivre. Pour se rassurer, elle étreignit son pendentif.

« Souhaitez-vous passer commande à Michele ?

— Je veux acquérir tous les tableaux que messire Caravaggio n'a pas encore livrés à d'éventuels commanditaires. »

Nerina frissonna. D'où venait cet intérêt soudain pour les toiles de son mentor ? La confrérie de Pio Monte della Misericordia, le riche négociant Lorenzo De Franchis, le vice-roi de Naples, et maintenant le cardinal Borghese. Pourquoi tenaient-ils tous à acheter les œuvres de Caravaggio ?

« Je ne crois pas que Michele accepte de vous vendre une toile. Il a une manière très personnelle, dirons-nous, de choisir ses clients. »

Après avoir ouvert la porte de l'atelier, elle fit volte-face et constata qu'elle ne s'était pas trompée. Les yeux du prêtre, qui examinaient manifestement son fessier, remontèrent jusqu'à sa poitrine. Mal à l'aise, elle croisa les bras pour se protéger du regard inquisiteur.

Des torrents de lumière s'engouffraient dans le logement par les fenêtres ouvertes. Elle eut soudain l'impression de poser à contre-jour.

« Aussi belle qu'une madone de Caravaggio ! » murmura le père Leonardus en extase.

Nerina écarta nerveusement une mèche de cheveux de son visage. Puis, rassemblant son courage, elle affronta les prunelles d'aigue-marine qui la contemplaient avec avidité.

« Vous êtes déjà entré ici avant mon arrivée », dit-elle en s'efforçant de parler d'une voix ferme.

L'ecclésiastique continua de l'observer sans sourciller.

Sentant son ventre se nouer, elle comprit qu'elle avait commis une erreur en faisant monter l'intrus. Personne ne savait qu'elle se trouvait seule avec lui dans l'atelier.

La jeune femme déglutit avec peine la salive qui emplissait sa bouche. Après avoir rajusté sa robe, elle virevolta brusquement et marcha vers l'une des fenêtres aux persiennes ouvertes.

« D'après ce que je vois, Caravaggio peint avec ardeur, commenta le prêtre dans son dos. Mais la lumière du soleil ne risque-t-elle pas d'abîmer la peinture ? »

Nerina se pencha par-dessus le rebord pour regarder en contrebas. Malheureusement, elle n'aperçut aucun visage familier dans la ruelle.

Réfléchissant fébrilement à un moyen de s'échapper, elle se retourna vers l'émissaire de Borghese planté au milieu de la pièce. Il arborait le sourire narquois du prédateur qui savait sa proie à sa merci.

Le père Leonardus prit une chaise et se campa dessus, à califourchon, après l'avoir installée devant la plus imposante des toiles de Michele.

« Vous permettez que je m'assoie ? Il s'agit d'une représentation des sept œuvres de miséricorde, si je ne m'abuse. Très réussie, je dois dire, mais invendable sous cette forme ! »

Le sans-gêne et le toupet du visiteur horripilaient Nerina.

« Au contraire, rétorqua-t-elle, Michele a reçu une belle somme pour ce tableau. Quatre cent soixante-dix ducats espagnols, pour être précise. »

Le prêtre poussa un sifflement admiratif, mais son sourire moqueur laissait entendre qu'il était déjà informé. L'hospitalier lui avait certainement donné à son arrivée à Naples tous les renseignements dont il avait besoin. Nerina se demanda si le tonsuré qui l'avait espionnée travaillait aussi pour Scipione Borghese.

« Il vaut bien cet argent, assurément ! s'écria Leonardus. Et quelle aubaine pour l'Inquisition, vous ne trouvez pas ? La Vierge privée du droit d'observer ce qui se passe en ce bas monde ? Je ne crois pas que cela soit du goût de notre cher pape Paul V et du tribunal du Saint-Office. »

La jeune femme saisit aussitôt la manœuvre de l'ecclésiastique. En territoire espagnol, quand on voulait intimider quelqu'un, il suffisait de brandir la menace de la Sainte Inquisition. Les méfaits de Torquemada[1], le fléau de Dieu, étaient encore dans toutes les têtes.

« Le retable sera accroché dans l'église de la fraternité du Pio Monte della Misericordia. Avec la bénédiction du vice-roi d'Espagne, Juan Alonso Pimentel de Herrera. »

Le prêtre ricana d'un air amusé.

« De Herrera n'est qu'un imbécile. Comme tout le monde, il tremblera de peur quand le grand inquisiteur se dressera devant lui. Même dans sa position, il n'est pas intouchable. Et la population de Naples ne le regrettera pas. Qui apprécierait un homme qui taxe le pain et les fruits, et qui rationne ses sujets tout en se gavant de mets délicats ? Ce pleutre ne s'opposera pas à un ordre de l'Inquisition. »

Il avait parlé d'un ton léger, comme s'il bavardait de la pluie et du beau temps. Brusquement, il se leva et s'avança vers Nerina.

L'apprentie, le cœur battant, recula. Lorsqu'elle sentit contre ses reins le rebord de la fenêtre, elle comprit qu'elle était prise au piège. Des gouttes de sueur ruisselèrent dans son dos.

« Que peint-il d'autre, votre maître ? »

Le père Leonardus fit mine d'ignorer la peur qui pétrifiait son hôtesse. Frôlant la jeune femme, il s'approcha du mur contre lequel était appuyé un tableau recouvert d'une étoffe.

---

1. Tomás de Torquemada (1420-1498) : frère prêcheur, il est nommé par le pape premier inquisiteur général de l'inquisition espagnole en 1482. Durant une quinzaine d'années, il multiplie les condamnations à mort, faisant régner la terreur en Castille, en Aragon et en Catalogne.

Lorsque le bras du prêtre effleura sa poitrine, Nerina sursauta comme si elle avait reçu un coup de tisonnier. Elle fit alors un pas de côté et s'éloigna prudemment sans lâcher le visiteur du regard. Dos à la porte, elle poussa un soupir de soulagement.

« Michele n'apprécie guère qu'on contemple ses œuvres lorsqu'elles ne sont pas encore achevées. »

L'ecclésiastique hocha la tête d'un air méprisant. En le voyant palper le voile, Nerina sentit naître en elle une profonde aversion. D'un mouvement brusque, Leonardus écarta l'étoffe, souleva le tableau et le déposa sur un chevalet voisin.

Nerina n'eut pas le temps de protester. Le prêtre recula de deux pas pour contempler la peinture.

Il s'agissait de la *Tête de saint Jean-Baptiste.* Elle vit immédiatement que Michele avait poursuivi son travail. Derrière Salomé, le visage du troisième personnage était désormais reconnaissable. C'était celui du père Leonardus, mais sans sa chevelure rousse.

« On dirait que c'est vous à côté de la tête du Baptiste !

— Impossible ! murmura le visiteur, sidéré. C'est tout bonnement impossible ! »

Il était devenu livide. Voyant sa stupéfaction, Nerina décida d'enfoncer le clou.

« Pourquoi Michele a-t-il choisi de vous peindre sur ce tableau, mon père ? »

La jeune femme était elle-même abasourdie. D'ordinaire, Caravaggio ne peignait jamais sans modèle. Les traits du religieux devaient s'être gravés dans sa mémoire comme une marque au fer rouge.

« J'achète cette toile ! s'exclama Leonardus, soudain fébrile. Cinq cents ducats espagnols !

— Elle n'est pas à vendre. Michele souhaite la garder pour lui. »

Le prêtre se tourna vers Nerina, et elle vit briller dans ses yeux une lueur sournoise.

« Je suis prêt à vous offrir tout ce que vous voudrez. Votre prix sera le mien. »

Malgré les rayons de soleil qui emplissaient l'atelier, l'atmosphère parut tout à coup devenir glaciale.

« Pour rien au monde je ne la vous céderais. »

Le père Leonardus se remit en mouvement. Tandis qu'il marchait vers l'apprentie, ses lèvres essayèrent de sourire, mais il ne parvint à esquisser qu'une grimace amère.

Lorsqu'il arriva près d'elle, il attrapa brutalement son poignet et serra avec force.

« Je veux ce tableau, à n'importe quel prix.

— Demandez à Michele », balbutia Nerina en gémissant de douleur.

Sous l'étreinte, elle se courba en deux. Le prêtre sembla savourer son pouvoir durant quelques instants, puis il la relâcha subitement. Nerina trébucha en avant et faillit tomber de tout son long.

« Les Espagnols envoient aussi les meurtriers au gibet, susurra-t-il. Pour le moment, personne ne sait à Naples que votre Michele a commis un crime. Mais cela peut changer très vite. »

La jeune femme massa son poignet endolori. À genoux, elle était à la merci de l'intrus, qui s'était placé devant la porte pour lui couper toute issue. Jusqu'à présent, elle n'avait connu pareille humiliation qu'une seule fois dans sa vie. C'était le jour où son père adoptif lui avait révélé qu'elle était en réalité une enfant orpheline. Il lui avait ensuite expliqué posément qu'elle devait travailler pour gagner sa croûte.

Refoulant ses souvenirs, elle s'insurgea :

« Quelqu'un s'est débrouillé pour le faire accuser de meurtre ! Michele est incapable de tuer un homme en duel. Il se querelle volontiers, oui, mais ce n'est pas un assassin.

— Votre amour pour Caravaggio est touchant, *signorina*, néanmoins cela ne fera pas changer d'avis le vice-roi. Les grands d'Espagne ne font pas dans la dentelle lorsqu'il s'agit de faire régner la justice. Un seul mot de moi au comte de Benavente, et Caravaggio est perdu.

— Vous n'avez donc aucune once d'humanité ?

— Pas la moindre ! » clama soudain une voix familière dans son dos.

Nerina se redressa. Michele ! Enfin.

« Et maintenant, révérend, veuillez quitter cet atelier sur-le-champ ! » ordonna le peintre, campé sur le seuil.

Le père Leonardus arbora un rictus moqueur.

« Comme vous voudrez, messire Caravaggio. »

Rabattant le capuchon de sa cape sur sa tignasse fauve, il dut contourner Michele pour sortir. Il lança un « Je reviendrai ! », avant de disparaître dans l'escalier.

Caravaggio l'ignora et s'approcha de son apprentie. De nouveau, Nerina ne put s'empêcher de constater une certaine ressemblance entre les deux hommes.

« Tu es arrivé à temps ! »

Michele sentait le vin et la sueur. Sans un mot, il aida son élève à se relever. Puis il s'empressa de remettre sur son tableau inachevé le voile que le prêtre avait ôté.

« Tu as réalisé de mémoire les portraits de l'hospitalier et de ce mystérieux père Leonardus. Pourquoi ? »

L'artiste fixait l'étoffe crasseuse qui recouvrait la *Tête de saint Jean-Baptiste*.

« Tiens, tiens. C'est donc ainsi qu'il se fait appeler, maintenant. »

Il n'ajouta rien de plus. N'osant pas insister, Nerina l'observa longuement. À l'évidence, le peintre connaissait bien les deux individus qu'il avait représentés sur son tableau, et elle aurait donné cher pour savoir où il les avait rencontrés.

15

Une légère vibration dans l'air annonça l'arrivée du cardinal Del Monte. Enrico le regarda entrer dans la salle de réception, le souffle coupé. Dans sa soutane rouge, le prélat ne marchait pas ; au contraire, il semblait littéralement flotter au-dessus du parquet, emplissant la pièce de son aura majestueuse. En sa présence, la lueur des bougies parut soudain plus douce.

« Éminence ! » souffla Enrico.

Fortement impressionné, il n'osait pas élever la voix. Il avait dû attendre plus de deux semaines avant de se voir accorder une audience auprès de l'un des plus puissants dignitaires de la curie romaine. Et sans l'aide de Julia, il n'aurait certainement jamais été reçu au *palazzo* Madama.

Ce qu'il éprouvait à présent n'était pas de la peur, plutôt une profonde révérence pour cet individu qui détonnait si vivement dans le petit monde clérical du Vatican. Francesco Maria Del Monte, originaire de la république de Venise, était un homme intelligent et cultivé. Grand amateur d'art, il était chargé de préserver les trésors de la basilique San Pietro. D'aucuns racontaient en catimini que le cardinal embrassait les idées hérétiques de Copernic, et qu'il s'était lié d'amitié avec le célèbre savant Galilée.

D'un geste désinvolte, Del Monte tendit la main. Enrico se prosterna et baisa l'anneau cardinalice.

Le prélat le guida ensuite vers le milieu de la pièce, entièrement dépourvue de mobilier. On ne pouvait que rester debout, et le visiteur croyait savoir pourquoi. Au centre de son univers, Del Monte, avec sa silhouette imposante, ressemblait à un soleil. L'autorité, la dignité et le génie émanaient de toute sa personne.

« C'est Ferdinando Gonzaga qui vous envoie ? »

De nouveau, Enrico fléchit le genou pour faire montre d'humilité, mais les yeux perçants du cardinal le forcèrent à se relever.

« Je n'apprécie guère les gestes qui paraissent tellement affectés qu'ils en deviennent ridicules.

— Je ne voulais pas offenser Son Éminence… »

Tout contrit, Enrico flageola sur ses jambes. Il respira profondément pour se ressaisir.

« Calmez-vous, mon jeune ami. Vous n'êtes pas le premier que le cardinal Del Monte étonne. Je hais le cérémonial hypocrite en vigueur au Vatican. Mais quand on veut s'affirmer dans un monde pareil, il faut savoir se plier aux conventions, même si cela nous paraît épouvantable. »

Les yeux clairs du cardinal scrutaient Enrico avec attention et semblaient lire en lui comme dans un livre ouvert. Son visage était rebondi, sans être bouffi comme celui du pape, et ses traits avaient une douceur presque féminine. Sa barbe pointue, à l'instar de ses mains, paraissait très soignée.

Del Monte se mit soudain à faire les cent pas autour de son invité, qui se vit contraint de tourner sur lui-même pour rester face au prélat.

« Vous êtes venu ici pour me parler des tableaux de Caravaggio ?

— Avez-vous acquis récemment plusieurs œuvres de jeunesse du maître ?

— Oui. Je les ai achetées au Cavaliere D'Arpino. Il y a dix ans, Giuseppe était l'une des étoiles qui illuminaient le firmament artistique de Rome. Aujourd'hui, ce n'est plus qu'un pauvre hère. Le temps est impitoyable avec les artistes. J'ai donc décidé de l'aider un peu. »

Et de faire par la même occasion une excellente affaire, songea Enrico. La compassion du prélat le surprenait. Était-elle feinte ? Julia l'avait décrit comme un homme calculateur et avisé. Observateur prudent, il se tenait éloigné du maelstrom d'intrigues qui agitait sans cesse le Vatican, et préférait défendre ses intérêts depuis son palais.

Voir tourner le cardinal autour de lui comme un corps céleste perturbait Enrico. Il devait se concentrer pour garder les idées claires.

« On vous décrit comme un grand collectionneur et un ami des sciences », commença-t-il.

Un vague sourire se dessina sur les lèvres de Del Monte. Enrico était conscient de sa maladresse. Il ne cherchait pas à flatter son hôte, il voulait le faire parler.

« Vous n'hésitez pas à accueillir entre vos murs les savants et artistes les plus éminents. Je vous envie, Éminence. »

L'ecclésiastique partit d'un grand éclat de rire.

« Oubliez les flagorneries. Je vais vous parler de Caravaggio, puisque c'est lui qui semble vous intéresser. » Il marqua une pause avant de poursuivre : « Johannes Kepler, Galileo Galilei, Annibale Carracci, Tiziano Vecellio[1], Jan Brueghel, Peter Paul Rubens. Je les connais tous. »

Del Monte avait énuméré ces noms d'un ton neutre, comme s'il était naturel pour lui de s'entourer de tous les grands esprits de l'époque.

« Il est donc peu étonnant que ce diable de Caravaggio ait fini par croiser mon chemin. Ils arrivent tous chez moi un jour ou l'autre. Ne suis-je pas le nombril du monde artistique romain ? C'est moi qui dirige la fameuse Fabbrica di San Pietro, et cette commission qui s'occupe de toutes les œuvres d'art de la basilique agit comme un aimant. » Songeur, il se tut un instant. « C'est le marchand Monsù Valentin qui m'a recommandé autrefois Michelangelo. Je lui ai seulement donné un coup de pouce. »

Enfin, le cardinal s'arrêta. Enrico avait le vertige.

« Mon maître, Ferdinando Gonzaga, pense que vous n'avez pas seulement été un mécène pour lui. En l'hébergeant dans votre palais, vous lui avez permis de prendre la voie royale pour un artiste…

— Cher Enrico, je n'ai pas eu besoin de lui apprendre quoi que ce soit. Toutes ses qualités sommeillaient en lui. Il a suffi de les faire éclore. Je l'ai mis en contact avec les grands penseurs et savants de notre époque

1. Le Titien, en français. Célèbre peintre et graveur vénitien (1488-1576) qui marqua de son empreinte le Cinquecento.

afin qu'il puisse concevoir de nouvelles idées. Comme un enfant qui tète avec avidité le sein de sa mère, il a tout absorbé et digéré. Perspective, effets d'ombre et de lumière, composition d'une œuvre. Ce petit sauvage du Nord a bu ces théories comme certains avalent une gorgée de vin, sans aucun effort. Je lui ai offert un terrain favorable, il a développé de solides racines. »

Enrico écoutait avec attention. Le cardinal avait visiblement un don pour captiver ses interlocuteurs. Et pourtant, quelque chose clochait. Jusqu'à présent, toutes les personnes qu'il avait rencontrées étaient réticentes à parler de Caravaggio. Depuis la mort de Ranuccio Tomassoni sur le Campo Marzio, personne ne voulait être associé au peintre batailleur. Pourquoi Del Monte se confiait-il aussi facilement ?

« Venez, je vais vous montrer son premier grand chef-d'œuvre. »

Le prélat se remit en mouvement, sans s'assurer que son invité le suivait. Déconcerté, Enrico trotta derrière lui.

D'un pas vif, Del Monte traversa une enfilade de salles agrémentées de marbres et de tapis de soie. Tandis que de magnifiques fresques représentant des scènes issues de la mythologie grecque décoraient les plafonds, les murs étaient couverts de tableaux dotés d'épais cadres sculptés. Portraits, paysages et natures mortes se succédaient, mais Enrico, entraîné par son guide, n'eut pas le temps d'admirer l'impressionnante collection. Ils débouchèrent finalement dans une pièce sombre, visiblement consacrée à Michelangelo Merisi.

Le cardinal écarta un lourd rideau en damas, et une cascade de lumière ruissela à l'intérieur, éclairant les toiles exposées sur la cimaise. Puis, d'un geste solennel, il indiqua une peinture placée face à la porte.

Enrico n'avait jamais vu cette œuvre, mais il reconnut aussitôt l'inimitable pinceau du maître. Une bohémienne chiromancienne disait la bonne aventure à un jeune élégant. Les yeux rivés dans ceux du freluquet, elle lui caressait délicatement la main droite. On sentait entre les deux personnages une incroyable tension érotique, que l'on ne pouvait retrouver que sur un tableau de Caravaggio. Un rai de lumière éclairait le visage du mirliflore, révélant les sentiments qui se bousculaient dans son esprit. Le spectateur devinait ainsi que le godelureau, avec sa pose de bravache – la senestre sur la hanche, près du pommeau de son épée –, cherchait en réalité à dissimuler son manque d'assurance.

« S'agit-il de l'une des toiles que vous avez achetées à D'Arpino ? »

De nouveau, l'ecclésiastique éclata de rire.

« Non, j'en suis moi-même le commanditaire. Avez-vous remarqué que la gitane est en train de subtiliser la chevalière du jeune fat ? Elle le berne en lui faisant les yeux doux. »

Intrigué, Enrico s'approcha de la peinture pour examiner plus attentivement les mains des protagonistes. La fille au fichu blanc noué autour de la tête dérobait effectivement l'anneau du fanfaron. *Amour et tromperie ne s'excluent pas*, songea-t-il. Caravaggio avait une conception plutôt pessimiste des rapports humains, et plus particulièrement des relations entre les deux sexes. D'après cette scène, il ne fallait faire confiance à personne, et mieux valait dissimuler ses sentiments, sous peine d'être floué. En découvrant le vol, on comprenait toute la malice qui émanait du sourire de la bohémienne.

« Le *signor* Gonzaga aimerait savoir si vous seriez prêt à céder un ou plusieurs tableaux de maître Merisi. Pardonnez-moi de parler sans ambages, Éminence, mais ma mission exige une certaine audace. »

Enrico admirait tour à tour les autres toiles accrochées aux murs : une fuite en Égypte, une nature morte, un Bacchus, un joueur de luth.

« Je ne vendrai aucune de ces toiles, mon jeune ami, répondit Del Monte. Je connais exactement leur valeur. Vous m'en voyez désolé, mais le chemin vers la pourpre cardinalice est semé d'embûches. »

Enrico, surpris, tourna la tête vers son hôte. Le visage du prélat s'était rembruni.

« Que voulez-vous dire ?

— Je sais que Ferdinando les offrirait à Scipione Borghese en échange d'une barrette de cardinal. Les toiles qui sont ici ne rempliront pas cet office, même si je souhaite que votre maître parvienne à ses fins. Le parti italien a besoin d'hommes comme lui, qui ne sont pas soumis à l'Espagne et savent résister aux sollicitations de la France. Malheureusement, il va être de plus en plus difficile de mettre la main sur des œuvres de Caravaggio. Ce qui les rend inestimables. »

Le jeune précepteur était de plus en plus déconcerté. Au lieu de lui donner des réponses, son interlocuteur soulevait de nouvelles interrogations.

« Vous parlez par énigmes, Éminence. »

Un sourire ironique naquit sur les lèvres de Del Monte.

« Le pape Paul a ordonné une perquisition dans l'atelier du Cavaliere D'Arpino et la confiscation de tous les tableaux de Caravaggio. Votre maître ne vous a pas prévenu ? »

La nouvelle laissa Enrico pantois. Au même moment, il découvrit une toile qui lui coupa le souffle. Celle-ci, accrochée derrière la porte de la salle, était invisible de prime abord.

Le précepteur se demanda soudain ce qui le troublait le plus – ce qu'il avait sous les yeux ou ce qu'il venait d'entendre.

« Je pensais que c'était vous qui aviez acheté les toiles au Cavaliere !

— Quelques-unes seulement. D'Arpino les cédait au compte-gouttes. Après tout, c'était sa principale source de revenus depuis que son ancien élève lui avait dérobé les meilleures commandes. Malgré son aversion pour Caravaggio, il avait eu l'intelligence de conserver les études que ce dernier avait réalisées autrefois dans son atelier. Leur vente lui permettait de garder la tête hors de l'eau. Mais c'était sans compter l'avidité du pape. Même le marquis Giustiniani craint d'être dévalisé par les sbires de Paul V. Il a déposé chez moi l'un de ses tableaux en attendant de pouvoir le faire sortir discrètement de Rome. C'est celui que vous contemplez en ce moment, *L'Amour victorieux*. Comment le trouvez-vous ? »

La peinture, qui mettait en scène Cupidon sous les traits d'un garçon nu ailé, était saisissante de réalisme. Le dieu de l'amour, juché en équilibre sur une table, avait les jambes écartées, ce qui mettait en évidence son sexe enfantin. Joyeux et pétulant, il avait à ses pieds plusieurs objets représentant les passions humaines : un luth et un violon, des livres, une cuirasse, un sceptre et une couronne, une équerre et un compas. On pouvait donc en déduire que rien ne pouvait résister à l'Amour. Celui-ci était plus fort que la guerre, le pouvoir, la musique ou le savoir. Enrico, abasourdi, avait presque l'impression d'entendre le frémissement des longues ailes emplumées. Une incroyable sensualité émanait du personnage.

« Une œuvre remarquable, souffla-t-il.

— Qui, malheureusement, ne m'appartient pas. Le marquis est amateur d'art. Comme moi, il a reconnu très tôt les qualités de Caravaggio. »

Del Monte émit un profond soupir. Visiblement, il aurait aimé garder ce tableau, mais il lui était impossible d'escroquer la puissante famille Giustiniani, qui comptait dans ses rangs un cardinal.

Enrico s'arracha à la contemplation de *L'Amour victorieux*. Si une peinture pareille tombait entre les mains des Espagnols, elle se verrait certainement condamnée au bûcher à cause de son puissant caractère homoérotique.

« Il a peint cette toile ici même », précisa le prélat non sans fierté.

Songeant aux explications de Julia, Enrico se retint de sourire. Nombreux étaient les artistes et savants qui logeaient dans les mansardes exiguës du *palazzo* Madama. L'atmosphère y était suffocante l'été, glaciale l'hiver. Un martyre pour les résidants, mais tous s'estimaient heureux d'avoir au moins un abri.

« Et maintenant, il est en cavale, ajouta Del Monte avec tristesse. Quelqu'un veut sa perte.

— De qui parlez-vous ? »

De nouveau, le cardinal le sonda de son regard perçant et Enrico se sentit mal à l'aise.

« Il existe une personne qui souhaiterait voir Michelangelo Merisi brûler dans les flammes de l'enfer. Et cet individu a forgé une machination pour le faire accuser de meurtre. »

Le précepteur n'en crut pas ses oreilles.

« Vous devez vous tromper, Éminence. Caravaggio est d'un caractère batailleur, et la dispute au Campo Marzio a mal tourné.

— Quand il s'agit d'intrigues, je ne me trompe jamais. Écoutez bien ce que je vais dire, vous pourrez ensuite répéter mes paroles à Ferdinando Gonzaga. Cette information pourrait l'aider à obtenir ce qu'il brigue. On peut légitimement douter que Caravaggio ait commis un meurtre ce jour-là… »

En quelques mots, Del Monte lui expliqua que la mort de Ranuccio Tomassoni avait été habilement orchestrée. Et que le commanditaire de l'assassinat occupait un poste de choix au sein de la curie. On avait sacrifié Tomassoni afin de perdre Caravaggio.

« Qui est ce mystérieux commanditaire ? insista Enrico. Serait-ce le pape en personne ? »

Paul V cherchait à confisquer tous les tableaux de l'artiste. Était-ce lui qui tirait les ficelles de cette conspiration ?

Le cardinal secoua la tête d'un air impénétrable.

« Je ne peux rien dire, Enrico. C'est à vous de le découvrir. Vous préviendrez ensuite votre maître. »

16

Nerina entendit la voix de Michele depuis l'autre bout de la venelle obscure. Il chantait une chanson très populaire à Naples, dans laquelle on critiquait férocement l'autorité espagnole. Malgré tous ses efforts, l'occupant ne parvenait pas à faire plier la cité rebelle, qui revendiquait son indépendance.

Nero, qui se tenait près de la jeune femme, geignit en entendant son maître brailler. Elle se pencha pour le caresser, non sans avoir auparavant contrôlé qu'elle n'était pas suivie par une escouade de soldats. Ses craintes étaient infondées, car les troupes du vice-roi ne s'aventuraient pas la nuit dans le dédale de ruelles du port.

Elle détestait faire le tour des tavernes pour chercher son mentor, mais elle n'avait pas le choix. Caravaggio dépensait en boisson toute l'avance que le comte de Benavente leur avait fait remettre pour la réalisation de son tableau. Si elle ne parvenait pas à récupérer quelques ducats, ils n'auraient rien à manger durant les prochaines semaines. L'argent filait littéralement entre les doigts du peintre.

Martelant du poing les tables de l'auberge, un chœur de soûlards reprit à gorge déployée le refrain de la chanson entonnée par Michele.

Nerina se remit en mouvement et se laissa guider par le vacarme. Devant l'*osteria*, elle ordonna au chien de l'attendre à côté de la porte d'entrée. Celui-ci s'allongea docilement sur la terre battue. Le museau entre les pattes, il leva un regard interrogateur vers l'apprentie.

« Je reviens tout de suite, murmura-t-elle. Ton ivrogne de maître est là-dedans. »

Lorsqu'elle franchit le seuil, une odeur de suie lui monta aux narines, et les murs de la taverne lui parurent encore plus noirs que la nuit à l'extérieur. Ses yeux s'habituèrent peu à peu à la maigre lueur des bougies. Au moment où l'on remarqua sa présence, le chant bruyant s'éteignit brusquement. L'assemblée de joyeux braillards observa la nouvelle arrivante avec curiosité. Elle finit par repérer Michele au milieu des visages rougeauds. Le peintre était assis au fond de la salle, hirsute, le menton et la poitrine couverts de taches de vin.

Nerina respira profondément avant de se remettre en marche. Tandis qu'elle se frayait un chemin entre les tables et les bancs, elle repoussa deux lurons qui voulaient lui peloter les fesses, et parvint finalement jusqu'à Caravaggio. Distribuant de la main gauche des coups aux hommes qui essayaient de lui caresser les cuisses, elle releva de l'autre son mentor. Ce dernier, l'œil hagard, se laissa faire sans protester.

D'un geste rageur, elle fouilla l'aumônière que Michele portait autour du cou et en retira quelques pièces d'or. C'était tout ce qu'il restait de la somme rondelette reçue pour un tableau encore inexistant.

Néanmoins, s'ils se serraient la ceinture, cet argent leur permettrait de tenir plusieurs semaines.

« Tu viens ? » l'interpella-t-elle, mais l'artiste n'était plus en mesure de répondre.

Elle saisit le col de son pourpoint et, sous les acclamations des convives, le tira derrière elle. Alors qu'elle mettait le cap vers la porte, des commentaires égrillards sur le peintre et sa catin fusèrent de part et d'autre. Dans un état d'ébriété moins avancé, les remarques auraient sûrement déclenché l'ire de Caravaggio, mais l'excès de vin l'avait rendu complètement apathique.

Au bout d'un temps qui lui parut interminable, Nerina finit par atteindre le seuil et entraîna son mentor hors de l'auberge. La brise fraîche en provenance de la mer caressa son visage. Près d'elle, Michele s'affaissa. Elle passa alors le bras sous son épaule pour le soutenir. Nero, qui attendait sagement à côté de la porte, se leva et flaira les jambes de son maître.

Vacillant sous le poids du peintre, Nerina reprit le chemin de l'atelier. Le chien, oreilles baissées, trottait devant eux.

Peu à peu, revigoré par l'air marin, Caravaggio se ressaisit. Lorsque le trio s'engagea dans la ruelle où se trouvait leur maison, il marchait tout seul. Nerina n'avait plus qu'à le guider.

La venelle était enveloppée par les ténèbres. Autour d'eux s'élevaient toutes sortes de bruits ménagers. Manifestement, les habitants des *bassi*, les logements de fortune au rez-de-chaussée des bâtiments, étaient encore éveillés. L'obscurité ne les dérangeait pas car, même en plein jour, ils ne voyaient jamais le soleil au fond des étroites gorges urbaines du vieux Naples.

Lorsque Nerina passa près du puits situé non loin de leur atelier, elle crut voir une tête disparaître derrière la margelle. Un individu les observait-il ? Alarmée, elle pressa Michele d'avancer. Elle avait entendu trop d'histoires inquiétantes sur les *pozzari*, ces troglodytes qui s'occupaient de l'entretien des citernes et des canalisations. On racontait que la nuit, ils jaillissaient des profondeurs pour détrousser les noctambules.

Soudain, Nero se mit à gronder. En se retournant, Nerina aperçut des silhouettes sombres qui se coulaient hors du puits. Ainsi, elle ne s'était pas trompée. Les *pozzari* en avaient après eux. Elle tira Michele dans le renfoncement d'un mur. Mais les êtres souterrains, qui n'avaient manifestement aucun mal à voir dans le noir, eurent tôt fait de les encercler.

Comme elle s'apprêtait à crier à l'aide, un linge humide lui frappa le visage. Puis, un battement de cils plus tard, la lame d'un couteau se posa sur sa gorge et on commença à la fouiller. Elle entendit les *pozzari* échanger quelques mots, sans pouvoir les comprendre. Leurs assaillants parlaient un dialecte guttural qu'elle ne connaissait pas.

Elle s'était attendue à être palpée par des mains épaisses et rugueuses d'ouvriers, mais, à son grand étonnement, ce furent des doigts effilés qui tâtèrent avec agilité son corps de bas en haut. Parvenus au niveau de la poitrine, ils effleurèrent son amulette avant de se poser sur la petite bourse de cuir qu'elle portait autour du cou. Elle en conclut que l'homme n'était pas un puiseur d'eau. Faisait-il cause commune avec les *pozzari* ? Avant qu'elle ait eu le temps de réagir, il arracha son aumônière.

Nero aboyait avec fureur. L'un des agresseurs le tenait à distance à l'aide d'un poignard.

Tout à coup, le chien bondit et mordit l'avant-bras du malandrin, qui tomba à genoux en hurlant de douleur. Il sauta ensuite sur un autre adversaire, qu'il blessa à l'épaule. Après cela, il vint se camper devant Nerina pour la protéger. Malheureusement, le gaillard aux longs doigts souples avait déjà filé.

La jeune femme entendit Michele ahaner. Il avait dégainé son épée et faisait de grands moulinets pour repousser quatre troglodytes armés de dagues. Bien sûr, il n'avait pas la moindre chance de remporter le combat dans les vapeurs de l'ivresse, mais Nerina admira son courage. Frappant rageusement d'estoc et de taille, il parvint tout de même à blesser l'un des larrons.

Toutefois, la lutte était inégale. Le peintre finit par reculer et se trouva acculé contre un mur. Au moment où un *pozzare* brandissait un poignard pour le terrasser, Nero s'élança pour secourir son maître. Il bondit sur le dos de l'assaillant et le jeta à terre. L'homme poussa alors un sifflement aigu. À ce signal, ses complices prirent la fuite.

Les sombres individus battirent en retraite jusqu'au puits. Sous les aboiements de Nero, ils se glissèrent l'un après l'autre dans le conduit menant à leur royaume souterrain. Assis sur la margelle, le dernier voleur se tourna vers ses victimes et agita la bourse de Nerina.

L'apprentie serra les dents. On leur avait subtilisé les quelques ducats qu'il leur restait. Sentant les larmes lui monter aux yeux, elle décocha un juron en direction de l'inconnu.

Avant de disparaître, le mystérieux personnage, qui parut sourire, lança :

« *Arrivederci, Caravaggio !* »

Nerina n'en crut pas ses oreilles. Comment leur agresseur pouvait-il connaître l'identité de Michele ?

17

« Le vin, mordieu ! Où est-il passé ? »

L'appel s'insinua de manière assourdie dans l'esprit embrumé de Nerina. Allongée sur son lit en état de torpeur, elle était incapable de bouger.

Des coups retentirent contre la porte de sa chambre.

« Nerina ! Réveille-toi, bon sang ! Où est le vin ? »

Ses membres engourdis étaient lourds comme du plomb. Lentement, elle se redressa avec peine. Puis, d'un pas vacillant, elle marcha jusqu'à la porte. En jetant un coup d'œil par la fenêtre, elle constata que le jour se levait à peine. Les rayons du soleil n'illuminaient pas la mer. L'astre montant n'était donc pas encore paru au-dessus des collines qui s'élevaient derrière la ville.

« Qu'est-ce que tu veux, Michele ? »

Elle ouvrit le panneau de bois avec précaution. Le peintre se tenait sur le seuil, l'œil fébrile, et se tordait les mains d'un air contraint.

« Du vin ! »

Sa voix, dure et rauque quelques instants plus tôt, avait pris un ton suppliant. Nerina eut soudain pitié de son mentor. Les cheveux sales et ébouriffés, les vêtements en lambeaux, les mains brunes de crasse, il ressemblait plus à un mendiant pochard qu'à un artiste génial.

« Te souviens-tu de ce qui s'est passé cette nuit ? »

Muet, il la regarda sans comprendre.

« Les *pozzari* ? Le guet-apens ? Ça ne te rappelle rien ? »

Caravaggio secoua la tête.

« Ils ont volé nos dernières pièces. Le reste, tu l'as dépensé en boisson, Michele. »

Elle lui raconta son irruption dans la taverne, puis l'attaque des puiseurs sur le chemin du retour. Après une légère hésitation, elle évoqua également les mains étrangement douces de l'homme qui l'avait fouillée.

Les yeux du peintre la fixèrent un moment avant de se perdre dans le lointain. Puis, brusquement, il se frotta les paupières comme s'il chassait un mauvais rêve.

Gardant le silence, il tourna les talons et se dirigea vers l'une des fenêtres de l'atelier. Après avoir regardé dans la ruelle en contrebas, il s'approcha d'un tableau voilé, appuyé contre un mur. Il s'agissait de la *Tête de saint Jean-Baptiste*. Michele souleva la toile, la déposa sur un chevalet et ôta le tissu qui la recouvrait.

Nerina contempla la peinture avec une vague appréhension. Son mentor n'avait apporté aucune modification depuis l'intrusion du sinistre prêtre à la chevelure de feu.

« Ce tableau devrait nous protéger. Je dois l'achever et le confier ensuite à un ami. »

Caravaggio avait parlé tout bas. Inquiète, Nerina s'avança vers lui.

« Qui nous menace, Michele ? Qui sont ces sombres individus qui nous poursuivent depuis Rome ? »

Il baissa les yeux. Elle sentit qu'il était sur le point de lui révéler la vérité, mais il parut se raviser soudainement.

« Tu ne pourrais pas comprendre ! » grommela-t-il d'un air renfrogné.

Sans un mot de plus, il tira vers lui son tabouret, qu'il enfourcha avec hargne. Il commença ensuite à préparer sa palette.

Nerina vint se poster derrière lui, les poings sur les hanches.

« Tu n'as même pas essayé. Alors, je suis assez bonne pour te nourrir et aller chercher ton vin, mais rien de plus ? Mon intellect de femme te semble trop limité ? »

Caravaggio émit un soupir. Remarquant qu'il avait commis un impair, il murmura :

« Pardonne-moi, ce n'est pas ce que j'ai voulu dire. Mais je dois me concentrer, maintenant. Laisse-moi.

— D'où connais-tu le père Leonardus ? Serait-ce lui qui a engagé les *pozzari* pour nous dévaliser ?

— Non, ce n'est pas son genre.

— Comment peux-tu en être certain ?

— Parce que je le connais depuis longtemps, ricana Michele. Une vraie sangsue. Les tourmenteurs ne manquent pas dans ma vie. C'est ma croix de les supporter. »

Nerina se raidit. Comme à son habitude, le peintre parlait par énigmes.

« Pourquoi cherche-t-il à t'assassiner ?

— Qui ? Le père Leonardus ? Il n'essaie pas de me tuer. Mais il ne veut pas que je l'oublie. Où que j'aille, il apparaît. Il me suit comme mon ombre.

— Et il fait cause commune avec l'hospitalier ?

— Oui. Ils sont jumeaux, en quelque sorte. »

Rentrant la tête dans les épaules, il se mit à peindre. Le tableau comptait quatre portraits : saint Jean-Baptiste, qui avait les traits de Michele, Salomé, le bourreau – représenté avec le visage de l'hospitalier – et un autre personnage, qui ressemblait au père Leonardus. Les cheveux roux du prêtre étaient dissimulés sous un fichu blanc qui lui donnait un air presque féminin.

Avec une assurance qui ne cessait d'émerveiller Nerina, Michele peaufina ses protagonistes. Par de rapides coups de pinceau, il leur donna encore plus de relief. Puis il se mit à peindre la main de l'exécuteur qui brandissait le chef décapité du Baptiste.

Au grand étonnement de Nerina, ce n'était pas la poigne d'un bourreau. Les longs doigts fins de l'homme avaient quelque chose d'aristocratique. Les cuticules étaient soignées, les ongles propres, et on ne voyait aucune callosité. Des doigts pareils ne pouvaient appartenir à un individu maniant quotidiennement l'épée. Ils auraient dû être plus épais, plus puissants, marqués de cicatrices.

Une idée germa dans l'esprit de la jeune apprentie, la faisant frissonner. Cette main ne lui était pas inconnue. Elle ne l'avait pas vue, mais sentie sur son corps.

Peu à peu, les doigts du bourreau prenaient forme sous ses yeux. Diaphanes, ils donnaient l'impression d'être condamnés à feuilleter des livres. Ils semblaient incapables de tenir une arme, et encore moins de tuer.

Nerina ferma les yeux. Les souvenirs de la nuit précédente affluaient à son esprit, et elle sentit de nouveau les mains de l'inconnu parcourir son corps. C'est alors qu'elle perçut une odeur familière qu'elle n'avait pas remarquée sur le moment, mélange de musc et d'encens. Michele avait raison. Le mystérieux voleur n'était autre que l'hospitalier.

Elle rouvrit les paupières et s'efforça de faire taire ses sens. Pour penser à autre chose, elle observa Caravaggio. Une personne non initiée aux techniques de l'art pictural aurait pu facilement le prendre pour un artiste versatile. Çà et là, il apposait une touche de peinture, ajoutait un trait, puis se tournait vers une autre partie du tableau. Il y appliquait deux, trois points avant de nettoyer son pinceau et de le tremper dans une couleur presque indissociable de la première, et il recommençait la même procédure. Les pigments ainsi appliqués avaient le temps de sécher, et plusieurs couches de peinture se superposaient pour donner de la profondeur à la scène représentée.

Soudain, Nerina remarqua que seul le visage de Salomé restait vaporeux. Michele fignolait les autres portraits sans s'occuper de la jeune fille.

« Quel visage vas-tu donner à Salomé ? »

Il s'arrêta de travailler et tourna la tête pour regarder longuement son élève.

Nerina comprit aussitôt.

« Oh, je vois. Inutile d'en dire plus. Moi aussi, je te tourmente. »

Furieuse, elle traversa l'atelier en trombe pour aller se réfugier dans sa chambre. Au moment où elle s'apprêtait à claquer la porte derrière elle, Caravaggio lança :

« Salomé n'aura jamais tes traits. Tu es une madone, et non une ribaude au service des puissants. »

Nerina le regarda avec étonnement. Que racontait-il encore ? S'il ne la prenait pas comme modèle, qui peindrait-il à sa place ?

« À qui ressemblera-t-elle, dans ce cas ? »

Lèvres pincées, Michele se remit au travail. La jeune femme devina qu'il ne répondrait pas.

« Dis-moi au moins pourquoi l'hospitalier t'en veut. Si Leonardus ne souhaite peut-être pas ta mort, le tonsuré, lui, cherche manifestement à te tuer.

— Il y a mille et une raisons !

— Tu peux m'en nommer une, alors ! »

18

« C’est la malédiction ! » Andrea Fusco riva ses yeux vitreux sur Enrico. « Vous n’avez jamais entendu parler de ça ? De la malédiction du… »

L’homme ne put achever sa phrase. Pris d’une violente quinte de toux, il aspergea la table et son vis-à-vis de fines gouttelettes de vin.

Enrico s’essuya le visage en dissimulant son aversion. Ils avaient pris place dans la cour d’une ferme viticole, à l’ombre d’un vieux pin. Derrière eux se dressaient les coteaux plantés de vignes de l’Aventin. L’*azienda* se trouvait à près d’une heure de marche du centre de Rome, non loin du mur d’Aurélien.

Le jeune précepteur se tourna vers le corps de logis, où vaquait le propriétaire du domaine.

« Patron ! Un autre pichet ! » héla-t-il en s’efforçant d’arborer une mine réjouie.

Fusco le gratifia d’un large sourire.

« Vous ne lésinez pas sur les moyens. Ça me plaît. »

Enrico ne pouvait dire s’il avait bien fait d’inviter à l’*azienda* le peintre qui réalisait et vendait des images pieuses sur la *piazza* Navona. L’entretien allait lui coûter cher, sans aucune garantie de résultat. C'était Julia qui l'avait mis sur cette piste. Andrea Fusco, qui buvait comme un trou, prétendait être un ami de Michele et avoir assisté à la fameuse partie de paume à l'origine de la mort de Tomassoni.

« Vous avez évoqué une malédiction. De quoi s'agit-il, au juste ?

— *Madre mia !* »

Fusco roula les yeux. « Ah, vous, les Mantouans ! » Il n'ajouta rien de plus. Fixant son gobelet, il attendit que le vigneron apporte une autre cruche.

De nouveau, Enrico se demanda pourquoi il était venu trouver l'ivrogne, qui logeait à deux pas de la ferme dans une masure décrépite. Andrea Fusco vidait un pichet après l'autre, mais sa langue ne se déliait guère.

« Qu'ignorent donc les Mantouans ? » insista Enrico.

Cette fois-ci, il ne remplit qu'à moitié le gobelet de son interlocuteur. Fusco devait parler avant d'être complètement soûl.

Après une longue hésitation, le peintre murmura :

« J'ai commencé chez Del Monte avec Michele. Notre vie était passionnante. Mais la malédiction a tout gâché ! »

Levant brusquement son gobelet, il le vida d'un trait. Un filet de vin blanc coula le long de son menton.

« Nous avons beaucoup appris chez Del Monte, poursuivit-il. Le cardinal tenait à nous faire peindre d'après nature, en respectant la perspective. Fréquemment, il invitait au palais des mathématiciens pour discuter de la représentation de l'architecture dans l'art pictural. Leurs conseils nous ont beaucoup aidés. Michele avait une curiosité insatiable et travaillait d'arrache-pied pour progresser. Jusqu'à ce que Del Monte l'envoie dans la *camera obscura.* »

D'un geste fébrile, Fusco balaya la table de la main et faillit renverser la cruche. Enrico la rattrapa de justesse. Une expression de dégoût se dessina sur le visage de l'ivrogne.

« Vous savez ce qu'est une *camera obscura* ? s'enquit l'artiste, sans attendre la réponse d'Enrico. Del Monte en avait fait construire une dans son salon de réception. On pouvait entrer à l'intérieur pour peindre. Mais un jour, le cardinal n'a pas remarqué que Michele s'y trouvait. Et, en compagnie de ses protégés, il a pris son plaisir devant la chambre obscure… »

Un puissant rot interrompit le récit de Fusco. Visiblement bouleversé, il se prit la tête dans les mains.

Enrico patienta quelques instants avant de le relancer.

« Messire Fusco ? Vous étiez en train de m'expliquer quelque chose. »

Lorsque le peintre se redressa, les rais de soleil qui filtraient à travers le sombre parasol du pin dessinèrent des hachures lumineuses sur sa figure.

« Avez-vous vu *L'Amour victorieux*, le tableau que Michele a réalisé sur la commande du marquis Giustiniani ? Del Monte montre une vive inclination pour cette toile. Depuis longtemps, le cardinal aime les jeunes garçons, et il en invite régulièrement dans son lit. »

Fusco tendit brutalement son gobelet vide. Enrico, songeur, le servit une nouvelle fois. La pédérastie était très présente au sein du clergé romain ; si on la condamnait officiellement, elle était tolérée et pratiquée à titre confidentiel.

« Si Del Monte s'était amusé avec des femmes, Michele serait resté dans la *camera obscura* et aurait regardé la scène sans s'en offusquer. Mais, comme le dit le proverbe, la chair de l'homme est un poison pour l'homme, *signor* Enrico. Le cardinal a forniqué avec des jouvenceaux sous les yeux de Michele, qui ne l'a pas supporté. En plus, parmi les protégés du prélat, il y avait un garçon qu'il appréciait lui-même tout particulièrement. Caravaggio avait un profond respect pour Del Monte. C'était un admirable mécène, qui lui avait obtenu ses premières commandes pour l'Église. Mais le voir batifoler avec des enfants était au-dessus des forces de Michele... »

Fusco lâcha encore un rot. Puis il se tourna pour cracher par terre une gorgée de vin qu'il avait régurgitée.

« C'est à ce moment-là qu'il a compris pourquoi tous ces *monsignori* lui commandaient des cupidons, des Bacchus ou des Baptistes entièrement nus. Pourquoi Del Monte aimait tant assister aux séances de pose, et pourquoi Giustiniani avait tenu à choisir personnellement le modèle de son *Amour victorieux*. Vous connaissez le tempérament de Michele ? Il a surgi comme une furie de la *camera obscura* pour interrompre les jeux de Son Éminence et l'injurier. Au fond, je me demande s'il n'aurait pas aimé être à sa place. Quand il est venu me raconter l'incident, il a joué les indignés, mais ses yeux brillaient d'envie. »

Brièvement, un nuage qui traversait le ciel d'azur masqua le soleil, projetant une ombre sur les vignobles de l'Aventin. Les cigales cessèrent de chanter durant un court instant.

Enrico sourit intérieurement. Les révélations de Fusco valaient leur pesant d'or. Avec ce genre d'informations en poche, Ferdinando Gonzaga pourrait facilement obtenir – en échange de son silence – l'appui de Del Monte pour la dignité cardinalice. La longue marche jusqu'au mur d'Aurélien n'avait pas été vaine.

« Avez-vous été vous-même témoin de ce genre de scène de débauche, ou tenez-vous ça uniquement de la bouche de Caravaggio ? »

Un nouveau renvoi secoua le peintre.

« Il ne fallait pas être très futé pour comprendre ce qui se passait au *palazzo* Madama. Mais nous, les artistes, sommes restés muets comme des carpes. Nous étions tributaires de notre mécène. Après tout, nous voulions réussir, et nous ne manquions de rien. Chez le cardinal, nous étions nourris et logés. Quand on voulait une prostituée pour la nuit, il suffisait de demander. Michele a fini par rentrer dans le rang. Il a continué à peindre de jeunes garçons dénudés aux allures efféminées, et des hommes mûrs au torse musclé qui devaient passer pour des saints. »

Enrico resservit son interlocuteur. Il était plutôt étonnant que Caravaggio ait accepté de se soumettre après cet épisode. Cela ne lui ressemblait pas.

« Et votre ami ne s'est plus jamais plaint ?

— Non, certifia Fusco. La vie que nous menions ne lui déplaisait pas.

— Alors pourquoi est-il parti, finalement ?

— À cause d'une dispute. Avec le *prete rosso*. Enfin, je suppose. Michele a quitté le palais sans un mot à l'époque, et nous n'en avons jamais reparlé. »

Enrico réfléchit un instant. Julia avait déjà mentionné le prêtre à la chevelure rousse. Le frère de Caravaggio.

« Que s'est-il passé exactement ? »

Gagné par l'excitation d'apprendre enfin quelque chose d'intéressant, il se pencha en avant. Et le regretta aussitôt. Sans prévenir, Fusco recracha brusquement une gerbe de vin. Enrico eut un mouvement de recul, mais une pluie de gouttelettes retomba sur son pourpoint et ses chausses.

Le peintre se tourna ensuite sur le côté pour vomir au pied du pin. La tête posée contre le tronc du végétal, il s'endormit instantanément et commença à ronfler comme un tuyau d'orgue.

Réprimant lui-même un haut-le-cœur, Enrico appela le vigneron, qui parut sur le seuil de sa maison.

« Un peu de pain et du lard, patron ! Pour le remettre d'aplomb. » Le jeune homme sortit une pièce de sa bourse. « Tenez, ça devrait suffire. »

Le cultivateur vint empocher le scudo avant de se diriger vers le puits qui se trouvait à quelques pas de là. Il tira un seau d'eau et proposa à Enrico de se laver. Celui-ci accepta volontiers. Tous ses vêtements sentaient la vinasse à plein nez. Le propriétaire de l'*azienda* le laissa faire ses ablutions, puis reprit le récipient et versa le reste sur la table. Impassible, il alla remplir un autre seau d'eau qu'il jeta au visage de Fusco.

L'ivrogne s'ébroua et battit des paupières. Ce genre de réveil brutal ne semblait pas être nouveau pour lui, car il ne protesta pas. L'air épuisé, il tourna lentement la tête vers Enrico.

« Vous êtes encore là ? marmonna-t-il.

— Je ne partirai pas avant d'avoir eu toutes les informations dont j'ai besoin. Que pouvez-vous me dire sur cette dispute ?

— Quelle dispute ?

— Celle qui a eu lieu entre Michele et le *prete rosso.* »

Le vigneron leur apporta du pain et du fromage, ainsi qu'un saucisson d'âne odorant. Malgré son écœurement dû aux relents de vomi, Enrico fut pris d'une soudaine fringale.

« Mangez un peu, *signor* Fusco. Et ensuite, racontez-moi tout ce que vous savez. Quand vous aurez fini, vous pourrez vous soûler à mort si vous le souhaitez. »

Le peintre obtempéra. Il rompit le pain et avala quelques bouchées en silence. Enrico préféra s'abstenir de toucher à la collation.

« Alors ?

— Il était un intouchable !

— Qui ? Michele ?

— Michele, peut-être, je n'en sais rien. Il aimait avant tout ses ribaudes et ses modèles féminins. Je parle du *prete rosso*, naturellement. »

Enrico avait déjà entendu ce terme. Julia l'avait employé lors de l'une de leurs discussions, mais il n'avait pas eu le temps d'approfondir le sujet.

« Qu'entendez-vous par "intouchable" ?

— Je l'ai déjà dit. La chair de l'homme est un poison pour l'homme. À l'époque, le *prete rosso* faisait partie des protégés du cardinal. »

Enrico n'en croyait pas ses oreilles. Ainsi, Giovan Battista Merisi aimait les hommes. Était-ce le véritable motif de la querelle dont parlait Fusco ? Michele refusait-il de s'avouer que son propre frère avait succombé au vice de Del Monte ? S'agissait-il de la fameuse malédiction ?

« Qu'est-il arrivé après que Caravaggio eut quitté le service du cardinal ? »

Fusco émit un rire amer.

« Ne le voyez-vous pas, messire ? Au lieu de réaliser des fresques et des retables, je végète dans une bicoque où je peins de misérables images pieuses et des paysages. Je dois ensuite marcher plus d'une heure pour aller les vendre aux étrangers qui viennent visiter le centre de Rome. Et malgré tout, je peux m'estimer heureux d'être encore en vie. »

19

« Ferme les rideaux ! »

Nerina observa Michele avec inquiétude. L'artiste avait les yeux profondément cernés et, depuis la veille, des rougeurs couvraient son visage. Il était sûrement allergique à l'un des pigments qu'il utilisait pour ses couleurs.

« Fais une pause, Michele. Tu es trop fébrile pour travailler.

— Trop fébrile ? Peuh ! »

Elle comprenait à peine ce qu'il disait. Il changeait sans cesse de pinceaux et, tandis qu'il peignait, il en gardait toujours deux coincés entre les dents.

« Même tremblante de fièvre, ma main est plus sûre que celle de nombreux barbouilleurs en pleine santé. »

Michele travaillait avec ardeur pour devancer la faim. En terminant l'une de ses commandes à temps, il pouvait espérer recevoir une gratification. Et cet argent supplémentaire leur permettrait de régler une partie de leurs dettes. Le boulanger et la marchande de légumes, qui leur faisaient crédit, commençaient à maugréer lorsque Nerina entrait chez eux. Si elle ne payait pas rapidement leur ardoise, on refuserait bientôt de la servir et ils n'auraient plus rien à manger.

L'apprentie se faisait du souci pour son mentor. Depuis que les *pozzari* leur avaient volé leurs dernières pièces, Caravaggio se tuait à la tâche. Il faisait tout pour achever les commandes qu'on lui avait confiées. Rien d'autre ne comptait.

Absorbé par ses toiles, le maître avait négligé son groupe d'élèves. Comme il avait brusquement cessé de leur prodiguer des conseils et de donner des explications sur ses œuvres, les jeunes peintres avaient dû se contenter de l'observer en silence.

Un jour que son estomac criait famine, Nerina avait eu l'idée de demander aux visiteurs une obole – quelques pièces chaque fois qu'ils venaient admirer l'artiste survolté. Durant quelque temps, l'argent lui avait permis de faire de maigres courses et d'acheter du vin pour Michele.

Mais, progressivement, les élèves avaient déserté l'atelier, lassés de payer un spectacle répétitif et peu enrichissant.

Le tableau représentant les sept œuvres de miséricorde était presque terminé, il ne manquait plus que quelques détails à corriger. Chaque fois qu'elle le contemplait, Nerina était fascinée. Michele avait réussi à canaliser son génie comme il ne l'avait encore jamais fait auparavant. À l'exception d'une scène, on ne voyait aucune intervention divine dans sa composition. C'était le principe d'entraide qui était mis en avant ; les hommes se soutenaient mutuellement. Saint Jacques, représenté en pèlerin, demandait son chemin à un homme qui tendait le bras pour le renseigner. Devant eux, Martin de Tours partageait son manteau avec un mendiant. En arrière-plan, on transportait un cadavre sous la direction d'un prêtre. Personnification de la *Caritas romana*, Pero sauvait de la mort son père Cimon en lui donnant le sein à travers les barreaux d'une prison. Seul Samson, personnage issu de l'Ancien Testament, recevait le secours du ciel. Assoiffé, il buvait de l'eau jaillissant d'une mâchoire d'âne.

Nerina se demandait pourquoi Caravaggio avait décidé de figurer cet unique miracle sur une toile profondément profane. Considérait-il les autres actes de charité comme des prodiges purement humains ? Ou laissait-il sous-entendre que l'homme avait perdu la capacité de voir le divin au quotidien ? Qu'est-ce qui poussait Michele à projeter sur une toile les images qui hantaient son esprit ? Exorcisait-il ses démons à coups de pinceau ?

Fatiguée, la jeune femme se pelotonna dans un coin de l'atelier plongé dans la pénombre. Nouant les bras autour de ses genoux, elle observa l'artiste qui papillonnait entre ses trois tableaux. Il ajoutait çà et là quelques touches puis, tout à coup, se mettait à broyer comme un forcené de nouvelles couleurs pour modeler un corps ou un visage.

« Ainsi, vous avez terminé ! »

Nerina sursauta en entendant la voix puissante résonner dans la pièce. Ses membres étaient engourdis. Manifestement, elle s'était assoupie. Elle reconnut sans peine l'homme qui se tenait dans l'encadrement de la porte. L'hospitalier.

Michele poursuivit son travail sans prêter attention à l'intrus.

« Quand pourra-t-on prendre possession du tableau ? Le supérieur de la confrérie commence à s'impatienter, Caravaggio ! »

Nerina dut faire un violent effort sur elle-même pour se relever. Vacillante, elle avait l'impression de sentir une multitude d'aiguilles qui s'enfonçaient dans ses jambes.

« Disparaissez ! »

Le tonsuré jeta un coup d'œil vers elle. À l'évidence, il ne l'avait pas remarquée en entrant.

« Oh, quel plaisir de revoir votre charmante gouvernante. Ou devrais-je plutôt dire votre maîtresse ? »

Michele ne réagit pas. Il donna quelques coups de pinceau sur une toile, puis sur une autre.

« Ne voyez-vous pas que vous dérangez ? » feula Nerina, encore chancelante.

L'hospitalier l'ignora.

« Vous travaillez avec zèle, maître Merisi. Mais qui vous a commandé cette *Tête de saint Jean-Baptiste* ? »

Que venait-il faire ici ? Le père Leonardus lui avait certainement révélé que son portrait apparaissait sur la toile. Venait-il s'en assurer en personne ?

« Cela vous intéresse-t-il vraiment ? s'enquit Michele sans se retourner. La toile fera fureur à Rome lorsqu'elle sera montrée au public. Tout le monde se demandera qui sert à Salomé la tête de Michelangelo Merisi da Caravaggio sur un plateau. Et je n'aurai aucun scrupule à révéler l'identité des deux hommes qui me forcent à peindre pareil tableau. »

Un silence pesant enveloppa l'atelier, faiblement éclairé par quelques bougies. On n'entendait plus que le frottement nerveux des pinceaux.

Entre-temps, Nerina avait retrouvé l'usage de son corps. L'engourdissement s'était enfin dissipé. Reculant d'un pas, elle s'empara de l'épée de Michele, appuyée contre le mur. Lorsqu'elle étreignit le métal froid de la poignée, elle éprouva un vif soulagement.

Caravaggio se tenait à présent devant *La Flagellation du Christ*, le tableau qu'il réalisait pour le négociant Lorenzo De Franchis. Aux yeux de Nerina, c'était le plus impressionnant.

Quatre personnages remplissaient l'espace. Le Christ, au centre de la composition, était attaché par trois bourreaux à une colonne de pierre. Peindre ce pilier aurait coûté plus d'une semaine à Nerina, mais ce n'était qu'un détail pour Michele. L'artiste était capable de rendre le galbe d'un fût de colonne en quelques coups de poignet. Ce qui l'intéressait, c'était le contraste entre les corps de ses protagonistes. Le fils de Dieu, à demi nu, semblait rayonner d'une lumière intérieure qui éclaboussait ses tourmenteurs. La clémence divine du Rédempteur submergeait la cruauté humaine.

Nerina vit l'hospitalier examiner l'œuvre avec attention. Réfléchissant à toute vitesse, elle chercha du regard Nero. Pourquoi le chien n'avait-il pas aboyé lorsque l'importun était entré dans l'atelier ? Comme l'animal était invisible, elle en déduisit qu'il dormait dans la chambre attenante. Heureusement, la porte était entrebâillée. Un cri suffirait pour l'alerter.

« Vous n'écoutez donc jamais quand on vous parle ? lâcha-t-elle. Vous nous dérangez. Veuillez sortir sur-le-champ ! »

D'un geste désinvolte, le tonsuré lança dans sa direction une petite bourse de cuir. Le petit sac teinta en heurtant la poitrine de Nerina, puis retomba sur le sol. L'apprentie ne se donna pas la peine de le ramasser.

« J'ai entendu dire qu'il suffisait de payer une obole pour pouvoir regarder le maître à l'œuvre.

— Je ne laisse pas entrer n'importe qui ! »

L'hospitalier toussota en portant la main à sa bouche.

« Tss, tss. Vous avez besoin de cet argent, puisque votre mentor accumule les bourdes. S'il continue d'ignorer les souhaits de ses commanditaires, il finira pauvre comme Job. Il suffit de regarder cette *Flagellation*, qui n'a absolument rien en commun avec la tradition. À l'instar de bon nombre de ses toiles, elle sera invendable. »

Il eut un petit rire méprisant qui horripila Nerina.

« Que voulez-vous, à la fin ? s'écria-t-elle. Pourquoi vous évertuez-vous à le faire sortir de ses gonds ? »

Son cœur battait la chamade, mais serrer la poignée de l'épée dissimulée dans son dos lui donnait du courage.

« Ses paroles ne m'atteignent pas, Nerina, intervint Caravaggio, qui avait fait deux pas en arrière pour contempler son travail. Cet individu n'a pas la sensibilité nécessaire pour apprécier une œuvre d'art. Son esprit est trop étriqué. Il ignore que ma préoccupation, c'est de générer l'émotion. Et que cette émotion, on peut l'accroître ou l'amoindrir avec la lumière. Quand on est rempli de haine, on ne perçoit pas les nuances et les effets subtils.

— Il parle en connaisseur ! » s'exclama le visiteur avec un sourire mauvais.

À cet instant, Michele lui lança sa palette en plein visage. En voyant leur adversaire barbouillé de tons ocre, Nerina faillit éclater de rire.

Furieux, l'hospitalier porta la main à sa rapière.

Elle ne lui laissa pas le temps de dégainer. D'un geste adroit, elle leva l'arme de Michele et la pointa sur la poitrine de l'intrus.

« Disparaissez, je ne le répéterai pas ! Et ne remettez jamais les pieds ici. »

En scrutant le rictus peinturluré de l'homme en noir, elle comprit que l'attaque de Michele l'avait profondément offensé. Il ne lui pardonnerait jamais un tel outrage, mais le mal était fait. De l'épée, elle le força à reculer vers la porte. Le tonsuré n'opposa aucune résistance. Du coin de l'œil, elle vit Michele ramasser sa palette et se remettre au travail comme si de rien n'était.

« Pourquoi ne pouvez-vous pas le laisser en paix ? Que vous a-t-il fait ? »

À ces mots, la figure grimée du tonsuré fut prise d'un mouvement convulsif. Ses yeux se rivèrent alors sur l'amulette qui pendait au-dessus du décolleté de Nerina.

« Demandez-lui ! Sa faute est indélébile ! »

20

En contrebas, dans la ruelle obscure, régnait un silence oppressant. Cette nuit-là, la brise fraîche en provenance de la mer ne parvenait pas à chasser la chaleur suffocante de la veille qui s'était infiltrée dans les pierres des maisons. Incapable de trouver le sommeil, Nerina se tournait et se retournait dans son lit.

Les événements des derniers jours la remplissaient d'inquiétude. Après la visite de l'hospitalier, elle avait appris l'arrivée à Naples d'un magistrat envoyé par le Saint-Siège. Si les sbires du questeur apostolique n'avaient pas encore arrêté Michele, c'était parce que l'artiste était trop connu dans la cité. Les autorités espagnoles craignaient que son arrestation ne suscite des troubles.

Le regard de la jeune femme se porta sur la toile à laquelle Caravaggio tenait tant. Sans lui demander sa permission, il avait entreposé la *Tête de saint Jean-Baptiste* dans sa chambre. Les personnages du tableau brillaient dans la pénombre. Sinistres, les deux tourmenteurs de Michele semblaient la fixer.

Que manigançait le tonsuré ? Pourquoi était-il revenu menacer son mentor quelques jours plus tôt ? Malgré l'insistance de Nerina, Caravaggio avait refusé de révéler la vérité. À l'évidence, l'hospitalier le persécutait depuis des années, mais la raison de cet acharnement restait un mystère.

Ils avaient peut-être commis une erreur en se réfugiant à Naples. La ville était trop proche des États pontificaux, et la renommée dont Michele jouissait ici était rapidement parvenue jusqu'à Rome.

Tout à coup, elle crut percevoir un bruit. Nero, allongé au pied du lit, avait également redressé la tête. Elle était pourtant seule avec l'animal dans l'appartement. Flanqué de plusieurs compagnons de beuverie, Michele était parti s'amuser dans l'une des tavernes du port.

Le bruit, qui semblait provenir du palier, se fit de nouveau entendre. Un léger frottement, comme si un chat grattait doucement la porte d'entrée avec ses griffes. Nero reposa la tête sur ses pattes, ce qui rassura l'apprentie. Si un inconnu avait essayé de forcer la serrure, le chien aurait aboyé. Ce n'était peut-être qu'un rat ou une souris. Les rongeurs ne manquaient pas dans le bâtiment.

S'appuyant sur les coudes, elle prêta l'oreille. Lorsqu'elle rouvrit les yeux, elle vit Nero se lever et battre de la queue.

La jeune femme ne put s'empêcher de frissonner. Qu'avait entendu l'animal ? Y avait-il réellement quelqu'un sur le palier ?

L'étrange grattement avait repris, plus fort cette fois. Il fut soudain interrompu par un claquement sec. On avait soulevé le verrou.

La peur paralysa l'apprentie. Durant un long moment, rien ne se passa. Elle n'entendait que le battement de son propre cœur et la respiration courte de Nero, qui s'était figé. Puis les gonds de la porte grincèrent.

Ce ne pouvait pas être Michele. L'artiste, l'esprit embrumé par l'alcool, n'aurait pas pris autant de précautions pour entrer chez eux.

Lorsqu'elle entendit des semelles crisser dans la pièce attenante, elle fut prise d'un sombre pressentiment. La gorge nouée par la peur, elle réfléchit fébrilement à ce qu'elle pouvait faire. L'intrus finirait tôt ou tard par entrer dans sa chambre, car elle savait ce qu'il cherchait : le tableau de Michele.

Pourquoi Nero n'aboyait-il pas ? Pourquoi ne se glissait-il pas par la porte entrebâillée pour attaquer le visiteur nocturne ?

Un terrible soupçon germa dans son esprit lorsque le chien, qui frétillait joyeusement de la queue, commença à glapir.

Refusant de céder à la panique, elle se força à se concentrer sur le moment présent. Après avoir repoussé son drap, elle se pencha pour dissimuler ses sabots sous le lit. L'unique moyen de s'en sortir était de faire croire à l'importun qu'il était seul dans l'appartement. Derrière le chevalet supportant la *Tête de saint Jean-Baptiste*, la porte-fenêtre qui donnait sur le minuscule balcon de la chambre était entrouverte. Lorsque l'apprentie se leva, Nero se tourna vers elle en grondant.

« Chut, Nero ! intima-t-elle, l'index posé sur la bouche. Couché ! »

Celui-ci obéit avec un geignement plaintif, mais se mit à taper le sol de sa queue. Nerina réprima un juron.

Elle comprenait maintenant pourquoi l'animal lui avait paru si soigné lorsque Michele l'avait recueilli. Il n'était ni un chien errant, ni un fugueur. Quelqu'un l'avait sciemment poussé vers le peintre. Et cette personne se trouvait en ce moment même dans l'atelier.

Avec précaution, elle se glissa derrière la peinture et écarta un battant de la porte-fenêtre pour se couler dehors. Le balcon n'était qu'une étroite plate-forme entourée d'une balustrade de fer. On ne pouvait guère l'utiliser que pour aérer les draps ou faire sécher du linge. Se pressant dans un angle, elle plaqua les pans de sa chemise de nuit contre son corps afin que l'étoffe ne s'agite pas au vent.

L'oreille aux aguets, elle se tint immobile. Elle osait à peine respirer pour ne pas se faire remarquer. À l'intérieur, tout était silencieux. L'intrus devait inspecter discrètement les lieux.

Soudain, le vantail d'une persienne s'ouvrit sur le balcon adjacent. Le visiteur essayait sans doute d'y voir plus clair dans l'atelier en faisant entrer un rayon de lune. Nerina songea à retourner dans sa chambre, de crainte d'être repérée à cause de sa chemise de lin blanc, mais ses jambes refusèrent de bouger. Comme pétrifiée, elle attendit en serrant les dents. Par chance, l'homme ne passa pas la tête par l'ouverture. Des bruits étouffés indiquèrent en revanche qu'il fouillait discrètement la pièce où travaillait Michele. L'apprentie se tourna vers le balcon du logement voisin. Elle aurait pu s'échapper en grimpant sur la corniche qui courait le long de la façade, toutefois un simple coup d'œil vers la ruelle en contrebas la dissuada de mettre cette idée en pratique.

Tandis qu'elle s'efforçait de trouver un autre moyen de s'enfuir, Nero poussa des jappements aigus. L'individu devait être entré dans la chambre. Un instant plus tard, il ordonna à l'animal de se taire, et ce dernier s'exécuta aussitôt.

Nerina sentit ses genoux fléchir en reconnaissant la voix autoritaire. Son instinct ne l'avait pas trompée. C'était bel et bien l'hospitalier qui s'était introduit chez eux à la faveur de la nuit.

Elle ferma les yeux, désespérée. Le tonsuré ne tarderait pas à la découvrir. L'attrapant par le bras, il la tirerait de force à l'intérieur. Et mieux valait ne pas penser à ce qu'il lui ferait ensuite subir. Elle se demanda tout à coup pourquoi elle avait accompagné Michele jusqu'à Naples. Elle aurait pu le laisser se débrouiller tout seul. Était-elle amoureuse de lui ? Non. Avait-elle une quelconque obligation de le suivre partout ? Non. Elle n'était pas son esclave. Pourquoi tenait-elle tant à jouer sa gouvernante ? Pourquoi acceptait-elle les commentaires lubriques des commerçants et des voisins ? À leurs yeux, elle était forcément la maîtresse de Michele, avec laquelle il batifolait la nuit lorsque la lueur des bougies filtrait à travers les fentes des persiennes.

Machinalement, elle saisit l'amulette qu'elle portait autour du cou. Malgré sa réputation d'ivrogne et de putassier, elle ne pouvait se résoudre à abandonner l'artiste.

Un cri de rage la fit sursauter.

Du coin de l'œil, elle vit une lame étinceler dans la clarté lunaire, et elle entendit les morsures impitoyables du fer sur une toile de lin. Elle comprit aussitôt ce que cela signifiait : l'hospitalier était en train de lacérer à coups d'épée la *Tête de saint Jean-Baptiste*. Il frappait encore et encore, jetant par la porte-fenêtre les lambeaux de l'œuvre martyrisée. Les fragments disparurent dans la nuit, portés par la brise.

Puis, marmonnant des jurons, il saccagea la pièce. Nerina l'entendit jeter ses sabots contre un mur, fracasser son pot de chambre et mettre en pièces d'autres peintures. Après cela, il redirigea sa colère contre le tableau de Michele. Il détruisit le cadre et renversa le chevalet.

Terrifiée par la fureur du visiteur, la jeune femme tremblait de tout son corps. Elle serrait les mâchoires pour ne pas claquer des dents et s'efforçait de réprimer les sanglots qui montaient en elle. Qu'est-ce qui pouvait pousser un homme à entrer dans une telle rage ?

« Je te ferai brûler lentement, comme une chandelle ! éructa le tonsuré, haletant. Peu importe où tu te terres, Caravaggio, je te débusquerai. Et je t'ôterai tout ce qui est cher à ton cœur ! »

D'un pas traînant, comme s'il était épuisé après cette violente colère, il quitta la chambre pour regagner l'atelier.

Heureusement, les deux autres tableaux n'étaient plus là. Michele avait remis *Les Sept Œuvres de miséricorde* à la fraternité, et *La Flagellation du Christ* se trouvait chez De Franchis. Le négociant tenait à admirer l'œuvre encore inachevée. C'était la raison pour laquelle Caravaggio n'avait pas peint ce jour-là. À l'heure qu'il était, il se soûlait certainement avec l'argent qu'il venait de recevoir.

Nerina ferma les yeux pour écouter les bruits que faisait le tonsuré. Celui-ci semblait fouiller une nouvelle fois l'atelier. Craignant qu'il n'inspecte l'autre balcon, elle décida de rentrer. Son choix fut le bon. Au moment où elle se glissait à l'intérieur, elle vit du coin de l'œil le visiteur passer la tête par la porte-fenêtre voisine.

Comme le sol était recouvert de morceaux de bois et de lambeaux de toile, il lui était difficile d'avancer en silence. Ne voyant pas où elle mettait les pieds, elle marcha sur l'un des clous du cadre brisé. Elle sentit la tige de métal s'enfoncer dans son talon et retint de justesse un hurlement de douleur. Une main plaquée sur la bouche, elle se mit à suer abondamment.

Sa chemise de nuit, trempée, ne tarda pas à coller. Elle attendit un long moment sans bouger, mais rien ne se passa. L'hospitalier avait-il quitté l'appartement ? Couché dans un coin de la chambre, Nero la regardait d'un air coupable. Ses yeux brillaient d'une lueur verdâtre dans la pénombre.

L'apprentie n'osait pas faire un mouvement. Elle resta debout, immobile, jusqu'à ce que ses genoux se dérobent sous elle et que la douleur lui vrille le crâne comme une pointe de feu.

21

La brise fraîche et le balancement du navire lui faisaient du bien. Enrico savait qu'il n'était pas sujet au mal de mer. Au contraire, il se sentait comme bercé par le roulis et pouvait laisser vaguer ses pensées. Lorsqu'il contemplait la ligne plate de l'horizon, il imaginait les terres qui s'étendaient par-delà les flots. La Sardaigne, la Sicile, le continent africain. Des lieux fascinants qu'il rêvait d'explorer.

Il voyageait sur l'ordre de son maître. Ferdinando Gonzaga l'avait chargé de retrouver Caravaggio au plus vite. Enrico devait acheter toutes les toiles que le peintre serait enclin à lui céder. L'important était de devancer Scipione Borghese.

Cette mission convenait parfaitement au jeune précepteur. Il pourrait enfin revoir Nerina et lui confier le résultat de ses investigations.

Le navire atteindrait Naples dans un jour et demi. Il avait préféré effectuer le trajet par mer. C'était beaucoup plus rapide, et surtout plus confortable, que d'emprunter à cheval la *via* Appia vers le sud. Il fuyait ainsi les chaleurs de ce début d'été.

Assis sur un rouleau de cordage, Enrico ne pouvait s'empêcher de songer à l'apprentie de Caravaggio. Comment se portait-elle ? Avait-elle changé ? L'avait-elle déjà oublié, comme on pouvait oublier un gant ou une boucle de botte perdus lors d'un voyage ? C'était ce qu'il redoutait le plus, car, craignant d'être surveillé, il s'était interdit toute correspondance avec elle. À présent qu'il voguait vers la jeune femme, il espérait qu'elle comprendrait ses précautions. Excepté lui-même, le galion sur lequel il avait embarqué ne transportait aucun passager. Le bâtiment convoyait une cargaison d'huile, qu'il échangerait à Naples contre du vin.

Au-dessus de lui, le ciel semblait couvert d'un voile de gaze. Sa blancheur immaculée rappelait la peau d'ivoire de Julia. Le souvenir de leur dernière rencontre lui revint alors en mémoire. Sous une chaleur accablante, il l'avait attendue dans une ruelle située non loin du *palazzo* Madama et de l'église San Luigi dei Francesi. La servante était apparue au bout de deux heures, lorsque le soleil avait atteint son zénith. Au bord de l'insolation, il avait failli croire à un mirage. Elle avait revêtu une robe de lin bouffante, au corsage largement décolleté, qu'elle maintenait resserrée à la taille à l'aide d'une fine étoffe écrue. Ses pieds étaient chaussés de sabots polis, et elle avait noué des nœuds dans ses cheveux.

« Allons dans les jardins du Pincio, avait-elle glissé en guise de salutation. Il n'y a personne là-haut à l'heure du déjeuner ! »

Elle s'était accrochée à son bras et, la tête sur son épaule, elle l'avait entraîné vers le nord en direction de la *piazza* del Popolo. Marchant ainsi comme deux amoureux, ils avaient longé la *via* Leonina jusqu'à la vaste place dominée par l'obélisque flaminien. Ils étaient ensuite montés dans les jardins de Lucullus, aménagés à flanc de colline. Tandis qu'ils s'enfonçaient dans la végétation luxuriante, Enrico avait essayé d'interroger la domestique d'un ton désinvolte.

« Pourquoi Del Monte vous a-t-il envoyée chez le cardinal Borghese ? Sauf votre respect, vos talents de cuisinière ne peuvent être l'unique raison de ce choix. »

Julia l'avait regardé de côté.

« Vous n'êtes pas encore familiarisé avec les mœurs romaines, Enrico. Del Monte, Giovan Battista Merisi, Cavaliere D'Arpino. Tous appartiennent à la même communauté. Ils cultivent l'amour grec.

— Il n'y avait donc pas de place pour une jolie femme dans ce cercle-là ! » en avait-il conclu.

Il n'avait pas osé dire « jolie femme aux appas plantureux », même si Julia ne paraissait pas d'humeur à se formaliser ce jour-là.

« En effet, ces gens ne montrent aucun intérêt pour les gorges épanouies et les hanches rondes. Ils ont un autre idéal de beauté. Caravaggio ne s'en est pas aperçu immédiatement. Il ne pensait qu'à ses tableaux, non aux garçons qu'il employait comme modèles. Je peux le confirmer, il a glissé plusieurs fois la main sous mes jupes. Par la suite, il a peut-être changé d'avis. »

Enrico, la gorge sèche, avait regretté de ne pas avoir emporté de l'eau et du vin avant d'entamer l'ascension du Pincio.

« Il est tombé de Charybde en Scylla. Après avoir acquis une certaine réputation, il a voulu se distancier de D'Arpino, mais il a été recueilli par Del Monte, qui partageait les mêmes goûts que son ancien maître. »

Enrico avait alors compris à ce moment-là pourquoi D'Arpino était tant terrorisé par l'Inquisition. Mais avant qu'il puisse poser d'autres questions, Julia lui avait fait quitter le chemin. Le précédant dans les sous-bois pentus, elle l'avait guidé jusqu'à une petite clairière isolée, à l'abri des regards.

La servante s'était brusquement retournée pour lui faire face. Comme le terrain incliné la grandissait, elle le dominait légèrement. D'une main, elle avait redressé le menton d'Enrico. Lorsqu'elle s'était penchée pour l'embrasser, ses seins avaient effleuré le torse du jeune homme, et il avait senti à travers le lin ses mamelons durcis.

Enrico s'étira nonchalamment en contemplant la mer Tyrrhénienne. Il sourit lorsqu'il songea à ce qui s'était ensuite passé dans les jardins du Pincio. Julia s'était littéralement jetée sur lui. L'espace d'un instant, il s'était senti coupable vis-à-vis de Nerina, mais il n'avait pas repoussé la jolie domestique. Tous deux s'étaient aimés avec fougue dans cet éden de verdure.

Peu de temps après, il avait quitté Rome en catimini. Par précaution, il n'avait pas prévenu Julia de son départ.

À l'horizon, il crut apercevoir une fine bande de terre au-dessus de laquelle s'amoncelaient des nuages. La Sardaigne, supposa-t-il. Durant un battement de cils, il s'imagina prendre là-bas un nouveau départ et ne plus jamais remettre les pieds dans le nid d'intrigues qu'était Rome. En pleine mer, il avait l'impression d'être entièrement libre et de pouvoir rompre toutes ses attaches.

Cependant, on avait besoin de lui à Naples. Il tenait à revoir Nerina, et il devait exposer à Michele le plan ingénieux de Ferdinando Gonzaga.

Si le pape était réellement impliqué dans le meurtre de Ranuccio Tomassoni, il fallait utiliser cette information pour faire pression sur lui. S'ils manœuvraient habilement, ils pourraient obtenir la grâce de Caravaggio et freiner la dérive conservatrice de Paul V. Avec le temps, le pontife tombait de plus en plus dans la dévotion et se rapprochait progressivement du parti espagnol. N'était-il pas en train d'enlever de la basilique San Pietro toutes les œuvres d'art qui montraient un certain renouveau de l'Église ? La contre-réforme se durcissait de jour en jour, et la menace d'une nouvelle guerre de religion se profilait dangereusement à l'horizon. Même si les Français et les Italiens formaient au sein de la curie un contrepoids à la bigoterie espagnole, ils n'étaient pas assez puissants pour apaiser l'atmosphère de tension qui régnait en Europe.

L'idée de Ferdinando Gonzaga plaisait à Enrico. Son maître voulait influencer le pape en le menaçant de révéler tout ce qu'il savait. Afin d'éviter un scandale, Camillo Borghese serait contraint de lâcher du lest et de le nommer cardinal. Une fois Caravaggio absous, il faudrait faire revenir le peintre à Rome et lui obtenir de nombreuses commandes. Ses tableaux contribueraient ainsi à changer l'image de l'Église catholique.

Enrico se laissa porter par ses pensées et finit par s'endormir. Lorsqu'il se réveilla, le jour était sur le point de se lever. Au-dessus de lui s'étirait la Voie lactée. Son dos était douloureux après une nuit passée dans un rouleau de cordage, mais il ne pouvait détacher son regard de la bande blanchâtre qui luisait sur la voûte céleste. Il avait l'impression que le groupe d'étoiles traçait son voyage entre Rome et Naples sur la gigantesque carte du firmament. Il y vit la confirmation symbolique de sa mission.

En aidant son maître à revêtir la pourpre, il obtiendrait de l'avancement. Jusqu'alors simple précepteur d'un jeune aristocrate, il deviendrait conseiller d'un cardinal.

Satisfait, il se cala dans le cordage et laissa vagabonder son esprit. Il revit le corps d'albâtre de Julia, puis tenta d'imaginer celui plus cuivré de Nerina.

Un mouvement brusque du bateau l'arracha à ses rêveries. Un officier aboya des ordres, et des matelots s'élancèrent dans les haubans. Le galion s'inclina sur un bord.

Se redressant péniblement, Enrico s'approcha du bastingage. Les flots avaient pris une teinte rouge sang. Le vaisseau entrait dans la baie de Naples sous les feux de l'aurore.

22

Lorsque Nerina essaya de bouger le pied, elle hurla de douleur. Comme elle ouvrait les yeux, la mémoire lui revint. Elle se souvint de la visite nocturne de l'hospitalier et de sa blessure au talon. Épuisée, les nerfs à vif, elle avait fini par s'écrouler sur le sol de sa chambre et s'était endormie. À présent, le jour se levait.

L'apprentie se redressa avec peine en s'agrippant à son lit. De violents élancements parcouraient sa jambe. Il lui fallait quitter le logement au plus vite. Si le tonsuré revenait, elle serait à sa merci, et, après ce qui était arrivé à Lena, elle savait quel sort il réservait aux femmes sans défense.

Elle tenta de boitiller jusque dans l'atelier en prenant appui contre le mur. Au bout de quelques pas, hors d'haleine, elle dut faire une pause. Lorsqu'elle posa la main sur son front, elle sentit que sa peau était chaude et moite. Elle avait sans doute de la fièvre.

En proie à une vive agitation, elle ne songeait qu'à une chose : s'enfuir de l'appartement et prévenir Michele.

La jeune femme progressa lentement vers la porte d'entrée, restée ouverte. Parvenue sur le seuil, elle se félicita de ne pas avoir crié malgré les douleurs atroces qui irradiaient jusque dans son ventre. Nonobstant son état, elle se força à la prudence. Après avoir jeté un coup d'œil sur le palier, elle se glissa hors de l'atelier et se dirigea vers l'escalier en claudiquant.

À cet instant, elle entendit des pas feutrés en contrebas. L'hospitalier s'était-il dissimulé pour surveiller leur logement ? Elle se figea brièvement et s'efforça de maîtriser sa respiration saccadée. Puis, suivant son instinct, elle gravit les marches pour se cacher à l'étage supérieur.

Malgré ses efforts, elle avait l'impression d'ahaner comme un portefaix sous un lourd fardeau. Un sentiment de panique la gagna. Elle avait pris la mauvaise décision en cherchant à s'enfuir. Pourquoi n'avait-elle pas attendu Michele dans l'atelier ? Leur adversaire savait maintenant qu'elle était là. Il n'aurait aucun mal à la rattraper.

Nerina serra les poings. Même si la fièvre commençait à embrumer son esprit, elle vendrait chèrement sa peau. Derrière elle, les pas se rapprochaient. Elle fit volte-face, mais ne vit personne dans la cage d'escalier plongée dans la pénombre. Au moment où elle s'apprêtait à se remettre en marche, elle aperçut une silhouette noire se couler le long du mur.

Elle voulut pousser un cri de terreur, mais aucun son ne sortit de sa gorge. Voyant l'ombre approcher, elle se débattit furieusement sans prendre garde à sa blessure. Une douleur insoutenable ne tarda pas à la submerger, et les ténèbres l'engloutirent.

Elle sentit qu'on la portait, puis qu'on la déposait sur une surface moelleuse. Elle avait l'impression de revenir des profondeurs d'un puits sans fond, mais elle n'arrivait pas à remonter jusqu'à la surface. La peur déferla en elle comme une lame de fond. Qu'allait-on lui faire subir ? À cet instant, une main douce et fraîche caressa ses cheveux. Apaisée, elle se laissa aller. Elle vit une lumière briller au bout du conduit obscur où elle se trouvait. De nouveau, elle sentit la main, qui semblait la guider vers la clarté diffuse.

L'obscurité qui l'entourait se dissipa. Que lui était-il arrivé ? Elle se souvint vaguement de l'intrusion de l'hospitalier. Puis les souvenirs se précisèrent. Le tonsuré avait détruit le précieux tableau de Michele ! Où était son mentor, d'ailleurs ? Elle devait le prévenir de toute urgence !

Incapable d'ouvrir les yeux, elle redressa la tête, mais lorsqu'elle essaya de bouger la jambe, une onde de douleur la força à se rallonger. Son cœur s'emballa et ses mains devinrent moites. Peu à peu, son esprit s'embruma. Comme bercée dans de la ouate, elle finit par s'assoupir.

Par moments, elle percevait des bruits autour d'elle, sans pouvoir les identifier. Elle avait perdu toute notion du temps.

Entre deux périodes de sommeil, elle crut sentir des mains masculines la soulever pour l'emporter ailleurs. La panique revint lorsqu'on remonta sa robe et que des doigts se posèrent sur sa cuisse. Elle se mit à hurler et à se démener. Plusieurs inconnus l'immobilisèrent. C'est alors que la douleur fit son retour. Plus forte que jamais. Brûlant littéralement de l'intérieur, Nerina pensa être arrivée en enfer. De nouveau, elle s'enfonça dans les ténèbres.

Quelqu'un se tenait près de son lit et lui parlait. Un homme. Elle sentit un tissu imbibé d'eau sur son front. On la lavait. Bougeant le bras le long de son corps, elle remarqua qu'elle était nue. On l'avait déshabillée. Ses lèvres tremblèrent. Avec une violence soudaine, elle se débattit. Elle ne voulait pas être dénudée et lavée par un homme. Lorsqu'elle s'agita, elle sentit qu'on avait posé des compresses humides sur sa jambe blessée. Une sensation de brûlure intense irradia de son talon jusqu'à l'aine, puis gagna son cœur. Elle avait l'impression de rôtir sur un gril. On l'enveloppa alors dans des linges mouillés, mais son martyre ne cessa pas pour autant. C'était comme si elle était allongée sur une plage et que le soleil calcinait sa peau. Des mains rugueuses couraient sur son corps. Elle ne voulait pas de ces doigts râpeux sur son ventre, sur sa poitrine.

Des voix chuchotaient près de sa couche, tantôt proches tantôt lointaines. Nerina essaya de répondre. En vain. Elle s'entendit bredouiller des syllabes incompréhensibles. Les paupières hermétiquement closes, elle remarqua que le monde autour d'elle s'obscurcissait. Au même moment, elle perçut un bourdonnement monotone. Le son, qui était en elle, s'amplifia rapidement, de plus en plus aigu, et lui tarauda le crâne. Au paroxysme de la douleur, il s'arrêta brusquement, faisant place à un silence absolu qui flottait au milieu d'une nuit sans fond.

Lorsqu'elle ouvrit les yeux, tout était flou. Elle discerna vaguement un plafond au-dessus d'elle, et une cloison de bois derrière laquelle devait se trouver une fenêtre, car de la lumière filtrait à travers les planches. À l'évidence, elle se trouvait dans une sorte d'alcôve. Un drap humide recouvrait son corps nu.

Elle voulut se redresser sur son séant, mais ses membres refusèrent de lui obéir. Elle se sentait tellement faible qu'elle était incapable de lever ne serait-ce qu'une main.

« Dieu soit loué, vous êtes vivante, Nerina ! »

Elle connaissait cette voix, sans pouvoir toutefois l'associer à une personne. En tournant la tête, elle vit une ombre écarter la portière de tapisserie qui fermait l'alcôve.

L'apprentie essaya de répondre, mais seul un croassement s'échappa de sa gorge. Ses cordes vocales semblaient rouillées, faute d'exercice.

« Que s'est-il passé ? parvint-elle finalement à balbutier.

— La fièvre vous a fait parler. D'après ce que j'ai pu comprendre, vous vous êtes blessée dans votre chambre. C'est Michele qui a ôté le clou fiché dans votre talon. Il vous a ensuite amenée ici. »

Michele ! La mémoire lui revint soudainement. Elle devait le prévenir. De nouveau, elle tenta de se redresser. Cette fois, elle réussit à s'appuyer sur ses coudes.

« L'hospitalier…

— Nous savons ce qui est arrivé. Michele a quitté Naples. »

Nerina n'en crut pas ses oreilles. Son mentor n'était plus à Naples ? Mais où était-il, alors ? Elle se laissa retomber sur sa couche et ferma les yeux. Une odeur d'huile de lin et de jaune d'œuf séché lui monta aux narines. Elle ignorait où elle se trouvait, mais quelqu'un peignait dans cet endroit.

L'homme qui lui avait parlé s'assit au bord de son lit. Il l'aida à se redresser et lui glissa un coussin derrière le dos. Elle perçut alors le parfum délicieux d'une soupe. Une cuillère toucha ses lèvres. Elle avala avec avidité le potage qu'on lui offrait. La faim devait tenailler son estomac depuis longtemps, mais elle ne s'en était pas rendu compte.

Rouvrant les paupières, elle constata que sa vue avait retrouvé une certaine acuité. Elle découvrit à son chevet un visage qu'elle ne s'était pas attendue à voir ici.

« Enrico ? bredouilla-t-elle avec stupéfaction. C'est bien vous ?

— En chair et en os. Vous ne rêvez pas. »

Elle ne savait pas si elle devait se réjouir ou se mettre en colère. Le précepteur ne lui avait donné aucune nouvelle depuis près de six mois, et voilà qu'il surgissait à présent du néant.

« Comment m'avez-vous retrouvée ? »

Heureusement, elle arrivait à articuler de mieux en mieux les mots.

« Je vous ai cherchée durant plusieurs jours. Finalement, c'est Caravaggio que j'ai déniché au fond d'une taverne. Il avait abandonné votre atelier après la visite nocturne de l'hospitalier.

— Où suis-je ?

— Dans l'un des *bassi* situés de l'autre côté de la ruelle. C'était une idée de Michele. Francesco et Cesare ont accepté de vous loger. Une violente fièvre accompagnée de délire vous a alitée pendant trois semaines. Vous êtes restée presque tout le temps inconsciente. Nous avons bien cru que…

— Nous ?

— Oui. Michele a attendu que votre état s'améliore avant de partir. Il n'a quitté Naples que depuis quelques jours. »

Nerina ferma de nouveau les yeux. Son corps était encore très faible, mais son esprit avait retrouvé toute sa lucidité. Si Michele l'avait cachée chez les deux frères sculpteurs d'en face, c'était certainement pour la protéger de l'hospitalier.

« Qui a pansé mon pied ? Michele ? »

Un sourire fugace passa sur le visage d'Enrico.

« En effet. Ce qui n'a pas été chose facile, car vous vous êtes défendue comme une lionne. Dans votre délire, vous avez pensé qu'on vous agressait. Deux semaines après, Caravaggio avait encore des bleus partout. » Il marqua une pause avant de reprendre : « Nous étions très inquiets pour vous. Mais vous semblez dotée d'une solide constitution… Vous étiez brûlante. On aurait dit que la fièvre vous consumait de l'intérieur. Au début, nous avons dû changer constamment les enveloppements.

— C'est donc vous qui m'avez déshabillée ?

— Michele et moi. Je vous demande pardon, mais nous ne pouvions pas vous laisser mourir. »

Nerina rouvrit les paupières et regarda Enrico. Son inquiétude paraissait sincère.

« Pourquoi n'avez-vous pas fait appel à une femme ? Une guérisseuse aurait pu me soigner. »

Elle avait volontairement imprimé à sa voix une note d'agacement. Gêné, Enrico baissa la tête.

« Nous y avons songé, mais cela nous a paru trop dangereux. Caravaggio ne voulait pas que trop de personnes sachent où il vous avait cachée. »

L'argument faisait sens. Elle ne pouvait pas en vouloir à Enrico et à Michele de s'être occupés d'elle. Même si, en prodiguant leurs soins, ils avaient vu ce qu'aucun homme n'avait eu le droit d'apercevoir jusqu'à présent. Machinalement, elle porta la main à son cou. À son grand soulagement, ils ne lui avaient pas enlevé son pendentif.

« Merci pour votre aide », murmura-t-elle.

Le précepteur hocha la tête avant de désigner le drap qui la recouvrait.

« Il faut le changer. Mais vous êtes encore trop faible pour vous en occuper toute seule. Fermez les yeux et ne pensez pas au fait que je pourrais examiner votre corps. Je vous promets de regarder ailleurs. »

Il retira le drap humide et le remplaça promptement par un propre.

« Je perçois une odeur d'huile de lin. Michele a-t-il peint, ici ?

— La *Tête de saint Jean-Baptiste*. Il tenait absolument à la peindre encore une fois. Il m'a demandé d'emporter la toile à Rome, mais je préfère la laisser à Naples pour le moment. On n'est jamais trop prudent. »

Bien sûr. D'après Michele, le tableau était leur sauvegarde. Comme on l'avait détruit, il avait décidé d'en réaliser un autre exemplaire.

« Où est-il, maintenant ? Vous a-t-il révélé sa destination au moment de partir ? »

Enrico, qui avait repris le bol de soupe, acquiesça d'un air grave. Il lui tendit une cuillère pleine, qu'elle ingurgita sans se faire prier.

« Caravaggio est parti pour Malte. »

Nerina faillit s'étrangler en avalant de travers. Elle recracha le potage et toussa bruyamment.

« Malte ? Le bastion des hospitaliers ? Serait-il las de vivre au point d'aller se jeter dans la gueule du loup ? »

23

« Cette rumeur doit cesser de se propager, Scipione. J'espère que vous n'en êtes pas l'instigateur ! »

Scipione, qui observait son oncle, mit la main devant la bouche pour dissimuler un sourire narquois. Les pans de la soutane pontificale volaient tandis que Paul V marchait à grandes enjambées autour de son bureau comme s'il était poursuivi par une puissance invisible.

« Les retombées politiques et diplomatiques seront désastreuses ! Mais qui peut bien insinuer que la curie et le pape lui-même auraient tenté de piéger Caravaggio en faisant tuer Tomassoni lors de cette maudite partie de paume au Campo Marzio ? »

Scipione contempla avec satisfaction ses ongles soigneusement polis, dont la blancheur aurait pu concurrencer l'habit papal. Les émissaires du roi d'Espagne avaient exigé du Saint-Siège une enquête approfondie. Au sein du Sacré Collège, les membres du parti italien s'étaient distanciés du souverain pontife, et ceux du parti français hésitaient à clamer leur indignation.

Pour le jeune Borghese, cette situation houleuse était une aubaine, et il comptait bien en tirer profit.

« J'ai entendu dire que vous aviez confisqué chez D'Arpino toute une série de tableaux réalisés par Caravaggio. Est-ce exact ? »

Son oncle se figea net.

« Comment avez-vous obtenu cette information, mon neveu ? Je ne vous ai pas nommé cardinal pour que vous me fassiez espionner. »

Poings serrés, il s'avança d'un air menaçant vers Scipione, qui ne se laissa pas intimider.

« Ce que j'entends, Rome l'entend aussi. Je ne complote pas contre vous, mon oncle. Mais cette rafle chez D'Arpino n'a fait qu'attiser les suspicions. »

Paul V se remit à marcher de long en large. Ses pas résonnaient dans la pièce fastueuse. Avec le temps, Scipione éprouvait une sorte d'écœurement devant la magnificence ostentatoire des appartements pontificaux. Il se sentait oppressé par les divers éléments de décoration – de goût souvent douteux – que les papes avaient ajoutés au cours des siècles. Dans certaines salles du palais, il avait l'impression de visiter un piètre cabinet de curiosités. Dans la villa qu'il se faisait construire sur la colline du Pincio, il voulait que les œuvres d'art fusionnent avec l'architecture du bâtiment.

Soudain, le pontife s'arrêta et battit des mains. Un prêtre efflanqué apparut dans l'encadrement de la porte. Vêtu d'une simple soutane noire, l'homme s'inclina révérencieusement.

« Les tableaux, Alexis ! »

Scipione, étonné, regarda le corbeau s'éloigner. De quels tableaux parlait son oncle ?

« Vous allez être surpris, mon neveu, mais c'est à vous que je pensais en faisant confisquer ces toiles chez D'Arpino. Puisque vous êtes si féru des œuvres de Caravaggio.

— Je ne suis pas le seul.

— Oh, je le sais bien. D'ailleurs, Del Monte a été plus rapide que moi.

— Plus rapide ?

— Il m'a devancé en achetant au Cavaliere ses plus beaux tableaux ! »

Quelques instants plus tard, des laquais entrèrent dans la pièce, chargés d'une dizaine de cadres. Scipione comprit alors ce que voulait dire son oncle. Il ne s'agissait que de petits formats. Des natures mortes, des études et des esquisses préparatoires. Ce n'étaient certes pas des chefs-d'œuvre, mais ces toiles de jeunesse permettaient de mieux saisir l'évolution de l'artiste. Ce qu'il avait sous les yeux valait de l'or.

« Je vous laisse ces barbouillages, Scipione. Emportez-les avant que je les jette dans la cheminée. »

Le jeune cardinal se racla la gorge.

« Vous avez fait saisir ces tableaux afin de me les offrir ?

— Un cadeau pour votre nouvelle résidence dans les jardins du Pincio. »

Scipione jeta au pape un regard méfiant. Camillo Borghese n'agissait jamais de manière désintéressée. S'il lui faisait présent de ces toiles, il avait certainement quelque chose en tête.

« Que désirez-vous en contrepartie, mon oncle ? »

Scipione s'approcha d'un valet qui portait une nature morte. Croisant les mains dans le dos, il contempla le bouquet de fleurs. Avec un réalisme à couper le souffle, Caravaggio avait peint des feuillages flétris pour souligner le caractère éphémère de sa composition. C'était ce genre de détail qui le rendait unique.

« Je n'attends rien en retour, Scipione. Veillez seulement à faire taire la rumeur sur mon implication dans cette histoire de meurtre au Campo Marzio. Trouvez l'auteur de ce racontar, donnez-lui tout l'argent qu'il souhaite, mais je veux que cela cesse ! »

Scipione sourit en son for intérieur. Il était arrivé exactement où il voulait sans avoir à lever le petit doigt. Malgré tout, il devait feindre une certaine réserve pour ne pas donner l'impression que la situation l'arrangeait.

« Je suis prêt à vous aider, mon oncle, néanmoins je vous rappelle que vous m'avez explicitement interdit de m'occuper de tout ce qui touchait à Caravaggio de près ou de loin. »

Le pape devint cramoisi et posa les poings sur son bureau.

« Croyez-vous que je ne sois pas au courant de vos agissements ? Je sais que vous avez secrètement envoyé le *prete rosso* à Naples pour qu'il achète là-bas des toiles de Caravaggio ! Pensez-vous que porter la tiare m'ait rendu stupide ? Faites ce que je vous ai demandé et débarrassez-moi de ces toiles ! »

D'un geste autoritaire, il chassa les laquais, qui s'empressèrent de quitter la pièce.

Scipione ne se laissa pas démonter par cet accès de colère avunculaire. Bien sûr, il savait que les espions du pape le surveillaient, et il les gratifiait régulièrement d'informations choisies avec soin pour donner le change.

« Il y a deux manières de combattre la rumeur, dit-il d'un ton désinvolte. Vous pouvez facilement museler son auteur, qui n'est autre que le jeune Gonzaga. Il est prêt à tout pour recevoir la barrette. Vous devriez enfin y consentir. »

Paul V avait visiblement du mal à contenir sa fureur. Il avait déjà rejeté l'idée quelques mois plus tôt, mais, cette fois-ci, il était acculé et cela l'enrageait.

« Ce blanc-bec d'à peine vingt ans ? Cardinal ?

— Il est de notre côté. Sa nomination renforcerait le parti italien.

— Je n'ai pas besoin de renfort.

— Tout le monde voit que vous vous rapprochez de plus en plus de l'Espagne et que vous retirez votre amitié à certains amis de longue date. Mais l'influence des protestants ne cesse de grandir en Europe. Il n'est pas exclu qu'un conflit éclate prochainement. Et si tel était le cas, mieux vaut avoir le soutien inconditionnel de Rome et de Paris, plutôt que les molles promesses de Madrid. »

Camillo Borghese frappa du poing sur sa table de travail. Le pontife n'aimait pas qu'on lui dicte sa politique, Scipione le savait, mais il ne pouvait pas se passer du clan italien. Et Ferdinando Gonzaga était réellement un allié. En plus, le jeune homme était comme son père un amateur d'art éclairé, ce qui ne gâchait rien.

« Vous avez parlé de deux manières de combattre la rumeur, grogna Paul V. Quelle est la seconde ?

— Il faudra vous résoudre à rappeler Michelangelo Merisi. Tant qu'il est en exil, la rumeur persistera. Elle ne disparaîtra complètement que lorsque le pape lui fera grâce. Dans l'esprit du peuple, l'instance qui l'absout ne peut être celle qui l'a chassé de la ville. »

Le souverain pontife avait écouté en silence, mais ses mains cramponnées au bureau laissaient deviner combien l'idée de son neveu le hérissait.

« Vous rendez-vous compte de ce que vous me demandez de faire, Scipione ? maugréa-t-il en s'efforçant de contenir sa rage. Nommer cardinal ce béjaune de Gonzaga, passe encore. Mais Caravaggio ne remettra plus jamais les pieds à Rome. Pas tant que je vivrai. Je m'évertue depuis des mois à faire rentrer l'Église dans son lit, afin de canaliser ses flots tumultueux qui ne cessent de se diviser, et vous voulez que je gracie ce peintraillon pour qu'il puisse de nouveau pervertir ma cité avec ses toiles hérétiques ? Pas question ! Il n'y aura point de pardon ! »

Scipione acquiesça distraitement. Il venait de remporter une première victoire. Son oncle avait implicitement donné son accord pour nommer cardinal le jeune Ferdinando Gonzaga. Il aurait donc bientôt un puissant allié à ses côtés. Le retour de Caravaggio à Rome n'était plus qu'une question de temps.

24

Depuis sa couche, elle observait Enrico qui balayait le *basso* des frères sculpteurs. Un travail de Sisyphe. Le vent marin ne cessait de faire entrer la poussière des rues dans l'atelier dépourvu de porte. Les mouvements du jeune homme, puissants et souples, rappelaient ceux d'un félin.

Nerina se leva et fit quelques pas dans l'alcôve avant de se rallonger. Dans une semaine, elle serait entièrement remise. La nuit, sans Michele pour faire du bruit, elle pouvait dormir d'un sommeil réparateur, et la journée Enrico s'occupait d'elle. Il préparait à manger, massait sa jambe blessée et lui lisait des passages de l'*Énéide* de Virgile. Elle n'aurait pu rêver meilleure convalescence. Enrico lui avait raconté qu'il avait appris certaines pratiques guérisseuses à l'école du couvent bénédictin de Mantoue avant de partir étudier le droit à Bologne.

Absorbée dans ses pensées, elle sentit brusquement la main du précepteur sur son bras. Elle ne s'était même pas rendu compte qu'il s'était assis au bord de son lit.

« À quoi songiez-vous ? » s'enquit-il avec douceur.

Ses yeux riaient. Nerina avait remarqué que, quand il la regardait ainsi, une sensation de chaleur se répandait au creux de son ventre.

« À vous, Enrico !

— En bien, j'espère. »

Elle acquiesça avant de poser la main sur la sienne.

« Pourquoi faites-vous cela, Enrico ? Vous n'avez aucune raison de rester ici. »

Un éclair passa dans ses prunelles sombres.

« Parce que j'aime vous avoir près de moi », avoua-t-il en baissant la tête.

Nerina rit pour masquer sa gêne.

« Pourtant, changer les draps et préparer à manger, ce n'est pas très passionnant. »

Enrico lui décocha un regard espiègle.

« Oh, ce que j'ai pu voir au début de mon séjour était très prometteur… »

Elle mit un moment à comprendre son allusion.

« Vous êtes un malotru, si vous avez profité de ma faiblesse pour vous rincer l'œil… »

Il appliqua doucement l'index sur la bouche de Nerina. Puis, passant la main sous sa nuque, il la redressa avec précaution jusqu'à ce que leurs nez se frôlent.

Elle ferma alors les yeux. Après un temps qui lui parut une éternité, il posa enfin les lèvres sur les siennes. Une onde de chaleur la parcourut aussitôt.

« Tu étais magnifique », murmura-t-il.

Elle resta immobile, les paupières closes. Ainsi, il l'avait contemplée dans sa nudité lorsqu'elle était en proie à la fièvre. Aurait-elle fait de même si la situation avait été inversée ? Certainement, car cet homme l'attirait depuis leur première rencontre.

« Alors, je t'ai plu malgré mes claquements de dents et mes délires ? »

Ils étaient passés tout naturellement au tutoiement. Elle sentit les doigts d'Enrico suivre les lignes que son corps dessinait sous le drap de lin. Mais les gestes du précepteur semblaient légèrement distants, comme s'il hésitait. Un frisson descendit le long de son échine, et elle rouvrit les yeux. Enrico, penché au-dessus d'elle, avait l'air absent.

« Je dois partir. »

Ces trois mots la giflèrent tel un soufflet.

« Partir ? répéta-t-elle, incrédule.

— Je ne peux pas rester.

— Pourquoi ?

— Ferdinando Gonzaga m'a envoyé à Naples pour acheter des tableaux. Mais ceux que Michele a peints ici ont déjà trouvé preneurs. Le seul que je peux rapporter, c'est la *Tête de saint Jean-Baptiste*, et il n'est pas à vendre. La semaine dernière, j'ai reçu un message de mon maître me demandant de rentrer à Rome. Il va être nommé cardinal, et il a besoin de moi. »

Nerina garda le silence. Qu'avait-elle espéré ? Qu'il continue indéfiniment à se cacher avec elle dans cet atelier obscur ? Qu'il ait fait brusquement fortune et qu'il la prenne pour concubine ? Tout cela était absurde.

« J'ai besoin de toi, Enrico », souffla-t-elle d'un ton désespéré. Passant les bras autour de son cou, elle couvrit de baisers son menton mal rasé. « Je pensais que toi et moi…

— Rentrons ensemble, proposa-t-il. À Malte, Michele est sous la protection du grand maître de l'ordre de Saint-Jean de Jérusalem. Il ne lui arrivera rien. Le pape finira bien par lui accorder la grâce qu'il attend avec tant d'impatience. Dans quelques mois au plus tard, il fera un retour triomphal à Rome. »

Ses forces commençaient à faiblir, mais elle ne voulait pas lâcher le cou d'Enrico. Elle avait besoin d'être blottie contre lui, de respirer son odeur. Il la soutint délicatement et l'embrassa de nouveau.

Elle écarta le drap qui la recouvrait. Enrico l'avait déjà vue entièrement nue, elle n'avait plus rien à cacher. Son seul souhait était de l'étreindre sur son cœur, de s'unir avec lui pour ne former – même un court moment – qu'un tout.

Nerina s'étendit et attira vers elle le jeune homme, qui se déshabilla en un tournemain. Elle sentit son poids et sa force, son haleine chaude. Leurs respirations se firent de plus en plus courtes, et leurs sueurs s'entremêlèrent pour les souder l'un à l'autre. Une douleur vive la traversa, avant qu'une jouissance infinie éclate en elle. Cette explosion de sensations la laissa pantoise.

Enrico, essoufflé lui aussi, posa la tête sur sa poitrine.

« Viendras-tu avec moi, Nerina ? »

Elle aurait aimé dire oui, s'endormir dans ses bras pour s'enfuir dès le lendemain avec lui. Mais quelque chose la retenait. Michele avait besoin de son aide. Sans elle, il se laisserait détruire par la boisson. Et il avait montré à plusieurs reprises qu'il tenait à elle. Ne l'avait-il pas soignée après la visite nocturne de l'hospitalier ? Elle savait qu'elle était plus qu'une simple gouvernante à ses yeux. L'artiste ne la considérait pas comme une maîtresse potentielle, mais plutôt comme un compagnon de voyage sur lequel il pouvait compter en toutes circonstances. Devait-elle l'abandonner maintenant à son destin et suivre Enrico ? Ce qu'elle éprouvait pour le jeune précepteur était très intense. Toutefois, elle ignorait s'il l'aimait véritablement en retour.

« Il faut d'abord que je reprenne des forces, s'entendit-elle répondre d'une voix blanche. Ensuite, je me rendrai à Malte. Je ne crois pas que Michele soit hors de danger, là-bas. Pourquoi le tonsuré cesserait-il brusquement de le traquer ? Ce sinistre individu fait lui-même partie de l'ordre de Saint-Jean de Jérusalem. Il est peut-être de mèche avec le grand maître. »

S'appuyant sur un coude, Enrico caressa les cheveux noirs de Nerina. Après l'avoir longuement observée, il chuchota d'un air résigné :

« J'aurais dû me douter que tu agirais ainsi. Michele a dit que tu devais le rejoindre une fois que tu serais rétablie.

— Et c'est maintenant que tu me le racontes, maraud ? »

Elle s'était efforcée de prendre un ton railleur, mais elle sentit sa gorge se nouer. Sans qu'elle puisse s'y opposer, les larmes lui montèrent aux yeux. Elle n'essaya pas de les retenir.

Enrico se pencha pour sécher avec les lèvres les pleurs qui roulaient sur ses joues.

« Tu as raison, tu dois le rejoindre », argua-t-il avant de reposer la tête sur la poitrine de Nerina.

Elle sentit la rugosité de sa joue mal rasée et la chaleur qui en émanait. D'une main, il lui massa doucement le ventre. Peu à peu, le monde autour d'elle devint flou, et elle sombra dans une agréable torpeur. Des doigts d'Enrico s'échappait un flot d'énergie bienfaisante qui se déversait lentement en elle.

La tristesse soudaine qu'elle avait éprouvée en songeant à son départ pour Malte se dissipa. Elle savait qu'elle finirait par revoir le jeune précepteur. Un jour, Michele serait gracié et elle rentrerait à Rome.

« Nous nous retrouverons, je te le promets ! » murmura-t-elle avant de fermer les yeux et de s'abandonner complètement aux caresses d'Enrico.

25

« Nous avons un second passager à bord, j'espère que cela ne vous dérange pas ! »

C'était ce que le capitaine avait annoncé à Nerina peu après que la felouque eut quitté le port de Naples, et ces paroles résonnaient encore dans son esprit.

À tribord, l'orbe pourpre du soleil semblait fondre comme de la cire chaude en plongeant avec lenteur dans les flots ténébreux de la mer Tyrrhénienne.

La jeune femme partageait sous le pont une minuscule cabine avec l'autre voyageur, qu'elle n'avait pas encore vu. Chacun disposait de son espace, séparé par une simple toile de jute. Peu après le départ, elle avait entendu l'homme déposer ses affaires et s'allonger sur sa couchette. Depuis, il semblait passer le plus clair de son temps à dormir. La seule chose qui la dérangeait était son odeur. Une odeur entêtante qui lui semblait étrangement familière. C'était la raison pour laquelle elle était sortie prendre l'air.

Accoudée au bastingage, elle contempla les derniers rayons sanglants qui s'étalaient sur la mer, puis le soleil disparut définitivement derrière l'horizon. À cet instant, elle comprit qu'elle ne pouvait plus faire demi-tour.

Elle avait dû attendre des semaines avant de trouver un bateau qui se rendait à Malte. Durant l'hiver, peu de navires cinglaient vers ce caillou perdu au milieu de la Méditerranée. Mais sa patience avait fini par payer. À présent que le printemps se profilait, elle ne tarderait pas à revoir Michele.

Se redressant, elle tourna la tête pour observer les marins de l'équipage à la manœuvre. Ils étaient en train de déployer entièrement la grande voile triangulaire de la felouque.

Ce voyage constituait une rude épreuve. Ainsi, pour embarquer, elle avait dû se déguiser en homme. Le premier capitaine à qui elle s'était adressée au port de Naples l'avait dévisagée avec de grands yeux lorsqu'elle lui avait demandé s'il restait une place à bord de son navire. Il avait ensuite refusé catégoriquement de l'emmener. Les marins étaient superstitieux, et une femme seule – aussi jolie soit-elle – portait malheur.

Lors de sa seconde tentative, deux semaines plus tard, elle avait donc pris les devants et revêtu son costume de damoiseau. Dans un souci de réalisme, elle n'avait pas hésité à couper court ses cheveux de jais. Avec son menton charbonné et ses joues creusées par la fièvre, elle n'avait eu aucun mal à se faire passer pour un jeune Napolitain aventureux. En échange d'une somme exorbitante qu'elle avait empruntée à Enrico, le commandant de la felouque avait consenti à lui louer une cabine. Cabine qu'elle partageait avec un homme invisible dont l'odeur lui donnait des maux de tête. Pourquoi cet individu souhaitait-il se rendre à Malte ? D'après ce qu'elle avait entendu, l'île, couverte de maquis, n'avait rien d'attrayant.

Au-dessus d'elle claqua la voile latine. Sous la pression du vent, le bâtiment donna de la gîte. Nerina regarda vers la proue. Quelque part là-devant, dans l'obscurité, se dressait l'aride rocher de Malte. Elle ignorait combien de temps durerait la traversée. Cinq jours ou quatre semaines, tout dépendait des vents et des courants.

Le capitaine apparut soudain près d'elle. D'un geste ample, il désigna l'arrière de la felouque, où la mer moutonnait en dessinant des lignes divergentes ornées d'écume.

« Magnifique, n'est-ce pas ? Comme les cuisses écartées d'une donzelle ! »

Nerina tressaillit imperceptiblement. Le commandant se doutait-il de quelque chose ? Elle se reprit aussitôt. Désormais, elle évoluait dans un monde strictement masculin, où ce genre de commentaires abondaient.

« Qu'est-ce qui vous amène à Malte, si je puis me permettre ?

— Les affaires, éluda-t-elle.

— Ha, ha. »

Tout en l'observant, le capitaine retroussa le bout de sa moustache en croc. Nerina eut la désagréable impression d'être examinée comme un animal de foire. Il ne manquait plus qu'il la palpe, et le tableau aurait été complet.

« Pour faire des affaires, vos bagages sont bigrement menus ! »

Elle se toucha le crâne de l'index.

« C'est ce qu'il y a là-dedans que je vends.

— Oh, un érudit. Vous allez monnayer votre savoir auprès du grand maître ? Alof de Wignacourt sera ravi de vous rencontrer. C'est un homme cultivé, à ce qu'on dit. Un ami des arts et des sciences, mais surtout des sciences de la guerre. Êtes-vous inventeur d'armes nouvelles ?

— Non, mon domaine est l'architecture. » Voyant son interlocuteur la regarder sans comprendre, elle s'empressa d'ajouter : « Militaire, bien sûr. Je conçois des ouvrages fortifiés.

— C'est vrai que l'île a besoin de solides fortifications. Il y a moins de cinquante ans, les Turcs ont bien failli raser entièrement La Valette. S'ils ont été repoussés, c'est uniquement grâce au Seigneur et à un heureux concours de circonstances. »

Nerina se raidit. Son odorat l'avait avertie que quelqu'un d'autre n'allait pas tarder à s'immiscer dans la conversation.

« Les Turcs n'avaient que du jus de navet dans les veines. Et ils ont négligé leur ravitaillement. Quand on veut assiéger un caillou au milieu de la mer, il faut tout apporter avec soi : vivres, munitions, foin pour les chevaux. Ils se sont montrés négligents, et ils l'ont regretté. On n'attaque pas impunément les chevaliers de Dieu. »

La jeune femme tressaillit en percevant derrière elle la voix de son voisin de cabine. Le sinistre pressentiment qui l'habitait depuis qu'ils avaient levé l'ancre se vérifiait.

Se retournant lentement, elle reconnut aussitôt le tonsuré qui se frottait les yeux. À son pouce, la chevalière frappée de la croix des hospitaliers scintillait dans la lueur faiblissante du crépuscule.

Ainsi, il voguait lui aussi vers Malte. L'avait-il reconnue ? Elle réfléchit fébrilement à un moyen de s'esquiver.

« Allez-vous à Malte pour affaires ? » s'enquit l'hospitalier.

Elle était prise au piège. Sur un navire, on était contraint de s'entretenir avec les autres personnes à bord. On ne pouvait pas s'isoler, sous peine d'éveiller la méfiance de ses compagnons de voyage. Au même moment, elle s'aperçut qu'elle avait commis une grossière erreur. À cause d'elle, Michele était maintenant en danger. Juste avant son départ, elle avait tenu à récupérer la *Tête de saint Jean-Baptiste*. Enrico, hésitant, avait fini par accepter de lui rendre.

La toile roulée était dissimulée sous sa couchette. Si le tonsuré concevait le moindre soupçon, il fouillerait à coup sûr leur cabine. Elle devait donc impérativement trouver une autre cachette. Mais où faire disparaître un objet précieux sur un bateau ?

« Je suis ingénieur, répondit-elle en s'efforçant d'adopter un timbre grave. Je compte proposer mes services au grand maître. »

À ces mots, l'hospitalier se tourna vers elle pour la dévisager. Heureusement, elle portait un chapeau, et la nuit était en train de tomber. Malgré tout, elle eut toutes les peines du monde à refouler la panique qui la gagnait. Le froid la fit frissonner. Machinalement, elle faillit nouer les bras autour de son buste – un geste typiquement féminin. Elle se retint de justesse et glissa les mains dans les poches de son manteau.

« Le vent est frais, ce soir.

— Grâce à lui, nous arriverons plus vite à Malte.

— Ne soyez pas trop confiant, intervint le capitaine. Le vent peut tourner lorsque nous atteindrons la Sicile. Il m'est déjà arrivé de rester en panne trois semaines à Syracuse par manque de vent. »

Le tonsuré lui jeta un regard sceptique.

« Le temps nous est favorable. Nous n'aurons même pas à faire escale à Syracuse.

— Je regrette, *signore*, mais je dois débarquer des marchandises là-bas.

— Vous pourrez le faire au retour. Je vous paierai le double si vous brûlez les relâches. Avec un vent pareil, Malte n'est qu'à quelques jours de voile. »

Le commandant de la felouque parut peser le pour et le contre. L'appât du gain ne le fit pas hésiter longtemps.

« C'est d'accord, si votre copassager n'y voit aucun inconvénient. Et le supplément est à régler sur-le-champ. »

Nerina opina du chef. Bien sûr, elle n'avait rien contre le fait de voyager sans escale. Une traversée plus courte réduisait les chances d'être démasquée par l'hospitalier.

Le tonsuré tira de sous sa cape une bourse et paya le capitaine.

Nerina en profita pour s'éclipser.

« Bonne nuit, messieurs. La journée a été longue, j'ai besoin de repos. »

Les deux hommes la saluèrent d'un signe de tête. Elle se dirigea vers la poupe en tâchant de prendre une démarche masculine. Le navire continuait de fendre les flots en laissant derrière lui deux traînées d'écume qui miroitaient à la brume. Le tableau lui rappela les mots du commandant. *Comme les cuisses écartées d'une donzelle.* Finalement, comparer le navire à une vulve n'était pas si absurde.

Arrivée dans sa cabine, elle contempla un instant le rideau qui séparait son espace de celui de l'hospitalier, et préféra s'étendre sans ôter ses habits. Mieux valait ne pas prendre de risques. Se penchant sur le côté, elle passa la main sous sa couchette. La toile était encore à sa place. Pour tenter de se rassurer, Nerina se dit que le tonsuré ne pouvait se douter de l'existence d'une copie.

Bercée par le roulis, elle laissa divaguer ses pensées. Pourquoi n'avait-elle pas accepté d'accompagner Enrico à Rome ? Qu'allait-elle réellement faire à Malte ? Michele était capable de se débrouiller tout seul. Il finirait bien par retrouver une autre gouvernante. Elle n'était certainement pas la première femme à s'occuper de lui.

Nerina s'ébroua pour chasser cette idée. Michele l'avait aidée à plusieurs reprises ces dernières années, et elle ne l'abandonnerait pas. Il fallait qu'elle le prévienne de l'arrivée du tonsuré.

Elle avait dû s'assoupir, car elle tressaillit en entendant soudain son voisin entrer dans la cabine.

« Dormez-vous ? »

La jeune apprentie n'osa pas mentir.

« Presque. Que puis-je faire pour vous ?

— Vous êtes un artiste, si j'ai bien compris ?

— Le terme ne me paraît pas vraiment approprié, *signore*. Je ne suis qu'un ingénieur. On ne peut nier qu'il existe une certaine esthétique en architecture, mais je me consacre à l'utile, et non au beau.

— Malgré tout, cela vous intéressera sûrement d'apprendre que le célèbre Caravaggio séjourne en ce moment même à La Valette. »

La gorge de Nerina se noua. À travers la toile de lin, elle ne distinguait que la lueur d'une bougie. L'homme l'avait-il reconnue ?

« Caravaggio ? balbutia-t-elle. Le peintre qui s'est enfui de Rome parce qu'il aurait soi-disant assassiné quelqu'un ?

— Oh, c'est plus qu'une présomption. Son caractère querelleur est devenu légendaire. Ce criminel ferait un bon galérien.

— Le connaissez-vous donc si bien ?

— C'est un peintre scandaleux, mais on ne peut qu'admirer ses tableaux, qui sont empreints d'une émotion enivrante. »

Nerina ne s'attendait pas à pareille réponse. Les paroles de l'hospitalier laissaient transparaître une considération respectueuse.

« Vous êtes dithyrambique. Avez-vous donc vu ses toiles ?

— Je les ai toutes vues. Même *La Mort de la Vierge*, qui a suscité une si vive indignation aux quatre coins de l'Europe. Elle respire une sensibilité qu'on a du mal à attribuer à un buveur invétéré et un querelleur comme Caravaggio.

— D'après certaines rumeurs, on lui aurait mis le crime du Campo Marzio sur le dos pour le chasser de Rome. Caravaggio est peut-être ferrailleur, mais cela ne fait pas forcément de lui un meurtrier. »

L'hospitalier garda le silence. Un long moment s'écoula, puis Nerina l'entendit se déshabiller.

« Caravaggio est coupable, déclara-t-il finalement. Je le connais bien, il n'y a pas l'ombre d'un doute. En plus, ce n'est pas le premier meurtre qu'il a sur la conscience. »

La houle fit soudain gémir la coque du navire. La felouque s'inclina dangereusement sur un bord avant de se redresser avec lenteur. Nerina fut saisie d'un léger vertige. Que venait de dire le tonsuré ? Michele aurait déjà tué quelqu'un ?

« D'où tenez-vous cela ? demanda-t-elle en tentant de dompter sa curiosité.

— Notre voyage va durer encore quelques jours. Je vous raconterai peut-être cet épisode à l'occasion. Que Dieu vous garde. Je prierai pour vous. »

Elle l'entendit s'allonger sur sa couchette et marmotter une prière. Quelques instants plus tard, des ronflements retentirent de l'autre côté du rideau.

Nerina regarda longuement le plafond de la cabine sans parvenir à trouver le sommeil. Quelle histoire l'hospitalier allait-il lui servir ?

Livre III
1608-1609

« La lumière du soleil ne serait pas
aussi chère à nos yeux
si elle brillait constamment. L'ombre la rend plus claire,
et l'obscurité la fait paraître plus noble. »

FEDERICO BORROMEO, 1598

1

« *Madre mia !* »

Du regard, Nerina suivit le doigt tendu du capitaine et découvrit à l'horizon un banc d'épais nuages noirs.

« Une tempête se lève ! Inutile de rebrousser chemin, elle nous rattraperait avant que nous puissions regagner Syracuse. »

Nerveux, le commandant de la felouque aboya des ordres. L'équipage se dispersa aussitôt pour préparer le bâtiment à affronter la tourmente. On attacha fermement les marchandises dans la cale, on graissa les cordages afin d'éviter que le chanvre n'absorbe trop d'eau, et on ferma toutes les écoutilles.

Le capitaine se tourna ensuite vers ses deux passagers.

« *Signori*, retirez-vous dans votre cabine. Si vous ne supportez pas de rester à l'intérieur, attachez-vous quelque part sur le pont. Quand un homme est précipité par-dessus bord, on ne le retrouve jamais. »

Les heures qui suivirent parurent interminables à Nerina. Le temps passait si lentement que même les mouettes semblaient voler au ralenti dans le ciel assombri. Puis, soudain, tout s'accéléra. Les vagues se firent plus fortes, écumantes, et la felouque se pencha dangereusement sous les assauts du vent. Deux matelots se suspendirent à la bôme afin de décrocher la voile. Les bourrasques firent claquer violemment la toile triangulaire ; il ne fallut pas moins de quatre marins pour s'en saisir.

Assise sur le pont, Nerina s'était attachée avec un cordage. Non loin d'elle se trouvait l'hospitalier. Lui aussi n'avait pas supporté longtemps de rester enfermé dans leur cabine exiguë.

La jeune femme luttait contre la nausée ; elle n'avait encore jamais navigué sur une mer aussi démontée. Au loin, elle vit un rideau de pluie approcher rapidement. Des torrents d'eau ne tardèrent pas à s'abattre sur le bateau. Elle eut beau se recroqueviller, la brusque ondée la trempa jusqu'aux os en un instant.

La felouque roulait et tanguait dangereusement. Campé sur la poupe, le capitaine s'agrippait des deux mains à la barre du gouvernail.

« Espérons que nous atteindrons très vite le cap Passero, au sud-est de la Sicile ! Une fois en haute mer, le risque de naufrage sera bien moindre ! Et pour le moment, le vent est avec nous, il nous porte vers Malte ! »

Le tonsuré avait crié pour couvrir le hurlement des rafales et le gémissement des agrès. Nerina opina. Gênée par la corde qui meurtrissait ses reins, elle se redressa pour trouver une meilleure position. Elle remarqua alors le regard scrutateur de son voisin, qui l'examinait de la tête aux pieds. Baissant les yeux, elle vit que ses habits ruisselants d'eau collaient et révélaient sa silhouette.

Sous sa chemise trempée, on apercevait son pendentif et les bandages qu'elle portait pour dissimuler sa poitrine. La pluie avait eu raison de son déguisement.

D'un geste brusque, elle se détacha et gagna la poupe en se cramponnant au bastingage. À l'hospitalier qui l'observait avec étonnement, elle lança :

« Je vais me mettre à l'abri ! »

Une fois parvenue dans sa cabine, elle constata que le réduit sans fenêtre n'était pas forcément plus agréable que le pont. Elle y était certes au sec, mais elle se sentait complètement aveugle. Dehors, elle pouvait au moins voir arriver les vagues. Le fort tangage et l'air vicié lui redonnèrent la nausée.

La tourmente parut encore s'intensifier. Les cloisons en planches de la cabine grinçaient affreusement sous les coups de boutoir du vent.

Nerina ouvrit le coffre qu'elle avait emporté sur la felouque. La *Tête de saint Jean-Baptiste* était dissimulée sous ses habits. Le tableau, enveloppé dans de la toile huilée, ne risquait rien. Après une fouille rapide, elle finit par trouver le manteau qu'elle cherchait.

Alors qu'elle essayait d'enfiler le vêtement, le navire gîta subitement, la projetant contre la paroi de la cabine. Au même moment, le plafond du réduit céda avec fracas et s'effondra sur elle. L'apprentie leva le bras pour se protéger avant d'être ensevelie sous une pluie de lattes brisées.

Incapable de bouger, il ne lui restait plus qu'à prier. Si une vague déferlait sur le bateau, elle périrait noyée.

Le tumulte de la tempête lui parvenait assourdi. Contre toute attente, elle se sentait étrangement calme. Une pensée germa dans son esprit. Si son corps n'était pas emporté par la mer, les matelots seraient surpris de découvrir le cadavre d'une femme sur leur navire.

Au bout d'un certain temps, elle perçut des voix au-dessus d'elle. On était en train d'ôter les planches qui la recouvraient.

Tout à coup, elle respira une bouffée d'air frais, et le lourd fardeau qui pesait sur son dos parut s'évaporer.

« Tout va bien, *signore* ? »

Elle tressaillit en entendant la voix de l'hospitalier. Elle était encore sonnée, mais il fallait qu'elle se ressaisisse pour ne pas être reconnue. Lentement, elle releva la tête.

« Merci pour votre aide. J'ai bien cru que j'allais y passer. »

Le tonsuré s'esclaffa.

« Non, votre heure n'est pas encore arrivée. Ce n'est qu'une petite tempête de fin d'hiver. Dans une heure, tout sera terminé. »

Il prit l'apprentie sous les aisselles pour la remettre debout. Ce faisant, ses mains essayèrent de la palper comme par inadvertance. Elle s'écarta promptement.

« *Gracie, signore*. Je vais bien. Et moi qui pensais me mettre à l'abri dans la cabine… »

Le tonsuré sourit d'un air moqueur, puis son regard descendit vers la poitrine de Nerina. *L'amulette !* Paniquée, elle empoigna en hâte son pendentif pour le glisser à nouveau sous sa chemise. Par chance, hormis une manche déchirée et une écorchure à la main, elle n'avait rien. Mais elle ne put s'empêcher de grelotter. Dans ses vêtements mouillés, elle avait froid. Un des matelots qui avaient aidé l'hospitalier à déblayer le réduit lui jeta une toile de lin sur les épaules. Un autre dégagea son coffre des débris.

« Est-ce la première fois que vous allez à Malte ? » s'enquit l'hospitalier.

Nerina se contenta d'acquiescer. Sans pouvoir se maîtriser, elle se mit à claquer des dents. Elle n'aurait su dire si c'était le contrecoup de ce qu'elle venait de vivre ou la peur d'être démasquée.

« Rendez-vous visite à quelqu'un, là-bas ? »

Elle fit non de la tête.

« Dans ce cas, vous souhaitez sûrement devenir membre de l'ordre de Saint-Jean. Êtes-vous de haute extraction ? »

Du coin de l'œil, elle vit que son sauveur l'examinait attentivement.

« J'aimerais entrer dans l'ordre, balbutia-t-elle. Si on m'accepte. »

Le tonsuré parut satisfait.

« Dans la guerre contre les Turcs, l'ordre a besoin de toute main sachant manier l'épée. Êtes-vous versé dans l'art de l'escrime ? »

Nerina ferma les yeux. Pourquoi l'homme en noir posait-il toutes ces questions ? Cherchait-il à la confondre ?

Avant qu'elle puisse répondre, la voix du capitaine retentit sur le pont.

« Le cap Passero ! »

L'hospitalier marcha vers la porte de la cabine.

« Vous voyez, plus rien ne peut nous arriver, déclara-t-il en lançant une corde à Nerina. Attachez-vous quelque part et essayez de vous reposer. »

Une fois qu'il eut disparu, elle se pelotonna dans un coin de la cabine et prit une longue inspiration. Dehors, les éléments faisaient rage, et les flots déchaînés continuaient de ballotter la felouque.

Décidément, Malte ne lui disait rien qui vaille. Même le chemin pour s'y rendre était meurtrier. L'hospitalier l'avait-il reconnue ?

2

« La perle de la Méditerranée ! Magnifique, n'est-ce pas ? »

La voix du tonsuré avait fait sursauter Nerina, plongée dans ses pensées. Depuis la proue de la felouque, elle contemplait l'archipel qui se profilait à l'horizon tout en songeant à Michele.

Cela faisait maintenant neuf mois que son mentor séjournait à Malte et qu'elle n'avait aucune nouvelle de lui. Connaissant son caractère belliqueux, elle ne se faisait aucune illusion. Soit le peintre croupissait en prison, soit il était fâché avec la moitié de l'ordre des hospitaliers. Elle ne croyait pas un instant que Caravaggio ait pu vivre paisiblement durant tout ce temps. Il avait certainement besoin de son aide.

« Décidément, c'est une habitude chez vous d'approcher à pas de loup pour effrayer les gens », répliqua-t-elle en se tournant vers son voisin de cabine.

L'homme en noir lui adressa un sourire goguenard.

« Vous êtes particulièrement enclin à la peur. »

Depuis que la tempête s'était calmée, il ne la quittait plus des yeux. Elle avait même remarqué qu'il l'observait secrètement quand elle faisait ses besoins par-dessus le bastingage. Bien sûr, elle ne pouvait pas se camper devant le garde-corps et ouvrir ses chausses comme le faisaient les matelots. Mais elle avait vu que le capitaine et l'hospitalier, désireux de tenir leur rang, s'asseyaient sur le rebord pour se soulager de manière distinguée. Elle pouvait donc les imiter sans craindre d'être démasquée. Par précaution, elle se retenait toujours jusqu'à ce que la nuit tombe.

« Allez-vous souvent à Malte ? » s'enquit-elle.

Le tonsuré croisa les bras sur sa poitrine.

« Régulièrement. J'aime son isolement et sa tranquillité. Chaque fois, je me réjouis de voir l'archipel surgir au milieu des flots. »

Nerina acquiesça. Le spectacle était en effet grandiose. On voyait tout d'abord apparaître les falaises ocre de l'île de Gozo, surmontées de broussailles, suivies de celles de Comino. Puis jaillissaient les côtes escarpées de Malte, avec ses criques et ses fortifications.

« La tempête nous a un peu déportés vers l'ouest, sinon vous n'auriez pas pu admirer Gozo dans toute sa splendeur. L'archipel est un lieu paradisiaque. Même si son calme est trompeur, comme nous l'a prouvé le siège des Ottomans en mai 1565. Lassé par les expéditions navales des chevaliers de l'ordre, Soliman le Magnifique voulait conquérir Malte, véritable épine dans le pied d'Allah. Le sultan, qui était arrivé aux portes de Vienne, pensait que la prise de ce caillou au milieu de la Méditerranée serait un jeu d'enfant. Mais il nous avait sous-estimés, nous, les hospitaliers. Malgré de lourdes pertes, nous avons tenu bon et fini par chasser les Turcs. » Le tonsuré, songeur, s'interrompit un instant avant de reprendre : « L'amiral Piyale Pacha, le commandant de la flotte, était un couard et un incapable. Le grand maître des hospitaliers, Jean de Valette, a su déjouer toutes ses manœuvres. Finalement, Malte n'est pas tombée, l'assaut sur Vienne fut un échec et, par la suite, la bataille de Lépante tourna à la catastrophe pour les Turcs. Depuis, la paix est revenue sur l'archipel. »

Nerina considéra son interlocuteur en s'efforçant de garder un air neutre. Pourquoi lui racontait-il tout cela ?

« Voilà vingt ans que je suis au service de l'ordre, et, parfois, je regrette de ne pas être né plus tôt. J'aurais aimé vivre durant cette époque glorieuse. Mais la seule chose que j'ai pu voir, c'est la lente édification de La Valette, la cité fondée par le grand maître et qui a reçu son nom. » Il poussa un soupir, puis ajouta : « Nous arrivons à destination. Je suis certain que vous serez enthousiasmé par le port fortifié de la cité. Il est impressionnant, même s'il n'est pas encore achevé.

— J'ai hâte de voir cela. D'après ce que j'ai entendu dire, les chevaliers de l'ordre ont défendu jadis leur île en faisant preuve d'une grande cruauté. Est-ce vrai ? On raconte qu'ils chargeaient leurs canons avec les têtes coupées de prisonniers turcs pour intimider leurs adversaires.

— C'est exact. Mais ne vous laissez pas influencer par ces anecdotes. Les apparences sont souvent trompeuses. »

L'hospitalier avait parlé d'un ton désinvolte, toutefois sa réponse fit frissonner Nerina. Laissait-il entendre qu'il l'avait percée à jour ?

« Seul celui qui regarde derrière les choses peut connaître leur véritable caractère, argua-t-elle.

— Les Ottomans, eux, clouaient leurs prisonniers sur des croix qu'ils exposaient ensuite dans le port.

— Des deux côtés, ce sont des atrocités commises au nom de la foi et légitimées par la religion. »

Le tonsuré la sonda longuement, et Nerina soutint son regard.

« Vous avez l'âme d'un philosophe, finit-il par remarquer. Si vous maniez l'épée aussi bien que votre langue, vous apporterez beaucoup à notre ordre. Savez-vous déjà où vous logerez ?

— Si les Maltais respectent les lois de l'hospitalité, je trouverai certainement un endroit où gîter. Du reste, j'aime dormir à la belle étoile. Je ne pense pas que ce soit interdit sur votre île. »

L'homme s'esclaffa en tapant de la main le bastingage.

« Vous avez de l'humour, une qualité qu'apprécient les hospitaliers. Si votre cœur est vertueux, vous gravirez rapidement les échelons au sein de notre ordre.

— Êtes-vous né à Malte ? »

Il s'arrêta brusquement de rire. La question de Nerina semblait avoir éveillé sa méfiance.

« Non, répondit-il après un moment de silence. Ma famille est originaire de Milan.

— Cela ne s'entend pas du tout quand vous parlez.

— Je voyage beaucoup.

— Voyager demande du courage et une santé d'acier. Est-ce un choix délibéré, ou avez-vous quitté votre ville natale parce que vous n'étiez pas le premier-né ? Privé d'héritage, vous avez préféré partir à la découverte du vaste monde ? »

Une expression de surprise apparut sur le visage de l'hospitalier, désarçonné par la curiosité de Nerina. Puis il se rembrunit.

« En quelque sorte, marmonna-t-il. Après la mort de mon frère, plus rien ne me retenait à Milan. J'ai cherché à m'accomplir en maniant l'épée.

— Peut-on se réaliser pleinement dans la guerre et la destruction ? C'est en bâtissant quelque chose de ses propres mains qu'on accomplit de grandes œuvres qui resteront dans la mémoire des hommes.

— L'Histoire fait tout autant la part belle aux bâtisseurs qu'aux destructeurs. »

La voix du capitaine retentit soudain derrière eux. Il lançait ses ordres pour ralentir l'allure. À tribord se dessinait l'imposante silhouette grisâtre du fort Sant'Elmo.

« Sant'Elmo commande l'entrée du grand port, annonça le tonsuré. On raconte qu'un fanal brûle à cet emplacement depuis l'an mille. Derrière lui, sur la péninsule, s'étire la cité de La Valette, emprisonnée dans ses fortifications. Les murailles sont aussi peu confortables qu'une ceinture de chasteté, mais offrent une protection efficace ! »

Il partit d'un grand éclat de rire, et Nerina se força à l'imiter pour donner le change.

Une myriade de canots colorés venait à leur rencontre en naviguant à l'aviron. Sur les coques bleues, jaunes et rouges des esquifs, on avait peint à la proue des paires d'yeux qui semblaient observer d'un air critique les visiteurs. Les rameurs lancèrent des cordes aux marins de la felouque. Une fois la voile carguée, les canots tirèrent le navire vers l'embouchure du port.

L'étrange procession s'engouffra dans la rade. Le spectacle était fascinant. Un peu plus au sud, à tribord, se dressait le fort Sant'Angelo. Massif, l'ouvrage fortifié était entouré d'une ceinture de rochers qui semblait le protéger des assauts de la mer. De l'autre côté s'étirait l'étroite péninsule sur laquelle on avait édifié La Valette dans son corset de murailles jaunes.

« Vous scrutez la cité comme si vous cherchiez quelqu'un, commenta le tonsuré en se penchant vers Nerina.

— Vous vous méprenez, *signore*. J'admire seulement la beauté de la nature, couplée au magnifique travail des ingénieurs. Dans un cadre pareil, l'homme se sent comme un simple rouage de la grandiose mécanique de la création.

— Vous avez des idées très modernes, comme si vous veniez de Rome. On croirait entendre le cardinal Del Monte. »

Lentement, Nerina comprit où il voulait en venir. Sans le formuler de manière explicite, il lui faisait comprendre qu'il avait des soupçons sur son identité.

« Pourquoi retournez-vous à Malte ? demanda-t-elle pour changer de sujet. Des affaires à régler ? »

Un sourire narquois releva les commissures des lèvres du tonsuré. Sur les quais, une grappe d'enfants saluaient leur arrivée en poussant des cris de joie. Les navires qui entraient dans le port n'apportaient pas seulement des marchandises ; leurs équipages avaient toujours des histoires à raconter, et les gamins en étaient friands.

« Le grand maître m'a fait mander, éluda l'hospitalier. Si je puis me permettre de vous recommander un endroit où loger, vous devriez prendre vos quartiers à l'auberge d'Italie. L'atmosphère y est très agréable. Dites-leur que vous venez de la part de Fra Domenico. »

Nerina le remercia, même si elle n'avait aucune intention de suivre son conseil. Mieux valait qu'elle se fonde dans la ville.

Après cela, tous deux regardèrent en silence les matelots à la manœuvre. Avant d'accoster, ils jetèrent des sacs de cuir par-dessus bord pour protéger la coque de la felouque. Le navire fut ensuite tiré lentement contre l'appontement.

« Je vous souhaite un bon séjour à Malte », dit l'hospitalier lorsque la felouque s'immobilisa.

Il salua Nerina en s'inclinant puis, d'un bond, sauta par-dessus le bastingage et retomba avec agilité sur le quai. Il avait revêtu le pourpoint noir de son ordre. En apercevant la croix blanche à huit pointes qui étoilait sa poitrine, les soldats des douanes postés au bout du ponton lui firent signe de circuler sans le fouiller. Sur l'archipel, l'habit des hospitaliers ouvrait toutes les portes. Le tonsuré ralentit quand même pour échanger quelques mots avec l'un des hommes. Nerina vit le douanier tourner imperceptiblement la tête dans sa direction. Malgré la chaleur ambiante, elle sentit un frisson glacé parcourir son échine.

Lentement, elle s'écarta du rebord pour regagner sa cabine. Celui qui se faisait appeler Fra Domenico cherchait-il à la piéger ? Elle avait entendu beaucoup d'histoires effroyables sur les sinistres cachots du fort Sant'Angelo. Elle ne devait pas courir le risque d'être arrêtée.

Tandis qu'elle ramassait ses affaires dans le réduit sommairement réparé, elle se mit à réfléchir avec fébrilité à un moyen d'échapper au contrôle des militaires.

3

Le douanier la regarda à peine lorsqu'elle passa près de lui. Le regard braqué sur la felouque, il guettait le damoiseau que Fra Domenico lui avait indiqué.

S'efforçant de prendre une démarche dégagée, elle longea le débarcadère et emprunta un escalier menant à la cité. Nerveuse, elle s'attendait à ce que les soldats s'élancent à tout moment à sa poursuite pour l'appréhender au corps. Mais sa ruse lui permit de s'éloigner sans être repérée. L'officier des douanes ne soupçonna pas que la jeune femme en voilette, vêtue d'une robe noire, était le godelureau qu'il cherchait.

Avant de quitter la felouque, Nerina avait glissé ses vêtements masculins dans un sac de lin et dissimulé la *Tête de saint Jean-Baptiste* sous son jupon. Comme la toile roulée l'empêchait de se mouvoir avec aisance, elle remonta à pas lents le chemin escarpé conduisant à l'une des portes de la ville.

Les sentinelles la laissèrent entrer sans poser la moindre question. À leurs yeux, une donzelle voilée ne représentait aucun danger.

Soulagée, elle franchit la monumentale arcade en pierre et plongea dans la foule qui se pressait dans les ruelles de La Valette. Entre les murs des hautes maisons se répercutaient les coups de marteau des maçons, les cris des marchands et le claquement des sabots sur le pavé. Hommes, femmes et chevaux se mêlaient dans une atmosphère joyeuse, où perçaient des relents d'encens. Partout, Nerina voyait des artisans à l'œuvre. Des tailleurs de pierre transportaient d'imposants blocs de grès jaune, des menuisiers posaient des fenêtres en encorbellement. La Valette était une ville jeune, encore en pleine construction. Même si les fortifications témoignaient d'une peur latente des attaques en provenance de la mer, la vie battait son plein sur la péninsule.

Tout en marchant, Nerina essayait de forger un plan. La première chose à faire était de renfiler ses vêtements d'homme. Une femme étrangère, seule, ne trouverait aucun hébergement sur l'île. Elle ne pourrait pas non plus se rendre dans les différentes auberges hospitalières, ces palais où logeaient les chevaliers de l'ordre selon leurs origines. On lui poserait trop de questions, et elle ne ferait que susciter la méfiance.

Elle se promena dans la cité en damier à la recherche d'un endroit discret où se changer. Alors qu'elle déambulait à travers les ruelles étroites, elle avisa soudain une église d'apparence plutôt frêle, serrée entre deux maisons. Modeste, sa façade ocre brillait sous les rayons du soleil. Nerina décida de jeter un coup d'œil à l'intérieur. Elle gravit les quelques marches du perron, poussa l'un des vantaux du portail et se faufila dans le bâtiment. Les murs de la nef étaient recouverts d'échafaudages et de bâches. Tout paraissait neuf ; les éléments de décoration n'étaient pas encore achevés.

Un doux silence enveloppa l'apprentie, qui se félicita d'avoir suivi son instinct. L'endroit était parfait pour se changer en toute discrétion. Elle se dirigea vers le chœur en tendant l'oreille, mais elle ne perçut aucun bruit derrière les toiles tendues. À l'évidence, maçons, peintres, stucateurs et doreurs étaient partis déjeuner.

Elle se coula derrière l'une des bannes et ressortit quelques instants plus tard, travestie en jeune aventurier. À peine avait-elle mis sur l'épaule son sac de lin que des applaudissements retentirent sous la voûte centrale. Fra Domenico surgit soudain de l'une des chapelles latérales.

« Bravo, *signorina* ! Quelle comédienne vous faites ! Je dois avouer que vous avez bien failli me duper. »

Nerina hésita à abandonner son rôle.

« Je ne vois pas ce que vous voulez dire, messire.

— Ne vous fatiguez pas. C'est la tempête qui vous a trahie. La pluie a fait dégouliner le charbon que vous utilisiez pour noircir vos joues, et cela m'a mis la puce à l'oreille. D'où tenez-vous au juste l'amulette que vous portez autour du cou ? »

Elle n'avait aucune envie de s'incliner, mais elle devait être prudente. Si elle le contrariait trop, l'hospitalier risquait de la faire arrêter. Et il était bien connu que les prisonniers qu'on jetait dans les cachots de Sant'Angelo ne revoyaient jamais la lumière du jour.

« Ainsi, vous m'espionnez ? Pareille vilenie me semble bien éloignée de l'idéal chrétien que vous prétendez défendre.

— J'appartiens à un ordre de chevalerie. Tous ceux qui sapent les fondements du monde chrétien sont nos ennemis. Il est de mon devoir d'être vigilant.

— Alors, vous me considérez comme votre ennemie ? Suis-je aussi dangereuse que les Ottomans ou les Sarrasins ? »

L'hospitalier s'approcha, forçant Nerina à reculer vers le chœur. Elle regrettait à présent de ne pas s'être réfugiée dans une église plus fréquentée. Ici, elle était prise au piège.

« Qui dissimule son identité dissimule ses intentions, gronda-t-il. Et qui sait quelles catastrophes peuvent engendrer des desseins cachés. »

Le cœur de Nerina battait la chamade. Instinctivement, elle porta la main à son amulette. Le tonsuré avait bien sûr reconnu le bijou durant la tempête. Pourquoi ne l'avait-elle pas ôté au lieu de le garder autour du cou ? Refoulant sa peur, elle se força à réfléchir. Elle devait distraire son adversaire jusqu'à ce qu'elle trouve un moyen de s'enfuir.

« C'est étonnant de vous entendre parler de la sorte. N'êtes-vous pas maître dans l'art de fomenter de noirs desseins ? Je sais que vous êtes responsable de la mort de Lena, la prostituée. Je vous ai vu partir avec elle en direction du Tibre. »

L'hospitalier s'esclaffa, et son rire résonna dans la nef. Ce faisant, il découvrit une rangée de dents jaunies.

« Vous avez l'imagination débordante. Quelle raison aurais-je pu avoir de tuer cette ribaude ?

— Vous étiez sur le marché aux poissons ce jour-là. Vous m'avez accostée et, comme je vous ai repoussé, vous avez ensuite jeté votre dévolu sur Lena. Votre but était de faire souffrir Michele, car vous saviez qu'elle était son modèle préféré. »

L'hospitalier se figea. Plissant la bouche, il s'appuya contre un pilier.

« Intéressante théorie.

— N'est-ce pas vous qui l'avez gravement blessé en faisant ruer votre cheval ?

— C'est amusant. Qui vous raconte de pareilles histoires ?

— N'espérez pas que je vous réponde. »

Il se remit en mouvement, l'air menaçant. Nerina regarda désespérément autour d'elle. Du pourpoint noir du tonsuré émanait cette odeur d'encens mêlée de sueur qu'elle connaissait si bien. Elle avait l'impression de sentir déjà les mains fines de l'homme se poser sur son cou. Allait-elle mourir ici ? À cet instant, les cloches de l'église sonnèrent, et elle perçut des voix assourdies en provenance de la sacristie. Elle devina que les artisans ne tarderaient pas à revenir travailler. Il lui fallait donc gagner du temps en faisant parler son agresseur.

« Pourquoi persécutez-vous Michele avec autant d'acharnement ? Quel tort vous a-t-il causé pour mériter une telle haine ? »

Fra Domenico leva les yeux vers la fresque qui décorait le plafond du chœur, comme s'il essayait de se remémorer quelque événement du passé.

« Ne vous a-t-il rien dit ?

— Qu'aurait-il dû me dire ?

— Il n'a jamais fait mention du meurtre qu'il a commis ?

— Michele n'a pas assassiné Ranuccio Tomassoni. Vous le savez aussi bien que moi ! »

Un silence oppressant retomba dans l'église. Nerina crut sentir un courant d'air glacé traverser le chœur.

« Je ne parle pas de cet infâme coquin de Ranuccio, mais de… »

L'hospitalier tourna la tête vers la sacristie. Manifestement, lui aussi avait entendu les voix des artisans.

« Je ne suis que l'élève de Caravaggio, lança-t-elle pour détourner l'attention du tonsuré. Il ne me révèle pas ses secrets.

— L'élève ? »

De nouveau, il éclata de rire.

« Je pensais qu'il vous faisait des confidences sur l'oreiller après avoir remué son pinceau. »

Nerina ne put s'empêcher de rougir. La remarque grivoise fit naître en elle une profonde aversion.

« Votre compagnie me répugne, Fra Domenico. »

Elle avait reculé vers la sacristie. Au moment où le tonsuré s'apprêtait à se jeter sur elle, la porte de la salle attenante s'ouvrit et une dizaine d'hommes entrèrent en chahutant.

Surpris, les ouvriers se turent à la vue des deux inconnus, puis leurs regards tombèrent sur la croix blanche cousue sur le pourpoint de l'hospitalier.

« Caravaggio a tué mon frère, et il paiera ce meurtre de sa vie ! » murmura Fra Domenico d'un ton rageur.

Sur le moment, Nerina crut avoir mal entendu, mais la lueur de haine qui brillait dans ses prunelles claires ne laissait aucune place au doute. Le tonsuré ferait tout pour se venger de Michele.

Brusquement, elle virevolta vers les artisans. Certains avaient les mains blanches de plâtre, d'autres étaient couverts de taches dorées. *Des stucateurs et des doreurs*, en déduisit-elle.

« Cette église est magnifique, *signori*. Auriez-vous la bonté de me faire admirer les trésors artistiques cachés sous les bâches ? »

Aussitôt, les hommes l'entourèrent en la couvrant d'explications. Avant de disparaître derrière une toile de lin, Nerina jeta un coup d'œil vers son agresseur qu'elle avait planté là. Le visage grimaçant, l'hospitalier semblait bouillir de colère.

Guidée par les artisans, elle fit le tour de la nef en distribuant force compliments. Comme le petit groupe arrivait près du portail, elle salua inopinément ses sauveurs et se coula à l'extérieur. Après avoir dévalé le perron, elle s'élança dans la ruelle grouillante de monde. S'efforçant de passer inaperçue, elle marcha sans s'arrêter jusqu'au parvis de la cathédrale San Giovanni. Elle se réfugia alors entre deux échoppes pour vérifier qu'on ne l'avait pas suivie. Mais elle eut beau scruter la foule, elle ne vit pas le visage barbu de Fra Domenico.

Ses jambes flageolaient. Tout son plan tombait à l'eau maintenant que l'hospitalier avait découvert sa véritable identité. Devait-elle se débarrasser de son costume ? Elle rejeta immédiatement cette idée. Une femme seule, étrangère de surcroît, aurait toutes les peines du monde à trouver un logement. Déguisée en homme, elle avait plus de chances de retrouver rapidement Michele.

Il lui faudrait toutefois se montrer très prudente. Fra Domenico chercherait certainement à la dépister, et elle connaissait son opiniâtreté.

Les paroles qu'il avait murmurées dans l'église résonnaient dans son esprit. Apparemment, Michele avait tué le frère de l'hospitalier. Et celui-ci voulait venger le meurtre dans le sang. Elle devait donc prévenir le peintre de l'arrivée de son ennemi acharné.

Lorsqu'elle promena son regard sur le parvis, son cœur fit un bond. De l'autre côté de la place se tenait Fra Domenico, les yeux braqués dans sa direction.

4

« A-t-il vraiment donné l'ordre de le tuer ? »

Calée dans son fauteuil, Romina Tripepi observait Scipione d'un air intimidé. Il n'aimait pas la plantureuse hétaïre de son oncle. Trop en chair et pas assez sagace à son goût. Mais Camillo Borghese lui était fidèle depuis des années – en toute discrétion, évidemment. Aucun cardinal du Sacré Collège ne se doutait que le pape recevait une fois par semaine la visite de son amante, qui avait toute sa confiance.

Romina était donc une précieuse informatrice. Un atout crucial dans la manche de Scipione. Ignorant que c'était son propre neveu qui l'avait placée dans sa couche, Paul V ne se montrait jamais avare de confidences.

« Je lui ai posé la question, comme vous le souhaitiez. Et il a déclaré sans ambages que l'ordre venait de lui ! »

Scipione se leva. Cette révélation lui paraissait presque grotesque. Son oncle, le souverain pontife, avait ainsi commandité le meurtre de Caravaggio afin de soi-disant raffermir l'autorité de l'Église, et il s'en vantait auprès de sa maîtresse. Pour un peu, le jeune cardinal aurait éclaté de rire.

« D'après Sa Sainteté, c'est un malencontreux hasard si Ranuccio Tomassoni a été tué. L'attentat visait le peintre. »

Scipione prit une profonde inspiration.

« Avez-vous d'autres informations pour moi, Romina ? »

La courtisane changea de position sur son siège. Sa robe remonta légèrement, découvrant une jambe potelée. Scipione détourna le regard.

« Il a dit qu'il ne commettrait pas deux fois la même erreur. C'est pour cela qu'il a recruté quelqu'un d'autre. Une personne à laquelle on peut se fier. Selon lui, Caravaggio n'a aucune chance de s'en sortir ! »

Scipione laissa échapper un sifflement. Michelangelo Merisi était donc toujours en danger. Le pape avait envoyé un tueur à ses trousses.

Le jeune Borghese se mit à arpenter son cabinet de travail. La situation était sérieuse, mais rien n'était perdu. Tant que Romina Tripepi lui rapportait les confidences qu'elle recueillait sur l'oreiller papal, il pourrait contrecarrer les manœuvres de son oncle. Qui le pontife avait-il engagé pour se débarrasser de Caravaggio ? Et pourquoi jouait-il un double jeu ? Ces derniers temps, il s'était montré plutôt disposé à gracier l'artiste.

« Vous pouvez vous retirer, Romina. Comme d'habitude, je compte sur votre discrétion. Voici votre rétribution. »

Il lui lança une bourse bien remplie. Après avoir jeté un bref coup d'œil dans le petit sac de cuir, elle se rajusta hâtivement et marcha vers la porte.

Scipione la regarda sortir de la pièce. *Elle dandine de la croupe*, songea-t-il. *Comment peut-on apprécier une vache pareille ?*

« Avez-vous entendu ce qu'elle vient de dire ? »

Un jeune homme surgit de derrière un paravent. Sa soutane rouge brillait d'un vif éclat, comme si elle sortait de chez le tailleur. Un sourire impénétrable flottait sur ses traits blasés.

« On dirait que votre peintre favori est en danger.

— C'est encore pire que cela. Mon oncle joue un double jeu. Sa Sainteté n'a pas honte d'employer des cartes biseautées. »

Ferdinando Gonzaga dressa le buste. Il ne paraissait pas encore très à l'aise dans son nouvel habit clérical.

« Je vous remercie de m'avoir invité. C'est un grand témoignage de confiance. Je ferai de mon mieux pour servir le parti italien. »

Voyant Gonzaga incliner légèrement la tête, Scipione se demanda s'il devait interpréter ce geste comme un signe de soumission ou de moquerie. Il n'arrivait toujours pas à cerner le fils du duc de Mantoue. Malgré cela, il avait l'intuition que le jeune noble était dans son camp. Et son instinct ne l'avait jamais trompé.

« Je l'espère, mon cher Ferdinando. Ensemble, nous devons maintenant amener le pape à faire grâce à Caravaggio.

— Mais comment ? Une personne qui engage un tueur n'est certainement pas d'humeur à pardonner.

— Bien au contraire. Surtout si elle sait que le gracié n'a plus longtemps à vivre. Paul V ferait ainsi coup double. L'absolution de Caravaggio contenterait le clan des défenseurs de l'artiste, et sa mort celui des détracteurs. »

Gonzaga acquiesça imperceptiblement.

« Par conséquent, il faut appâter le pape en lui montrant tous les avantages qu'il retirerait à prononcer une grâce, et neutraliser en même temps le tueur lancé sur les traces de Caravaggio. »

Scipione sourit. Le jeune Mantouan était décidément très perspicace malgré son jeune âge. Il aurait aimé que son oncle soit doué d'un esprit aussi pénétrant.

« Connaissez-vous l'identité de l'assassin ? » s'enquit Gonzaga.

Le cardinal fraîchement promu avait posé la question avec une mine innocente, mais Scipione devinait qu'il en savait beaucoup plus qu'il ne le laissait paraître. Son secrétaire, qui avait séjourné plusieurs semaines à Naples, était brièvement rentré à Rome pour fêter la nomination de son maître avant de repartir à Milan. Il n'entreprenait pas ces voyages par hasard. À l'évidence, Gonzaga était bien informé.

« Je pensais que vous pourriez m'aider à ce sujet. Enrico, votre conseiller, n'est-il pas entré en contact avec Caravaggio dernièrement ? »

Le jeune homme resta impassible. La maîtrise dont il faisait preuve impressionnait fortement Scipione. Si le sort lui était favorable, ce garçon retors irait loin.

« D'après Enrico, le peintre s'est brusquement enfui à Malte. Sans doute dans le but de devenir chevalier du puissant ordre de Saint-Jean de Jérusalem. Il compte peut-être sur le grand maître pour plaider sa cause auprès du pape. Juste avant son départ de Naples, un mystérieux individu s'est introduit dans son atelier afin de détruire l'une de ses toiles, une décollation de saint Jean-Baptiste. Enrico ignore le motif de cet acte de dégradation. »

Scipione ne s'attendait pas à obtenir autant d'informations de la part de son interlocuteur. Certainement une diversion pour l'écarter d'une autre piste. Il commençait à apprécier Gonzaga, mais ne pouvait s'empêcher de rester méfiant. Le père Leonardus l'avait mis au courant du départ précipité de Caravaggio, mais sans pouvoir lui indiquer l'endroit où ce dernier s'était réfugié. Le prêtre avait également parlé d'un sinistre personnage qui traquait l'artiste. Scipione ignorait qui pouvait bien être cet homme. S'agissait-il du tueur engagé par son oncle ?

« Votre informateur, le père Leonardus, n'avait-il pas pour mission de commander un tableau à Caravaggio ? Il a peut-être croisé à Naples la route de l'assassin. »

Scipione dévisagea son nouvel allié avec stupéfaction. Comment Gonzaga pouvait-il savoir que le père Leonardus travaillait pour lui ? Et comment avait-il eu vent de sa mission ?

« Je ne voulais pas vous effrayer, Éminence. Seulement être franc envers vous. » De nouveau, un sourire se dessina fugacement sur les lèvres du jeune Mantouan. « Enrico a découvert que vous aviez effectué en secret un dépôt de fonds à la banque napolitaine de San Eligio. Cette somme devait servir à acheter des tableaux de Caravaggio. Mais le peintre est un esprit rebelle qui ne se laisse pas soudoyer. Il n'a donc pas touché à votre argent. »

Sonné, Scipione se cramponna au dossier du fauteuil que Romina Tripepi avait occupé quelques instants plus tôt. Il avait terriblement sous-estimé Ferdinando Gonzaga. D'une manière inconsidérée, il l'avait aidé à obtenir un titre qui lui ouvrait les portes d'une brillante carrière au sein de l'Église romaine – une situation inespérée pour le cadet d'une famille noble.

Il s'assit lentement sur le siège. Trop naïf, il avait commis une erreur. Mais, à présent, il ne pouvait plus se passer de Gonzaga.

« Comme nous ignorons encore l'identité du meurtrier, il faudrait intervenir. Vous devriez écrire une lettre au grand maître de l'ordre, Alof de Wignacourt, dans laquelle vous recommanderez chaudement Caravaggio. Je ne pense pas que le tueur frappera à Malte, c'est beaucoup trop risqué pour lui, mais mieux vaut être prudent. »

L'aristocrate mantouan avait parlé d'une voix claire et neutre.

« Vous avez raison, soupira Scipione. Espérons que les renseignements de votre secrétaire ne sont pas erronés. »

Ferdinando Gonzaga ne fit aucun commentaire.

D'un signe de la main, Scipione l'invita à se retirer.

« Merci de votre aide. Je vous ferai mander quand j'aurai rédigé la missive. Les signatures de deux hauts dignitaires du Vatican lui donneront plus de poids. »

Après avoir esquissé une révérence, Gonzaga se dirigea d'un pas léger vers la porte. En marchant, il ne produisait aucun bruit sur les dalles de marbre.

Parvenu sur le seuil, il fit brusquement volte-face.

« Éminence ! »

Scipione, surpris, releva la tête.

« Avez-vous quelque chose à ajouter ?

— Seulement un détail. Méfiez-vous du père Leonardus. Il feint d'être un modeste prêtre en quête d'une prébende, mais il s'appelle en réalité Giovan Battista Merisi. C'est le cadet de Caravaggio. Et les deux frères ne sont pas en bons termes. »

De nouveau, Scipione eut l'impression d'être frappé par la foudre. D'où ce diable de Gonzaga tenait-il toutes ces informations ?

« Comment pouvez-vous savoir cela ? »

Il se ratatina sur son fauteuil. Depuis trois ans, il croyait avoir les choses en main, pourtant il devait s'avouer que ce n'était que pure illusion. D'autres personnes, comme Ferdinando Gonzaga, étaient bien mieux informées que lui. Restait à savoir pourquoi ce blanc-bec lui montrait maintenant son jeu.

« Enrico est un agent en qui j'ai toute confiance. Il ne travaille pas pour l'argent. »

Gonzaga le toisait d'un air moqueur, et son trait piqua Scipione au vif.

« En ce qui concerne les frères Merisi, reprit le Mantouan, leur brouille ne date pas d'hier. Le père Leonardus, *alias* Giovan Battista, faisait autrefois partie du cercle restreint de Del Monte.

— Vous voulez dire que…

— Oui, il aime les jeunes garçons. Ce que l'on ne peut pas affirmer de Caravaggio – en tout cas pas dans une telle mesure. Le peintre n'a jamais compris cet amour exclusif, lui qui est attiré par les deux sexes. Voilà pourquoi il méprise son puîné. »

Ferdinando Gonzaga pivota sur lui-même. Les vantaux de la porte s'ouvrirent comme par magie, et il disparut dans le corridor.

Scipione se sentit soudain fiévreux. Cet entretien l'avait vidé. Pour la première fois, Gonzaga avait montré son vrai visage. S'il ne voulait pas se faire damer le pion par ce béjaune, il devrait se montrer extrêmement vigilant à l'avenir.

5

« Caravaggio ? Le peintre ? Ça vous dit quelque chose ? »

Inspectant l'une après l'autre les tavernes de La Valette, Nerina répétait inlassablement les mêmes questions. Michele, l'artiste fantasque, l'ivrogne batailleur, devait forcément avoir fait parler de lui. Mais, partout, les hommes qu'elle interrogeait secouaient la tête.

« Caravaggio ? Michelangelo Merisi ? Non, je ne connais pas.

— Un gaillard avec une barbiche ? Il en vient ici une bonne demi-douzaine tous les jours. Mais aucun ne manie le pinceau.

— Mon jeune ami, si vous recherchez un peintre renommé, vous le trouverez au palais du grand maître, pas dans les rues de La Valette ! »

Toujours les mêmes répliques, toujours les mêmes regards méfiants. Les Maltais qu'elle rencontrait lui racontaient-ils des fables, ou refusaient-ils par principe de répondre à un étranger ? Nerina tentait même de délier les langues en payant des tournées générales, pourtant rien n'y faisait. Personne n'avait entendu parler de son mentor.

Sortant d'une énième *osteria*, la jeune femme s'assit sur la margelle d'un puits et se prit la tête entre les mains. Épuisée, elle se demanda si elle n'aurait pas mieux fait de rester à Naples. Et si le peintre était enfermé dans une geôle humide de Sant'Angelo ? Comment pourrait-elle le sauver ?

« *Signore ?* Vous cherchez Caravaggio ? »

Relevant les yeux, Nerina découvrit devant elle un garçon de quinze ou seize ans. Brun, les yeux caves, il respirait l'effronterie et la vigueur de la jeunesse.

« Oui. Sais-tu où je peux le trouver ? »

En guise de réponse, le jouvenceau tendit la main. Nerina remarqua que celle-ci était propre et soignée. Elle n'avait pas affaire à un gamin des rues.

« Comment pourrais-je savoir si tu n'essaies pas de me duper ? »

Le jeune inconnu haussa les épaules et tourna les talons.

« C'est bon ! le rappela Nerina. Dix baiocchi maintenant, et dix de plus quand tu m'auras menée jusqu'à Caravaggio. »

Après une courte hésitation, le garçon revint et tendit de nouveau la main. Nerina déposa les pièces sur sa paume.

« Suivez-moi ! » dit-il en empochant l'argent.

Sur ce, il se mit en route sans attendre l'apprentie déguisée en homme.

Nerina le rattrapa et l'observa de biais.

« Comment t'appelles-tu ?

— Matteo, *signore*.

— Matteo, comment sais-tu où Caravaggio se trouve ?

— Je suis enfant de chœur à la cathédrale. Vous allez bientôt comprendre. »

Elle n'insista pas et se laissa guider par l'adolescent à travers les ruelles de la cité maltaise. Ils longèrent des ouvrages de fortification, des palais inachevés et plusieurs églises de petite taille. Sur la plupart des bâtiments, les fenêtres des rez-de-chaussée étaient dotées de grilles ventrues. Aux étages supérieurs, les façades étaient enrichies d'encorbellements peints en noir, rouge ou vert. Au-dessus de certaines portes, on avait sculpté des armoiries dans la pierre.

Ils ne tardèrent pas à déboucher sur le parvis de la cathédrale San Giovanni. Trapu, l'édifice était pourvu de deux tours. Tandis qu'ils approchaient du perron, les cloches se mirent à sonner midi.

Matteo s'arrêta entre les colonnes blanches qui flanquaient le portail comme deux sentinelles muettes.

Nerina hésita.

« Ici ? »

Le garçon acquiesça.

« Dans l'oratoire San Giovanni. »

Cette fois-ci, elle comprit. Naturellement. Michele était en train de réaliser une toile, ou peut-être une fresque – même s'il n'avait jamais apprécié ce procédé de peinture murale. Son cœur se mit à battre plus fort. Après neuf mois d'attente, elle allait enfin revoir son mentor.

Elle lança à son guide les pièces promises, puis se glissa dans la cathédrale.

À l'intérieur, elle s'immobilisa un instant pour laisser à ses yeux le temps de s'accommoder à la pénombre. La fraîcheur des lieux la fit frissonner.

Se remettant en mouvement, elle avança lentement dans la nef centrale, dont les imposantes arcades étaient habillées d'or. La voûte, encore inachevée, attendait d'être décorée. L'œil était irrémédiablement attiré par le maître-autel, paré de hauts chandeliers d'argent.

Elle marqua une pause pour étudier les larges dalles de marbre polychrome qui faisaient office de cénotaphes pour les défunts chevaliers de Malte. Les bas-côtés abritaient huit chapelles dédiées aux différentes Langues hospitalières[1]. Certaines d'entre elles, encore en travaux, étaient dissimulées derrière de grandes toiles de lin ornées d'armoiries.

Déambulant avec curiosité dans l'édifice, elle ne découvrit nulle part Michele. Matteo s'était-il joué d'elle pour gagner quelques pièces ? Elle n'y croyait pas. Le garçon lui avait paru trop sérieux pour mettre au point un coup pareil.

Alors qu'elle s'apprêtait à ressortir du bâtiment, elle aperçut à gauche du portail un corridor. Elle emprunta le passage et aboutit dans l'oratoire mentionné par son jeune guide. Dans le demi-jour, elle avisa au fond de la salle une toile monumentale, installée devant l'autel

---

1. C'était ainsi qu'étaient nommés jadis les prieurés occidentaux de l'ordre de Saint-Jean de Jérusalem. Ces divisions administratives correspondaient à des espaces linguistiques, d'où leur appellation « Langues hospitalières ». Il y avait huit Langues : la Provence, l'Auvergne, la France, l'Italie, l'Aragon, l'Angleterre, l'Allemagne et la Castille.

sur trois chevalets. Une impressionnante *Décollation de saint Jean-Baptiste*. La peinture, très sombre, ne pouvait être que l'œuvre de son mentor. Vu la taille du cadre, Caravaggio avait été contraint de travailler sur place.

Fascinée, Nerina constata qu'il ne manquait plus que quelques détails à parachever. Elle s'avança pour étudier la scène tragique.

Condamné à mort, Jean le Baptiste avait été traîné dans la cour d'un bâtiment ténébreux évoquant une prison. Le bourreau, personnage central, le maintenait au sol avec une poigne de fer après lui avoir tranché la gorge. Le prisonnier se vidait lentement de son sang. À gauche, Salomé tendait le plateau sur lequel devait être exposé le chef décollé. À côté d'elle, une vieille domestique se tenait la tête entre les mains, manifestement horrifiée qu'on saigne un homme comme un porc. Sur la droite, deux détenus observaient en catimini l'exécution à travers les barreaux d'une fenêtre. Ces témoins voyeurs équilibraient la composition du tableau.

Nerina fit encore un pas en avant, intriguée. Le filet de sang qui s'échappait de la blessure mortelle du saint formait plusieurs lettres au bas de la toile. L'artiste avait signé son œuvre, ce qu'il ne faisait jamais d'ordinaire. Elle se pencha pour examiner l'inscription. On aurait dit que Michele l'avait peinte avec son propre sang.

Lorsqu'elle se redressa, elle tressaillit en regardant de plus près le visage du tourmenteur, qui cachait dans son dos un poignard comme un abatteur de bestiaux. Celui-ci avait les traits de Fra Domenico.

« Les habitants de l'île adorent ce tableau. »

Se retenant de pousser un cri de terreur, Nerina fit volte-face. Un hospitalier revêtu d'une robe noire s'était approché sans bruit. Elle avait vaguement l'impression de l'avoir déjà vu quelque part, sans pouvoir le remettre. Son cerveau se mit à réfléchir fébrilement. Fra Domenico avait-il déjà averti l'ordre de sa présence à Malte ? Paniquée, elle lança un regard vers la porte.

« Ce que vous contempliez à l'instant est le tableau d'un hérétique, argua l'inconnu d'un ton doctoral. Si j'avais une quelconque influence au sein de mon ordre, je le ferais aussitôt retirer de cet oratoire. C'est une toile qui s'adresse à la populace, et non à des hommes pieux et sensés comme les chevaliers de Saint-Jean. »

Nerina poussa un soupir de soulagement. À l'évidence, l'inconnu n'était qu'un simple frère hospitalier.

« Pourquoi croyez-vous qu'il s'agisse de l'œuvre d'un hérétique ?

— Ce genre de tableau devrait élever l'homme, et non le rabaisser. Une peinture aussi sinistre n'a rien à faire ici. »

Nerina, qui ne partageait pas l'avis de son interlocuteur, devait néanmoins lui donner raison sur un point. La toile de son mentor était incroyablement lugubre. De nouveau, Michele avait prêté ses traits au saint martyr, qui rayonnait d'une intense lumière intérieure.

« Pourtant, ne voyez-vous pas cette force sereine qui émane du visage de Jean ? rétorqua-t-elle. Il se sentait responsable de la mort de Notre-Seigneur. En baptisant Jésus, il l'avait désigné aux yeux de tous comme le Messie. Le tableau nous fait comprendre que Jean a commis une faute et qu'il veut l'expier en mourant. » Elle fit une pause, étonnée par le cheminement de sa propre pensée. « Même le paradis est un abîme. Le simple fait d'y jeter un coup d'œil vous glace le sang. »

L'hospitalier la regarda avec surprise.

« Le paradis est un lieu d'espérance.

— C'est un lieu perdu. C'est ce que rappelle la toile.

— Seriez-vous un connaisseur des arts, messire ?

— Je suis peintre. Et un admirateur de Michelangelo Merisi, que l'on nomme également Caravaggio. J'ai déjà vu plusieurs de ses œuvres à Rome et à Naples. »

Elle omit d'expliquer quelle faute devait être expiée ici. Michele avait tué le frère du tonsuré. Cette toile était un aveu symbolique. Il faisait ainsi savoir qu'il ne se défendrait pas et que, comme Jean, il se soumettrait à la mort que le destin prévoyait pour lui. Caravaggio allait même plus loin en peignant le Baptiste dans une attitude d'extrême humilité. Il avait dû lui arriver quelque chose pour que l'artiste réalise une œuvre aussi noire.

« Dans ce cas, demandez une audience auprès de notre grand maître. Alof de Wignacourt ne jure que par ce peintre.

— Savez-vous où se trouve maître Merisi ?

— Il a passé beaucoup de temps ici, dans notre oratoire, ces dernières semaines. Mais on le voit moins depuis quelques jours. »

Nerina hocha la tête. La peinture devait sécher avant que Michele apporte les dernières touches.

« Il est sans doute au palais magistral, reprit le frère hospitalier. En train de converser avec notre cher seigneur de Wignacourt. Il l'a même peint en armure, figurez-vous. C'est après cela que le grand maître l'a chargé de réaliser cette *Décollation*. Malgré vos arguments, le tableau est trop profane à mon goût. Il est dénué de toute sublimité religieuse.

— Je comprends, convint Nerina d'une voix conciliante, tandis qu'elle réfléchissait à un moyen d'entrer dans le palais. Pourriez-vous m'annoncer au grand maître ? »

Au moment même où elle formulait la question, elle sut qu'elle avait commis une erreur. Tout solliciteur était soumis à un examen minutieux. Comme au Vatican, on n'accordait une audience qu'aux personnes dignes de confiance.

Le frère hospitalier commença à la détailler, et une lueur de suspicion s'alluma dans son regard. C'est alors que Nerina se souvint de lui. L'homme n'était autre que l'officier de la douane qu'elle avait trompé au port. Sans son uniforme, il était méconnaissable. Dans une petite ville de la taille de La Valette, il n'était guère étonnant de revoir les mêmes visages.

« Depuis quand séjournez-vous à Malte ?

— Quelques jours. Pourquoi ?

— Attendez-moi ici un instant. Je vais voir si je peux vous introduire au palais. »

L'hospitalier sourit avec obligeance, s'inclina et sortit par une porte latérale qui menait sûrement à la sacristie. Dès qu'il eut disparu, Nerina se hâta de quitter la cathédrale. D'un pas vif, elle traversa le parvis baigné d'une lumière éblouissante avant de s'engouffrer dans une ruelle sombre.

Elle avait enfin retrouvé la trace de Michele, mais le temps lui était compté. Dans peu de temps, elle aurait tous les chevaliers de Saint-Jean à ses trousses.

6

« Quel bon vent vous ramène par ici, Enrico ? C'est bien Enrico, n'est-ce pas ?

— Je suis heureux que vous vous souveniez de moi, *maestro* ! »

Enrico entra en toussant dans l'atelier obscur de Simone Peterzano, situé non loin de la Porta Orientale, au cœur du quartier de San Babila à Milan. Cela faisait sûrement des lustres que l'antre du peintre n'avait pas vu un balai. Une épaisse couche de poussière recouvrait le sol, les étagères et les cadres des tableaux accrochés aux murs.

Les deux hommes se donnèrent l'accolade. Ils s'étaient rencontrés pour la première fois deux ans plus tôt, et rien n'avait changé dans la *bottega*, sauf Peterzano. L'artiste originaire de Bergame avait sensiblement vieilli. Son corps ratatiné paraissait encore plus frêle, comme si le moindre mouvement brusque pouvait le briser en mille morceaux. Il devait plisser les yeux pour regarder son hôte, conséquence sans doute d'une faiblesse de la vue qui s'aggravait avec le temps. Enrico remarqua qu'il avait perdu ses dernières dents, ce qui ne l'empêchait cependant pas de parler.

« Êtes-vous venu acheter des toiles pour votre maître ? Je n'y crois guère. Un Gonzaga ne se contente pas d'un Peterzano. »

Enrico sourit. Le vieil homme, malgré son âge avancé, était toujours aussi alerte et bavard.

« J'en déduis que vous désirez savoir quelque chose sur Michele Merisi, n'est-ce pas ? Mais asseyez-vous, je vous en prie. Vous devez avoir faim. » Peterzano se tourna vers le fond de l'atelier. « Magdala ! Magdala est ma nouvelle gouvernante, Enrico. Ma femme est morte peu après votre première visite. Dieu ait son âme. Prenez place, vous dis-je. Magdala ! Mon invité est affamé ! Apporte-nous une cruche de vin, du fromage et des olives ! Un repas modeste, comme mon existence. Mais comment allez-vous ? Votre maître a-t-il reçu la barrette ? C'était ce qu'il visait, non ? Parlez, je vous écoute. »

Enrico, étourdi par le flot de paroles, s'assit à la table que lui indiquait le peintre.

« J'ai pu assister à la cérémonie du consistoire à San Pietro avant de venir vous voir.

— Ah ! Il est donc parvenu à ses fins ! Quel renard, ce Ferdinando. Il s'appelle bien Ferdinando ? Le cadet du duc de Mantoue, je crois. Ou le benjamin ? Vincent Ier a eu tant d'enfants. On s'y perd. Enfin, le voilà cardinal. Vous devez être encore ému. »

La gouvernante déposa sur la table une cruche de vin, deux gobelets, une miche de pain et une assiette avec du fromage et des olives. Durant quelques instants, le silence retomba dans la *bottega*.

« Buvez donc, mon jeune ami. Je ne voudrais pas que votre gosier s'assèche parce qu'un vieillard comme moi vous force à causer. Parlez-moi de la cérémonie. Je suis tout ouïe. Que j'aimerais assister à une messe pareille ! Mais ici, à Milan, on ne sacre que des évêques de temps en temps. C'est très ordinaire.

— Une rumeur vous prétendait mort, *maestro*. »

Le Bergamasque édenté s'esclaffa.

« L'artiste est mort avant l'homme ! Je ne peins plus. Autrefois, mon ami, l'atelier débordait de vie. Dix apprentis et compagnons maniaient ici joyeusement le pinceau. Dix ! Aujourd'hui, je suis seul. Il n'y a plus rien à apprendre du vieux Peterzano. Quand on se survit, comme moi, on assiste au déclin progressif de son propre talent. Ce n'est pas beau à voir, mais Dieu est clément envers moi, Enrico. Il trouble ma vue et estompe les contours du monde qui m'entoure. Seul un de mes élèves a vraiment réussi. Son nom rendra le mien immortel. Il s'agit bien sûr de ce coquin de Caravaggio ! Et pourtant, je lui ai appris bien peu de choses. Il avait déjà tout. L'œil, le sens des proportions, l'imagination. Seule la technique qui consiste à superposer plusieurs couches de peinture, il la tient de moi. Et l'observation méticuleuse de la nature. Je… »

Le vieux maître fut pris d'une quinte de toux. Il parlait vite, sans faire de pause, comme s'il essayait frénétiquement de rattraper en quelques heures les longs mois de silence qu'il venait d'endurer.

« Comment était-il, Caravaggio ? Vous vous souvenez bien de lui ?

— Naturellement. Je vous l'ai déjà expliqué quand vous êtes venu la première fois. Michele était un hargneux, un batailleur. Quand la rage le prenait, il fallait au moins trois hommes pour le maîtriser. En plus, c'était un excellent bretteur. Aussi adroit qu'un gentilhomme. Il a toujours aimé les épées, le miroitement de l'acier, le cliquetis des lames qui s'entrechoquent. À treize ou quatorze ans, il s'entraînait déjà des heures durant devant un miroir. Il maniait tout aussi bien la rapière que le pinceau. Des armes apparaissent sur certains de ses tableaux, et elles sont représentées avec plus de précision que ses personnages. Cela montre bien toute la fascination qu'il éprouvait pour elles… »

Renonçant à interrompre le débit du bavard, Enrico commença à manger. Tandis que le précepteur se restaurait, Peterzano discourait de son atelier, de ses succès, de ses toiles à l'église de San Fedele à Milan, de sa *Vénus et Cupidon* qui marquait prétendument un tournant pour l'art pictural.

Enrico n'écoutait que d'une oreille en observant son interlocuteur. Efflanqué, flétri, couvert de taches brunes, l'artiste ressemblait à un fruit qu'on aurait privé de son eau afin de lui assurer une meilleure conservation.

Après avoir apaisé sa faim, il décida de prendre l'entretien en main.

« Pardonnez-moi de vous couper, *maestro*, mais j'ai entendu parler à Naples d'un événement qui aurait profondément marqué la vie de Caravaggio. Un événement qui aurait eu lieu ici, à Milan, pendant son apprentissage dans votre *bottega*. Vous aviez fait allusion à quelque chose de semblable il y a deux ans quand je suis venu vous voir. Pourquoi ne m'avez-vous pas dit toute la vérité ? »

Soudain nerveux, Peterzano se mit à trépigner sous la table. Ses yeux, recouverts d'un voile blanchâtre, s'arrêtèrent un instant sur Enrico avant de se perdre dans le lointain.

« Oui, il s'est passé quelque chose, jadis. C'est après cela qu'il a quitté mon atelier. Mais pourquoi devrais-je vous raconter cette vieille histoire, Enrico ? Pourquoi ? Ce n'est pas bon de remuer le passé. Croyez-en mon expérience. »

Enrico pinça les lèvres. Il aurait dû se montrer plus tenace lors de sa première visite. En insistant, il aurait certainement pu faire céder Peterzano et gagner un temps précieux.

« Caravaggio est en danger. On cherche à le tuer. »

De nouveau, les prunelles voilées se posèrent sur lui pour le sonder prudemment. Enrico toussota, gêné par la poussière qui saturait l'atmosphère.

Au bout d'un moment, le peintre poussa un long soupir.

« À ce moment-là, j'étais à Venise. Je n'ai donc pas été témoin de ce qui s'est passé, on me l'a raconté. À l'époque, la sœur de Michele, Caterina, s'est entichée d'un jeune aristocrate. Il faut dire qu'après la mort du marquis de Caravaggio, Francesco Sforza[1], les mœurs s'étaient relâchées dans la province. Les rejetons des familles nobles se plaisaient à trousser les jupes des roturières. On parla pendant quelque temps d'un mariage entre Caterina et son amoureux. Mais le patricien, par crainte de déchoir de son rang, rejeta

1. Il est à préciser que la veuve du marquis, Costanza Colonna, restera une fidèle protectrice de Michelangelo Merisi durant toute sa vie.

finalement l'idée. Ce qui ne plut guère à Michele, qui ne voulait pas voir sa sœur adorée rester la maîtresse d'un hobereau prétentieux. Après que son père, Fermo Merisi, eut été emporté en 1577 par la peste, il était devenu le chef de famille, et il se sentait responsable de Caterina. Pourtant, il n'avait lui-même que seize ou dix-sept ans.

— Que savez-vous du jeune amant de Caterina ? Vous rappelez-vous du nom de sa famille ?

— Mon cher ami, si je devais me souvenir de tous les noms des personnes que j'ai croisées au cours de ma vie, il me faudrait une seconde tête. Non, ma mémoire est aussi rouillée que mes vieux os. Je suis désolé. »

Peterzano fit une pause pour reprendre son souffle. À l'évidence, cette histoire le remuait profondément.

Enrico éternua. La poussière lui piquait le nez et les yeux. Il ne tiendrait plus longtemps dans cet atelier à l'abandon.

« Que s'est-il passé ensuite, *maestro* ? »

Au lieu de répondre, le Bergamasque édenté se leva avec précaution, comme s'il s'efforçait de ne pas faire voler trop de poussière. D'un signe, il pria Enrico de le suivre.

Précédant son hôte, il marcha d'un pas traînant jusqu'au fond de son atelier. Dans un coin était entreposée pêle-mêle toute une collection de vieux tableaux.

« Des esquisses préparatoires et des invendus », commenta Peterzano en promenant son regard terni sur l'amas de toiles. Puis, désignant sur sa gauche un étroit escalier en colimaçon qui s'élevait contre le mur, il ajouta : « Michele dormait là-haut. »

Enrico leva les yeux. De ce côté-ci de la haute salle était ménagée une galerie à balustrade qui desservait cinq portes à l'étage.

« Les chambrettes des compagnons, précisa le peintre édenté. Avec chacune deux lits. »

Il commença ensuite à fouiller dans le fatras de tableaux entassés dans l'angle de la pièce.

« Ce doit être quelque part là-dessous.

— Que cherchez-vous, *maestro* ?

— Un peu de patience, mon ami. Même si pareille aptitude est plutôt la vertu des vieillards. Passé un certain âge, plus rien dans la vie ne justifie la précipitation. Ah, la voici. »

Peterzano souleva une toile percée d'un trou en son centre. Le tableau représentait deux jeunes hommes assis à une table. D'après leurs habits élégants, il s'agissait à coup sûr d'aristocrates. Mais le visage de l'un d'eux avait été découpé rageusement.

« La première commande officielle de Michelangelo. Il devait réaliser le portrait du godelureau qui avait charmé Caterina. » Le visage de l'artiste s'éclaira subitement. « Antonio Di Russo ! Voilà comment il s'appelait, ce fat.

— Cette peinture n'est pas vraiment une réussite.

— Parce qu'il manque la tête du principal intéressé ? Détrompez-vous. Malgré son jeune âge à l'époque, Caravaggio est parvenu à donner une grande expressivité à ses personnages. Antonio devait poser avec son frère puîné. Domenico. C'est lui qu'on peut voir à ses côtés. Malheureusement, le tableau n'a jamais été livré. Michele l'a mutilé dans un accès de colère.

— C'est Caravaggio lui-même qui a charcuté sa toile ? Pourquoi ? »

Peterzano prit le tableau sous le bras et s'en retourna à la table en ahanant. Après avoir adossé l'œuvre tronquée contre le mur, il se rassit prudemment. Enrico l'imita.

« Quand je suis rentré de Venise, reprit le peintre, Michelangelo était déjà enfermé en prison. On l'avait accusé de meurtre et déclaré coupable. Les deux jeunes gens s'étaient battus en duel, et Antonio, grièvement blessé, avait péri peu de temps après. Michele n'a pas nié le crime. Mais au regard de son âge, et comme il était chef de famille, les juges se sont montrés cléments. Il dut purger une peine d'un an d'emprisonnement. Avec cette histoire, il avait brisé le cœur de sa mère, qui ne s'en remit jamais. Elle mourut quelques années plus tard. Caravaggio partagea l'héritage avec ses frères et sa sœur, puis partit pour Rome. Et la toile commandée par la famille Di Russo est restée ici. Voilà toute l'histoire. Je ne peux pas vous en dire plus. »

Enrico s'accroupit devant le tableau pour l'examiner. Le visage d'Antonio Di Russo avait été anéanti à tout jamais. Restait un corps sans tête qui aurait pu appartenir à n'importe qui. Son seul trait distinctif était une amulette d'argent qui pendait autour de son cou. Le précepteur s'intéressa au frère du garçon défunt. Un damoiseau à la figure insignifiante, malléable, qui n'avait pas encore été marquée par les expériences de la vie.

Lorsque son regard revint sur Antonio Di Russo, Enrico remarqua que le garçon sans visage portait à son pouce droit une magnifique chevalière. Selon toute évidence, une bague transmise de père en fils depuis des générations. À la mort d'Antonio, son frère en avait certainement hérité. C'était donc au cadet qu'il revenait de venger l'honneur de l'aîné tué en duel.

7

Songeuse, Nerina contemplait la place qui s'étirait devant le palais magistral. Comme l'édifice se trouvait au centre de la cité, tous les habitants de La Valette semblaient y passer au moins une fois par jour. Elle espérait qu'avec un peu de chance, Michele finirait bien par la traverser lui aussi à un moment ou à un autre.

Afin de ne pas se faire remarquer, elle avait revêtu une ample cape noire, l'habit traditionnel des femmes maltaises, et s'était voilé le visage. Sous ce déguisement, elle portait ses vêtements de jouvenceau, dans le cas où elle aurait besoin de se travestir promptement en homme.

Un tambour à broder sur les genoux, elle s'était installée à l'ombre près de l'entrée d'une maison. La chaleur ambiante la plongeait dans un agréable état de torpeur. Répercutée par les façades claires des bâtiments alentour, la lumière du soleil qui inondait la place semblait scintiller sous ses yeux.

Elle avait mis plus de neuf mois pour rejoindre Michele à Malte, et, maintenant qu'elle avait enfin atteint son but, elle ne savait plus si c'était la bonne décision. D'après ce qu'on racontait, Caravaggio menait la belle vie. Choyé par le grand maître, il logeait dans le palais magistral et accumulait les commandes prestigieuses. Apparemment, il s'en sortait très bien tout seul. Elle se réjouissait de voir son mentor réussir ainsi, mais ne pouvait s'empêcher d'éprouver une certaine mélancolie. Elle avait bravé de nombreux dangers afin de lui venir en aide, et elle arrivait mal à propos. Michele n'avait plus besoin d'elle.

En plein midi, la ville paraissait complètement désertée. Partout, on avait clos volets et persiennes. Les gardes du palais s'étaient réfugiés sous les deux portails flanqués de pilastres pour chercher un peu de fraîcheur. De-ci de-là, des hommes et des femmes étaient installés à l'ombre des bâtiments. Allongés à même le sol de pierre ou sur de petits tapis, certains habitants de La Valette préféraient faire la sieste dehors.

Nerina songea à la première nuit qu'elle avait passée dans l'atelier de Michele après qu'il l'eut arrachée à sa vie de saltimbanque. Dans la petite chambre qu'ils partageaient alors, une simple toile de jute séparait leurs deux couches. Quand l'artiste s'était étendu de l'autre côté du rideau, elle s'était demandé fébrilement ce qu'elle devait faire s'il essayait de la toucher, sans pouvoir trouver de réponse.

Ignorant s'il respecterait sa promesse de la laisser tranquille, elle avait feint de dormir. Cela ne l'avait pas empêché d'écarter la tenture. Paniquée, elle avait failli crier à l'aide. Mais Michele s'était contenté de s'asseoir à côté d'elle et de caresser ses cheveux avec douceur.

Il avait murmuré qu'elle était aussi belle et innocente que sa sœur. Un ange qu'il aurait aimé peindre, même si ce n'était pas simple pour lui, car il se sentait toujours attiré par les choses terrestres, la poussière et la saleté des rues, le cloaque des cités impures et des âmes. Il avait avoué l'avoir prise en apprentissage pour expier ses torts et retrouver un peu de pureté au milieu du chaos de son existence. Tout en parlant, il avait promené la main sur le corps de sa nouvelle élève. Comme pétrifiée, elle n'avait pas bougé. Avant même qu'elle ait eu le temps de décider quoi faire, il était reparti et l'avait laissée seule.

À l'époque, elle n'avait pas su interpréter ce qu'elle avait éprouvé sur le moment : haine ou compassion, peur ou désir. Après cela, il ne l'avait plus jamais importunée la nuit. Certains matins, au réveil, elle avait eu parfois l'impression qu'il l'avait longuement contemplée dans son sommeil, mais ces vagues souvenirs n'étaient peut-être que des rêves.

Un reniflement la tira soudain de ses pensées. Un chien noir au poil brillant s'était approché d'elle. Lorsqu'il essaya de poser le museau sur ses genoux, elle le repoussa vivement.

« Va-t'en, sale bête ! »

L'animal tourna deux fois sur lui-même en geignant, puis s'allongea à deux pas d'elle. Lorsqu'il leva ses yeux tristes vers elle, la jeune femme eut un sursaut.

« Nero ? C'est toi ? »

En entendant son nom, le chien bondit sur ses pattes et poussa un jappement. Après avoir refait un tour sur lui-même, il vint s'étendre tout près de Nerina.

Elle se pencha pour lui caresser la tête.

« Bonjour, mon beau. Toi aussi, tu as fait le voyage jusqu'à Malte. Tu sais où je peux trouver Michele ? »

Au même moment, elle se souvint que l'animal appartenait en réalité à Fra Domenico. Sur le qui-vive, elle scruta la place. Son cœur battait à tout rompre. Si le tonsuré la découvrait ici, il la jetterait aux fers en l'accusant d'être une espionne. Elle savait qu'il ne reculerait devant rien pour faire souffrir Michele.

Ne voyant aucune trace de l'hospitalier, elle émit un long soupir de soulagement.

« D'où viens-tu, galopin ? Ton maître te laisse courir les rues tout seul pendant qu'il se prélasse au palais ? »

Elle continua de flatter le chien en lui parlant à voix basse.

« Debout, Nero. Où est Michele ? Cherche Michele ! Cherche ! »

L'animal parut comprendre. Battant de la queue, il se leva et trottina vers une ruelle ombragée. Lorsqu'il remarqua que Nerina ne bougeait pas, il aboya brièvement.

L'apprentie se redressa et le suivit. Nero prit la direction du port. Tandis qu'elle marchait derrière lui, elle regarda alentour avec inquiétude. Était-on en train de l'observer ? Peu à peu, comme personne ne l'interpellait, elle se détendit.

Le chien s'arrêta quelques instants plus tard devant un bâtiment cossu, gardé par deux chevaliers de Malte. En apercevant l'énorme blason qui surmontait le portail, Nerina devina qu'il s'agissait de l'auberge d'Italie, l'édifice où logeaient les hospitaliers appartenant à la Langue italienne. Des rires s'échappaient de l'une des fenêtres.

La jeune femme siffla discrètement pour rappeler Nero.

« Bravo, mon beau. Voilà donc où se terre Michele. Mais pourquoi te laisse-t-il vagabonder tout seul dans les rues ? On capture les chiens errants pour les chasser ensuite de la cité. Ne voulait-il plus s'occuper de toi ? À moins que... »

Le soupçon qui lui vint à l'esprit lui noua la gorge. Faisant brusquement volte-face, elle avisa au coin de la rue un hospitalier adossé contre la façade d'une maison, les bras croisés sur la poitrine. Fra Domenico.

Nerina eut une bouffée de chaleur sous son voile. Naïve, elle s'était laissé prendre au piège. À présent, le chien connaissait l'odeur de ses vêtements. Un sifflement de son véritable maître, et il pourrait la retrouver n'importe où sur l'île.

Elle se maudit d'avoir été aussi imprudente. Cependant, une chose l'intriguait. Pourquoi le tonsuré s'était-il servi d'elle pour retrouver Michele ? Tous les chevaliers de l'ordre devaient savoir où l'artiste renommé passait son temps.

Elle retint son souffle. Il n'y avait qu'une explication possible. Caravaggio était protégé par le grand maître. Fra Domenico s'était sûrement empressé de raconter à son supérieur que Michele avait été condamné à mort après avoir tué en duel un homme à Rome, mais ses révélations n'avaient pas eu l'effet escompté. Alof de Wignacourt s'était fait l'ange gardien du peintre. Et maintenant, le tonsuré voulait se venger en s'en prenant à elle !

Fermant les yeux, elle revit Fra Domenico au marché du portique d'Octavie, s'éloignant vers la rive du Tibre au bras de Lena. Cet homme était un tueur. Lorsqu'elle rouvrit les paupières, elle se rendit compte qu'elle étreignait son amulette.

Nero sur ses talons, elle s'élança en direction du mur d'enceinte de la cité et se précipita dans la première ruelle latérale. Avisant soudain la porte entrouverte d'une maison, elle se faufila dans l'entrebâillement. Une fois à l'intérieur, elle ôta en hâte ses vêtements féminins et les roula en boule. Puis elle ordonna au chien de s'asseoir et de monter la garde près du déguisement. L'animal, visiblement perplexe, pencha la tête de côté avant de s'exécuter à contrecœur.

Nerina ressortit du bâtiment inconnu et referma la porte derrière elle. Tête baissée, elle rebroussa chemin en adoptant une démarche boitillante. Du coin de l'œil, elle vit Fra Domenico tourner au bout de la venelle. L'hospitalier s'éloigna sans prêter attention à elle. Sa ruse avait marché.

Essuyant d'un revers de manche la sueur qui perlait sur son front, elle repartit vers l'auberge d'Italie. Elle devait impérativement parler à Michele. Mais les gardes l'autoriseraient-ils à entrer ? L'apprentie jeta un regard par-dessus son épaule. Elle avait réussi à semer le tonsuré, toutefois son adversaire n'abandonnerait pas la partie aussi facilement. Ne valait-il pas mieux se réfugier chez Evangelos Anomeritis, le pêcheur qui avait accepté de la loger ? C'était dans sa cabane qu'elle avait caché la *Tête de saint Jean-Baptiste*.

Relevant les yeux, elle contempla l'imposante auberge hospitalière qui jouxtait l'église Sainte-Catherine. Les deux sentinelles paraissaient s'ennuyer ferme.

Après s'être assurée que Fra Domenico n'était pas dans les environs, elle se dirigea vers les chevaliers, le cœur battant. Son instinct lui soufflait de tenter sa chance.

« Le célèbre peintre Caravaggio réside-t-il en cette demeure ?

— Qui le demande ? répliqua l'un des deux hommes d'un ton rogue.

— Un ami qui s'est déjà entretenu avec messire Caravaggio à Rome et à Naples. »

Le gaillard parut se radoucir. Visiblement, Michele avait bonne réputation parmi les hospitaliers.

« Oui, effectivement, Michelangelo Merisi da Caravaggio loge céans.

— Puis-je lui parler ? »

Le garde la détailla de la tête aux pieds.

« Seuls les chevaliers et les novices possédant une autorisation du grand maître ont le droit de franchir cette porte. Si vous voulez entrer, il vous faudra solliciter une admission dans notre ordre. »

Les poings sur les hanches, Nerina se mit sur la pointe des pieds pour fixer l'homme qui la dépassait de plus d'une tête.

« Alors, dites-lui de me rejoindre dehors.

— Impossible, puisqu'il est en ce moment même au palais magistral.

— Dans ce cas, j'attendrai ici jusqu'à son retour.

— Bonne idée, mais vous risquez d'attendre longtemps. Caravaggio ne rentre pas tous les soirs à l'auberge. »

Le chevalier adressa un regard complice à son compagnon. « Il est très occupé au palais. Surtout maintenant que son investiture approche. »

Nerina arqua un sourcil.

« Quelle investiture ?

— Oh, ce n'est pas un secret. Caravaggio va bientôt intégrer l'ordre. En remerciement des services rendus à Malte et au grand maître. Son noviciat d'un an et un jour s'achèvera vers la mi-juillet. Avez-vous déjà vu son tableau dans l'oratoire de San Giovanni ? »

Elle acquiesça.

« Un chef-d'œuvre.

— Voilà pourquoi il sera fait chevalier. »

La nouvelle la laissa abasourdie. Sa théorie se voyait ainsi confirmée. Michele avait gagné la confiance d'Alof de Wignacourt. Cela expliquait pourquoi Fra Domenico tenait tant à mettre la main sur elle.

8

Juste avant de quitter l'atelier de Peterzano, Enrico avait obtenu du vieux maître un précieux indice. Il se tenait à présent devant la maison familiale des Merisi, située en face de l'église Santa Maria dei Servi. D'après le peintre, la sœur de Caravaggio habitait toujours ce haut bâtiment de trois étages, pourvu d'un toit en terrasse. Même si la façade s'effritait un peu, la propriété témoignait d'une certaine aisance. Tous les volets, de couleur vert olive, étaient clos, ce qui donnait à la bâtisse l'air abandonné.

Le précepteur frappa contre la porte moulurée, surmontée d'un portique. Rien ne se passa. Reculant de quelques pas, il leva les yeux pour observer attentivement la maison. C'est alors qu'il vit bouger au premier une jalousie. Il agita la main en prenant une mine avenante pour amadouer la maîtresse des lieux.

Comme il s'approchait de nouveau de l'huis, il perçut un bruit de pas en provenance de l'intérieur. Peu après, le lourd panneau de bois s'ouvrit et la tête grisonnante d'une vieille femme apparut dans l'entrebâillement. Enrico supposa qu'il s'agissait d'une domestique.

« Vous désirez ?

— Je souhaiterais m'entretenir avec Caterina Merisi, sœur du célèbre peintre Michelangelo Merisi. Est-ce bien ici qu'elle habite ? »

Il s'inclina légèrement afin de faire bonne impression. La servante le considéra avec étonnement.

« La *signora* habite céans. Mais elle s'est mariée et ne porte plus le nom des Merisi.

— Je suis chroniqueur, et le cardinal Ferdinando Gonzaga m'a chargé d'écrire l'histoire de l'illustre peintre Caravaggio. C'est maître Peterzano qui m'a donné l'adresse de la *signora* Caterina. »

Enrico marqua une pause en priant pour que son interlocutrice se laisse prendre à son subterfuge. « Pourrais-je entrer afin de poser quelques questions à la maîtresse de maison ? Seulement en votre présence, cela va de soi ! »

La vieille grommela des paroles inintelligibles avant de refermer la porte.

Enrico sourit, amusé par la boutade qu'il venait de lancer. Supposant que la domestique était allée prévenir la patronne du logis, il décida de prendre son mal en patience. Pour lutter contre l'ennui, il examina les ornements sculptés sur l'huis : compas, fils à plomb, rouleaux de parchemin et bâtiments en miniature. Même sans les indications de Peterzano, il aurait pu aisément deviner que Fermo Merisi, le père de Michele, avait jadis exercé la profession d'architecte pour le compte du marquis de Caravaggio.

De plus en plus nerveux, il se mit à arpenter le perron de long en large. Au moment où il s'apprêtait à tourner bride et repartir, il entendit de nouveau des pas en provenance du vestibule.

La porte s'ouvrit sur la vieille domestique, qui annonça sèchement :

« Entrez, la *signora* vous attend. »

Elle s'écarta afin de céder le passage. Une forte odeur de tapisseries anciennes et de lessive monta aux narines d'Enrico lorsqu'il pénétra dans le bâtiment.

Après avoir soigneusement refermé le battant, la servante le précéda pour lui montrer le chemin. Ils empruntèrent un escalier en bois sombre puis, parvenus au premier étage, longèrent un corridor obscur jusqu'à une vaste pièce qui servait manifestement de salle de réception. Les jalousies baissées des trois fenêtres ne laissaient entrer qu'un jour tamisé. Au milieu du salon, une jeune femme d'une trentaine d'années était installée sur une chaise longue. La ressemblance avec Caravaggio était indéniable. Les yeux légèrement pochés et la bouche un peu trop large, elle n'était pas vraiment belle, mais possédait un charme sensuel. Son ample robe blanche exhalait le parfum printanier d'une prairie émaillée de fleurs.

En approchant, Enrico fut frappé par l'aura de désenchantement qui flottait autour d'elle. La *signora* Caterina semblait avoir été profondément déçue par la vie.

Il s'inclina avec respect en agitant son chapeau. Elle sourit et tendit la main, qu'il prit avec douceur pour l'effleurer de ses lèvres.

« Madame, mon nom est Enrico. Chroniqueur au service de Son Éminence le cardinal Ferdinando Gonzaga. Si vous êtes la sœur du célèbre peintre Michelangelo

Merisi, je vous saurais gré de répondre à quelques questions. »

Craignant de s'être montré un peu trop abrupt, il garda les yeux baissés.

« Que pourrais-je vous répondre, moi qui n'ai pas vu mon frère depuis plus de quinze ans ? Les liens qui nous unissaient sont rompus depuis longtemps. »

Enrico s'efforça d'arborer un sourire aimable, mais la conversation s'engageait mal. La maîtresse de maison ne l'invitait même pas à s'asseoir. Jetant un regard discret autour de lui, il constata qu'il n'y avait aucun siège à sa disposition. On tenait donc à ce qu'il reste debout.

« Si vous êtes à la recherche de tableaux qu'il aurait peints ici durant sa jeunesse, vous perdez votre temps, poursuivit Caterina Merisi d'une voix blanche. Nous ne possédons aucune œuvre réalisée de sa main. Michele n'a jamais eu une forte inclination pour sa famille. »

Il s'empressa d'écarter le soupçon qui pesait sur lui.

« Je ne suis pas un chasseur de toiles. J'espérais que vous pourriez me confier quelques-uns de vos souvenirs d'enfance…

— Allez-y ! l'interrompit-elle sèchement. Dépêchez-vous de poser vos questions et quittez cette demeure. Mon époux est au service de la famille Sforza. Je n'ai aucun compte à rendre aux Gonzaga. »

Enrico exécuta une seconde révérence.

« Je vous demande pardon, *signora*, mon intention n'était pas de vous brusquer.

— Abrégeons, monsieur, si vous le voulez bien. Je n'ai pas revu Michele depuis que nous avons vendu plusieurs propriétés issues du patrimoine familial afin de rembourser des dettes qu'il avait contractées. Le reste de l'héritage a été ensuite partagé entre les membres de la fratrie, et Michele est parti s'installer à Rome. »

Caterina Merisi n'avait visiblement aucune envie de parler de son frère, mais quelque chose semblait la retenir de congédier sur-le-champ le visiteur importun.

Enrico se racla la gorge. Il en avait assez de rester debout, les bras ballants, tandis que la maîtresse de maison était assise confortablement sur sa chaise longue. Effrontément, il s'assit sur le sol.

La jeune femme le regarda d'un air effaré.

« *Signore !* »

Depuis son arrivée, il ne pouvait se défaire de l'impression d'avoir déjà vu Caterina Merisi quelque part. Mais sa mémoire lui jouait des tours. Il décida de passer à l'attaque.

« Saviez-vous que Giovan Battista, votre frère, aimait les hommes ? »

Furieuse, elle se redressa d'un bond.

« Je n'ai pas à répondre à ce genre d'insinuations calomnieuses ! Sortez de cette maison ! *Immediatamente !* »

Enrico se releva lentement. Il lui restait encore une dernière question à poser.

« Rassurez-vous, *signora*. Je m'en vais. Mais le bruit court à Rome que Michele aurait violé sa propre sœur. Est-ce vrai ? »

Caterina Merisi devint pâle comme un linge, puis son cou s'empourpra brusquement. L'indignation la suffoquait. Elle chercha ses mots, mais ne put émettre qu'une sorte de gargouillis qui se transforma bientôt en un long cri de rage. Après avoir craché une série d'injures inintelligibles, elle se laissa retomber sur son siège, vidée, pour reprendre son souffle.

Enrico s'inclina et quitta le salon à reculons. La réaction de son hôtesse était une réponse en soi. On ne se mettait pas dans un état pareil pour une simple diffamation. La rumeur devait donc contenir une part de vérité.

Il redescendit au rez-de-chaussée en songeant à la portée de cette révélation. Au pied des marches, un bref sifflement l'arracha à ses pensées. La vieille domestique apparut au fond du vestibule et lui fit signe de la rejoindre.

Après l'avoir fait entrer dans la cuisine, elle murmura :

« Il a assassiné le fiancé de la *signora* Caterina. »

Enrico la dévisagea avec étonnement.

« Caravaggio ? Pourquoi me racontez-vous cela ? »

La servante poussa un grognement agacé.

« Si vous écrivez quelque chose sur l'illustre Michelangelo Merisi, il faudra raconter dans votre chronique qu'il était un meurtrier qui a peint avec du sang sur les mains. Ses tableaux ne sont rien d'autre qu'un moyen d'expier ses péchés. Il représente des saints pour échapper à la damnation ! » Elle retroussa sa lèvre supérieure, découvrant une rangée de dents gâtées. « J'ai été leur nourrice, je les connais bien tous les deux. Il a détruit la vie de sa sœur, voilà pourquoi je ne veux pas qu'on le pare d'une auréole. Il doit être jugé pour ce qu'il a fait ! »

D'un geste brusque, elle invita Enrico à sortir. Il s'exécuta sans insister.

Au moment où il ouvrait la porte d'entrée, la vieille le rappela. Il fit demi-tour, et elle se rapprocha d'un pas traînant.

« La *signora* vous a-t-elle parlé de sa fille ?
— Elle a une fille ?
— Elle avait une fille. Jolie comme un cœur.
— Que lui est-il arrivé ? Est-elle morte ? »

La domestique haussa les épaules, comme si elle en avait déjà trop dit. Puis elle poussa le visiteur dehors et referma le panneau de bois derrière lui.

Enrico se retrouva sur le perron de la maison, abasourdi par ce qu'il venait d'apprendre. Les pensées se bousculaient dans son esprit. Qu'était devenue l'enfant de Caterina Merisi ? Et pourquoi la vieille nourrice lui avait-elle fait une révélation pareille ?

Il ne pouvait pas rester à Milan. Si Caterina racontait à son mari l'outrage qu'elle venait de subir, celui-ci essaierait sûrement d'obtenir réparation.

Songeur, il se remit en mouvement. Lorsqu'il émergea de l'ombre du portique, il fut ébloui par les rayons du soleil qui frappaient la rue. Brusquement, l'image d'un tableau lui revint en mémoire. C'était sur la *Tête de saint Jean-Baptiste* qu'il avait vu le visage de Caterina. Caravaggio l'avait représentée avec dix ans de moins. La jeune femme, dont les yeux de braise n'avaient pas encore cédé à la résignation, incarnait Salomé. Celle qui avait réclamé et obtenu la décapitation du Baptiste.

9

« Michele ! »

Aveuglée par la lumière vive du soleil maltais, Nerina avait failli ne pas reconnaître la silhouette sombre qu'elle avait vue sortir du palais magistral. Elle avait suivi l'homme dans les ruelles de La Valette, et ses doutes s'étaient rapidement évanouis. Les cheveux hirsutes, la démarche martiale – légèrement boitillante depuis une blessure à la jambe lors d'un duel. Elle avait enfin retrouvé son mentor.

« Michele, c'est moi ! »

Ses vêtements lui avaient certainement été offerts par Alof de Wignacourt à son arrivée sur l'île un an plus tôt. Fidèle à ses habitudes, il n'en avait pris aucun soin et les avait sans doute portés nuit et jour. Cape, chausses et pourpoint étaient donc dans un état déplorable, ce qui lui donnait l'allure d'un hobereau de province désargenté.

L'artiste se figea soudainement. Un léger mouvement de sa cape noire indiqua qu'il avait saisi la poignée de sa rapière.

« Qui êtes-vous ? »

La voix de Caravaggio était étrangement lasse et chancelante.

« C'est moi, Nerina ! »

Michele se retourna avec lenteur et examina sans la reconnaître son élève grimée en homme. Il tira à demi son épée.

« Me prendriez-vous pour un sot ? »

Elle eut un mouvement de recul en découvrant le visage du peintre. Les yeux de l'artiste étaient creusés, ses joues émaciées, et il lui manquait une dent. Des gouttes de sueur perlaient sur son front.

Nerina regarda autour d'elle pour s'assurer que personne ne les épiait.

« Ne te souviens-tu pas de ton élève ? Tu m'as laissée à Naples avec Enrico après ma blessure au pied. J'ai été contrainte de me travestir pour te rejoindre. Une femme qui voyage seule ne s'attire que des ennuis. »

Elle s'approcha de lui en souriant, mais Michele resta méfiant jusqu'à ce qu'elle lui montre ses mains. Des mains féminines aux doigts effilés.

« Nerina ?

— Ce n'est pas trop tôt ! Voilà des jours que je fais le pied de grue devant le palais.

— C'est le ciel qui t'envoie, ma parole !

— Pourquoi ? Que s'est-il passé ?

— Où loges-tu ? Dans l'une des auberges hospitalières ?

— Non, chez un pêcheur à l'extérieur des remparts de la ville.

— Pourquoi ?

— Fra Domenico est sur l'île. Il me traque depuis Naples. C'est un miracle qu'il ne m'ait pas encore attrapée. »

Michele baissa les yeux et opina tristement. De la pointe de sa botte, il dessina un cercle dans le sable qui recouvrait les pavés de la rue. Puis il releva la tête et tendit la main vers l'amulette d'argent que Nerina portait autour du cou. Après avoir effleuré le bijou, il souffla :

« Maintenant qu'il a retrouvé ma trace, il te laissera en paix. Viens, ne restons pas là. »

Nerina jeta un coup d'œil en arrière, vers le palais du grand maître. Caravaggio la prit par le bras et l'entraîna dans la direction opposée. Avec ses voies rectilignes, la cité fortifiée de La Valette n'avait rien à voir avec les réseaux inextricables de ruelles que formaient Rome ou Naples. Conçue comme un échiquier militaire, elle n'offrait aucun endroit retiré où se cacher.

De toute manière, l'apprentie ne se faisait aucune illusion. Si Fra Domenico était à leurs trousses, il n'aurait qu'à suivre l'odeur laissée par Michele. Le peintre empestait la sueur, le vin, l'urine et l'arôme poudreux des pigments de couleur.

« Qu'y a-t-il, Michele ? Tu as une mine effroyable, et tu n'as sans doute pas pris de bain depuis des mois. »

L'artiste s'arrêta près du mur d'enceinte. Des rides s'étaient creusées sur son visage amaigri, et sa barbe broussailleuse commençait à grisonner. Son regard terne trahissait une immense fatigue.

« Ton costume de godelureau te sied à merveille.

— Merci pour le compliment, mais ne tourne pas autour du pot. Que se passe-t-il ?

— Je dois quitter Malte, Nerina. Le plus tôt possible. Fra Domenico a noirci ma réputation auprès des hauts dignitaires de l'ordre. Si on ne m'a pas encore arrêté, c'est uniquement parce que Alof de Wignacourt et Fabrizio Sforza Colonna[1] me protègent. Mais dès que j'aurai achevé le troisième tableau que m'a commandé le grand maître, mes ennemis feront tout pour se débarrasser de moi. Et je n'ai aucune envie d'être emprisonné à Sant'Angelo. D'après ce que je sais, personne n'est jamais ressorti vivant des obscurs cachots du fort. »

Nerina considéra son mentor avec étonnement. Même à l'ombre du rempart, la chaleur était étouffante. La gorge sèche, elle murmura :

« Mais je croyais qu'ils te feraient bientôt chevalier ?

— *Cavaliere di Grazia !* Un chevalier de seconde classe ! Une distinction honorifique qu'ils donnent facilement. Cela ne me servira à rien. Pour échapper aux attaques de Fra Domenico, il me faudrait devenir *cavaliere di Giustizia*. Chevalier de justice. »

Nerveux, Caravaggio scruta la ruelle à la recherche d'éventuels poursuivants.

Elle posa la main sur le bras du peintre.

« Je vais t'aider à t'enfuir. Mais auparavant, je dois savoir une chose. Fra Domenico m'a raconté que tu avais déjà tué un homme dans ta jeunesse. Est-ce vrai ? Dis-moi la vérité. »

Il la fixa de ses pupilles dilatées, puis secoua la tête violemment, faisant voler ses boucles noires.

« Mensonges que tout cela ! Je n'ai assassiné personne. Pourquoi tient-on absolument à faire de moi un meurtrier ? »

1. Général des galères de Malte, Fabrizio Sforza Colonna est le fils de la marquise de Caravaggio.

Nerina leva la main en signe d'apaisement. Elle avait du mal à croire l'artiste. Sa réaction paraissait trop étudiée pour être sincère.

« Ce n'est pas la vérité, Michele. »

La fatigue qui pesait sur Caravaggio s'évanouit subitement. Ses muscles se bandèrent, et ses yeux se mirent à lancer des éclairs.

« Tu ne me crois pas ? Dans ce cas, hors de ma vue ! Je n'ai besoin de l'aide de personne. Je trouverai un moyen de quitter ce maudit caillou, avec ou sans toi ! »

Sur ces paroles, il tourna les talons. Nerina, interloquée par cet accès de fureur, le regarda s'éloigner d'un pas fier vers la porte donnant sur le port.

Elle avait imaginé des retrouvailles plus chaleureuses, mais son mentor était devenu plus taciturne que jamais. Que devait-elle faire ? Le suivre ou l'abandonner à son destin ? Les deux solutions lui paraissaient envisageables.

Refoulant son amertume, elle se décida à le rejoindre. Elle n'avait pas fait tout ce chemin depuis Naples pour rien. Au même moment, elle vit Nero surgir d'une ruelle latérale. Le chien tourna joyeusement autour du peintre en battant de la queue. Caravaggio, qui, entre-temps, avait perdu de sa superbe et repris son allure boitillante de pauvre hère, le caressa avec nonchalance.

Aussitôt, Nerina se raidit. Si l'animal était ici, son véritable maître devait se dissimuler à proximité. L'instant d'après, elle vit ses craintes se confirmer. Une silhouette familière se détacha de l'ombre d'un porche et emboîta le pas de Michele.

Ce dernier tressaillit en entendant Fra Domenico lui adresser la parole par-derrière, mais il poursuivit sa route sans s'arrêter.

L'hospitalier le laissa partir et fit demi-tour.

Avant de croiser son regard, Nerina s'élança dans une contre-allée.

10

Nerina dut rassembler tout son courage pour se diriger vers le tonsuré, absorbé dans un pieux recueillement au fond de l'oratoire San Giovanni.

Depuis des jours, elle se morfondait à attendre que Michele achève sa *Décollation de saint Jean-Baptiste*. Elle avait appris que le tableau devait être inauguré le 29 août, date à laquelle on célébrait le martyre du saint patron de l'ordre hospitalier. Inquiète, elle se rendait très souvent à la cathédrale pour contempler l'artiste au travail qui, depuis leur dernière dispute, l'ignorait avec obstination. Fra Domenico lui non plus ne le lâchait pas d'une semelle. Quotidiennement, l'hospitalier venait surveiller en silence les progrès de Caravaggio.

Même s'il était occupé, Michele sursautait chaque fois que le tonsuré se glissait dans l'oratoire, comme s'il pouvait sentir la funeste aura de son tourmenteur. Il ne se retournait jamais, mais cessait immédiatement de peindre. Il ne reprenait ses pinceaux que lorsque Fra Domenico quittait les lieux.

Quand l'hospitalier apparaissait, Nerina essayait tant bien que mal de se fondre parmi les chevaliers et les novices plongés dans leurs prières.

Pourtant, ce matin-là, lassée de jouer au chat et à la souris, elle avait décidé d'aller lui parler. Michele se trouvait à l'autre bout de la salle, et seul un moine penché sur son missel était assis quelques rangs derrière eux.

Nerina se planta près du tonsuré, qui marmottait des litanies sur un prie-Dieu.

« Fra Domenico, pourriez-vous m'accorder un moment ? Je souhaiterais m'entretenir brièvement avec vous, sans craindre pour ma vie. »

Gardant la tête baissée, l'interpellé interrompit sa prière.

« Est-ce la raison pour laquelle vous m'observez depuis mon arrivée ?

— Vous vous êtes aperçu que…

— Croyez-vous qu'un *cavaliere di Giustizia* ne remarque pas quand on l'épie ? Je serais mort depuis longtemps si mes sens n'étaient pas constamment sur le qui-vive. Qu'avez-vous à me dire ? Je vous écoute. La cathédrale est un lieu saint. Ici, personne ne vous attaquera. Même pas moi. »

Nerina le vit rengainer un poignard qu'il portait à la ceinture. Il se signa, puis leva les yeux vers le tableau de Michele, qu'on avait accroché à sa place définitive derrière l'autel de l'oratoire.

La jeune apprentie contempla à son tour *La Décollation de saint Jean-Baptiste*. L'œuvre, imposante et dramatique, exerçait une étrange fascination sur celui qui la découvrait. Empreints d'une grave résignation, le regard fuyant, tous les personnages de Michele semblaient avoir accepté l'inévitable. Le tableau faisait naître un sentiment de malaise chez le spectateur, transformé malgré lui en voyeur de l'exécution. Personne n'intervenait pour sauver le Baptiste. Tous assistaient à la scène avec fatalisme. Même le saint avait renoncé à se débattre.

L'hospitalier la tira brusquement de ses pensées.

« Qu'attendez-vous de moi, Nerina ?

— Je… Rien ni personne ne pourra faire revenir votre frère… Et on peut expier un crime autrement que par le sang. Je n'en ai pas encore discuté avec Michele, mais je crois qu'il serait prêt à verser à votre famille la somme qu'il vous plaira en dédommagement de la mort de…

— Taisez-vous ! »

Fra Domenico se tourna vers elle. Les yeux perçants de l'hospitalier sondèrent son visage avant de se river sur l'amulette qu'elle portait autour du cou.

« Seriez-vous en train de jouer les entremetteuses ? Vous me proposez de l'argent pour faire oublier la mort de mon frère et réparer un crime infâme ?

— On ne peut réparer la mort d'un proche. Il subsiste toujours de la colère et de l'amertume après une perte pareille. Mais la haine engendre la haine, la souffrance entraîne la souffrance, et on n'étanche jamais la soif de vengeance. Pourquoi ne pas briser ce cercle infernal ? En tant que chevalier de Saint-Jean, ne voulez-vous pas observer les préceptes de l'Évangile ? Jésus-Christ n'a-t-il pas enseigné qu'il fallait aimer nos ennemis et faire du bien à ceux qui nous haïssent ?

— Caravaggio ne pourra pas racheter son crime avec de l'argent. Je n'accepterai rien de lui, sauf sa vie. »

Les traits impassibles comme ceux d'une statue de marbre, Fra Domenico se releva. « Je veux que la peur l'étrangle, lentement, sous mes yeux. Qu'il sente toujours ma présence dans son dos. Peu importe où il tentera de fuir, je le suivrai. Et je gâcherai toutes ses joies, tous ses plaisirs. Inlassablement. Jusqu'à ce qu'il succombe, écrasé par le poids de sa faute. »

Nerina frissonna. Ainsi, le tonsuré était prêt à tout pour se venger.

« Pourquoi un chevalier tel que vous suit-il la loi du talion ? Dans le Nouveau Testament, Notre-Seigneur ne prône-t-il pas l'amour du prochain ? » L'hospitalier parut réfléchir un instant, puis il écarta brusquement la jeune femme et marcha d'un pas rapide vers la porte de l'oratoire. « Pourquoi vous dérobez-vous, Fra Domenico ? Ne vous laissez pas aveugler par votre soif de vengeance ! »

Parvenu sur le seuil, il fit volte-face et désigna le tableau.

« Le bourreau cache son poignard dans son dos pour ne pas que saint Jean-Baptiste le voie. Après avoir déjà infligé une blessure mortelle à son prisonnier, il n'hésitera pas à s'en resservir pour séparer complètement la tête du tronc. Il n'oublie pas de finir son travail. Moi aussi, j'irai jusqu'au bout. Et Michele le sait !

— Attendez ! le supplia Nerina. D'où vient cette haine irréconciliable ? Elle ne s'explique pas seulement par la mort de votre frère ! Il doit y avoir autre chose ! »

Mais l'hospitalier avait déjà fait demi-tour et quitté l'oratoire.

« Je pourrais vous répondre. »

Nerina sursauta. Seul le moine au fond de la salle pouvait avoir prononcé ces paroles. Serrant les dents, elle se retourna.

« Qui êtes-vous ?

— Oh, vous me connaissez », avoua le religieux en relevant son capuchon.

Elle n'en crut pas ses yeux.

« Père Leonardus ! Que faites-vous ici ? »

L'ecclésiastique à la chevelure de feu sourit.

« Ce n'est pas ce que vous pensez. Je ne suis pas venu à Malte pour vous espionner. Son Éminence le cardinal Borghese m'a chargé d'acheter des tableaux réalisés par votre mentor. Il est très fécond depuis son arrivée sur l'île. Pas moins de quatre toiles en une année ! »

Nerina tâcha de chasser son étonnement pour réfléchir. Entre Fra Domenico et le père Leonardus, elle ignorait qui était le plus dangereux des deux. Le prêtre n'avait eu aucun mal à la reconnaître malgré son déguisement. Mais de quelles œuvres parlait-il ?

« Michele a peint un portrait du grand maître et *La Décollation de saint Jean-Baptiste*. À quels autres tableaux faites-vous allusion ?

— N'avez-vous pas vu le saint Jérôme accroché dans la chapelle d'Italie ? Vous devriez aller jeter un coup d'œil. Une représentation très classique du saint sous les traits d'un vieil érudit en plein travail. L'autre tableau est un Amour endormi. Une œuvre très sensuelle qui est à vendre. C'est la raison de ma présence à Malte. »

L'ecclésiastique, qui s'était levé, s'avança vers elle. Nerina recula d'un pas vers la porte.

« Vous n'êtes qu'un charognard ! Ne voyez-vous pas dans quelles conditions ces œuvres naissent ? Michele ne tardera pas à mourir si on continue à le faire travailler comme un forcené ! »

Le père Leonardus haussa les épaules.

« Vous êtes injuste envers moi. Je ne suis ici que depuis quelques jours. À vrai dire, votre mentor s'épuise tout seul. S'il peint aussi frénétiquement, c'est pour obtenir la grâce papale. Il tient à montrer son repentir et espère que ses tableaux feront fléchir le Vatican.

— Pourquoi Fra Domenico est-il devenu l'ennemi juré de Michele ? Vous avez prétendu tout à l'heure connaître la raison de cette haine implacable.

— Si je vous conte cette histoire, promettez-vous de plaider ma cause auprès de lui ? Scipione Borghese rêve d'acquérir un nouveau Caravaggio !

— J'essaierai. Parlez, maintenant ! »

Le père Leonardus s'arrêta. Se rasseyant sur un banc, il croisa les mains. Les rais de lumière qui éclairaient de côté son visage rendaient ses yeux presque transparents. Le prêtre ressemblait à un aveugle ou, pire, à un spectre en prière.

Nerina se cramponna à l'accoudoir d'un prie-Dieu pour ne pas chanceler.

Après s'être raclé la gorge, le *prete rosso* entama son récit :

« L'histoire a débuté ainsi… »

11

Peu à peu, Scipione Borghese comprenait la manœuvre de son oncle. D'un côté, il admirait l'acharnement avec lequel Paul V poursuivait ses objectifs, tout en déplorant la fourberie dont faisait preuve le pape.

Installé près de la fenêtre de son cabinet de travail dans un fauteuil à oreilles, le jeune cardinal avait posé les pieds sur un tabouret. Les rayons du soleil chauffaient agréablement ses jambes tandis que le reste de son corps était à l'ombre. Les yeux fermés, la tête appuyée contre le dossier, il méditait. Cette position l'aidait à ordonner ses pensées.

Accusé d'un meurtre qu'il n'avait pas commis, Michelangelo Merisi avait dû fuir Rome. Un piège tendu par le souverain pontife parce que le peintre rebelle dérangeait les milieux conservateurs du Vatican. Tant que l'artiste lui avait été utile, Camillo Borghese l'avait toléré.

Au sein de la curie, les partis italien et français, composés surtout de hauts dignitaires progressistes, s'étaient unis au moment de la vive controverse soulevée par les toiles iconoclastes de Caravaggio. Grâce à ce rapprochement, son oncle avait été élu pape. Puis Michelangelo Merisi avait dépassé les bornes en peignant *La Mort de la Vierge*, qui brisait tous les canons de l'Église. Paul V avait alors décidé de se débarrasser du gêneur. Pour sauver sa vie, le peintre insoumis avait été contraint de quitter clandestinement les États pontificaux.

Scipione rouvrit les paupières. De sa place, il pouvait contempler le toit du bâtiment voisin. Par un jeu d'optique, les tuiles incandescentes semblaient osciller sous la chaleur estivale. Quand il songeait à l'existence de Caravaggio, il avait la même impression. Plus l'artiste s'éloignait de Rome, plus les événements devenaient flous.

Le royaume de Naples avait accueilli le fugitif. Là-bas, Caravaggio avait perfectionné sa technique et étendu sa renommée. Il avait rassemblé autour de lui des disciples, à qui il avait transmis son savoir. Si les rapports du père Leonardus disaient vrai, Michelangelo Merisi était en passe de devenir le peintre le plus célèbre de son époque. Submergé de commandes prestigieuses, il s'était assagi et travaillait avec une ardeur insoupçonnée.

Scipione croisa les mains sur son ventre. Ses efforts se voyaient enfin récompensés. La veille, une toile était arrivée au palais. Le père Leonardus était parvenu à acquérir une œuvre de Caravaggio. Un jeune saint Jean-Baptiste, représenté en compagnie d'un bélier. Assis sur une pierre, nu, le garçon fixait le spectateur d'un air grave comme s'il était pleinement conscient de la fugacité de la vie humaine. Ce tableau, d'une profondeur troublante, montrait tout le talent de l'artiste.

Il sourit de contentement en songeant à son oncle, qui avait osé lui interdire de collectionner les tableaux du proscrit. Mais il ne s'était pas laissé faire.

Se calant dans son fauteuil, il s'efforça de garder le fil de sa pensée. À Naples, tout semblait réussir à Caravaggio. Et pourtant, le peintre s'était de nouveau enfui. C'était à partir de ce moment-là que tout se brouillait.

Voilà un an, le père Leonardus l'avait informé du départ précipité de l'artiste pour Malte. Mais ce coup de tête restait inexpliqué. Qu'est-ce qui avait poussé Caravaggio à abandonner brusquement sa situation prospère ? Leonardus supposait qu'il avait répondu à l'appel d'Alof de Wignacourt, désireux de lui confier plusieurs commandes. Cependant, cette théorie n'élucidait pas tout le mystère.

Dans sa dernière lettre, son émissaire lui apprenait que Caravaggio avait été fait *cavaliere di Grazia* le 14 juillet 1608. La nouvelle de cette admission au sein de l'ordre de Malte paraissait anodine au premier abord, toutefois Scipione ne croyait pas à un hasard. Manifestement, on cherchait à contrecarrer le plan qu'il avait forgé avec le cardinal Gonzaga. Quelqu'un souhaitait empêcher le retour à Rome du peintre subversif. D'après ce qu'il savait, aucun chevalier ne pouvait quitter Malte sans l'autorisation du grand maître. Ce qui pouvait passer pour un honneur était en fait une ruse subtile, destinée à enfermer Caravaggio dans une prison dorée.

Sur le coup, Scipione avait exclu la participation de son oncle à cette affaire, mais Julia lui avait révélé que Del Monte avait correspondu avec le pape à propos d'une dispense pontificale. Comme Michelangelo Merisi n'était pas noble, il avait besoin d'une autorisation spéciale pour être admis dans l'ordre de Saint-Jean de Jérusalem. Et Paul V avait fini par accéder à la requête après une âpre négociation avec Alof de Wignacourt.

Par conséquent, son oncle était bel et bien impliqué. Restait à savoir pourquoi Del Monte s'était immiscé dans les tractations. Le rôle de l'ancien mécène de l'artiste restait obscur.

Une chose était certaine : quelqu'un avait persuadé Caravaggio de partir pour Malte. Scipione refusait de croire à une trahison de Ferdinando Gonzaga. Son secrétaire Enrico avait séjourné à Naples, mais le jeune cardinal, grand amateur d'art, tenait autant que lui à ce que le peintre soit gracié. Il avait déjà prouvé qu'il était un allié et n'avait aucun intérêt à claquemurer Caravaggio sur une île fortifiée. Quelqu'un d'autre avait donc influencé le peintre. Et cette personne n'était autre que son propre agent. Le père Leonardus. Celui-ci avait eu tout le loisir de s'entretenir avec Michelangelo Merisi dans la cité napolitaine.

Rien qu'à y penser, Scipione éprouvait des maux de tête, mais il ne pouvait en être autrement. À première vue, le père Leonardus obéissait à ses ordres ; avec l'argent qu'il recevait, il approvisionnait régulièrement les comptes de Caravaggio dans les banques de San Eligio et Santo Spirito, et il achetait des toiles qu'il expédiait ensuite à Rome. Pourtant, c'était un traître à la solde du pape.

Des gouttes de sueur perlaient sur son front. Les jambes ainsi exposées au soleil, il commençait à avoir chaud. Dans quelle mesure pouvait-il encore se fier au prêtre ? Romina Tripepi avait affirmé que Paul V avait engagé un tueur pour éliminer Caravaggio. Pourrait-il s'agir du père Leonardus ? Scipione avait du mal à voir dans l'ecclésiastique un assassin sans pitié. Et si c'était effectivement le cas, pourquoi n'avait-il toujours pas frappé ? Son oncle craignait-il que la mort du peintre, dont la renommée s'était encore accrue, ne provoque trop de remous ?

Des coups légers contre la porte l'arrachèrent à ses réflexions. Un instant plus tard, Onorio, son secrétaire, apparut sur le seuil.

Furieux d'être dérangé, Scipione s'apprêtait à le chasser brutalement lorsqu'il aperçut une lettre dans la main de son assistant. De loin, il reconnut le sceau du père Leonardus. Il fit signe à Onorio de lui apporter la missive et le congédia sans un mot. Plus que jamais, il avait besoin d'être seul.

Une fois que le secrétaire eut refermé la porte derrière lui, Scipione brisa le sceau et ouvrit la lettre. Ce qu'il lut le fit bondir de son siège. Remué jusqu'au fond des entrailles, il s'approcha de la fenêtre. Une atmosphère brûlante pesait sur Rome et faisait miroiter les contours effacés de la cité.

Le père Leonardus écrivait que Michelangelo Merisi s'était violemment querellé avec un chevalier de l'ordre de Malte. Après l'incident, on l'avait jeté dans un cachot du fort Sant'Angelo.

La nouvelle était affligeante. Même s'il le voulait, Caravaggio ne pouvait plus quitter l'archipel. Dans cinq ou six mois, personne ne se souviendrait du peintre, et ses chefs-d'œuvre tomberaient dans l'oubli.

Scipione serra les poings de rage. Il n'allait pas rester sans rien faire. Il déjouerait la machination de son oncle.

Agitant une clochette, le cardinal appela Onorio. À son grand étonnement, il vit le secrétaire revenir avec des plumes, de l'encre et du papier. Son assistant, qui le connaissait bien, avait devancé son souhait.

Scipione s'installa à son bureau et rédigea trois lettres. La première au père Leonardus, la seconde à Ferdinando Gonzaga et la dernière à son oncle, le pape Paul V.

Lorsqu'il eut terminé, il s'appuya contre le dossier de son siège et sourit. Cette fois-ci, c'était à lui de jouer un tour au souverain pontife.

12

Au réveil, une odeur de poisson, de charbon de bois et d'eau saumâtre monta aux narines de Nerina. Elle s'y était habituée depuis qu'elle logeait chez Evangelos Anomeritis. Le pêcheur grec vivait avec sa femme Milena et leurs trois enfants dans une cabane située sur la rive du Grand Harbour.

Elle avait rencontré le vieil homme sur le marché de La Valette, peu de temps après son arrivée à Malte. Derrière son étal, il ne cessait de pester contre les chevaliers et leurs taxes. Conquise par son bagou, elle avait commencé à s'entretenir avec lui. Elle avait ensuite fait connaissance de son épouse, et le couple lui avait gentiment offert l'hospitalité.

Nerina ouvrit les yeux. Les rayons du soleil perçaient à travers les fentes de la cloison en planches. La baraque ne disposait que d'une seule pièce. Les parents dormaient côté nord, tandis que Nerina et les enfants avaient leurs grabats en face de la porte d'entrée.

Accroupie devant la cheminée, Milena allumait un feu pour le petit déjeuner. Comme tous les matins, elle servirait de la soupe de poisson réchauffée. Nerina aurait droit en plus à une pita. La farine était très chère sur l'île, mais c'était l'apprentie qui l'achetait. Elle ne pouvait pas se passer de pain.

Encore allongée, elle tendit la main pour toucher la *Tête de saint Jean-Baptiste*, soigneusement dissimulée sous une couverture.

« Evangelos n'a-t-il pas raconté que le nom de l'île venait des Romains, qui l'appelaient Melita, parce que la couleur des rochers leur rappelait celle du miel ? Ils auraient pu la baptiser aussi Pescaria, parce qu'on y sent partout des relents de poisson. C'est peut-être la raison pour laquelle saint Paul n'est resté que trois mois ici après son naufrage. Il n'a pas supporté longtemps cette odeur. »

La remarque fit rire Milena.

« En Grèce, on raconte que les Carthaginois utilisaient autrefois cette île comme refuge. Et le mot "refuge" dans leur langue se disait *malet*. C'est très proche du nom "Malte". Mon père aurait pu vous en dire plus. »

Nerina ne s'étonnait plus de l'érudition de son hôtesse. Elle avait appris que les grands-parents de Milena et d'Evangelos avaient été capturés par les Ottomans. Condamnés à travailler comme esclaves à bord des galères de Piyale Pacha, ils avaient participé involontairement au grand siège de 1565. Lorsqu'une grande partie de la flotte turque avait coulé dans la baie, ils avaient réussi à rejoindre le rivage. Puisqu'ils étaient chrétiens, le grand maître de l'ordre leur avait permis de s'installer librement à Malte. Même s'ils appartenaient en Grèce à des familles de négociants, ils avaient décidé de devenir pêcheurs. Ce qui ne les avait pas empêchés d'apprendre à leurs enfants à lire, écrire et compter. Le père de Milena avait ensuite transmis ses connaissances à sa fille.

Nerina se redressa sur son séant. Par la porte ouverte, elle vit l'imposante silhouette de Sant'Angelo, et sa gorge se noua. Michele était incarcéré depuis plusieurs semaines dans le fort, et elle n'avait aucune nouvelle de lui.

Les images de l'arrestation de son mentor étaient gravées dans sa mémoire. Fra Domenico l'avait insulté devant le palais magistral. Il l'avait traité de barbouilleur de murs et d'escroc qui volait l'argent du grand maître. Avant d'ajouter qu'il faudrait brûler ses peintures hérétiques. Le sang de Michele n'avait alors fait qu'un tour. Nerina avait accouru pour tenter de l'entraîner loin du tonsuré, mais le piège avait été soigneusement préparé. Tout un groupe de novices se trouvait sur la place à ce moment-là, et les jeunes gens avaient aussitôt formé un cercle autour des deux antagonistes. Quand Michele avait dégainé sa rapière, un silence pesant avait envahi les lieux. Avant que le peintre se jette à l'attaque, quelques courageux l'avaient maîtrisé et lui avaient arraché son arme.

Tous les témoins présents savaient qu'en tirant son épée pour affronter un frère, Michele avait transgressé une loi fondamentale de l'ordre auquel il appartenait depuis à peine deux semaines. L'artiste s'était violemment débattu. On l'avait ligoté, puis emmené au fort Sant'Angelo. Personne ne savait s'il aurait droit à un procès équitable ou si on le laisserait croupir au fond de sa geôle.

Atterrée, Nerina avait suivi la troupe de chevaliers jusqu'au port et, au moment où Michele avait embarqué sur le bateau qui devait l'emmener de l'autre côté de la rade, elle avait croisé son regard. Pour la première fois depuis qu'elle le connaissait, elle y avait lu quelque chose comme de la peur. Ce n'était pas la crainte de mourir, mais plutôt celle de laisser son œuvre inachevée. Pour un artiste forcené de son espèce, c'était la pire des terreurs.

Elle avait songé à requérir l'aide de Fabrizio Sforza Colonna, le protecteur de Michele, mais celui-ci avait quitté Malte pour se rendre à Rome. Lorsqu'elle avait appris la nouvelle, elle avait deviné que ce départ n'était pas fortuit. Quelqu'un cherchait délibérément à éloigner l'ange gardien du peintre.

Entre-temps, Milena avait allumé le feu. Une délicieuse odeur de pita et de soupe au poisson avait envahi la cabane. Nerina se leva et sortit sur le seuil. Croisant les bras sur sa poitrine, elle contempla Sant'Angelo qui se dressait majestueusement sur son rocher, nimbé de la lumière mordorée du soleil levant. À cet instant, elle entendit un fracas de ferraille. On abaissait la chaîne tendue entre la forteresse et la péninsule d'Isla qui interdisait l'accès au port de Birgu pendant la nuit. Quelques instants plus tard, celle qui barrait le Grand Harbour depuis le fort Sant'Elmo tomba à son tour. Sur la plage, les pêcheurs déchargeaient la première marée en provenance de la baie.

Gagnée par le désespoir, la jeune femme poussa un long soupir. Elle entendit Milena s'approcher.

« Il sera libéré, Nerina. Ce n'est qu'une question de temps, tu verras. »

Elle avait du mal à y croire en observant les puissantes murailles du fort. Et si Michele tombait malade dans son cachot humide ? Ou s'il était mordu par un rat et que la plaie s'infectait ? Privé de vin, il souffrait certainement le martyre. Le manque d'alcool le transformerait bientôt en un vieillard tremblotant, rongé par la colère et l'amertume. À moins que l'absence totale de couleurs ne lui ôte auparavant la raison. Ce devait être insupportable pour le peintre de fixer à longueur de journée les murs sombres de sa geôle. Comment survivrait-il sans pouvoir admirer l'azur du ciel, les tons bleu-vert de la mer ou les prunelles noisette d'une courtisane ?

Elle sentit sur son épaule la main de Milena et la douce chaleur qui en émanait.

« Là-bas ! » Son hôtesse tendit le doigt vers l'un des bateaux de pêche. « Evangelos ! Regarde, il est chanceux aujourd'hui, ses filets sont remplis de poissons. Pourquoi ne serais-tu pas toi aussi favorisée par la fortune ? »

La voix de Milena était pleine d'entrain, mais Nerina la vit soudain sursauter.

« Qu'y a-t-il ?

— Un inconnu vient vers nous. »

Tournant la tête, elle aperçut un prêtre vêtu d'une soutane noire qui se dirigeait vers la cabane de la famille Anomeritis. Elle reconnut sur-le-champ l'individu aux cheveux roux. Le père Leonardus.

Ignorant son instinct qui lui soufflait de prendre la fuite, elle décida de braver son adversaire. Elle n'avait rien à craindre ici, sur la plage. En cas de problème, les pêcheurs la défendraient. Mais comment l'ecclésiastique avait-il découvert qu'elle logeait chez Evangelos ? Fra Domenico l'avait-il fait suivre sans qu'elle s'en aperçoive ?

Tandis qu'il approchait, le prêtre lui fit un signe de la main.

« Nerina, je suis heureux de vous trouver céans ! J'ai à vous parler, c'est très important. »

Mettant sa main en visière, il s'arrêta et regarda autour de lui. Le vent marin agitait sa chevelure de feu.

« Un lieu magnifique tant que règne la paix sur l'archipel. Vue sur la cité, la baie et le fort. On devrait construire un monastère dans ce havre. Pareil panorama est un baume pour le cœur. »

Nerina sourit d'un air moqueur. Du coin de l'œil, elle vit Milena rentrer dans la cabane pour réveiller les enfants.

« Je gage que vous n'êtes pas venu jusqu'ici dans le seul but de louer la beauté de Malte. Que voulez-vous ? »

Les yeux de Leonardus glissèrent vers Sant'Angelo. Comme le soleil montait dans le ciel, la lumière dorée qui inondait les remparts pâlissait peu à peu. La mer elle aussi changeait de couleur, passant du bleu profond au gris-vert.

« J'en conviens, le charme de ce lieu enchanteur est quelque peu terni par le fait que Michele, mon frère, est retenu prisonnier à Sant'Angelo.

— Nous n'avons aucun moyen de le tirer de là, mon père. »

L'ecclésiastique adressa à Nerina un large sourire.

« Peut-être que si. J'ai sur moi une demande de libération signée par le cardinal Borghese, ainsi qu'une lettre de change. Cela devrait suffire pour corrompre les gardiens et…

— Vous n'espérez pas sérieusement libérer Michele avec un stratagème aussi grossier ? »

Le prêtre se pencha en avant en prenant une mine conspiratrice.

« Pourquoi pas ? J'ai un plan, le soutien officieux d'Alof de Wignacourt, qui pense que Michele a été piégé, et plus d'argent qu'il n'en faut. Ne manque que votre adhésion. Car vous jouerez un rôle important dans cette évasion. Sans vous, l'entreprise est vouée à l'échec. Mais si vous tenez à aider votre mentor, joignez-vous à moi. »

Nerina le considéra avec étonnement.

« Et qui d'autre avez-vous recruté pour cette mission périlleuse ? Plus le nombre de complices est important, plus grand est le risque d'être trahi.

— Hormis vous et le grand maître, seul Scipione Borghese est au fait.

— Vraiment ?

— Puisque je vous le dis. »

Elle regarda le prêtre droit dans les yeux, sans pouvoir pénétrer ses pensées. Pouvait-elle se fier à lui ? Tout ceci n'était peut-être qu'une feinte. Jusqu'à présent, elle n'avait rien à se reprocher, mais si on la prenait en train de faire évader Michele, elle finirait comme lui au cachot.

Après une brève hésitation, elle hocha la tête.

« Qu'attendez-vous de moi ? »

13

Il y avait forcément une erreur dans son raisonnement.

À bord d'un coche qui l'emmenait de Milan à Gênes, Enrico avait le plus grand mal à rassembler ses pensées. De violents cahots menaçaient sans cesse de verser la voiture. Il aurait aimé poursuivre ses investigations à Caravaggio et à Venise, où Michele avait apparemment séjourné, mais le message de son maître était sans ambiguïté. Ferdinando Gonzaga le mandait d'urgence à Rome. *Periculum in mora*, avait griffonné le jeune cardinal de manière lapidaire. Il y avait donc péril en la demeure.

Enrico, qui s'inquiétait pour Nerina, avait aussitôt abandonné son enquête. Était-il arrivé quelque chose à Michele ? Par précaution, Gonzaga n'avait mentionné aucun détail, sachant que son courrier était certainement surveillé. Au Vatican, où les espions pullulaient, mieux valait ne pas transmettre d'informations vitales par écrit si on ne voulait pas qu'elles tombent entre de mauvaises mains.

La plaine verdoyante qui défilait sous ses yeux ne l'intéressait guère. Se calant dans un coin du véhicule, il s'efforça de se concentrer. L'un après l'autre, il resongea aux derniers entretiens qu'il avait menés à Milan.

Avec Simone Peterzano, Caterina Merisi et Carlo Galiti, un ancien compagnon de Caravaggio dans l'atelier du vieux maître bergamasque. Ces trois conversations lui avaient permis d'en savoir plus sur le passé de l'artiste fugitif. Mais, en y réfléchissant, il avait l'impression qu'il lui manquait une pièce maîtresse pour comprendre l'ensemble du tableau.

Peterzano lui avait indiqué où trouver son élève d'autrefois. Quelques années plus tôt, Galiti avait fait une mauvaise chute d'une échelle et était demeuré infirme des suites de ce fâcheux accident. Contraint de renoncer à la peinture, il en était réduit à vivre d'aumône. Enrico l'avait abordé sur le parvis de la cathédrale, où le malheureux avait l'habitude de mendier.

Le peintre estropié ne s'était pas montré très bavard, mais ce qu'il avait raconté s'était avéré fort intéressant.

Ainsi, Michele avait réellement tué en duel le fils d'un aristocrate milanais. Galiti ignorait les causes exactes de ce combat, mais il avait révélé un point capital. Le père de la victime avait exigé que Caravaggio purge une peine d'un an de prison en réparation de son acte. En contrepartie, il avait renoncé à toute poursuite judiciaire.

L'artiste avait accepté. Une cellule particulière avait été mise à sa disposition, et il n'avait manqué de rien durant son incarcération. Tout cela ressemblait fort à un arrangement entre deux familles milanaises qui souhaitaient éviter une *vendetta*. Galiti avait confirmé le nom qu'avait donné Peterzano. Le jeune gentilhomme qui avait perdu la vie lors du duel s'appelait bien Antonio Di Russo. L'infirme s'était souvenu qu'Antonio avait un frère cadet, qui était devenu par la suite chevalier de Malte.

Il s'agissait donc de l'hospitalier qui s'était introduit dans l'atelier de Michele à Naples. Mais pourquoi cet individu traquait-il encore Caravaggio alors que sa famille avait déjà obtenu réparation ? Il n'avait plus aucun droit de tourmenter le peintre, sauf si un autre événement justifiait cette conduite. Si c'était le cas, Enrico n'avait aucune idée de ce que cela pouvait être. Toutefois, son raisonnement était peut-être fautif. Jusqu'à présent, il avait cru que le danger venait de l'hospitalier, mais ce n'était peut-être pas le cas.

Le coche buta contre une ornière, et Enrico fut arraché à ses réflexions.

Des effluves marins montèrent à ses narines. Ils arrivaient à destination. L'attelage avait quitté la plaine pour entamer l'ascension d'une colline. Au-delà de ce pli de terrain s'étendait Gênes. Del Monte lui avait raconté que Michele avait passé deux mois dans la cité portuaire en 1605 pour fuir des démêlés judiciaires avec le notaire Pasqualone D'Accumulo. Le cardinal l'avait chaudement recommandé auprès de Marcantonio Doria, un prince génois, qui avait proposé au peintre un projet très rémunérateur : six mille scudi pour exécuter une fresque dans la loggia de sa villa de Sampierdarena. Mais Caravaggio, au grand dam de son ancien mécène, avait refusé la commande en arguant qu'il n'était pas fresquiste.

Enrico contempla un moment le coteau planté d'oliviers. Le postillon avait ralenti l'allure pour éviter les charrettes et le bétail qui encombraient la route.

Fermant les yeux, il tenta de reprendre le fil de ses pensées. Caterina Merisi lui avait paru hautaine et distante – une vraie Salomé. Mais pourquoi Michele l'avait-il représentée sur son mystérieux tableau la *Tête de saint Jean-Baptiste* ? Il semblait peu probable que la jeune femme tente de nuire à son frère depuis Milan. Avait-elle commis dans le passé un impair qui avait profondément blessé l'artiste ? Une chose était sûre : Caravaggio n'avait pas peint son visage par hasard sur la toile. Il n'aurait eu aucun mal à trouver un modèle quelconque pour son personnage. Pourtant, contrairement à son habitude, il avait réalisé de mémoire le portrait de sa sœur. C'était donc un choix délibéré.

Pourquoi Michele avait-il provoqué Antonio Di Russo en duel ? Était-il jaloux du soupirant de Caterina ? Enrico songea à la rumeur qui avait circulé à Rome. Si le peintre avait réellement entretenu un commerce incestueux avec sa cadette, il n'était pas étonnant qu'il ait cherché à se débarrasser d'un rival. Mais la théorie paraissait tout de même un peu tirée par les cheveux.

Le précepteur soupira. Il avait beau cogiter, aucune explication plausible ne lui venait à l'esprit. Passant la tête par l'ouverture de la portière, il aperçut au loin les flots bleu-vert de la Méditerranée. Le coche avait atteint le sommet de la colline et redescendait vers les remparts de Gênes. Les tours jumelles de la Porta Soprana se dressaient fièrement vers le ciel.

Tandis qu'ils passaient près des premières masures bâties à l'extérieur de l'enceinte, les chevaux se mirent au pas. La route était devenue plus étroite, et une foule de gens se pressait vers la cité.

Enrico n'avait pas l'intention de rester longtemps en Ligurie. Avec un peu de chance, la felouque qui devait l'emmener à Rome l'attendait déjà au port. Si le beau temps persistait, il pourrait appareiller le jour même.

Le véhicule approchait lentement de la porte de la ville. Enrico n'avait aucune inquiétude. À la vue du sauf-conduit que lui avait envoyé Ferdinando Gonzaga, les gardes ne feraient pas de difficultés pour le laisser entrer.

Ignorant les à-coups de la voiture, il replongea dans ses réflexions. Et si Caterina avait véritablement aimé Di Russo ? Les deux amoureux s'étaient peut-être rapprochés avant que les termes d'un éventuel mariage soient négociés. La jeune femme avait perdu sa vertu, et Michele s'était vu contraint de punir le damoiseau pour sauver l'honneur de sa famille. Nombreux étaient ceux qui avaient péri pour moins que cela.

Enrico se promit d'interroger Caravaggio à ce sujet dès qu'il le reverrait. Qui sait, confesser ce qui s'était passé à l'époque aiderait peut-être le peintre à retrouver la paix.

Comme prévu, ils franchirent la porte sans anicroches. L'attelage s'enfonça dans un lacis de ruelles grouillantes de monde.

Rencogné contre son siège, Enrico songea soudain à Del Monte. Michele avait offensé à plusieurs reprises son ancien protecteur. En refusant certaines commandes obtenues par le cardinal, et en s'enfuyant du Palazzo Madama. Le prélat avait dû être profondément attristé par ce départ. Son intérêt pour Caravaggio dépassait-il le simple cadre artistique ? Michele avait peut-être pris ses distances afin de ne pas tomber dans les filets de Del Monte comme son frère Giovan Battista. Il n'était pas exclu que le puissant cardinal, malgré son apparente bienveillance, nourrisse des idées de vengeance. Avec sa fortune, il avait largement les moyens d'engager un homme comme l'hospitalier pour tourmenter Michele.

Une forte odeur de poisson lui fit tourner la tête vers la portière. Le coche était arrivé au port. Mettant ses hypothèses de côté, il se prépara à descendre. Il lui fallait maintenant trouver la felouque envoyée par son maître. Il aurait tout le temps en mer de poursuivre ses considérations.

14

Jusqu'à présent, tout se déroulait comme prévu.

Nerina devait seulement marcher avec précaution. Sous sa robe noire, la corde qu'elle portait enroulée autour du ventre la démangeait, et la barre de fer dissimulée dans son dos gênait ses mouvements.

Le factionnaire posté devant la porte de la forteresse avait à peine regardé le document qu'elle avait présenté avant de la laisser entrer. Le sceau d'Alof de Wignacourt faisait merveille. Après avoir écouté le motif de sa venue, le sergent de la garnison avait ordonné à un soldat de la guider jusqu'aux cachots.

Emboîtant le pas à son guide, la jeune femme traversa la cour intérieure de Sant'Angelo, puis pénétra dans le donjon. Depuis son arrivée, elle s'efforçait de graver dans sa mémoire l'itinéraire emprunté, mais elle perdit rapidement le sens de l'orientation à l'intérieur de l'édifice.

Précédée du garde, elle longea plusieurs corridors avant de prendre un escalier en colimaçon vers les étages supérieurs.

Nerina n'aurait jamais cru qu'il soit aussi facile de s'introduire dans le fort. Le père Leonardus avait tenu sa promesse et s'était occupé de tout. Pour financer la fuite de Michele, il avait obtenu auprès de l'ordonnance de Sforza Colonna une bourse bien garnie. Sur sa demande, le grand maître de l'ordre de Malte avait ensuite accepté de signer un laissez-passer autorisant Nerina à rendre visite à l'illustre prisonnier.

Le militaire ouvrit une grille qui fermait un long couloir bordé de portes. Il aboya ensuite un ordre, et un individu voûté surgit d'un renfoncement – sans doute le geôlier.

Des relents d'excréments et de paille moisie flottaient dans l'air. Nerina était surprise, car Leonardus lui avait assuré que Caravaggio bénéficiait d'un traitement de faveur et n'était pas détenu dans les pires cachots de la forteresse. Avait-il menti pour ne pas l'inquiéter ?

« Êtes-vous certaine que Caravaggio ait envie de vous voir dans cet état-là, *signora* ? » s'enquit le soldat qui l'avait escortée jusqu'ici.

Il ne put s'empêcher de sourire en observant le ventre bombé de la jeune femme. En retour, elle lui décocha un clin d'œil espiègle. La corde nouée autour de sa taille donnait l'impression qu'elle était enceinte.

« Tant qu'il se souvient comment c'est arrivé, je pense que oui.

— Il n'est pas digne de votre beauté, si je puis me permettre.

— Comment le savez-vous ? Vous ne le connaissez pas. C'est un artiste pétri de qualités.

— Nous en avons découvert au moins une, intervint le geôlier, qui s'était approché. Il joue aux cartes comme le diable en personne. Il est temps qu'il soit exécuté, sinon toute ma solde va y passer. »

Le porte-clefs s'esclaffa comme s'il avait fait une excellente plaisanterie. Constatant que la visiteuse ne riait pas, il baissa les yeux d'un air embarrassé.

« Pardonnez-moi. »

Au moment où il se retourna pour la conduire jusqu'à la cellule de Michele, leurs regards se croisèrent brièvement, et Nerina sut qu'il était de son côté. Le père Leonardus avait réussi à le soudoyer.

Le petit groupe se mit en mouvement. Alors qu'elle suivait les deux hommes, elle aperçut au fond d'un corridor latéral une meurtrière donnant sur le port. D'après le prêtre rouquin, l'ouverture était suffisamment large pour permettre à Caravaggio de s'y faufiler. Une embarcation l'attendrait au pied de la tour.

Au bout d'une cinquantaine de pas, ils s'arrêtèrent devant une lourde porte cloutée.

« Je dois vous boucler avec votre galant, annonça le geôlier. C'est le règlement. Quand vous voudrez ressortir, vous n'aurez qu'à frapper. » Jetant un regard concupiscent sur le ventre renflé de Nerina, il ajouta : « Il vous faudra repartir au plus tard quand les cloches de la chapelle sonneront l'angélus. »

Sans plus attendre, il ouvrit le panneau de bois, poussa l'apprentie dans le cachot ténébreux et referma derrière elle à double tour.

Nerina n'y voyait absolument rien. Elle entendit un cliquetis de chaînes et des pas traînants sur la paille humide.

« Michele, c'est toi ?

— Nerina ?

— Michele ! Où es-tu ? »

Peu à peu, ses yeux s'habituèrent à l'obscurité, et elle discerna une silhouette en guenilles qui s'avançait en titubant dans un bruit de ferraille. Caravaggio arrivait à peine à tenir debout. Il avait des fers aux mains. Une chaîne attachée à sa jambe le liait à l'un des murs de la cellule. Hirsutes, ses cheveux lui arrivaient aux épaules. Son visage crasseux était aussi noir que les parois couvertes de suie de sa geôle.

« Mon Dieu ! » souffla Nerina.

Le peintre s'assit péniblement et tapota le sol près de lui.

« Prends place. Sois la bienvenue dans mon humble demeure ! »

Elle aperçut dans un coin deux seaux. Un pour les besoins naturels, l'autre pour la nourriture.

À intervalles réguliers, de l'eau gouttait du plafond bas, produisant un fond sonore triste et monotone.

« On m'avait dit que tu étais bien traité ! »

Michele émit un rire rauque.

« Comparé aux culs-de-basse-fosse creusés au fond du donjon, ce cachot est d'un confort presque royal. Que viens-tu faire ici ? »

Nerina posa un doigt sur ses lèvres, puis retourna à pas de loup vers la porte. Appuyant son oreille contre le bois, elle perçut les voix assourdies du geôlier et du garde. Ils semblaient s'être éloignés et discutaient un peu plus loin dans le couloir.

« Je n'ai pas beaucoup de temps, Michele. Tu dois suivre mes instructions à la lettre. »

Elle commença à lui expliquer le plan du père Leonardus. Après avoir ôté sa robe, elle demanda au prisonnier de l'aider à enlever la barre de métal coincée dans son dos et à dénouer la corde qu'elle portait autour de la taille. Elle cacha ensuite les deux objets sous la paille qui recouvrait le sol.

« Quand je partirai, le geôlier omettra de refermer la porte à clef derrière moi, poursuivit-elle en renfilant son ample vêtement. Dès qu'il fera nuit, sors de ta cellule. Après une cinquantaine de pas, prends le petit corridor latéral qui se tient à dextre. Au bout se trouve une meurtrière par laquelle tu pourras te glisser. Attache auparavant la corde à la barre et coince celle-ci dans l'ouverture. Un bateau t'attendra au pied de la tour. Une fois en bas, n'oublie pas de récupérer la corde et la barre. Personne ne saura comment tu t'es évadé. »

De nouveau, Michele ricana avec amertume. Puis il souleva ses mains menottées.

« Tu oublies les fers. »

Nerina se mordit les lèvres en voyant les poignets meurtris de son mentor. Elle s'accroupit et sortit une lime dissimulée dans l'une des poches de sa robe.

« Tu as du travail jusqu'à ce soir, murmura-t-elle en tendant l'outil de métal au détenu. Le forgeron à qui j'ai parlé m'a dit qu'il était possible de se libérer avec ceci. »

Lorsqu'elle voulut se relever, Michele la retint par le bras.

« Pourquoi te donnes-tu autant de mal pour moi ? »

Ils se regardèrent quelques instants dans les yeux.

« Pas question de te laisser moisir dans ce donjon humide. Je préfère te voir peindre. »

Michele cacha son visage derrière ses mains.

« Ici, j'ai tout le temps de penser à mon existence, et j'ai l'impression de contempler un champ de ruines. Chaque matin, quand je me réveille, je suis le même que la veille. Plus rien ne change. Le monde paraît complètement figé. »

Prise de pitié, elle caressa les cheveux de l'artiste.

« Nous ne sommes pas des parchemins vierges sur lesquels nous pouvons écrire tous les jours de nouvelles histoires. En nous sont gravées des choses que nous portons depuis notre enfance. Et à cela s'ajoutent progressivement des éléments supplémentaires. Pour changer, il faut agir. Et ce n'est qu'au crépuscule de notre existence que nous serons une personne différente de celle que nous étions encore à l'aube. »

Elle parlait doucement, sans savoir si le peintre l'écoutait. Toutefois, il lui sembla que Caravaggio se redressait un peu, comme s'il reprenait courage.

« C'est l'expérience qui nous fait évoluer, Michele. Quand on a compris cela, la vie semble moins rude. »

L'artiste releva la tête. Il avait les larmes aux yeux. Elle effleura du doigt sa joue hâve.

« Je sais que c'est facile de parler quand on n'est pas retenu par des entraves. Mais demain, tu seras libre. Demain, nous mettrons le cap vers la Sicile. Lorsque le soleil paraîtra à l'horizon, Malte ne sera plus qu'un mauvais souvenir. Tu as encore de longues années à vivre hors de ces murs humides. Tu réaliseras des chefs-d'œuvre devant lesquels le monde entier s'inclinera. Je le sais. Je crois en toi ! »

Caravaggio esquissa un semblant de sourire.

« Je dois partir, à présent. »

Elle se releva et marcha jusqu'à la porte. Sur le seuil, elle fit bouffer sa robe pour ne pas paraître trop mince sans la corde nouée autour du ventre.

« Attends, Nerina ! »

L'apprentie se figea. Son ventre se noua lorsqu'elle se retourna pour regarder le pauvre hère ramassé en boule. Michele semblait s'être ratatiné durant ces quelques semaines de captivité. Il n'était plus que l'ombre de lui-même.

« Tu ne dois pas faire confiance au père Leonardus. J'ignore ce qu'il a derrière la tête en me faisant sortir d'ici, mais il n'agit certainement pas par altruisme. Il essaiera sans aucun doute de te piéger.

— C'est ton frère !

— C'est le diable en personne ! »

Nerina frissonna. Une haine irréconciliable émanait des paroles du peintre. Aussitôt, elle songea à la *Tête de saint Jean-Baptiste*. Sur le tableau, Michele avait représenté le prêtre roux avec des traits à peine humains. Leonardus, les cheveux dissimulés sous un foulard blanc, ressemblait à une vieillarde machiavélique.

« C'est lui qui a convaincu le grand maître de signer le laissez-passer qui m'a permis d'entrer dans le fort. Il a soudoyé le geôlier et déniché un bateau pour nous faire quitter Malte. »

Caravaggio resta un long moment muet. Nerina s'apprêtait à partir quand il maugréa :

« Si tu souhaites que nous arrivions vivants en Sicile, trouve un autre bateau.

— Pourquoi devrais-je me méfier de lui ? Jusqu'à présent, il a tenu parole. »

Michele prit la lime et commença à gratter les rivets de ses menottes.

La jeune femme fit demi-tour. Elle allait frapper contre la porte lorsqu'elle entendit dans son dos :

« Sommeil et mort. Peut-être que la vie qui se déroule entre ces deux pôles n'est qu'une suite d'occasions manquées. »

Nerina jeta un regard par-dessus son épaule. Avait-elle eu raison de prendre tous ces risques pour venir lui offrir cette chance de s'évader ? La saisirait-il ?

« Toute opportunité qu'on laisse passer est perdue. On ne doit pas la regretter. C'est parfois mieux ainsi. Mais il faut savoir saisir les chances qui s'imposent à nous. »

Sans attendre la réponse de son mentor, elle tambourina contre le panneau de bois. Quelques instants plus tard, le geôlier lui ouvrit. Tandis qu'elle repartait vers l'escalier, elle se retourna discrètement et vit le porte-clefs faire semblant de verrouiller la porte. Si Michele en avait le courage, il pourrait quitter Sant'Angelo cette nuit même.

Le cœur battant, elle se laissa raccompagner par le garde jusqu'à l'entrée de la forteresse.

15

« Pourquoi ? »

Nerina se pencha au-dessus de Michele, dissimulé sous un sac de lin à la poupe du petit bateau de pêche qui s'apprêtait à quitter le port de La Valette aux premières lueurs de l'aurore. À la barre, Evangelos Anomeritis manœuvrait avec assurance. Le vent, qui soufflait vers le large, leur était favorable et enflait la voile de l'embarcation. Si le ciel était clément, ils arriveraient dans la soirée à Syracuse.

Jetant un coup d'œil par-dessus son épaule, la jeune femme aperçut un canot qui traversait la baie en direction de Sant'Angelo. Elle savait qui se trouvait à bord de l'esquif à cette heure matinale. Le père Leonardus.

Caravaggio, allongé aux pieds de Nerina, tremblait de fatigue. Il avait les mains en sang.

« Pourquoi, Michele ? Pourquoi tenais-tu absolument à venir à Malte ? »

Le peintre avait le visage cendreux, et ses lèvres gercées avaient pris une teinte bleuâtre. Il semblait avoir vieilli de plusieurs années en quelques mois. Des rides profondes sillonnaient son front et ses joues émaciées.

On aurait dit que ses yeux, enfoncés dans les orbites, fuyaient la lumière du jour. Paupières fermées, il respirait par saccades.

« Je croyais que les chevaliers de Malte avaient un code d'honneur leur interdisant de persécuter leurs semblables. Je voulais prendre Fra Domenico à son propre jeu. »

Caravaggio, à bout de forces, avait murmuré ces paroles de façon presque inaudible.

Nerina se pencha encore un peu plus vers lui.

« C'était une chimère, Michele ! Pourquoi te traque-t-il ainsi ? Dis-le-moi ! »

Un long silence s'ensuivit. L'artiste refusait encore de se confier.

« Nous poursuivent-ils ?

— Non. Le père Leonardus n'a pas encore remarqué que nous lui avons joué un tour. En ce moment, il fait voile vers le fort. Il ignore que nous sommes venus te chercher une heure plus tôt. Comment vont tes mains ? »

Grimaçant, Caravaggio leva ses paumes. La chair était à vif. Nerina frissonna en repensant à la descente du peintre le long du donjon. Exténué, il avait desserré trop tôt sa prise, et il était tombé en chute libre de plusieurs toises. La corde de chanvre avait littéralement brûlé le creux de ses mains. C'était un miracle si l'artiste ne s'était pas rompu le cou.

Par chance, Evangelos avait accepté de les conduire jusqu'en Sicile. Avec une embarcation rapide comme la sienne, la traversée ne durerait guère plus de douze heures. Une fois à Syracuse, on pourrait panser le fugitif.

Tandis qu'ils laissaient derrière eux les fortifications de La Valette, le son prolongé d'un cor leur parvint.

Michele ouvrit brusquement les yeux.

« Tu entends l'olifant ? Ce sont les gardiens de Sant'Angelo qui sonnent l'alerte. Je le savais. Leonardus m'a trahi. Si nous avions suivi son plan, je serais en ce moment même en train de descendre de la tour. Ils m'auraient capturé et exécuté dès le lendemain. Aucun chevalier ne quitte l'archipel sans y être autorisé. »

Le cor retentit une nouvelle fois. Nerina n'en croyait pas ses oreilles. Le père Leonardus avait manqué à sa parole. Le prêtre aurait livré sans aucun scrupule son frère au bourreau.

« Ils vont se lancer à ma recherche.

— Par précaution, nous avons emmené la femme d'Evangelos et les enfants de l'autre côté de l'île. Chez des parents proches. Il ne leur arrivera rien. Et nous sommes déjà loin.

— C'était trop facile, maugréa Caravaggio. Encore un traquenard ? »

Épuisé, il referma les paupières et s'endormit, bercé par le tangage.

Nerina soupira en contemplant le peintre étendu sur le fond du canot. Il ressemblait plus à un cadavre qu'à un être vivant. De nouveau, elle se demanda pourquoi elle continuait à l'aider. Tandis qu'elle suivait Michele au péril de sa vie, elle ne peignait plus. Elle avait renoncé à son art pour lui. Michelangelo Merisi en valait-il la peine ? Quand elle songeait à tous ses excès, aux nuits passées dans les tavernes de Rome ou de Naples, elle ne pouvait s'empêcher de douter. N'aurait-elle pas mieux fait de retourner en compagnie d'Enrico dans les États pontificaux ? Le secrétaire du cardinal Gonzaga l'aimait et saurait la rendre heureuse, c'était une évidence.

Que lui donnait Michele ? Il n'avait jamais voulu faire d'elle sa compagne. Pourquoi restait-elle auprès de lui, alors ? Pour assister à la naissance d'une nouvelle esthétique de la peinture ? Parce qu'il était un génie méconnu qui connaîtrait sans doute une gloire posthume ? Elle haussa les épaules, incapable de répondre.

Michele tressaillait en dormant. Le visage tordu par des grimaces, il marmonnait par moments des paroles incompréhensibles et faisait des gestes brusques.

Nerina aurait aimé savoir ce qui le tourmentait dans son sommeil.

L'apprentie avait dû s'assoupir car, quand elle rouvrit les paupières, Caravaggio était assis en face d'elle. Tête baissée, il examinait ses paumes ravagées. Des croûtes sombres de sang séché s'étaient formées sur les plaies. Ses bras tremblaient, et il répétait comme une litanie une phrase à voix basse.

« Vous ne pourrez plus jamais tenir un pinceau. Vous ne pourrez plus jamais tenir un pinceau… »

Autour d'eux s'étendait la mer à perte de vue. Le spectacle, plutôt monotone, n'était interrompu que par les hautes gerbes d'écume blanche qui giclaient par intermittence de la proue. Nerina ignorait comment Evangelos parvenait à tenir le cap dans cet environnement uniforme, mais le pêcheur ne semblait nullement inquiet. Vissé à la barre, il ne détachait pas le regard de l'horizon. Lorsqu'elle se tourna vers lui, il arqua un sourcil, comme s'il laissait sous-entendre que leur ténébreux passager était un sacré olibrius.

L'esprit ailleurs, Michele se balançait d'avant en arrière avec la régularité d'un pendule. Nerina sentit les larmes lui monter aux yeux en observant le pauvre hère rabougri. Morne et silencieux, le peintre n'avait plus rien à voir avec le fier querelleur, toujours prêt à se battre en duel, qu'il avait été à Rome.

« Connais-tu quelqu'un à Syracuse ? » demanda-t-elle pour engager la conversation.

Caravaggio poursuivit son mouvement de va-et-vient quelques instants avant de s'interrompre brusquement. Puis il regarda son élève avec de grands yeux étonnés.

« Bien sûr. Mario Minniti. C'est un ami.

— Peut-on lui faire confiance ? »

Rivant de nouveau le regard sur ses paumes, il se contenta d'acquiescer du chef. Nerina regrettait de ne rien avoir pour soigner les lésions. Le sel de mer, qui flottait dans l'air comme un nuage de fine poussière, avait déjà recouvert les plaies. S'il réduisait le risque d'infection, il freinait la guérison et encourageait la naissance de cicatrices.

Soudain, Evangelos poussa un sifflement. Il avait le doigt tendu vers l'ouest. Sur la ligne d'horizon était apparue la voile triangulaire d'une galère.

« Ils nous poursuivent ! » s'écria Nerina.

Le pêcheur secoua la tête.

« Il est encore trop tôt. Faire appareiller une galère prend plusieurs heures. Rien que pour faire monter la chiourme, ça dure un bon moment. Ce bâtiment fait route vers la Sicile, mais n'en a pas après nous. Si nous calons la voile, ils ne nous verront même pas.

— Qu'attendons-nous, dans ce cas ? » rétorqua-t-elle en se levant.

Elle dévergua la voile en hâte, et la grande pièce de lin tomba juste à côté de Michele, qui ne réagit même pas.

« Espérons que ce Mario Minniti existe vraiment », murmura Nerina pour elle-même.

16

« Votre Sainteté, vous ne pouvez pas refuser ! »

Scipione Borghese observait avec amusement Ferdinando Gonzaga, qui avait accompagné sa supplique d'un sourire ingénu. On ne pouvait que pardonner au jeune cardinal ce genre de sortie, et Paul V semblait du même avis. Même si le souverain pontife avait froncé les sourcils, il parut aussitôt se radoucir. Dans ces moments-là, son oncle correspondait pleinement à l'image du pape bienveillant et paternel qu'on lui attribuait.

« Apparemment, vous êtes entiché vous aussi de ce barbouilleur. Mais si je devais exiger par un bref qu'on le libère de Sant'Angelo, mon intervention pourrait avoir des retombées politiques… »

Paul V essuya son front avec un mouchoir de soie. Songeur, il contempla ensuite les taches de sueur sur le carré de tissu comme s'il pouvait y lire l'avenir.

Scipione jeta un coup d'œil vers Del Monte, mais le visage du haut dignitaire resta impassible.

Les quatre hommes étaient assis dans la cour de la Pigne, aménagée par Bramante cent ans plus tôt. Ils avaient disposé leurs chaises près de la majestueuse fontaine située au pied d'un double escalier conçu par Michelangelo Buonarroti. Ainsi, on ne risquait pas d'épier leur conversation, et la proximité de l'eau leur donnait une impression de fraîcheur. Il faisait encore très chaud au Vatican en ce début d'automne. Même l'imposante statue de bronze en forme de pomme de pin, qui trônait au-dessus d'eux sous la niche du belvédère, semblait chauffée à blanc.

C'était Ferdinando Gonzaga qui avait organisé cette réunion officieuse pour débattre du sort de Caravaggio. Scipione ignorait comment son jeune allié avait réussi ce tour de force. Le fait que le pape ait accepté de participer à une rencontre pareille était de bon augure. Quant à Del Monte, il ne semblait pas contre un retour du peintre à Rome. Pourtant, mieux valait rester prudent. Il avait soutenu Merisi, qui avait fait preuve d'une ingratitude offensante à son égard. Et le cardinal passait pour un homme rancunier. Il était donc difficile de deviner ses véritables intentions.

Scipione admira les pelouses et les massifs de la cour. Beaucoup de fleurs souffraient de la chaleur ambiante. Seules les roses semblaient résister aux morsures du soleil. Il eut soudain envie de caresser les pétales veloutés de teinte vermeille.

La voix de Paul V le tira de sa rêverie.

« Je songe notamment à l'Espagne ! Caravaggio a longuement séjourné dans le royaume de Naples. Il faut user de diplomatie.

— Il est incarcéré au fort Sant'Angelo. Et celui-ci se trouve à Malte. Les Espagnols ne sont pas concernés. C'est avec les hospitaliers qu'il faut négocier. »

Ferdinando Gonzaga avait parlé doucement, mais fermement. Scipione vit le pape se trémousser sur sa chaise, mal à l'aise.

« Si Michelangelo Merisi était à Rome, nous pourrions mieux contrôler ses excès », intervint Del Monte.

Le cardinal à la barbiche et le pontife se regardèrent. Durant un bref instant, Scipione crut voir dans leurs yeux une lueur de connivence. Del Monte jouait-il double jeu ?

Il allait devoir se montrer extrêmement vigilant. D'un geste large, il prit son verre, posé sur une table d'appoint. À l'intérieur, le vin blanc brillait comme de l'or fondu.

« Pourquoi ne pas lui rendre sa liberté et le laisser libre de ses actes ? » s'enquit-il négligemment.

Son oncle se tourna vers lui pour lancer avec fureur :

« Parce qu'il se rebiffe sans cesse contre nous ! Ses tableaux enfreignent les dogmes de l'Église romaine, que je représente. Ses saints et ses madones se délectent de leur vie terrestre. Ils n'arrivent pas à se détacher de leur corps et refusent toute transcendance. Dans ce sens, il est un hérétique. Et nous, les gardiens de la foi, devons défendre le royaume de l'esprit contre les nouveaux courants issus de la Réforme. Caravaggio sape l'influence que nous exerçons sur nos fidèles. Dans ses toiles, il déconsidère les saints au lieu d'en faire des modèles. Je ne peux pas laisser revenir à Rome un tel fauteur de troubles ! »

Les paroles rageuses du pape se répercutèrent contre les bâtiments qui bordaient la cour. Scipione n'était guère impressionné. Il connaissait les arguments avunculaires, qui lui paraissaient complètement dépassés.

« Et c'est pour cela que vous avez agi sans scrupule pour vous débarrasser de lui, remarqua Del Monte d'un ton tranchant. En ourdissant cette machination sur le Campo Marzio. Si Rome venait à apprendre la vérité, Votre Sainteté, cela ne…

— Taisez-vous ! » intima Paul V.

Scipione retint son souffle. Considérant tour à tour les trois prélats, il vit Ferdinando Gonzaga lui décocher un clin d'œil. Ce qu'il venait d'entendre était une véritable déclaration de guerre. Ce trait balayait tous ses doutes sur Del Monte. Si l'ancien mécène de Caravaggio menaçait ainsi le pape, il ne pouvait qu'être dans leur camp.

En revanche, il se demanda pourquoi Gonzaga avait révélé le complot au puissant protecteur des arts. Le Mantouan souhaitait-il laisser au vieux cardinal le soin d'attaquer à sa place ?

Scipione réfléchit fébrilement. Son prétendu allié jouait avec le feu. Del Monte était un homme retors qui ne soutenait jamais une cause de manière désintéressée. Que lui avait-il promis pour obtenir son aide ?

Dans cette affaire, une chose était sûre. Le jeune aristocrate ne lui disait pas tout. Une semaine plus tôt, Julia lui avait raconté que le secrétaire de Gonzaga était revenu à Rome. Et les deux hommes avaient passé une nuit entière à échafauder des plans. À l'évidence, le séjour à Milan d'Enrico avait été fructueux.

Scipione était partagé. Devait-il laisser faire son partenaire ou tenter de le museler ?

En face de lui, le pape était comme pétrifié, les mains crispées sur les accoudoirs de son siège. Camillo Borghese ne pouvait se permettre d'affaiblir sa position.

Les négociations avec Venise traînaient en longueur. Le doge, Marino Grimani, avait promulgué plusieurs lois afin de spolier l'Église romaine d'un certain nombre de propriétés foncières dans les territoires de la Sérénissime. Un véritable affront contre la curie. En réponse, le Vatican avait fait expulser de ses États tous les théatins, capucins et jésuites originaires de Venise. On était au bord de la guerre.

Au nord des Alpes, dans le Saint Empire romain germanique, la menace d'un conflit religieux était également réelle. Les États impériaux protestants s'étaient unis sous la direction de Frédéric IV du Palatinat. Pour contrecarrer cette coalition, le duc Maximilien de Bavière avait fondé avec l'aide financière de l'Espagne la Sainte Ligue catholique. La tension entre ces deux groupes montait de jour en jour.

Dans un tel contexte, le pontife n'avait aucune envie d'accueillir à Rome un peintre factieux qui risquait de diviser le parti italien.

Scipione sourit intérieurement. Il se demandait comment son oncle allait gérer cette situation délicate. En prime, il était en possession d'une information cruciale qui provoquerait la stupeur de ses interlocuteurs.

Ce matin même, une galère maltaise était arrivée dans le port d'Ostie. Elle était porteuse d'une nouvelle renversante. En l'exploitant à bon escient, il pourrait faire tomber les masques et parvenir à son but.

« Vous n'avez pas dit grand-chose jusqu'à présent, cardinal Borghese, lança Del Monte. Que proposez-vous pour remédier au problème ? »

Scipione soutint le regard perçant du prélat avant de répondre posément.

« Pourquoi ne pas respecter la volonté de Caravaggio et le laisser revenir à Rome ? Il cherche depuis longtemps à obtenir sa grâce. Il a acquis à Naples et à Malte une grande réputation. Son nom résonne dans tous les États d'Italie. Seule Rome se refuse à lui ouvrir ses portes. Et pourtant il éprouve un puissant attrait pour notre belle cité ! Souvenez-vous de la dispute entre Michelangelo Buonarroti et Jules II. Elle a eu des conséquences désastreuses pour la papauté. Aujourd'hui encore, on raille le nom du malheureux pontife parce qu'il n'a pas reconnu à sa juste valeur le talent de l'immense artiste. L'histoire pourrait se répéter si nous ne faisons pas preuve de clémence envers Caravaggio. Ce n'est pas son retour qui changera quoi que ce soit à l'imbroglio diplomatique dans lequel le Vatican se trouve. »

Scipione baissa les yeux, car sa dernière phrase était une attaque directe contre son oncle. Un silence pesant s'installa dans la cour. Seul le clapotis de la fontaine était perceptible.

« La curie ne doit pas agir sous la contrainte, sinon elle perdra toute liberté de manœuvre. »

L'air grave, Paul V avait prononcé ces mots à voix basse, comme s'il s'adressait à lui-même. Personne n'osa le contredire.

Scipione estima qu'il était temps de faire sa révélation.

« Nous avons déjà perdu notre liberté de manœuvre, Votre Sainteté. Caravaggio a un coup d'avance sur nous. J'ai reçu ce matin un message de Malte. L'artiste a disparu ! »

Il vit avec satisfaction les trois prélats tressaillir. L'espace d'un instant, une expression de profonde stupéfaction passa sur leur visage avant qu'ils se reprennent. Del Monte et le pape se regardèrent brièvement, comme pour échanger une information secrète. Quant à Ferdinando Gonzaga, il parut soudain découragé. La nouvelle bouleversait sans doute tous ses plans.

« Mais il était enfermé à Sant'Angelo ! s'exclama Paul V d'une voix qui tremblait légèrement. On ne s'évade pas de pareille forteresse !

— Dans la lettre qu'on m'a apportée, il est écrit que le peintre est parvenu à s'échapper. Ce n'était jamais arrivé auparavant.

— Dans ce cas, il y a eu trahison, observa Del Monte. Caravaggio a bénéficié de l'aide de quelqu'un.

— Apparemment, il aurait utilisé une corde pour descendre le long du donjon.

— Cela lui ressemble bien, en effet. Et son corps n'a pas été retrouvé au fond du port ?

— Non, tout porte à croire qu'il a réussi son coup. Après cela, il n'est certainement pas resté à Malte. Si j'étais à sa place, je serais allé me cacher en Sicile. Le royaume appartient aux Espagnols, qui l'ont déjà accueilli les bras ouverts à Naples. En plus, comme l'île est assez grande, il est facile d'y vivre clandestinement. »

Del Monte acquiesça. Scipione remarqua que le cardinal s'efforçait de réprimer un sourire. Pour un peu, on aurait dit que le mentor était fier de son élève.

« Mais tout ceci n'est que supposition, enchaîna-t-il. À l'heure qu'il est, nous ignorons encore où Caravaggio se trouve. Mon agent a perdu sa trace. »

Le jeune Borghese ne pouvait pas révéler aux autres que l'évasion avait été organisée par le père Leonardus. Au dernier moment, le peintre avait cependant faussé compagnie à son frère, en qui il n'avait aucune confiance.

« Néanmoins, nous ne tarderons pas à découvrir son refuge, conclut Scipione. Michelangelo Merisi n'a jamais été un homme discret. »

Del Monte se leva brusquement de sa chaise, manquant de renverser la table d'appoint autour de laquelle ils étaient installés. Le cardinal se mit à faire les cent pas près de la fontaine, sans réussir tout à fait à dissimuler son inquiétude.

Scipione le suivit du regard. L'ecclésiastique à la barbichette se faisait-il du souci pour son ancien protégé ?

« Il ne faut en aucun cas qu'on soupçonne la curie d'avoir encouragé cette fuite, argua Del Monte. Ce serait catastrophique pour l'image du Saint-Siège. »

Le cardinal s'arrêta avant de se tourner lentement vers Paul V. Puis, d'une voix étrangement posée, il ajouta :

« Votre Sainteté, il est temps de rouvrir les portes de Rome pour Caravaggio. »

De nouveau, la fontaine combla le silence qui retomba sur la cour.

Le pape poussa un profond soupir et finit par céder. Après s'être raclé la gorge, il annonça à contrecœur :

« Puisque c'est ainsi, le barbouilleur aura son absolution ! »

17

« Je m'inquiète pour lui », dit Mario Minniti.

Nerina appréciait beaucoup leur hôte. Le peintre débonnaire, qui avait une légère tendance à l'embonpoint, les avait accueillis à bras ouverts et s'était empressé de leur offrir l'hospitalité. Nichée dans un jardin planté d'oliviers et de cactus, sa petite maison de campagne était située non loin des latomies de Syracuse. Du haut de l'escarpement de ces carrières de calcaire, on pouvait admirer la mer et l'île d'Ortigia, sur laquelle était bâtie la cité au charme antique.

« On dirait qu'un mal incurable le consume. »

Mario parlait avec une voix de fausset qui contrastait avec son allure massive. On voyait qu'il vivait dans l'aisance. Après avoir passé plusieurs années à Rome, il était revenu s'installer dans sa ville natale, où ses œuvres connaissaient un certain succès.

« Michele ne s'est pas remis de son séjour à Sant'Angelo », expliqua Nerina.

Quand ils se promenaient dans la campagne environnante, Caravaggio ne cessait de jeter de rapides coups d'œil par-dessus son épaule. La nuit, il dormait mal et se réveillait souvent en hurlant.

« Il est en proie à une agitation extrême, reprit Mario. Il ne tient pas en place. Ses yeux ne cessent de rouler comme ceux d'un sanglier traqué par une meute de chiens. Seule la peinture lui permet d'oublier ses tourments pendant un moment. »

Minniti avait raison. Peu de temps après leur arrivée, une galère maltaise avait jeté l'ancre dans le port de Syracuse. Pendant deux semaines, Caravaggio s'était glissé tous les matins à l'aube dans la cité pour observer en catimini le bâtiment de guerre. Même si officiellement les chevaliers de Saint-Jean n'étaient pas à la recherche du peintre fugitif, ils avaient fouillé la ville de fond en comble. Au mépris du danger, Michele n'avait pas pu s'empêcher de retourner chaque jour sur l'île d'Ortigia. Comme attiré par un aimant, il contemplait longuement le funeste vaisseau avec sa coque noire et ses esclaves attachés aux bancs de nage.

Par chance, personne ne l'avait remarqué, et la galère était finalement repartie vers d'autres cieux. Mais depuis, l'artiste se comportait comme une bête traquée qui aurait perdu la raison.

Assise à l'ombre de la maisonnette en compagnie de leur hôte, Nerina se tourna vers la petite éminence qui s'élevait au-delà du jardin. Michele montait et descendait à grands pas le coteau aride.

« Il arpente cette butte telle une âme en peine. »

Épuisé, Caravaggio se laissa tomber sur l'herbe desséchée, les bras en croix.

« Michele a toujours été quelqu'un de torturé, déclara Minniti. Ange dans le monde pictural, diable dans la vraie vie. »

Nerina acquiesça. Le Sicilien, qui avait vécu plusieurs années à Rome avec Caravaggio, parlait en toute connaissance de cause.

L'artiste fugitif se releva avec peine. Puis, les épaules rentrées, il se dirigea vers le pavillon que Mario s'était fait construire pour peindre tranquillement au milieu de la nature. L'endroit était une cachette idéale.

« Toutes ces semaines d'emprisonnement ont brisé quelque chose en lui, murmura Nerina. C'est comme s'il n'avait plus goût à rien. Il oscille en permanence entre l'angoisse et l'abattement. »

En voyant la démarche courbée de Michele, elle songea à son père adoptif. Lui aussi avait souffert autrefois de crises de mélancolie. Il restait alors cloîtré des jours entiers dans sa roulotte, plongé dans un profond mutisme. Seule l'envie de remonter sur les planches pouvait le sortir de son marasme.

Comme s'il lisait dans ses pensées, Mario sourit.

« Je ne vois qu'un remède à ce mal-être. L'art ! Et heureusement, j'ai réussi à convaincre le sénat de Syracuse. » Se levant, il cria en direction de Caravaggio : « Michele ! J'ai une bonne nouvelle ! »

Nerina observa le peintre aux joues rebondies. Sa sollicitude pour Caravaggio la touchait. Artiste reconnu à Syracuse, Minniti menait une vie paisible et prospère. Pourtant, il n'avait pas hésité un seul instant à cacher dans sa maison un fugitif recherché par le puissant ordre de Malte. Et même s'il n'avait pas le talent de Michele

– Nerina pouvait en témoigner –, il n'éprouvait aucune jalousie pour son illustre camarade.

Cette amitié indéfectible était liée à un événement dramatique. Quelques années après son arrivée à Rome, Minniti avait tué un homme en duel. Terrifié à l'idée d'être condamné par les magistrats implacables du Saint-Siège, il avait préféré s'enfuir. À l'époque, Caravaggio l'avait aidé à sortir de la ville et lui avait trouvé une place à bord d'un navire en partance pour la Sicile. À présent, le peintre replet s'acquittait de sa dette envers son sauveur en recevant Michele avec empressement.

Caravaggio traversa un bosquet d'oliviers et les rejoignit devant le pavillon.

« Le sénat te commande un tableau ! annonça Mario joyeusement. Tu vas enfin recommencer à peindre, Michele. Tu ne peux pas passer ton temps à déambuler dans les latomies en compagnie de Vincenzo Mirabella ! Je sais que tu apprécies cet historien passionné, et que tu adores étudier cette étrange grotte que tu as baptisée l'Oreille de Denys[1], mais tu es un artiste. Tu as besoin de tenir un pinceau entre les doigts et de sentir le goût des pigments sur ta langue. »

Michele sourit distraitement. Il observait derrière son ami un essaim d'abeilles sauvages qui avaient bâti leur nid dans un arbre creux.

---

1. Dans ses chroniques, Vincenzo Mirabella affirme que ce nom a bien été donné par le Caravage. La grotte, dont l'entrée rappelle une oreille de faune, était utilisée comme prison par Denys l'Ancien. D'après la légende, le tyran de Syracuse (431-367 av. J.-C.) profitait de la remarquable acoustique du lieu pour épier les conversations des détenus et surprendre leurs secrets.

« Si les chevaliers de Malte apprennent que je suis ici, ils me feront arrêter.

— Le sénat a promis d'assurer ta protection. Tu n'as rien à craindre ! »

Nerina ne partageait pas l'optimisme de leur hôte. Accepter cette commande était risqué, mais ils avaient besoin d'argent, car ils ne pouvaient pas indéfiniment se faire entretenir par Mario, même si celui-ci n'y voyait aucun inconvénient.

« Quel genre de tableau ? s'enquit-elle avec prudence.

— Une représentation de sainte Lucie pour l'église Santa Lucia al Sepolcro. »

Michele parut soudain sortir de sa torpeur. Les yeux brillants, l'artiste murmura :

« Ils n'en reviendront pas ! »

18

Lorsque Nerina entra dans l'atelier que Mario avait mis à leur disposition, elle découvrit Michele figé devant sa toile. Seul le pinceau qu'il tenait dans sa main tremblait.

« Je l'ai vu, Nerina. Il est ici ! »

La jeune femme approcha. *L'Enterrement de sainte Lucie* était presque achevé. Son mentor l'avait jeté sur la toile en deux semaines.

Une nouvelle fois, Caravaggio avait fait preuve pour sa composition d'une simplicité déconcertante qui générait une incroyable émotion. Tandis que deux fossoyeurs musculeux creusaient au premier plan la tombe de la jeune Lucie de Syracuse, un groupe de personnages hétéroclites se pressait autour de la défunte, allongée à même le sol. On pouvait voir des pleureuses, des négociants fortunés, des miséreux ainsi qu'un évêque accompagné d'un diacre. Ainsi, pour son ensevelissement, la sainte rassemblait autour d'elle la communauté des croyants dans sa plus grande diversité. Face à la mort, tous étaient égaux.

Nerina sentit les relents de vin qu'exhalait le peintre. Elle regrettait d'avoir quitté la paix bucolique du pavillon de Minniti pour s'installer à Syracuse. Depuis qu'ils logeaient au cœur de la cité dans la demeure de leur hôte, Michele s'était remis à fréquenter les tavernes.

« Qui as-tu vu ?

— Fra Domenico ! »

À cet instant, Nerina eut une révélation. L'un des fossoyeurs du tableau n'était autre que le tonsuré. Vêtu d'une tunique blanche et armé d'une pelle, il accomplissait sa besogne avec hargne.

« C'est ton imagination qui te joue des tours, Michele. »

D'un revers de main, elle essuya la sueur qui coulait sur son front. Depuis quelques jours, une forte chaleur s'abattait sur la ville. Les habitants se cloîtraient chez eux et ne sortaient qu'au coucher du soleil.

« Hier soir, je suis allé dans une *osteria* du port. Il est passé près de moi sans me reconnaître. C'était lui, crois-moi. »

Elle secoua la tête.

« Tu divagues, Michele. Hier soir, tu étais dans ton lit. C'est moi qui t'ai couché. Tu étais tellement ivre que tu ne pouvais même plus mettre un pied devant l'autre.

— J'étais au port ! Et j'ai vu Fra Domenico !

— Comment aurait-il pu arriver jusqu'ici ? Un chevalier de Malte voyage à bord d'une galère, conformément à son rang. Et aucune galère ne mouille dans la baie.

— Elle a accosté cette nuit, puis elle est repartie avant l'aube. Je l'ai vue ! »

Nerina soupira. Depuis quelque temps, l'artiste avait du mal à distinguer le rêve de la réalité. Tous deux fusionnaient pour former des illusions trompeuses qui se gravaient dans sa mémoire.

Elle essaya d'orienter la conversation dans une autre direction.

« À certains endroits, la couche de peinture est très superficielle, dit-elle en désignant le tableau. Cela donne une impression d'inachevé. Pourquoi ? »

Caravaggio mordit à l'hameçon. Sortant de son immobilité, il recula d'un pas pour contempler son œuvre.

« On doit pouvoir terminer une toile sans l'achever. À l'instar de mon tableau, la vie est imparfaite. Qui veut voir verra. »

Et effectivement, le spectateur voyait et s'émouvait. Il émanait de *L'Enterrement de sainte Lucie* une authenticité renversante, empreinte d'une profonde affliction. Étendue sur le dos, la jeune martyre était prête à rejoindre sa dernière demeure. Une main sur le ventre, l'autre posée négligemment sur le sol, elle ressemblait à la défunte Lena que Michele avait représentée sur *La Mort de la Vierge*. Sa chair paraissait bouffie, comme si le processus de décomposition était déjà bien engagé. Seule la tête était différente…

« Michele ! Tu as modifié le cou ! »

Nerina devinait la cause de ce changement. Le sénat de la cité était divisé en deux camps. D'un côté, les membres qui soutenaient la contre-réforme de la curie romaine – dont l'évêque de Syracuse, le commanditaire de Michele, faisait partie – et qui souhaitaient promouvoir la version de la légende selon laquelle sainte Lucie avait été égorgée. L'autre camp, influencé par l'héritage hellénique de la ville, défendait une variante plus archaïque où la jeune martyre était décapitée. Chaque clan se référait à des sources différentes – grecques ou latines –, et la querelle au sein de l'assemblée était devenue une affaire politique de premier ordre. Dans un tel contexte, Michele ne pouvait que sortir perdant de ce conflit.

« J'ai peur, Nerina. Il est là ! »

La veille, la tête de Lucie était nettement séparée du tronc. Caravaggio l'avait rattachée au reste du corps. Seule une plaie béante indiquait qu'on avait plongé une épée dans la gorge de la défunte.

Nerina posa une main sur l'épaule de Michele, qui tremblait comme une feuille. Le vin, le manque de sommeil et la crainte incessante d'être découvert le minaient. Pourtant, leur situation était plutôt encourageante. Le sénat de Syracuse leur avait déjà versé une large part de la rémunération convenue et ne pressait pas le peintre pour obtenir le tableau au plus vite. Quant à Mario, il avait refusé toute gratification pour son aide. L'honneur d'avoir hébergé le plus illustre peintre d'Italie était une récompense suffisante, se plaisait-il à répéter.

« Nous devons fuir loin d'ici !

— Michele, je suis lasse de fuir constamment.

— Il est le diable incarné ! Il n'assouvira sa vengeance qu'en prenant ma vie. Je dois retourner sous la protection du Vatican ! »

Nerina tressaillit en entendant la porte s'ouvrir dans son dos. Elle fit aussitôt volte-face. Soulagée, elle reconnut la silhouette massive de Mario Minniti dans l'encadrement.

« Que se passe-t-il, ici ? s'étonna le Sicilien. Vous avez des mines lugubres. On dirait que vous avez vu Satan en personne ! »

Elle prit une profonde inspiration.

« Je n'aurais guère été étonnée de le voir entrer à votre place, Mario.

— Je ne suis pas le prince des ténèbres, mais je vous apporte quand même une mauvaise nouvelle. Michele, le sénat a appris ce matin que tu as été exclu de l'ordre de Saint-Jean de Jérusalem, parce que tu as quitté l'île de Malte sans autorisation. »

De nouveau, Caravaggio s'était figé. Seul son teint blême vira au rouge vermeil. Puis il explosa en imprécations.

« Ils ne peuvent pas m'exclure, ces chiens ! Je resterai chevalier jusqu'à mon dernier souffle ! Que s'imagine cet imbécile de Wignacourt ? Se prendrait-il pour Dieu ? »

Mario leva les paumes en signe d'apaisement.

« Modère tes paroles, Michele. Le grand maître est presque aussi puissant que le pape. Son ordre a protégé les royaumes occidentaux en rejetant les Ottomans à la mer, cela ne s'oublie pas. »

Nerina réfléchissait fébrilement. On avait prévenu le sénat de Syracuse que Michele était un fugitif ayant transgressé les lois de l'ordre des hospitaliers. Mais qui avait porté ce message ? Il était connu que les chevaliers de Malte n'étaient pas tendres envers les brebis galeuses. Ils n'hésitaient pas à employer leur vaste réseau de connaissances pour nuire à un individu indésirable. Peut-être que Michele n'avait pas tort en affirmant avoir vu la nuit précédente une galère dans le port. Et si Fra Domenico avait réellement débarqué en Sicile, il avait sans doute déjà commencé à saper la réputation de l'artiste.

« Nous devons fuir, Nerina, répéta Caravaggio, tête baissée.

— Pour aller où ? Je ne veux plus fuir !

— À Rome ! Le pape finira bien par me pardonner. Enrico n'a-t-il pas dit qu'il intercéderait en ma faveur auprès du Saint-Siège ? Nous devrions avoir des nouvelles de lui depuis longtemps ! »

Michele s'affaissa sur les genoux, une main posée sur l'estomac. Des gouttes de sueur tombaient de ses cheveux, formant des taches sombres sur le plancher.

« Enrico est sûrement à notre recherche, mais j'ignore s'il parviendra à nous retrouver. »

Mario Minniti fit quelques pas dans l'atelier.

« Je pense que vous devriez vous installer ailleurs en attendant l'arrivée de la grâce papale, intervint-il. Si Enrico se présente ici, je lui révélerai votre destination. J'ai des amis à Messine qui pourraient vous accueillir. » Le Sicilien se tourna vers Nerina. « Il vous reste un peu de temps pour préparer votre départ. L'évêque, qui souhaite vous aider, m'a prié de vous dire que les autorités espagnoles ne manqueraient pas de vous arrêter si vous restez à Syracuse. Pas aujourd'hui, ni demain, mais dans quelques jours. L'émissaire de La Valette est très pressant, et le sénat ne pourra pas lui résister longtemps. »

L'émissaire de La Valette ! Pour Nerina, il n'y avait plus aucun doute. Fra Domenico était bel et bien à Syracuse. Ainsi, Michele n'avait pas rêvé.

« Nous acceptons volontiers votre offre, Mario. Merci ! »

Minniti les salua d'un signe de main avant de ressortir.

Après que le peintre grassouillet eut quitté la pièce, Nerina s'accroupit à côté de Caravaggio.

« Il est temps de jouer cartes sur table, Michele. Pourquoi devrais-je encore t'accompagner ? Je pourrais t'abandonner à ton sort. Après tout, c'est toi que Fra Domenico poursuit, pas moi. »

L'artiste cacha son visage dans ses mains et se mit à se balancer d'avant en arrière.

Une nouvelle fois, Nerina éprouva une profonde compassion pour son mentor. Cette histoire le rongeait à petit feu.

Caravaggio hésita un instant, puis se décida enfin à se confier.

« Je les ai peints, son frère et lui, autrefois, à Milan. À l'époque, j'étais compagnon dans l'atelier de Simone Peterzano. Le maître m'appréciait beaucoup, mais il s'est rapidement aperçu qu'il n'avait plus rien à m'enseigner. Le portrait des deux jeunes fats devait être mon chef-d'œuvre, le travail mettant un terme à mon apprentissage. »

Michele parlait à voix basse. Il cherchait ses mots, comme s'il devait fournir un effort surhumain pour se souvenir.

Suspendue à ses lèvres, Nerina se pencha en avant. Elle le regretta aussitôt en inspirant l'odeur de mauvais vin et de sueur que dégageait Caravaggio.

« À midi, c'était ma sœur Caterina qui m'apportait mon déjeuner à l'atelier. Je n'ai pas tout de suite remarqué que l'aîné des deux frères, Antonio Di Russo, lui plaisait. Et l'attirance était réciproque. Ils se sont rencontrés plusieurs fois en secret, jusqu'à ce que… »

Un sanglot secoua le peintre, qui se recroquevilla sur lui-même.

Émue, Nerina caressa avec douceur le dos bombé de son mentor.

« Que s'est-il passé ensuite, Michele ?

— Ma sœur rêvait d'épousailles. Mais son rêve ne serait jamais devenu réalité. L'épouse d'un aristocrate ! Tu te rends compte ? J'ai essayé de la dissuader de cette folie. Une roturière et un patricien. Les deux familles n'auraient jamais autorisé pareille union, et le jeune Di Russo le savait. Un mariage avec Caterina n'était pas conforme à son rang. Malgré tout, il l'a abreuvée de belles paroles. Pour la mettre dans son lit, ce gredin n'a cessé de lui jurer un amour éternel et de lui faire miroiter une vie prospère et brillante. Un tissu de mensonges… »

L'histoire n'était pas nouvelle. Il s'agissait toujours du même jeu entre amour et pouvoir, liberté et tradition. Un jeu de conquête et d'échec.

« A-t-il atteint son objectif ?

— Oui… et non. »

Nerina regarda l'artiste sans comprendre.

« Oui et non ? »

19

Afin de rester discret, Enrico avait décidé de ne pas débarquer dans le port de Syracuse. Il avait demandé au capitaine du navire sur lequel il voyageait de le déposer sur la terre ferme à quelques milles de la cité.

La nouvelle de la présence de Caravaggio en Sicile s'était répandue comme une traînée de poudre jusqu'à Rome. Négociants, ambassadeurs, marins : tous racontaient que le peintre travaillait sur un projet grandiose.

Enrico avait hâte de découvrir ce nouveau chef-d'œuvre, mais surtout de revoir Nerina. La jeune femme lui avait écrit que Michele s'enfonçait chaque jour un peu plus dans le marasme, et que son humeur noire se reflétait dans ses toiles. Usé par l'alcool et la peur d'être arrêté, l'artiste commençait à perdre la raison.

Dans sa lettre, elle lui avait raconté en détail l'évasion spectaculaire de Michele, leur arrivée à Syracuse et la nouvelle menace qui planait sur eux. Il avait l'impression d'assister à un drame dont le dénouement était prévisible, mais qui connaissait sans cesse de nouveaux rebondissements. Sinon, comment était-il possible que le puissant ordre de Malte ne parvienne pas à mettre la main sur Caravaggio ? Toute cette histoire n'était que théâtre ! La pièce avait de nombreux acteurs, mais Enrico devait encore découvrir qui en était l'auteur et le metteur en scène.

Le précepteur avait longé la côte pour atteindre le pont permettant d'accéder à la cité de Syracuse, bâtie sur la petite île d'Ortigia. Le garde en faction devant l'ouvrage de pierre l'avait dévisagé avec méfiance, mais le sauf-conduit signé de la main de Ferdinando Gonzaga avait suffi à dissiper ses doutes. On l'avait laissé entrer sans la moindre question.

À présent, Enrico devait trouver la résidence de Mario Minniti, l'ami chez qui logeaient Michele et Nerina. Tout naturellement, il se dirigea vers le port. À cette heure matinale, c'était l'endroit où il avait le plus de chances d'obtenir des renseignements.

À l'horizon se profilait l'Etna. L'imposante colonne de fumée qui s'élevait du volcan semblait lui indiquer le chemin. Enrico en tira bon augure et choisit d'aller prendre une collation dans une taverne située juste en dessous du panache.

Après s'être installé à l'intérieur près d'une fenêtre, le précepteur commanda du vin, du pain et du fromage. De sa place, il pouvait contempler les quais. Syracuse, qui comptait plus d'habitants qu'Athènes durant l'Antiquité, avait perdu de sa superbe. Avec le temps, sa puissance n'avait cessé de décliner, et la cité insulaire n'était plus maintenant qu'un petit port de pêche sans influence où tout le monde se connaissait. L'arrivée d'un étranger était aussitôt remarquée, et Enrico comptait bien profiter de ces circonstances pour obtenir les informations dont il avait besoin. Il n'avait qu'à attendre.

Seule une poignée d'individus se trouvaient dans l'*osteria*. De manière ostensiblement désinvolte, il se restaura sans prêter attention aux autres clients. Il n'avait même pas bu la moitié de son cruchon lorsqu'un petit homme trapu à la peau brune s'approcha et s'assit à sa table. L'inconnu avait une profonde balafre sous l'œil droit.

« Vous venez d'arriver à Syracuse ? »

Enrico l'observa attentivement. D'après ses vêtements, son allure et l'épée qu'il portait au côté, le gaillard n'était pas un pêcheur.

Le précepteur mit un morceau de fromage dans sa bouche et commença à mastiquer lentement. Puis, d'un geste démonstratif, il fit comprendre à son vis-à-vis qu'il ne pouvait malheureusement pas parler en mâchant.

Agacé, le balafré fronça les sourcils.

« Nous n'aimons pas les étrangers, ici. »

Enrico sourit. Après avoir bu une gorgée de vin, il s'écria :

« Moi non plus ! »

Le courtaud passa la langue sur ses dents écartées dans un horrible bruit de salive. Visiblement, la réponse ironique ne lui plaisait guère, mais il avait du mal à cerner l'étrange visiteur.

De nouveau, Enrico avala un morceau de fromage avec du pain et fit descendre le tout avec une rasade de rouge.

« Cette *osteria* m'a été chaudement recommandée. »

L'inconnu dodelina de la tête. Ses cheveux clairsemés s'agitèrent.

« Par qui ? »

Enrico continua de manger tranquillement sans regarder son interlocuteur. Son assiette presque vide, il s'appuya contre le dossier de sa chaise.

« Par un bon ami.

— Je n'ai aucun ami », grogna le balafré en avançant la main vers le dernier morceau de fromage.

Au même moment, Enrico posa sur la table une pièce d'argent qu'il fit claquer bruyamment. Tous les clients se tournèrent vers eux.

« Mon ami s'appelle Mario Minniti », dit-il sans libérer le ducat, qui brillait sous ses doigts.

L'homme à la cicatrice acquiesça et voulut prendre la pièce, mais Enrico lui agrippa le bras de son autre main. Un sourire aux lèvres, il resserra son étreinte lorsque le courtaud fit mine de se lever.

« J'ai besoin d'un renseignement.

— De quel genre ?

— Plusieurs étrangers séjournent à Syracuse depuis quelques semaines, et je suis sûr que vous les avez déjà vus.

— Vous vous trompez, messire. »

Enrico ricana. Le balafré mentait très mal. À Rome, véritable nid d'intrigues et de complots, il n'aurait pas survécu deux jours.

« Je cherche un chevalier de Malte ! »

À cet instant, il découvrit le ducat, et les doigts de l'inconnu se refermèrent avidement sur la pièce d'argent.

« Un hospitalier, vous dites ? »

Du coin de l'œil, Enrico vit que les autres clients avaient recommencé à s'entretenir comme si de rien n'était, mais il se doutait que les apparences étaient trompeuses. Les hommes présents tendaient probablement l'oreille pour capter la moindre de leurs paroles.

« Avec une grosse bague au pouce ? »

Enrico riva de nouveau son regard sur le balafré. Il ne connaissait qu'un hospitalier portant pareil bijou. Cela ne pouvait pas être une coïncidence. Il hocha imperceptiblement la tête.

La porte de la taverne s'ouvrit, et deux marins entrèrent dans la salle. Ils s'assirent à une table proche de celle d'Enrico, puis commandèrent une cruche de vin.

« Quand le chevalier est-il arrivé ? s'enquit-il en se penchant en avant.

— Voilà une semaine. En pleine nuit. La galère maltaise qui l'a déposé est repartie avant l'aube. Il a débarqué avec deux hommes. »

Du menton, le courtaud désigna les nouveaux venus qui buvaient en silence.

Ainsi, Nerina ne s'était pas trompée. Fra Domenico avait retrouvé la trace de Caravaggio.

Ayant appris ce qu'il voulait savoir, il s'apprêtait à partir lorsque le balafré le retint par le bras.

« Il y a encore quelque chose qui va certainement vous intéresser à propos de l'hospitalier. »

Enrico se rassit lentement. Comme son vis-à-vis restait silencieux, il tira de sa bourse une poignée de pièces qu'il déposa sur la table. Son geste attira l'attention des deux marins. Ces derniers le toisèrent d'un air méfiant.

« Venez, murmura-t-il. Quittons cet endroit. Je dois me rendre chez Minniti, vous pourriez me montrer le chemin. »

Il poussa l'argent vers le courtaud et se leva. Tandis qu'il jetait un regard vers les marins indiscrets, il crut reconnaître l'un d'eux, mais l'homme dissimula son visage derrière son gobelet de vin.

Enrico sortit de l'*osteria* d'un pas rapide. Quelques instants plus tard, le balafré le rejoignit.

« Que vouliez-vous me dire ? Je vous écoute, vous avez reçu votre récompense !

— C'est pour *lui* que vous êtes ici, n'est-ce pas ? »

Étonné, Enrico tourna la tête vers l'inconnu. Le soleil du matin commençait à inonder de lumière les ruelles de la cité insulaire.

« Pour lui ? Vous parlez par énigmes. J'espère que vous saurez me guider jusqu'à la demeure de Mario Minniti sans user de chemins détournés.

— Naturellement, *signore*. »

En silence, ils marchèrent un moment côte à côte. Progressivement, la ville s'éveillait autour d'eux. Sur le port, les pêcheurs débarquaient poissons et crustacés tandis que les marchands de marée commençaient leur vente à la criée. Çà et là, des bruits de cuisine et des éclats de voix jaillissaient des maisons. Peu à peu, la vie reprenait ses droits au sortir de la nuit.

« Caravaggio, souffla soudain le balafré. Il a peint le tableau ! »

Le cœur d'Enrico fit un bond dans sa poitrine. *Le tableau ?* De quelle toile mémorable s'agissait-il pour que cet homme l'appelle ainsi ? À l'évidence, Michele avait de nouveau réalisé un chef-d'œuvre qui avait profondément marqué le peuple.

« Et si j'étais effectivement là pour *lui* ? Que pouvez-vous me dire d'autre ?

— Il n'y a pas que l'hospitalier sur ses talons. Un prêtre le harcèle également.

— Un prêtre ? Pourriez-vous le décrire ?

— Il ressemble au peintre. On pourrait croire que tous les deux sont frères. »

Enrico se figea, abasourdi par la révélation. Le père Leonardus était aussi à Syracuse. Pourquoi Ferdinando Gonzaga ne l'avait-il pas prévenu que l'agent du cardinal Borghese avait gagné la Sicile ? L'ecclésiastique aux cheveux roux cherchait-il à acheter des toiles de Caravaggio pour son maître ?

Il devait tirer cela au clair.

« Menez-moi chez Minniti le plus vite possible. Il faut que je voie Caravaggio ! »

L'homme à la cicatrice regarda par-dessus son épaule. Ils étaient suivis. À trente pas derrière eux se tenaient les deux marins de la taverne.

« Nos chemins se séparent ici. Caravaggio a quitté la ville. Il y a trois jours.

— Pourquoi ?

— Pas assez d'air pour respirer, pour travailler et pour penser.

— Où est-il allé ? »

Arborant une mine insolente, le courtaud se contenta de tendre la main. Enrico connaissait ce type d'expression. Les enfants avec lesquels il avait grandi autrefois au couvent de Mantoue affichaient souvent ce rictus narquois. Même s'il pressentait ce qui allait arriver, il sortit une pièce de son escarcelle.

Une fois le ducat empoché, le balafré lança en riant :

« Je n'en ai aucune idée ! »

L'instant d'après, il s'était volatilisé dans le lacis de venelles de la cité portuaire.

Enrico se remit en mouvement. Il trouverait sans peine quelqu'un d'autre pour le guider jusqu'à la résidence de Minniti. Le peintre était connu de tous dans la ville.

Tandis qu'il marchait, il songea à ce qu'il venait d'apprendre. Que tramaient Fra Domenico et Leonardus ? Comment avaient-ils retrouvé la piste de Caravaggio ? Les deux hommes recevaient-ils comme lui-même leurs ordres de Rome ?

20

Adossée à une chaîne de montagnes, Messine s'étirait le long du détroit qui séparait la Sicile du continent. Ce matin-là, la ville était noyée dans un brouillard automnal fait d'embruns et de pluie. On sentait le port, mais on ne pouvait le distinguer. Seule l'imposante silhouette de la citadelle, au sommet de laquelle flottait le drapeau de la monarchie espagnole, se détachait du voile de brume.

À dos d'âne, Nerina et Michele se dirigeaient lentement vers la porte méridionale du mur d'enceinte, qui venait de s'ouvrir. Ils suivaient une longue file de charrettes et de paysans à pied qui transportaient toutes sortes de marchandises.

La jeune femme talonna sa monture. Elle avait le postérieur en capilotade. Contraints de quitter précipitamment Syracuse, ils n'avaient pas eu le temps de se procurer des selles ni même des couvertures. Caravaggio, grelottant de fièvre, avait du mal à tenir sur son âne. Le vent froid et l'humidité ambiante l'avaient rendu malade.

Après une attente interminable, ils arrivèrent enfin devant la porte de la ville. Deux gardes les examinèrent d'un œil méfiant.

« Halte-là ! Titre de passage, sauf-conduit ! »

Malheureusement, ils n'avaient aucun document de ce genre. Alors que Nerina cherchait fébrilement une fausse excuse, une voix profonde tonna derrière les sentinelles.

« *Madre mia !* Ne soyez pas si soupçonneux, soldats. Il s'agit certainement du célèbre peintre Caravaggio et de son apprentie ! »

Visiblement intimidés, les militaires s'écartèrent, et Nerina vit un inconnu au teint très pâle s'avancer vers eux. L'homme, d'une stature impressionnante, portait un épais manteau de laine.

Devinant que Michele n'était pas en mesure de mener une discussion dans son état, elle prit la parole.

« Et si nous étions effectivement les deux personnes que vous semblez attendre ? »

Le colosse sourit.

« Dans ce cas, vous êtes bien ceux annoncés par Mario Minniti. Il m'a envoyé un message par bateau. Le sénat de Messine vous souhaite la bienvenue.

— Michelangelo Merisi, dit Caravaggio, accepte volontiers votre hospitalité. »

Nerina ne s'attendait pas à pareil accueil. Était-ce un piège ? Elle refoula aussitôt les doutes qui germaient dans son esprit. Elle ne pouvait pas se permettre d'être suspicieuse. Michele devait se reposer et, derrière eux, les paysans qui voulaient se rendre au marché commençaient à s'impatienter.

Saisissant la bride de l'âne de Caravaggio, elle pressa sa propre monture du talon et ils franchirent la porte monumentale. Le géant au teint pâle les suivit.

« Vous ne semblez pas originaire de Sicile, dit-elle alors qu'ils s'engageaient dans la rue principale qui traversait la ville de manière presque rectiligne.

— Non, je viens du Nord, mais les affaires et l'amour m'ont attiré jusqu'ici. Depuis, je ne peux plus me passer de Messine, la perle du détroit. »

L'homme rit de sa voix profonde. « J'ai au moins un point commun avec Caravaggio. On m'appelle moi aussi par le nom de ma ville natale. Augsbourg. Une cité riche et puissante, mais qu'une poignée d'échevins incapables ont entraînée dans la ruine il y a quelques années. »

Il poussa un ricanement méprisant.

« Où pourrons-nous loger ? s'enquit Nerina. Michele a besoin de repos, il est malade. »

De nouveau, le colosse sourit.

« Ne vous inquiétez pas, vous ne manquerez de rien. Mon laquais s'est occupé de tout. Vous serez hébergés à l'auberge des Chevaliers. Je vous promets que vous aurez les meilleures chambres. »

Voyant la foule s'épaissir dans la rue, Augsbourg prit les rênes des deux ânes et précéda ses hôtes. Comme par magie, habitants et paysans s'écartèrent sur son passage. Manifestement, les Messinois étaient habitués à reculer devant le géant du Nord.

Dans leur dos, Nerina perçut un murmure persistant. Les gens s'entretenaient à voix basse en les regardant s'éloigner. Connaissaient-ils l'histoire de Michele ? Que leur avait-on raconté ? L'apprentie frissonna en contemplant les façades cossues des maisons. Le sénat de la cité était-il aussi bienveillant que le prétendait leur guide ? Devaient-ils se méfier des autorités espagnoles ?

Avant leur départ, Mario Minniti leur avait expliqué que Messine comptait de nombreux collectionneurs et amateurs d'art. D'après lui, Michele ne tarderait pas à recevoir de nouvelles commandes.

« Nous logerons donc à l'auberge des Chevaliers, si j'ai bien compris ? »

Sans ralentir, le colosse tourna la tête.

« C'est une auberge hospitalière », expliqua-t-il en souriant.

À ces mots, Michele se redressa sur son âne, mais ses protestations se perdirent dans une violente quinte de toux. Avant que Nerina se ressaisisse, Augsbourg s'arrêta devant un bâtiment massif. Au-dessus du portail qui s'ouvrait sur un passage obscur, elle avisa un blason orné d'une croix à huit pointes.

« Nous sommes arrivés, déclara le géant. Cet édifice abrite l'hôpital et l'auberge de l'ordre de Saint-Jean de Jérusalem. Fra Orazio Torriglia, le commandeur du prieuré, va vous recevoir. »

Nerina mit pied à terre.

« Mais nous ne pouvons pas entrer, je… »

Au même moment, Michele perdit l'équilibre. Elle dut s'interrompre pour l'aider à descendre de sa monture.

Ignorant leurs objections, Augsbourg les planta là et disparut dans le passage. Peu de temps après, quatre chevaliers de Malte apparurent. Deux d'entre eux s'occupèrent des ânes. Le troisième aida Nerina à soutenir Caravaggio. Le dernier leur fit signe d'avancer et prit la tête du petit groupe.

La jeune femme maudit sa naïveté. Elle aurait dû se montrer plus vigilante et se méfier de l'extrême amabilité d'Augsbourg, qui l'avait dupée. Bien implanté en Sicile, l'ordre de Saint-Jean avait certainement alerté les autorités espagnoles. Le sénat de la ville n'avait sans doute pas eu d'autre choix que de livrer Michele. Leur fuite n'avait servi à rien. À présent, ils étaient pris dans les filets des Maltais. Un profond désespoir la submergea.

Tenant son mentor par l'épaule, elle se mit en mouvement. Caravaggio pouvait à peine marcher. Avec l'aide de l'hospitalier, ils longèrent à pas lents le corridor et traversèrent ensuite une vaste cour intérieure. Ils s'arrêtèrent au pied d'un perron permettant d'accéder au bâtiment situé en face de l'entrée. Au sommet des marches était campé un homme vêtu de la cape et du pourpoint noirs de l'ordre.

À son allure noble, Nerina comprit qu'il s'agissait du commandeur du prieuré, Fra Orazio Torriglia. Au moment où elle s'apprêtait à se jeter à genoux pour implorer la grâce de Michele, il leva la main.

« Je vous salue, messire Caravaggio. On m'a annoncé que vous étiez membre de notre ordre. Soyez assuré que nous ferons tout ce qui est en notre pouvoir pour vous permettre de retrouver la santé. »

La jeune femme n'en crut pas ses oreilles. À ces paroles inattendues, même Michele redressa la tête. Surmontant son épuisement, le peintre répondit :

« Je vous remercie pour votre hospitalité, Fra Orazio. Si vous le voulez bien, faites-moi apporter une toile et des pigments afin que je puisse vous témoigner de ma reconnaissance. »

Un sourire imperceptible passa sur les lèvres du commandeur. Puis il fit un signe de tête, et le chevalier qui les avait menés dans la cour vint prendre la place de Nerina. Les deux hospitaliers soutinrent Caravaggio par les aisselles et l'entraînèrent vers une porte latérale.

Nerveuse, l'apprentie hésita à les suivre.

« N'ayez crainte, la rassura Fra Orazio. On va lui donner un bain et le frotter avec un baume bienfaisant. Votre maître pourra ensuite manger une soupe fortifiante et boire un peu de vin chaud. Après cela, il dormira comme un ange. Pendant ce temps, je vous prierai de m'accompagner. J'ai encore quelques questions à vous poser. »

D'un geste, il l'invita à gravir les marches du perron et la précéda à l'intérieur de l'édifice. Tous deux entrèrent dans une salle haute de plafond. Pour tout mobilier, deux fauteuils étaient disposés devant une grande cheminée de pierre. L'endroit, austère, rappela à Nerina le sinistre hall de la prison de Tor di Nona à Rome. Malgré le feu qui crépitait dans l'âtre, elle ne put s'empêcher de frissonner.

« En été, cette pièce sert de dortoir aux pèlerins qui font halte sur le chemin de Syracuse. Pendant la saison froide, je l'utilise comme salle de réception. Elle a l'avantage de pouvoir être chauffée, ce qui n'est pas le cas de toutes les chambres de l'hôpital. »

Parvenu près des sièges aux dossiers imposants, le commandeur se retourna brusquement vers Nerina.

« Je vais être honnête envers vous. »

Son regard pénétrant trahissait un sentiment qu'elle identifia sans peine : l'aversion pour les femmes. Mais le dignitaire maltais semblait dissimuler autre chose encore. Il était probablement au courant de l'exclusion de Michele de son ordre, toutefois il préférait jouer la comédie. Cherchait-il à tirer profit de la situation ?

« Le sénat souhaite que votre maître réalise des tableaux pour notre cité. L'un de ses membres en particulier, le négociant Giovanni Battista De Lazzari, désire à tout prix passer commande. C'est un généreux donateur qui aide souvent notre hôpital. Pensez-vous que Caravaggio soit en mesure de peindre ? »

Les écailles lui tombèrent des yeux. Nerina était certaine à présent que le commandeur avait été averti de l'évasion de Michele. Il pouvait à tout moment le remettre entre les mains de Wignacourt, mais il semblait avoir d'autres projets. En jouant les entremetteurs pour Lazzari, il espérait en retour se voir offrir de substantielles offrandes. À l'évidence, Fra Orazio ne prenait pas son devoir d'obéissance trop au sérieux. Ici comme ailleurs, les seigneurs locaux faisaient passer leurs intérêts avant ceux du roi, du pape ou du grand maître des hospitaliers.

Elle décida d'en profiter.

« Donnez-lui un pinceau et une palette, il vous fera en un tournemain un tableau qui vous attirera l'excommunication. »

Malgré son dégoût manifeste pour les femmes, le commandeur ne put s'empêcher de sourire.

« Inutile d'aller aussi loin. Mais un soupçon d'originalité avec un nuage d'indépendantisme plairait sûrement à la ville et à ses pères. »

21

Michele toussait à cracher ses poumons. Fiévreux, il avait le visage baigné de sueur, mais ses coups de pinceau étaient sûrs, et le tableau qu'il peignait avait rapidement pris forme. Son état de fatigue le poussait cependant à faire des pauses fréquentes.

Giovanni Battista De Lazzari regardait le peintre travailler avec un mélange de répugnance et de fascination. Le négociant génois avait offert mille scudi à Caravaggio pour la réalisation d'un retable destiné à décorer une chapelle de l'église des frères croisiers à Messine. Ce matin-là, rongé par la curiosité, il n'avait pas pu s'empêcher de rendre visite à l'artiste. Se tenant légèrement en retrait, il gardait un mouchoir parfumé sur le nez afin de ne pas inhaler l'odeur de décomposition qui flottait dans la pièce.

Une semaine à peine après son arrivée à Messine, Michele s'était extirpé de son lit pour se mettre à l'œuvre. Sur l'ordre de Fra Orazio, on avait installé un chevalet dans sa chambre. Depuis, il peignait du matin au soir, brûlant de fièvre. Durant les quelques heures de repos qu'il s'accordait la nuit, il dormait sans même se défaire de ses bottes et de son épée. Tous les jours, l'hospitalier et le marchand venaient se renseigner sur l'avancement de la commande. Caravaggio, devinant que son salut ne tenait qu'à un fil, s'efforçait de satisfaire leurs attentes.

« Je dois vous remercier d'avoir accepté de changer le motif du tableau, messire Caravaggio. Un saint Jean-Baptiste m'aurait comblé, mais vous avez eu une intuition remarquable avec votre résurrection de Lazare. Même si votre manière de procéder me paraît fort inhabituelle. »

Du doigt, il désigna les trois modèles qui posaient dans un coin de la chambre. L'un tenait un cadavre dans les bras, tandis que les deux autres faisaient mine de soulever une pierre tombale.

Nerina, appuyée contre l'encadrement de la porte, grimaça en entendant ces paroles. Caravaggio avait déjà ébauché le saint Jean-Baptiste qu'on lui avait demandé et peint le fond lorsque Lazzari était arrivé à l'improviste avec une nouvelle idée. Ne serait-ce qu'un an plus tôt, l'artiste aurait jeté de rage son chevalet sur l'impudent. Mais, affaibli par la maladie, il avait accédé aux désirs du négociant sans broncher. Ce dernier l'avait prié de trouver un nouveau thème en relation avec son nom de famille. Michele avait alors suggéré de représenter la scène tirée de l'Évangile selon Jean, où Jésus-Christ redonnait vie à Lazare de Béthanie. Le marchand avait été aussitôt conquis par la proposition, qui répondait parfaitement à son souhait. Il y avait vu une coïncidence remarquable. Son prénom, Giovanni, était en outre le même que celui de l'auteur de l'Évangile, et le tableau serait peint par un chevalier de Saint-Jean.

Cela faisait maintenant deux semaines que Caravaggio s'attelait à ce nouveau motif. Nerina s'était chargée de lui trouver les modèles nécessaires.

« Seule la puanteur que dégage ce mort est insupportable, gémit Lazzari. Est-ce vraiment nécessaire ?

— Si vous voulez que le tableau émeuve le cœur des gens, alors oui, c'est nécessaire, rétorqua Michele avec agacement.

— Mais Lazare a ressuscité, messire Caravaggio. Il était inutile d'amener ici cette dépouille nauséabonde. Un homme vivant aurait fait l'affaire…

— *Signore*, vous êtes peut-être un excellent négociant mais, en ce qui concerne la peinture, vous n'y connaissez rien. Je vous prierai donc de me laisser faire ! »

Une violente quinte de toux ponctua la réplique cuisante du peintre.

Surpris, Lazzari fit un bond en arrière. Nerina l'avait prévenu que son mentor pouvait réagir brutalement face à la critique, mais, à l'évidence, il ne s'était pas attendu à se faire vertement rabrouer.

« Maître ! »

Michele tourna la tête vers les modèles.

« Quoi ? »

Il s'agissait de trois marins que Nerina avait engagés parce qu'elle avait trouvé leurs traits marquants. À la saison froide, comme la pêche ne rapportait plus grand-chose, ces hommes étaient heureux de gagner quelques pièces en posant pour le célèbre Caravaggio.

« Maître, pardonnez-moi, mais le cadavre sent trop mauvais, je ne peux plus le tenir ! »

Le pêcheur qui soutenait le corps avec un air de commisération laissa tomber son fardeau et recula d'un pas pour se boucher le nez de la main. Les deux autres abandonnèrent également l'attitude qu'ils devaient garder pendant la séance.

Le bruit du mort heurtant le sol avait résonné dans la vaste chambre de l'auberge hospitalière. Nerina pouvait comprendre les malheureux modèles. La dépouille, vieille de trois jours, exhalait réellement des miasmes putrides.

Figé comme une statue de sel, Michele contempla le cadavre étendu sur le plancher. Le visage cireux était couvert de taches sombres et la peau commençait à se desquamer.

Nerina savait que ce n'était qu'une question de temps avant que son mentor explose de colère.

À cet instant, le modèle qui avait lâché le faux Lazare s'avança vers Caravaggio en tendant la main. Balbutiant des excuses, il réclamait manifestement son salaire.

Le geste tira Michele de son apathie. Dégainant sa rapière à une vitesse stupéfiante, il frappa la paume du marin avec le plat de la lame.

« Avez-vous perdu l'esprit, bande d'incapables ? Est-ce que je vous paie pour gâcher mon tableau ? Je vais vous montrer, moi, quand un cadavre commence vraiment à puer ! »

Tel un forcené, il sauta au milieu des modèles et distribua de-ci de-là des coups de plat d'épée. Puis il hurla :

« Ne pas obéir à un *cavaliere di Grazia*, c'est s'attirer son courroux ! Ramassez ce cadavre et remettez-vous en place, sacrebleu ! Je vous préviens, si l'un de vous souhaite partir, il sortira de cette pièce les pieds devant ! »

Arborant un rictus féroce, il fit des moulinets avec sa rapière, qui fendit l'air en sifflant.

Effrayés, les pêcheurs s'empressèrent de soulever le défunt.

« Dans la bonne position, fieffés coquins ! Lazare doit avoir les bras écartés ! La main droite tendue vers la lumière ! »

Michele lâcha son arme pour replacer le petit groupe et le cadavre. Pendant ce temps, Nerina contempla le tableau inachevé. Lazare, figure centrale, ressemblait à un crucifié. Rappelé du royaume des morts, il se redressait lentement pour remercier Jésus. Le Messie, quant à lui, était relégué en bordure de toile. Bras tendu, il accomplissait son miracle d'un air grave.

Nerina aimait ce tableau, car il prouvait que Michele n'avait pas encore cédé complètement à l'abattement qui le minait. Dans cette toile subsistait une once d'espoir. On y fêtait le miracle d'une renaissance à laquelle il aspirait lui-même.

Tournant la tête, elle regarda les modèles reprendre leur position. Intimidés, le corps marbré de contusions, ils obéissaient sans résistance à Caravaggio. Lazzari, par prudence, avait reculé vers la porte, craignant visiblement de s'attirer à son tour les foudres du peintre.

La jeune femme se pencha vers lui pour lui souffler :

« Les génies sont souvent des êtres fantasques. Mais c'est justement cette individualité si tranchée qui leur fait accomplir des miracles. »

Le négociant esquissa un sourire forcé. En cet instant, il semblait regretter d'avoir passé commande auprès d'un tel hurluberlu. Mais il avait déjà versé une avance de cinq cents scudi à Michele, qui s'était empressé de dilapider une partie de cette somme dans les tavernes.

Du coin de l'œil, Nerina vit l'un des pêcheurs tourner légèrement la tête en direction de la porte. Aussitôt, Caravaggio ramassa son épée et frappa le malheureux. La lame érafla l'oreille du marin. Des gouttes de sang tombèrent sur le plancher.

« Restez concentrés quand je vous peins, gronda l'artiste. Au prochain qui bouge, je tranche l'oreille entière. »

Lazzari leva les paumes en signe d'apaisement.

« Modérez-vous, messire Caravaggio. Pas question que le tableau baigne dans le sang. Je vous rappelle qu'il est destiné à l'église des frères croisiers. Il doit être un symbole d'espoir et de vie, non de mort. »

Michele fit volte-face. Le visage grimaçant, le souffle court, il toisa son commanditaire en jouant des mâchoires. Il étreignit la poignée de sa rapière, et la jointure de ses doigts vira au blanc.

« Déguerpissez d'ici avant que je ne m'oublie ! »

Indigné, le marchand se rengorgea comme un paon.

« Achevez cette toile comme bon vous semble, *signore*. Mais faites attention à vous. La patience du sénat a ses limites. »

Se drapant dans sa cape, il fit demi-tour et quitta la chambre avec son mouchoir sur le nez. Caravaggio venait de se faire un nouvel ennemi.

Dès que Lazzari fut sorti, Michele se remit au travail avec acharnement. Nerina eut pitié des pauvres marins qui avaient accepté de poser pour gagner quelques pièces sans se douter qu'on les martyriserait.

S'approchant de l'artiste, elle essuya avec une serviette la sueur qui coulait sur son front. Caravaggio était brûlant de fièvre.

22

Des murmures parcouraient l'assistance, et on ne cessait de jeter des regards curieux vers Michele. Ramassé sur lui-même, la mine sombre, le peintre était assis à la table d'honneur, entre le maître de maison et Nerina.

L'apprentie se sentait mal à l'aise parmi les nombreuses personnes que Lazzari avait invitées dans sa demeure pour la présentation solennelle de *La Résurrection de Lazare*. Vêtue d'une magnifique robe que le négociant avait fait réaliser à son intention, coiffée à la dernière mode et parée de bijoux d'emprunt, la jeune femme avait pourtant la désagréable impression d'être avec son mentor la risée de tout le monde.

Retranché dans son mutisme, Michele buvait un gobelet de vin après l'autre. Sa toile, de taille imposante, se dressait sur un chevalet disposé derrière Lazzari. On l'avait dissimulée sous un voile blanc.

Les tables de la salle de réception croulaient sous les mets les plus exquis. Fruits, légumes, viandes de toutes sortes rehaussées d'épices en provenance d'Orient. Une armée de laquais s'agitait dans la vaste pièce afin de servir les convives. Nerina savait que Caravaggio n'appréciait guère cette atmosphère de banquet. Il détestait être exhibé comme un phénomène de foire. Lazzari avait dû longuement insister avant que l'artiste consente à participer à la cérémonie. À présent, Michele buvait pour s'étourdir.

Lorsque Lazzari se leva lentement, toutes les conversations s'éteignirent, faisant place à un silence absolu. Nerina pouvait entendre les battements de son cœur, et même les domestiques s'étaient figés comme des statues.

« Mes chers amis, entama-t-il après une longue pause théâtrale. C'est un grand jour pour Messine ! Depuis quelques semaines, nous hébergeons dans notre ville l'un des plus grands artistes de notre temps, Michelangelo Merisi, dit Caravaggio, membre de l'ordre de Saint-Jean de Jérusalem. »

Un tonnerre d'applaudissements s'éleva dans la salle comble, durant lequel Michele se fit encore plus petit. Comme Nerina, il savait qu'un spectacle de ce genre représentait pour eux un grave danger. S'ils voulaient échapper à Fra Domenico, ils devaient rester discrets. Et l'écho d'une telle présentation se répandrait à la vitesse de l'éclair. Désormais, leur séjour à Messine était compté, malgré la protection du sénat.

« Maître Merisi a eu la bonté d'accepter de réaliser un tableau pour l'église des frères croisiers. Et je tiens à préciser que, malgré une pénible indisposition, il a travaillé avec une grande diligence. »

De nouveau, l'auditoire battit des mains, mais les mines des spectateurs restaient de marbre. Hormis quelques rares courageux, personne n'avait encore vu le tableau. Nerina ne put s'empêcher de sourire intérieurement. Si Michele n'avait pas exigé d'avoir un cadavre comme modèle, la moitié de la ville serait sans doute venue lui rendre visite à l'auberge des hospitaliers.

Avec affectation, Lazzari s'approcha du chevalet et tira sur le voile, qui glissa sur le sol.

« J'ai l'immense honneur de présenter céans aux plus illustres familles de Messine *La Résurrection de Lazare*, qui sera ensuite transportée dans l'église des croisiers ! »

Une nouvelle salve d'applaudissements éclata, cette fois-ci plus vive. Beaucoup d'invités se levèrent et penchèrent la tête en avant pour examiner la toile qu'on venait de découvrir. Rempli de fierté, Lazzari se campa près du tableau en bombant le torse comme s'il en était lui-même l'auteur.

Du coin de l'œil, Nerina vit Michele boire son gobelet d'un trait. Il avait les mains tremblantes. Un filet rouge coula de la commissure de ses lèvres et goutta sur son pourpoint fatigué. Ses joues avaient pris une teinte cramoisie. Elle devina que son sang bouillait à la vue de tous ces riches bourgeois et patriciens qui contemplaient son œuvre en faisant ripaille.

Certains rejoignirent Lazzari pour examiner la toile de plus près. D'autres les imitèrent, et une grappe de spectateurs se forma devant le chevalet. Les commentaires fusaient de toutes parts. On racontait que le tableau était une véritable gifle pour le pape. D'aucuns trouvaient l'idée étonnante de bannir le Christ au bord du tableau, ce qui avait pour conséquence de mettre en relief l'humain. On murmurait également que les femmes, gardiennes de la vie, jouaient un rôle prépondérant dans la scène en baisant le front du défunt. C'étaient elles qui semblaient ranimer Lazare, et non le Messie, que personne ne regardait. Quelques observateurs allèrent plus loin dans l'interprétation de l'œuvre. Tous les personnages donnaient l'impression d'être fascinés par la lumière qui irradiait derrière le fils de Dieu. Ce dernier ne faisait donc qu'obéir à une volonté supérieure. En réalité, ce n'était pas Jésus qui ressuscitait le mort, mais l'étrange rayonnement de l'au-delà. Une pensée tout à fait protestante, qui s'opposait aux dogmes catholiques.

Michele appela un laquais pour qu'on lui remplisse de nouveau son gobelet. Visiblement, les ineptes gloses l'exaspéraient. Nerina posa la main sur son bras pour le calmer. Mais lorsqu'il tourna la tête, ses yeux vitreux parurent à peine la voir.

« Michele ! souffla-t-elle. Ils ne comprennent pas le tableau ! »

Le peintre ignora sa remarque et avala une grande rasade de vin.

Soudain, le brouhaha de voix changea de ton. Si, jusqu'à présent, on avait parlé de la toile avec une certaine admiration mêlée de respect, des reproches commençaient à s'élever.

Nerina, inquiète, tendit l'oreille. Peu à peu, les critiques se faisaient plus vives.

Des individus clamèrent que le retable était bâclé, que le pinceau de Caravaggio manquait de précision et que la composition était trop brouillonne. L'un d'eux demanda même si les ténèbres qui planaient au-dessus de la scène n'annonçaient pas une certaine opacité dans l'esprit du peintre.

Michele pressa son gobelet à en faire crisser l'étain. D'un geste brusque, il repoussa la main de Nerina posée sur son épaule. La jeune femme savait qu'il ne supporterait plus longtemps le verbiage creux de tous ces privilégiés en goguette.

« Messire Caravaggio ! »

Un négociant au ventre rebondi s'approcha de leur table. L'homme faisait partie du sénat de la ville, mais Nerina avait oublié son nom.

« N'est-ce pas un peu osé de votre part de donner à la tunique des femmes la même couleur rouge que celle de Notre-Seigneur Jésus-Christ ? »

D'un bond, Michele se leva. Sa chaise bascula sur le sol avec fracas.

« Qu'est-ce qui vous donne le droit de me critiquer ? Si votre jugeote était aussi développée que votre panse, vous comprendriez que ce n'est pas une erreur, mais un choix délibéré, nécessaire. Le tableau ne vous plaît pas ? C'est vrai qu'il s'agit de nourriture spirituelle, et non matérielle. Ce retable n'a rien à faire ici, au milieu d'un banquet. Pour le comprendre, il faut faire acte de foi, et non ripailler ! On doit s'imprégner de l'histoire qu'il raconte. Son message ne se révèle que dans le silence et le recueillement. »

Nerina essaya de calmer son mentor, mais celui-ci l'écarta vivement, comme un parasite. Autour d'eux, les invités se turent. Le sénateur, devenu livide, parut se ressaisir. Les poings serrés, il fit un pas vers Michele. Toutefois, avant qu'il ait eu le temps de répliquer, l'artiste dégaina sa rapière et fit de grands moulinets.

« Alors vous n'aimez pas mon tableau ? Vous le jugez bâclé, superficiel. Il est vrai qu'il ne ressemble en rien aux croûtes que vous livrent d'ordinaire vos barbouilleurs attitrés. Pas assez rigide, pas assez dévot à votre goût. Mais vous ne connaissez rien à l'art pictural ! Vous ne méritez pas que Caravaggio se donne du mal pour vous ! La richesse et l'appât du gain ont corrompu votre sens de l'esthétique. Vous ne reconnaissez même plus la beauté naturelle des choses lorsqu'elle se trouve sous vos yeux. Vous ne voulez pas de mon retable ? Dans ce cas, arrangeons cela ! »

Faisant tournoyer son épée, il se fraya un chemin jusqu'à *La Résurrection de Lazare.* Les invités, effrayés, reculèrent en se bousculant pour éviter la lame sifflante.

Michele se planta devant le chevalet. De trois ou quatre coups rapides, il découpa la toile. Des cris jaillirent de l'assistance apeurée.

« Qui ne connaît pas le respect doit apprendre l'humilité ! » tonna l'artiste en pourfendant de nouveau son œuvre.

Puis il se laissa tomber sur les genoux. Appuyant la pointe de son épée sur le sol, il posa les mains sur la garde et baissa la tête. Sa nuque dégoulinait de sueur.

Nerina arracha le collier de Lazzari et le jeta aux pieds du négociant génois qui assistait à la scène sans bouger. S'accroupissant près de son mentor, elle l'aida à se relever.

« Partons, murmura-t-elle.

— Je… je ne pouvais pas les laisser jaser sur mon tableau… »

Un sanglot secoua Michele. Nerina sortit un mouchoir de la manche de sa robe et sécha les larmes du peintre.

« Tu as bien fait. Ils ne méritaient pas cette toile.

— Ils vont me chasser de la cité. »

Les convives les regardaient, médusés par l'accès de violence de Caravaggio. Un silence glaçant enveloppait les lieux.

Avec douceur, Nerina guida l'artiste vers la porte de la salle. Juste avant de sortir, Michele se retourna pour lancer :

« Je vous peindrai un autre tableau, encore meilleur ! Et vous ne pourrez que fléchir le genou devant lui ! »

23

« Le temps m'échappe ! Il s'écoule de plus en plus vite, et je ne peux le retenir. »

La voix de Michele était à peine audible. Nerina se pencha vers son mentor. Installés à l'arrière d'un chariot tiré par un bœuf, ils faisaient route vers Palerme. Leur séjour à Messine avait duré à peine quatre mois. Quatre mois durant lesquels Caravaggio n'avait pas cessé de peindre. Il avait réalisé une autre version de *La Résurrection de Lazare* puis, sur la demande du sénat, une *Adoration des bergers* pour l'église Santa Maria della Concezione. Cette deuxième commande leur avait rapporté de nouveau la somme de mille scudi. Contre toute attente, Michele avait chargé son apprentie de peindre le fond du tableau, ainsi que l'âne de l'étable. Nerina ne s'était pas fait prier. L'œuvre, malgré sa noirceur, l'avait émue jusqu'au tréfonds de l'âme.

Elle commençait à s'inquiéter sérieusement pour le peintre, toujours miné par la fièvre. Celle-ci revenait toutes les semaines, et les accès se faisaient de plus en plus violents.

Allongé à côté d'elle dans la paille, les yeux fermés, Michele délirait. La plupart du temps, il marmottait des paroles incompréhensibles. Même si, par moments, des commentaires extrêmement lucides parvenaient à franchir la barrière de ses lèvres.

Elle avait l'impression de contempler une bougie qui achevait de fondre. Pourtant, dès que Michele se mettait à peindre, la flamme se ravivait comme par magie.

À travers la banne trouée, la jeune femme pouvait apercevoir les flots azurés de la mer. La côte et l'arrière-pays sicilien verdoyaient sous le soleil printanier.

« Charybde et Scylla, marmonna Caravaggio en claquant des dents. Charybde et Scylla ont bien failli nous anéantir… »

Nerina caressa le front brûlant du peintre. Celui-ci n'avait pas tort. Ils n'avaient pas été attaqués par les deux monstres marins qui, d'après la mythologie grecque, vivaient de part et d'autre du détroit de Messine, mais ils avaient échappé de justesse à un nouveau piège tendu par leurs ennemis. Heureusement, ils avaient réussi à s'enfuir à bord d'un chariot. La bourse pleine, ils avaient pu convaincre un paysan de les mener jusqu'à Milazzo. L'homme ignorait le nom de ses passagers. Une fois parvenus dans la cité portuaire, ils prendraient un bateau pour Palerme.

Pourtant, on les avait prévenus d'un danger imminent, mais Nerina n'avait pas tenu compte de l'avertissement. Lorsque Michele avait apporté son *Adoration des bergers* dans l'église de Santa Maria della Concezione, elle avait été abordée par un vieux moine capucin, Vincenzo Donesana, qui l'avait tirée à l'écart. Le religieux édenté lui avait conté dans un flot de bave l'histoire de Polidoro da Caravaggio, un peintre et architecte lombard qui avait fui les États pontificaux au moment du sac de Rome par les troupes de l'empereur Charles Quint. L'artiste s'était réfugié à Messine, où il avait fait fortune. Devenu riche et reconnu, il avait été assassiné par son domestique alors qu'il projetait de rentrer à Rome. Vincenzo avait conclu son récit en disant que Michele devait se méfier car lui aussi était poursuivi, et que ses ennemis allaient bientôt attenter à sa vie.

Sur le moment, Nerina avait négligé cette mise en garde, persuadée que le vieillard n'avait plus toute sa tête après une vie entière de clôture. Elle reconnaissait à présent qu'elle avait commis une erreur et regrettait de n'avoir pas pris cet étrange entretien comme un signe du destin. S'ils avaient quitté Messine plus tôt, ils auraient pu s'éviter de nouveaux déboires.

La nouvelle de l'éruption de colère de Caravaggio lors de la présentation de *La Résurrection de Lazare* avait fait le tour de la ville. Le peintre au sang chaud était alors devenu l'objet de toutes les conversations. Trois semaines plus tard, le père Leonardus, qui avait eu vent de cet incident, avait débarqué à Messine.

Le prêtre s'était empressé de venir la trouver. Soi-disant en quête d'un tableau pour le cardinal Borghese, il avait insisté pour qu'elle fasse pression sur Michele. À l'abri des soucis financiers grâce aux commandes du sénat, Nerina avait décliné l'offre. Avec l'argent reçu, son mentor voulait revenir sur le continent, à Naples, où il pourrait s'installer en attendant la grâce papale.

La jeune femme trempa un linge dans le seau d'eau posé près d'elle et lava le visage de Caravaggio. L'artiste avait le teint blafard et les joues creusées par la fatigue.

Cette nouvelle cavale, les atermoiements du pape qui hésitait à accorder son pardon, la peur constante d'être rattrapé par Fra Domenico : tout cela ruinait sa santé. Pour ne rien arranger, il s'était remis à boire de manière immodérée.

Elle poussa un long soupir. Souvent, elle s'était demandé si c'était véritablement son destin de rester enchaînée à son maître, mais les circonstances ne lui avaient jamais laissé le choix.

Ainsi, quand Michele avait surgi dans sa chambre quelques jours plus tôt pour lui dire de rassembler au plus vite ses affaires, c'était tout naturellement qu'elle avait obtempéré. Elle avait récupéré en hâte l'argent et la *Tête de saint Jean-Baptiste* dissimulés sous une latte du plancher, puis jeté dans un sac ses vêtements, ses pinceaux et ses pigments. Le peintre avait ajouté qu'on l'avait dénoncé et que les valets du bourreau n'allaient pas tarder à venir l'arrêter.

Les larmes aux yeux, elle tremblait de tout son corps au moment où ils s'étaient enfuis de l'auberge hospitalière, mais elle n'avait pas songé un seul instant à abandonner Caravaggio.

Une fois installée dans le chariot qui leur avait permis de quitter secrètement la cité, elle avait compris qu'elle était involontairement responsable de ce départ précipité.

C'était elle qui avait éconduit le père Leonardus. Elle avait décrété avec arrogance que si Scipione Borghese voulait obtenir un tableau, il n'avait qu'à convaincre le pape de gracier Michele. Le prêtre avait pâli avant de se retirer sans un mot, et elle avait cru qu'il en resterait là. Une fois encore, elle s'était montrée bien trop naïve.

Quelque temps plus tard, elle avait aperçu par hasard Leonardus en compagnie d'un maître de grammaire, un certain Don Carlo Pepe. Elle ne s'était pas méfiée ce jour-là. Mais lorsque Michele avait raconté que Don Pepe avait porté plainte contre lui, elle avait aussitôt fait le rapprochement. Le prêtre roux avait forgé une nouvelle machination pour détruire son illustre frère.

Pour ses études d'ange, Caravaggio avait l'habitude d'observer des groupes d'écoliers qui venaient tous les dimanches admirer les navires à l'arsenal. Nerina l'avait accompagné à plusieurs reprises, car elle aimait les magnifiques esquisses qu'il réalisait sur le vif alors que les garçons ne cessaient de bouger.

Un matin, un événement avait déclenché l'ire de l'artiste. Don Carlo Pepe avait remarqué l'intérêt de Caravaggio pour ses élèves et l'avait mal interprété. Accusé de pédérastie, Michele avait répliqué en frappant l'enseignant à la tête.

Sentant Michele s'agiter près d'elle, Nerina émergea brusquement de ses souvenirs. Elle caressa le front humide de son mentor pour l'apaiser. Puis elle entonna une berceuse qu'elle connaissait de sa mère adoptive. Peu à peu, le peintre se calma, et les tressaillements de ses membres cessèrent. Rasséréné, il glissa dans un profond sommeil.

La jeune femme s'étira. Depuis plusieurs années, elle était la seule personne à pouvoir tranquilliser Caravaggio. Et pourtant, elle n'était ni sa mère, ni sa fille, ni sa maîtresse. Seulement une étrangère qu'il avait ramassée dans la poussière de Rome.

Nerina aurait aimé qu'Enrico soit près d'elle pour la soutenir. Elle rêvait de s'abandonner quelques instants dans ses bras et d'oublier cette succession de fuites où le danger la guettait de tous côtés. Quand parviendrait-elle à le revoir enfin ? Comme elle n'avait aucune nouvelle de sa part, il ne recevait probablement pas les lettres qu'elle envoyait à Naples, où un ami de Michele se chargeait ensuite de les faire suivre à Rome.

Après l'incident de l'arsenal, le père Leonardus avait sans doute poussé Don Pepe à dénoncer Michele auprès des autorités espagnoles. À Messine, la pédérastie était passible de la peine de mort.

Le prêtre était ensuite revenu à l'auberge hospitalière dans le but d'annoncer à Nerina qu'il demanderait la cessation des poursuites si Caravaggio lui offrait un tableau.

La jeune femme n'avait pas eu le temps de proposer ce marché à son maître. Le soir même, l'artiste avait fait irruption dans sa chambre pour la presser de partir. Tous deux étaient sortis du bâtiment par l'arrière, au moment où le bourreau et ses valets s'engouffraient dans la cour intérieure. Grâce au paysan grassement rétribué par Michele, ils avaient réussi de justesse à se faufiler hors de la ville, cachés sous la banne du chariot, avant la fermeture des portes.

Ils l'avaient échappé belle. Et pour la première fois, Leonardus n'avait pas pris que son frère pour cible. Lors de sa dernière visite, le prêtre s'était fait un malin plaisir d'annoncer que le bourreau savait que Nerina aimait se déguiser en homme. Dans le royaume de Sicile, prendre l'apparence de l'autre sexe était un acte répréhensible qui pouvait être sanctionné par une lourde peine de prison.

L'apprentie frissonna en songeant à ce qui aurait pu lui arriver si on les avait arrêtés. La voix du paysan qui menait l'attelage la tira de ses pensées. Apparemment, ils arrivaient à destination.

Elle se leva pour rejoindre le conducteur sur le banc du chariot. Il ne s'était pas trompé. Le chemin qui descendait la colline sur laquelle ils se trouvaient serpentait en direction de Milazzo. De leur point de vue, on pouvait apercevoir le mur d'enceinte et le château de la cité. Dans le port, Nerina avisa la longue silhouette d'une galère maltaise. L'étendard noir frappé de la croix à huit pointes flottait à la proue du bâtiment.

« Halte ! ordonna-t-elle au paysan, qui aiguillonnait le bœuf à l'aide de son long bâton. À combien de milles se trouve le prochain port ? »

À cet instant, elle entendit Michele gémir à l'arrière du chariot.

« Le temps file à donner le vertige ! » murmurait-il dans son délire.

24

« À ce que je vois, nous chassons le même fantôme ! »

Surpris, Enrico fit volte-face dans la ruelle. Son estomac se noua lorsqu'il découvrit celui qui l'avait interpellé. Juché sur un magnifique pur-sang arabe d'une blancheur immaculée, l'homme avait un visage familier. Les traits étaient les mêmes que ceux peints sur la toile que Peterzano conservait dans son atelier. Seulement marqués par le temps, la haine et l'amertume. À son pouce miroitait une chevalière ouvragée. Domenico Di Russo.

« J'ignore à qui vous faites allusion, *signore*, mentit Enrico.

— Michelangelo Merisi da Caravaggio a mystérieusement disparu. On raconte qu'il ne se porte pas très bien. La fièvre le ronge, il délire, et ses accès de colère deviennent de plus en plus dangereux pour tous ceux qui l'approchent de trop près. »

L'hospitalier ricana et tira sur les rênes de sa monture, qui commença à caracoler nerveusement. Enrico se plaqua contre le mur de la venelle. Tandis qu'il essayait de s'écarter sans faire de geste brusque, l'étalon se dressa sur les pattes de derrière en hennissant. Avec adresse, le jeune précepteur se jeta sur le côté et roula sur le sol. Les sabots de l'animal heurtèrent la paroi contre laquelle il était adossé l'instant d'avant.

« Pardonnez mon cheval, mais cette ruelle est tellement exiguë ! » lança Fra Domenico d'un ton moqueur.

Puis il fit pivoter son pur-sang et s'éloigna au galop. L'écho de son rire se répercuta contre les façades biscornues des maisons.

« Vous avez évité le pire de justesse, seigneur », commenta un vannier qui s'était réfugié au fond de son appentis lorsque Fra Domenico avait cabré sa monture.

Enrico se releva lentement en s'époussetant.

« Assurément, oui ! Mais je ne suis pas un seigneur. »

L'artisan le considéra avec curiosité.

« Pas un seigneur ? Que voulez-vous dire ?

— Je ne suis pas de haute extraction. J'ai seulement eu la chance de pouvoir étudier à l'université. »

Il promena son regard sur les paniers et corbeilles exposés dans l'étroit atelier. « En plus, mon père appartenait à la même guilde que vous. Il n'était pas vannier, mais brossier. »

En réalité, son père avait exercé la profession d'imprimeur, mais comme il essayait de gagner la confiance de l'artisan, il espérait que Dieu lui pardonnerait ce léger mensonge.

Le vannier arqua un sourcil. Puis il s'assit sur un tabouret et se remit au travail. À l'aide d'un petit marteau de bois, il pliait des brins d'osier humides qu'il entrelaçait ensuite soigneusement pour constituer un panier. Un rayon de soleil éclairait la moitié de son visage. Le clair-obscur de la ruelle faisait songer aux tableaux de Michele qui se distinguaient par leurs jeux d'ombre et de lumière.

« Pourquoi ce chevalier de Saint-Jean chasse-t-il Caravaggio ? »

La question ramena Enrico à la réalité.

« Vous connaissez Caravaggio ? s'étonna-t-il.

— Connaître ? Non. J'ai seulement vu ses tableaux, et tout le monde parle de lui. Il peint pour nous, les petites gens. On raconte qu'il vient d'une famille proche du peuple, et ça se voit dans ses peintures. C'est à nous qu'elles sont destinées, pas aux curés, ni aux princes.

— Vous avez raison », convint Enrico.

Il regarda la poussière qu'avait soulevée le cheval retomber lentement sur le sol de terre battue. « Mais pour que Caravaggio puisse continuer à peindre pour vous, je dois le retrouver au plus vite. Si ce fou furieux d'hospitalier met la main sur lui avant moi, je ne donne pas cher de sa peau. »

Relevant la tête, l'artisan le détailla longuement. Il semblait hésiter à se fier à un homme vêtu comme un patricien.

Enrico décida de lui révéler une partie de la vérité.

« Je suis au service du cardinal Gonzaga, mon ami. J'ai un message important à remettre à Michelangelo Merisi. La grâce papale qu'il attend depuis si longtemps va enfin lui être accordée. Il faut qu'il rentre à Rome. Mais pour cela, je dois d'abord le retrouver.

— Les *monsignori* du Vatican devraient être plus attentifs à ce que raconte le peuple. Les gens de la rue en savent beaucoup plus que ne le croient ceux d'en haut.

— Écouter les autres est un don qu'il est difficile d'acquérir.

— Mais ne cherchons-nous pas toute notre vie à nous instruire ?

— Je constate que vous n'êtes pas seulement artisan, vous avez un certain penchant pour la philosophie. J'espère que vos corbeilles sont aussi bien tressées que vos arguments. »

Le vannier se pencha de nouveau sur son œuvre.

« En tout cas, on apprend beaucoup de choses en tendant l'oreille. Le peuple sait par exemple que le sénat forçait Caravaggio à peindre des tableaux. Les magistrats et Torriglia, le commandeur des hospitaliers à Messine, savaient qu'il avait été exclu de l'ordre de Saint-Jean, mais ces rapaces se sont bien gardés de le dire. Ils voulaient que le peintre travaille pour eux, parce qu'ils savent que ses toiles ont une valeur inestimable. Pendant ce temps-là, les chevaliers de Torriglia, ulcérés, se soûlaient dans les tavernes de la ville parce qu'ils n'avaient pas le droit de toucher un cheveu du fugitif. »

L'artisan évoqua ensuite l'accès de colère de Caravaggio, qui avait lacéré *La Résurrection de Lazare* à coups d'épée, au grand dam de Torriglia. Le peintre avait probablement détruit le tableau parce qu'il craignait qu'on l'arrête une fois sa commande achevée. Du moins, c'était ce qu'il laissait entendre après quelques pichets de vin. Un brave homme, ce Caravaggio. Un peu fêlé, souffreteux, mais qui n'oubliait jamais de payer sa tournée à l'*osteria*. Et puis il y avait cette jeune femme, Nerina, qui s'occupait de lui comme une épouse fidèle. Elle venait parfois le chercher quand il était trop ivre pour marcher.

Tandis que le vannier parlait, son panier prenait forme. Il narrait avec recueillement, en harmonisant ses paroles avec ses gestes. Même s'il était pressé par le temps, Enrico décida de s'asseoir sur un tabouret. L'homme était une mine d'informations.

« Un jour, Caravaggio s'est rendu à l'église della Madonna del Pilerio. Peut-être qu'il voulait se confesser, ou simplement passer un moment au calme. Ma voisine… » Le travailleur montra du menton la maison qui se dressait de l'autre côté de la ruelle. « Elle s'y trouvait à ce moment-là. Elle distribue aux fidèles de l'eau bénite pour se purifier l'esprit. Certains étrangers viennent de loin afin de se procurer quelques fioles de cette eau. Et ils sont prêts à payer cher. » Arborant un sourire amusé, il fit un clin d'œil à Enrico. « On dit qu'elle est miraculeuse.

— Je suppose que Caravaggio a refusé d'en prendre, dit le précepteur dans le but d'abréger l'anecdote.

— Ne soyez pas aussi impatient, *signore*. Bien sûr, il a refusé. Mais il a ajouté que, quand on est aussi doué que lui, on n'a pas besoin de se frictionner avec de l'eau bénite.

— Il s'est moqué d'un sacrement de l'Église ! »

Le vannier s'esclaffa.

« C'est digne de lui, n'est-ce pas ?

— En d'autres temps, ce genre de plaisanterie l'aurait envoyé au bûcher. Et malgré ses problèmes de santé et les intrigues de Torriglia, il a réussi à peindre ?

— Même rongé par la fièvre, il ne cessait de travailler. Son *Adoration des bergers* est une merveille. En revanche, il n'a pas pu achever la seconde version de *La Résurrection de Lazare*. Il a dû quitter Messine précipitamment. À cause d'un prêtre romain qui voulait le piéger. »

L'artisan raconta l'histoire de Don Pepe, qui avait accusé Michele de pédérastie. Enrico serra les poings de rage. Le prêtre à l'origine de la dénonciation ne pouvait être que Leonardus. Son odieuse machination avait failli causer la mort de Caravaggio.

« Savez-vous où il s'est enfui ?

— Tous les gens du peuple le savent. C'est l'un de nous, un paysan, qui l'a aidé à sortir de la ville. Mais vous n'êtes pas le seul à poser cette question, seigneur.

— Je ne suis pas un seigneur, je vous l'ai déjà dit. Où est-il allé ? »

Enrico, pressé d'agir, s'était relevé d'un bond. Il commença à faire les cent pas devant l'artisan, qui l'observait en silence.

« Qui devons-nous croire ? lâcha le vannier au bout d'un moment. L'autre homme nous a servi une histoire bien différente. Il prétend être au service du pape. C'est l'ecclésiastique qui voulait faire arrêter Caravaggio. Le père Leonardus, si ma mémoire ne me joue pas des tours. »

Cela confirmait les soupçons d'Enrico. Ainsi, Leonardus était lui aussi en Sicile. Mais quelque chose clochait.

« Au service du pape, vous êtes sûr ? Pas au service du cardinal Borghese ?

— Si le Saint-Père est la tête de la chrétienté, nous, les gens du peuple, sommes ses orteils. C'est un long chemin entre les deux, mais nous connaissons la différence entre un pape et un cardinal. Le père Leonardus a déclaré être un émissaire de Paul V. »

Enrico s'efforça d'ordonner ses pensées. Leonardus jouait donc sur les deux tableaux. Et si le prêtre était l'agent du souverain pontife, sa mission était sans doute d'empêcher Caravaggio de revenir à Rome.

« Et l'hospitalier ? Vous lui avez parlé ? Que vous a-t-il dit ?

— Il raconte à qui veut l'entendre que Caravaggio s'est évadé d'une prison sur l'île de Malte. Mais nous pensons qu'il s'agit d'un mensonge pour ternir la réputation du peintre. Tout le monde connaît les méthodes des chevaliers de Saint-Jean. Personne ne s'échappe de ce rocher fortifié, pas même un rat. Caravaggio est un diable d'homme, qui peut boire un tonneau entier de vin à lui tout seul, néanmoins je ne le crois pas capable de réussir un tel tour de passe-passe. »

Enrico acquiesça de la tête. Pour le bien de Michele, mieux valait conforter le vannier dans ses idées. En réalité, l'artiste était bel et bien parvenu à s'enfuir de Malte, mais cela n'avait été possible qu'avec l'aide du grand maître en personne. Son évasion spectaculaire ne l'avait pas tiré d'affaire pour autant. Fra Domenico et le père Leonardus n'avaient pas tardé à retrouver sa trace. Et les deux hommes semblaient prêts à tout pour le perdre.

« Pourquoi me confiez-vous cela ? Me faites-vous confiance, à présent ? »

L'artisan haussa les épaules.

« Vous n'êtes pas comme les autres qui sont venus nous interroger. Et l'hospitalier a même tenté de se débarrasser de vous.

— Dans ce cas, aidez-moi. Où Caravaggio s'est-il enfui ? Je dois le retrouver avant que le chevalier de Malte et le prêtre lui mettent la main dessus ! »

Le vannier contempla tranquillement son œuvre. Il ne manquait que la bordure de renfort du panier.

« Vous ne posez pas la bonne question, étranger. Je n'ai pas dit que Caravaggio s'était enfui. Vous devriez plutôt vous demander où ses poursuivants essaient de l'acculer. »

Il sourit, découvrant une rangée de dents parsemée de trous.

« L'acculer ? Je ne comprends pas le sens de vos paroles.

— Avez-vous déjà entendu parler de la *mattanza* ? De la pêche au thon ancestrale ? »

Enrico, interloqué, fit non de la tête.

« Un thon adulte est deux fois plus grand qu'un homme bien charpenté, et pèse plus du double de son poids. Chaque année au printemps, des bancs entiers de ces grands poissons argentés passent près des côtes de Sicile. Durant les mois précédant cette migration, les pêcheurs préparent d'immenses filets qu'ils déposent au fond de la mer. Ces filets forment une sorte de labyrinthe, la *tonnara*, constitué de plusieurs enclos marins, appelés chambres. Lorsqu'une colonie de thons s'est engouffrée dans ce réseau, les pêcheurs referment l'entrée et forcent progressivement les animaux à se diriger vers l'enclos central, la chambre de la mort. Cela peut prendre plus d'une semaine, mais les thons sont prisonniers. Quand ils ont atteint le centre de la *tonnara*, les hommes remontent lentement les filets. Les poissons, nerveux, s'agitent et se débattent dans ce dernier carré devenu trop étroit. Les pêcheurs, qui doivent se montrer très prudents, les saisissent un à un avec de longues gaffes pour les hisser sur les bateaux. C'est une tuerie pendant laquelle le sang coule à flots. La *mattanza* est une opération dangereuse, et un jeu de stratégie. Si les filets sont mal posés, les proies peuvent réussir à s'enfuir et disparaître en haute mer. Vous comprenez où je veux en venir ? »

Enrico se passa la main sur le visage.

« Si je vous suis bien, vous pensez que les hospitaliers organisent une *mattanza*, avec Caravaggio comme proie ?

— C'est ce qu'on raconte dans les tavernes de Messine, étranger.

— Et où se trouve la chambre de la mort ?

— À Palerme ! »

25

« Voyez par vous-même ! »

Agacé, le pape Paul V lança sur son bureau un rouleau de parchemin.

« Une plainte d'Alof de Wignacourt. Le grand maître fulmine. D'abord, l'évêque de Syracuse qui refuse de coopérer. Ensuite, le commandeur du prieuré de Messine qui cherche à le tromper. Et maintenant l'archevêque de Palerme, Giovanni Doria, qui refuse de livrer Caravaggio. Je comprends son courroux. Ce n'est pas seulement de l'ordre de Malte dont on se joue, mais aussi de la curie romaine ! Nous perdons la face, car le Vatican n'a plus aucune influence en Sicile ! Partout où se rend Caravaggio, il sème le trouble. Les tableaux hérétiques qu'il répand derrière lui sont comme du crottin de cheval, dont la puanteur arrive jusqu'à Rome. »

Scipione Borghese porta la main à sa bouche et fit semblant de tousser pour dissimuler un sourire. L'image qu'employait son oncle était plaisante.

Le souverain pontife tentait de maîtriser sa colère en arpentant son cabinet de travail.

« Le maudit barbouilleur a même été accueilli en héros à Palerme. C'est le comble ! »

Il reprit le parchemin pour l'agiter en direction de son neveu. La respiration saccadée, il éructa :

« Cette entrée sous les acclamations de la foule est une provocation sans pareille ! Le Vatican s'évertue depuis des dizaines d'années à entretenir de bonnes relations avec la Sicile espagnole. »

Et cet équilibre fragile peut se rompre d'un instant à l'autre, songea Scipione en préférant s'abstenir de tout commentaire. Il était parfaitement conscient des efforts avunculaires pour concilier au sein de la curie les deux camps ennemis. Paul V devait d'un côté rassurer les Italiens et les Français, qui l'avaient élu, sans froisser le parti espagnol, vers lequel il tendait avec l'âge.

« Vous savez très bien, mon neveu, que le Vatican mourrait de faim sans la Sicile. Les États pontificaux ne se suffisent pas à eux-mêmes. Une grande partie du blé que nous consommons provient de là-bas, et le royaume est aux mains des Espagnols. Mais si la Sicile venait à se distancier de Rome et de Madrid pour prendre son indépendance, ce serait une véritable catastrophe ! » S'arrêtant brusquement, le pape braqua ses yeux furibonds sur Scipione. « Et Caravaggio encourage cette scission par sa simple présence. Les évêques de l'île se dressent contre notre autorité afin de prendre sa défense ! »

Le jeune cardinal soutint le regard du pontife.

« Vous exagérez, mon oncle. Aussi sûr que le monde n'oubliera jamais Caravaggio, la Sicile ne rompra pas ses liens avec le Vatican. J'en mettrais ma main à couper. »

Amusé, il vit Paul V retenir son souffle. À l'évidence, le pape ne s'était pas attendu à ce genre de contestation.

Le chef de l'Église frappa du poing sur son bureau.

« Vous êtes un insolent, Scipione. Si vous n'étiez pas mon neveu, je vous ferais jeter sur-le-champ dans les cachots de Sant'Angelo. »

Sa colère retomba aussi vite qu'elle était venue. Après s'être laissé choir sur son fauteuil, il ferma les yeux quelques instants. Au moment où Scipione se demandait si le souverain pontife s'était endormi, un sourire de carnassier se dessina sur ses lèvres.

« Malgré tout, j'ai ferré le poisson, mon cher neveu. Caravaggio aura le sort qu'il mérite. Personne ne s'oppose impunément au pape Paul V ! »

Le jeune Borghese frémit en percevant le ton menaçant du pape. Quelle sombre machination tramait encore son oncle ?

Le souverain pontife, paupières closes, reprit :

« La grâce lui sera naturellement accordée. Mais au moment où le document quittera le Vatican, il sera déjà trop tard. Caravaggio ne pourra même pas le lire. C'est dommage, parce que je me suis donné de la peine pour le rédiger. Del Monte m'a prêté main-forte. »

Il prit un parchemin posé sur un coin de son bureau et le tendit à Scipione. Le cardinal le déroula avec précaution. Il s'agissait effectivement de la grâce tant espérée. En quelques lignes, le pape expliquait qu'il accordait à Caravaggio son pardon, et que le peintre était autorisé à rentrer à Rome. Ne manquaient que la signature et le sceau de Paul V.

« Faites-lui parvenir ce document au plus vite, mon oncle ! Le Saint-Siège a besoin d'artistes brillants comme lui !

— Pour qu'il puisse répandre ses idées hérétiques dans notre belle cité ? Non, merci. Au contraire, nous devons nous montrer fermes afin de lutter contre les mensonges de Martin Luther. Dans l'un de ses tableaux, Caravaggio a osé bannir Jésus-Christ du centre de sa composition. Rien que pour cela, il mériterait de brûler en place publique ! »

Le pape s'énervait de nouveau. Scipione ignorait s'il devait croire à ce qu'il venait d'entendre. Son oncle menait-il une nouvelle intrigue, ou parlait-il sous le coup de la colère ?

« Que projetez-vous de faire, Votre Sainteté ?

— Oh, je puis vous le révéler à présent. Il est trop tard pour prévenir votre protégé. »

Le souverain pontife se frotta les mains en ricanant. Scipione l'observait avec inquiétude. À l'évidence, il avait sous-estimé Camillo Borghese.

« À Palerme, un navire attend Caravaggio. Ce bâtiment mouille depuis des semaines dans la baie. Le capitaine et son équipage sont des hospitaliers, déguisés en simples marins. Ils raconteront au peintre qu'ils font voile vers Naples. Mais, une fois leur passager embarqué, ils le ramèneront à Malte. Caravaggio y sera jugé pour avoir quitté l'île sans l'autorisation du grand maître. Il sera sans doute fouetté et jeté dans un cachot où il restera jusqu'à la fin de ses jours. Au même moment, la grâce arrivera à Palerme. Malheureusement, notre grand artiste ne pourra jamais en bénéficier.

— C'est cela, votre piège ? Remettre Caravaggio aux hospitaliers et vous laver les mains de son sort ? »

Le visage bouffi du pape s'éclaira pour afficher un large sourire.

« Échec et mat, mon neveu. Vous pouvez vous retirer. »

Dépité, Scipione se leva. Après avoir embrassé l'anneau pontifical, il sortit à pas lents du cabinet de travail. Il devait admettre que son oncle avait manœuvré fort habilement. S'il ne lui venait pas très vite une idée, Rome perdrait un artiste génial, qui croupirait jusqu'à la fin de son existence dans une geôle maltaise.

26

La porte de l'atelier était entrebâillée. L'espace d'un instant, Enrico hésita à entrer. Puis il poussa le battant, et son regard tomba sur un grabat recouvert d'un drap de lin. La couche était vide. Les sens aux aguets, il pénétra à l'intérieur du logement plongé dans la pénombre. À dextre, il découvrit un tableau posé sur un chevalet. L'œuvre, une nativité, ne ressemblait guère à un Caravaggio. Nerina avait-elle aidé ici son mentor plus qu'à l'ordinaire ?

Intrigué, il s'avança vers la toile. Plusieurs personnages s'étaient rassemblés autour de Marie, assise dans la paille, qui contemplait avec un air de béatitude le divin enfant étendu devant elle. Un ange portant une bannière descendait du ciel et se hâtait vers le petit groupe. L'être ailé filait dans les airs comme s'il avait manqué la naissance du fils de Dieu. Sur son oriflamme était inscrite la formule *Gloria in excelsis Deo*.

Une pensée fit soudain sursauter Enrico. Était-il arrivé trop tard, à l'instar de cet ange pressé ? Il avait fait tout son possible pour gagner Palerme au plus vite, mais il avait dû prendre certaines précautions, qui avaient ralenti son voyage. Fra Domenico avait prévenu ses frères que le précepteur était à la recherche de Caravaggio, et les hospitaliers s'étaient lancés à ses trousses. Enrico avait été contraint de trouver une embarcation discrète. Puis il avait débarqué dans la baie et parcouru à l'arrière d'une charrette les derniers milles jusqu'à la cité. Une fois la porte de la ville franchie, il s'était empressé de rendre visite à l'archevêque de Palerme, Giovanni Doria. Grâce aux lettres d'introduction de son maître, le cardinal Gonzaga, il avait été reçu avec chaleur, et il avait appris où habitait Michele. On lui avait également raconté que l'artiste avait reçu une nouvelle commande, qu'il peinait cependant à réaliser à cause de sa santé chancelante. Doria avait ajouté que Caravaggio s'apprêtait à monter à bord d'un navire qui le conduirait à Naples.

Le jeune homme poussa un soupir. Manifestement, Michele et Nerina avaient déjà mordu à l'hameçon et voguaient à leur perte. Affligé, il ramassa un tabouret renversé pour s'asseoir devant le tableau destiné à l'oratoire San Lorenzo. Caravaggio n'avait même pas pris le temps de le livrer. Si les moines franciscains ne venaient pas en prendre possession, Enrico le rapporterait à Ferdinando Gonzaga.

La nativité, très sombre, avait quelque chose de sinistre. Saint François d'Assise, représenté en robe de bure derrière la Vierge, paraissait plus affligé qu'heureux par la naissance du Messie. Michele s'était peut-être douté qu'il s'agissait de sa dernière œuvre, et cette triste prémonition imprégnait la toile.

Soudain, Enrico perçut un mouvement derrière lui. Avant qu'il ait eu le temps de bondir de son siège, il sentit dans le bas du dos la pointe d'une lame.

« Pourquoi vous glissez-vous ici comme un voleur ? » murmura une voix.

Le précepteur se figea. S'efforçant de rester calme, il répondit :

« Je suis un ami de Caravaggio. »

L'acier appuya douloureusement contre ses reins.

« Ah oui ?

— Qui êtes-vous ? gémit-il.

— Dites-moi d'abord ce que vous manigancez céans !

— Je suis le secrétaire du cardinal Gonzaga, Enrico… »

Un petit cri retentit derrière lui. Regrettant aussitôt son honnêteté, il crut sa dernière heure venue. Alors qu'il s'attendait à être pourfendu, une main le saisit par le bras et le força à se retourner.

Lorsqu'il leva les yeux vers son assaillant, il se demanda s'il n'était pas en train de rêver. Devant lui se tenait Nerina, déguisée en homme. Coiffée d'un chapeau à plumes, l'apprentie étreignait un stylet.

Il se leva lentement.

« Nerina ! Dieu soit loué ! Je pensais que j'étais arrivé trop tard ! »

La jeune femme serra les mâchoires.

« Quant à moi, je pensais ne plus jamais te revoir. »

Il tendit le bras et caressa avec une douceur infinie la joue de Nerina. L'apprentie ferma les yeux un instant, puis se jeta dans les bras d'Enrico. Tous deux se serrèrent l'un contre l'autre.

Les yeux embués de larmes, il souffla :

« Quelle chance que vous ne soyez pas encore montés sur ce bateau ! »

Se dégageant avec précaution de l'étreinte, il prit Nerina par les épaules. Elle le regarda sans comprendre.

« De quoi parles-tu ? Nous avons trouvé un bateau, le *Diana*. C'est le seul à faire voile vers Naples. Sinon, il nous faudrait attendre des mois !

— Où est Michele ?

— Déjà à bord du *Diana* !

— Dans ce cas, il est perdu, Nerina. »

La jeune femme essaya de le rassurer.

« Le navire n'est plus au port parce qu'il est parti à Cefalù. Dans cette ville, on taille et on polit le calcaire comme du marbre. Michele voulait admirer les carrières. Le *Diana* charge une cargaison de blocs et reviendra demain au plus tard à Palerme. »

Il secoua la tête tristement. Puis il prit Nerina par la main et l'invita à s'asseoir sur le sol à ses côtés. D'un ton grave, il raconta ce que Ferdinando Gonzaga lui avait écrit, et réutilisa l'image de la *mattanza* employée par le vannier de Messine.

« C'est un piège, conclut-il. À l'heure qu'il est, Michele navigue peut-être déjà vers Malte, prisonnier des hospitaliers. »

Un silence pesant envahit l'atelier. Enrico se demanda ce qui pouvait se passer dans la tête de Nerina. L'apprentie avait suivi Caravaggio dans son exil jusqu'à Palerme. Et malgré tous les efforts qu'elle avait fournis pour le protéger, le peintre avait fini par tomber entre les mains de ses ennemis. Le constat était amer.

Il passa le bras autour des épaules de la jeune femme pour la consoler. S'appuyant contre lui, elle se mit à sangloter. À présent, ils ne pouvaient plus rien faire.

Seulement espérer que le *Diana* repasse par Palerme avant de mettre le cap sur Malte.

Après avoir longuement pleuré, Nerina leva la tête vers lui. Ils se regardèrent un moment avec intensité avant de s'embrasser. Sans un mot, ils commencèrent ensuite à se déshabiller mutuellement et s'étendirent sur la cape d'Enrico.

Submergés par le désir après tous ces mois de séparation, ils s'abandonnèrent à la joie de se retrouver enfin. Le monde autour d'eux s'effaça, et ils perdirent toute notion du temps.

À l'aube, un coup de canon les réveilla.

« Un navire entre dans le port ! » s'écria Nerina.

Enrico, encore ensommeillé, la serra doucement dans ses bras.

« Le *Diana* ?

— Possible. Nous devrions nous rendre sur les docks.

— Michele est-il en état de marcher ?

— Péniblement. Il est malade, et chaque pas lui demande un effort considérable. Comment allons-nous le faire descendre du bateau sans attirer l'attention de l'équipage ? »

Il déposa un baiser sur le front de la jeune femme.

« Si c'est effectivement le *Diana* qui est de retour, il faut tenter le tout pour le tout. Les hospitaliers ne feront qu'une courte halte avant d'appareiller pour Malte. C'est notre unique chance de sauver Michele. Et j'ai un plan. »

Les deux amants ramassèrent leurs vêtements éparpillés sur le sol, s'habillèrent en hâte et quittèrent l'atelier.

27

« Aie confiance, Nerina. Notre ruse va marcher ! »

L'apprentie cacha ses cheveux sous un foulard. Entièrement vêtue de noir, elle avait même charbonné son visage pour se fondre dans le crépuscule du matin.

Enrico la prit par les épaules et l'étreignit brièvement. Puis il rabattit le capuchon de la bure qu'il avait empruntée au palais archiépiscopal.

« Si, par malheur, les choses tournent mal, tu devras t'enfuir de Palerme au plus vite. Promets-le-moi ! »

Nerina acquiesça. Après lui avoir lancé un dernier regard, Enrico se glissa hors du portique de l'église Santa Maria della Catena. Il descendit le perron et marcha vers les quais.

C'était bien le *Diana* qui était rentré au port avec sa cargaison de blocs de calcaire.

L'aube paraissait à peine, et la baie de Palerme était encore enveloppée dans les ombres de la nuit. Plusieurs torches éclairaient d'une lueur dansante le pont du navire, sur lequel veillaient deux sentinelles.

Enrico, en habit de franciscain, ralentit l'allure. Pendue au grand mât, une guirlande de cadavres de rats laissait douter des chances de succès de leur entreprise. Même ces créatures agiles n'avaient pas réussi à quitter discrètement le bateau. Faire évader un Caravaggio malade, qui tenait à peine sur ses jambes, semblait tout à coup relever de l'exploit.

Le plan qu'il avait forgé dans l'atelier lui paraissait à présent de plus en plus insensé. Il lui faudrait se montrer très convaincant. Si les hospitaliers nourrissaient le moindre doute, il serait emprisonné avec Michele, et tous deux finiraient leur existence dans un cachot de La Valette.

Le précepteur s'arrêta un moment devant le ponton où était amarré le bâtiment. Il avait convenu avec Nerina d'attendre cinq heures avant de passer à l'action.

Glissant son regard vers la jetée, il vit sa complice prendre place à bord d'une barque.

Tandis qu'il se remettait en mouvement, il se demanda comment Caravaggio avait pu se laisser berner aussi facilement. Les hommes qui montaient la garde sur le bateau ne ressemblaient pas à de simples matelots. Avec leur allure martiale et leurs vêtements neufs mal ajustés, ils avaient l'air de piètres comédiens jouant leur rôle sans le moindre naturel. Même un aveugle se serait rendu compte de la supercherie.

En approchant, il remarqua que la coque du *Diana*, en raison de sa lourde cargaison, était profondément enfoncée dans l'eau. Lorsque le clocher de Santa Maria della Catena sonna cinq heures, Enrico s'engagea sur la planche permettant d'accéder au navire.

Aussitôt, la voix de l'un des gardes retentit.

« Halte-là, qui vive ? »

Il ôta son capuchon pour que les marins puissent voir son visage. Inclinant légèrement la tête en guise de salut, il trébucha sur un clou et sauta gauchement sur le pont.

« Pardonnez mon intrusion, balbutia-t-il en maudissant sa maladresse. J'appartiens à l'ordre des frères mineurs. »

L'hospitalier qui l'avait interpellé grimaça d'un air mauvais.

« Je me moque de savoir à quel ordre vous appartenez, moine. Descendez de ce bateau ! »

Enrico fit un pas vers l'homme, qui recula d'un bond. Instinctivement, le chevalier de Malte porta la main sur la poignée d'une dague dissimulée sous sa tunique.

« Je cherche le peintre que tout le monde nomme Caravaggio, qui a réalisé une nativité pour l'oratoire San Lorenzo. Le supérieur de ma communauté considère que l'œuvre n'est pas achevée, et il s'est plaint auprès de monseigneur Doria. Le tableau a été transporté à l'archevêché. On m'a chargé d'aller quérir l'artiste afin qu'il respecte ses engagements et termine sa toile. »

Il avait débité sans trembler son histoire inventée de toutes pièces. À l'évidence, la ruse portait ses fruits, car les hospitaliers parurent hésiter. Leur embarras était fort compréhensible. S'ils suivaient à la lettre les ordres de leur grand maître, qui agissait avec l'assentiment du pape, Caravaggio ne devait plus quitter le navire. Pourtant, il n'était guère recommandé de mécontenter l'archevêque. Les propensions des Siciliens à l'indépendance causaient déjà suffisamment de problèmes, et on ne voulait pas nuire aux relations entre Malte et

Palerme. Malgré tout, les chevaliers ne pouvaient pas prendre le risque d'une éventuelle évasion de l'artiste rebelle, qui leur attirerait les foudres de Paul V.

Tandis que les deux marins réfléchissaient fébrilement, Enrico vit derrière eux une ombre gracile se hisser par-dessus le bastingage et se couler sur le pont.

« On m'a dit que l'artiste se trouvait à bord du *Diana* », reprit-il afin de conserver l'attention des deux sentinelles. Affichant un sourire provocateur, il ajouta : « Puis-je l'emmener, ou le maintenez-vous prisonnier ? »

À son grand contentement, l'attaque fit mouche. Les faux matelots tressaillirent en l'entendant prononcer ce dernier mot. Au bout de quelques instants d'incertitude, l'hospitalier qui n'avait pas encore parlé se tourna vers l'arrière et aboya un nom.

Peu après, un homme sortit du château de poupe. À son allure, Enrico supposa qu'il s'agissait du capitaine. L'individu, déguisé lui aussi, grimaça en découvrant l'intrus sur son vaisseau.

« Que voulez-vous ? » s'enquit-il d'un ton tranchant.

Enrico s'inclina de nouveau, croisa les bras sur sa poitrine et expliqua encore une fois le motif de sa venue. Il termina en ajoutant qu'il allait prévenir de ce pas monseigneur Doria que Caravaggio était apparemment détenu prisonnier sur ce bateau.

Malgré la pénombre, il constata avec satisfaction que le capitaine avait pâli. Au même moment, une violente quinte de toux retentit depuis l'une des cabines de la dunette. Ce bruit était le signe que Michele était encore en vie.

« Pourquoi aurions-nous emprisonné messire Caravaggio ? C'est ridicule. Il est très souffrant depuis qu'il est monté à bord. Il a dû s'aliter.

— Dans ce cas, il voyagera en litière, insista Enrico. Ma communauté a payé très cher ce tableau. En contrepartie, nous sommes en droit d'attendre que le peintre vienne achever son travail à l'archevêché. Il n'est pas à l'article de la mort, que je sache.

— Caravaggio ne peut quitter sa couchette. Il n'est pas en mesure de se rendre au palais de monseigneur Doria. Et à présent, veuillez quitter mon navire. Nous sommes occupés ! »

Le capitaine tourna les talons. Afin de le retenir, Enrico décida de jouer son va-tout.

« Attendez, hospitalier ! S'il le faut, je porterai moi-même l'artiste sur mes épaules ! »

Démasqué, le chevalier de Malte se figea. Puis il se retourna lentement et dévisagea l'intrus en plissant les yeux.

Enrico resta stoïque. Il devait absolument gagner du temps pour permettre à Nerina de délivrer Michele.

« Qu'avez-vous dit ? gronda le capitaine du *Diana* en revenant sur ses pas.

— J'ai dit que je porterai Caravaggio sur mes épaules puisqu'il ne peut pas marcher. »

Enrico prit une mine innocente. « Et je suis sûr que vous n'hésiterez pas à m'aider s'il est trop lourd. »

Le bateau tangua légèrement, et le jeune précepteur aperçut une felouque passer derrière eux. Sans doute un pêcheur qui partait vers le large. Le soleil, qui s'était levé pendant la discussion, éclairait maintenant les façades des maisons qui se dressaient à l'ouest du port.

Peu à peu, la cité s'éveillait. On voyait des habitants s'étirer devant leurs fenêtres ou verser le contenu de leur pot de chambre dans la rue.

« Vous êtes un opiniâtre, franciscain ! s'écria l'hospitalier avec agacement.

— Dieu le Père fait don à ses créatures des qualités les plus singulières.

— Je vous propose un marché. Faisons venir un médecin pour examiner Caravaggio. S'il juge que l'artiste est apte à peindre, vous pourrez l'emmener. Dans le cas contraire, notre hôte restera à bord. Qu'en pensez-vous ? »

Enrico rabattit son capuchon sur son visage. Il ne pouvait rien faire de plus. Avec un peu de chance, Nerina avait eu le temps de mettre leur plan à exécution.

« Qu'il en soit ainsi. Je reviendrai cet après-midi. J'ose croire que vous me laisserez alors voir Caravaggio. »

Il fit demi-tour et redescendit sur le ponton en empruntant la planche. Malgré la fraîcheur matinale, il suait abondamment. Il se força à ne pas marcher trop vite afin de ne pas paraître suspect.

Maintenant qu'il les avait démasqués, les hospitaliers ne tarderaient sans doute pas à lever l'ancre. Ils chercheraient probablement par tous les moyens à éviter une confrontation avec l'archevêque.

Alors qu'il approchait de Santa Maria della Catena, un cri retentit sur le navire. Accélérant l'allure, il s'engouffra dans une ruelle obscure. Qu'était-il arrivé à Nerina ? Avait-elle été découverte ?

28

Nerveuse, elle laissa échapper un aviron, qui heurta le rebord de la barque. Nerina tressaillit. Le bruit lui avait paru incroyablement fort dans le silence matinal. Elle se plaqua au fond de l'embarcation et attendit quelques instants. Heureusement, les sentinelles du *Diana* semblaient n'avoir rien entendu. Après avoir largué l'amarre, elle s'écarta du quai d'un coup de rame discret et nagea en douceur vers le navire des hospitaliers.

L'esquif glissait sans bruit sur les eaux noires de la rade, au-dessus de laquelle flottait une brume légère. Malgré l'effort, Nerina frissonnait dans sa tenue de pêcheur. Les vêtements, trop légers, ne la protégeaient pas du froid humide.

Afin de ne pas se faire remarquer des hospitaliers, elle contourna largement le *Diana*, puis vira de bord et vint se placer tout près de l'arrière du bateau. Après avoir examiné longuement la coque, elle aperçut non loin du gouvernail un crochet qu'elle utilisa pour arrimer sa barque. Satisfaite, elle se rassit et leva la tête vers le bastingage. Lorsque l'église Santa Maria della

Catena sonnerait cinq heures, elle escaladerait la paroi et se faufilerait à bord du bâtiment.

Elle ramassa la rapière de Michele et la posa sur ses genoux. C'était Enrico qui avait eu l'idée de prendre l'arme du peintre. Tandis qu'elle patientait, ses mains tremblaient. Elle n'aurait su dire si c'était à cause du froid ou de la tension nerveuse.

Une chose était claire dans son esprit. S'ils réussissaient à sauver Caravaggio, elle l'accompagnerait jusqu'à Naples et cesserait ensuite de faire le bon Samaritain. Cette fois-ci, pas question de laisser Enrico rentrer seul à Rome. Elle était bien décidée à ne plus se séparer de lui.

De ses doigts humides, elle saisit l'amulette qui pendait sur sa poitrine et l'ouvrit. À l'intérieur du bijou se trouvait une miniature représentant le portrait d'un homme. D'après ses parents adoptifs, il s'agissait de son véritable père. Même si elle ne l'avait jamais connu, elle aimait à penser qu'il était son ange gardien. Dans des situations périlleuses comme celle-ci, elle lui adressait toujours une courte prière pour implorer son aide. En son for intérieur, elle espérait qu'un jour peut-être, elle découvrirait enfin son identité.

En tout cas, elle ne voulait plus lier sa vie à celle de Caravaggio. Quelque chose en elle s'était distancié du peintre qu'elle avait tant admiré. Était-ce à cause de son caractère ombrageux, ou parce qu'elle ne supportait plus d'assister à la déchéance physique de celui qui, quelques années plus tôt, débordait d'énergie créatrice et d'imagination ? Elle n'aurait su le dire. Son dernier tableau, auquel elle avait beaucoup contribué, était loin de posséder la même force expressive que les œuvres réalisées à Malte, Syracuse ou Messine. Le fait de fuir constamment devant ses tortionnaires l'avait-il usé jusqu'à la moelle ? Peu importait, après tout. Nerina avait fait son choix. C'était avec Enrico qu'elle désirait être. Elle en avait assez de jouer la gouvernante d'un artiste qui n'avait que faire d'elle.

Les cloches de Santa Maria della Catena la tirèrent de ses réflexions. Après avoir ôté ses souliers éculés et bouclé le ceinturon soutenant la rapière de Michele, elle s'accrocha à une saillie de la coque pour entamer son ascension. Le bois était froid et glissant. À présent, elle se félicitait d'avoir enfilé les habits de pêcheur qu'elle maudissait quelques instants plus tôt. Les vêtements, très légers, lui laissaient une grande liberté de mouvement. Seule l'épée la gênait dans son escalade.

Sans trop de difficulté, elle parvint à grimper jusqu'au bastingage. Jetant un coup d'œil sur le pont, elle vit Enrico qui s'entretenait avec les deux sentinelles. Elle profita de la diversion pour se hisser à bord du *Diana*. Puis, tête baissée, elle se faufila derrière des rouleaux de cordage. Si la cale était remplie de blocs de calcaire, Caravaggio se trouvait forcément dans l'une des cabines du château arrière.

Elle sursauta en entendant l'un des hospitaliers crier quelque chose. Alors qu'elle approchait à pas furtifs de la porte permettant d'accéder à la dunette, le battant s'ouvrit et un homme apparut dans l'encadrement.

Dissimulée derrière un treuil, elle observa le nouveau venu. Sa démarche assurée et ses vêtements moins grossiers laissaient deviner qu'il s'agissait du capitaine. L'individu se dirigea vers Enrico et les gardes. Par chance, il ne referma pas le panneau de bois derrière lui.

Nerina avait la gorge sèche, mais elle ravala sa peur et se glissa à l'intérieur du château arrière. Au moment où elle pénétrait dans un sombre couloir, elle entendit quelqu'un tousser à en cracher ses poumons. C'était la preuve que Michele était retenu ici. Elle devait néanmoins se montrer prudente, car elle ignorait où dormaient les autres membres de l'équipage. Longeant l'étroit corridor, elle ouvrit une première porte. La cabine était vide. Le peintre devait être emprisonné ailleurs.

Tandis que le ton semblait monter sur le pont entre Enrico et les hospitaliers, elle poursuivit ses recherches. La porte suivante était munie d'un verrou. Elle fit coulisser lentement la tige et entrebâilla le battant. À son grand étonnement, elle perçut dans la petite chambre obscure une odeur familière qui lui glaça le sang. Seule une personne sentait ainsi : Fra Domenico. Le dos tourné, le chevalier dormait sur sa couchette. Au moment où Nerina s'apprêtait à s'éclipser, il s'agita et laissa échapper un gémissement plaintif.

Elle eut soudain un doute. Le dormeur qu'elle avait sous les yeux n'était pas le tonsuré. Elle avait vécu suffisamment longtemps auprès de Michele pour savoir que ce genre de bruit ne pouvait être émis que par un homme malade. Prenant son courage à deux mains, elle s'avança et constata qu'elle ne s'était pas trompée. C'était bel et bien son mentor qui occupait cette cabine. Voilà pourquoi la porte était pourvue d'un verrou.

Au même moment, l'artiste ouvrit les yeux et se redressa brusquement, effrayé. Par réflexe, elle posa la main sur sa bouche.

« Chut ! souffla-t-elle. C'est moi, Nerina ! Vite, il faut sortir d'ici ! »

Caravaggio se pencha pour ramasser ses bottes, mais elle le retint par le bras.

« Pieds nus ! Personne ne doit nous entendre. »

Il secoua la tête, puis montra sa cheville gauche, autour de laquelle on avait attaché une chaîne qui disparaissait par un trou dans la cloison.

« Une idée de Fra Domenico. Une précaution supplémentaire pour être sûr que je ne m'évade pas.

— C'est donc lui qui a conçu ce stratagème pour nous piéger. »

Nerina réfléchit fébrilement. Elle n'avait rien pour briser les maillons. Et le temps leur était compté.

« Où est fixé l'autre bout de la chaîne ?

— Dans la cabine attenante. Au poignet de mon ennemi juré, j'imagine.

— Je n'ai pas le choix, il faut que j'aille voir à côté. »

Avant de ressortir, elle rendit à Michele sa rapière. L'arme ne lui était d'aucune utilité puisqu'elle ne savait pas la manier.

De retour dans le couloir, elle s'approcha de la cabine de Fra Domenico. Après avoir ouvert doucement la porte, elle se faufila à l'intérieur. Dans la chambre exiguë, l'air était saturé de l'odeur âcre du tonsuré. Le mélange de musc et d'encens la prit à la gorge. Immobile, elle attendit que ses yeux s'habituent à la pénombre.

L'hospitalier était étendu sur sa couchette. Il dormait tout habillé, l'épée au côté. Contrairement à ce que croyait Michele, il avait enroulé la chaîne autour de l'un des pieds de son lit. Le moindre mouvement brusque le tirerait de son sommeil.

Lorsque Nerina s'avança, le plancher se mit à grincer. Aussitôt, Fra Domenico se tourna sur son matelas. Au mépris du danger, la jeune apprentie recommença à marcher très lentement. Puis, avec la plus extrême précaution, elle détacha la chaîne et fit passer un à un les anneaux par l'ouverture dans la paroi. À plusieurs reprises, les cliquetis du métal firent tressaillir l'hospitalier, mais il ne se réveilla pas.

Après avoir terminé, elle se releva et ressortit à pas de loup. Le couloir était éclairé par les lueurs de l'aurore. Vigilante, elle tendit l'oreille. Ne percevant aucun son en provenance du pont, elle en déduisit qu'Enrico avait quitté le bateau. Il lui faudrait donc faire très attention aux gardes quand elle se glisserait hors de la dunette avec Michele.

Sur la pointe des pieds, elle longea la cloison jusqu'à la cabine du peintre. Elle venait d'ouvrir la porte lorsqu'une voix sourde retentit dans son dos.

« Que fais-tu ici, pêcheur ? »

Au même moment, elle sentit la pointe d'une épée entre ses omoplates.

Le cœur battant, elle se retourna tout doucement et se retrouva face au capitaine du *Diana*.

« Je rends visite à un ami, balbutia-t-elle.

— Caravaggio ? Mais bien sûr ! Après toi. »

De sa lame, l'hospitalier lui fit signe d'entrer. Nerina était comme pétrifiée. Soudain, du coin de l'œil, elle vit un éclair d'acier surgir de la porte entrebâillée et fondre sur la poitrine de son adversaire. Une tache rouge apparut sur le pourpoint du chevalier maltais. L'instant d'après, il s'écroulait sans un bruit.

« Merci », murmura Nerina.

Michele apparut sur le seuil, serrant sa rapière ensanglantée. Dans l'autre main, il tenait la chaîne attachée à son pied.

« Ce maraud encombrait le passage. Filons, à présent. »

La jeune femme sortit de sa torpeur et précéda l'artiste dans le couloir. Tête baissée, ils se faufilèrent hors du château arrière. Fort heureusement, les deux gardes regardaient Enrico qui s'éloignait en direction de Santa Maria della Catena.

Nerina enjamba le bastingage, bientôt imitée par Michele. Contre toute attente, la descente le long de la coque s'avéra moins périlleuse que prévu. Caravaggio était faible, mais il avait encore la souplesse d'un félin.

Lorsqu'ils sautèrent dans la barque amarrée au *Diana*, un long cri de haine et de fureur déchira le calme matinal. Selon toute évidence, Fra Domenico avait remarqué la disparition de son prisonnier.

Michele s'allongea au fond de l'embarcation. Après avoir étendu une couverture sur lui, Nerina détacha la barque et se mit à souquer. Protégés par les derniers lambeaux de brume, les fugitifs filèrent à travers la rade.

29

Michele était étendu dans un hamac sur le gaillard d'avant. Jambes repliées, mains crispées sur le ventre, on aurait dit qu'il souffrait même en dormant.

Appuyée contre le bastingage, Nerina contemplait son mentor avec compassion.

« Il a des fièvres récurrentes. Durant une période de six ou sept jours, son état s'améliore, puis le feu intérieur revient et l'alite de nouveau ! »

Enrico s'approcha d'elle par-derrière et passa les bras autour de sa taille. De la main droite, il lui caressa doucement le ventre. Fermant les yeux, elle savoura cet instant. Les rayons du soleil lui chauffaient la peau, et l'air frais du large emplissait ses poumons.

« Ne t'inquiète pas, murmura-t-il à son oreille. Nous n'avons aucune galère maltaise à nos trousses. Alof de Wignacourt ne donnerait jamais l'ordre à ses hommes d'attaquer le navire de l'archevêque Doria. »

Nerina sourit et se blottit contre le précepteur. Elle avait encore du mal à y croire. Ils avaient réussi tous les trois à s'enfuir de Palerme et faisaient à présent route vers Naples. L'archevêque, qui admirait Caravaggio, les avait grandement aidés.

Pendant deux semaines, ils s'étaient cachés dans le couvent des capucins, situé à l'extérieur des murs de Palerme, non loin de la Porta Nuova. Elle avait dû se déguiser en homme puisque les moines refusaient d'héberger des femmes. La moitié du temps, la fièvre avait cloué Michele sur son grabat. Il avait passé le reste de ses jours et de ses nuits à peindre comme un forcené.

« Je veux profiter de la vie, Enrico », dit-elle en resongeant aux catacombes du couvent.

Encouragés par l'air chaud en provenance de l'intérieur de l'île qui empêchait la décomposition, les capucins avaient pour habitude d'embaumer leurs morts. Dans les galeries souterraines, on installait les religieux défunts sur des chaises ou dans des cercueils ouverts. Les trois fugitifs avaient accompagné à plusieurs reprises les moines qui s'occupaient avec sollicitude de leurs frères momifiés. En ce lieu insolite, le temps semblait s'être arrêté. Le spectacle macabre rappelait à chacun sa condition de mortel.

« Et comment comptes-tu t'y prendre ? s'enquit Enrico.

— En restant près de toi. L'exil de Michele touche à sa fin.

— Oui. Avec un peu de chance, la grâce papale nous attend déjà à Naples ! »

La jeune apprentie prit une grande bouffée d'air marin. Contrairement à l'atmosphère confinée des catacombes, celui-ci sentait la liberté. Malgré tout, le monde souterrain des capucins avait quelque chose de rassurant ; vie et mort se côtoyaient dans une étrange harmonie. Les vivants veillaient sur les trépassés avec une attention touchante, et les décédés le leur rendaient bien en les accompagnant durant des décennies. Après complies, Nerina avait vu plus d'un moine descendre dans le royaume du sommeil éternel pour converser avec ses prédécesseurs.

« À ton avis, Fra Domenico a-t-il découvert comment nous sommes parvenus à quitter la ville ? »

Enrico se rembrunit.

« Impossible. Seuls monseigneur Doria et une poignée de personnes sont au courant de notre fuite. Nous avons gagné le port discrètement, puis nous avons pris un bateau de pêche pour rejoindre sans être vus le navire de l'archevêque qui croisait au large. Les hospitaliers ont fouillé la cité de fond en comble en ignorant que nous étions cachés chez les capucins. »

Tout cela paraissait presque trop beau pour être vrai. Étaient-ils réellement hors de danger ? Nerina frissonna. Un coup de vent souleva sa chevelure, qui ondula devant le visage de son amant. Michele poussa un gémissement dans son hamac, mais elle n'avait pas envie de s'occuper de lui. Elle souhaitait seulement repenser aux images de la nuit passée. Enrico était venu la retrouver dans sa cellule du couvent, et tous deux avaient passé un merveilleux moment ensemble.

« Mon frère et le secrétaire du cardinal Gonzaga ! Voilà qui explique la réussite de cette évasion ! »

Elle eut l'impression de recevoir un coup de poignard dans les entrailles. La voix qui venait de retentir derrière eux lui glaçait le sang.

Enrico desserra son étreinte, et ils se retournèrent de concert.

Un moine, capuchon rabattu sur le visage, était adossé tranquillement contre le mât.

« Père Leonardus ! »

Chancelante, Nerina s'accrocha au pourpoint d'Enrico.

« J'aurais dû m'en douter !

— Vous douter de quoi, chère enfant ? »

L'ecclésiastique sourit, les yeux rivés sur l'horizon comme s'il cherchait quelque chose.

« Comme vous êtes l'émissaire de Scipione Borghese, vous n'avez eu aucun mal à vous introduire dans l'archevêché et à gagner la confiance de Doria ! Encore une fois, nous nous sommes montrés trop naïfs ! »

Elle tourna la tête dans la direction où regardait le prêtre.

« Si vous essayez d'apercevoir une galère maltaise, je me vois contraint de vous décevoir, ricana Leonardus. Nos amis hospitaliers nous attendent à Naples. L'étiquette interdit au grand maître de Malte d'aborder en pleine mer un navire archiépiscopal.

— Et comme les Espagnols n'apprécient guère la politique du pape, ils laisseront tout loisir aux chevaliers de nous arrêter à Naples.

— Voilà trop longtemps que vous n'êtes pas allée à Rome, rétorqua Leonardus d'un air railleur. Le souverain pontife se rapproche de plus en plus de Madrid. Et il rêve de se débarrasser une fois pour toutes de Caravaggio. »

À cet instant, Michele se réveilla. Il s'étira en bâillant avant d'apercevoir son frère. Aussitôt, il bondit du hamac et porta la main au côté. Mais sa rapière se trouvait dans la cabine du capitaine, qui gardait en sa possession toutes les armes pendant la traversée.

« Giovan Battista. Que le diable t'emporte !

— Oh, il se moque bien d'un pauvre prêtre. C'est après toi qu'il en a. Tu ne sens donc pas cette odeur de soufre qui t'environne ? »

Caravaggio se rua vers son cadet et lui sauta au collet. Les deux hommes roulèrent sur le pont en échangeant des coups. La fureur semblait décupler les forces du peintre, qui prit rapidement le dessus. Ses mains se refermèrent en étau sur la gorge de Leonardus.

Voyant l'ecclésiastique se débattre en vain, Nerina fit signe à Enrico d'intervenir pour séparer les frères ennemis. Le précepteur dut écarter Michele en le saisissant par les bras.

Le père Leonardus s'assit contre le mât et reprit bruyamment son souffle.

« Tu as failli m'étrangler pour de bon, insensé !

— Malheureusement, on m'a empêché d'en finir avec toi ! » gronda Caravaggio en se libérant de l'étreinte d'Enrico.

D'un pas rageur, il retourna vers son hamac.

« Tu n'aurais pas osé ! lança le prêtre d'un ton sarcastique. Tu as besoin de moi pour veiller sur ta jolie fleur si tendre. »

Nerina vit Michele bander ses muscles. Elle sentait qu'il était à deux doigts de se précipiter à nouveau sur l'ecclésiastique. Mais qu'avait voulu dire Leonardus ? À qui faisait-il allusion ?

Par précaution, Enrico se plaça entre les deux adversaires.

« Puisque nous devons voyager ensemble, mon père, racontez-nous les dernières nouvelles. Savez-vous par exemple si la grâce papale a déjà quitté Rome ? »

Leonardus haussa les épaules.

« Michelangelo ne pourra pas en profiter dans son cachot de Sant'Angelo.

— Pour cela, il faudrait d'abord réussir à l'emmener à Malte.

— Ce ne sera pas un problème. Fra Domenico arrivera à Naples avant nous. Il fera boucler le port. Vous ne lui échapperez pas. »

Nerina sentit la peur la gagner. Ils n'avaient aucune échappatoire. Poursuivre leur route vers Rome sans avoir obtenu auparavant le pardon du pape était beaucoup trop risqué. À Naples, Fra Domenico ferait arraisonner leur navire dès leur arrivée. Ils ne pouvaient pas non plus faire demi-tour, car des galères maltaises devaient surveiller les côtes siciliennes. Des larmes de colère et de désespoir lui montèrent aux yeux. Ils étaient pris au piège.

Soudain, la voix de Caravaggio retentit.

« J'ai l'impression d'être un vulgaire poulet sur un étal qu'on marchande ! Nous ne sommes pas encore à Naples, mon frère. Celui qui essaiera de me faire du mal couvrira d'opprobre sa famille et tous ses descendants, car mes tableaux sont immortels et survivront à vos perfides intrigues ! Laissez-moi dormir, maintenant ! »

Sur ces paroles, l'artiste se hissa sur son hamac.

Enrico entraîna Nerina vers l'arrière du bateau afin qu'ils puissent converser sans être épiés par le prêtre roux.

« D'après ce que je sais, le pape a enfin accepté de rédiger la grâce que nous attendons depuis si longtemps, souffla-t-il en prenant l'apprentie par les épaules. Mais Paul V espère de tout cœur que Michele tombera entre les mains des hospitaliers avant de recevoir le précieux document. Ainsi, le souverain pontife pourra se laver les mains de son emprisonnement. Ce qu'il ignore, c'est que l'enlèvement du peintre dans le port de Palerme a échoué. Et la grâce doit se trouver quelque part entre Rome et Naples. Si Caravaggio réussit à s'en emparer, il sera sauvé. Les chevaliers de Malte se verront contraints de le laisser en paix. Il faut donc que nous parvenions à faire descendre ton mentor à terre sans que Fra Domenico ne s'en aperçoive – et j'ai déjà un plan pour cela. »

Les embruns fouettèrent le visage de Nerina. Rassurée, elle prit Enrico par la taille et l'embrassa. Le jeune homme répondit aussitôt au baiser avec fougue. Ses lèvres charnues avaient le goût du sel.

30

« Merci d'être venu ! Je suis tellement inquiet ! »

Les bras tendus, Scipione Borghese s'avança vers Ferdinando Gonzaga, qui venait de s'extraire d'une litière au beau milieu des jardins de la colline du Pincio.

Le Mantouan lui jeta un regard étonné.

« Que voulez-vous dire ?

— Vous allez comprendre, mon cher Ferdinando. Mais d'abord, je souhaite vous montrer ma future villa. »

Scipione prit le jeune homme par le bras et fit signe aux porteurs de s'éloigner. Il avait intentionnellement choisi un lieu où aucun laquais ne serait susceptible d'écouter leur conversation. Ici, sur le chantier de sa maison de plaisance, ils pourraient s'entretenir sans risque d'un problème qui le tourmentait depuis quelques jours.

Il avait appris que Caravaggio, traqué par les hospitaliers, avait quitté précipitamment Palerme à bord d'un bateau de pêche. Par miracle, le peintre avait échappé au piège qu'on lui avait tendu, mais personne ne savait où l'artiste se trouvait à présent. Cette nouvelle lui avait ravi le sommeil, et il avait l'intention de sonder Ferdinando Gonzaga qui, grâce à son secrétaire, en savait peut-être plus. Il ignorait toujours s'il pouvait faire confiance à son allié, néanmoins il était déterminé à lui tirer les vers du nez. Les jardins du Pincio étaient le lieu idéal pour ce genre d'entrevue. L'endroit, paisible et charmant, invitait à la rêverie et déliait les langues. Nombreux étaient ceux qui avaient révélé ici des secrets sans le vouloir. Scipione sourit en repensant à Julia, la domestique, qui avait soutiré dans la végétation luxuriante de précieuses informations au précepteur de Gonzaga.

Arrivé sur le chantier, le cardinal Borghese étala des plans sur un chevalet.

« Voici à quoi ressemblera ma demeure. Encore trois ans à attendre, et je pourrai vivre ici au milieu de ma collection d'art. L'architecture du bâtiment sera unique à Rome !

— Je vous crois sur parole, Éminence. Mais pourquoi êtes-vous si inquiet ? »

D'un geste circulaire, Scipione désigna la vaste clairière où les travaux de déboisement se poursuivaient. « C'est un site exceptionnel. Regardez. Là-bas naîtra une allée, bordée d'acacias ou d'oliviers. Et ici s'élèvera la villa dans son écrin de verdure. »

La mine fermée de Ferdinando Gonzaga témoignait de son désintérêt pour le chantier. Le jeune prélat ne comprenait toujours pas pourquoi Scipione l'avait fait mander.

Le maître des lieux voulut prendre de nouveau son invité par le bras, mais sentit une certaine résistance.

« Vous savez que mon oncle a enfin établi la grâce de Caravaggio, murmura-t-il en guidant Gonzaga vers un bosquet d'agrément.

— Oui, c'est un grand soulagement !

— Le pape va un peu vite en besogne, il me semble, comme si quelqu'un dans l'ombre le poussait à agir. »

Ferdinando Gonzaga tourna la tête vers lui, visiblement amusé.

« Un peu vite ? Voilà plus d'un an qu'il nous fait cette promesse.

— Pour le Vatican, c'est un délai incroyablement court. Il a fallu des années pour que le moine Campanella soit reconnu comme hérétique et condamné. Pourtant, son livre, *La Cité du Soleil*, est un tissu d'horreurs. Les tableaux de Caravaggio ne sont que vétilles en comparaison. »

Gonzaga haussa les épaules.

« Et qui chercherait à influencer votre oncle ? Vous vous faites des idées !

— Mon cher Ferdinando, l'exil de Caravaggio prend une tournure déconcertante. Le peintre parvient à s'évader de manière spectaculaire d'une forteresse dont personne n'était jamais revenu. Puis il s'embarque pour Syracuse, mais le répit n'est que de courte durée. L'hospitalier qui le traque depuis des années ne tarde pas à retrouver sa trace. Caravaggio reprend sa course folle. Pourtant, étrangement, ce chevalier de Malte ne s'en prend jamais physiquement à lui. Il ne fait que l'effrayer.

— Le chassant de ville en ville.

— Oui ! D'abord Syracuse, puis Messine et Palerme. Et voilà maintenant que l'artiste disparaît en pleine mer après avoir échappé à un piège tendu par l'ordre de Saint-Jean de Jérusalem.

— Il vogue vers Naples, probablement ! »

Scipione acquiesça de la tête.

« C'est ce que je crois aussi. Mais pourquoi Fra Domenico se contente-t-il de jouer l'épouvantail ? Pourquoi n'assouvit-il pas sa vengeance en assassinant Caravaggio ? Il recevrait de surcroît les louanges de son ordre. »

Ferdinando Gonzaga s'arrêta pour contempler les fleurs de pomme de terre qui bordaient le chemin.

« On raconte que cette plante vient du Nouveau Monde », dit-il en s'accroupissant.

Scipione se rengorgea. La pomme de terre, qui donnait de jolies fleurs couleur lilas, était effectivement issue des Amériques. On prétendait que ses tubercules étaient comestibles, ce qui n'était pas vrai. Dures et amères, les grosses protubérances n'avaient aucune utilité. Le capitaine qui lui avait rapporté ces plantes avait sans doute voulu se rendre intéressant. Malgré tout, les fleurs étaient très décoratives.

« Soyons honnêtes l'un envers l'autre, Ferdinando. Je sais de source sûre que vous avez envoyé votre secrétaire Enrico en Sicile. A-t-il appris quelque chose d'intéressant ? A-t-il découvert quelles étaient les intentions de Caravaggio ? Sait-il pourquoi l'hospitalier se borne à terroriser sa victime ? »

Songeur, le Mantouan se releva et marcha quelques pas. Scipione l'observa en retenant son souffle.

« Enrico m'écrit de manière régulière. Il m'a notamment raconté que votre émissaire, le père Leonardus, se trouve aussi en Sicile. D'après lui, il faut se méfier du prêtre, qui serait en réalité un agent du pape.

— Oui, vous m'avez déjà prévenu. Mais avez-vous des preuves pour étayer ce que vous avancez ? »

Gonzaga hésita un instant.

« Enrico le soupçonne d'avoir aidé le peintre à s'échapper du fort Sant'Angelo à Malte. Votre homme aurait organisé l'évasion avec l'assentiment d'Alof de Wignacourt. Et le grand maître est un bon ami de Sa Sainteté Paul V, c'est bien connu. Croyez-vous aux coïncidences, Éminence ?

— J'ai moi-même ordonné à Leonardus de faire évader Caravaggio afin de damer le pion à mon oncle, soupira Scipione.

— Oui, mais cette mise en scène aurait pu mal tourner. Votre homme de main s'est joué de vous. Heureusement, l'apprentie de Caravaggio ne lui a pas fait confiance. Elle a convaincu un pêcheur de les emmener, elle et son mentor, jusqu'à Syracuse. S'ils avaient attendu le bateau que Leonardus leur avait promis, on les aurait arrêtés. Après cela, Michelangelo Merisi aurait été promptement jugé et condamné à mort pour avoir enfreint les lois de l'ordre de Malte. »

Le cardinal Borghese serra les poings. Il n'y avait plus aucun doute. Le *prete rosso* l'avait trahi et servait en secret son oncle.

« L'histoire n'est pas terminée, poursuivit Gonzaga. Après avoir été averti par l'évêque de Syracuse que Caravaggio avait peint un sublime tableau représentant l'enterrement de sainte Lucie, Paul V a envoyé Leonardus en Sicile. Le prêtre, qui a voyagé en compagnie de Fra Domenico, n'a eu aucun mal à retrouver la piste du peintre, devenu célèbre là-bas. Une fois à Syracuse, il a commencé à mettre en œuvre le plan conçu par votre oncle. Le piège tendu à Palerme par les hospitaliers n'était qu'une infime partie de cette machination. »

Scipione jeta à son interlocuteur un regard stupéfait. Il n'en revenait pas. Le jeune homme qu'il avait lui-même élevé à la dignité cardinalice était beaucoup mieux informé que lui sur les intrigues qui se nouaient au Vatican.

« De quel plan parlez-vous ? gronda-t-il avec agacement.

— En fait, Leonardus a deux missions, Éminence. La première, c'est vous qui lui avez confiée. Il doit pousser par tous les moyens Caravaggio à peindre le plus possible. Si je ne m'abuse, vous lui avez donné l'ordre de causer sans cesse des problèmes à l'artiste. Celui-ci est donc contraint de réaliser des tableaux afin de se tirer d'affaire. Votre but est de récupérer ainsi quelques toiles au passage. »

Scipione resta silencieux. Seul le bruissement des feuilles dans les arbres était perceptible, entrecoupé par les jurons des ouvriers qui travaillaient un peu plus loin dans la clairière. Gonzaga le considéra sans sourciller. Son visage impassible ne laissait transparaître aucune émotion.

Démasqué, il comprit que cela ne servait à rien de nier.

« Et la deuxième mission ? »

Gonzaga se tourna vers le chantier.

« Leonardus doit traquer Caravaggio comme un gibier.

— Qu'entendez-vous par là ?

— Cette chasse à l'homme a deux issues possibles. Dans un premier cas, Caravaggio ne survit pas à cette fuite éperdue. Quand on est pourchassé, un accident est vite arrivé. Surtout pour un homme à la santé fragile. Si le fugitif venait malencontreusement à mourir, le pape ne s'en plaindrait pas, car ce serait un problème de moins pour lui. Mais on finirait sans doute par le soupçonner d'être à l'origine de la mort du peintre. Afin de se disculper, Paul V n'aurait aucun scrupule à rejeter la faute sur vous. Une simple rumeur suffirait à faire croire à tout le monde que Caravaggio s'est littéralement tué à la tâche pour satisfaire votre soif inextinguible de tableaux. Le père Leonardus s'empresserait alors de témoigner contre vous. »

Atterré, Scipione avait du mal à respirer. Cet odieux complot dépassait tout ce qu'il avait pu imaginer. Si cela tournait mal, l'affaire ruinerait sa réputation. Son oncle était-il vraiment prêt à le perdre ? Ou était-ce le cardinal Del Monte qui avait soufflé cette idée au souverain pontife ?

« Quelle serait la seconde issue ? » s'enquit-il d'une voix rauque.

Ferdinando Gonzaga lui sourit. Se penchant en avant, il souffla :

« Ce que je vais vous dire doit rester entre nous. Je n'ai pas oublié ce que vous avez fait pour m'aider à obtenir la barrette rouge de cardinal, et je m'acquitte ainsi de ma dette. »

Scipione se racla la gorge et hocha la tête avec dépit. Le jeune parvenu le tenait. C'était lui à présent qui dictait les règles.

« Chaque nouveau succès pousse Caravaggio un peu plus vers Rome. Il peut peindre quelques tableaux en Sicile ou ailleurs, mais les commanditaires qui ont les moyens de payer les artistes comme lui ne vivent pas à Messine ou Syracuse. Sa gloire grandit, son épuisement aussi. Il doit cesser de vivre dans la peur et revenir s'installer à Rome. C'est ici seulement qu'il pourra développer tout son talent et trouver les commanditaires en mesure de le soutenir à long terme. Cependant, le pape mettra tout en œuvre pour que la grâce qu'il a établie ne parvienne jamais à son destinataire. Si Caravaggio commet l'imprudence d'entrer dans les États pontificaux sans ce document, il sera aussitôt arrêté et exécuté sur l'heure. Après cela, on nous fera porter le chapeau, Éminence. Nous serons tous deux considérés comme les responsables de sa mort parce que nous l'avons encouragé à rentrer le plus tôt possible. »

De nouveau, Gonzaga sourit d'un air flegmatique.

« Vous extrapolez ! » s'écria Scipione.

Le jeune Mantouan haussa les épaules. À travers les frondaisons, il contempla la ville de Rome qui s'étendait au pied de la colline.

« Le site est véritablement magnifique. Vous devriez être prudent, Éminence. Vous allez faire des envieux avec votre villa remplie d'objets d'art. »

Scipione devait donner raison à son étrange allié. À l'avenir, il lui faudrait se montrer très vigilant. Quelqu'un cherchait manifestement à lui nuire. Et tout donnait à penser qu'il s'agissait de son propre oncle, le pape Paul V.

Chaque [illegible]

[illegible]

[illegible]

[illegible]

Livre IV
1609-1610

« La nature et la mort conspirent ta ruine,
Michele, mais les conjurés doivent s'attendre
à être vaincus de ta main dans chacun de tes tableaux. »

GIOVAN BATTISTA MARINO, 1620

1

« Je voudrais vous proposer un marché, mon père ! attaqua Nerina sans préambule.

— Approchez ! Je vous attendais. »

Accoudé au bastingage, le père Leonardus contemplait la mer, qui miroitait comme du vif-argent sous les rais de la lune.

« Voyez-vous ces petites taches de lumière scintiller à la surface de l'eau ? Certains pêcheurs affirment qu'il s'agit de bancs de crabes minuscules, invisibles à l'œil nu. Quelle idée ridicule ! Ce flamboiement semble certes provenir de la mer, mais il ne survient que lors des nuits de pleine lune. En vérité, c'est le Seigneur qui nous met à l'épreuve. Nous, faibles créatures, n'éprouvons-nous pas l'envie de plonger dans pareille merveille ? Ne ressentons-nous pas le besoin d'élucider ce mystère de la nature ? Pourtant, si nous sautons à l'eau pour étudier le phénomène, nous sommes engloutis par les flots. La Création est magnifique, mais néanmoins impénétrable. Et les choses doivent rester telles qu'elles sont. Le savoir nous tue. C'est la volonté de Dieu que nous vivions dans un monde rempli de mystères. Nous pouvons ainsi y voir les signes de Son intervention. »

Nerina admira à son tour les jeux de lumière de la mer. Le spectacle nocturne était splendide. Seul le père Leonardus détonnait dans ce tableau. L'aura funeste du prêtre lui donnait la nausée.

« Pourquoi haïssez-vous votre frère ? »

Lentement, l'ecclésiastique se redressa et se tourna vers elle.

« Je ne le hais point. Non. Je déteste sa manière de se conduire avec moi. Je réprouve la vie qu'il mène, ballotté entre le vin et les prostituées. Je condamne ses tableaux, qui pervertissent le message divin. Sa peinture est comparable au miroitement de l'eau. Belle, mais dangereuse pour le corps et l'esprit. Un poison ! » La mine songeuse, il réfléchit un instant avant de s'exclamer : « Trêve de bavardage ! Vous souhaitiez me proposer un marché. »

Hésitante, elle observa un instant l'onde scintillante.

« Le cardinal Borghese ne vous a-t-il pas envoyé ici pour acquérir des tableaux de Michele ?

— Comme mon frère ne m'apprécie guère, la tâche est malaisée.

— Et si j'essayais de le convaincre ?

— Qu'exigez-vous de moi en contrepartie ? »

Leonardus s'approcha de Nerina. Malgré la lueur de la lune, ses traits étaient invisibles sous le capuchon de sa bure. Durant un battement de cils, elle eut l'impression de se trouver face à un démon sans visage. Au prix d'un effort immense, elle se retint de s'enfuir à toutes jambes.

« Lorsque nous arriverons dans le port de Naples, aidez-nous à faire descendre Michele à terre sans que les hospitaliers s'en aperçoivent.

— Pour qu'on m'accuse ensuite de traîtrise et qu'on me jette dans un cachot de Sant'Angelo ? Non, merci. De plus, cette promesse me paraît trop hasardeuse. Comment ferai-je pour obtenir mon tableau quand Michele sera libre ? Dès qu'il aura trouvé de nouveaux protecteurs à Naples, il m'évitera soigneusement.

— Cela n'arrivera pas, je vous en donne ma parole. »

Le père Leonardus porta la main à sa bouche. En le voyant toussoter, Nerina remarqua alors que le vent nocturne était frais et qu'elle frissonnait.

« Je devrai attendre des mois avant que la toile ne soit achevée !

— Je peux vous proposer un tableau déjà terminé. Il vous intéressera sûrement puisqu'il comporte votre portrait et celui de votre sœur.

— S'agirait-il de la *Tête de saint Jean-Baptiste* ? Je croyais que cette peinture avait été détruite… »

Au même moment, une bourrasque gonfla les voiles latines du navire, qui gîta brusquement. Nerina perdit l'équilibre et tomba dans les bras de Leonardus.

« Une belle prise, ricana le prêtre.

— Avec laquelle vous ne sauriez que faire, si mes informations sont justes. »

Elle se dégagea lestement et recula jusqu'au grand mât.

« Dans ce domaine, je n'ai rien contre les nouvelles expériences », rétorqua-t-il d'une voix rauque.

La jeune femme eut la chair de poule. Se ressaisissant, elle parvint à refouler la peur qui menaçait de la submerger.

« Le tableau existe bel et bien, mon père ! Et vous êtes aisément reconnaissable.

— Mon diable de frère a donc réalisé une seconde version. Rien que pour cela, on devrait lui brûler les yeux avec un tisonnier. »

Le vent avait redoublé, faisant gémir violemment les mâts. Nerina crut un instant que le bateau allait se disloquer, mais il n'en fut rien. Aux gerbes d'écume qui jaillissaient de la proue, elle en conclut que leur allure augmentait.

« Cette toile vous intéresse-t-elle, oui ou non ?

— Où est-elle ?

— Si vous acceptez le marché, je vous la remettrai à Naples !

— L'impie a-t-il reproduit le tableau à l'identique ?

— C'est la même composition. Vous, votre sœur et Fra Domenico êtes rassemblés autour de la tête décapitée du Baptiste, qui a les traits de Michele. »

Nerina vit le prêtre se raidir. Exposée à Rome, la toile représenterait un véritable danger pour lui. Tout le monde comprendrait le message qu'elle contenait. Même le pape ne pourrait pas le défendre, et Leonardus, complètement discrédité, serait contraint d'abandonner sa carrière ecclésiastique.

« Quelle relation Michele avait-il avec sa sœur ? » cria-t-elle entre deux rafales.

Afin de ne pas se laisser emporter par les coups de tangage, l'apprentie se tenait au grand mât. Quant à Leonardus, il s'agrippait d'une main à l'une des deux cordes qui couraient le long du bastingage pour permettre aux matelots de se déplacer sur le pont par gros temps.

« Qu'est-ce que cela peut bien vous faire ? Nos histoires de famille ne regardent personne !

— L'aimait-il ?

— Naturellement. Comme un frère aîné aime ses cadets.

— Rien de plus ?

— Quoi ? Vous le soupçonnez d'inceste ? C'est ridicule ! »

La réaction de Leonardus semblait sincère, mais Nerina savait que les prêtres étaient de bons comédiens. Comment pouvaient-ils sinon prêcher au quotidien l'obéissance des fidèles à un pape prêt à tuer pour accomplir ses desseins ?

« Je sais qu'il a blessé mortellement un jeune aristocrate qui faisait la cour à sa sœur ! »

L'ecclésiastique parut réfléchir. Puis, d'une voix forte pour couvrir les hurlements du vent, il répondit :

« Caterina a été séduite par les paroles captieuses du frère de Domenico. À l'époque, elle n'avait aucune expérience, mais elle était assez âgée pour songer au mariage. L'aristocrate, lui, n'a jamais eu l'intention de l'épouser… » Il s'interrompit un instant. « Ces questions font-elles partie de notre accord ?

— Oui ! Si vous voulez la toile, vous devez me raconter toute l'histoire !

— Dans ce cas, voici ce qui s'est passé : le jeune fat, Antonio Di Russo, a engrossé ma sœur. Elle n'avait alors que quatorze ans ! »

Nerina se figea. Si Leonardus disait vrai, Caravaggio avait tué le père de l'enfant.

« Michele ne pouvait pas faire autrement, poursuivit le prêtre. Il a rempli son devoir. À la mort de notre père, il est devenu le chef de famille. Il devait laver l'honneur des Merisi en provoquant Di Russo en duel. Le combat a eu lieu, et il a blessé mortellement son adversaire. »

Abasourdie par cette révélation, elle prit une profonde inspiration. Ainsi, le frère de Fra Domenico avait engrossé la sœur de Michele. Mais où était l'enfant ? Un soupçon terrible germa en elle.

« Michele a déjà expié son crime ! ajouta Leonardus. Après la mort de Di Russo, il a purgé une peine d'un an de prison. »

Les genoux de Nerina se dérobèrent sous elle. Le prêtre se précipita pour l'aider à se relever.

« Je vous raccompagne jusqu'à votre cabine », murmura-t-il en l'entraînant vers la poupe.

L'apprentie eut une nausée soudaine et vomit son dîner sur le pont. Soutenue par le père Leonardus, elle gagna ensuite le château arrière.

Au moment où l'ecclésiastique ouvrait la porte de la dunette, Caravaggio apparut sur le seuil. Les cheveux et la barbe du peintre étaient entièrement blancs sous la clarté lunaire.

« Ôte tes sales pattes ! ordonna-t-il à son cadet, qui s'exécuta sans protester. Et hors de ma vue ! »

Il prit Nerina par les épaules. La jeune femme le laissa faire. Elle n'avait envie que d'une chose : dormir et ne penser à rien.

Avec précaution, il la guida jusqu'à sa cabine et l'aida à se hisser sur son hamac. Puis il lui nettoya le visage au moyen d'un linge humide.

« Tu n'aurais pas dû promettre la toile à Leonardus, souffla-t-il. Où est-elle, au juste ? C'est notre sauvegarde, il vaudrait mieux la conserver ! Si tu avais des questions sur ma sœur, pourquoi ne m'as-tu pas demandé ?

— Je l'ai fait, Michele, rétorqua-t-elle faiblement. Tu ne m'as jamais répondu ! »

Abandonnant son élève dans le noir, l'artiste sortit en silence de la cabine.

Bercée par les mouvements de son hamac, Nerina ferma les yeux. Au moment où le sommeil l'emportait, des souvenirs d'enfance affluèrent à son esprit.

2

Au beau milieu d'une végétation luxuriante, trois nymphes en tenue d'Ève couraient en riant aux éclats. Poursuivies par un faune en rut, les filles se lançaient des figues mûres. Après une joyeuse cavalcade à travers les jardins, le satyre parvint à attraper l'une des belles. La jeune femme se débattit dans l'herbe, le corps glissant de jus vermeil, avant de céder aux assauts du sylvain à la virilité dressée. Elle poussa une série de petits cris en crescendo sous les coups de boutoir du faune, qui finit par rouler sur le côté. Épuisé, il resta immobile, bras et jambes écartés. Les deux autres nymphes s'approchèrent sans bruit et commencèrent à le caresser avec douceur.

Depuis la terrasse du Palazzo Cellammare, Nerina observait les bruyants ébats en secouant la tête. Dans ce paysage bucolique, Michele donnait l'impression de vivre en Arcadie. En réalité, ils se trouvaient à Chiaia, à l'ouest de Naples, dans la résidence d'été de Costanza Colonna Sforza, la marquise de Caravaggio.

Devait-elle détourner le regard ? Faire un esclandre ? Pour quel motif ? Après tout, elle n'était ni sa femme ni son amante.

Enrico s'approcha d'elle par-derrière et l'embrassa sur la nuque. Elle sentit que la scène qui se déroulait devant eux l'excitait. Sous les tendres effleurements des nymphes, le satyre avait déjà retrouvé toute sa vigueur.

« Je me fais du souci pour lui, murmura Nerina. Certes, cela faisait longtemps que je ne l'avais pas vu aussi…

— Libidineux ? » devina Enrico.

Elle fit volte-face et lui décocha une gifle. Le précepteur la regarda sans comprendre.

« C'est pour avoir pensé que j'ai pu un jour coucher avec Michele. »

Honteux, Enrico se frotta la joue.

« Pardonne-moi, mais je ne supporte pas que tu me prennes pour…

— Je n'ai jamais pensé pareille chose.

— Je m'inquiète parce que Michele se dépense trop. La fièvre revient régulièrement, et ses jeux avec les catins napolitaines l'épuisent encore plus.

— Pourtant, il n'a pas à se plaindre. Les commandes pleuvent, il ne souffre d'aucune privation, et la marquise de Caravaggio le protège de ses ennemis. Si elle était un peu plus jeune, la *signora* Costanza irait probablement elle-même batifoler dans les jardins avec les filles. »

Quand on regardait de plus près, les nymphes qui s'égayaient dans les jardins étaient d'une joliesse quelque peu défraîchie. Trop fardées, la silhouette gâtée, certaines avaient perdu des dents ou un doigt, d'autres boitillaient. Toutes portaient une flétrissure sur l'épaule gauche. Preuve que la vie n'avait pas été tendre avec ces femmes, qui avaient connu les pires déboires et survivaient en travaillant dans les bordels du port.

« Malgré la vie insouciante qu'il mène ici, ses tableaux sont toujours aussi sombres et lugubres. Pourtant, c'est une chance que nous ayons réussi à échapper aux hospitaliers. »

Nerina ne put s'empêcher de songer au père Leonardus. Lorsque leur navire était entré dans la baie de Naples, Enrico et Michele l'avaient saisi à bras-le-corps et jeté par-dessus bord. Contrairement à ce que le prêtre avait annoncé, Fra Domenico et les chevaliers de Saint-Jean n'avaient pas réussi à les devancer. Ils avaient donc pu gagner la terre ferme sans la moindre anicroche. Dès que la nouvelle de leur arrivée s'était répandue, la marquise de Caravaggio les avait invités à séjourner dans son palais d'été.

« Crois-tu qu'il s'en soit sorti ?

— Qui ?

— Enrico ! Le père Leonardus, bien sûr !

— Michele a dit que son frère était un excellent nageur. Il a sûrement réussi à atteindre la côte. »

Nerina ferma les yeux. Si le prêtre était sauf, il chercherait à se venger avec encore plus de hargne. Mieux valait ne pas y songer. Rouvrant les paupières, elle reporta son regard sur Caravaggio.

« On dirait qu'il veut profiter avec avidité des derniers moments de sa vie, comme une souris qui déguste un morceau de fromage avant de se faire piéger.

— A-t-il reçu le tableau qu'il voulait corriger ? »

Dans les jardins, le petit groupe avait repris sa course folle. Les nymphes criaient de plus belle en essayant d'échapper au faune déchaîné.

« Tu parles de la *Flagellation du Christ* ? Oui.

— Avait-il déjà exigé de retoucher l'une de ses œuvres ?

— Non. Il lui est souvent arrivé de devoir peindre une nouvelle toile à la demande d'un commanditaire déçu, mais il n'a jamais demandé à rajouter une figure après coup. Et ce personnage qu'il tenait absolument à insérer ressemble comme deux gouttes d'eau à Fra Domenico.

— Il a gâté son tableau.

— Cela ne dérangera pas Niccolò Radulovic. Pour le négociant, seul compte le nom de Caravaggio. Il est incapable de juger de l'équilibre d'une composition. À ses yeux, c'est un personnage de plus qui enrichit sa toile – et il est ajouté gratuitement. »

Nerina poussa un long soupir. Représenté dans le rôle d'un flagellateur, l'hospitalier tenait Jésus-Christ par les cheveux. Dans l'autre main, il brandissait une poignée de verges. Le visage ricanant, les muscles saillants, il s'apprêtait à frapper sa victime avec une joie féroce.

« Je sais pourquoi Michele a fait cela, Enrico. La *Flagellation* a déjà été présentée aux autres collectionneurs de Naples. On la considère comme achevée. Personne ne se doute qu'un personnage a été rajouté depuis. La toile restera à présent chez son propriétaire. Ainsi, le secret est bien dissimulé. Je suis convaincue qu'il s'agit encore d'une sauvegarde. Apparemment, il n'a pas apprécié que je propose de donner au père Leonardus la *Tête de saint Jean-Baptiste*. »

De nouveau, les cris des nymphes retentirent. Enrico déposa un baiser sur l'épaule de l'apprentie.

« Tu te fais des idées. À quoi cela lui servirait-il de peindre le visage de son ennemi sur un tableau destiné à un commanditaire privé ? Peu de gens le verront.

— C'est un moyen de se venger discrètement et d'exprimer sa peur. Hier, je l'ai entendu crier pendant son sommeil. Il a répété à plusieurs reprises le nom de Fra Domenico. »

Elle préférait néanmoins omettre que Caravaggio l'avait aussi appelée durant la nuit. Dans son délire, il l'avait priée de lui pardonner. Elle ignorait pourquoi, mais l'entendre s'adresser à elle de la sorte l'avait profondément remuée.

« Michele ne peut pas rester éternellement dans ce palais, remarqua Enrico. L'hospitalier est à Naples. Il finira par trouver un moyen de le faire arrêter.

— Surtout si Fra Domenico s'allie encore une fois au père Leonardus !

— Ton mentor doit retourner à Rome.

— Pas avant d'avoir reçu la grâce papale ! »

À cet instant, les trois nymphes jaillirent d'un bosquet et firent irruption sur la terrasse ensoleillée. Au contact des dalles brûlantes, les filles se mirent à sautiller comme des cabris. Elles caracolèrent autour d'Enrico et de Nerina jusqu'à ce qu'un bruit de feuilles annonce l'arrivée du satyre. Peu après, Caravaggio surgit à son tour. Les yeux rouges, les traits tirés, il vacillait en marchant. Le fier sylvain était redevenu un simple mortel accablé de fatigue.

« Michele ! » laissa fuser Nerina.

L'artiste s'effondra brusquement sur les genoux.

Elle bondit vers lui pour le soutenir, aussitôt imitée par Enrico. Puis elle congédia sèchement les prostituées. Ces dernières protestèrent par principe avant de quitter les lieux.

« Je n'en puis plus, Nerina, souffla Caravaggio. Je suis vidé. Mon inspiration m'a abandonné. Mes adversaires ont gagné. Ils ont détruit Michelangelo Merisi ! »

L'apprentie sentit sa gorge se nouer. Son maître était très lucide. Il savait parfaitement dans quelle situation désespérée il se trouvait.

« Ne raconte pas n'importe quoi, objecta-t-elle sans conviction. Tu as besoin de repos, c'est tout !

— Je me reposerai quand mon heure sera venue. D'ici là, il me reste encore quelques tableaux à peindre. »

Caravaggio, tête baissée, avait prononcé ces paroles d'une voix presque imperceptible. Un battement de cils plus tard, il perdait connaissance.

3

« Plus question de faire confiance à cette vipère de Leonardus ! »

Installé dans la cour intérieure du Palazzo Borghese, Scipione buvait un verre de vin en compagnie de Ferdinando Gonzaga. L'été s'achevait, mais l'atmosphère était encore chaude et étouffante.

« Vous avez raison d'être prudent, Éminence, si ce que dit Enrico est vrai. »

Le jeune Mantouan tenait dans la main une lettre que lui avait adressée son secrétaire.

« J'avais demandé au prêtre de passer une commande en mon nom, maugréa Scipione. Et…

— Au lieu de cela, il a tenté de livrer Caravaggio aux hospitaliers ! »

Le cardinal Borghese s'en voulait. Il ne s'était pas assez méfié de son émissaire, et son imprudence avait failli coûter la vie à Michelangelo Merisi.

Il s'éventa de la main. La touffeur qui régnait dans l'atrium était à peine supportable en ce début de soirée.

« C'est rageant. Nous sommes ici à nous mettre martel en tête, mais nous ne pouvons rien faire. Nous avons les mains liées. »

Ferdinando Gonzaga prit son verre et contempla le vin à la robe mordorée qui brillait à l'intérieur.

« J'ignore ce qui a pu mal tourner. Votre oncle n'avait-il pas envoyé la grâce de Caravaggio en pensant qu'elle n'atteindrait jamais son destinataire ? Où se trouve le document à présent ? »

Scipione secoua la tête. Il avait la désagréable impression d'être complètement dépassé par les événements.

« Si le piège que le pape et Alof de Wignacourt avaient tendu à Palerme a échoué, reprit Ferdinando Gonzaga, c'est à cause de l'intervention de monseigneur Doria. Croyez-vous que votre oncle ait été prévenu des intentions de l'archevêque ? Par précaution, il a probablement préféré conserver la grâce par-devers lui.

— Non, quand il a appris que Caravaggio avait échappé aux mailles du filet, il a poussé un cri de colère qui a fait trembler les murs du palais pontifical. C'est peut-être Del Monte qui l'a convaincu de ne pas envoyer le document. »

Scipione savait que le sort de Caravaggio n'était pas la seule épine dans le pied du pape. Durant les dernières semaines, Paul V avait suivi avec attention la querelle qui opposait catholiques et protestants dans le Saint Empire romain germanique. La tension ne cessait de monter entre les deux camps.

« En tout cas, mon oncle est fortement préoccupé par ce qui se passe dans le Nord, au-delà des Alpes. »

Le cardinal Gonzaga opina.

« Avec raison. On raconte que le roi de France veut lancer ses troupes sur le Saint Empire pour écraser les protestants.

— Camillo Borghese essaiera par tous les moyens d'éviter une guerre. C'est un homme de compromis.

— Pourtant, il persécute tous ceux qui remettent son pouvoir en question. De plus, en condamnant rigoureusement la lettre de majesté de Rodolphe II, qui accordait la liberté religieuse aux sujets de son royaume de Bohême, il n'invite pas à la paix. Au contraire, il attise la discorde entre catholiques et protestants.

— Vous exagérez !

— Je me contente d'observer la situation, Éminence. Nous sommes au bord de la guerre, c'est indéniable. Et le moindre petit incident risque de déchaîner la tempête. »

Scipione prit son verre et le vida d'un trait. Il n'aimait pas la tournure que prenait la discussion, même s'il devait avouer que son vis-à-vis n'avait pas tort.

« Mon oncle se distingue, il est vrai, par son entêtement et sa grande dévotion. Ces deux particularités, lorsqu'elles sont associées, peuvent avoir des effets calamiteux. Caravaggio pourrait être l'étincelle qui met le feu aux poudres.

— Qu'est-ce qui vous incite à penser une chose pareille ? »

Le maître des lieux resta silencieux quelques instants. Il prenait plaisir à faire lanterner son allié. La nuit était tombée sur la cour intérieure, mais il préférait se passer de bougies. L'obscurité permettait de dissimuler ses réactions, et l'oreille discernait plus facilement la vérité du mensonge quand elle n'était pas distraite par les impressions visuelles.

« Julia, mon espionne, a découvert chez le cardinal Del Monte une lettre fort intéressante signée de la main du pape. »

Ferdinando Gonzaga se pencha en avant, manifestement intrigué.

« Et de quoi était-il question dans cette lettre ?

— Des liens entre les familles Di Russo et Merisi ! »

De nouveau, Scipione marqua une pause théâtrale.

« Quand comptez-vous enfin partager vos informations avec moi, Éminence ? s'impatienta Gonzaga. Je croyais que…

— Calmez-vous, mon cher Ferdinando. Julia a eu le temps de survoler la missive pontificale. Mon oncle y expliquait à Del Monte qu'il avait donné l'ordre à Leonardus de révéler à Nerina, l'apprentie du peintre, la vérité sur Caterina Merisi. »

Le Mantouan poussa un sifflement d'étonnement.

« Et à quoi ressemble cette vérité ?

— Oh, elle est très douloureuse pour Caravaggio. La révélation de ce terrible secret familial pourrait lui ôter la dernière once de raison qu'il possède. Écoutez-moi attentivement… »

4

« Je suis maudit, Enrico, croyez-moi ! »

Caravaggio fixait de ses yeux injectés de sang le jeune précepteur assis en face de lui. Les joues hâves, les cheveux sales et hirsutes, il avait l'air d'un vieillard à bout de forces, alors qu'il n'avait que trente-huit ans.

Les deux hommes s'étaient installés dans l'*osteria* du Cerriglio, l'une des tavernes les plus célèbres de Naples. L'établissement, tenu par un Allemand, était protégé par les soldats espagnols. Michele s'y sentait en sécurité, surtout depuis que la marquise de Caravaggio lui avait annoncé le départ des galères maltaises. Les hospitaliers, après avoir été pris de vitesse par le navire de l'archevêque de Palerme, semblaient avoir renoncé à capturer le peintre. Seul le père Leonardus – qui avait échappé à la noyade – hantait les ruelles de la cité, bien décidé à se venger de son frère.

Poètes, artistes et philosophes se pressaient sur les bancs de l'*osteria*. Les murs étaient couverts de leurs œuvres, et la salle retentissait de leurs maximes.

« Nous craignons la mort, et pourtant nous ne pouvons nous empêcher de la glorifier, murmura Caravaggio d'un air songeur. C'est seulement dans le vin que la vie s'ouvre à nous. » Comme pour confirmer ses dires, il avala une grande rasade de jus de treille. « En peignant, je tente de surmonter ce paradoxe. Mais il ne cesse de me tourmenter, et il finira par me détruire ! Moi et tous ceux qui m'entourent !

— Seriez-vous superstitieux, Michele ?

— Oui, je le suis. Après tout, la superstition n'est pas aussi éloignée que vous le pensez de la vraie foi prêchée par notre Église… »

En entendant ce commentaire cynique, Enrico songea à son propre père. Celui-ci avait également méprisé le catholicisme et ses représentants, ce qui ne l'avait pas empêché de se rendre chaque dimanche à la messe. Quand on lui demandait pourquoi, il se plaisait à répéter que cela ne mangeait pas de pain et que si Dieu existait, ce dernier pardonnait aux pécheurs repentants.

« Pourquoi êtes-vous maudit ? »

Serrant sa cruche, Caravaggio contemplait la salle comble. La taverne débordait de vie ; on criait, on chantait, on battait des pieds et des mains. Les clients entraient et sortaient, devisaient et gesticulaient, produisant un vacarme qui faisait vibrer le vin dans les gobelets.

Lentement, le peintre se tourna vers Enrico. Son regard semblait perdu dans un passé lointain.

« Mon grand-père et mon père ont été emportés par la peste quand j'étais jeune. Ce que je sais d'eux, je l'ai appris de la bouche de ma mère ou d'autres personnes qui les connaissaient. Certains ont même pris grand plaisir à m'en donner une image complètement fausse. » Il but une nouvelle gorgée de vin avant de fermer les yeux. « Ma mère aussi, minée par le chagrin, est partie beaucoup trop tôt. Nous portons tous notre fardeau jusqu'au jour de notre mort. Puis nous paraissons devant Dieu en espérant être pardonnés. »

Le peintre rouvrit les paupières. Son teint était devenu cendreux, et il paraissait avoir vieilli encore de quelques années.

« En ce qui me concerne, il n'y aura pas de pardon. Seulement la damnation. »

Caravaggio hésita. D'une voix déchirée, il poursuivit :

« J'ai tué un homme, Enrico. À Milan, il y a longtemps. J'avais seize ou dix-sept ans à l'époque, une carrière prometteuse devant moi.

— Vous parlez d'Antonio Di Russo ? »

Le peintre releva la tête, surpris.

« Comment avez-vous…

— Peterzano. Votre ancien maître m'a livré votre secret. »

Michele serra les mâchoires. Il resta silencieux un moment avant d'exploser brusquement.

« Et que vous a raconté le vieux Simone ? La vérité ? J'en doute ! Il n'était même pas à Milan au moment où cette affaire a eu lieu ! »

Enrico posa la main sur le bras de l'artiste pour l'apaiser.

« Il a dit que Di Russo faisait la cour à votre sœur. Mais que, en tant que chef de famille, vous étiez contre pareille union.

— Peuh ! ce jeune fat n'a jamais eu l'intention d'épouser Caterina. »

D'un geste rageur, Michele avala encore une rasade de vin. Deux filets rouges s'écoulèrent des commissures de ses lèvres et gouttèrent sur son pourpoint.

« Pour lui, elle n'était qu'un jouet. Son père n'aurait jamais accepté qu'il se marie avec une femme de condition inférieure.

— Est-ce la raison pour laquelle vous l'avez provoqué en duel ? »

Caravaggio ricana.

« Non, Enrico. L'histoire ne s'arrête pas là. Di Russo a fait bien pire.

— Cela justifie-t-il son châtiment ? »

Hors de lui, le peintre bondit du banc, renversant sa cruche sur la table. Le vin pénétra rapidement dans les fissures du bois.

« Ce porc méritait de mourir ! Même si ce n'était pas mon intention de le tuer ! Je voulais seulement lui donner une bonne leçon. Mais il a trébuché lors d'une parade, et ma lame lui a tranché la jugulaire. »

Enrico se leva et prit l'artiste par l'épaule pour le faire rasseoir. Dans l'agitation ambiante, personne n'avait remarqué l'éclat de colère.

« Dites-moi ce qui vous a poussé à lui jeter le gant. Je voudrais comprendre ! »

Sous l'effet de l'alcool, Caravaggio avait visiblement du mal à rassembler ses idées. Le regard rivé sur son gobelet, il finit par murmurer :

« Di Russo n'a jamais aimé ma sœur, contrairement à ce qu'il prétendait. Un beau jour, il… l'a forcée. Elle s'est défendue, mais elle n'était pas de taille à lutter contre lui.

— Il a violé Caterina ? »

Les yeux embués de larmes, le peintre opina.

« Quel âge avait-elle ? »

Michele poussa un long soupir.

« Quatorze ans. »

Enrico fut pris de compassion. À la place de l'artiste, il aurait probablement eu la même réaction.

« Vous n'avez pas mal agi. Il était de votre devoir de demander réparation. »

Caravaggio haussa les épaules.

« Après la mort d'Antonio, je me suis excusé auprès de sa famille. Sur la demande de son père, j'ai accepté de purger une peine d'un an de prison pour expier ma faute. Malgré tout, le cadet, Domenico Di Russo, a juré de venger la mort de son frère dans le sang. Quand j'ai été libéré, j'ai décidé de m'enfuir à Rome.

— Et votre sœur est restée à Milan.

— Oui, avec l'enfant. »

Enrico se souvint des paroles de la vieille domestique des Merisi. Peu avant de le congédier, elle lui avait révélé que Caterina avait eu une fille.

« C'est donc le fruit de… »

Michele passa la main sur son visage, comme pour chasser de mauvais souvenirs.

« Oui.

— Mais qu'est devenu cet enfant ? Lorsque j'ai rendu visite à votre sœur à Milan, elle n'en a pas fait mention.

— Elle n'a pas pu le garder !

— À qui l'a-t-elle donné ? »

Le peintre vida son gobelet à petites gorgées avant de le reposer. Puis il se leva. Il vacilla légèrement, mais s'accrocha à la table pour retrouver l'équilibre.

« Partons, maintenant. »

Cette fois, Enrico ne lâcherait pas prise aussi facilement. Il voulait entendre toute l'histoire. Doucement, il retint l'artiste par le bras.

« Racontez-moi ce qui s'est passé ensuite, Michele. »

Caravaggio se dégagea brutalement. Emporté par son élan, il s'effondra sur un banc et renversa deux gobelets de la table adjacente. Les clients, indignés, poussèrent des jurons.

Enrico s'empressa de relever le peintre. Après cela, il donna un ducat à leurs voisins afin d'éviter un esclandre.

Michele s'ébroua, puis se dirigea d'un pas incertain vers la porte. Lorsque Enrico le suivit, il aperçut Nerina qui les attendait sur le seuil.

« Nous reparlerons de tout cela plus tard, glissa-t-il à l'artiste.

— Vous devez me promettre une chose, Enrico, répondit Caravaggio tandis qu'ils se frayaient un chemin à travers la salle bondée.

— Quoi ?

— Si je devais mourir avant d'atteindre Rome, prenez soin de Nerina ! »

5

Dehors, la nuit était tombée sur Naples, et ils furent accueillis par un vent frais en provenance de la mer. Voyant son mentor tituber sur le pavé inégal, Nerina le prit par le bras. Sans un mot, ils se dirigèrent vers l'ouest et la colline derrière laquelle se trouvait le Palazzo Cellammare.

Depuis qu'Enrico accompagnait le peintre lors de ses sorties à l'*osteria*, elle se sentait rassurée. Querelles et bagarres appartenaient au passé. Sous l'influence du jeune homme, Michele semblait s'être assagi. Cette retenue tardive se doublait d'un déclin physique très marqué. L'artiste autrefois si fier marchait à présent le dos courbé. Nerina se demandait combien de temps encore il pourrait supporter cette existence de fugitif toujours sur le qui-vive. L'exil minait inexorablement sa santé. Rome représentait le dernier espoir de Caravaggio. La Ville éternelle avait toujours été pour lui une source de jeunesse et d'inspiration. Une fois là-bas, gracié par le pape, il pourrait enfin reprendre des forces et se consacrer à son art sans craindre pour sa vie.

Un aboiement joyeux l'arracha à ses pensées. Un battement de cils plus tard, un gros chien noir surgit de l'une des venelles obscures qui s'ouvraient devant eux. Son pelage brillait au clair de lune.

« Nero ! » s'écria Nerina.

Son brusque accès de gaieté fit aussitôt place à la peur.

« Es-tu seul, mon beau ? »

Enrico et Michele s'étaient eux aussi arrêtés. Tandis que l'apprentie se penchait pour caresser l'animal, ils scrutèrent les environs avec prudence.

« Où est ton maître, Nero ? »

Retenant le chien par la peau du cou, elle se releva lentement. Michele, qui avait repris son habitude de ne jamais sortir sans sa rapière, dégaina. Enrico l'imita et tira à son tour son épée.

Naples n'était pas seulement l'une des plus belles villes du monde, elle comptait également parmi les plus dangereuses. Les agressions y étaient monnaie courante, surtout la nuit. Les personnes qui arpentaient les rues à cette heure tardive étaient soit des noctambules éméchés, soit des malandrins.

Quatre silhouettes se détachèrent bientôt de l'ombre d'un bâtiment. Toutes tenaient une arme à la main. En les voyant avancer, Nerina identifia sans peine l'un des assaillants. La démarche de l'individu était gravée à jamais dans sa mémoire.

« Fra Domenico !

— En chair et en os, *signora*. Je suis flatté que vous me reconnaissiez aussi promptement, même dans le noir. Cela me chagrine aussi, car vous devenez ainsi un témoin gênant. Mais nous allons remédier au problème. Messieurs, en garde ! »

L'hospitalier fit un moulinet avec son épée. Ses sbires se mirent en position de combat.

Nerina, qui n'avait pas lâché le chien, s'accroupit.

« Aide-nous, Nero ! » murmura-t-elle.

L'animal dressa les oreilles, mais un sifflement de Fra Domenico le figea sur place. Pour regagner sa confiance, elle lui tapota la nuque et le caressa quelques instants. Puis, désignant l'un des complices du tonsuré, elle le poussa en avant.

« Attaque, Nero ! Attaque ! »

Tel un éclair, le chien sauta sur l'inconnu et le mordit au bras. Les deux autres hommes se jetèrent sur Michele et Enrico.

Un combat inégal débuta, car le peintre ivre tenait à peine debout. Nerina se mit à crier au secours.

Fra Domenico contourna tranquillement les antagonistes pour venir se planter devant elle.

« Ne soyez pas ridicule ! l'interpella-t-il d'un ton railleur. Cessez de braire comme une ânesse. Vous allez mourir maintenant. Œil pour œil, dent pour dent. Comme il est écrit dans l'Ancien Testament.

— Vous oubliez les enseignements du Christ », répliqua-t-elle en regardant alentour.

Malheureusement, elle ne vit sur le pavé aucun objet qui aurait pu lui servir d'arme improvisée. Elle était livrée à l'hospitalier.

Nero lâcha sa victime. Le gaillard se releva et s'enfuit en se tenant le bras. Pendant ce temps, Michele et Enrico, affaiblis par le vin, reculaient sous les assauts de leurs adversaires. Du sang coulait du pourpoint de l'artiste. Blessé, il se battait pourtant comme un lion. Nerina admira son courage.

« Aimez vos ennemis, disait Jésus. Le saint patron de votre ordre, l'apôtre Jean, suivait à la lettre les préceptes du Fils de Dieu. Vous devriez en prendre de la graine, Fra Domenico ! »

Dans la lueur de la lune, elle vit le tonsuré grimacer. Il se fendit soudainement pour l'attaquer. Elle parvint à esquiver le coup, mais elle savait que, désarmée, elle n'échapperait pas longtemps à l'acier du chevalier de Malte.

« Pourquoi vous en prenez-vous à moi ?

— Je veux détruire Caravaggio comme il m'a détruit. En assassinant mon frère, il m'a privé de l'être que j'aimais le plus au monde. Je vais donc lui ravir la personne qui prend la plus grande place dans son cœur de scélérat ! »

Nerina n'eut pas le temps de réfléchir aux paroles de l'homme en noir, qui tenta de nouveau de l'embrocher. Elle bondit sur le côté, mais sa lame l'égratigna au bras. L'hospitalier éclata de rire. À l'évidence, il jouait avec elle.

Du coin de l'œil, l'apprentie remarqua Nero, non loin d'elle. Ce dernier tournait sur lui-même en gémissant, visiblement incertain de ce qu'il devait faire. D'instinct, elle sut que c'était sa chance. Le doigt tendu vers Fra Domenico, elle chercha à profiter de la perplexité de l'animal en lui ordonnant d'une voix ferme :

« Attaque, Nero ! Attaque ! »

Contre toute attente, il se rua sur son maître et le mordit à la cuisse.

Le tonsuré, surpris, lança un juron. Il frappa rageusement Nero du plat de l'épée.

« Lâche-moi, imbécile ! Qu'est-ce qui te prend ? »

Désemparé, le chien obéit.

Fra Domenico, ne pouvant contenir sa colère, donna un coup de pointe sur l'arrière-train de Nero, qui poussa un hurlement. Ses pattes de derrière ployèrent sous lui alors qu'une gerbe de sang giclait sur le pavé. Pris de panique, il essaya péniblement de s'écarter en glapissant. La lame de l'hospitalier fondit une seconde fois sur lui et trancha un morceau de son museau. Le chien, fou de douleur, déguerpit en se traînant.

Tandis qu'elle observait la scène, Nerina eut la nausée. L'animal n'avait pas mérité un tel châtiment.

Battant en retraite, Nero passa tout près de l'homme qui affrontait Michele. Comme il parait une botte, le spadassin trébucha sur la bête blessée. Avant qu'il ait eu le temps de retrouver l'équilibre, la rapière de Caravaggio lui transperça la gorge. L'individu s'écroula dans un gargouillis.

Nerina vit ensuite son mentor se tourner vers Fra Domenico. L'hospitalier était immobile comme une statue. Apparemment, la trahison de son chien l'avait ébranlé.

Il se ressaisit lorsque Michele s'avança vers lui.

« Dans ce cas, je m'occuperai de vous en premier », déclara-t-il en levant son épée.

Il passa à l'attaque. Avec des coups précis et vigoureux, il mit à mal la garde de son adversaire, qui faiblissait à vue d'œil. Fort heureusement, Enrico jaillit aux côtés de l'artiste. Un coup d'œil suffit à Nerina pour constater que le dernier complice de Fra Domenico avait mordu la poussière. Recroquevillé sur le sol, le sbire perdait beaucoup de sang.

Ce retournement de situation parut aiguillonner le tonsuré. Frappant sans relâche d'estoc et de taille, il mit rapidement en difficulté les deux hommes. Troublés par l'ivresse, ceux-ci ne pouvaient rivaliser d'adresse avec leur ennemi.

Nerina réfléchissait fébrilement à un moyen de les aider. Lorsque les trois combattants revinrent dans sa direction, elle eut soudain une idée. Au même moment, Michele porta la main à son visage avant de s'effondrer en gémissant.

Elle poussa un cri affolé. Se penchant, elle ramassa alors de la boue sur les pavés et lança la boule grossièrement formée sur la figure de Fra Domenico. Aveuglé par les immondices, le chevalier recula en crachant. Enrico en profita pour riposter et l'accula contre un mur. D'une botte foudroyante, il fit voler l'épée de l'hospitalier.

Fra Domenico ne demanda pas son reste. Éructant un chapelet d'injures, il s'enfuit à toutes jambes. Son complice blessé le suivit en titubant.

Nerina courut vers Caravaggio, resté au sol dans une mare de sang.

« Michele ! »

Elle retourna avec précaution son mentor, qui avait perdu connaissance. Ce qu'elle découvrit lui donna un haut-le-cœur. L'hospitalier avait tailladé le visage du peintre.

Les larmes montèrent aux yeux de Nerina. À cet instant, Enrico s'accroupit à côté d'elle.

« Alors ? s'enquit le jeune homme, hors d'haleine. Est-ce qu'il va s'en sortir ? »

6

« Caravaggio est mort ! »

Le courrier qui venait de faire irruption dans le cabinet de travail s'inclina révérencieusement, à bout de souffle.

Surpris, Scipione Borghese prit la lettre que l'homme lui tendait.

« Que dites-vous ?

— Éminence, le duc d'Urbino vous informe que votre protégé, Michelangelo Merisi, a été assassiné à Naples. »

Le cardinal n'en croyait pas ses oreilles. Il décacheta en hâte la missive et survola le message du duc, daté du 24 octobre 1609.

Abasourdi, il se laissa tomber dans son fauteuil. D'après ce qu'il venait de lire, Caravaggio aurait été attaqué à la sortie d'une auberge par plusieurs coupe-jarrets. Grièvement touché au visage, il n'aurait pas survécu à ses blessures.

D'un geste las, il congédia l'estafette, qui se retira docilement.

« Donnez-lui une récompense ! lança Scipione au moment où l'homme quittait la salle. »

Son secrétaire passa la tête par la porte.

« Bien, Éminence.

— Et allez quérir le cardinal Gonzaga au plus vite ! »

Désespéré, le prélat se releva et se mit à arpenter fébrilement son cabinet.

Tous ses plans étaient ruinés. Michelangelo Merisi, dont les œuvres auraient dû décorer sa future villa du Pincio, ne toucherait plus jamais à un pinceau. Scipione éprouvait une rage folle à l'égard de son oncle, qui avait certainement commandité l'attentat.

Il avait besoin de sortir prendre l'air. Une promenade dans les jardins du palais l'aiderait peut-être à se calmer. Tous ses efforts n'avaient servi à rien. Durant plus de quatre ans, il s'était battu pour faire revenir Caravaggio à Rome. Il avait noué et dénoué des intrigues, bravé les colères de son oncle, conclu de nouvelles alliances, mais cela n'avait pas suffi. Paul V, le pape dévot, avait fini par triompher en se débarrassant du peintre gênant.

D'un pas vif, Scipione longea les galeries ouvertes à arcades qui menaient à l'atrium. Les pans de sa soutane voletaient derrière lui. Quelques instants plus tard, il dévala les marches permettant d'accéder à la vaste cour intérieure. En plein midi, les rayons du soleil baignaient les lieux d'une lumière scintillante.

Il prit une profonde inspiration. Tandis qu'il laissait errer son regard sur le feuillage des lauriers et des oléandres en pots, une idée lui vint à l'esprit. Caravaggio était devenu un artiste prolifique ces dernières années. Son atelier à Naples devait regorger de tableaux. Il fallait donc charger au plus vite quelqu'un d'acquérir ces œuvres orphelines. Comme le père Leonardus l'avait trahi, il n'avait pas le choix. Il devrait convaincre Ferdinando Gonzaga de confier cette mission à son émissaire Enrico.

Après cela, il lui faudrait donner une bonne leçon à son oncle. Scipione ignorait encore comment s'y prendre, mais il n'était pas question de laisser le pape s'en tirer à si bon compte. Camillo Borghese avait fait assassiner un peintre au génie incomparable, et il expierait son crime d'une façon ou d'une autre.

Soudain, il perçut des pas feutrés dans son dos. Il fit volte-face et vit apparaître un visage familier au détour de l'allée.

« Soyez le bienvenu, cardinal Gonzaga, même si vous vous coulez entre les arbustes comme un vulgaire tire-laine ! Je suis heureux que mon secrétaire ait réussi à vous trouver si vite.

— Je me rendais justement chez vous. On m'a dit que vous aviez reçu une mauvaise nouvelle. De quoi s'agit-il ?

— Tenez, lisez ceci. »

Scipione donna la lettre du duc au jeune Mantouan. Impassible, ce dernier prit connaissance du message.

« Et alors ? répondit-il laconiquement en rendant la missive.

— Caravaggio est mort ! Cela vous laisse-t-il de marbre ? »

Ferdinando Gonzaga se contenta de hausser les épaules.

Sa morgue irritait au plus haut point le maître des lieux. Et pourtant, Scipione ne pouvait s'empêcher d'admirer le sang-froid de son étrange allié.

« N'avez-vous pas lu la lettre jusqu'à la fin ? demanda Gonzaga. Le duc d'Urbino n'est pas sûr de ses informations. Caravaggio a été grièvement blessé, mais personne ne peut affirmer qu'il n'a pas survécu. Vous ne devriez pas vous laisser émouvoir par des rumeurs, Éminence. »

Scipione leva les yeux au ciel. Croisant les mains dans son dos, il se mit à faire les cent pas dans l'atrium.

« Avez-vous de meilleures informations ? Si votre secrétaire Enrico est à Naples, il pourrait peut-être acheter en mon nom les éventuels tableaux qui restent dans l'atelier de Caravaggio. Je saurai me montrer reconnaissant. »

Un sourire fugace passa sur le visage de Gonzaga.

« Vous allez trop vite en besogne, Éminence.

— Votre homme en sait-il plus ? » s'agaça Scipione.

Le jeune cardinal rajusta sa barrette rouge avant d'annoncer :

« Pour le moment, Enrico est en train de panser les blessures du peintre. Inutile donc de songer à acquérir des toiles à l'instant où nous parlons. »

Scipione se figea net.

« Caravaggio est vivant ?

— Oui, mais il a échappé de peu à la mort. On lui a tailladé le visage de plusieurs coups d'épée. Mutilé, il est méconnaissable. »

Étourdi par ce qu'il venait d'apprendre, Scipione s'adossa contre le socle d'une statue.

« Depuis quand êtes-vous informé de cette histoire ?

— Je viens de recevoir une lettre d'Enrico. Comme je vous le disais, je me dirigeais vers votre palais quand j'ai croisé votre secrétaire. Vous pouvez vous estimer heureux, Éminence. Caravaggio se remet doucement, mais il n'a pas cessé de peindre. Il a même promis de vous faire parvenir une toile pour apaiser les rancunes de son frère.

— Une toile ? Laquelle ?

— Enrico ne l'a pas précisé dans son message. »

Scipione n'en revenait pas. Bouche bée, il observa un moment son allié en silence. Puis, se ressaisissant, il se tourna vers l'escalier de l'atrium et battit des mains.

« Du vin et une collation ! Dans mon cabinet de travail ! »

Ne cherchant même pas à savoir si ses ordres avaient été entendus, il prit Gonzaga par le bras.

« Mon cher Ferdinando, à nous de faire encore pression sur le pape pour que Caravaggio reçoive enfin la grâce promise. Il est temps que le peintre rentre à Rome ! »

7

« Il vous a vraiment envoyé une lettre ? Dans laquelle il dit qu'il souhaite se porter acquéreur des toiles se trouvant encore dans mon atelier ? Ventrebleu ! Il me croit donc à l'article de la mort ? »

Michele était hors de lui.

Assis à la table où l'artiste mélangeait ses couleurs, Enrico acquiesça. Il avait pris une plume et un rouleau de parchemin pour noter la réponse de l'artiste.

« Ce cardinal Borghese est une vipère ! » vociféra le peintre.

Pelotonnée dans un coin de la pièce, Nerina attendait que l'orage passe. Son mentor venait de briser contre un mur le cadre d'un tableau. Tournant la tête, elle jeta un coup d'œil inquiet au jeune modèle qui posait pour le nouveau tableau de Caravaggio. Le garçon, terrifié, n'osait pas bouger de peur de s'attirer les foudres du maître.

« Quelle outrecuidance ! Écrivez, Enrico : Moi, Michelangelo Merisi da Caravaggio, en pleine possession de mes moyens, déclare remettre à Son Éminence le cardinal Borghese une toile qui ébranlera les fondations de la curie romaine. Cette œuvre sera un avertissement pour tous ceux qui la contempleront… » Michele se gratta furieusement le crâne. « Non, Enrico, je suis trop complaisant envers cet être avide et intrigant. Tel un vautour, il attend que je trépasse pour se jeter sur mes peintures.

— Continuez ! Vous avez trouvé le ton approprié !

— Croyez-vous ? Tout cela sonne creux. »

Vêtu de son vieux pourpoint déchiré et ensanglanté, Caravaggio arpentait l'atelier en gesticulant.

Nerina préférait le voir ainsi. Après l'agression nocturne non loin de l'*osteria* du Cerriglio, le peintre, grièvement blessé, avait dû s'aliter durant plusieurs semaines. Deux coups d'épée lui avaient écharpé le front, le nez et la joue gauche. Les entailles l'avaient défiguré. Pour masquer les profondes balafres, il portait désormais une longue bande d'étoffe blanche qu'il enroulait autour de son visage comme un turban.

Fort heureusement, il s'était remis assez rapidement. Il n'avait pas cessé de peindre durant tout l'hiver. Après avoir terminé sa journée de travail, arrosée de vin, il avait pris l'habitude de faire venir une prostituée chaque soir. Grâce aux nombreuses commandes qu'il recevait, il n'avait plus aucun souci financier. À présent, il se consacrait à un tableau qui causait un certain malaise à Nerina : *David avec la tête de Goliath*.

Son modèle se tenait sur une caisse en bois. Serrant dans une main une épée, le jouvenceau brandissait de l'autre un plâtre représentant la tête tranchée du géant philistin. Sur la toile, Goliath avait la figure de Michele. Les estafilades du peintre étaient cependant absentes de l'autoportrait. On ne voyait que la blessure au front infligée par le futur roi d'Israël à l'aide de sa fronde.

« J'aurai bientôt terminé », annonça Caravaggio en saisissant un pinceau.

Il prit un peu de peinture sur la palette qu'il avait laissée tomber par terre, puis effectua une retouche sur la toile. Depuis son rétablissement, il utilisait un appuie-main pour exécuter certains détails.

« Vous pouvez écrire au cardinal qu'il lui en coûtera mille scudi, à déposer sur mon compte de la Banca San Eligio… »

Nerina contempla le tableau. Le jeune David n'avait pas les traits du modèle. Michele lui avait donné un autre visage. Elle avait l'impression d'avoir déjà vu le garçon quelque part, sans pouvoir le remettre.

« Ton David me rappelle quelqu'un. Qui est-ce ? »

Ignorant sa question, le peintre continua de travailler. Il avait modifié pendant la nuit l'expression de son personnage. La veille encore, le jeune berger avait sur les lèvres un sourire triomphant. À présent, il affichait un air songeur, presque maussade. De la scène émanait une profonde mélancolie. Le héros ne savourait pas sa victoire. Au contraire, il semblait penser à son propre destin et à l'éphémère du pouvoir. Le spectateur pouvait lire dans son regard la crainte de connaître un jour le même sort que son adversaire.

Nerina se redressa. Malgré sa mine attristée, David avait quelque chose de lascif dans sa pose. Un charme sensuel se dégageait de sa personne. La poitrine dénudée, les lèvres pulpeuses, il avait une allure efféminée.

Quant à la tête tranchée de Goliath, elle paraissait encore douée de vie. On lisait sur le visage hagard un mélange d'incrédulité et d'amertume. La toile annonçait : « Je vais bientôt mourir », et Nerina y voyait un message prophétique du peintre. L'image sanglante la poursuivait jusque dans ses rêves.

« Ce n'est pas tout, Enrico, poursuivit Caravaggio. En retour, j'exige que le cardinal m'aide à obtenir la grâce papale que j'attends depuis si longtemps. Dites-lui que c'est seulement à Rome que je pourrai déployer tout mon génie. Terminez ensuite comme bon vous semble, mais je veux que figure à la fin cette phrase : "Je vous remets cette toile en témoignage de ma *maestria*." »

Il jeta son pinceau dans un pot de terre cuite, s'approcha de la fenêtre et respira profondément. Nerina se souvint que son mentor s'était souvent plaint de la trop grande uniformité des saisons dans la région de Naples. Mais, ce jour-là, on percevait un net changement. Le printemps avait débuté. De la mer montait ce parfum épicé de varech, annonciateur des beaux jours.

« Quand croyez-vous qu'ils enverront la grâce ? »

Sans attendre de réponse, Michele ordonna au jeune garçon de descendre de la caisse. La séance de pose était terminée.

« Votre tableau accélérera certainement les choses, fit remarquer Enrico.

— Une année d'exil supplémentaire me serait fatale. Maintenant, dans mon état, je vais rapidement tomber dans l'oubli. Je ne suis plus qu'un animal de foire. Quand on ne vit pas à Rome, il faut se montrer en société pour vendre ses toiles. »

Il attendit que son modèle eût changé de vêtements pour lui donner un ducat. Le jouvenceau empocha la pièce avec un large sourire.

Ce geste de Caravaggio suscita chez Nerina une vague de pitié. Il payait ses sujets vivants bien au-dessus du prix habituel, de peur que ceux-ci n'osent plus revenir dans l'atelier d'un peintre à la face monstrueuse.

Michele ne quittait plus le Palazzo Cellammare, fuyait les mondanités. La boisson, les prostituées et la peinture remplissaient ses journées. Ce quotidien était fréquemment interrompu par des montées de fièvre et d'étranges accès de délire, durant lesquels il se croyait persécuté par des ennemis invisibles. Dans ces moments-là, il se barricadait dans son atelier et se cachait sous la table.

Lorsque le garçon eut quitté la pièce, Caravaggio s'approcha d'un chevalet, sur lequel se trouvait un tableau dissimulé sous un voile noir. Ôtant brusquement le tissu, il découvrit la *Tête de saint Jean-Baptiste*. La toile, rongée par le sel de mer, était fortement endommagée.

« Comme moi, les personnages de ma sauvegarde sont presque méconnaissables.

— Mais le tableau existe encore, observa Nerina. C'est un miracle qu'il n'ait pas été détruit par Fra Domenico comme le premier. »

L'artiste acquiesça d'un air songeur et caressa le visage de Salomé, qui s'était mieux conservé que les autres.

« Nous devrions l'envoyer au grand maître de l'ordre de Malte.

— Dans cet état ? s'écria-t-elle. Ce serait une provocation !

— Quelques retouches, et Wignacourt identifiera à coup sûr mes tourmenteurs ! »

Michele éclata de rire. Puis il se baissa pour ramasser sa palette.

« Le *David* au cardinal Borghese, et le *Saint Jean-Baptiste* au grand maître. Voilà qui devrait les faire réagir ! »

Nerina et Enrico échangèrent un regard. Qu'avait le peintre derrière la tête ?

8

« Ne vous avais-je pas interdit d'entrer en contact avec ce barbouilleur ? »

La voix de Paul V, courroucée, avait basculé dans les aigus.

Scipione sourit par-devers lui.

« Vous devriez au moins jeter un coup d'œil au tableau, mon oncle. »

Dans son cabinet de travail du Palazzo Borghese, il avait réuni autour du souverain pontife les cardinaux Gonzaga et Del Monte. Au centre de la pièce trônait un chevalet supportant une toile dissimulée sous un voile blanc.

« Pour corrompre mon esprit en contemplant l'œuvre de ce démon hérétique ? Non merci, mon cher neveu.

— Il serait dommage de refuser, Votre Sainteté. Un tableau de Caravaggio réserve toujours des surprises. »

Le pape se tourna avec étonnement vers Del Monte, qui avait prononcé ces paroles avec un sourire énigmatique.

« Avez-vous déjà vu cette maudite toile ?

— Non, mon oncle, intervint Scipione. Je suis le seul à l'avoir admirée pour l'instant. Par mesure de précaution, cela va de soi, puisque vous considérez les œuvres de ce peintre comme dangereuses. »

Agacé, Paul V lança un regard inquisiteur vers le cardinal Gonzaga.

« Il vous l'a également dissimulée, Éminence ? Plutôt étrange quand on connaît votre intérêt pour ce peintraillon. »

Le jeune Mantouan haussa les épaules.

« Bon, dans ce cas, abrégeons ! intima le pontife en se trémoussant nerveusement sur son siège. Montrez-nous le tableau ! »

Scipione s'approcha du chevalet et fit glisser le tissu qui recouvrait la toile.

« Cette peinture à l'huile s'intitule *David avec la tête de Goliath* », annonça-t-il.

Tout en reculant d'un pas, il observa attentivement les réactions de ses invités. Son oncle examina quelques instants la toile en secouant la tête avant de se signer. Tandis que Ferdinando Gonzaga restait impassible comme à son habitude, Del Monte ne put s'empêcher de tressaillir. Le prélat à la barbiche grimaça, puis, au prix d'un violent effort, parvint à retrouver la maîtrise de lui-même.

Quelques instants plus tard, il brisa le silence qui avait envahi la pièce.

« La tête de Goliath me rappelle la *Méduse* que je lui avais commandée il y a une dizaine d'années. Ne manque que la chevelure de serpents.

— Le géant a l'air tout aussi menaçant que la Gorgone, glissa Scipione. D'après ce que j'ai compris, son visage n'est autre que celui du peintre. Un autoportrait donc, qui a certainement sa signification. »

Tout en parlant, il ne quittait pas son oncle des yeux. Camillo Borghese regardait tour à tour le personnage de David et le cardinal Del Monte. Peu à peu, il semblait comprendre pourquoi son neveu avait organisé cette réunion. Pendant ce temps, le puissant administrateur de la Fabbrica di San Pietro s'enfonçait de plus en plus dans son fauteuil, livide.

« Personne ne doit voir ce tableau, Scipione ! vociféra soudain le pape. Brûlez-le ou, si vous en êtes incapable, cachez-le derrière une tenture, mais faites-le disparaître, par saint Pierre ! »

Le jeune Borghese décida de passer à l'attaque. Lorsqu'il avait contemplé la toile pour la première fois, il avait rapidement saisi le message qu'elle contenait. L'heure était venue d'en faire usage pour faire pression sur le souverain pontife.

« Tout doux, mon oncle. Pourquoi êtes-vous si nerveux ? Serait-ce parce que David ressemble fortement à Son Éminence le cardinal Del Monte lorsqu'il était jeune ? Voyez-vous dans ce tableau une allusion à son inclination pour la gent mascu… »

Paul V frappa du poing sur le bureau pour l'interrompre. À l'évidence, il ne voulait pas aborder le sujet de la pédérastie devant Ferdinando Gonzaga.

« Cette toile représente une insulte aux préceptes de l'Église romaine. C'est une déclaration de guerre !

— N'exagérez-vous pas un peu ? Il raconte seulement une histoire… »

Furieux, le pape se mordit les lèvres.

« En ce qui me concerne, c'est la mort de Goliath qui m'effraie, ici ! » lança Ferdinando Gonzaga.

Tous les regards se braquèrent sur le Mantouan, qui sourit d'un air ingénu pour excuser sa remarque inopinée.

« Avec ce tableau, le peintre met en lumière sa peur du trépas, ajouta-t-il. Caravaggio craint de se voir terrasser par un adversaire inattendu.

— Mais David a tué Goliath avec l'aide de Dieu ! tonna Paul V. Comme toujours, ce maudit barbouilleur pervertit les interventions divines ! »

Il met surtout en danger la réputation de votre nouvel allié, songea Scipione. Son Del Monte déguisé en David à la poitrine dénudée dénonçait clairement les penchants du cardinal pour les jeunes garçons.

L'attitude scandalisée du pape confirmait ses soupçons. Selon toute évidence, son oncle et Del Monte faisaient cause commune. Restait à découvrir la raison de cette entente secrète.

« Considérez plutôt cette toile comme un geste conciliateur. Le peintre nous l'a fait parvenir en échange de…

— De la grâce qu'il attend depuis si longtemps, enchaîna Gonzaga. Votre Sainteté, si vous voulez éviter que Caravaggio n'inonde les campagnes de… » Il se racla la gorge avant de poursuivre à voix basse : « … pareils tableaux s'opposant à la contre-réforme et compromettant l'honneur des membres de la curie, vous devriez l'accueillir à Rome. Après les succès qu'il a connus à Syracuse, Messine, Palerme et Naples, le peuple s'indigne de son bannissement. Graciez-le, et vous ne le regretterez pas !

— Jamais ! C'est une manœuvre d'intimidation !

— Vous allez donc le laisser peindre ses peintures religieuses dévoyées ? »

Ferdinando Gonzaga désigna le cardinal Del Monte, pétrifié sur son fauteuil.

« Il a déjà ridiculisé Son Éminence… »

Scipione fit un signe pour l'inviter à modérer ses paroles, mais le jeune Mantouan l'ignora.

« Tant que le tableau ne sera pas présenté au public, il restera muet, reprit le fils de Vincenzo Ier, mais imaginez ce qui se passerait si une toile comparable était dévoilée à Pise, Gênes ou Venise avec un saint ayant vos traits, Votre Sainteté… »

Del Monte sortit brusquement de sa léthargie. Se levant d'un bond, il repoussa son siège. Les pieds du meuble émirent un crissement désagréable qui résonna dans la vaste pièce.

« Accordez-lui votre pardon, Très Saint-Père. Faites-le revenir à Rome et assommez-le de travail pour l'empêcher de reproduire ce genre de mauvaise plaisanterie. » Rajustant sa soutane, le cardinal grommela : « Il est allé trop loin, cette fois ! »

Paul V avait pâli en entendant les paroles de Ferdinando Gonzaga. La perspective de devenir la risée du peuple lui était insupportable. Après avoir échangé un regard avec Del Monte, il déclara d'une voix blanche :

« Qu'il en soit ainsi. Caravaggio sera absous, je l'autorise à rentrer à Rome. Sa grâce l'attendra sur la côte, dans l'enclave espagnole de Palo. »

9

« Enrico, Nerina ! Une lettre avec le sceau papal ! Enfin ! Rome, me voilà ! »

Nerina, qui s'était assoupie dans les bras d'Enrico, se réveilla en sursaut en entendant Michele monter l'escalier quatre à quatre.

Quelques instants plus tard, il se mit à tambouriner contre toutes les portes du couloir au fond duquel se trouvait son atelier.

« Crois-tu qu'il va comprendre ? » murmura-t-elle à son amant, inquiète.

Elle ne savait que penser. Tous deux n'avaient pas avoué au peintre leur relation. À plusieurs reprises, Caravaggio lui avait jeté des regards méfiants en la voyant se faufiler hors de la chambre du précepteur. Était-il jaloux, ou se faisait-il du souci pour elle ?

Le battant s'ouvrit soudain à toute volée, et Michele fit irruption dans la pièce.

« Enrico, à vous de briser le sceau… »

Au même moment, il parut prendre conscience de ce qu'il voyait : son élève et l'émissaire du cardinal Gonzaga allongés dans le même lit, nus sous un drap de lin, les cheveux encore humides de sueur après leurs ébats amoureux.

Clignant des yeux, il les observa d'un air incrédule avant de lâcher :

« Voilà donc où vous en êtes, tous les deux. »

Ignorant la remarque, Enrico se leva et s'avança, main tendue, pour prendre la lettre du Saint-Siège. Caravaggio recula vivement, comme piqué par un scorpion.

« Michele, calme-toi ! l'implora Nerina, qui sentait l'artiste sur le point d'éclater en invectives. Je l'aime. Tu as dû t'en rendre compte ! »

Les rayons du soleil qui s'infiltraient à travers les rideaux à demi fermés de la fenêtre entouraient le peintre d'un halo irréel. Statufié, il s'efforçait manifestement de maîtriser sa colère.

Enrico effleura l'épaule du Lombard, mais celui-ci se secoua violemment.

« Je vous avais demandé de prendre soin d'elle, jeune impudent, pas de la besogner !

— Michele ! s'écria Nerina. Tu vas trop loin. C'est à moi de choisir avec qui je partage ma couche. Tu n'es ni mon père, ni mon frère, et encore moins mon mari. Ta jalousie est ridicule. De toute manière, tu ne m'as jamais regardée comme une femme ! »

Caravaggio la dévisagea un moment avec stupéfaction, avant de ricaner.

« Décidément, tu ne comprends rien à rien ! Après t'avoir recueillie, je t'ai nourrie et t'ai appris à peindre. Et toi, tu n'as rien de mieux à faire que de coucher avec le premier secrétaire venu ? »

Ce fut au tour d'Enrico de se sentir offensé.

« Vous vous emportez, monsieur. Le secrétaire dont vous parlez vous a sauvé la vie plus d'une fois. Allons, ouvrons cette lettre. »

Le peintre pressa la missive papale contre sa poitrine et battit en retraite vers la porte.

« Pas question. Vous ne la lirez point !

— Qu'est-ce qui te prend, Michele ? rétorqua Nerina. Nous sommes de ton côté, tu le sais. Nous essayons de t'aider et Enrico…

— Peste soit le coquin de t'avoir attirée dans ses filets ! »

S'enveloppant du drap, elle se leva. Caravaggio la lorgna comme s'il n'avait jamais vu une femme à moitié nue. Le regard de son mentor glissa lentement vers le bas de son corps et s'arrêta au niveau de son entrejambe. Involontairement, elle baissa les yeux. Sur le lin clair se détachaient deux taches sombres. Elle releva la tête avec agacement. Que voulait-il ? Lui tenir un sermon ? Il était mal placé pour jouer les moralisateurs. Depuis qu'ils étaient de retour à Naples, il faisait venir chaque soir des bordels du port une prostituée différente.

« Que bigles-tu ? feula-t-elle. Ouvre ta lettre. Si le pape t'invite à Rome, tu peux partir sur-le-champ. J'en ai assez de ton hypocrisie ! »

Tournant les talons, elle se réfugia derrière un paravent dressé non loin du lit et commença à s'habiller. À travers la cloison à claire-voie, elle vit le visage du peintre virer du blanc au rouge.

« Tu n'as aucune idée de ce que j'ai fait pour toi ! vociféra-t-il. Crois-tu que je t'ai tirée du ruisseau parce que j'avais besoin d'une apprentie ? Oh ! que nenni ! Je t'ai traitée comme ma propre enfant, et je… »

Il s'interrompit, submergé par l'émotion. Nerina sentit sa gorge se nouer. C'était la première qu'elle le voyait dans un état pareil.

« Malgré tout, je ne te dois rien. Mon père m'a mise en apprentissage chez toi, et je considère ma formation terminée.

— Ce n'était pas ton père !

— Mon père adoptif, je sais. Je n'ai jamais connu ma vraie famille !

— Moi, si ! »

Caravaggio avait prononcé ces paroles d'une voix étranglée.

Nerina passa sa robe et contourna le paravent. Les larmes lui montaient aux yeux. Face à elle, l'artiste avait une main posée sur sa bouche, comme s'il regrettait d'avoir laissé échapper son exclamation.

« Tu connais mon père et ma mère ? »

Les traits de Caravaggio se convulsèrent. Se balançant d'une jambe sur l'autre, il semblait peser le pour et le contre avant de répondre.

« Oui », finit-il par articuler.

Enrico prit soudain conscience qu'il était nu. Il ramassa ses chausses et son pourpoint qui gisaient au pied du lit, puis s'habilla prestement. Après cela, il fit un signe de tête à Nerina pour l'encourager à interroger le peintre. Mais la jeune femme hésitait. Voulait-elle réellement connaître la vérité sur ses origines ? Mieux valait peut-être ne pas remuer le passé. Elle avait peur de ce qu'elle allait découvrir, même si son instinct lui soufflait qu'elle portait depuis toujours en son for intérieur la solution du mystère.

Sentant son incertitude, Enrico décida d'agir.

« Cessez de nous faire languir, Michele ! Vous n'avez pas su tenir votre langue. À présent, il vous faut raconter toute l'histoire ! Nerina a le droit de savoir. »

Caravaggio leva les yeux vers les grotesques qui décoraient le plafond de la chambre. Les peintures représentaient des enroulements de feuillages d'où surgissaient des êtres fantastiques.

Terrifiée, Nerina saisit son amulette. Pourrait-elle continuer à vivre comme avant quand elle aurait découvert la vérité ?

Les yeux rivés vers les étranges motifs d'ornementation, Michele étreignit la lettre du pape contre sa poitrine. Après un moment qui sembla durer une éternité, il murmura :

« Tu es la fille de ma sœur ! »

Nerina s'écroula, foudroyée par la révélation. Un cri perçant lui déchira les oreilles. Le regard embrumé, elle vit Enrico se précipiter dans sa direction et comprit que c'était elle qui avait poussé ce hurlement inhumain. Tremblant de tout son corps, le souffle court, elle avait l'impression qu'on lui avait arraché le cœur.

« Sortez, Michele ! intima le secrétaire de Gonzaga. Nous reprendrons cette discussion plus tard. »

Il s'agenouilla près de l'apprentie et la prit dans ses bras.

« Tu n'as pas le droit, tu n'as pas le droit », répétait Nerina comme une sombre litanie. Peu à peu, elle recouvra ses esprits. Les convulsions se dissipèrent, et elle retrouva l'usage de ses membres.

« Qu'as-tu fait, Michele ? » balbutia-t-elle.

Caravaggio n'avait pas bougé. D'un ton grave, il déclara :

« J'ai tué ton père, Antonio Di Russo, parce qu'il avait rejeté Caterina après l'avoir engrossée. »

Le peintre n'osait pas regarder la jeune femme gisant sur le sol. Les yeux encore braqués sur le plafond, il poursuivit :

« Je devais protéger ma sœur. Ce fat l'avait forcée… Après ta naissance, Caterina t'a confiée à une troupe de baladins. Elle a toujours prétendu que je l'avais poussée à t'abandonner, mais ce n'est pas vrai. En réalité, je crois qu'elle voulait me punir. Bien plus tard, j'ai retrouvé les saltimbanques par hasard à Rome. Je t'ai reconnue immédiatement grâce à l'amulette que tu portes autour du cou.

— Avez-vous révélé votre identité aux comédiens ambulants ? s'enquit Enrico.

— Non, je leur ai seulement dit que je cherchais une apprentie. Je me suis ensuite occupé de Nerina comme un père. »

Le précepteur sourit d'un air railleur.

« Pour apaiser votre conscience. Vous pouvez maintenant la laisser tracer son propre chemin puisque la famille Merisi se moque de son sort.

— Mais j'ai pris soin d'elle ! »

Nerina se redressa péniblement sur son séant.

« À un moment où je n'en avais plus besoin, rétorqua-t-elle d'une voix faible. Je veux que tu disparaisses de mon existence, Michelangelo Merisi. Tu m'as volé mon enfance, ne te mêle pas de ma vie d'adulte. Je la mènerai comme je l'entends. »

Sans un mot, Caravaggio fit demi-tour et sortit de la chambre. Il tanguait comme s'il marchait sur le pont d'un navire balancé par la houle.

10

« Qu'était-il écrit dans la lettre, Nerina ?

— Je l'ignore, Enrico. Je ne lui ai pas reparlé depuis notre dispute il y a six semaines. Le printemps bat son plein, mais il reste cloîtré dans son atelier. Seuls ses modèles et ses ribaudes y ont accès. Il ne fait que boire et peindre. Je ne sais même pas s'il s'alimente. La cuisinière affirme qu'il ne touche pas aux repas qu'elle dépose devant sa porte. »

Avec douceur, il caressa les cheveux de la jeune femme allongée à côté de lui. Il adorait leur toucher soyeux. Tous deux ne se quittaient plus. Après la querelle avec Michele, Nerina était venue s'installer dans sa chambre, et les domestiques de la marquise de Caravaggio avaient accepté tout naturellement ce changement.

Il correspondait de manière régulière avec son maître, mais le cardinal Gonzaga n'avait pas été informé de la teneur de la missive papale. Le Mantouan supposait que Paul V avait communiqué à Caravaggio une date et un lieu de rendez-vous pour la remise de la grâce.

Quant au peintre, il s'était retranché dans son atelier, qu'il ne quittait plus. Soit par crainte de Fra Domenico, soit parce qu'il cherchait à éviter soigneusement Nerina.

Enrico avait demandé au cardinal l'autorisation de rentrer à Rome, mais il avait reçu l'ordre de surveiller de près Michele. Gonzaga l'avait en outre chargé d'acquérir tous les tableaux que le peintre réalisait sans commande préalable. À cet effet, le prélat lui avait fait parvenir un coffret rempli de ducats espagnols.

Il se pencha pour déposer un baiser sur la nuque de Nerina, étendue sur le ventre, et promena la main sur son dos dénudé. Sa peau cuivrée s'harmonisait à merveille avec le noir profond et lustré de sa chevelure.

« Qui suis-je ? murmura-t-elle pensivement. Je ne sais plus qui je suis, Enrico.

— Tu es la femme de mes rêves.

— En es-tu sûr ? »

Elle se tourna vers lui, paupières closes. Il laissa glisser ses doigts sur le corps svelte, qui se mit à frémir sous ses caresses.

« Tu fais diversion, Enrico… »

Poursuivant son exploration, il effleura le ventre, puis les cuisses de son amante. Elle rouvrit les yeux quelques instants plus tard, la poitrine haletante.

« Qu'as-tu en tête ? protesta-t-elle d'une voix rauque. Nous venons de… »

Le précepteur scella ses lèvres en l'embrassant fougueusement.

« Tu es mon présent, Nerina, quel que soit ton passé. »

Étroitement enlacés, ils se laissèrent emporter par leur désir.

Allongé sur le dos, Enrico était absorbé dans ses réflexions. Nerina, qui s'était lovée contre lui, respirait paisiblement. Tous deux s'étaient assoupis après leur étreinte passionnée.

En resongeant à la *Tête de saint Jean-Baptiste*, il avait enfin compris pourquoi le visage de Salomé lui paraissait si familier. La fille de Caterina Merisi ressemblait à sa mère.

Soudain, il vit Nerina se redresser d'un coup de reins.

« As-tu fait un cauchemar ? »

L'apprentie ignora sa question.

« Fra Domenico n'a jamais voulu tuer Michele, Enrico. C'est après moi qu'il en a.

— Mais pourquoi t'en voudrait-il ? Il a juré de venger la mort de son frère. Ses attaques visaient Michele. Et tu n'es pas parente avec ton mentor.

— Si, par l'intermédiaire de Caterina.

— Oui, mais tu es également liée à la famille Di Russo. Donc Fra Domenico n'oserait pas te faire de mal.

— Quelque chose cloche dans l'histoire que nous a racontée Michele, je le sens. »

Enrico attira la jeune femme à lui. Elle se rallongea et posa la tête sur sa poitrine.

« Ne t'inquiète pas.

— Il est possible que nous nous trompions depuis le début. L'hospitalier veut se venger de Michele, mais il n'a pas l'intention de le tuer. Le laisser croupir indéfiniment dans un cachot de Sant'Angelo lui suffit. C'est moi qu'il tente d'assassiner. Il a essayé plusieurs fois, sans y parvenir. » Nerina s'interrompit un instant. « La vie et la mort sont intimement liées, Enrico.

— Qu'est-ce qui te fait dire cela ? »

Elle lui prit la main avec douceur, et ils entrelacèrent leurs doigts.

« La vie et la mort. C'est ce que peint Michele. Songer à sa fin le terrifie. Voilà pourquoi il jette son angoisse sur la toile. Mais moi, je pense au début du cycle éternel. »

Se relevant avec précaution, Enrico s'appuya sur les coudes. Nerina changea de position et blottit la tête dans son giron.

« Qu'essaies-tu de me faire comprendre ? »

Elle ferma les yeux en souriant. Puis, les doigts d'Enrico entremêlés aux siens, elle posa la main sur son ventre hâlé et fit de lents mouvements circulaires.

« Mes menstruations ont cessé. J'attends un enfant de toi. »

Au même moment, un cri d'effroi retentit entre les murs du Palazzo Cellammare, faisant tressaillir les deux amants.

11

Après s'être habillés en hâte, ils se précipitèrent dans le couloir. La porte de l'ancienne chambre de Nerina était entrebâillée.

À l'intérieur, ils découvrirent Magdala, l'une des prostituées du port, étendue à moitié nue sur le lit. Nerina savait que la jeune femme s'était installée là sur la demande de Michele.

Au pied de la couche se trouvait une cuvette remplie d'eau. Les éclats d'un broc cassé et des linges jonchaient le sol.

Après une courte hésitation, Enrico s'approcha pour examiner la jeune femme.

« Elle est en vie. Je crois qu'elle a seulement perdu connaissance. »

De deux légères tapes sur la joue, il ranima l'évanouie. Celle-ci ouvrit les yeux et se prit la tête entre les mains. Puis elle poussa un gémissement de douleur.

Nerina caressa l'épaule de la catin pour la rassurer. De l'autre, elle palpa son crâne avec précaution et sentit une bosse. Quelqu'un avait assené à la malheureuse un coup violent.

« Que s'est-il passé, Magdala ? »

La putain, tout étourdie, mit un moment à retrouver ses esprits.

« Je voulais me laver l'entrecuisse... quand j'ai entendu des pas dans mon dos. Je me suis retournée, et alors j'ai vu ce curé avec un crucifix dans une main. Il avait l'air aussi surpris que moi. Puis il a brandi sa croix en grimaçant. Après, tout est devenu noir.

— Tu as crié.

— Peut-être, je ne m'en souviens pas. »

Nerina devina sans peine qui était l'agresseur. Sur l'ordre de la marquise, des gardes patrouillaient dans le palais et les jardins, mais on ne leur avait certainement pas dit de se méfier d'un simple prêtre.

« Le père Leonardus », souffla-t-elle.

Enrico la regarda. Tous deux eurent la même pensée.

« Michele ! » s'écrièrent-ils en chœur.

Abandonnant la prostituée, ils se ruèrent hors de la chambre et coururent vers le fond du couloir. La porte de l'atelier n'était pas verrouillée.

Craignant un piège, Nerina poussa lentement le battant avant de se glisser à l'intérieur. Enrico lui emboîta le pas.

Elle n'en crut pas ses yeux. Toutes les affaires et les tableaux du peintre avaient disparu. Au milieu de la pièce vide, dos tourné, se tenait le père Leonardus.

« Où est Michele ? »

L'ecclésiastique se retourna sans se presser. Écartant les bras, il regarda autour de lui.

« Où est la toile ? »

Nerina l'observa, sarcastique.

« Vous êtes un excellent nageur, mon père. »

Le prêtre à la chevelure rousse serra les poings.

« Je ne vous tiens pas rigueur de ce qui est arrivé sur le bateau. Mais une promesse est une promesse. Où est la toile ?

— Je l'ignore, répondit-elle avec agacement. Michele s'est volatilisé. »

Du coin de l'œil, elle vit Enrico se remettre en mouvement pour inspecter les lieux.

Peu à peu, l'inquiétude montait en elle. Qu'était-il arrivé ? Où était son mentor ? Elle essaya fébrilement de se souvenir quand elle l'avait aperçu pour la dernière fois. Des images lui revinrent en mémoire. Trois jours plus tôt, elle s'était promenée dans les jardins, main dans la main avec Enrico. Elle avait entendu le peintre vociférer des injures, puis il était apparu à la fenêtre de l'atelier. Il tirait par les cheveux l'un de ses modèles. Enrico avait voulu porter secours à la jeune femme, mais Nerina l'avait prié de ne pas intervenir. La colère de Michele était retombée aussi vite qu'elle était venue. Après cette scène, ils ne l'avaient pas revu. L'artiste avait dû s'en aller à la dérobée, et la marquise ne les avait pas prévenus.

Un sourire narquois passa sur le visage de Leonardus.

« Les tourtereaux n'ont pas remarqué le départ du maître ? ricana-t-il. Vous logez pourtant à côté de l'atelier.

— Où Caravaggio s'est-il rendu ? » demanda Enrico sèchement.

Le prêtre se tapa sur la cuisse en riant.

« Ah, quel couple délicieux vous formez ! Tellement amoureux que vous ne remarquez plus rien de ce qui se passe autour de vous ! Pendant vos ébats, des laquais ont transporté hors du palais quatre caisses remplies de tableaux.

— Vous avez espionné le domaine ? » s’exclama Nerina.

De nouveau, Leonardus s’esclaffa.

« Vous avez cru vous être débarrassés définitivement de moi en me jetant à la mer ? Que vous êtes naïfs ! »

Enrico porta la main au côté, mais son épée était restée dans sa chambre. Voyant qu’il s’apprêtait à bondir sur le prêtre pour le frapper, Nerina le retint d’un geste.

« Pourquoi avez-vous laissé partir votre frère, dans ce cas ? s’enquit-elle.

— Ma mission consistait à lui remettre une lettre du cardinal Borghese. »

Elle échangea un regard avec Enrico.

« La lettre ! s’alarma ce dernier. Nous n’avons pas demandé à Michele quel était l’expéditeur.

— Il a dit qu’elle était revêtue du sceau papal, Enrico. »

Le père Leonardus les observait avec un sourire en coin.

« Désolé de vous décevoir, mais il s’agissait du sceau du cardinal. Michelangelo l’aura confondu avec celui du pape.

— Que contenait cette missive ?

— Pas si vite, *signorina*. Dites-moi d’abord où se trouve la toile. Je vous révélerai ensuite le message de Scipione Borghese.

— De quel tableau parlez-vous ?

— Ne jouez pas à ce jeu-là avec moi ! Michele m’a promis la *Tête de saint Jean-Baptiste* ! »

Nerina se doutait que son mentor n'avait jamais eu l'intention de céder cette toile au père Leonardus. Il n'avait cessé de répéter que l'œuvre sur laquelle il avait représenté le visage de ses tourmenteurs était sa sauvegarde.

« Il l'a probablement emportée. »

Les traits de l'ecclésiastique se déformèrent sous l'effet de la fureur.

« Ce chien galeux ! Il avait juré de me la donner ! »

Enrico vint se placer devant Nerina pour la protéger d'un éventuel accès de violence du prêtre.

« Comme un imbécile, j'ai accepté de lui trouver un bateau afin qu'il puisse gagner Palo, enchaîna Leonardus. La cité portuaire est une enclave espagnole, située au nord-est de Rome. C'est là qu'il doit recevoir la grâce qu'il espère depuis si longtemps.

— Mon Dieu ! laissa échapper Nerina. Michele a perdu l'esprit ! »

Du plat de la main, Enrico se frappa le front.

« Il est parti sans le moindre sauf-conduit !

— Peu de navires appareillaient en direction de Rome. Il a fait le voyage à bord d'une felouque commandée par un capitaine espagnol, un certain De Albear. »

Nerina fut gagnée par la panique. Cela faisait plusieurs semaines qu'Enrico surveillait les bâtiments qui mouillaient dans le port de Naples. La plupart d'entre eux étaient sous le contrôle des hospitaliers, qui n'avaient pas renoncé à l'idée de capturer Caravaggio.

Tout à coup, Magdala fit irruption dans l'atelier. Échevelée, les seins débordant de son corset mal lacé, la prostituée étreignait un balai. Lorsqu'elle aperçut le père Leonardus, elle se lança aussitôt à l'attaque.

« C'est lui qui m'a agressée ! » hurla-t-elle en lui assenant une volée de coups.

Le prêtre leva les bras pour se protéger, mais tomba à genoux sous la véhémence de l'assaut.

« Il suffit, maintenant ! » ordonna Enrico.

Comme la catin n'obéissait pas, il lui arracha son arme improvisée. Privée de son balai, elle continua de frapper le *prete rosso* de ses poings.

« Aidez-moi ! supplia l'ecclésiastique. Arrêtez cette furie ! »

Enrico attendit quelques instants avant de maîtriser la jeune femme enragée.

« Pourquoi l'avez-vous assommée, mon père ? » demanda Nerina.

À l'instar de son compagnon, elle considérait que Leonardus avait bien mérité le châtiment reçu.

Les joues couvertes de griffures, le prêtre gémit :

« Elle a crié, et comme je ne voulais pas qu'elle alerte les gardes… »

Enrico lâcha les poignets de Magdala, qui s'était calmée. L'air grave, il se campa devant Leonardus.

« Vous avez commis une grosse erreur, mon père. Le capitaine de la felouque a sans doute été corrompu par les hospitaliers. Mais vous le saviez peut-être déjà. Si ça se trouve, la lettre que vous avez apportée était réellement signée de la main du pape. Et sur son ordre, vous avez piégé votre frère ! »

Nerina jeta un regard effrayé à son amant.

« Tu crois que Fra Domenico est à bord du bâtiment ?

— Si ce n'est pas le cas, il attend sûrement Caravaggio à Palo. »

L'apprentie se raidit. Instinctivement, elle posa la main sur son ventre.

« Nous devrions demander de l'aide aux pêcheurs. L'un d'eux acceptera peut-être de nous conduire là-bas. Avec un peu de chance, nous arriverons à temps pour sauver Michele. »

12

Nerina était assise au bord du chemin qui menait à Monte Argentario. Une étroite digue reliait la petite île, enclave espagnole, au continent. De là où elle se trouvait, elle apercevait la cité de Porto Ercole au pied d'un promontoire surmonté d'une forteresse.

Un air chaud soufflait de la mer. Au port, on leur avait indiqué que la felouque du capitaine De Albear était déjà repartie après une courte halte. D'après leurs informations, Michele, qui voyageait à pied depuis Palo, ne tarderait pas à arriver.

Nerina examinait tous ceux qui empruntaient la levée de terre sous un soleil de plomb pour se rendre sur l'île. Porto Ercole était le port le plus proche de Palo – une escale appréciée entre Rome et l'île d'Elbe. Pendant qu'elle surveillait le chemin, Enrico se reposait à l'ombre de l'une des statues qui bordaient la digue. Michele devait forcément passer par ici, ils ne pouvaient pas le manquer. Mais cela faisait plus de trois jours qu'ils attendaient, et l'artiste n'avait toujours pas reparu.

Toutes sortes d'individus se rendaient sur Monte Argentario : des ouvriers qui venaient travailler comme portefaix au port, des paysans transportant fruits et légumes dans des hottes, des âniers avec leurs animaux chargés de sacs de sel. De temps à autre passait une charrette.

Sous l'effet de la chaleur et de l'ennui, les pensées de la jeune femme vagabondèrent. Quelques jours plus tôt, quand ils étaient arrivés au port de Palo – lieu où Michele devait prétendument recevoir sa grâce –, ils avaient appris avec effroi que le peintre avait été arrêté. D'après les rumeurs, la garnison espagnole l'avait pris pour un dangereux bandit et l'avait enfermé dans un cachot de la citadelle.

Songeant aussitôt à un traquenard, Nerina et Enrico avaient sollicité un entretien auprès du commandant de la forteresse. En échange d'un pot-de-vin, l'officier leur avait révélé que Michele avait été libéré après deux jours de détention grâce à l'intervention d'un prêtre, un certain père Leonardus.

À sa sortie de prison, aucune délégation pontificale ne l'attendait afin de lui remettre la grâce promise. Caravaggio avait été furieux d'apprendre que De Albear avait poursuivi sa route vers Porto Ercole. Tenant absolument à récupérer ses toiles et son matériel, il avait pris à pied la direction du nord pour suivre la felouque depuis la côte.

Le commandant de la garnison leur avait déconseillé de suivre l'exemple du peintre. Rares étaient ceux qui s'aventuraient dans la Maremme, le littoral marécageux et insalubre qui s'étirait entre Palo et Porto Ercole. On racontait qu'on y prenait souvent les fièvres.

S'arrachant à ses souvenirs, Nerina vit approcher une carriole tirée par un bœuf. Lorsqu'elle plissa les yeux, elle remarqua à l'arrière deux jambes qui dépassaient du plateau. Le roulier transportait-il un cadavre ? C'était peu probable, car les gardes ne le laisseraient certainement pas franchir la porte de la cité avec pareille cargaison. La personne allongée sur la voiture devait être vivante.

« Enrico ! cria-t-elle en se tournant vers son compagnon. Enrico ! »

Le précepteur se releva péniblement et se frotta les yeux.

« Merci de m'avoir réveillé. J'étais en train de rêver que Michele me jetait sa palette au visage…

— Regarde la charrette. Il y a quelqu'un étendu à l'arrière. »

Nerina tendit le doigt vers le curieux attelage. Les cahots du chemin faisaient ballotter les jambes du pauvre hère.

« Je vais jeter un coup d'œil », dit Enrico en essuyant d'un revers de main la sueur qui perlait sur son front.

Le conducteur avait rabattu son capuchon sur la tête. S'avançant à la rencontre de la carriole, Nerina tressaillit lorsqu'elle aperçut son visage.

« Père Leonardus ! »

Arborant un sourire embarrassé, le prêtre tira sur les rênes pour arrêter le bœuf. Enrico courut à l'arrière du véhicule.

« Nerina ! Viens voir ! »

La gorge nouée, la jeune femme rejoignit son amant. Ce qu'elle découvrit lui fit monter les larmes aux yeux. Caravaggio était allongé sous une bâche grossièrement suspendue. Le visage ruisselant de transpiration, le regard fixe, le peintre avait l'air très mal en point.

« Michele ! »

Nerina caressa son front brûlant, mais il n'eut aucune réaction.

« Je l'ai ramassé au milieu des marais, expliqua le père Leonardus en sautant à terre. Nous avons fait un bout de chemin sur mon cheval, puis j'ai acheté cette charrette. Je ne pouvais plus le tenir sur ma selle. »

Un profond découragement envahit l'apprentie. Michele avait atteint Porto Ercole, mais il était plus mort que vif.

« Est-ce que la felouque mouille encore dans le port ? s'enquit le prêtre. Avez-vous retrouvé les tableaux ? »

Les questions pressantes de Leonardus la firent écumer de rage.

« Ne voyez-vous pas que nous avons autre chose à faire que de nous préoccuper des tableaux ? Si Michele meurt, vous n'aurez plus la moindre toile ! Aidez-nous à le transporter jusqu'à la cabane de pêcheur où nous logeons ! C'est à flanc de colline, et, le soir, la brise marine rafraîchit un peu l'atmosphère. »

L'ecclésiastique haussa les épaules.

« J'ai passé un marché avec lui. Je l'amène jusqu'à Porto Ercole, et il me paie en tableaux. La felouque est-elle encore là ? »

Enrico se tourna vers l'importun.

« Allez au diable, mon père ! Vous n'avez qu'à vérifier par vous-même ! »

Le précepteur chargea sur ses épaules le corps inerte de Caravaggio. Puis il s'engagea sur un sentier qui traversait la garrigue en direction du promontoire au pied duquel se blottissait Porto Ercole. La hutte où ils gîtaient était située à mi-hauteur, en dehors des murs de la cité.

Nerina le suivit, plantant là Leonardus. Ils entamèrent l'ascension en silence sous les rayons ardents du soleil.

Un peu plus tard, lorsqu'elle jeta un regard en contrebas, elle aperçut le prêtre et son attelage qui franchissaient la porte de la petite ville.

Pourquoi le *prete rosso* s'intéressait-il plus aux tableaux qu'à son propre frère ? Elle éprouva une peine immense en contemplant devant elle le peintre qu'Enrico portait sur son dos. Michele avait perdu connaissance, et sa tête oscillait dans le vide comme un pendule devenu fou. Réussiraient-ils à le ranimer ?

13

Nerina sursauta en voyant le père Leonardus s'encadrer dans la porte de leur cabane. Aussitôt, une atmosphère d'oppression emplit la pièce. Croisant les bras sur sa poitrine, le prêtre attendit sans un mot.

Assise au chevet de Michele, elle lança sèchement : « Que venez-vous faire ici ? »

Elle frissonna malgré la chaleur accablante. Une brise chaude apporta à l'intérieur une odeur de poisson et d'eau marécageuse. Le drap de lin qui recouvrait le corps transpirant du peintre se souleva légèrement.

« Qu'est-ce que vous voulez ? » insista-t-elle, nerveuse, tandis que le *prete rosso* la toisait en silence.

Soudain, Caravaggio se mit à claquer des dents. Elle lâcha la main brûlante de son mentor pour aller chercher un linge humide. Après lui avoir lavé le visage, elle remit avec soin le drap en place.

Michele dormait, et elle espérait que cela lui faisait du bien. Sa peau livide était tendue sur ses pommettes comme un vieux parchemin.

Elle perçut un crissement de sandales dans son dos. Le père Leonardus s'approchait lentement du grabat.

Lâchant la main de l'alité, elle se leva pour s'interposer.

« Ne voyez-vous pas qu'il lutte contre la mort ? Il ne reçoit aucune visite ! »

Les traits de l'ecclésiastique restèrent impassibles. Il fit de nouveau un pas en avant, mais Nerina tendit les bras pour l'arrêter.

« Votre frère ne peut plus peindre, vous comprenez ? Il est gravement malade !

— Laisse-le, Nerina ! murmura brusquement Caravaggio. Qu'il vienne près de moi. »

Les paupières closes, l'artiste avait parlé en remuant à peine les lèvres.

« Vous l'avez réveillé », dit-elle sur un ton de reproche en s'adressant à Leonardus. À contrecœur, elle s'écarta lentement avant d'ajouter : « Vous n'avez que quelques instants. Dans son état, il ne peut pas parler longtemps. »

Elle sentit son ventre se nouer lorsque l'ecclésiastique se pencha au-dessus de Caravaggio. La présence du *prete rosso* lui donnait la nausée.

Le peintre fut soudain saisi d'une violente quinte de toux. Avant que Nerina puisse intervenir, Leonardus l'aida à se redresser un peu pour reprendre son souffle. Puis il ramassa un linge posé sur le rebord du lit et tamponna le front du malade.

« Michele ! » souffla le prêtre.

Un silence pesant enveloppa la cabane, seulement entrecoupé par la respiration rauque et haletante de Caravaggio.

« Je t'attendais…

— Vraiment ?

— Cela t'étonne ? Tu sais, voilà un bon moment que je connais toute la vérité… »

Nerina contourna le lit pour aller se placer de l'autre côté de son maître. Méfiante, elle voulait surveiller le moindre geste de Leonardus.

« Disparaissez ! aboya ce dernier. Je dois parler à mon frère seul à seul.

— Reste, Nerina, ordonna Michele. Prends ma main, cela me fait du bien. »

La jeune femme perçut l'agacement du religieux, qui l'aurait volontiers boutée hors de la cabane. Elle avait un mauvais pressentiment. Leonardus avait forcément une idée derrière la tête, sinon il ne se serait pas donné la peine de venir jusque chez eux. Heureusement, Enrico était assis devant la hutte, à portée de voix. En cas de danger, un cri suffirait à l'alerter, et il se précipiterait à l'intérieur pour leur porter secours.

Prenant place de l'autre côté de la couche, elle serra la main de l'artiste. À présent, celle-ci était glacée. Son visage aux yeux caves paraissait comme pétrifié.

« Sens-tu ce froid qui m'envahit peu à peu ? La mort tend les bras vers moi… »

Caravaggio émit un ricanement qui se transforma en une toux convulsive.

Le père Leonardus s'inclina pour souffler à l'oreille du peintre :

« Où est le tableau ? »

Michele rouvrit les yeux et fixa son frère.

« Je n'ai plus de tableaux ! Le célèbre artiste Caravaggio ne possède plus la moindre toile ! »

Il essaya de s'asseoir en s'appuyant sur les coudes, mais le prêtre le plaqua sur sa paillasse.

« Où est le tableau ?

— Vous lui faites mal ! s'insurgea Nerina en repoussant le bras de Leonardus. Vous l'empêchez de respirer.

— Qu'il étouffe, ce mécréant ! »

Michele eut un nouvel accès de toux. Nerina lui caressa le front pour l'apaiser. Puis, se tournant vers le visiteur, elle déclara d'une voix blanche :

« La toile que vous cherchez lui a été volée.

— Volée ? Que racontez-vous ?

— Elle est restée sur la felouque avec les autres. Mais le capitaine De Albear n'a fait qu'une courte halte à Porto Ercole avant de repartir. Il a emporté tous les tableaux de Michele. Votre frère a été piégé. On l'a attiré à Palo pour le dépouiller de ses œuvres. »

Nerina vit le prêtre serrer les poings.

« Il m'a promis la *Tête de saint Jean-Baptiste* ! Je dois absolument récupérer cette maudite toile !

— Elle est en route pour Rome.

— *Oddio !* Avec tous les autres tableaux ? »

Michele tira la manche de Leonardus.

« Pas tous, confia-t-il d'une voix faible. J'en ai laissé quelques-uns au Palazzo Cellammare. Seule la marquise sait où ils sont dissimulés. »

Le peintre émit un petit rire, bientôt interrompu par la toux.

Leonardus se pencha de nouveau au-dessus de lui.

« Tu m'as menti, chien ! »

Les paupières closes, Caravaggio sourit paisiblement.

« Laissez-le dormir ! intima Nerina en faisant le tour du lit. Il est épuisé ! »

L'ecclésiastique secoua le bras de l'artiste.

« Réveille-toi ! Tu m'as donné ta parole ! »

Nerina essaya de faire sortir l'intrus, mais celui-ci la repoussa violemment.

« Je vous ai représentés tous les trois sur la toile, articula Michele avec peine. Et vos visages sont aisément reconnaissables... »

Leonardus, furibond, recula d'un pas.

« Que le diable t'emporte ! »

Il pivota brusquement sur ses talons et sortit de la cabane.

Nerina se rapprocha du lit. Soulagée par le départ précipité du *prete rosso*, elle prit la main que Michele tendait vers elle.

« Je le reverrai en enfer, Nerina. Il n'y a aucun doute. »

Les paroles du peintre étaient à peine perceptibles.

« Repose-toi. »

Il secoua la tête lentement. Ce mouvement lui coûta un effort immense, et son front se couvrit de sueur.

« Pas encore. »

Le souffle de l'artiste était entrecoupé de râles. Avec un linge sec, elle épongea sa figure.

« Le duc de Modène...

— Qu'y a-t-il, Michele ?

— Il ne recevra pas la toile qu'il a commandée. Et pourtant il a payé...

— Oublie l'avance qu'il t'a faite, répondit Nerina, la gorge nouée par l'émotion. Le duc s'en remettra, il n'est pas dans le besoin. »

Caravaggio resta silencieux un moment. Seul le bruit rauque de sa respiration emplissait la cabane.

« Sur son lit de mort, on ne doit plus raconter de mensonges. Seulement la vérité. »

Nerina déglutit avec peine, ne pouvant retenir ses larmes, qui roulèrent sur ses joues.

« Tu n'es pas un menteur, Michele…

— Tu te trompes. J'ai beaucoup menti durant mon existence. C'est peut-être la raison pour laquelle je suis maudit. »

Il sourit d'un air torturé et rouvrit les yeux. Son regard profond remua les entrailles de la jeune femme.

« Dieu t'a donné un don ! Personne n'a jamais peint comme toi ! »

Les paupières de Michele se refermèrent, et sa respiration cessa quelques instants.

La panique saisit Nerina. Non, il ne pouvait pas mourir. Pas maintenant.

Soudain, Caravaggio se cambra en avant pour avaler une grande goulée d'air. Il se raccrochait à la vie comme un naufragé à une épave. Une écume blanchâtre se forma sur ses lèvres desséchées.

« J'étais dans mon droit, Nerina. Je croyais que ce porc de Di Russo avait abusé de Caterina. Oh, ce genre de chose peut arriver, mais il refusait de l'épouser en réparation de son forfait. Pas question pour lui de se marier avec une roturière ! »

L'apprentie sentait que cette confession consumait les dernières forces de Caravaggio, mais elle ne voulait pas l'interrompre. Elle approcha une oreille de son visage afin de lui faciliter la tâche. Il la remercia d'un battement de cils. Ses pupilles sombres flottaient au milieu d'une mer jaunâtre.

« Ma sœur a porté l'enfant à terme. Une petite fille, très belle. Quand notre mère est morte, j'ai forcé Caterina à… »

Une quinte de toux lui coupa la parole. Avec précaution, Nerina l'aida à se redresser légèrement en le prenant par l'épaule. Il semblait être devenu aussi léger que les anges qu'il peignait.

La poitrine haletante, il poursuivit :

« Je l'ai forcée à abandonner l'enfant à des comédiens ambulants. Avant le départ de la troupe, j'ai confié une amulette à l'un des saltimbanques. Je tenais à ce qu'on offre ce bijou à la fillette lorsqu'elle serait devenue une femme. Caterina ne m'a jamais pardonné… Jamais… »

Machinalement, Nerina saisit son pendentif. Sa mère adoptive le lui avait effectivement offert après sa première menstruation. Caravaggio disait donc la vérité.

Miné par la fièvre, le peintre se mit à trembler. Avec une poigne étonnante pour un moribond, il attrapa le bras de son élève.

« Tu lui ressembles tellement. Voilà pourquoi l'hospitalier t'en veut aussi. C'est à cause de ta mère que son frère adoré est mort. Mais… il ne connaît pas… l'entière vérité !

— Quelle vérité ? Michele ! »

Les yeux de Caravaggio se troublèrent, et son regard la traversa comme si elle était devenue invisible.

« Tu es… »

L'artiste s'arrêta pour prendre une longue inspiration. Ses derniers mots, imperceptibles, s'envolèrent dans un ultime souffle.

Pétrifiée, Nerina contempla le visage de son mentor, qui venait de passer de vie à trépas.

Au bout d'un moment qui lui parut une éternité, elle remarqua qu'elle avait la main crispée sur son pendentif.

14

« Brûlez le tableau sur-le-champ ! Ce barbouillage ne doit jamais être montré au peuple. »

Les joues rubicondes, Paul V se tenait devant la *Tête de saint Jean-Baptiste*.

Scipione Borghese observait son oncle avec un sourire en coin. Bien entendu, il n'avait aucune intention de lui obéir. Cette fois, c'était lui qui était en position de force. Il avait réussi à prendre de vitesse le pape, Del Monte et Gonzaga. Afin de s'emparer des toiles de Michelangelo Merisi, il avait piégé l'artiste en l'attirant à Palo. En échange d'une grosse prébende, le père Leonardus s'était chargé de soudoyer le commandant de la garnison et le capitaine de la felouque qui avait embarqué Caravaggio et ses tableaux. Après l'emprisonnement du peintre, De Albear avait fait voile vers Rome en gardant les caisses entreposées dans la cale de son navire. Le *prete rosso* avait même découvert que son frère avait dissimulé quelques peintures dans la résidence d'été de la marquise de Caravaggio. En ce moment même, un messager galopait à bride abattue vers Naples, avec l'ordre de confisquer les toiles cachées dans le Palazzo Cellammare. Dans sa dernière lettre, Leonardus avait raconté que le peintre avait malencontreusement contracté la fièvre des marais lors du voyage. Scipione était cependant convaincu que Caravaggio s'en remettrait.

Lorsqu'il émergea de ses réflexions, il se rendit compte que le souverain pontife l'observait attentivement.

« Mon oncle, comme toujours dans les œuvres de Caravaggio, il faut regarder au-delà des apparences… »

La remarque eut l'effet escompté. Camillo Borghese grimaça.

« Si la fièvre l'emportait, j'y verrais la main de Dieu ! Cet impie commet sacrilège sur sacrilège ! Comment ose-t-il se moquer ainsi du pape !

— Parce qu'il a donné à Salomé les traits de l'hétaïre qui rend visite toutes les semaines à Sa Sainteté ? »

Scipione avait choisi de mentir afin de faire pression sur son oncle. Il savait que Salomé n'était pas Romina Tripepi, mais sans doute la sœur de Caravaggio, Caterina Merisi. Toutefois, les deux femmes se ressemblaient vaguement, et cela suffisait pour faire marcher son oncle.

Croisant les mains dans le dos, Paul V se mit à arpenter le cabinet de travail de son neveu.

« Qui a eu connaissance de cette offense ?

— Tout Rome, mon oncle. »

Le visage du pontife prit une teinte écarlate.

« Comment est-ce possible ? Qui a divulgué la nouvelle ?

— Le cardinal Del Monte. » Il s'agissait encore d'un mensonge, néanmoins Scipione ne pouvait manquer une si belle occasion de nuire à un rival. « C'est Julia, la domestique, qui lui a parlé du tableau, ajouta-t-il. Cette petite garce vous a trahi.

— Del Monte, répéta le pape d'une voix rauque. L'ingrat ! Moi qui lui ai confié la direction de la Fabbrica di San Pietro !

— Soyez magnanime, mon oncle. Del Monte veut surtout se venger de Caravaggio. La rumeur qu'il a lancée visait à ternir la réputation du peintre.

— Certes, mais il me le paiera quand même !

— N'aviez-vous pas l'intention d'agrandir la basilique San Pietro et de renouveler sa décoration ? »

Scipione sourit intérieurement, fort satisfait de son idée.

À son grand contentement, le pontife saisit la perche qu'il lui tendait.

« Oui, il est grand temps de se débarrasser de Del Monte et de ses goûts dépravés en matière d'art. Je vais faire vider la basilique pour la décorer à ma manière. Le cardinal n'aura plus son mot à dire. Et il devra cesser de s'adonner à ses abominables pratiques pédérastiques. Sinon, il ira croupir dans un cachot du Castel Sant'Angelo jusqu'à la fin de son existence. »

Ravi, Scipione décida de passer à la seconde partie de son plan.

« Cette *Salomé avec la tête de saint Jean-Baptiste* ne vous plaît guère, Votre Sainteté, mais ne serait-ce pas justement le moment de vous montrer clément envers Caravaggio ? Si vous le graciez enfin, il pourra se faire soigner à Rome et vous en sera éternellement reconnaissant. À titre de remerciement, il peindra pour vous. »

Paul V acquiesça d'un air songeur.

« Vous avez raison. Il faut profiter de l'opportunité. En contrepartie, j'exige que vous fassiez disparaître ce tableau dans les caves de votre palais pour un temps indéterminé. À ma mort, les chroniqueurs pourront essayer de déterrer mes secrets. Mais pas avant ! »

En son for intérieur, Scipione jubilait. Il avait atteint tous ses objectifs. Il tendit la main au Saint-Père, qui la serra avec bonhommie.

« Topons là ! Et faisons immédiatement mander votre secrétaire.

— Inutile.

— Mais, mon oncle, vous étiez d'accord à l'instant pour… »

De la manche de sa soutane blanche, Camillo Borghese tira un rouleau de parchemin revêtu du sceau papal.

« Je porte ceci depuis trop longtemps sur moi. Tenez. Rappelez votre peintre et donnez-lui du travail. »

Scipione n'en croyait pas ses yeux.

« La grâce de Caravaggio ?

— C'est elle. Rédigée de ma propre main. »

Le jeune cardinal exultait. Son plan était une réussite sur toute la ligne. Il avait fait main basse sur les derniers tableaux de Michelangelo Merisi, et l'artiste pourrait se remettre de sa mauvaise fièvre à Rome. Ferdinando Gonzaga serait contraint de s'incliner devant pareil coup de maître.

Fou de joie, il battit des mains. Son secrétaire apparut un instant plus tard sur le seuil de la porte. Sans quitter le pape des yeux, il transmit le précieux document au clerc.

« Dépêchez une estafette à Porto Ercole ! C'est pour Caravaggio. »

Paul V arbora un large sourire.

« Il semblerait que vous ayez enfin obtenu ce que vous désiriez si ardemment, mon neveu. Félicitations. »

Scipione, déconcerté, regarda le pontife. Ce dernier était étrangement calme pour quelqu'un qui venait de consentir à un compromis peu enthousiasmant après cinq années de dissension.

Mais il chassa son malaise et se rassit dans son fauteuil pour admirer la toile de Caravaggio. Après tout, son oncle avait raison. Il avait gagné la partie !

De la cour s'éleva un hennissement, puis il perçut un piétinement sourd de sabots. L'estafette partait pour Porto Ercole. Un sentiment de bien-être l'envahit.

Le pape attendit le retour du silence avant de s'exclamer :

« Quel étourdi je fais ! Pour un peu, j'aurais presque oublié un détail… »

Scipione l'observa avec inquiétude. Camillo Borghese, qui possédait une incroyable mémoire, n'oubliait jamais rien. Il était bien placé pour le savoir. Cet habile calculateur se souvenait avec précision du moindre pot-de-vin versé au moment du conclave.

Un mauvais pressentiment gagna Scipione. Avait-il sous-estimé son oncle ?

Le pape frappa à son tour dans ses mains. De nouveau, la porte s'ouvrit, et son chancelier entra dans le cabinet. L'homme apporta un parchemin à Scipione. Intrigué, celui-ci le déroula fébrilement.

Il s'agissait d'une lettre d'Enrico adressée à Ferdinando Gonzaga. Scipione écarquilla les yeux.

Comment le pape était-il parvenu à obtenir ce document ?

Désarçonné, il commença à lire à voix haute :

« *Éminence, Michelangelo Merisi, qui avait pris les fièvres en marchant de Palo jusqu'à l'île de Monte Argentario, est décédé le 18 juillet 1610 à Porto Ercole des suites de sa maladie. J'ai fait le nécessaire pour que le peintre soit enterré dans le cimetière de l'église paroissiale. Les coûts s'élèvent...* »

Il baissa lentement la missive. Ce n'était pas lui qui avait triomphé, son oncle l'avait manœuvré à sa guise.

« J'espère, mon cher Scipione, que vous réussirez à récupérer les derniers tableaux de votre défunt protégé. »

Un sourire narquois aux lèvres, Camillo Borghese bénit son neveu d'un signe de croix et quitta la pièce.

Lorsque la porte se referma derrière le pontife, une tenture bougea et Ferdinando Gonzaga apparut.

Le jeune cardinal s'approcha de Scipione et posa la main sur son épaule.

« Nous avons été pris de vitesse !

— Hélas ! Tout est fini. »

Gonzaga s'avança vers le tableau pour examiner attentivement les personnages.

« Fra Domenico en bourreau, Caravaggio en victime, le père Leonardus qui observe la scène avec délectation. Tout cela nous était connu. Mais la maîtresse du pape en Salomé ? Je crois qu'il s'agit d'une erreur. Avez-vous déjà vu Nerina, l'apprentie du peintre ? Je mettrais ma main à couper que c'est elle qui est représentée ici. Mais seul Enrico pourra nous le confirmer. Il ne devrait pas tarder à rentrer à Rome. »

Soudain, le Mantouan tressaillit, comme frappé par une révélation. Tournant la tête vers Scipione, il murmura :

« Un terrible soupçon m'est venu à l'esprit, Éminence. Regardez de plus près le visage de Salomé. Serait-il possible que… Bien sûr, c'est la solution de l'énigme. Il ne peut en être autrement… »

15

Nerina se réveilla en sursaut. Elle avait le sentiment de ne pas être scule dans la pénombre. Tout doucement, elle se redressa et tendit l'oreille. Une brise légère soufflait en provenance de la mer. Mais elle percevait également une respiration. Quelqu'un se tenait dehors, près de l'unique fenêtre de la cabane.

Elle se força à garder son calme. Il ne pouvait pas être tard, car la nuit était encore claire. Enrico aurait dû rentrer depuis longtemps. Comme elle se sentait menacée, son compagnon s'était rendu à Porto Ercole pour acheter une arbalète.

Le sable du chemin crissa légèrement sous la semelle d'une botte. Le visiteur nocturne faisait le tour de la hutte à pas furtifs.

Nerina se coula hors de son lit et alla se pelotonner dans le recoin obscur près de l'entrée. L'habitation sommaire n'offrait nulle autre cachette. Son cœur battait si fort qu'elle craignait de se faire immédiatement repérer. La main posée sur son pendentif en argent, elle récita en pensée une courte prière.

Quelques instants plus tard, le panneau de cuir qui faisait office de porte s'écarta brusquement. Une silhouette sombre se rua à l'intérieur et plongea la lame d'une épée dans la paillasse de Nerina. L'intrus poussa un juron qui la fit tressaillir. Reconnaissant la voix sourde de son agresseur, elle ne put retenir un petit cri.

L'homme fit volte-face et scruta le renfoncement où elle s'était terrée. Il ne remarqua pas tout de suite sa silhouette accroupie dans le noir, mais elle était prise au piège. Si elle ne voulait pas se faire embrocher comme une vulgaire volaille, elle devait prendre l'initiative.

Elle respira profondément, puis lança d'un ton railleur :

« Je ne vous savais pas aussi courageux, Fra Domenico. Attaquer par surprise une femme en pleine nuit, quel exploit héroïque ! »

Le chevalier de Malte fit un pas vers elle.

« Peuh ! »

Sans prévenir, il se fendit, et la pointe de son épée passa entre les doigts de Nerina pour toucher l'amulette dans un tintement aigu.

« Le pendentif. Donnez-le-moi ! »

L'apprentie s'écarta vivement. Refoulant sa peur, elle répliqua :

« Avez-vous quitté votre ordre pour devenir détrousseur de jeunes filles ? »

Elle devait absolument alimenter la conversation. Tant qu'elle ferait parler l'hospitalier, il ne la tuerait pas.

« Pourquoi essayez-vous de me ravir mon amulette ?

— Ce bijou m'appartient. Je veux le récupérer.

— Vous vous trompez. Il est à moi. Ma mère adoptive me l'a offert il y a des années. D'après elle, il conjure le mauvais sort. Cherchez-vous une autre breloque. »

Une nouvelle estocade de l'hospitalier fit encore tinter le pendentif.

Nerina s'efforçait de se maîtriser, mais la panique la gagnait peu à peu.

« Que voulez-vous de plus, Fra Domenico ? Vous avez obtenu votre vengeance. Le corps de Michele est en train de pourrir dans la fosse commune du cimetière de Porto Ercole. Vous devriez être satisfait ! »

Le tonsuré abaissa lentement son épée. Puis il donna un brusque coup de poignet. Filant de bas en haut, la lame trancha le ruban de cuir auquel était attachée l'amulette et égratigna le cou de Nerina.

« Avez-vous perdu l'esprit ? s'écria-t-elle en touchant du doigt l'estafilade.

— Vous ne comprenez donc pas ? Je n'ai jamais eu l'intention de tuer Caravaggio. La mort aurait été une délivrance pour lui. Je voulais le faire souffrir à petit feu jusqu'à la fin de son existence. Malheureusement, la fièvre l'a emporté bien trop tôt. »

La jeune femme étreignit le pendentif dans sa main gauche.

« Œil pour œil, dent pour dent. Vous n'êtes qu'un être méprisable, Fra Domenico.

— Moi ? Méprisable ? » s'offensa l'hospitalier.

Au grand étonnement de Nerina, l'indignation de son ennemi paraissait sincère.

« Avez-vous examiné attentivement l'amulette ? Savez-vous qui est représenté sur la miniature à l'intérieur ? Non ? Je vais vous le dire. Après cela, vous saurez qui est digne de mépris. »

N'osant pas se relever, elle se contenta d'acquiescer de la tête. Elle devait laisser parler son adversaire pour gagner du temps. Mais où était passé Enrico ?

« Je vous écoute, Fra Domenico.

— Il y a bien longtemps, à Milan, mon père a commandé un tableau à Simone Peterzano. Le maître a choisi de confier cette tâche à l'un de ses apprentis, un jeune peintre prometteur. Michelangelo Merisi a donc commencé à nous peindre, mon frère et moi. Lorsque nous avons posé dans l'atelier, Antonio s'est entiché de la sœur de Caravaggio, Caterina. Et cette inclination était réciproque, je puis vous l'assurer. »

Tandis qu'il racontait son histoire, le chevalier de Saint-Jean faisait des moulinets avec son arme.

Nerina, glacée d'horreur, sentit soudain l'enfant qu'elle portait dans ses entrailles remuer avec force. Comme ses membres s'engourdissaient, elle décida de se relever avec précaution, sans quitter des yeux la pointe de l'épée qui virevoltait dans les airs.

« Votre cher mentor, craignant pour l'honneur de sa famille, a provoqué Antonio en duel. Et il l'a tué, alors qu'il connaissait les sentiments que les deux jeunes gens éprouvaient l'un envers l'autre. »

Ce n'était pas une révélation pour l'apprentie. Enrico lui avait déjà confié ce qui s'était passé jadis.

« Pourquoi Michele a-t-il mis le portrait de votre frère dans le pendentif ? »

Fra Domenico lui jeta un sourire glacial.

« Je vois qu'on vous a renseignée. Ce que vous ignorez en revanche, c'est que Caravaggio aimait mon frère. Il n'a pas supporté la liaison naissante entre Antonio et Caterina. » L'hospitalier marqua une pause avant de poursuivre : « À l'époque, Antonio m'a raconté que Michele lui faisait une cour pressante. Il a fini par l'éconduire, et, après cela, le peintre a complètement perdu la tête. Assoiffé de vengeance, il s'en est pris à sa sœur. »

Le penchant de Michele pour les hommes n'était pas non plus une surprise aux yeux de Nerina. Elle avait remarqué que les prostituées qu'il choisissait avaient très souvent des formes androgynes.

« Vous ne me racontez rien de nouveau, dit-elle afin d'entretenir la discussion. D'où vient la miniature cachée dans l'amulette ?

— C'est le seul portrait de mon frère. Après avoir terminé son travail, Caravaggio a refusé de nous livrer la toile commandée par mon père et l'a cachée chez Peterzano. Quand j'ai finalement retrouvé le tableau en fouillant l'atelier, j'ai constaté avec étonnement qu'il était tronqué. Il manquait le visage de mon frère. C'est en découvrant ensuite son cadavre que j'ai compris. On lui avait volé ce bijou. »

Fra Domenico montra du doigt l'amulette.

« Michele n'est pas un tire-laine ! s'exclama Nerina. Avez-vous une preuve de ce que vous avancez ? Vous avez peut-être tout inventé ! »

L'hospitalier se fit menaçant. Elle sentit qu'il était à deux doigts de l'attaquer pour s'emparer du pendentif par la force. L'enfant s'agita de nouveau dans son sein, comme s'il percevait sa terreur.

« Et pourquoi Michele m'aurait-il ensuite donné l'amulette ? s'empressa-t-elle de demander afin de distraire le chevalier. Cela n'a aucun sens !

— Mon frère voulait offrir le bijou à Caterina. Mais il est mort avant de pouvoir le faire. Caravaggio s'en est emparé et a mis le portrait découpé à l'intérieur. Comme il savait que je tenais à le récupérer en mémoire d'Antonio, il a donné le pendentif aux baladins qui vous ont adoptée. Ce naïf pensait probablement que je ne pourrais jamais vous retrouver ! »

La lame de l'hospitalier fendit l'air en sifflant. Nerina tressauta en la voyant frôler sa main.

« Rendez-moi l'amulette !

— C'est le seul souvenir que j'ai de mon père ! »

Fra Domenico émit un rire sardonique. Terrifiée, Nerina posa instinctivement la main sur son ventre pour calmer le fœtus qui continuait de trépigner en elle. C'était la première fois qu'elle accomplissait ce geste qu'elle avait souvent observé chez les femmes enceintes.

« Quelle touchante fable vous a servie Caravaggio ! La vérité est beaucoup plus sordide. Fou de rage d'avoir été rejeté par Antonio, il a abusé de sa propre sœur et l'a engrossée. Après cela, il a accusé mon frère de viol afin de le compromettre. » Le chevalier de Malte poussa un soupir. « À l'époque, j'étais prêt à lui pardonner tous ses crimes. Mais je n'existais pas à ses yeux. J'étais encore trop jeune pour lui plaire. »

Nerina se plaqua contre le mur, abasourdie par ce qu'elle venait d'entendre. Michele avait-il véritablement outragé sa propre sœur ? Tout à coup, elle se souvint des calomnies dont il avait fait l'objet à Rome lors du dévoilement de *La Mort de la Vierge*. Certains l'avaient à ce moment-là traité de violeur incestueux. C'était à coup sûr Fra Domenico qui était à l'origine de cette rumeur. Mais l'imputation n'était peut-être pas sans fondement.

« Juste après votre naissance, Caravaggio vous a enlevée à votre mère pour vous donner aux saltimbanques. Ceux-ci avaient reçu l'ordre de vous offrir le pendentif à votre entrée dans l'âge nubile. En bon chef de famille, Michele ne pouvait tolérer une bâtarde dans la maison Merisi ! »

Figée de stupeur, Nerina regardait l'hospitalier sans parvenir à articuler un mot. Si ce qu'il racontait était vrai…

« Alors… je serais la fille de Caterina et de…

— Michelangelo Merisi Da Caravaggio ! »

Elle ne savait plus que penser. Fra Domenico racontait-il la vérité ? Tous les éléments s'imbriquaient parfaitement pour donner un nouvel éclairage sur sa vie. Et Michele n'avait-il pas essayé de lui confier un secret avant de mourir ?

« Qu'attendez-vous de moi ? Je ne vous ai rien fait !

— Vous êtes, pour ainsi dire, la mauvaise conscience incarnée de Caravaggio ! Maintenant, l'amulette ! »

Elle sentit l'acier frôler son oreille, et une longue mèche noire tomba sur le sol.

« Allez. Je serais fort marri de vous contraindre. »

D'une main tremblante, elle lui tendit le pendentif argenté.

« Mais pourquoi me traquez-vous avec tant d'acharnement ? » s'entendit-elle demander d'une voix blanche.

Sa vie ne tenait plus qu'à un fil. Malgré tous ses efforts pour retarder l'inévitable, Enrico ne revenait pas. Ses lèvres se mirent à trembler, sa respiration s'accéléra.

En elle, l'enfant se démenait comme s'il tentait vainement de sortir de sa prison de chair.

« Je ne puis vous épargner, Nerina, et vous le savez. Mais je ne veux pas vous laisser dans l'incertitude au seuil de votre grand voyage. Plusieurs années après la mort de mon frère, j'ai recroisé le chemin de Caravaggio chez le cardinal Del Monte. J'étais devenu un jeune homme séduisant, lui un artiste à la renommée grandissante. Il ne m'a pas reconnu. C'est quand j'ai repoussé ses avances avec les mots employés autrefois par Antonio qu'il a compris. Le temps n'avait pas guéri ma blessure, bien au contraire. Quand j'ai revu Michele, la douleur est revenue, encore plus vive. J'ai décidé de le tourmenter jusqu'à la fin de son existence et de retrouver coûte que coûte le pendentif. À présent, je vais enfin conclure ma quête. Comme un tableau qu'on achève. C'est le moment de fermer la plaie et de passer le vernis. Del Monte a soutenu mon projet de vengeance. Le cardinal pense qu'un homme comme Caravaggio, malgré ses tableaux exaltants, représente un grave danger pour les autres. Il était d'avis de l'éliminer, ainsi que tout ce qui lui est cher. Je suis en quelque sorte son bras armé. »

Le chevalier de Malte fit un pas vers Nerina, qui ferma les yeux dans l'attente du coup fatal.

Tandis qu'elle murmurait une prière, elle entendit un claquement, suivi d'un bruissement sourd, comme si une chouette traversait la cabane en caressant l'air de ses ailes.

C'est alors que la pointe de l'épée toucha son ventre. Nerina se mordit les lèvres jusqu'au sang. Pourtant, brusquement, la pression se relâcha. Lorsqu'elle rouvrit les paupières, elle vit l'hospitalier vaciller, l'œil hagard, la figure convulsée. Sa bouche était ouverte, mais aucun son ne s'échappait de sa gorge. Lentement, il ploya les genoux sans lâcher son arme, qui se planta dans une latte du plancher. S'appuyant des deux mains sur la garde, il parvint à conserver l'équilibre un instant. Puis, sous le poids de son corps, la lame se brisa et il bascula en avant. De l'arrière de son crâne tonsuré dépassaient les ailerons d'une flèche.

Nerina mit un moment à comprendre qu'il s'agissait en réalité d'un carreau d'arbalète. Le trait s'était fiché dans la tête de l'hospitalier. Submergée par un intense sentiment de soulagement, elle se mit à rire de manière hystérique. Dans son ventre, l'enfant gigotait comme un diable.

Elle sursauta lorsqu'une main se posa sur son épaule.

« Je veillais sur toi depuis la fenêtre, Nerina. J'ai attendu avant de tirer, parce que je voulais que tu entendes toute la vérité, aussi douloureuse soit-elle. »

La jeune femme dévisagea Enrico en silence. Peu à peu, son regard s'embua.

« Fra Domenico travaillait pour le compte de Del Monte. Il méritait de mourir, Nerina. »

Elle voulait pleurer, mais les larmes refusaient de couler. Seul un frisson parcourut son échine.

« Serre-moi contre toi, Enrico !

— C'est terminé. Le cauchemar a pris fin. »

Dans une main, il tenait l'arbalète qu'il était allé acheter à Porto Ercole. Il étreignit avec douceur Nerina de son bras libre.

Elle se mit à sangloter. À ses pieds gisait Fra Domenico, dont le cadavre était encore secoué de spasmes.

Un homme était mort, mais elle portait la vie en ses flancs.

Le fruit de ses entrailles rendrait Caravaggio doublement immortel.

POSTFACE

« Ce qui fait la force du romancier,
c'est justement qu'il invente,
qu'il invente en toute liberté, sans modèle. »

ALAIN ROBBE-GRILLET

Un roman n'est pas forcément lié à la vérité historique, ce qui le différencie d'un ouvrage scientifique. Malgré tout, j'ai essayé de décrire aussi fidèlement que possible la vie de Michelangelo Merisi, ce qui n'était pas une tâche aisée puisqu'il existe de nombreuses versions différentes de l'odyssée que représente son existence. Là où cela me semblait nécessaire pour la dramaturgie du roman, je me suis écarté de l'Histoire. Afin d'aider le lecteur à faire la distinction entre fiction et réalité, j'ai résumé ci-dessous les rares faits avérés dont nous disposons sur la vie du Caravage.

1571

Michelangelo Merisi naît probablement le 29 septembre 1571 à Milan. Son père, Fermo Merisi, était ingénieur et architecte au service du marquis de Caravaggio, Francesco Ier Sforza. Il a épousé en secondes noces Lucia Aratori en janvier de la même année.

1576

Michelangelo grandit à Milan et à Caravaggio avec ses cadets, Giovan Battista, Giovan Pietro (décédé en 1588) et Caterina.

6 avril 1584

Michelangelo Merisi entre en apprentissage à Milan dans l'atelier du peintre Simone Peterzano. Le contrat stipule une durée de quatre ans.

1589-1592

Michelangelo quitte l'atelier de Peterzano et retourne à Caravaggio. D'après certains témoignages, il aurait passé une année en prison durant cette période. On raconte qu'il a tué un homme en duel.

1592

Michelangelo Merisi part s'installer à Rome, où il se fait appeler Caravaggio. Il loge chez le prélat Pandolfo Pucci. Son frère Giovan Battista le rejoint peu de temps après.

1593-1594

Il travaille avec son ami sicilien Mario Minniti pour le peintre Lorenzo Siciliano. Puis il est engagé dans l'atelier de Guiseppe Cesari, dit le Cavalier d'Arpin. Blessé par le cheval d'un aristocrate, il passe plusieurs semaines à l'hôpital du couvent Santa Maria della Consolazione. Après son rétablissement, il se dispute avec le Cavalier d'Arpin et part s'installer chez un archevêque, monseigneur Fantino Petrignani.

1595

Le cardinal Francesco Maria Del Monte le prend à son service. Caravaggio s'installe alors au Palazzo Madama. Il vit et peint dans l'une des mansardes exiguës du palais.

1596

Sur la demande de Del Monte, Caravaggio réalise une fresque dans le pavillon de l'Aurore de la Villa Ludovisi.

1597-1600

Plusieurs commandes prestigieuses – notamment des tableaux pour la chapelle Contarelli de l'église San Luigi dei Francesi et la chapelle Cerasi dans l'église Santa Maria del Popolo, lui procurent une certaine aisance. Il vit toujours au Palazzo Madama, mais se détache peu à peu de l'influence de Del Monte.

1601

Un procès contre Caravaggio est abandonné sur ordre du gouverneur de Rome. Le peintre s'installe dans le palais du cardinal Gerolamo Mattei.

1603

Les commandes affluent, mais Caravaggio connaît plusieurs mésaventures. Le peintre Giovanni Baglione et d'autres artistes portent plainte contre lui, mortifiés par les satires qu'il compose à leur sujet. Il est incarcéré dans la prison romaine de Tor di Nona. Le gouverneur de Rome accepte de le libérer grâce à l'intervention de l'ambassadeur du roi de France.

1604

Dans une auberge, Caravaggio lance une assiette d'artichauts au visage d'un garçon de salle. L'incident déclenche une rixe.

L'artiste fait un nouveau séjour en prison après avoir jeté des pierres sur des soldats de la sûreté publique. Il apparaît souvent en compagnie d'un chien noir qu'il a recueilli.

1605

Parce qu'il porte l'épée sans y être autorisé et importune des femmes, Caravaggio est emprisonné deux fois à peu de temps d'intervalle.

Il se querelle avec le notaire Pasqualone à cause de Lena, l'une de ses modèles. La dispute dégénère, et il blesse gravement au visage son rival avec un poignard. Le peintre s'enfuit à Gênes, où il reste deux mois. Grâce à l'entremise du cardinal Scipione Borghese, la plainte du notaire est retirée, et Caravaggio peut rentrer à Rome.

Sa logeuse, à qui il doit plusieurs mois de loyer, l'accuse de vandaliser le logement qu'il occupe.

Cette année-là, il peint plusieurs tableaux, dont *La Mort de la Vierge*. Il est de notoriété publique qu'il prend des prostituées comme modèles pour ses personnages de saintes.

1606

Lors d'une partie de paume, il tue d'un coup d'épée Ranuccio Tomassoni, un aristocrate romain avec lequel il s'est déjà disputé à plusieurs reprises. Lui-même est gravement blessé. Ayant commis un crime, il doit quitter clandestinement Rome. Avec l'aide de Don Marzio Colonna, il se réfugie dans les monts Albains du Latium. Il séjourne à Paliano, Zagarolo et Palestrina. Malgré sa blessure, il peint beaucoup. Dans le courant du mois de septembre, toujours avec le soutien de la famille Colonna, il trouve asile dans le royaume de Naples afin d'échapper à la justice romaine, qui l'a condamné à mort.

1607

À Rome, le peintre brabançon Pierre Paul Rubens achète *La Mort de la Vierge* pour le duc de Mantoue. Caravaggio séjourne plusieurs mois à Naples. Il reçoit de nombreuses commandes et rassemble autour de lui un cercle de disciples.

1608

Caravaggio s'est installé à La Valette, sur l'île de Malte. Il peint des tableaux pour le grand maître de l'ordre de Saint-Jean de Jérusalem, Alof de Wignacourt. Après un noviciat d'une année, il est fait chevalier. Quelques semaines plus tard, on l'enferme dans un cachot du fort Sant'Angelo, parce qu'il s'est battu avec un autre hospitalier. Sans attendre son procès, il s'échappe de la forteresse de manière spectaculaire et s'enfuit en Sicile. Il est aussitôt radié de l'ordre.

À Syracuse, il passe sous silence son évasion et peint pour le sénat de la cité. D'après certains témoignages, il a l'impression d'être poursuivi par un mystérieux personnage.

1609

Se sentant menacé, il quitte Syracuse pour Messine. Sous la protection de la famille Lazzari, il reçoit d'autres commandes. Mais lorsqu'on l'accuse de pédérastie parce qu'il dessine sur le port de jeunes garçons, il rosse un enseignant et s'enfuit précipitamment de la cité. Dans une lettre qui a traversé les siècles jusqu'à nous, il décrit comment il s'esquive par la porte de derrière au moment où le bourreau fait irruption dans sa maison. Il réussit à se rendre à Palerme. Après un bref séjour, sans doute poursuivi par divers ennemis, il retourne à Naples.

Dans la cité napolitaine, il trouve refuge dans le Palazzo Cellammare, qui appartient à la famille Sforza-Colonna. Durant l'automne, il est attaqué par des inconnus au sortir de l'auberge du Cerriglio. Ses assaillants le défigurent par plusieurs coups d'épée.

À Naples, Caravaggio peint plusieurs tableaux qui thématisent ses propres déboires. Il demande à retoucher l'une de ses œuvres achevées, une *Flagellation du Christ*, pour y ajouter un tourmenteur qui fait face au spectateur. S'agit-il du mystérieux individu qui le traque ? Son visage semble présent sur plusieurs toiles de l'artiste. C'est à partir de cette étrange coïncidence qu'est né le personnage de Fra Domenico.

1610

Dans l'espoir de recevoir enfin la grâce papale tant désirée, il quitte Naples en direction des États pontificaux. À bord de la felouque sur laquelle il s'est embarqué se trouvent plusieurs tableaux destinés au cardinal Scipione Borghese. Pendant une halte à Palo Laziale, enclave espagnole, on le confond avec un autre. Le commandant de la garnison le fait arrêter.

Caravaggio est emprisonné pendant deux jours. Lorsqu'il est libéré, la felouque qui transportait ses toiles a déjà levé l'ancre. Désespéré, il se lance à la poursuite du navire. À pied, il longe le littoral en direction de Porto Ercole. Il contracte très probablement la fièvre paludéenne en traversant la Maremme.

18 juillet 1610

D'après son certificat de décès, retrouvé dans les registres de la paroisse Sant'Erasmo, Caravaggio serait décédé des suites de la malaria. Entre-temps, le pape

Paul V a accordé son pardon au peintre, mais la grâce ne lui parviendra jamais.

Michelangelo Merisi Da Caravaggio est inhumé dans le cimetière de San Sebastiano de Porto Ercole.

REMERCIEMENTS

Une œuvre comme celle-ci demande le concours de nombreuses personnes.

J'aimerais remercier tout particulièrement mon épouse. Première lectrice et correctrice, elle m'a soutenu et encouragé tout au long de ce projet.

Je souhaite également témoigner toute ma gratitude à Roman Hocke, mon agent et mentor. Sans lui, ce roman n'aurait pas vu le jour. Il a été immédiatement emballé par mon idée. Les suggestions de ce grand connaisseur de l'Italie – et de Rome en particulier – m'ont beaucoup aidé pendant l'écriture de cet ouvrage.

Merci à mon éditeur, Matthias Bischoff, qui m'a prodigué de précieux conseils dramaturgiques.

Une mention spéciale à mon frère Gerhard, qui n'a jamais été avare d'idées, de commentaires avisés et de critiques. Il m'a ainsi permis de garder les pieds sur terre et de ne pas me perdre dans les détails.

Beaucoup d'autres personnes, que je ne peux pas toutes nommer ici, m'ont aidé à développer la structure de ce roman lors de passionnantes discussions. Je leur en suis infiniment reconnaissant.

Composition et mise en pages
Nord Compo à Villeneuve-d'Ascq

Imprimé en Espagne par
Liberdúplex
à Sant Llorenç d'Hortons (Barcelone)
en décembre 2022

POCKET - 92, avenue de France - 75013 Paris

S32347/02